L'Ombre des voyageuses

Du même auteur

Aux Éditions Héloïse d'Ormesson

Méchamment dimanche, 2005. Pocket, 2006.

Chez d'autres éditeurs

C'est ainsi que les hommes vivent, Denoël, 2003.

Série « *Sous le vent du monde* »,
avec la collaboration de Yves Coppens
Ceux qui parlent au bord de la pierre (t. 5), Denoël, 2001. Folio, 2003.
Avant la fin du ciel (t. 4), Denoël, 2000. Folio, 2002.
Debout dans le ventre blanc du silence (t. 3), Denoël, 1999. Folio, 2001.
Le Nom perdu du soleil (t. 2), Denoël, 1998. Folio, 1999.
Sous le vent du monde, Denoël, 1997. Folio, 1997.

Les Caïmans sont des gens comme les autres, Denoël, 1996.
Une autre saison comme le printemps, Denoël, 1994.
Le Bonheur des sardines, Denoël, 1993.
Ce soir, les souris sont bleues, Denoël, 1993. Folio 1999.
Une jeune fille au sourire fragile, Denoël, 1991.
Noires Racines, Denoël, 1985.
La Nuit sur Terre, Denoël, 1983.
Mourir au hasard, Denoël, 1982.
La Guerre olympique, Denoël, 1980.
Fœtus party, Denoël, 1977.

L'Été en pente douce, Folio policier, 2001.

Le Méchant qui danse, Rivages, 2000.
Natural Killer, Rivages, 2000.
Le Pacte des loups, Rivages, 2000.

Forêt muette, Verticales, 1998. Points Seuil, 2000.

Le Rêve de Lucy, Seuil, 1990. Points Seuil, 1997.

Pierre Pelot

L'Ombre des voyageuses

Roman

Éditions Héloïse d'Ormesson

www.editions-heloisedormesson.com

ISBN 2-35087-026-X

Ils m'ont appelée la Rouge Bête. Ce n'était pas méchantement.

Depuis qu'Emeline au bord de ses six ans les avait lues, perchées en haut de la page couverte d'une écriture ronde appliquée, au craion pâli, les deux phrases lui tenaient compagnie, accrochées pour jamais à l'en-tête de ses pensées quotidiennes.

C'étaient des feuilles de papier de mains inégales, vergé de Hollande pour la première grande partie et vélin pour un dernier tiers, dont certaines portaient les traces de bien fortes fatigues et aussi de dommages d'éraflures et de déchirures sur leur pourtour, de pliages qui avaient amputé certains mots. Le manuscrit avait près de deux pouces d'épaisseur, serré dans une couverture souple de parchemin encollé sur un galuchat roussâtre, fermée par des rubans sur chacune des tranches. Emeline savait lire depuis peu et sa gourmandise pour la chose ne faisait que s'épanouir au fur des jours. Tout ce qui lui tombait sous les yeux, imprimé ou écrit à la main, était bon à dévorer gloutonnement.

Les phrases ne l'avaient pas quitté, ni le souvenir du moment de leur rencontre, dans cette pièce de la grande maison qui serait ce que M. Forestier appelait « notre bibliothèque », pour l'heure encore fleurant l'essence de bois blanc, les colles et vernis, aux rayonnages fort peu garnis. La plupart des livres ramenés de France se trouvaient toujours dans des caisses entassées, en guise de meubles, au centre de la surface de parquet roux.

Un après-midi tellement chaud de juillet. Vacillante de chaleur, en chemise et les pieds nus, cherchant le chat Pompon qui d'ordinaire partageait sa sieste et qui ce jour manquait au rendez-vous, elle avait poussé la porte entrouverte, était entrée dans la pièce gorgée de silence et de cette poudreuse lumière que tamisaient les lamelles des hauts volets étroits tirés. À peine franchi le seuil, Emeline avait été saisie par cette sorte de magie qui baignait l'endroit, son cœur s'était mis à battre plus fort. Des mouches comme des étincelles dorées passaient et repassaient dans les zébrures de soleil que les interstices traçaient de part et d'autre de la pièce. Du dehors lui venait, assourdie, une lointaine conversation, dans le jardin, entre Joseph le jardinier et ses garçons – ou d'autres personnes, mais elle reconnaissait la voix et le ton nonchalant de Joseph.

Elle avait fait un pas et les lames du parquet posées depuis moins de deux mois avaient émis un petit gémissement de surprise. Pour une très mystérieuse raison, Emeline s'était sentie traversée par une sorte de vertige, comme quand on a tourné tourné tourné sur soi-même en écartant les bras et en fermant les yeux, qui pouvait aussi n'être pas très éloigné du bonheur. Traversant la pièce à pas lents, dans la pénombre douce – Pompon avait surgi tout à coup de nulle part, assis sur une des caisses au couvercle décloué. Il s'était laissé attraper sans résistance. Pompon ne résistait jamais. Par l'ouverture du couvercle glissé, elle avait aperçu le contenu de livres reliés de cuir fauve, et le premier, celui-là, qui n'en était pas un, le manuscrit dans son portefeuille souple de parchemin grisâtre sans autre inscription que des taches et des éraflures de longue vie, elle l'avait tiré de la caisse et posé sur le couvercle de planches et, Pompon sous le bras, elle avait de sa main libre dénoué les rubans qui fermaient la couverture.

Penchée, lèvres pincées, les sourcils froncés dans une mimique d'attention curieuse, elle avait lu à voix haute distinctement la première phrase écrite :

Ils m'ont appelée la Rouge Bête. Ce n'était pas méchantement.

Hiawana était entrée, alors, disant :

– Mon Dieu le ciel, mon petite amie, qu'est-ce que tu faites donc icitte, avec tes pieds nus sur la plancher ? Il faut dormir, à cette heure maintenant.

Hiawana qui était la plus belle des négresses. Ni servante, ni esclave, ni maîtresse en ces lieux, et qui avait appris à lire en même temps qu'Emeline, sur le conseil de M. Forestier et sous les encouragements enthousiastes de la fillette. Qui lisait mieux sans aucun doute qu'elle ne prononçait, dans ce désordre n'appartenant qu'à elle, les mots de son parler ordinaire.

– Écoute, Hiawana ! Écoute ce que j'ai trouvé !

Emeline avait relu triomphalement les phrases. Et quand elle avait levé les yeux sur Hiawana, illuminée par sa découverte et les perspectives promises par ce commencement de lecture, elle avait vu comme une toute soudaine peur triste tombée dans les yeux de la grande femme noire, le teint sombre doré de son visage devenu mat, le tremblement au bord de ses lèvres épaisses.

– Ce n'est pas encore le moment, avait dit Hiawana, dans un sourire difficilement revenu.

Et elle avait refermé la couverture et renoué les rubans et replacé, avec des gestes de grande précaution, le manuscrit dans la caisse où il était endormi, et repoussé le couvercle.

– Mais pourquoi ? avait demandé Emeline. Mais qu'est-ce que c'est, dis, Hiawana ?

– C'est une vie, ma miette…

– Mais la vie de qui donc, dis, Hiawana ? Je veux savoir ! Qui est la Rouge Bête, dis ?

Hiawana s'était agenouillée devant elle. Les yeux soudainement embués de larmes. Néanmoins souriante, pour rassurer contre ce qui flottait quelque part au-dessus d'elles deux. Une image infiniment lointaine montait parfois au souvenir de la petite fille, et c'était ce visage d'Hiawana penché sur elle et ses lèvres chantonnant une mélodie de son pays perdu, et ce visage, cette guirlande sonore étaient tout ce que le monde avait pu inventer de mieux pour rassurer et enfouir toutes les peurs. Il existait d'autres images associées, sombres, mais elles s'effaçaient de plus en plus, avec le temps... Hiawana grattouillait de ses doigts longs le crâne de Pompon pendu comme un gros chiffon placide au creux du bras d'Emeline et qui trouva le moyen de ronronner quand même, dans son inconfort, sous la câlinerie.

– Une dame, mon amour, avait dit la belle négresse aux cheveux pris dans un foulard de couleurs vives.

Qu'une dame pût répondre à ce nom-là avait proprement transporté d'aise la petite, l'avait illuminée comme d'un grand ravissement.

– Mais je veux lire cette histoire de Rouge Bête, Hiawana ! avait-elle lancé, secouant un peu trop Pompon.

La réponse d'Hiawana était tombée sur un ton qui ne souffrait pas de réplique, irréfutable :

– C'est trop tôt, mon amour. Le temps viendra.

Emeline avait demandé :

– Tu connais cette histoire, Hiawana ?

– Oui, mon amour. Oui, je connais bien.

– Et maman, Hiawana, elle la connaissait ?

– Elle l'a connue.

– Et toi, Hiawana ?

– *Poquito*...

– Et maman, Hiawana, tu la connaissais ? J'aime bien quand tu dis.

– Un peu le moins, petiote. Un peu le moins que la dame.

– J'aime pas quand tu me dis « petiote », Hiawana.

– C'est ta maman, petiote, qui appelait comme ça…

– Pourquoi je ne peux pas lire la vie de la dame, alors, dis ?

– C'est trop tôt, je te dis. Tu ne comprendrais pas des choses.

– Tu l'as lue, toi ?

Hiawana avait plissé les paupières. Avait essuyé ses yeux dans le creux de sa main, d'un geste détaché, comme on chasse une poussière. Elle avait dit :

– Je savais pas encore… Je l'ai entendue lire… Viens, présent. Tu dois faire une sieste, il fait bien trop la chaleur…

Elle s'était redressée, dans le bruit froufroutant de sa robe. Prenant Emeline par sa main libre.

– Mais quand, alors ? avait demandé Emeline. Quand ce ne sera plus trop tôt, dis ?

– Dans cinq, six ans ? Quand tu en auras… douze. C'est bien ?

– *Douze ans !* s'était exclamée Emeline, atterrée qu'on pût envisager un aussi long délai. Mais c'est bien trop *tard*, Hiawana ! Je t'en prie, je t'en supplie, Hiawana !

Elle avait eu beau supplier. Hiawana s'était montrée inflexible, comme elle savait l'être parfois. Elle avait dit :

– Douze ans, tu ne serais même pas encore une jeune fille, *pequeña*. Je ne suis même pas sûre que ce ne sera pas encore beaucoup trop tôt !

– À douze ans, je serai une jeune fille ! Je serai une *señorita !* Si je ne peux pas lire, tu me raconteras ? Je t'en prie, Hiawana !

Hiawana avait dit :

– Nous verrons, ma miette.

Après ce jour, le manuscrit dans la couverture de galuchat avait disparu de la caisse au couvercle décloué.

Debout dans l'ombre bleutée de la longue véranda qui courait sur toute la façade de la Grande Maison, Hiawana suivait d'un œil ravi les courses et les danses et l'incroyable agitation de tous ces enfants, toutes ces petites personnes bruyantes et piaillantes dans le vibrant soleil de ce début de juillet.

Les ombres des magnolias tavelaient le pré de la cour, mais c'était bien sûr en pleine clarté, en pleine lumière, que la cohorte de gamines enrubannées avaient choisi de danser et tourner et massacrer allégrement leurs fausses crinolines de papier. Emeline n'était pas la dernière, c'était elle qui assurément braillait le plus haut et courait le plus vite et se démenait le plus hardiment – depuis belle lurette, ses flots et ses boucles n'étaient plus qu'une sorte de brousse hérissée, elle s'était débarrassée de la carcasse d'osier de sa robe et courait en pantalon de dessous, nus pieds, si bien que quelques autres parmi les invitées à la fête n'avaient pas tardé à l'imiter.

Sous la toile d'auvent du buffet, les mères et nounous, assises entre les entrelacs agités de leurs éventails, les joues rouges, sirotant des citronnades fraîches tout en surveillant leur progéniture bruyante, n'avaient pas osé protester ni interdire à leurs propres fillettes de se déharnacher de même, l'initiative étant venue de la petite maîtresse des lieux…

Hiawana souriait.

Les servantes noires, Clovis en tenue française, allaient et venaient, portant les plateaux de rafraîchissements. On entendait rire et glousser Mme d'Enverssois. À un moment, deux des dames espagnoles venues des domaines avoisinant Magnolia avaient entamé une chanson alerte dans leur langue, une chanson des îles, et toutes les petites filles groupées autour avaient repris en chœur à tue-tête, pour finir dans une sarabande qui avait entraîné quelques mères dans son sillage et laissé tout ce monde joyeux, dans les derniers rebondissements de rires, à deux doigts de l'évanouissement de bonheur et de chaleur.

La voiture s'arrêta au bout de l'allée et Hiawana vit M. Forestier en descendre et donner le bras à sa future épouse, la señora Penelope Ruz y Mateo, et tous deux s'approchèrent dans les taches d'ombre et de soleil.

M. Forestier disait qu'un jour les arbres seraient si grands et forts et fournis qu'ils feraient un tunnel protecteur au-dessus de l'allée, depuis la cour jusqu'à la route de coquillages concassés. Ils s'arrêtèrent sous l'auvent de toile et M. Forestier fit ses civilités et s'inclina devant les dames, espagnoles et françaises en nombre égal, baisa les mains des mamans, eut quelques mots pour les nounous. Il s'attarda un moment. Emeline l'attaqua avec une sorte d'épée de bois et il fit quelques passes avant de la désarmer et de la saisir et de faire mine de la jeter en l'air. Il abandonna la señora Penelope aux dames et se dirigea vers le perron après quelques révérences à la ronde.

Elle le regarda venir à elle avec un grand sourire.

Dans un mois, la maîtresse de la Grande Maison serait espagnole, l'alliance avec une des plus importantes plantations du bas Mississipi scellée. Mais sans doute l'aimait-il.

Il avait fière allure, sans une once de graisse, souple comme jamais. Pas tellement différent de la première fois qu'elle l'avait vu sur ce bateau du diable. Le visage un peu durci. La cicatrice un peu plus creusée, comme une longue ride verticale qui lui barrait la joue sous la barbe courte.

– Elles s'amusent, annonça-t-il, franchissant en deux bonds les marches d'accès à la véranda.

– Pour s'amuser, elles s'amusent! approuva Hiawana.

Il resta à son côté et ils regardèrent un instant s'agiter les enfants, au milieu d'elles Emeline qui avait retrouvé son épée de bois et ferraillait des hordes invisibles avec tant d'énergie que Clovis, de qui elle acceptait sans rechigner toutes les tranquilles réprimandes, dut tempérer son énergie.

– Bon Dieu, souffla M. Forestier. Il ne lui manque qu'une véritable épée pour que…

Il s'interrompit. Échangea un coup d'œil avec la femme noire. Et Hiawana savait ce qu'il avait voulu dire, savait à quoi et à qui il songeait.

– Ce soir, dit-elle. J'ai une promesse à tenir.

Il acquiesça. Chercha ses mots, le front plissé. Il dit :

– Essaie, quand même, de traduire en douceur les moments les plus… De les dire à ta façon. C'est une enfant.

– Ma petiote, souffla Hiawana.

M. Forestier lui adressa un autre regard, qu'elle parut ne pas remarquer. Un muscle joua sous la barbe de l'homme. Il reporta son attention sur les jeux dans la cour. Lentement, un sourire monta dans ses yeux, lui étira le coin des lèvres, et il dit :

– C'est étonnant… Nos voisins, ce tantôt, m'ont appris la nouvelle. Il y a six jours, le 4 juillet, les colonies anglaises ont proclamé la Déclaration d'indépendance, ce qui signifie une déclaration de guerre en bonne et due forme contre l'Angleterre.

Il tira de la poche des basques de devant de sa veste un *puro* très noir qu'il considéra un instant, le roulant entre ses doigts. Il reprit :

– Notre bon gouverneur Bernardo de Gálvez a pris position pour les… rebelles, leur a offert des armes, des munitions et encourage les volontaires louisianais à s'enrôler dans l'armée espagnole pour soutenir ceux qu'il appelle « Amériquins » contre les Anglais. Ce qui est drôle…

Il hocha la tête, humecta l'extrémité du cigare, le pinça entre ses dents et le retira :

– Ce qui est… cocasse, dit-il, c'est qu'au jour d'hui on nous demande de soutenir ce Washington rebelle, contre les miliciens de qui *elle* a tant marché et qui nous a si nombreusement tué de gens… Je me souviens, à une époque, elle s'était mis en tête de trancher la sienne.

Hiawana souriait.

– Je me demande ce qu'elle en dirait, ce jour d'hui.

– Si elle irait s'enrôler dans les rangs volontaires ? dit Hiawana.

M. Forestier lui rendit son sourire.

Hiawana poussa la porte sans bruit et entra dans la chambre où elle croyait la trouver endormie, écrasée de fatigue, après tant de jeux et de rires et de gesticulations tout au long de ce jour d'anniversaire, après qu'elle avait bien failli s'endormir au beau milieu du repas du soir, où elle n'avait tenu que pour résister aux plaisanteries de M. Forestier qui avait prédit qu'elle s'écroulerait avant le riz sucré et les fruits du dessert. Mais elle était assise, droite, dans son lit. La chandelle allumée, au chevet. Elle attendait. Elle attendait Hiawana avec un grand sourire. La clarté nocturne déversée par la fenêtre aux volets non tirés donnait à ses cheveux défaits une teinte plus sombre, violaçant le pâle feu brûlant des reflets.

Hiawana s'assit sur le bord du lit.

– Mon amiette, dit-elle sur un souffle.

Des odeurs d'herbe fraîchement coupée, la senteur des magnolias, des héliotropes dans les vasques près de la fenêtre, des fragrances d'été chaud que la nuit bouge à peine étaient entrées et s'étaient posées dans la chambre.

Emeline se pressa contre la grande femme noire et l'enserra de ses bras, et Hiawana posa la main sur ses cheveux. Elles furent ainsi un instant.

– C'était une si belle journée, n'est-ce pas, Hia ? s'extasia Emeline d'une petite voix tremblante.

– Alors pourquoi pleurer, ma miette ? sourit Hiawana.

– Parce que… demain, ce sera fini.

– Allons, allons, dit doucement Hiawana. Demain peut être encore plus beau, tu ne sais pas…

– Je t'aime tant, Hia ! J'aime tant *le monde !* Crois-tu que je ne devrais pas le dire ?

Hiawana élargit son sourire en réponse.

Un engoulevent lança son cri dans la nuit.

Emeline se redressa.

– Allons ! dit-elle.

Elle essuya ses joues humides, remonta l'oreiller derrière elle et s'y enfonça confortablement, croisant les mains.

– Allons, je suis prête, dit-elle.

Hiawana dénoua les rubans du portefeuille et l'ouvrit, saisit la première feuille et s'inclina un peu pour l'approcher de la lumière de la bougie et commença à lire d'une voix grave, détachant chaque mot avec soin.

I

1

Ils m'ont appelée la Rouge Bête. Ce n'était pas méchantement.

La mère avant moi avait déjà la tignasse fauvaine. Je l'ai encore en souvenir, quand le soleil lui allumait cette auréole tout hurlupée des effilures de sa lumière couchante comme une capuche pour la nuit. Elle allait droite coiffée de flammes, lèvres pincées sur le muétisme des saintes ou des grandes enfermées. Jusques au pire, elle garda ce silence et atteignit celui qui fatalement désavient, comme préparée de toujours à s'y couler enfin en grand soulagement.

De mon vrai nom Esdeline Favier.

Je partageais au moins en semblance avec ma mère, outre un teint de gommelle, cette couleur qui nous flambait le chef et le con. Et si une autre sorte de feu lui avait jamais chauffé l'entrefesson, il n'avait que fort peu brasé pour s'éteindre bien vite, au contraire de moi, à qui la cendre aujourd'hui encore n'a toujours pas froidi le ventre. De ma mère ou de moi, laquelle est à plaindre, et laquelle à blâmer? L'une pour son aventure, l'autre de n'en avoir point eu…

Mais me voilà menteuse. En vérité nous avons partagé la même démentance, elle dans le silence et moi la hurlerie.

Le même puant fiel nous a pourri le sang.

Elle s'appelait Benoîte, fille Tesson de la colline de Fresse, où ils ne doivent plus être nombreux, à présent; ils ne l'étaient déjà guère avant, miséreux de souche, et Favier ne se privait pas de lui répéter : « C'est le diab'qui m'a tiré là-haut pour que je t'en ramène! », une parmi la dizaine de litanies qu'il grappillait selon la circonstance. Grimpant ce jour-là la colline où il allait quérir une génisse, il en était redescendu avec la vache et la femme, persuadé d'avoir fait une affaire. Il s'était aperçu bien vite que point n'était le cas, la vache se substituant volontiers à tout ce que la femme offrait de femelle en dehors de cuire la soupe et sarcler le jardin. Une femme qui ne lui avait fait qu'un seul enfant, d'entre trois ou quatre mort-nés, qui pût l'aider au champ et à la ferme, une maigrichonne tout en nerfs et cuérchâïe.

Moi.

La vache, elle aussi rouquine, donnait au moins du lait et avait été mise au taureau avec heureuseté.

Je suis née dans l'été 1733. C'est Cauvin qui m'a dit la saison et l'année. Je ne m'en souciais guère et ne lui avais rien demandé. Un jour il me l'a dit. Il le savait. Soit il s'était informé de la chose, soit l'ayant entendu énoncer, il l'avait retenue.

Ni ma mère ni personne, et surtout pas Favier, ne m'en avait avisée. On ne parlait pas de ces choses. Il se pouvait en vérité qu'ils n'en eussent pas eu connaissance eux-mêmes – ou de toute façon n'y eussent guère accordé d'importance. C'était dans un milieu d'été brûlant et à peine née, déjà gueulante, j'étais restée vivante. Ils m'avaient donc gardée : voilà tout ce qu'ils savaient.

Ma souvenance en amont de mes premiers pas s'embrouillent en sensations craintives écharfouillées dans des pénombres informes, des lumières fanées et singlons de soleil insinués entre les planches disjointes des dosses de la grange où on m'abandonnait de longs moments en compagnie des souris, lérots et chats de passage. Et bien que ne sachant pas encore la particularité de mon propre pelage, il me souvient d'un gros matou borgne, parmi ces chats, lui aussi flamboyant, à mes couleurs.

Je me rappelle le bourdonnement continu des mouches, toujours, qui ne se figeaient qu'aux froidures.

Je ne sais pas de qui, père ou mère, me vient l'écartement qui me fit comme brèche-dent sur le devant, sous la lèvre avancée du haut, ni ce regard vorace de mes yeux trop grands. Je ne crois pourtant pas tenir cela d'elle et guère plus de lui. Mais qui peut savoir, pour ses dents à lui dont il ne possédait plus que misère, à l'excepté de quelques chicots en esquilles au hasard sombre écarnelé de sa répugnante gueule. Celui-là est le premier homme sur qui j'ai appelé la mort. Le premier bouc de qui j'ai souhaité fendre la panse et fouler à pieds nus la tripaille eschandiée au sol. De cela aussi me souvient et c'est un souvenir qui n'est pas d'hier, alors que mes dents de lait n'étaient pas encore tombées au bonheur, et bien loin paravant que de mon ventre saigne la gamine finie. Je crois que la malédiction muette du salope fut ma première supplique au diable, avant même que d'y jamais croire vraiment.

Je fus une trousse-pête aux tétons plus tardifs que des poires de septembre, les côtes marquant la peau, toutes sortes d'os pointus qui saillaient en tous sens dessous mon caraco. Les hanches plus étroites que celles de mes biques, des genoux calleux de crasse et de croûtes comme des nœuds sur des rais de sapin. Une longue et maigre bringue toute aux désordres de la jeuvaison. J'escaladais les jours, front têtu et trogne boudeuse, lorgnant prudentement les choses par le travers et de loin en loin pouvais devenir folle à gueuler comme un cochon qu'on égorge. J'apprenais de ma mère et de l'autre. Je comprends désorendroit qu'il eût bien mieux valu que ce fût de mes chèvres, ou de n'importe qui. On sait les choses davantage par leurs ombres au bord des chemins, les traces laissées de leur passage, je n'avais pas et n'ai jamais eu assez de flair pour les bien renifler en train de se faire.

Je crois n'avoir jamais entendu – sauf une fois – le père s'exprimer autrement que par ses grognements, tournant de moins de dix manières la poignée de mots dont il avait connaissance, ou encore une foudroyante braillesse crevant ce silence qui noyait à l'ordinaire et comme entre deux eaux ses regards toujours prêts à se détourner du vôtre. À en croire ma souvenance, je ne pense guère lui avoir adressé la parole à plus d'une douzaine d'occasions. Je veux bien me violenter d'une treizième pour l'envoyer au diable – si par malheur il est encore et toujours, ce jour, charogne debout. Je tremble rien que d'y songer et mes poils se hérissent. Mais cette histoire est mon histoire, alors, et tu le comprendras, comment pourrais-je l'en exclure ? Si la vie jusques ici m'a fait endurer nombre d'horreurs, me laissant témoin de tant d'autres pour lesquelles personne ne me vint prendre nulle dîme, cette charogne sans nul doute fut la première dont il me fallut toute gamine, quatre pommes de haut, inhaler la pestilence. Faites bon Dieu que les vers en aient festoyé. Faites que je sois de longtemps orpheline.

Notre maison avait été construite par son père, dont le nom m'échappe et de qui je ne garde aucune image en tête si tant est que j'en eusse jamais eu la moindre. Ou, qui sait encore, le père de son père. À la voir, on se disait qu'elle avait pu sortir de terre en même temps que les quatre chênes immenses qui veillaient sur elle, mêlant leurs branches et étalant leur ombre sur presque toute la clairière en été. Ce n'était pas une belle maison comme la gringe des Sauvé, l'aîné, père de Cauvin celui-là, solidement dressée à cet endroit de fond de vallée qu'on appelait Sous les Ordons.

Aux Ordons du Haut, en bout de méchante grimpée, sur l'envers des pentes noires de la forêt dont le soleil d'hiver léchait furtivement les crêtes en fin de courte journée, notre bacu formait un gros tas de pierres moussues, la toiture de genêts et d'écorces creusée pareille à une échine de vieille carne, les fenêtres au ras des pannes de troncs comme des regards sombres et méfiants, sa porte de bois gris entrouverte, large pour le passage des bêtes aussi bien que des gens. Aux plus fortes chaleurs, cette maison faisait pourtant figure humide, probablement aussi à cause du ruisseau proche qui ne se taisait jamais entre ses pierres que la vase vestuveluait plus ou moins court selon la saison et ses berges d'orties.

Je n'eus d'autre ni meilleure compagnie que mes biques, dans mes petites années. Avant de savoir tout autrement compter, j'en connaissais leur nombre juste à la marque de mes doigts – il me fallut au plus les deux mains sans les pouces, et au moins une seule main sans le petit doigt, en plus du pouce. Elles étaient d'une douillette tiédeur contre ma joue, entre mes bras, la panse ronde et une bonne odeur charnue, de la soie sous la rudesse du poil ; avaient pour moi des yeux d'humide tendreté, jamais cornes vilaines – jamais aucune ne me fit moindre mal, que ce fût par mégarde ou à dessein, jamais une égratignure plus mauvaise que celles des ronces qui me couvraient en permanence les mains, les bras, les jambes jusques aux fesses.

J'ai davantage conversé avec mes chèvres qu'avec n'importe qui – même ma mère et moins que personne l'autre grand putois. Pour elles j'avais en suffisance les mots et les silences qui donnent chaud sous le givre et vous font traverser à pied les gouffres de la nuit devenue complice. Souventement je dormais blottie parmi elles, dans leur chaleur odorante plus confortable qu'un plumon. Il ne me souvient pas que la Benoîte, ma mère, se fût inquiétée une malheureuse fois de ces nuitées avec les bêtes cornues, ni qu'elle vînt me tirer de l'étable pour me ramener sur ma paillasse de la pièce des gens, dans la maison, jamais, ou alors si elle le fit en dehors de ma mémoire je n'en pris pas leçon et retrouvai sans tarder, probablement la nuit suivante, mes compagnes de chèvrerie dont on ne tenta plus de me venir séparer.

Une fois, l'autre qui me lorgnait par en-dessous à sa manière de faux jeton – et je le voyais bien – ragota entre ses lèvres graisseuses qu'il allait me pousser des cornes et une barbiche, à moi aussi, sans aucun doute, au moment où, dit-il, les gamines saignent pour prendre leur cul. Il en grinça de rire et répéta plusieurs fois ce qu'il estimait être assurément plaisante raillerie. Je me suis longtemps épiée dans le fragment de miroir sur le bassin du charri, j'ai guetté mon reflet dans l'eau ou au carreau des fenêtres le soir, les dents serrées sur une excitation ravie d'épouvante, la pousse de poil au menton et de corne à mon front...

C'était avant Cauvin.

Quand je dis avoir davantage conversé avec mes biquettes qu'avec quiconque, c'était avant Cauvin.

D'ailleurs avec qui parler ? Avec qui, sinon moi-même – ce que non plus ne me privais. Quelles oreilles pouvaient m'ouïr, sinon les miennes... ?

Les gens n'étaient guère nombreusement de passage, par ici, et encore moins en visite. On ne venait pas nous voir. Pour arriver sur le chézeau, jusque dans la clairière au flanc raide de la vallée étroite où s'étalaient nos jardins, prés et pâtures sur les entours de la maison de pierre et de gazon écouâillée comme une vieille, il fallait s'y être perdu ou le vouloir sans détour – les gens à l'évidence n'avaient pratiquement jamais telle intention.

Ou alors des collecteurs de dîme et de redevances.

Ou le châtreur de la Ferme.

Parfois l'un ou l'autre des frères Sauvé, Adrien le gruyer à cause de sa fonction davantage que par souci de courtoisie à entretenir des relations de parenté, Pierre-Prix plus rarement à l'occasion d'une fugue sur nos pentes d'un de ses cochons. Que l'Aganne fût une fille Sauvé, leur sœur et première épouse de Favier, morte au jour de ses vingt-cinq ans, n'avait pas d'incidence sur la fréquence de leurs apparitions aux Ordons du Haut.

Ou encore, paraventure, un chasseur d'essaims, un récolteur d'étoupe. Et un rouleur, une nuit, essoufflé par la grimpée. Plus fréquemment, ce braconnier furtif qui s'en venait seul ou raccompagnant le grand putois et s'en repartait seul ou encore avec lui…

Ormais ces visiteurs étaient grandes personnes que nul enfant jamais n'accompagnait. Ni les leurs ni d'autres – quelle sorte d'enfant, sinon un malheureux abandonné aux loups, se fût risqué solitairement dans les profondeurs de ces lieux sombrement boisés ?

Cauvin.

Cauvin ne craignait rien ni personne, certainement pas les loups qui de toute façon ne hurlaient plus guère dans les vallées des Moselle et dont on n'avait pas souvenance qu'ils eussent jamais dévoré qui que ce fût (on me les faisait craindre à la moindre occasion, d'un mot, d'une silencieuse grimace menaçante, on en faisait l'incarnation des épouvantes dans chaque ombre et le moindre frisson de feuillage, à mes talons de gardienne et aux sabots de mes biques, et pourtant je n'en vis jamais la queue d'un seul ni une pauvre empreinte griffue dans la boue, l'herbe du pré, le gazon gras du ruisseau où nous allions boire).

À notre première rencontre – j'avais sept ans, lui dix – il essaya de me noyer.

2

Ç'AVAIT ÉTÉ UNE DE CES JOURNÉES CHAUDES comme il en tombe encore fréquemment après la Saint-Maurice, l'été mourant pressé de brûler ses dernières cartouches, pour ne rien gâcher qui fût non consumé une fois trop tard. La lumière frisait sur le bord des choses. Les herbes non fauchées avaient pris des teintes assorties à leur maigreur sèche. Les grillons étaient moins bavards et un rien distrayait le vent à droite ou à gauche au hasard d'humeurs ronchonnes. Il s'en fallait de peu pour que les rosées désormais lourdes au sortir de nuits fraîches s'ankylosassent bientôt des blancheurs du givre aux aguets.

La gamine qu'on appelait Rouge Bête à cause de sa tignasse, cucendron tout en os et en œillades sombres sous le froncement permanent des sourcils, se tenait debout au bord du ruisseau et contemplait son œuvre.

Elle avait jeté sur la berge avec le bâton de gardienne son paletot informe taillé et cousu dans une peau de chèvre, retroussé les manches de la chemise dont elle était, en tout et pour tout, vêtue, et au travers de laquelle le soleil déclinant estompait sa maigreur. Ses bras comme ses mollets, écorchés de partout, couverts de griffures plus ou moins spectaculaires, avaient des tournures de baguette fragile, noueuse aux articulations. Poings aux hanches, coudes saillants, comme de mauvaises branchures, elle piquait de regards critiques sa tâche accomplie. Les reflets de lumière sur l'eau vive la cinglaient d'éclaboussures éblouissantes. Dans pas longtemps la lumière couchante s'accrocherait aux crêtes des épicéas et leur ombre remplirait progressivement la clairière de part et d'autre du ruisseau.

Depuis la nouvelle accourcie des jours, après la fête de la Vierge, la gamine conduisait ses chèvres sous le chézeau et descendait la pente des prés au couchant, en bordure du ruisseau. Les bêtes la suivaient sans rechigner, obéissant à sa voix grêle et pointue, ses sifflets et ses mouvements de bras moulinant du bâton. Elle pouvait les laisser seules, la meneuse attachée par une longe au tronc d'un buisson, s'en éloigner quelques moments pour rôder dans les environs proches et pas nécessairement à vue, cueillir les baies et champignons qu'elle savait reconnaître, ou bien fureter au hasard.

C'est en furetant de la sorte qu'elle avait ce jour-là déniché le lièvre, lui marchant pratiquement dessus. L'agitation soudaine et incompréhensible de la bête, à ses pieds, lui avait arraché un cri de saisissement, figée le temps qu'elle l'identifie et s'aperçoive que la bête était prise au collet. L'animal avait évité l'étranglement en engageant une de ses pattes en plus de la tête dans le nœud coulant. C'était un jeune mâle, pas bien gras ni bien beau, une oreille déchirée, ses sombres yeux ronds remplis d'une épouvante résignée.

La gamine accroupie avait posé ses mains sur sa fourrure et l'avait caressé et lui avait murmuré des mots d'apaisement, des mots pour les lièvres qu'il avait écoutés et probablement entendus, et il s'était mis au bout d'un moment à cligner ses yeux ronds et il avait cessé d'agiter ses pattes et les ondes de tremblement sur sa fourrure grise s'étaient espacées et apaisées. Elle lui répétait qu'elle ne voulait pas lui faire de mal, qu'elle allait le délivrer et il attendait qu'elle mette sa promesse à exécution. Il avait quand même l'air de ne pas trop y croire.

– Res'tranqui'e, mon gamin, chuchotait-elle en caressant les longues longues oreilles de la bête couchée sur son échine.

Accroupie sous la broussaille épaisse où elle s'était glissée, ce fut ainsi un moment avant qu'elle perçoive les béguètements inquiets de ses chèvres. Alors elle dit « Attends voir » au lièvre et elle le délivra du collet en tirant sur le lacet et en arrachant le piquet enfiché dans le sol puis elle prit l'animal dans ses bras et le lièvre ne chercha pas à s'échapper, ni ne rua, ni ne battit de ses longues pattes griffues, il se blottit maigre et gris contre la maigre poitrine de la fillette et c'est ainsi qu'elle ressortit du buisson en soufflant sur les mèches de sa tignasse rousse qui lui tombaient dans les yeux.

Elle traversa le morceau de pré pentu toute raide et droite, à bonne allure mais d'un pas sans heurt, et passa de l'ombre courte effrangée au soleil droit de peu après midi, tenant contre elle l'animal que le portage doucement cahotant ne semblait pas effrayer ni déranger, et elle le présenta aux chèvres curieuses en leur disant « Regardez la lièv' » et les chèvres firent mine de s'intéresser un court instant à cette crevure longue en pattes et en oreilles, mais sans plus, tandis que le lièvre ne paraissait pas davantage s'inquiéter de la présence de ces cornues.

Alors la rouquine s'éloigna de quelques pas et s'accroupit et posa le lièvre au sol et replanta vigoureusement le piquet du collet. De la poche de son espèce de casaque en peau de bique râpée elle tira une courte lame emmanchée sur un nœud de cerisier puis retourna vers les chèvres, coupa une aune de la longe de la bique meneuse, revint vers le lièvre et reprit sa position accroupie. Avec le bout de longe elle confectionna non pas un nœud coulant mais un collier, ni trop lâche ni trop étroit, qu'elle passa autour du cou du lièvre et resserra ce qu'il fallait sous les oreilles, après quoi elle noua l'autre extrémité au piquet, et ensuite, seulement, elle desserra le collet et le retira, considérant un instant la trace un peu saignante dans la fourrure fripée avant de rouler le lacet dans son poing et de l'empocher, avec le couteau court.

Elle resta assise dans l'herbe à côté du lièvre jusqu'à ce que les ombres bougeantes des grands sapins touchassent le haut du ruisseau. Elle lui parlait à douce voix, lui disait des gentillesses et fredonnait des paroles chantantes. Elle lui disait tout ce qu'elle allait faire pour lui, en cachette, pour que surtout son père ni personne ne lui mette la patte dessus et ne lui fasse un mauvais sort – elle lui raconta quel mauvais homme était son père et lui dit qu'elle en connaissait d'autres dont la principale occupation consistait à attraper des lièvres comme lui, mais elle lui recommandait de ne pas s'en faire. Possiblement, lui disait-elle, c'était cet homme qu'elle avait déjà vu à la maison, avec son père, elle ne connaissait pas son nom, qui avait posé ce collet. Et le lièvre semblait rassuré. Il était assis sur ses pattes, à bougeotter le nez comme font les lièvres.

C'est plus tard qu'elle avait retiré sa casaque et qu'elle était descendue au ruisseau et s'était mise à faire un barrage avec les pierres, comme si elle avait voulu traverser à pied sec le cours d'eau ou retenir son flot. Elle y avait mis beaucoup d'énergie, tandis que le soleil descendait vers les cimes, dans les éclaboussures brillantes et les vols des mouches qui dansaient avec les reflets dorés de lumière dans les gouttes.

À présent elle regardait les pierres amoncelées qui formaient un gros bourrelet sombre luisant et tavelé comme le corps noyé d'une grosse bête inconnue, atteignant presque l'autre rive, et c'est alors que les quatre garçons sortirent à la queue leu leu du hallier à trente pas de l'autre côté du ruisseau et s'approchèrent, droit sur elle. Elle recula d'un pas et jeta pour en évaluer la distance un coup d'œil à son paletot de peau de bique dans la poche duquel se trouvait le couteau. Une bonne dizaine de pas. Un des garçons la héla.

– Hé toi !

La brève grimace qui tordit ses lèvres disait combien elle appréciait cette apostrophe, d'où qu'ils sortent pour la lui lancer. Elle recula de deux pas prudents, serrant les poings.

– T'entends sourd, hé, la gamine ! cria un autre.

– J'entends pas sourd du tout, fit-elle, tendue sur ses maigres ergots.

– Qui c'est qui t'a dit de faire ça ? demanda le premier des quatre.

Ils semblaient tous plus ou moins taillés au même gabarit, arboraient avec arrogance des faces rondes mâchurées de toutes sortes de traces et qu'aucun torchon n'avait dû frotter depuis longtemps, des tignasses hérissées au-dessus du trait franc de la coupe, au nez coulant une morve tenace qu'ils effaçaient d'un revers de poignet ou du creux de la paume ou d'un reniflement désinvolte ; loqueteux, trois d'entre eux vêtus de chemises longues cousues à l'entrejambe en manière de chausses, les pieds bottés de crasse et de griffures qui leur montaient jusqu'aux genoux. Le quatrième en arrière de tous les dépassait d'une tête, assurément le plus âgé, vaguement moins sale, et culotté, lui, sous la chemise débraillée. Il avait un visage allongé, un regard noir comme un trou dans la terre, des cheveux longs d'une blondeur étrangement voisine du gris, qui lui cachaient les oreilles. Il tenait à la main quelque chose qui paraissait être une poignée de lacets de cuir.

– Hé ! t'as pas entendu c'que je te demande, la gamine ? lança le morveux.

– J'suis pas « la gamine » ! dit-elle. C'est personne qui m'a rien dit d'faire.

– Alors pourquoi qu'tu mets des pierres dans c'te goutte ?

– Parce que ça m'plaît, dit-elle.

Ils ricanèrent et se poussèrent du coude et avancèrent d'un même mouvement. Les premiers mirent les pieds dans l'eau. Le quatrième, le grand avec ses cheveux presque gris, n'avait pas bougé, il regardait la rouquine, faisant tourner cette poignée de lacets qui lui pendait du poing, à la fois comme une estompe de sourire sur ses lèvres épaisses et un regard de pierre blême.

Elle se baissa vivement et ramassa une pierre, la première qui lui tomba sous la main, sans regarder, et se redressa. Ils avaient fait deux pas dans le courant jusqu'à hauteur du barrage de pierres.

– Hé! dit l'un d'eux, et tous rigolèrent.

Tout soudainement, celui qui semblait le plus bavard cessa de rire et prit un air mauvais, battant des bras pour garder son équilibre en se remettant en marche, dans l'eau jusqu'aux genoux, un pied avancé, et puis l'autre, sur les galets glissants. Il couina de sa voix haut perchée :

– C'est pas à toi, c'te goutte, pour la barrer avec des cailloux. Si les officiers te prennent à faire ça tu vas le sentir passer. T'es pas chez toi ici!

– Si! C'est chez nous! dit-elle.

C'était le Pré d'En Bas, depuis sous le ravin, derrière les barres d'orties, et jusqu'aux pommiers sauvages, et c'était bel et bien une partie des vaines pâtures accordées au chézeau Favier des Ordons du Haut, bien sûr qu'elle était chez elle, elle le savait parfaitement.

– C'est chez nous jusqu'à là-bas aux pommiers! gronda-t-elle entre ses dents.

Elle lança la pierre et en ramassa prestement une autre avant de tourner les talons. Le premier des galichtrés glissa des deux pieds en s'écartant pour éviter la pierre jetée vers lui et il s'abattit dans l'eau au milieu d'une grande et bruyante éclaboussure qui provoqua les braillements de tous les autres.

La rouquine fonça vers son paletot de peau de bique abandonné dans l'herbe, la tête remplie des bruits de l'eau fouettée et des cris, des halètements, et quand elle se redressa, quand elle se retourna pour faire face, couteau à courte lame au poing, c'était le grand garçon aux cheveux étranges qui lui faisait face. Sa chemise pendait, dégoulinante, trempée jusqu'au col, son visage et ses cheveux aussi étaient mouillés ; il soufflait de l'eau en avançant la lèvre inférieure, l'empoigna par l'épaule et la fit pivoter en lui saisissant le poignet au-dessus de la lame et le tordit dans son dos. La douleur lui arracha un cri bref. Il la poussa en avant et elle tomba dans les pattes des autres et pendant un moment elle ne sut pas ce qui se passait vraiment, quand elle ouvrait les yeux elle voyait s'agiter des bras et des jambes et des trognes tordues qui la vironnaient, enguirlandées d'aspersions d'eau jaillies des vêtements et des vociférations de toutes ces voix mêlées. Les premiers coups de pied lui arrachèrent des grognements mais tout de suite elle serra dents et paupières. Et puis quelqu'un cria plus fort et les voix parurent s'étouffer au fond de ses oreilles bourdonnantes.

Elle entendait battre son cœur contre ses côtes.

C'était sans doute beaucoup trop fort pour être vrai.

La voix recommanda de la laisser tranquille.

– Vous allez la tuer, dit la voix. C'est la Rouge Bête, je sais qui c'est.

La Rouge Bête rouvrit les yeux – la paupière gauche lui parut plus lourde et serrée qu'à la normale.

Il était immense, jusqu'au ciel, debout au-dessus d'elle. Elle vit dans ses yeux comme une ombre alarmée, furtivement, une ombre dissipée dès qu'il croisa son regard. Qui était-il pour savoir le surnom qu'on lui avait donné à la maison ? Et de s'apercevoir tout soudain que ce surnom contre lequel elle n'avait pas grief pouvait être connu au-delà des limites du chézeau, dans les autres maisons, peut-être jusqu'au village où jamais on ne l'avait emmenée (et qui sait si la mère y était allée elle-même ?), au bout de la vallée, elle fut traversée d'effroi. Un affolement piqué dans l'instant par une pointe d'arrogance tout aussi singulière.

Elle se redressa sur les coudes et chercha des yeux son couteau. Un des garçons qui tenait son bâton en posa l'extrémité au sol, appuya d'un pied dessus et le brisa et jeta les deux morceaux dans un grand mouvement de faucheur en direction du ruisseau.

– Regarde ça, Cauvin ! cria un autre des morveux.

Il tenait par les oreilles le lièvre pendu à bout de poing brandi qui se tortillait et piochait le vide des tressauts saccadés de ses pattes, la queue raidie tendue, et on entendit son pauvre cri de terreur pointue avant que le gamin se remette à brailler :

– C'est c'te p'tiote garce qui t'a volé tes collets, Cauvin ! C'est elle, regarde çui-là.

Le visage de la fillette se ferma et la gouttelette de sang qui perlait à l'écorchure dans ses sourcils se détacha et roula et coula sur le bord de son œil jusque sur sa pommette. Le regard de Cauvin se mêla à celui de la rouquine un temps de souffle suspendu, taillés l'un comme l'autre dans une pareille dureté que gâta mêmement une paille d'étonnement désappointé.

Cauvin…

En vérité bien sûr elle savait ce nom-là. Elle l'avait entendu de la bouche de sa mère, certes pas si souvent de celle de son père aussi, et dans un grognement grossièrement arraché au silence.

Elle se redressa sur ses jambes de sauterelle. Il suivit son mouvement d'un œil noir, sans broncher la regarda repousser ongles en avant la tentative de saisie de celui des gamins resté au côté de Cauvin, elle dit :

– C'est pas vrai que j'ai volé la liév…

N'en prononça pas davantage : en même temps que le mot coinçait, Cauvin l'avait attrapée par le devant de sa chemise et il la tira, la souleva de terre comme un ballot de plumes et elle s'accrocha à son bras pour empêcher que le craquement sinistre du tissu ne se transforme sous la traction brutale en irrémédiable déchirure, et il la traîna sans ménagement au ruisseau, et sans hésitation la balança dans la retenue d'eau que le barrage de pierres avait occasionnée.

Les braillements et cris des garçons qui lui déchiraient les oreilles s'interrompirent tout net, engloutis avec elle et transformés en gargouillis d'eau brassée, battue, fouettée… Des myriades de bulles et de couleurs éblouissantes passèrent devant ses yeux, elle avala de l'eau qui changea son souffle en traits coupants de feu, elle toussa et cria des sons d'autre monde. La main crochée à sa chemise la maintenait sous la surface bouillonnante. Elle battit des bras et des mains et des pieds et elle s'agrippa à cette main qui tordait sa chemise dont les coutures lui sciaient les aisselles et elle tenta de dénouer ses doigts, d'attraper ses jambes, sans y parvenir, elle fut à un moment hors de l'eau et s'entendit hurler en aspirant de l'air et de l'eau et le soleil tout blanc qui était revenu à cet instant droit au-dessus d'elle lui brûla les yeux, puis la poigne du garçon la replongea sous l'eau et elle pensa alors qu'elle allait mourir. Qu'il allait la noyer. Se disant que ce n'était pas raisonnablement possible, qu'à l'évidence ça n'était pas possible, rien de tout cela n'était raisonnablement possible, pas lui ni pour cette raison, pour un lièvre tiré vivant d'un collet, pas Cauvin Sauvé de Sous les Ordons, la maison la plus proche de la sienne aux Ordons du Haut, pas lui. Elle cessa donc de lutter et laissa tout ce rouge lui remplir les yeux et couler dans ses poumons la douleur apaisée derrière des battements de cœur à lui crever la poitrine. Et puis ce fut terminé.

On la secouait.

On l'appelait par son nom, elle entendait la Rouge ! la Rouge ! c'était bien son nom, la Rouge Bête, le nom qu'ils lui disaient le plus souvent et plutôt qu'Esdeline ou encore Linette.

– Bon, ça ira, dit-il, elle est pas noyée…

– C'est qu'une voleuse, dit une autre voix. Moi, j'l'aurais tenue sous l'eau jusqu'à…

– Tais ta gueule, toi, cingla Cauvin.

Ils l'avaient tirée hors de l'eau et couchée sur la berge. Des milliers de picotements lui parcouraient le corps et la chemise collée à sa peau pesait étrangement. Elle fut prise d'une quinte de toux qui la redressa et la courba aussitôt en deux, crachant et s'étranglant à grand bruit, les larmes sur ses joues avec la coulure de sang de la coupure ouverte à l'arcade sourcilière. Ils la regardèrent tousser et s'étrangler et ils attendirent qu'elle reprenne souffle, alors il se leva, elle le vit se lever à travers les larmes dans ses yeux.

– J'suis pas une voleuse, dit-elle comme un râle.

Il dit :

– Ça va maint'nant. Rentre chez ta mère avant qu'y t'arrive malheur.

– Quel malheur ? dit-elle à voix rauque. À part vous autes ?

– Fais donc pas la maligne, souffla-t-il avec un petit sourire rapide sur ses lèvres, sous le regard dur, chargé de colère, qui lui ne riait pas.

Elle remarqua sa lèvre coupée, se dit que c'était peut-être elle en se débattant qui la lui avait fendue et en ressentit comme une sorte de soulagement.

– Rentre chez ta mère, répéta-t-il, et il dit : Allez !

Ils s'en allèrent. Ils traversèrent le ruisseau devant lui, à la file, sans presque dire un mot et comme si quelque chose d'invisible mais pesant leur appuyait aux épaules. Ils étaient se dit-elle au moins aussi trempés qu'elle. Sur l'autre berge ils continuèrent en ligne droite et rentrèrent dans le hallier à l'endroit exact où ils en étaient sortis très longtemps auparavant, et juste avant de disparaître Cauvin se retourna et lui adressa un geste vague de la main qui n'était pas un salut, un signe qu'elle ne comprit pas vraiment s'il y avait quelque chose à comprendre, une secousse molle du poignet…

Le soleil avait quitté la cime des épicéas.

La rouquine ébouriffa vigoureusement à pleines mains ses cheveux trempés afin d'en expurger le plus d'eau possible, elle attendit debout un instant au bord du ruisseau, abandonnée dans les douleurs qui se mettaient à sourdre et lui courir par tout le corps sous la chemise lourde pendante. Les larmes jaillirent en silence et elle tourna les talons et chercha son paletot de peau de bique et courut vers ses chèvres qui attendaient et l'accueillirent par une volée de béguètements, elle s'enfouit dans le troupeau, se pressant contre les ventres chauds et les museaux de velours humides.

Ils avaient emporté le lièvre avec eux. Elle n'en avait rien remarqué. Ou bien il s'était échappé ? Il leur avait filé entre les pattes ? En tout cas il n'était plus là, non plus le piquet du collet ni le bout de longe taillé qu'elle avait utilisé pour attacher « la lièv ».

Sa chemise n'était pas tout à fait sèche quand il lui fallut s'en repartir à la maison, l'ombre des arbres depuis longtemps étendue sur toute la clairière. Elle frissonnait. Elle s'était cherché un nouveau bâton à tailler et quand elle eut fini de l'éplucher décida de rentrer.

On ne lui demanda pas d'explication sur ses cheveux et son vêtement mouillés. La mère lui jeta une œillade suspicieuse à laquelle Esdeline répondit qu'elle était tombée au ruisseau en glissant sur une pierre quand elle l'avait traversé et la mère lui dit : « Qu'est-ce que t'avais à traverser ? » et la fillette répondit : « Pour rien, comme ça, pour aller de l'autre côté. » Cette nuit-là comme les autres elle coucha au chaud des chèvres mais ne dormit guère en écoutant la nuit vironner la maison de toute sa pesanteur picorée des bruits et glissements coutumiers.

La seconde fois ce fut le lendemain.

Elle n'avait pas retouché au barrage, n'y avait pas ajouté une seule pierre. Des nuages délavés, sans forme, maigrichons et le ventre creux, traînassaient dans le ciel et diffusaient une lumière fanée comme les prés que la faux n'avait pas touchés. Tout le matin elle avait cherché un nouveau bâton, celui de la veille choisi en hâte ne la satisfaisant pas, et elle avait fini par trouver. Elle le taillait consciencieusement avec le couteau à lame courte, assise sur un morceau de vieille souche à quelques pas des chèvres sous la haie de noisetiers.

Il sortit du hallier au même endroit que la veille. Esdeline l'aperçut à l'instant même et elle se redressa, tendue, le dos droit, d'un seul coup la pâleur descendue sur son visage de fouine. Les doigts serrés sur le bâton et le couteau. Réveillées, toutes les sourdes douleurs assoupies qui lui hantaient les os.

Mais il était tout seul.

Hors la brousse il s'arrêta et regarda la clairière et il la vit, bien entendu, aussi clairement qu'elle le voyait. Il leva la main, l'agita. Pour un salut, cette fois, indiscutablement. Il cria :

– Hé ho!

Elle ne broncha ni ne répondit. Droite, de pierre, le souffle à peine visible sous la chemise, bloqué par les lèvres pincées. Les doigts non dénoués sur ce qu'ils serraient, elle l'attendit.

Il avançait à grands pas, les chausses délacées aux genoux, jambes et pieds nus, une blaude flottante ouverte sur la poitrine, les manches retroussées sur les biceps. Une sorte de chapeau, une calotte bosselée comme en portent les mineurs, sans bords francs, sur ses cheveux bizarres trop gris pour être blonds. Il portait quelque chose à la main – elle vit ce que c'était quand il eut traversé le ruisseau à hauteur du barrage, sur la rive de ce côté-ci.

– Bonjour, la Rouge Bête, dit-il.

Il n'avait plus la moindre trace de colère, ni de mécontentement, ni même cette expectative méfiante dans les yeux. La coupure sur sa lèvre un peu enflée n'était plus qu'un trait brun qui remontait jusque sous la narine.

– Tiens, dit-il, c'est pour toi.

Et posa devant elle le lièvre sans tête, éviscéré et dépouillé, à qui la fourrure n'avait été laissée qu'aux pattes, comme des bas.

– C'est pour c'qu'on t'a fait hier, dit-il.

Il balança ailleurs un coup d'œil négligent et précisa :

– C'que j't'ai fait.

Elle regardait le lièvre, puis elle le regarda. Elle soupira, lèvres retroussées découvrant ses dents de devant écartées, et renifla d'une façon qui lui plissa les narines et ferma ses yeux à demi. Gardant ce regard sur lui.

Il dit :

– J'sais bien qui t'es, t'es la fille de Favier, et de sa femme de maintenant. La première qu'il a eue, d'femme, et qu'est morte avant celle-là, c'était ma tante, tu l'savais ? Elle s'app'lait Aganne, qu'elle s'appl'ait. C'était la sœur d'mon père. La sœur d'Adrien et Pierre-Prix Sauvé. Adrien c'est mon père. Tu l'savais ?

Si elle savait quoi, de tout ce qu'il énonçait en chapelet comme une litanie ? Qu'il y avait eu une première femme dans le lit du père, oui, certes oui, quant à son nom… qui elle était… Que Cauvin était le fils d'Adrien Sauvé, le Collecteur et gruyer du ban, oui.

Elle opina de la tête et renifla une fois encore en plissant le nez.

– Je l'sais qu't'as pas volé mes collets. D'abord j'l'ai cru pis ensuite j'ai compris que non, quand j'te tenais dans l'eau. Mais j't'aurais pas noyée… c'était que pour te donner une leçon. Le Galliche, le plus grand, arrêtait pas d'répéter qu'c'était toi la voleuse, et qu't'avais comme ça dépouillé tous mes dix collets sous les Ordons. Mais j'suis tout seul à savoir que j'en avais posé dix, même à eux autes j'l'avais pas dit… J'avais dit qu'un voleur m'avait relevé mes collets, j'avais pas dit combien. Alors comment qu'y pouvait savoir ?

Gardant le menton levé vers elle comme s'il attendait une réponse à la question posée.

Elle eut un léger haussement d'épaules qui pouvait se traduire par un signe d'ignorance.

– Y pouvait pas, dit Cauvin. Y pouvait pas, comment qu'il aurait pu ? Sauf en m'ayant espionné.

Elle renifla sans presque de bruit en fronçant le nez et réitéra le haussement d'épaules, de façon manifeste cette fois.

– Sauf s'il m'a suivi en se cachant pour me voir placer mes collets, dit Cauvin, c'est ça que ça veut dire « espionner ». Et pis après s'il me les a relevés lui-même. Dans le matin sans doute, ou même la nuit. J'les avais tendus la veille. Il désigna la carcasse du lièvre dépouillé, dans l'herbe : Et toi, dit-il, t'as trouvé çui-là après le passage du Galliche.

Il suivit des yeux un instant la cueillette d'un bourdon dans les corolles d'une fleur jaune.

– J'le sais, que t'es pas une voleuse dit-il. J'ai compris ça, hier, quand il a dit c'qu'il a dit pour le nombre des collets. Sur le sentier, plus bas, j'l'ai forcé à avouer et il a fait l'reste du chemin à coups d'pied dans l'cul. Et j'pense que si y s'plaint à son père en allant raconter qui c'est qui lui a cassé les dents et fait la gueule qu'il a maint'nant, c'est à mon père qu'son père aura à faire.

Accroupi, il porta le poids de son corps sur l'autre jambe, il avança la main et la retira puis l'avança de nouveau et prit le lièvre et le tendit à Esdeline :

– C'est pour ça que j'te l'donne. Pour c'que j't'ai fait en croyant… C'est pour ça que j'te l'donne.

Elle regarda le lièvre et les mouches qui se posaient et couraient sur la chair rouge violacée et luisante par endroits comme des bavures de nacre.

– C'est vivant que j'le voulais, dit-elle.

Après un temps il finit par reposer le lièvre dans l'herbe aux pieds de la gamine puis il se redressa et essuya ses doigts sur le devant de sa blaude, disant :

– Ça, maint'nant, j'peux plus rien y faire.

3

Il disait que nous étions « demi-cousins », à sa manière de tordre les buissonnements qui font la frondaison d'une parentèle et d'en tresser les liens quand leurs brins n'existent qu'épars. Il m'expliqua d'abord ce qu'étaient des cousins « entiers », dans une famille.

La première femme du grand putois que j'avais pour père étant sœur des deux frères Sauvé, Cauvin décréta qu'il s'en était fallu de peu que je fusse la fille que la malheureuse n'avait jamais eue avant de mourir à peine mariée – c'était sa manière de voir les choses, comme je le disais. Cette femme étant bel et bien sa tante, Favier était devenu son oncle par alliance, et, dès lors, moi, la fille de Favier, pour une moitié de parents, sa moitié de cousine du même coup…

Je n'eus pas une seconde envie de mettre sa parole en doute. Ce demi-cousinage ne m'en paraissait pas moins grandement honorifique, en dépit d'une déraison que je pressentais sans pour autant chercher le moins du monde à la précisément cerner, qui m'invitait dans les entours claniques des Sauvé, même si c'était à la clandestine, à la braconne. Je ne rêvais sinon de cela, voirement, d'une équivalence et dès avant qu'on me le proposât. Je le pris donc comme on me le servait, sans m'esbaudir de tant d'inattendu mais avec cette désinvolture qui sied naturellement à qui ne reçoit que son dû.

Non, je ne rêvais pas *que* de cela.

J'avais, dans ces années de prime enfance, de folles espérances que je n'identifiais pas à ce nom – et que d'ailleurs je ne nommais aucunement, faute d'y accorder quelque visage que ce fût – mais pratiquais davantage comme une façon de respirer, un souffle que j'attrapais et apprivoisais parfois, comme j'avais voulu apprivoiser ce lièvre délivré du collet, un souffle qui savait en grands délices me brûler l'âme à la sauvage et me chauffer le ventre et le cœur à défaut des doigts et m'éblouir même au profond des jours les plus noirs et glacés de l'hiver.

Il me souvient des hivers de ce temps, davantage que ceux qui s'ensuivirent, pourtant plus proches de ce jour d'hui, et comment nous nous tenions serrées les unes contre les autres dans la partie de l'étable qui nous faisait logis, les biquettes et moi. Alors, des espérances… rêver pour au-delà des jours et des nuits, par-dessus les froidures, rêver de saisons qui ne fussent pas immuables dans leurs successions de couleurs si souventement grimaçantes, escompter la venue d'un renouveau inéluctable sans savoir pour quand ni comment, mais croire surtout que ce moment viendra forcément et l'attendre, et j'attendais si fort que cette conviction se suffisait à elle-même et écartait la probabilité réelle de ces temps attendus…

Alors, déjà, que Cauvin pose pied dans mon existence ne se pouvait expliquer d'autre manière que par la mise en attelage de ces coursiers très extraordinaires qui allaient m'emporter.

Il ne m'a pas appris à rêver ni inventer en imagination des lendemains de couleur : assurément je ne besognais de nulle initiation à cette malice du raisonnable.

J'étais fouineuse autant que lui des fourrés non battus. Nous avons fait des promenades qui n'en finissaient pas sur ces chemins particuliers non point visiblement tracés pour n'importe qui.

En ces années qui n'en finissaient pas de traîner, que j'eusse préféré jamber à grands bonds de dévoreuse plutôt que les traverser ainsi à cloche-pied d'une toujours même allure, Cauvin Sauvé était certes mon demi-cousin, mais encore bien davantage, et il se fit bellement qu'un beau matin j'aurais donné pour lui ma si pesante vie de rien. Seigneur, je l'aurais fait. La forcennance ne m'est décidément pas venue sur le tard!

De tous les galapiats de la colline des Charbonniers et d'en bas, de la vallée de l'Agne, que j'avais vus et pour certains connaissais un peu, au courant de ce temps que je gâchais plus volontiers avec mes chèvres au chézeau et en forêt et dans les pâtures, Cauvin était le seul à changer sa blaude et ses culottes avant qu'elles fussent raides de crasse ou lacérées de toutes sortes de déchirures, usées jusqu'à la trame. Il sentait bon, la terre fraîche et la mousse où poussent les boutons d'or, le soleil sur les feuilles d'été, le vent qui frise le givre des débuts d'automne, la sève et la résine, les champignons, il sentait les ruisseaux sur le bord desquels il rampait pour attraper des truites, avec une pointe suante d'âcreté après avoir couru, il avait ces odeurs-là des choses vivantes et propres, jamais celles de la merde ou du pissat des bêtes, ni de la crotte au cul que tant d'autres souvent gardent du prin au dernier des mouvements de leur vie, jusqu'à l'odeur sculptée de la vieillesse immobile.

Une fine cicatrice comme un fil de soie barrait le dessus de la lèvre supérieure, de la commissure gauche au pli de la narine ; on la voyait encore à travers les poils quand les premières ombres de moustache lui vinrent, moi je la voyais, je la savais, c'était peut-être moi qui en étais la cause quand je m'étais débattue et lui avais tapé dessus le jour où il avait tenté de me noyer. Je me disais cela. Aujourd'hui, voirement, je ne sais plus. Mais je continue de le croire, comme si cela était d'importance. Je lui demanderai.

Et puis il avait les cheveux d'un sombre blond que salaient des reflets de grisaille comme jamais je n'en ai vu de ma vie sur d'autres têtes que la sienne et jusques à lors, plus que vingt ans après. Ma mère, un jour que je lui demandais, me dit du coin des lèvres que celle qui l'avait enfanté avait eu le chemin croisé par toute une bande de renards argentés quand elle était grosse de lui presque à terme, et qu'elle avait eu grand peur de soudaine surprise. Il a ri de toutes ses dents quand je le lui ai répété, disant qu'« alors c'est sans doute pour ça que j'aime tant bien les renards qui viennent nous croquer nos poules ». Et c'était vrai, je l'ai vu faire, je l'ai vu détendre les pièges à renard en y jetant son sabot, quand il en trouvait un dans les bois, au gré de nos randonnées, et il poussait un jappement victorieux, que j'entends encore, couvrant le claquement à vide des mâchoires de fer.

Mais il m'a enseigné de bien nombreux savoirs. Ce que je n'écoutais plus de ma mère, ni même de son silence, je l'entendais de lui. Il m'a donné à boire et manger, j'étais en permanence le bec grand ouvert.

Il m'a montré comment poser des collets, et je l'ai su si vitement avec tant d'habileté et de flair que mon maître en restait bouche bée un instant avant de cligner l'œil pour me féliciter, et j'en crevais de fierté hurlante derrière mes lèvres serrées. Après que le premier lièvre se fut pris dans un de mes pièges, je dis à Cauvin que je n'en poserais jamais d'autres.

– Allons ! dit-il, tu n'en manges jamais, donc, de ces *lièvs* que le cou leur serre ?

Ce n'était pas au fils aîné du gruyer du ban que j'allais répondre à cette question-là, quand bien même connaissait-il la réponse et son père aussi et même s'il était le premier à colleter tous les Ordons et plus loin encore jusqu'en Bourgogne par-dessus la montagne. Mais il m'a laissée ne plus le faire et un jour il m'a dit qu'il n'en posait plus non plus, il me l'a dit sans me regarder, un soir de fin de printemps, il avait plu, le ciel restait baveux et triste comme si tout le bonheur du monde s'était enlisé dans ses baillesses de nuages et attendait qu'on le tire de là. À sa manière c'était tout ce que Cauvin avait trouvé.

Il m'a appris à dénicher les corbeaux pour élever les petits et leur apprendre à parler.

À faire tourner des roues de bois dans le cours des ruisseaux.

À relever à travers bois les sentes des faux sauniers vers la Comté et l'Alsace, plusieurs fois surprendre leur passage d'ombre et de lune et de crissements du cuir des harnais des mulets, cachés dans les taillis, la respiration retenue et le cœur en chamaille, au risque de nous faire prendre ou d'essuyer au hasard du sombre le feu de leurs pétoires.

De nuit encore à descendre au village d'en bas et le traverser après avoir franchi les terres de finage sans plus de bruit que des erlues ni attirer l'attention d'aucun chien à l'attache aux recoins des jardins et des cours devant et derrière les maisons. Et, parvenus sur l'autre rive de l'agglomération, nous éclations d'un rire qui tranchait la nuit comme une réguédesse de chevêche et nous poussait à fuir plus vite que jamais à l'assaut des répandisses de nos bois protecteurs.

À marcher sur la neige durcie et craquante dans les traces de traîneaux ou de roues de charrois, sous la lune de fer-blanc, nous tenant par la main et, de l'autre, appuyés sur le froid silence crissant de nos pas, avec, pour seuls mots que nous eussions pu dire, leur vapeur en cadence échappée de nos bouches.

Nous étions fréquemment ces deux oiseaux de nuit. Qui le savait à part nous ? Personne, je le crois bien. Ni ses parents (il ne m'en dit jamais rien qui pût le laisser entendre, en tout cas), ni ma mère (elle me voyait partir pour l'étable en commencement de nuit et m'en voyait sortir au matin) – quant à Favier, je n'en fus pas inquiète, mais l'eût-il su que très certainement j'en eusse reçu en retour et bien vite quelque considération de son cru, ce qui ne se produisit jamais.

Cauvin Sauvé, mon demi-cousin, m'enseigna la lecture. Ainsi que l'écriture.

Ce jour d'hui, si ces mots sont tirés vers lui comme des flèches de sauvage, c'est à lui que je dois de savoir tenir l'arc, c'est lui qui m'a donné la force de le tendre et m'a appris, j'espère, à viser sans trembler et à tirer pour tuer.

C'est à cause du livre, si les choses et leur suite ont pris ce tournement. À cause des livres. Il y en avait au moins deux. Mais d'abord un – le premier que j'aie lu, suivant les mots du doigt, quand j'ai su les entendre.

Il m'en parla d'abord, une nuit d'été pleine de lune au bout d'une promenade presque courue, sans un mot ni d'autres bruits que ceux tressés de nos pas frappant la couche d'aiguilles de sapins résonnant creux et nos respirations de plus en plus haletantes, courant comme forcés par une sorte d'urgence incompréhensible jusqu'aux roches en surplomb de la soudaine et raide plongée vers le lac, la forêt ouverte tout à coup sur cet endroit, où je ne m'étais jamais promenée que deux ou trois fois, de jour et sans mes chèvres, pour y cueillir des brimbelles ou des framboises.

4

LE LAC SE TROUVAIT HORS LIMITES de la gruerie, peut-être même de Lorraine – il eût fallu pour le savoir précisément connaître bien le dernier tracé des poseurs de bornes et ce n'était pas une préoccupation capitale des gens de la montagne. L'Alsace proche voisine se frottait le chef aux pentes abruptes comme un chat marque son territoire, on le savait, on n'en savait pas plus et on ne se penchait pas davantage pour y regarder de plus près. On croyait savoir, tout aussi vaguement, que le Roy de France avait acquis les droits de Ferme sur le domaine des chaumes des sommets, dont celle de Rouge-Gazon, aux répandisses retombantes vers le lac.

On le nommait lac des Perches. Ceux qui avaient droit de pêche dans ses eaux n'étaient pas de la connaissance du gamin et de la gamine assis cette nuit-là sur la roche à plusieurs dizaines de mètres au-dessus de sa surface, aussi ni l'un ni l'autre n'aurait pu dire si les perches s'y trouvaient plus nombreusement que toute autre sorte de poisson. Au temps où la montagne ici crachait le feu, il y avait de cela des siècles et des siècles, à une époque que l'imagination au mieux ne peut guère qu'entrevoir, l'époque de la création du monde, le lac n'était pas un lac mais tout son contraire : une bouche de volcan bouillonnante de lave et de flammes et de fumées terrifiantes. Les gens instruits des choses savantes l'affirment, et savent en outre expliquer les volcans et comment et pourquoi les feux des enfers leur montent à la gueule – ils ont lu la chose dans des livres ou bien on la leur a enseignée. Ensuite, les laves avaient cessé de couler et s'étaient refroidies et les trappes infernales, dans cette partie du monde, s'étaient refermées, et c'est ainsi que les cratères racornis s'étaient couverts de forêts et que des sources avaient jailli des flancs boisés et que la cuvette s'était remplie, le lac était né, il débordait du côté alsacien et la cascade, au bas de sa dégringolade dans les roches, devenait ruisseau puis rivière et filait vers la plaine.

De la lune parfaitement ronde découpée au plus haut du ciel, la blanche incandescence brûlant sur l'autre face de la nuit tombait à pic, d'un seul trait, et donnait à la surface du lac une apparence lisse de métal poli aux bords hachés par le reflet des sapins. Quelque part là-bas ululait une chasseresse aux yeux ronds. De temps à autre s'élevait sur leur gauche, en dessous, une sorte de chuchotement flou, un froissement répété dans le tapis de feuilles mortes couvrant ici le sol de la futaie de hêtres qui disputait la place aux épicéas. Une quelconque bestiole, pas même un renard, un hérisson, un mulot…

– J'aime bien venir ici, dit-il enfin à voix basse mais si soudainement que la gamine aux cheveux couleur de feu noir dans la clarté lunaire tressaillit.

C'étaient pratiquement ses premiers mots depuis qu'en la retrouvant dans le pré sous les Ordons, au bord de la nuit montante, il lui avait pris la main, le poignet, disant qu'il l'emmenait à un endroit que hantaient les sotrés et autres malins personnages des contrées nocturnes. Il en fallait davantage pour l'effaroucher. Et tout d'abord elle ne le croyait pas. Elle croyait surtout que ses paroles dissimulaient bien autre chose qui n'avait pas moins d'intérêt que les ballets d'erluises annoncés. Depuis quelque temps, et pour une raison incompréhensible, elle avait remarqué que Cauvin la chahutait et la taquinait plus qu'à son habitude et sur un ton plus aiguisé, comme cherchant à lui faire peur et à la déranger. Ou c'était juste ce qu'elle croyait, comme avec ses envies de hurlades quand elle sentait que le monde autour d'elle pesait trop fort sur sa poitrine pour l'empêcher de respirer (c'était vraiment ce qu'elle croyait parfois!). Pourtant elle ne pensait pas se tromper. Elle avait plus d'une fois remarqué ces accès périodiques de mélancolie songeuse, silencieuse, qui le frappaient sans qu'aucun signe avant-coureur ne les prévînt, dont il semblait souffrir, au fond, et qui ne se lézardaient que pour laisser jaillir généralement un trait de fiel à l'adresse du monde ou vers elle en particulier, une pique, une moquerie en limite de malignité.

– Je n'y étais jamais venue, dit-elle.

Il tourna vers elle un visage brillant de sueur aux yeux mi-clos que la lune blême taillait à cœur à la serpe.

– Dans la nuit, précisa Esdeline.

Presque trop vite, comme en la compagnie du garçon rude, s'était affermie la taille osseuse de son corps d'enfante esquissé à la va-vite et tout en aspérités fragiles. Un semblant de rondeur plissait différemment le tissu sous l'échancrure de sa chemise, des délicatesses en creux lui étaient venues à l'attache des épaules où l'on ne voyait qu'os si peu de temps encore paravant, ses jambes s'allongeaient et se musclaient en courbes déliées, les articulations de ses coudes et de ses genoux paraissaient avoir été dégrossies comme des nœuds dans une branche, à l'herminette et à la râpe ensuite.

Quand il la fixait de ce regard tout autant lame que blessure, elle s'efforçait de ne pas détourner les yeux la première, par force de nécessité. Elle y parvenait le plus souvent et sans que pour autant Cauvin ne parût perdant à la joute, avec au coin des lèvres un sourire signifiant qu'« allons, si cela donc lui faisait plaisir… ».

Assis sur la roche avancée, vestuvelués d'ombre et de silence, sous la nuit convexe agrafée aux crêtes des monts boisés qui les sertissait, avec le lac, comme un seul cabochon dans sa gangue argentée.

Elle dit :

– Tu les as toutes amenées, ici, dans la nuit, comme ça ?

Il mit un peu de temps avant de feindre n'avoir pas compris :

– Comme ça, comment ? Amené qui ?

– Eh ben, dit-elle, souriante, j'sais pas... la Graniotte, ou bien Marie-Mathilde Enferté, que tu me parlais des fois, ou la Nanette, encore. Je sais pas.

Il continua de regarder un instant le lac métallique au creux du gouffre noir, puis il tourna vers elle son visage comme écarnelé par la lumière coupante de la lune. Trop tard, elle se mordit les lèvres, trop tard pour empêcher les mots bel et bien jaillis et entendus, trop tard pour réfléchir et comprendre quelle bouffée de sottise l'avait poussée à les prononcer.

– Eh ben, répéta Cauvin. Qu'est-ce qui te prend, la Rouge Bête ?

Elle sentit une chaleur soudaine lui empourprer la face et picoter à la racine de ses cheveux ; se fût-elle trouvée ailleurs que perchée sur cette roche en lisière de noireté, elle se serait bien vitement enfuie à grandes jambées, elle eût disparu dans l'instant, fourrée au fond de quelque trou pour y grogner sa honte.

– Y me prend rien du tout, dit-elle. C'est pour faire la riole.

Se tordant le sourire jusqu'à la grimace, y laissant mordre le regard d'ombre creuse de Cauvin.

– Juste pour ça, dit-elle. Arrête cette figure...

– J'ai pas d'figure, souffla-t-il dans un soupir qui fusa avec la tension soudaine installée. Qu'est-ce que tu vas te mettre dans le même sac que ces boayesses-là ? la Nanette et Graniotte...

– C'est juste pour faire la riole, que j'te dis, répéta Esdeline sur un ton monté qui empêchait la voix de trembler.

Cauvin soupira encore et il eut un mouvement des épaules qui le pencha en avant, il s'appuya des deux mains sur la roche. Son regard se perdit de nouveau devant lui, planté quelque part en direction du lac éblouissant.

– T'as rien à faire avec elles, dit-il sur un ton bas. T'es ma demi-cousine. Toi, t'es plus ma cousine que Mandine qu'en est une vraie et à qui j'ai jamais dit la moitié de c'que j'te dis. T'es mon compaing, toi, la Rouge Bête. Non ?

À défaut de savoir si elle devait répondre, et répondre quoi, elle se tut, une mimique aimable et dégagée toute prête pour le cas où il se fût tourné vers elle – mais il n'en fit rien, il continua de fixer devant lui non seulement les insondables profondeurs du paysage ennuité mais probablement ailleurs au-delà, comme elle le comprit quelques instants plus tard à l'écoute de ce qu'il n'avait sûrement jamais dit non plus à Mandine Sauvé, sa vraie cousine, fille unique de Pierre-Prix Sauvé son oncle…

– Qu'est-ce que j'en f'rais, des Nanette et Marie-Mathilde Enferté et des Gariotte et de toutes les autres cucendrons d'cette vallée, et des plus chaudes encore des d'ssus des collines ? Qu'est-ce que j'en f'rais, j'te d'mande, là où que j'vais aller…

Le bout du questionnement s'enlisa dans les gouffres et les étendues de la nuit environnante.

Levés des brumes et des bouillonnements sombres du sol, des nuages boursouflés étaient apparus aux sommets déchiquetés des crêtes et rampaient vers la lune au centre délavé du ciel. Un courant d'air pas même vent coulis chuchotait dans les feuilles et les aiguilles des arbres.

– Où que tu vas aller ? dit-elle une fois certaine qu'elle pouvait faire usage du silence installé.

– Là-bas…

Il dit « là-bas » sur un ton qui laissait entendre sans mystère que ce n'était pas un propos en l'air, pas seulement deux mots tombés à la va comme je te pousse, mais au contraire préparés de belle lurette et qui avaient pris du corps et de la dureté, du volume et du temps à mûrir et profiter.

Là-bas.

Seigneur Dieu. Là-bas.

Il le dit avec un sourire que la Rouge Bête perçut à l'oreille et collé aux mots plutôt qu'elle ne le remarqua sur les lèvres qui les prononçaient. Et à ce ton elle comprit que non seulement la brève expression n'était nullement destinée à lui donner la gabatine mais contrairement toute choisie de grave et terrible conviction. La pointe d'une langue froide lui lécha le creux du dos et le frisson provoqué la parcourut bien lentement par tout le corps et il lui parut qu'elle avait une peau immense tout à coup, une peau sans limites qui n'en finissait pas de frémir d'un bout à l'autre de la nuit et dont elle n'était revêtue que par mauvaise farce.

Il dit :

– La Nouvelle France, Esdeline.

Et le frisson encore, vague recommencée, non pas tant à cause du nom énoncé de l'endroit que du sien propre, son petit nom, Esdeline, qu'à prime face elle ne lui avait jamais entendu prononcer, et réflexivement pas plus lui que personne, sinon peut-être sa mère deux ou trois fois comme par inadvertance, presque par infraction.

– La Nouvelle France, répéta-t-elle comme un fragment d'écho.

Elle qui ne savait même rien de l'ancienne, France voisine si lointaine, quelque part à deux pas, au-delà des montagnes, n'en savait rien sinon ce qu'on en ragounait de loin en loin au bord d'une veillée pour s'en plaindre et se souvenir et évoquer des abominations, des passages de soldatesque en campagne, des histoires passées de guerres ravageuses.

La Nouvelle France.

– Aux Amériques, ajouta Cauvin, la visageant de nouveau, radieux dans la lumière lunaire qu'un nuage tamisait.

Là-bas.

En vérité.

Elle se sentit défaillir un peu. Ce cap de roche sur lequel elle se tenait assise pointait dressé au bord du monde. À ses pieds, tout à coup, dans la nuit plus que jamais étrange, s'imbriquaient des contrées mal connues, tapies comme des bêtes prêtes à hurler, lovées dans des méandres. Des noms en forme de paysages, aux sonorités d'images, se mirent à flotter comme sur des effluves, une marée montée des limbes, un ressac qui la baignait et brassait le moment présent mélangé à tous ceux qui faisaient son passé et même à ce qui risquait de faire probablement demain.

Des mots comme « baie d'Hudson », « Saint-Laurent », « les Illinois »... « Canada ».

Mais aussi « mer océane », « Saint-Domingue », « La Tortue », « El Cobre ».

« Les îles Sous-le-Vent »... « La Dominique », « Saint-Vincent », « Marie-Galante »...

Les îles du Vent d'Amérique...

Les noms tombaient comme des envoûtements de la bouche de Cauvin, jusques sur les lèvres d'Esdeline qui les copiaient à tâtons et machinalement, sans oser dépasser trop loin le silence. Elle écoutait, fascinée, les yeux ronds et la respiration suspendue. Il ne se contentait pas de réciter les mots, il les ouvrait comme on brise une cosse, une coquille, il racontait bien au-delà de leur simple enveloppe, leur contenu, leur histoire – ce n'étaient plus seulement des évocations troublantes de pays surgis d'horizons très innocents, à peine soupçonnés quelques instants paravant encore, dépassées les frontières du monde, c'étaient ces pays-là, leurs visages, leurs couleurs, le bruit de l'océan dans les vagues qui en battaient les côtes, les plages et les récifs, la chaleur du soleil, le tournoiement du vent dans ce qu'il appelait des « palmiers »... Et ce n'était pas tant ce qu'il disait, toutes ces merveilles qui prenaient corps et consistance et qu'on voyait dans la trame des mots flotter au surplomb de la nuit, ce n'était pas tant cela que le fait que ce fût lui qui parlait de la sorte, Cauvin Sauvé le fils du gruyer de l'église Saint-Pierre et de l'abbaye aux ordres du chapitre, le fils du collecteur de dîme, que ce fût lui, le menton à peine poilu, qui non seulement connaissait ces mots-là mais aussi ce qu'ils signifiaient, ne savait pas uniquement les contenances évoquées qui eussent pu se contenter du mensonge mais à l'évidence leur contenu, racontant comme s'il en revenait, comme s'il eut visité véritablement ces rivages hors d'entendement, foulé la veille encore les sables noirs dont il évoquait la brillance aux feux du soleil et la chaleur mouillée sous la plante des pieds…

Esdeline la Rouge Bête écoutait de tout son être.

Elle n'aurait su dire paraprès combien de temps exactement Cauvin égrena ces merveilles en chapelets, d'une voix basse et sur un ton vibrant d'engouement, dans la nuit à nulle autre pareille. Aux entours des mots portés par les courants nocturnes, le monde s'était figé, la terre écartée redevenue *incognita*. Des nuages en silence nouaient et dénouaient maintenant des bandeaux fumeux sur le gros œil de la lune et leurs ombres gigantesques presque menaçantes rampaient sur les versants creux du cratère noyé et glissaient sur la luminescence pétrifiée du lac.

Et puis Cauvin se tut.

Les choses en allées furent bellement, sans hâte, de retour. Tranquillement revenues à leur point de départ après avoir tourné jusqu'allez savoir où. Refermées. Et ce fut de nouveau la nuit sous la lune pendue, sur les sapins comme des laves noires jaillies de tréfonds improbables, sur l'éclipse entamée du lac. De nouveau les halenées d'un souffle discret passant dans les feuillages. Les dures rides de la roche sous les fesses, les ankyloses dans les muscles sous la pliure des genoux.

Et puis progressivement les paysages qui n'étaient pas de ce monde s'estompèrent, les mirages dissipés s'enfoncèrent à leur place quelque part au-delà des marques connues habituelles.

– J'irai, dit Cauvin, halé à la merci de son regard perdu au-delà des mirages. Je te le dis, j'irai.

Pas une fraction d'instant ne vint à la gamine la tentation de sourire à l'assertion soufflée rauque, encore moins de n'y point croire. À la seconde, bien sûr qu'elle en fut certaine au moins autant que lui, sans comprendre comment, bien sûr qu'il irait, comme il l'avait dit, *là-bas*.

Elle changea de position, recula sur la roche et étendit ses jambes, galoches déchaussées rangées à côté d'elle. Elle remonta ses bas de bourras sur la ronde pâleur de ses genoux. Elle dit, osant d'une voix que le dérangement et un grand moment de mutité faisaient rugueuse :

– Comment que tu sais ça ? Tout ça ?

Il garda le silence un instant et puis sourit tranquillement et tourna la tête vers elle et la regarda, la regarda vraiment, elle, non plus quelque interlocutrice plus erlue que réelle mais essentiellement vouée à l'écoute, il la regarda, un sourire lui releva les commissures un instant avant de retomber, il la regarda alors comme s'il eut soudain douté de sa vraie consistance, et puis l'instant d'après rassuré sur ce fait, il dit :

– Je l'ai lu.

Il dit :

– Je le sais parce que je l'ai lu dans des livres.

Elle garda bouche bée.

De cette nuit couleraient des jours sans pareils et ce qu'il en adviendrait paraprès sur la houle du temps, au fil heureux des courses jusqu'aux lendemains de malheur, une fois racoustrées les années de bataille… à cause des livres.

À cause d'au moins deux qu'elle lirait. Quand elle saurait le faire. Quand il lui aurait appris à comprendre les signes désembrouillés.

Cette nuit-là, pour la première fois, Cauvin lui en parla et dit leurs noms, après lui avoir confié ce que lui-même avait découvert entre leurs pages.

– Bon Dieu, c'est vrai, soupira-t-il. Mais ton père devrait t'envoyer à la maison d'école. C'est obligé.

– Qui l'a dit ? demanda-t-elle.

– Les évêques et la loi, ma belle. Et ces dames de Remiremont, et le curé du village. C'est Margoilley le sonneur de cloches qui en est le maître régent, tu ne le sais pas ! On le paye pour ça. Et ceux de ses escholiers qui ne le peuvent en monnaie le règlent en nature.

Elle haussa une épaule et poussa des lèvres sa grimace effrontée.

– Tu peux être sûr que Favier donnerait un brin du méchant mouron de sa source pour que j'apprenne à lire !

– Il y est tenu.

– Crois-le bien !

– Apprendre à lire et à écrire aussi, la Rouge Bête. Écrire ton nom.

– Tu peux être certain qu'il ferait ça. Même pas une tige de l'ail sauvage qui pousse sur le toit de la maison. Pas un pet de son chien…

– Alors, moi, je t'apprendrai, dit-il.

Le cœur d'Esdeline sauta un battement. Avant que d'être sûre d'avoir bien entendu, elle hoqueta un pouffement par réaction d'instinct. Poursuivant :

– Le couteau à la gorge, y donnerait pas un pet de son chien, non, s'il en avait un.

Cauvin hocha du chef pensivement. Il soupira et se gratta les cheveux de ses doigts grands écartés, faisant glisser de sa tignasse sa calotte de feutre cabossée qui manqua tomber dans le vide et qu'il rattrapa *in extremis* ; le mouvement faillit bien le déséquilibrer au bord de la roche et il recula et se traîna prudemment à hauteur d'Esdeline, roulant d'une main la calotte sur son poing pour lui donner forme bien ronde… ou plus exactement pour s'occuper tandis qu'il préparait ses mots. Il continuait de hocher la tête, comme s'il approuvait au fur et à mesure la construction de ce qu'il allait dire – de ce qu'il dit :

– Tu sais d'où qu'on dit que tu viens ? Si c'est vraiment, moi j'me demande comment que Favier peut être d'une pareille parentèle.

Elle ne saisit aucunement l'allusion. Le sous-entendu. Ce qui n'était pas encore dit. Elle en était encore à avoir la tête pleine de grésillements incrédules pour ce que Cauvin avait énoncé d'un revers désinvolte un moment plus tôt avant de jongler avec sa calotte au bord du vide.

– Tu sais pas, si ça vient juste, dit-il.

– Je sais pas quoi, encore ?

– C'qu'on dit, c'est qu'son trisaïeul aurait marié la fille d'une dame chanoinesse de Saint-Pierre. Tu l'savais ?

Elle resta mâchoire pendante et des tremblements sous les pommettes, à se demander s'il se moquait, se demander tout à coup si du début de cette nuit jusques à lors il ne s'était finalement pas livré qu'à cela. Moins que jamais pourtant il paraissait lui donner la gabatine. Sa calotte à présent correctement arrondie, il la tapa à petits coups de ses doigts repliés.

– Bien sûr que nenni, tu l'savais pas. T'en sais rien. T'en sais rien, hein ?

– J'sais pas en tout cas c'que tu veux chanter par là, dit-elle à voix fêlée.

Il balançait la calotte entre ses doigts, d'une main à l'autre, puis la coiffa d'un coup, plantée sur la brousse de ses cheveux d'argent dorés.

– Mon père le dit. Et pis mon oncle aussi, et d'autres qu'eux. J'crois que sans ça d'ailleurs jamais leur sœur se s'rait mariée avec lui.

C'est pass'qu'y venait sûrement d'où qu'on prétend... – Il compta sur ses doigts. – Ton arrière-arrière-arrière... grand-mère... serait la fille de c'te dame chanoinesse. J'suis même pas sûr qu'il le sache, voirement, lui, ton père. Voirement, j'pense que s'il le savait il aurait pas fini d'en dire et d'en dire, à c'propos.

C'était au moins un point sur lequel Esdeline était d'accord avec lui.

– Encore qu'il a l'air de prendre plutôt ça pour une insulte, poursuivit Cauvin. Comme s'y croyait qu'on se moque. Il veut pas en entendre parler – c'est c'que dit mon père, moi j'ai jamais essayé de lui faire la causerie sur le sujet.

– P't'être que moi aussi j'crois bien qu'on s'moque, chuinta la gamine entre ses dents.

Il eut un de ses balancements de tête, pour appuyer :

– Y en a sans doute qui le font, c'est sûr. Mais moi non. J'suis pas en train d'me moquer et mon père non plus quand il le dit et Pierre-Prix son frère non plus. C'qui peuvent parler sur Favier ils le disent pas toujours heureusement. Mais pour ça, c'est pas des moqueries.

– Alors, c'est quoi ?

– C'est c'qu'on dit. C'que les gens parlent, et depuis longtemps c'est sûr. Ça se répète dans les familles, ça trotte par les sentes, tu vois ? Comme une fouine, ça fait pas plus de bruit là où ça doit pas en faire...

Il fit aller ses doigts sur la roche grise, figurant quelque bête agile en train de courir.

– C'est une dame qui s'est enfuie, voilà c'que ça dit, et qu'elle était en affaire avec le diab'. Une chanoinesse de Saint-Pierre, de Remiremont. C'était au temps d'une abbesse qui s'appelait Catherine et qu'était la sœur d'un des ducs de c'temps. Aucuns la disent sainte et d'autres possédée, c'est selon, et c'est p't'être sans différence.

Alors cette dame-là, qui s'appelait Apolline, a voulu empoisonner l'abbesse et à la suite de quoi elle est partie avec un manant, son filleul, je crois, un enfant de sorcière qu'elle avait adopté des années avant. C'est avec lui qu'elle est partie. Ils ont eu une fille et cette fille s'a mariée avec un charbouné d'not'colline et c'est comme ça qu'leur descendance vient jusqu'ici. Et pis qu't'es là.

Elle gardait bouche ouverte, les yeux ronds, attendant la suite de la romance, percevant que montaient dans sa tête des torrents de vacarme ou de silences chaotiques – cela ne faisait point différence – comme du profond des gouffres aléatoires.

Il soutint ce regard affamé tout soudain rempli d'irréelle dureté qu'elle avait grippé sur lui. Il dit :

– Je t'apprendrai. Tu veux ?

– Je veux quoi ? Que tu m'apprennes quoi ?

– À lire. À écrire ton nom, d'autres mots. Les mots que tu voudras. Tous les mots.

– Pour quoi faire ? dit-elle rogue, renfrognée.

– Pour lire des histoires dans des livres, qui racontent comment c'est là-bas en Nouvelle-France, ou dans les îles du Vent d'Amérique. Ça ne te plairait pas ?

Elle plissa les paupières et ne répondit rien.

Il fit un de ces mouvements de tête comme ils lui venaient volontiers pour souligner une perplexité. Il attendit un court instant une réponse qui ne venait pas, ou simplement qu'elle dise quelque chose et elle ne disait rien, elle attendait elle aussi, et il donna un coup du plat de la main sur son chapeau sans bords et il se redressa, dépliant ses jambes en faisant la grimace, et il récita :

– *Mémoires de Robert Chevalier dit de Beauchêne*... Mais surtout les *Histoires des avanturiers flibustiers qui se sont signalés dans les Indes concernant ce qu'ils ont fait de remarquable depuis vingt années.* Ce livre-là a été imprimé avant le siècle. En 1699.

L'expression arborée par la gamine était devenue très étrangère et figée, à l'écoute de tous ces mots débités sur un ton enjoué. Elle n'en saisissait pas la plupart. Il demanda :

– Tu sais ce que c'est un siècle ?

Elle répondit – si c'était sa réponse voulue – par une moue lui enjoignant de ne pas trop se pavaner à faire le savant.

– Cent ans, dit-il sans prendre garde à sa gêne belliqueuse de ne point savoir ces choses-là – de ne savoir rien. 1699, c'était… il y a presque quarante-sept ans, presque un demi-siècle déjà…

Elle détourna la tête et ses yeux flamboyaient.

– J'vais rentrer, dit-elle. J'veux pas passer toute la nuit ici.

Elle ramassa ses sabots à grosses brides de cuir, un dans chaque main, les cogna sèchement semelle contre semelle et cela claqua comme un coup de mousquet dans la nuit ; elle se mit debout sur la roche, comme lui à qui elle n'arrivait pas au menton, et lui tournant le dos jeta encore un regard appuyé au fond du cratère noir comme vieille mort où le lac argenté avait rétréci et prenait maintenant la forme d'une déchirure sur un fond d'incandescence livide.

Sans sourire, les traits figés dans une drôle d'expression que la Rouge Bête ne voyait pas, Cauvin mit son regard sur cette curieuse silhouette en longue blouse flottante et leva la main et lui saisit la pointe d'une mèche de cheveux ébouriffée et tira doucement, comme désirant peut-être la faire se retourner et la visager, mais elle ne répondit que par une secousse d'épaule pour échapper à la pincée et un ragounement feutré entre ses dents et quitta la plate roche en avancée sur le vide pour traverser la bande de bruyère et entrer dans le noir de la forêt.

– Je t'apprendrai, dit-il encore décidément en la suivant des yeux un court instant, avant de se mettre en marche à son ensuite.

Il la rattrapa sous les arbres. La nuit que les éclats de lune n'atteignaient maintenant qu'entre les branches avait épaissi, noire et creusée, striée de blêmes hachures. Esdeline allait vivement, nus pieds, sabots à la main, ses yeux de chat perçant les lambeaux serrés des ténèbres ; elle n'avait parcouru la sente qu'une fois à l'allée, et déjà l'enserée venue, mais n'hésitait pourtant pas un instant sur la meilleure façon de dérouler ses pas. Ne changea rien à son allure en percevant derrière elle le tapement des sabots. Mais elle parut se tendre, le dos raidi – un peu. Le visage dur et triste dans les ombres tressées. Au bout d'un temps elle dit :

– Orça, qu'est-ce qu'ils sont devenus, donc ?

N'obtenant de derrière elle en réponse que le tapement des sabots, elle répéta, et Cauvin dit :

– Qui sont devenus ?

– La dame chanoinesse et son filleul, laissa-t-elle filer par-dessus son épaule.

Il répondit après un temps de réflexion qu'il ne savait pas. Il précisa, passé un autre temps, que personne ne savait. À sa connaissance, ajouta-t-il. Il dit qu'il ne savait pas tout et elle poussa une brève éructation d'ironie.

5

Il a fait ce qu'il avait dit. C'était le temps où il tenait toujours ses promesses. Il parlait, et moi je l'abayais, les yeux comme des écuelles, oubliant plus d'une fois d'aspirer la salive qui me coulait des lèvres. Il m'aurait dit que la lune était peuplée de lapins, je l'aurais cru. Et je crois bien qu'il me l'a dit, qu'un moment je l'ai cru.

Je me rappelle une nuit d'été sur les hauts du lac forestier dont j'ai perdu le nom, dépassé le chaume qu'on appelait Rouge Gazon, il s'était engagé à m'enseigner la lecture des mots et aussi comment les lire. Il voulait, dit-il, m'apprendre, et faute d'avoir saisi sur le moment ce qui le poussait à cette intention, je me suis laissé faire à sa volonté, ne comprenant que paraprès les raisons que je n'avais pas vues alors, que probablement j'eusse été capable d'entendre. Ou même si je me trompe c'est pourtant bien ce que j'en ai pensé, je l'ai cru alors, et cela m'a aidée, et ce jour d'hui toujours me plaît de l'encore croire.

Il voulait partager. Ne plus hanter esseulé les romances qu'il visitait au fond et dehors de ses rêveries. Il voulait avec moi courir par d'autres cieux et d'autres montagnes comme autant nous courrions les passées de nos forêts et les rus des collines. J'étais la compagne choisie, la complice que le statut de presque-cousine protégeait apertement de ce qu'il cueillait auprès des autres boayesses maraudées sans vergogne – je le savais pour l'avoir vu faire sur les pentes d'en face de mes prés où certaines chevrières allaient aux champs, et même d'aucunes qu'il avait amenées aux Ordons quelquefois et traînées à nos promenades partagées –, je n'étais pas à mettre, moi, il me l'avait fait entendre de vive voix, au rang des cucendrons de village où il allait faire son marché de jeune homme. Il me semble que dès ce temps j'eusse aimé qu'il n'eût point ce scrupule et me passer volontiers de telle préférence…

Il m'a appris toutes les lettres de l'alphabet et leur emploi, même les dernières, les plus malaisées, dans un abécédaire recopié sur un morceau de toile d'ortie qu'il me donna roulé sur une baguette et m'obligea à dérouler devant lui, délivrant les lettres apparues les unes derrière les autres comme des colonnes d'insectes.

Dans ces premiers temps qui suivirent sa décision de me faire savante, il vint pratiquement chaque jour, je m'en souviens ainsi : chaque soir il était là, parfois dans la journée quand il pouvait filer de la gringe qu'il gardait sous les Ordons. Il me retrouvait au champ avec les biques ou même à la maison. Il ne craignait pas de venir et de se montrer jusque-là, c'était le fils d'un homme de justice nommé par l'abbesse, un officier de gruerie du chapitre Saint-Pierre, non point n'importe quel galichtré. Il n'en voulait pas à ma vertu, on n'avait pas de méfiance à le prétendre sur ce point et on eût probablement préféré le contraire, qui eût été aubaine pour ce salope de Favier mon père. Cauvin saluait la mère d'un signe de la tête qu'elle lui rendait dans un silence pareil à celui dans lequel elle l'avait reçu. Il regardait à peine le père quand ce dernier passait par là et c'était sans doute pire que tous les regards de mépris qu'il eût pu lui lancer ; ils échangeaient un grommellement ; le père, lui, ne se privait pas de le tuer des yeux comme savent le faire tous les coyons de la terre, la gueule de travers, mais au fil des jours et quand Cauvin prit de la taille et ne détourna plus le regard, l'autre cessa ce jeu de bravache.

Nous nous installions dans l'étable à la lumière du pas de la porte quand la saison le voulait bien ou à celle tremblante et rougeâtre d'une chandelle de suif posée sur une pierre du mur, ou bien dans la maison près de l'âtre, après que les tâches du soir qui me revenaient eurent été accomplies. Une seule fois le père vint voir ce que nous fabriquions, le fils du gruyer et moi écoâyés près de la pierre de l'âtre dans les lueurs rouges des braises du foyer qu'il convenait de ne plus raviver. Il regarda, par-dessus nos épaules et nos têtes, les feuilles de papier épais et craquant, les bâtons du sureau taillés et noircis au feu et les plumes dans nos doigts et le godet d'encre de charbon de bois. Il ne dit rien, n'opposa pas un souffle ni un mot à nos visages levés vers lui dans l'attente de sa remarque ou de sa question : il tourna les talons et s'enfonça dans l'ombre de la pièce où il grogna en grimpant dans le lit et plus tard ronfla puissamment comme en représailles à Dieu sait quel affront pris dans nos yeux et notre mutisme.

L'hiver de cette année-là, je m'en souviens, fut continuellement parcouru de vents froidureux, la neige épaisse, et Cauvin monta moins souvent aux Ordons, tant à cause de ce que les rudesses du temps multipliaient en ouvrage à la gringe que de la difficile grimpée à travers bois. Mais il vint. La première fois qu'il fit sa trace – ce n'était pas bien entendu Favier (ni personne) qui la lui eût faite – il prit celle qu'il trouva, venue de la maison et laissée derrière lui par le braconnier qui en était descendu, et c'est ainsi qu'il ne se gêna point de l'annoncer, visageant droit dans les yeux Favier qui tourna les talons sans moufter et s'arrangea par la suite pour disparaître à chaque revenue de Cauvin...

J'étais bonne escholière. Passé les appréhensions du début, je ne tardai guère à prendre, eût-on pu dire, en amitié ces signes d'alphabet qui s'assemblaient admirablement et de fort judicieuse manière pour la magie des mots composés et des sons qui s'en élevaient. Cauvin en fut surpris. Maintes fois il m'en fit compliment, et ce n'était pas pour mon plaisir seul mais semblait sans équivoque tout autant pour le sien, dans la joie qu'il était de trouver âme sœur avec qui partager ses chemins d'imaginaire parcourus dans les livres.

– Carnedieu ! s'exclamait-il, tu es faite pour ça, que j'en sois grillé par le prochain orage si je ne le crois pas comme je le dis !

Il le croyait.

Les orages jusques à ce jour, d'après ce que j'en sais, l'ont laissé en paix.

Les orages m'ont donc attendu.

J'ai gardé longtemps le livre du sieur Alexandre Olivier Oexmelin, jusqu'à le perdre, il y a seulement quelques années, dans les marais d'une boucle de la rivière Rouge où il n'a pas dû mettre longtemps à pourrir.

C'est le premier livre que j'ai lu. Dans ses pages jaunies, dentelées de sombre au pourtour d'avoir été tournées, Cauvin m'apprit à déchiffrer mes premiers mots imprimés, et puis découlant d'eux mes premières phrases.

Longtemps je fus capable d'en réciter les yeux clos des passages entiers d'aventures épouvantables, jusqu'à être amenée à en vivre de pires, ce que je n'envisageais guère alors tandis que je syllabais péniblement sur leurs lignes. Il m'en reste en revanche en mémoire la page de titre, sitôt passée la couverture, et que je vois toujours comme si les lettres s'arrangeaient sous mes yeux :

HISTOIRE DES AVANTURIERS FLIBUSTIERS
QUI SE SONT SIGNALÉS DANS LES INDES
CONTENANT
CE QU'ILS ONT FAIT DE REMARQUABLE
DEPUIS VINGT ANNÉES
AVEC

La Vie, les Mœurs et les Coutumes des boucaniers & des habitants de S. Dominguë & de la Tortue. Une Defcriptionexacte de ces lieux ; et un État des offices tant ecclèfiaftiques que seculieres où le Roy d'Efpagne pourvoir, des revenus qu'il tire de l'Amérique & de ce que les plus grands princes de l'Europe ypoffèdent.

Par Alexandre Olivier Oexmelin

Au printemps j'écrivais mon nom et celui de Cauvin et en été me passais de mon doigt pour suivre les mots à lire. Après que j'eus parcouru cent et une fois cet ouvrage-là aux bords de pages maintenant fripés et déchirés, Cauvin m'en fit lire un second qui était *Les Mémoires de Robert Chevalier dit de Beauchêne*. Mais je préférais, et maintenant encore, *Histoire des avanturiers flibustiers*... Il en avait d'autres, c'était sans doute le garçon qui possédait le plus de livres imprimés dans cette vallée d'une des Moselle et sans doute des villages de la vallée voisine. Même parmi ceux qui fréquentaient la maison d'école et recevaient l'enseignement du régent sonneur de cloches, et n'étaient pas en petit nombre. S'ils savaient lire et écrire et compter, fort peu d'entre eux possédaient en mains propres de quoi appliquer leur talent. Je le dis pour les garçons, je n'en dis rien pour les filles. De son père, Cauvin possédait ses livres, qui lui-même les tenait des bibliothèques de l'abbaye et du chapitre Saint-Pierre qui l'employait, ou encore de colporteurs, et de ceux-ci sans doute quelques ouvrages qu'il valait mieux ne pas montrer au grand jour et que le curé certainement n'eût pas regardé d'un bel œil. Si étonnant que cela parût, le livre d'Oexmelin provenait de l'abbaye, des malles d'une chanoinesse qui l'avait, en cadeau contre service rendu que je ne saurais dire, donné au maître gruyer Sauvé. C'est ce que me dit Cauvin.

À l'automne suivant je l'écoutais rêver à haute voix d'aventures en Caraïbes, où, disait-il, il s'en irait un jour. Je l'écoutais et rêvais mêmement dans son sillage, sans oser le dire haut, mais je pouvais voir de conserve les images qu'il tirait du serein, autour de nous, dans la fraîcheur descendue sur le soir et les couleurs rouillées de l'automne, je voyais souriante et approbatrice, les larmes aux yeux de mésespoir ravi, les images qui virevoltaient comme les feuilles tuées par les premiers givres et tombées avec des bruits froissés de papier. J'étais de son voyage, moi qui ne le pourrais jamais faire vraiment, il avait bouclé mes bagages, j'étais sa compagne – comme il l'avait promis. Et il embarquerait, disait-il, sur un grand bateau, une frégate, un quatre-mâts, allons, pour le moins, la figure de proue conquérante, disait-il, il le ferait un jour et ce serait bientôt.

Et si au fond de ma saoulesse je n'y croyais pas trop, tout au profond en vérité, sous le sourire charmé qui me tirait la larme à l'œil, pas du tout.

Parmi toutes les romances que Cauvin brassait volontiers, il y avait celle de la chanoinesse ensauvée de son abbaye de Remiremont après avoir tenté d'empoisonner la mère abbesse. J'ignore à ce jour encore si l'histoire est bien vraie dans toutes ses parties, ou si par amusade Cauvin l'a sainglement inventée, ou si encore l'ayant entendue passer il l'attrapa et l'apprivoisa pour mon compte. Je ne sais. Sauf que dès sa première écoute je choisis de la faire mienne, tout en bonheur et tourneboulée de l'entendre, séduite jusqu'à la presque brûlure par cette destinée de mordeuse qu'on m'annonçait parente à une lointaine source. J'en fus fière dès l'instant et ce n'était pas difficile à comprendre, moi-même toujours prête à vochier et m'ébrouer dans l'agacement des dents qui me poussaient.

Et depuis que j'ai voulu croire à la vie de cette dame au chô de nos montagnes, sachant que son errance l'avait menée sur les chemins que j'avais pu courir, pour un temps sous un toit et entre des murs dont il ne restait plus que la pierre effondrée sous l'ortie, depuis, souventement, j'ai surpris du bord de l'œil le fantôme imprudemment découvert de la chanoinesse de noblesse chue à la guette de mes pas. Apolline, puisque c'était son nom.

Savoir aussi davantage de son existence, et si vraiment elle exista. C'est encore une question à trouver sa réponse, dans les jours à venir, au fur de tant d'années.

Si l'océan l'accorde. Si les courants nous sont heureux et les vents favorables. Si les tempêtes veulent bien attendre, pour souffler par ma bouche, que je les soulève à ma guise.

Cauvin m'apprit non seulement à écrire et lire, ces deux livres d'abord avant que d'autres me ravissent à leur tour, il m'enseigna mêmement à compter. Il le fit sans leçon, à la libre parole des bavarderies. Grâce à cela je fus capable de mettre une année en ordre de jours et de mois par-dessus les saisons, avec des chiffres et des nombres, et capable de prolonger cet ordre dans le temps qui s'était écoulé et dans celui qui allait venir. J'y trouvai à le faire du contentement que je ne connaissais pas. Il avait beau en savoir beaucoup de moi, pour avoir sarpé dans le sombre de mon ignorance, avant que s'allume ma mémoire, il ne sut préciser mieux que l'été pour situer ma naissance dans l'année 1733. Même aux registres de naissances de l'église, où je figure, la date n'était pas plus aiguisée ; celle de mon baptême, oui : le dernier jour du mois de Marie. Il prétendait l'avoir lu de ses yeux, il en était capable, il disait l'avoir fait un jour, après qu'il m'eut rencontrée et que nous nous mîmes à gambader de conserve par les champs, pour en savoir plus sur sa « presque cousine ».

Il était né, lui, à la Saint-Pierre de l'année 30.

Dix-sept ans plus tard, la Saint-Pierre passée de quelques jours, je suis descendue à la gringe des Sauvé, Adrien Sauvé le gruyer et sa famille, dans le fond de Sous les Ordons. Je tenais, enveloppé dans un morceau de tissu et serré au fond de la poche ventrale de ma cotte, un cadeau fait de mes mains pour Cauvin. C'était un peu avant nuitantré, le serein rampait le long du ruisseau des Charbounés, sur les prés jaunis couleur de lait caillé, là où les faux étaient passées. En cette saison et à ce moment du jour finissant, toute la vallée étroite de Sous les Ordons rampait dans la pénombre et le soleil ne frisait plus que la calotte des montagnes environnantes en une couronne d'incendie. De cette image il me souvient comme si c'était hier, et je m'en souviendrai sans nul doute jusqu'à mon dernier souffle, alors qu'ayant maumis la grande part de toutes mes autres souvenances.

De cette image et moi dedans.

6

ELLE AVAIT DESCENDU LA PASSÉE gaillardement, une main plaquée au bas de son ventre dans la poche de sa cotte, l'autre bras balancé et marquant vigoureusement son allure. Les semelles de bois usé de ses galoches claquaient à ses talons et sur les pierres du chemin pentu, martelant d'un son creux et régulier de machine l'extrême bord du soir. On l'entendait de loin, à n'en pas douter, certainement jusques sur les versants opposés de la vallée engoncée, dans le pesant calme chaud qui sourdait de la terre et de partout sous les odeurs apaisées. Elle marchait décidée, la pente ne cessant de pousser son élan et l'obligeant de temps à autre à alentir, jambes raidies, pour ne pas se laisser emporter ; elle allait droit au centre de la passée entre les traces creusées par les roues des charrois de grume, ne s'écartant que pour éviter les menaces de glissade des nombreuses bouses semées par les bœufs de trait.

Elle allait comme à une de ces réjouissances au-devant desquelles courent les jeunes gens, mais qu'elle-même n'avait jamais fréquentées (dont elle avait entendu quelquefois le violon, ou une autre musique d'instrument inconnu, monter jusques à elle qui écoutait, du haut de sa colline, la nuit de la vallée d'en bas où les gens vivaient dans des maisons groupées), dont Cauvin lui avait juste parlé à l'occasion et dont elle avait entendu le père, en d'autres occasions, raconter à quelque visiteur assis à sa table – un colporteur, un homme de la forêt, froustier plus ou moins dans les règles des hommes – les frasques de saoulons qui s'y jouaient à l'évidence immanquablement.

Elle s'était lavé le museau, faite belle, ses cheveux rouges noués en queue sur le bas de sa nuque ; elle avait recousu un bouton d'os au col de son haut de robe qu'elle pouvait donc maintenir fermé (comme ça ne lui arrivait guère !), et bien que serrant fort à l'étroit sa poitrine désorendroit joliment ronde. La chaleur de l'entrain rougissant ses pommettes éclaboussées de bran de Judas. Au fur de la descente, ses bas lui étaient glissés des genoux aux chevilles mais elle attendit de se retrouver dans le val, dégringolée une dernière accourcie à travers pré, pour les remonter et renouer la jarretière de cordon au-dessus des rotules et rabattre le bord du bas dessus le nœud et laisser retomber sa jupe. Et puis la main de nouveau plantée dans la poche du vêtement contre son entrecuisse, la voilà repartie. Ici, le chemin qu'elle trouva et qu'elle prit par le bord était gansé de gazon silencieux sous les semelles clapantes de ses galoches de cuir et de bois.

La fille aux cheveux rouges suivit le chemin dans le pré, toujours à bon pas mais cependant moins vitement que durant la descente à travers bois depuis son chézeau de la colline.

Les êtres vivants qu'elle croisa furent une bande de corbeaux qui ripaillaient de quelque charogne au bord du ruisseau, sur cette rive-ci entre l'eau et le chemin. Tout à leur frigousse ils ne la virent même pas passer ou n'en accordèrent point d'importance, et elle ne put voir ce qu'ils dépeçaient avec tant d'enthousiasme, un chat crevé sans doute, ou un lapin. Elle compta six oiseaux noirs. Et puis une buse qui descendit du ciel et se percha sur un poteau de la barrière de baliveaux à main gauche du chemin et replia ses ailes dans son dos et attendit, crémeuse, légèrement mouchetée. Ensuite le troupeau de rouges bêtes, une trentaine de bœufs et vaches, un des troupeaux les plus importants du ban et appartenant au collecteur et maître forestier de Saint-Pierre Adrien Sauvé. Quelques-unes des vaches levèrent leur mufle humide et de loin la suivirent des yeux. Parmi elles se trouvait un massif cheval de labour qui fit quelques pas trottés dans sa direction puis s'arrêta et secoua sa crinière et se tint immobile. Quand la fille à la chevelure de flammes nouée sur sa nuque entra sous le bosquet de sapins que le chemin traversait, le gros cheval n'avait pas bronché d'un pouce, il continuait d'agiter sa crinière et de fouetter de la queue pour éloigner les taons.

Elle traversa le bosquet comme dans un tunnel rondement taillé à travers les troncs que moins d'une aune séparait l'un de l'autre, leurs plus basses branches à dix ou douze pieds de hauteur, et dans lequel la nuit était déjà installée. Un frôlement soudain dans les branches cassantes la fit sursauter et elle se mit à courir et ses galoches claquèrent de nouveau sur la pierraille du chemin, jusqu'à la sortie dans les dernières braises du jour. Elle jeta deux ou trois regards derrière elle, pas vraiment apeurée, mais simplement pour s'assurer que rien ni personne ne la suivait, jailli à ses trousses du bois de ténèbres.

Le pré devant elle s'inclinait en deux pans de part et d'autre du chemin de boue sèche ravouné par des centaines de sabots de bête. À gauche coulait le ruisseau entre les aulnes et les saules.

Et à une cinquantaine de verges devant se dressait la gringe des Sauvé.

Esdeline n'était jamais venue. Elle l'avait vue de haut et de loin entre les sapins, depuis un flanc ou l'autre des collines environnantes, aux Ordons ou en face. Même de loin et d'un point de vue plus ou moins élevé, la vastité du bâtiment ne faisait aucun doute. Il s'écrasait sur une dizaine de toises de large et près de quinze de long. Avec un étage sur toute la surface couvert par le grand toit à deux pans d'essentes de sapin, il était de taille à contenir le fourrage qui nourrirait tout le troupeau durant les méchantes saisons. De si près, elle n'avait jamais vu un tel bâtiment. L'église aperçue depuis le faîte du mont, une ou deux fois qu'elle était venue trôler par là, était à peine plus vaste – elle avait un clocher en plus, mais sinon… À se retrouver ainsi au pied du mur, beaucoup de l'ombre qui barbouillait le soir assombrit le visage de la fille, effaçant l'enjouement qu'on y avait vu inscrit tandis qu'elle dévalait la colline. Elle s'arrêta de marcher, comme le cheval de labour venant vers elle, quand elle était passée, s'était arrêté au bout de quatre pas et n'avait fait que la suivre des yeux.

La grosse bâtisse se tenait là au milieu des bouquets d'arbres qu'on n'avait pas coupés pour garder de la fraîcheur en été et protéger du vent en hiver. Des cabanes, des auvents, des abris de bois, de rondins et de planches, aux toits d'écorces de bouleau grises et de gazon semblaient la vironner d'un hérissement disparate protecteur, avec des portions de barrières qui s'entrecroisaient et formaient des enclos enchevêtrés les uns dans les autres selon un ordonnement incompréhensible au premier regard. On remarquait aussi le bois coupé en lognes, des tas de branches sous des appentis de guingois, des carrés boueux clos de treillis de broussaille avec des refuges en leur intérieur où s'abrier la volaille de nuit ou par mauvais temps – pour le moment et alors que la nuit s'approchait tout de même vitement, la volaille était encore dispersée tout alentour du bâtiment.

Elle tressaillit au cri soudain qui déchira violemment le ciel et se souvint de la buse qui s'était posée sur la barrière en bord de chemin. Levant les yeux, elle vit l'oiseau superbe traverser le ciel de cendre rougeoyante et aller se poser, s'enfouir, dans le front de forêt sur l'autre bord du val. Au piaillement douloureux de la buse répondirent des salves de cris pointus qui se voulaient impressionnants et que poussaient trois ou quatre morveux en chemises loqueteuses, un (une?) bonnement tout nu, agitant des bâtons vers le ciel – le plus petit dans tous les sens et n'importe comment – et courant derrière les poules et autres volailles pour les mener aux enclos de broussailles.

La fille suivit un instant des yeux cette agitation fortement caquetante. Elle n'avait pas retiré la main de sa poche; l'autre pendait et elle bougeait les doigts comme si elle eut roulé quelque chose entre pouce et index, quelque chose d'invisible. Elle se disait que jamais elle ne s'était trouvée aussi près de cette bâtisse et qu'elle allait devoir s'en approcher davantage, pour accomplir ce qu'elle avait décidé. Elle se disait tout à coup que quelque chose, ici, derrière cette silhouette trapue de maison sur son piédestal de cabanes et appentis, était l'explication de l'absence de Cauvin depuis tout ce temps – depuis presque une septaine. Et tout à coup, la rouque fille se sentit insidieusement gagnée par une sorte d'épouvante creuse, plus creuse encore que le silence autour des battements du sang à ses tempes, à l'écoute des criailleries des enfants et des poules qui répondaient au glapissement déchiré de la buse. Mais elle ne pouvait pas repartir. Elle avait fait ce long chemin pour la première fois et elle n'était pas encore arrivée. Il fallait qu'au moins elle arrivât. Elle se remit en marche, une main dans sa poche et l'autre roulant entre ses doigts quelque chose d'invisible mais qui semblait par une sorte de sortilège l'aider à avancer.

Elle se trouvait à une vingtaine de pas de la gringe quand un chien surgit de quelque part et fonça vers elle en aboyant férocieusement. Elle se figea, pâlit d'un coup. Les chiens, plus que les loups, lui faisaient inquiétude : ils sont, domestiqués, davantage capables de fourberie. Mais elle ne les craignait pas. Elle en avait affronté quelques-uns en forêt, errants, mauvais, teigneux, crevant de faim et qui en voulaient à ses chèvres (sans qu'elle en fût tout à fait certaine elle croyait bien quand même en avoir tué un, une fois) et bien plus terribles que celui-là. Le bâtard fit son vacarme, sautillant sur place à quatre pas, et elle lui dit :

– Allons, allons, et le chien se tut et la regarda avec étonnement. Allons, voyons, dit-elle. C'est toi le Maraud?

Il semblait que ce fût lui et au nom prononcé le chien dressa une oreille puis frétilla de la queue. Plus d'une fois Cauvin lui avait raconté les exploits de chasseur du chien qu'il emmenait volontiers avec lui en forêt sans que ni son père ni quelque forestier ou bangard que ce fût ne les eût jamais pris sur le fait l'un ou l'autre – d'après Cauvin, c'était un chien capable de giboyer à sa manière, unique, en silence, sans un aboi, et de vous apporter le chevreuil exactement là où vous l'attendiez.

– Va chercher ton maître, allez, va! dit Esdeline au Maraud qui attendait circonspect. Va chercher Cauvin.

Il lui apparut qu'elle venait d'oser là peut-être quelque inconvenance à prononcer à haute voix en ce lieu, chez lui, le nom de Cauvin. Le chien inclina la tête de côté.

Les enfants avaient fini de lancer leurs «piouû!» stridents et la quasi-totalité des poules et volailles se trouvait rassemblée dans l'enclos d'épineux. Deux d'entre eux, la petite fille toute nue et derrière elle un maigre en caraco plus loqueteux qu'un torchon de sol qui lui pendouillait du cou aux genoux, le bâton aux épaules passant derrière la nuque et les bras appuyés dessus dans une posture crucifiée, s'approchaient, soupçonneux, le regard torve, seul trait de blancheur dans ce masque de poussière et de crasse et de morve sèche et d'indicible saleté qu'était leur visage. Ils avaient presque rejoint le Maraud quand brusquement trois autres chiens jaillis du fatras de cabanes et de barrières firent irruption en lançant autour d'eux des volées de jappements, en même temps qu'un homme. Un des valets de ferme en servage sur la gringe, gardien de porcs et de bétail à en juger par son état et l'odeur qui flottait autour de sa personne et qu'on pouvait percevoir à vingt pas sous le vent. Il fit taire les chiens, approcha et s'arrêta à une dizaine de pas. Sous le vent. La fille fronça le nez. Les enfants s'étaient eux aussi arrêtés, ils ne cherchèrent pas à rejoindre le valet de ferme. Derrière eux les autres se tenaient à l'affût dans l'enclos derrière la barrière de ronces et d'épines, on n'en voyait plus que des ombres et des pâleurs à travers le tressis de branchages.

– Quô-c'que't'vô, toi-don' ? demanda l'homme.

Il était nu jusqu'à la ceinture, avec un ventre tendu et des seins comme des plis au-dessus des côtes pointant sous la peau grise. Des bras noueux et maigres. Sa large culotte avait surtout aux cuisses la couleur verdâtre de l'étoffe dont on essuie ses mains en permanence maculées de lisier.

Elle dit qu'elle voulait voir Cauvin.

– Qui ça? éructa l'autre, passant la fourche qu'il tenait d'une main dans l'autre.

– Cauvin Sauvé, dit-elle. Le fils.

– L'est point icie, dit le bonhomme. Vos gueules, vous autes! lança-t-il aux chiens qui ne faisaient pas mieux que fiouner en tournicotant, sauf le Maraud toujours pareil où il se trouvait, à regarder les choses se passer autour de lui.

À regarder surtout Esdeline, ses prunelles brunes roulant comme des billes, et comme si dans ces yeux d'animal l'ébahissement manifesté par la fille à la réponse du puant bonhomme eut été remarqué.

– Pas ici ? dit-elle.

Elle ne l'avait pas vu d'une septaine. « Pas ici » alors ne signifiait pas simplement « pas dans la maison », ne signifiait pas « dans les bois » ou « aux champs », ne signifiait pas « mais il va revenir ».

– Qui qu't'es don', la boayesse ? demanda le bonhomme en avançant le ventre et en se balançant sur ses jambes torses.

– Où il est, s'il est point ici à la gringe des Sauvé ? questionna la fille rouge.

– Qui qu't'es, j't'a d'mandé, moi-don', répéta l'autre.

Il avança vers elle en se tenant l'entrejambe à pleines mains, faisant bouger ses doigts.

– Mon nom c'est Favier, des Ordons, là-haut, dit Esdeline.

Elle recula d'autant de pas que l'autre en avait faits vers elle et lui alors s'immobilisa, jambes écartées et continuant de se tripoter, ses yeux luisant à travers les cils croûteux et de la salive brillant aux commissures de ses lèvres.

– Tu veux que j'te fasse voir ma bibite? dit-il dans une grimace souriante extatique.

– J'veux voir Cauvin, dit Esdeline.

– Mira, mira don'ça, ouett', ouett'! grasseilla-t-il.

Il fourragea et sortit par la brayotte de sa culotte ses génitoires et la rougeâtre raideur vibrante de son membre pointant hors de ce fatras plissé et poilu de noirceur.

– Ouett'ouett'don'la belle, mira! mira la belle!

Les deux enfants à deux toises de là se mirent à rire comme s'ils secouaient des grelots à l'intérieur d'eux-mêmes, le grand avec une bouche aux dents absentes fendue jusqu'aux oreilles, la petite en pressant son bâton tenu à deux mains sur son ventre, sous le nombril proéminent. Le valet se tourna vers eux, dansottant d'un pied sur l'autre et secouant sa verge en psalmodiant :

– Mira, mira, Mirette, ouet'mira don'ça, p'tite Mirette...

La petite s'étouffait de rire, avec de grands couinements. Elle avança vers le bonhomme en brandissant son bâton à deux mains puis elle le jeta de côté et continua d'avancer, mains tendues avec un long râle d'hilarité.

– C'est Cauvin que j'veux voir! cria Esdeline, et on vit se nouer le muscle de son bras droit dont la main était toujours dans la poche.

– Qu'est-ce que don'tu lui veux, à Cauvin? aboya une voix de femme.

En cotte et jupon noirs, béguinette nouée dans ses cheveux, elle apparut à l'angle de la bâtisse entre le mur et l'enclos aux volailles où se tenaient les autres enfants et, s'élançant à grandes jambées, dans un bruit de froissement qui remplissait l'air assombri, elle traversa fort tapageusement la mauvaise bave de lumière glissée presque tarie hors du couchant, qui râpait le bas des choses et les cailloux du sol entre les ombres interminables. Criant, glapissant, agitant ses bras rouges et gonflés comme des saucisses de cochon, elle ramassa au passage le bâton jeté par la petite pisseuse cramoisie de fou rire et lança un ordre bref aux chiens qui s'écartèrent et vironèrent en aboyant de nouveau (à part le Maraud qui ne faisait pas mieux que tourner sur lui-même en suivant d'un œil clignant l'agitation nouvelle). Elle poursuivit son emportement droit sur l'homme qui remballa vivement dans sa culotte tout son attirail rouge et luisant comme viande écarnelée et s'ensauva à quelques pas en gémissant. La grosse femme noiraude lança une série d'autres criailleries en direction des deux enfants les plus proches et la petite fille s'enfuit en crasseillant de rire et de cris étranges avec l'autre en haillons sur ses talons, et tous deux plongèrent dans quelque faille derrière la haie de ronces du poulailler et disparurent. De ce côté on n'apercevait plus que des têtes hâves qui suivaient le spectacle de leurs grands yeux de suie, alignées au ras des épines. Plantée à une distance prudente, à quelques pas de la fille aux cheveux plus rouges que jamais dans l'incendie mourant du couchant, la grosse femme demanda :

– Alors mait'nant, toi ?

Elle dit qu'elle voulait voir Cauvin Sauvé et que c'était pour cela qu'elle était descendue du chézeau Favier où elle habitait et la grosse femme vêtue de noir poussiéreux pencha la tête de côté comme le Noiraud et la regarda mieux entre ses paupières plissées contre l'éblouissement des derniers feux solaires et son expression changea de quelques degrés dans l'expectative. Elle parut sinon engageante, moins rébarbative et elle dit :

– Alors tu serais la gamine de Favier ? La Rouge Bête, qu'ils te disent.

– C'est ça, dame, opina Esdeline.

Elle eût bien aimé savoir à qui elle avait affaire mais ne le demanda point. Parmi les personnes dont Cauvin avait de temps à autre parlé et qui vivaient à la gringe ou à la maison de Saint-Maurice, le bourg, elle n'en voyait aucune qui correspondît dans son esprit à celle qui se trouvait présentement devant elle, son bâton à la main.

– Et tu viens ici à c't'heure du jour pour voir Cauvin, tiens ? Tu l'connais donc, Cauvin ?

Esdeline jeta un bref regard en direction du valet de ferme écarté qui se tenait sous le mur aveugle de la grande bâtisse, allant à petits pas à gauche et à droite en suivant la rangée de baliveaux de la barrière. On entendait d'autres chiens aboyer à l'intérieur, outre-part des murs, dans des lieux invisibles depuis ici, sans doute la cour enfermée entre les branches approximatives du U formé par les corps du bâtiment. On entendit un hennissement et des braiments d'ânes, et puis des voix d'hommes qui s'interpellaient et des voix plus légères d'enfants – peut-être ce fond sonore s'était-il mis en place depuis un certain temps déjà, peut-être depuis son arrivée sur les lieux, mais en raison d'autres événements venus se placer en premier plan, elle n'y avait pas prêté attention.

– C'est donc le premier braquemart d'âne que tu vois ? dit la grosse femme sur un sourire. Ne t'en tracasse pas, allons.

– J'm'en tracasse pas.

Mais quand même elle ne parvenait pas à chasser la vision hors de sa tête, l'image ébouriffée entrée dans sa tête et collée au derrière de ses yeux.

– L'est pas méchant, dit la femme. Juste à se montrer et secouer ses affaires pour un oui pour un non… Toi tu veux voir Cauvin ?

– Oui, dame.

Elle avait des joues rebondies, tombantes, plusieurs plis en guise de menton, une ombre de velours sombre sur la lèvre supérieure. De sous la béguinette des mèches échappées vibraient dans l'air du soir. Le ciel était en train de s'éteindre.

– C'est qu'il est pas là, ma gamine. Qu'est-ce que tu pouvais ben lui vouloir, au garçon ?

Elle se disait : « Ça ne peut pas être sa mère. » Se disait qu'elle l'eût appelé « mon fils ». Ou qu'elle l'eût fait savoir sans tarder. C'était une servante. Une commise.

Elle dut paraître bien chagrinée l'espace d'un souffle et sans qu'elle y prît garde, sans qu'elle se contînt ni ravalât l'expression.

– Tu le savais donc pas ?

– Il est à la maison du village ? osa-t-elle demander.

La grosse femme fronça un sourcil, les lèvres épaisses de sa petite bouche ronde s'ouvrirent et ne se refermèrent point tandis que la fille rouge disait :

– C'était pour son anniversaire, la fête de sa naissance chaque année, je sais que c'est pas loin dans le moment-ci de l'été. Je lui avais fait quelque chose, pour lui donner. Mais il est pas venu d'au moins une septaine.

La grosse femme hocha la tête et referma sa bouche et puis elle dit comme si les mots glissaient entre ses lèvres :

– Tu parles bellement, la gamine Favier, pour une fille des hauts de ce coin. Et on dirait que tu le connais bien, Cauvin Sauvé…

(Elle l'eût appelé « mon fils », sinon…)

– Il dit qu'on est des « demi-cousins », glissa-t-elle.

Le poing tenu serré dans la poche de sa jupe. De l'autre main elle rangea quelque mèche sur son oreille, puis sur l'autre.

– Il est pas là, ma belle, dit la grosse femme. Il est pas à la maison du village non plus. Ça fait comme tu le dis une septaine au moins qu'il est parti avec les boquillons qui coupent pour M. le Duc, jusque dans un port de l'océan où que le Roy de France fait construire ses vaisseaux. La Rochelle ou bien Nantes, ou Saint-Malo – je ne sais plus laquelle, j'ai entendu dire les trois. Il est parti en grand équipage avec un convoi de troncs de sapin qui feront les mâts des vaisseaux. C'est des forêts du duc de chez nous que sont taillés les arbres pour les vaisseaux du Roy de France, ma gamine.

C'est ainsi qu'Esdeline Favier l'entendit, tout d'une traite, comme la soudaine eau de boue d'un torrent dévalant dans les pierrailles et débordant de toutes parts et la noyant d'un seul coup, l'emportant, l'emportant… éteignant le soleil et balayant les longues ombres étirées au sol à perte de vue. C'est ainsi que jamais de si près elle ne vit une autre partie de la bâtisse de la gringe, ni ses façades sur les autres points cardinaux ; c'est ainsi qu'elle devait surtout garder des lieux le souvenir tonitruant d'un imbécile baveur qui secouait ses trinquebilles et toute une affaire agitée comme il eût manié une arme, et c'est ainsi que plus tard elle courait, courait encore, la main serrée sur le douloureux cadeau dans la poche de sa robe, les sanglots en long ruban de râle déroulé derrière elle dans le silence du val maintenant enténébré, et les larmes qui lui rongeaient les joues n'étaient pas que de la désespérance mais de la rage pure qui coulait et se répandait et la submergeait des effets de son poison.

7

Cauvin était apprentif dans l'équipe de boquillons, je le savais, comme je n'ignorais pas que s'il dormait la plupart du temps à la gringe de Sous les Ordons (il y habitait déjà quand nous nous étions rencontrés ce jour-là après que j'eus délivré un lièvre d'un de ses collets), c'était en raison même de cet apprenage du métier de forestier qu'il suivait auprès de coupeurs et scieurs d'arbres au service du duc dans les forêts et répandisses de sous les ballons d'Alsace et de Comté – le duc et non point l'église Saint-Pierre –, sur les terres arrentées nuement au duc à qui elles revenaient de tout temps, les terres et leur population de froustiers en marge de qui il était voué. Dont nous étions, aux Ordons, puisque ne payant point de grande ni petite dîme aux commis de l'Église mais uniquement aux collecteurs de la prévôté d'Arches.

Orça, je ne l'ignorais pas.

Il m'avait conté quelquefois, en vérité peu souventement, le détail des métiers du bûcheronnage et de la charpenterie pour lesquels il était apprentif. Ses maîtres ouvriers étaient aux ordres de son père, ce qui ne lui rendait pas forcément leur compagnie de travail plus facile. Je savais qu'ils choisissaient des arbres selon leurs souches et certaines courbures d'icelles, mais au contraire également en regard de la rectitude de leurs fûts, les pièces de leur choix destinées à l'Intendant d'une compagnie navale au service du Royaume de France. Ces arbres, chênes et sapins, étaient utilisés dans la construction des coques et des mâts. Les charrois de la coupe partaient régulièrement en convois lourds sortant de Lorraine et traversant la France jusques ses villes de chantiers navals.

Cauvin l'avait évoqué, de loin en loin, quand il parlait de la flibuste et de ses courses en mer des Caraïbes ou sur les côtes du Nouveau Monde, quand il parlait de vivre en Nouvelle France, et des vaisseaux sur lesquels embarquer pour la traversée du grand océan. Quand il parlait de ces vaisseaux et du bois dont ils étaient faits, au choix et sciage duquel il avait participé.

Mais ne m'avait jamais dit un mot de l'éventualité qu'il pût un jour être employé à l'un de ces charrois. Jamais une allusion à cette possibilité.

J'en suis venue à me demander s'il avait appris son appartenance au convoiement longtemps avant le départ. Il n'avait que l'importance d'un apprentif, corvéable à la guise de ses maîtres qui pouvaient décider dans la minute de son emploi du temps, pour l'heure comme pour les jours suivants ; seulement la veille, on avait pu lui annoncer qu'il ferait partie du convoi, peut-être suite à une défection inopinée. Trop impromptu pour lui laisser le temps de me le venir annoncer.

Je me suis faite à cette manière-là, au fil du temps.

Le fil du temps a bien failli se rompre plus d'une fois, tendu sur trois années, de l'été 1747 à l'automne 1750, trois années bourrées à craquer du silence au profond duquel Cauvin Sauvé était enseveli quelque part en France, Cauvin dont je ne sus jamais rien des jours qu'il vivait, ni où ni à quoi il les occupait, et dont évidemment personne ne m'informa en quoi que ce fût, personne de sa famille à qui je ne suis jamais allée rien demander, de ses amis pas davantage qui ne trouvèrent aucune raison de m'en venir apprendre, à moi, sur sa vie hors de Lorraine, en admettant qu'ils en eussent su quelque chose, grandement ou en parcimonie, ce qui n'était rien moins que tout à fait improbable. Le temps fila tendu sur le silence de ce côté-là du monde, sur les vacarmes dévalant par ailleurs et qui me claquèrent maintes fois aux oreilles à m'ensourdire.

Le temps roula et cahota et dépassa d'un peu mes dix-sept ans.

Et un matin de septembre tout vestuvelué de soleil ras sur le blond des prés, Cauvin Sauvé revint chez nous.

II

II

1

DE CET ENDROIT SOUS LA LISIÈRE, on n'apercevait rien du creux profond de la vallée où se trouvaient les maisons ; l'inclinaison de la pente était trop forte. Au bas du pré, à une centaine de pas, la broussaille non sarpée et le hallier de charmilles et de hêtres trop hauts empêchaient la vue de glisser plus au fond de la colline.

C'était la première année qu'elle menait ses blanches bêtes aux champs de ce côté, sur l'adret du vallon.

Sur les terres de répandisses arrentées à Pierre-Prix Sauvé.

Les blanches bêtes de Pierre-Prix Sauvé, et non plus celles de Flavien Favier à qui il ne restait que trois malheureuses chèvres galeuses et la permission accordée par Sauvé de les mêler à celles de son troupeau.

Il lui avait fallu s'habituer à cette trentaine de bêtes, ce tournoiement de cornes et de naseaux et de petites queues dressées parcouru de bêlements, comme une espèce de bloc en tourbillon qui semblait être constitué pour n'en faire qu'à sa guise, au mépris total de ce que leur chevrière pouvait avoir décidé. Les six ou sept qui avaient constitué le plus fort de son troupeau d'avant lui semblaient d'un autre âge. Pareillement elle avait fait son deuil de cette lointaine accoutumance prise à soutenir les froidures des nuits en leur chaude et odorante compagnie. Pierre-Prix Sauvé son maître ne voulait pas entendre parler de ces façons-là. Elle dormait dans le grenier à foin, derrière les portes de la bouâtcherie. Le plus près possible des battants dont elle ne rabattait point la barre…

D'abord, elle renifla la senteur caractéristique et se dit qu'on brûlait les coques de choux au bord d'un champ, ou les grands roseaux du long de la rivière, quelque tas de vieux foin non ramassé ; puis elle vit la fumée. Une fumée trop blanche qui montait en épaisses volutes paresseuses au-dessus du hallier bordant le bas du pré.

La matinée était claire, le ciel d'un bleu laiteux, des vapeurs de rosée aux pattes des bruyères. Une septaine passée la Nativité Notre-Dame – tout le village avait alors processionné, sauf elle, qu'on eût dite seule de tous les entours exclue de la ferveur psalmodiée à coups de cantiques jetés à la volée dans la rouille des haies qui bordaient le trajet propitiatoire, elle qui les avait regardés passer, avec leurs mines réjouies, leurs bannières brandies par des enfants à peine moins grands qu'elle (et ceux à peine plus grands que la gamine que ce défilé de couleurs et de bruits apeurait et qu'elle serrait dans ses bras), toutes deux, elle et la gamine, plantées là en haut du chemin sous leurs regards réprobateurs et hautains que la foi leur taillait sur mesure, bon Dieu ! si elle se souvenait de la fête de la Nativité, une septaine paravant…

Elle jeta un regard derrière elle du côté des biques et de la gamine accroupie à quelques pas dans une flaque de soleil. Elle l'emmenait avec elle. Elle l'emmenait déjà avant, quand elle était encore aux Ordons, et désorendroit également, il eût fait beau qu'on lui défendît de la prendre, que quelqu'un, n'importe qui d'aucun rang et d'aucune importance, le lui interdît… Depuis qu'elle s'était mise en tête de s'occuper de la gamine – elle ne l'appelait pas autrement que « la p'tite sœur » ou la Petite –, son regard ordinaire s'était fait plus farouche encore, un regard de vraie tôgnarde. Elle ragounait plus qu'elle ne lâchait un vrai mot, ou serrant les dents, n'entrouvrait ses lèvres proéminentes closes en une cicatrice ourlée sur du silence épais que pour des murmures soufflés à l'oreille de la gamine, comme avant à celles de ses chèvres, quand elles n'étaient que *ses* chèvres, moins nombreuses que les doigts des mains, avec des sourires qui se communiquaient aux yeux de la Petite, transvasés, eût-on dit, de l'une à l'autre sur les chuintements...

La Rouge Bête, pas encore vingt ans, semblait avoir vu le temps de l'âge couler bien plus vite en elle qu'aux alentours.

– Bon Diou, souffla-t-elle.

Elle hésitait, tourneboulée par les battements de son cœur qu'elle sentait dans sa gorge. Silhouette d'inquiétude inquiétante dans sa longue robe de bougras, le haut et la cotte tout d'une pièce et la taille seulement marquée par la large ceinture de cuir à grosse boucle, une ceinture d'homme, qui reposait sur ses hanches et à laquelle pendait cette sorte de bourse de peau de chèvre au rabat lacé. Nus pieds. Le visage marqué au soleil et au vent, le cou plus pâle dans l'échancrure du col jusqu'au sillon de la poitrine ronde et libre et bougeante. Sa tignasse comme tombée d'une cime d'automne.

Un autre grondement lui roula dans la gorge, son regard se fit à la fois dur et sur la défensive et fragile d'appréhension.

– Viens, dit-elle à voix basse, la main tendue derrière elle vers la petite, regardant la fumée qui montait au-dessus des arbres dans le ciel tout fraîchement débarbouillé de lente nuit.

Comme plantée dans cette attitude un instant, les paupières plissées plus lourdement au fur du moment jusqu'à ne laisser filtrer à travers leur fente qu'un bout de regard gris que les cils roussissaient. Puis d'un tour de tête elle fit visage à la gamine qui commençait seulement à avancer, une main embouchée presque en entier et de l'autre écartant les hautes bruyères dont certaines pointes chatouilleuses lui arrivaient au menton.

– Viens, allons! pressa Esdeline en agitant les doigts vers la gamine.

Elle empoigna la Petite, l'enleva et la plaqua contre sa poitrine, soutenue sur un bras, et la Petite s'accrocha à son cou, de la main qu'elle ne suçait pas, quelque part sous sa tignasse rouge. Elle continuait de regarder la fumée assombrie qui s'étalait en grasses et lentes volutes, maintenant plus élevée dans le ciel d'une taille des sapins du bas du pré. Une courte plainte, des jurons comme des crachats de poisseuse salive, fusèrent d'entre ses lèvres boudeuses.

Elle se tint là, sur ses cuisses raidies, en balance entre le dernier mouvement achevé et le prochain qu'elle n'avait pas encore arrêté – et qui sembla, quand il se fit, la pousser ou la tirer à son corps défendant plus tôt qu'elle ne l'avait décidé. À grandes jambées elle descendit le pré, la gamine tressautant sur son bras, le torse rejeté en arrière comme la chevaucheuse d'une monture bondissante. On entendait cette espèce de plainte rageuse qu'elle râlait sur le fil secoué de sa marche. La voyant s'éloigner, quelques-unes des chèvres poussèrent des béguètements d'alarme, ou d'incompréhension et, après une hésitation pareille à celle qui avait stupéfié momentanément leur gardienne, elles s'écartèrent du bord haut du pré pour la suivre, descendirent à travers les herbes cassantes et les bruyères en faisant sauter devant elles en tout sens des dizaines de pâles sauterelles. En bas du pré, la fille rouge se retourna et vit les chèvres qui arrivaient et elle hésita une fois de plus avant de se mettre à leur crier des commandements, agitant son bras libre et la gamine sur son autre bras retira de sa bouche ses doigts brillants de salive et fit de même et cria des sons qu'elle voulait semblables à ceux qui lui giflaient l'oreille. Les chèvres s'arrêtèrent au milieu de la pente et lancèrent en réponse quelques bêlements épars, attendant de voir ce que faisait leur gardienne.

Elle cria encore aux chèvres l'ordre de se tenir où elles se trouvaient. Au travers de la haie de buissons, elle scruta, penchée en avant, bougeant à droite et puis à gauche. Ce qu'elle put distinguer de mieux ne l'était pas en suffisance pour autrement la rassurer ou l'alarmer ou changer ce qui lui était venu à l'esprit dès les premiers instants.

Elle y voyait certes plus bas sur le flanc de la vallée des Charbonniers – et nettement les Ordons, au versant d'en face, loin vers le couchant –, mais pas assez, cependant, pour situer avec précision l'origine de l'incendie, quelque part au-delà et en dessous de nouveaux halliers de buissons et des arbres qui quadrillaient les essarts.

Un grand moment encore elle se tint dans cette position de guetteuse, penchée en avant, tenant la gamine qui se balançait contre sa hanche en agitant ses petites jambes et en lançant des gestes et des piaillements baveux à l'adresse des chèvres plus haut dans la pâture. Puis elle s'accroupit avec grande lenteur, posa au sol la gamine qui alors s'agrippa d'une main à sa robe et essaya en geignant de regrimper sur sa hanche et lui tira le bras pour qu'elle la prenne, mais Esdeline fit exactement comme si elle n'entendait pas ses suppliques de plus en plus pointues, ni ne remarquait son manège, continuant d'épier par le dessous où les branches étaient le plus écartées. Visage dur, impénétrable, elle continua de regarder, indifférente à la gamine, jusqu'à ce que l'ombre de la fumée se couche et rampe sur la colline et que la fumée elle-même se rabatte et grimpe à l'assaut et que son odeur forcisse et qu'on perçoive, à travers la méchante nuée puante, les premières hurlades de la vindicte.

Ils n'étaient pas nombreux, quelques-uns seulement, à pousser des gueulades de loin en loin pour sans doute se donner de l'allant et entraîner les autres, une douzaine au mieux, et avec eux trois enfants en blaude qui n'étaient pas les derniers à brailler en tressautant sur leurs jambes maigrichonnes comme s'ils se rendaient gaiement à quelque fête de Saint-Jean.

Elle reconnut les chiards d'abord, engeance des valets de ferme de la gringe de l'autre Sauvé – Adrien le bangard, sans doute encore reconduit officier de gruerie comme il l'était traditionnellement désormais –, du fond de vallée.

Ensuite, au moins deux des gueulards, le père et le fils Larivière, premiers voisins du chézeau du frère, Pierre-Prix Sauvé. Agitant, quand ils ne s'appuyaient pas dessus, leurs bâtons en accompagnement des cris. D'autres qu'elle ne connaissait pas, des gens des environs, des forestiers peut-être, ou montés du village – des gens suffisamment proches de Pierre-Prix pour se sentir concernés et solidaires.

Et seule femme de la bande vougeante, Mandine, la fille – dont la présence échevelée confirma à Esdeline ce qu'elle avait deviné craintivement et compris au vu de la fumée.

Ils l'aperçurent sans peine – elle ne se cachait pas, les attendait derrière la haie de sous la pâture. Ils savaient où la chercher, la trouver, et s'y étaient rendus droitement ; rouges et suants et débraillés après la grimpée, ils n'avaient à l'évidence pas hésité longtemps avant de décider d'une tête coupable puis de se précipiter à la coupe.

On eût dit que les cris, dès qu'ils l'eurent aperçue, retombaient morts et pâles autour d'eux comme des feuilles détachées des bouleaux par un malin souffle de vent, et c'était d'ailleurs sans doute des feuilles mortes qui vironnaient le groupe grimpant la pente dans les bergâillesses de fumée qui salissaient le paysage. Ils avançaient, piochant leurs pas dans le gazon, traversant cette coulée d'herbes plus hautes et plus vertes sur le tracé d'une des nombreuses rigoles jaillies de ce versant de la montagne. À présent on distinguait nettement leur visage, les coulures de sueur et les mèches de cheveux collées aux joues et au front et la crispation de leurs traits, la colère dans leurs yeux cernés par l'effort – sauf les visages des enfants qui ne reflétaient pas mieux que l'ordinaire et méchante excitation d'un de leurs jeux coutumiers.

Elle les attendait, debout derrière la haie. La gamine lui serrait une jambe à deux mains, à demi fourrée sous la robe retroussée, et regardait curieusement d'un œil brillant entre les plis du tissu le groupe immobilisé de l'autre côté des buissons. Elle dit à la gamine :

– Va-t'en, Poline.

S'efforçant d'une main de la décrocher d'elle, elle dit sur un ton à la fois doux et sans faille :

– Va-t'en avec les biquettes, va... Allez, va...

– Pa! dit la gamine, sa joue pressée contre la cuisse de la fille, sous la robe, ses petits doigts serrant plus fort.

– Grand nom de Dieu! gronda Esdeline. Tu vas faire ce que j'te dis, à présent!

Elle se troussa et décrocha de sa cuisse les mains de la Petite qu'elle repoussa sans ménagement et l'enfante ainsi poussée effectua une suite de pas maladroits et déséquilibrés avant de s'affaler dans la bruyère où elle garda le nez contre le sol et se mit à chigner. Il y avait dans la haie un braco de branche morte de la grosseur du poing et six bons pieds de long qu'elle s'alla vivement saisir et puis, de nouveau, fit visage aux autres à travers la haie, son braco en main.

– Qu'est-ce que vous m'voulez, tous? lança-t-elle.

Mandine se tenait à la tête du groupe menaçant. Grande et costaude, la même gueule que son père, comme lui des cheveux d'une pâleur de foins fanés, hérissés en mèches que tous ses efforts n'avaient jamais pu discipliner à sa guise – aussi n'en fournissait-elle plus et se coiffait d'une béguinette de mauvaise toile à rubans noués sur le haut de la broussaille.

– Comme si tu l'savais pas, ce qu'on t'veut, dit-elle.

– Non j'le sais pas. Qu'est-ce que je devrais savoir?

Mandine éructa sèchement. Elle aussi, comme les deux Larivière, tenait un bâton, bien serré à deux mains en travers de sa poitrine, ouvrant et refermant ses doigts dessus. Elle semblait en grande impatience de s'en servir et ses yeux jetaient des lueurs du plus mauvais aloi. Se tenait plantée sur ses jambes solidement écartées sous les cotte et jupon, les hanches puissantes, les épaules avancées de biais plus larges que celles d'aucun des hommes présents derrière elle. Sous le haut de tissu bleu, sa vaste poitrine se soulevait et s'abaissait sur un rythme qui se désassociait graduellement de l'essoufflement de la grimpée. Elle avait une huitaine d'années de plus qu'Esdeline, toujours vieille fille, toujours pucelle sans doute, aucun mâle à plusieurs lieues alentour, du fond des vallées au sommet des montagnes, ne s'étant jamais vanté lui avoir fait choir la bobinette (mais, à la fois, le raconter n'eût certainement pas eu l'heur de plaire à la donzelle, que cela fût vantardise pure ou vérité vraie...). Elle était assurément capable d'abattre un arbre à la cognée aussi vitement que le meilleur des boquillons qui se trouvaient sur les domaines des grueries ducale et capitulaire. Et depuis qu'Esdeline entrée dans sa vie par la porte de l'écurie menaçait de s'y installer pour longtemps, assise à son côté sur la pierre de sole du foyer, la fille unique de Pierre-Prix Sauvé vouait à la Rouge Bête une haine tranquille, exprimée benoîtement et simplement comme une manière d'évidence.

– Saleté! siffla Mandine sans lever le ton.

Elle assura le bâton dans ses mains, ses doigts trouvèrent leur prise et cessèrent de s'ouvrir et fermer spasmodiquement. Elle s'élança tête baissée à travers la haie.

Esdeline lui porta un coup de son braco qui fouetta d'abord les branches basses et ne toucha Mandine que petitement sur le haut de l'épaule; elle recula, gourdin levé pour parer la riposte de l'autre et le choc des deux bâtons résonna avec un bruit sec et creux comme un coup de feu, recula encore, trébucha des talons dans les herbes et les racines affleurantes dans la maigre ravine au pied de la haie. Le visage crispé de la fille Sauvé, ses yeux brûlés par une vraie férocité étaient ce qui paraissait le plus dangereux à soutenir, davantage que le bâton qui se leva encore et retomba en fauchant l'air avec un sifflement rauque pour toucher le bras d'Esdeline au-dessus du coude – elle sentit le feu crever ses chairs et lui carboniser l'os –, elle cria. La douleur vive lui ferma les yeux. Le temps d'un battement de paupières ou d'une infinie et noire lenteur. Elle entendit crier alentour, de partout s'abattre sur elle des braillements qui n'étaient pas les siens, en même temps que l'averse étrangement cliquetante des feuilles jaunes de la haie déclenchée par le passage en force de tous ces gens furieux. Elle entrevit les enfants merdeux des valets de ferme de la gringe du val – qu'est-ce qu'ils fichaient là, foutredieu ! – agiter en désorderie bras et jambes comme si la jubilation de se trouver dans ce boulevari les empêchait de contrôler raisonnablement leur corps abominable. Elle ressentit dans la douleur qui la submergeait la tentation flamboyante de tuer d'abord, avant tout autre, ces gnomes infernaux. Elle gueula et fit tournoyer son braco tout en reculant ; son bras gauche tombé dans une grande lourdeur balançait le long de son corps et elle était dans l'incapacité absolue de le relever, de le plier, de le commander en quoi que ce fût, comme s'il lui avait été rempli de braises, la peau tendue à crever.

Elle reculait, courbée et les genoux pliés, jetant derrière elle des coups d'œil en direction de ses chèvres et de la gamine qui s'était relevée et qui, plantée, les yeux écarquillés, abayait cette sarabande de mouvements et de cris dans le volettement des feuilles pâles de la haie secouée.

– Allons, la Rouge, lui cria le fils Larivière. Fais pas l'idiote, met'nant, en plus du reste !

– En plus du reste de quoi, grand couillon ? renvoya-t-elle en le menaçant de son braco brandi d'une main.

Il avança quand même.

– Tu l'sais bien, roulure! dit le père.

Esdeline se fendit et l'extrémité de son bâton toucha le fils Larivière au visage et il poussa un cri cassé et recula en se couvrant la figure des deux mains. Elle lança son braco vers le père qui le reçut en pleine poitrine et lui aussi poussa un cri rauque, elle se pencha et ramassa le bâton que le fils avait laissé tomber.

– Tu crois p't'êt'que tu vas t'en tirer, la Rouge, dit Mandine de sa voix calme et basse.

Il y avait en plus de la méchanceté comme une manière d'amusement dans le regard qu'elle serrait sur Esdeline.

– Viens me chercher, dit celle-ci, farouche. Viens donc. Avance ton gros cul.

– Tu vas voir comment que j'm'en vas t'arranger le tien, salope. Qu'après ça tu pourras p't'être même plus seul'ment t'en servir pour chier!

Esdeline hoqueta de mépris et rejeta en arrière, d'un mouvement de tête, les mèches de sa chevelure qui retombèrent aussitôt sur ses yeux. Elle pouvait sentir de nouveau son bras qui bougeait sous le feu mordant ses chairs. Du sang perçait la manche de son haut et coulait le long de son avant-bras et de ses doigts. Elle ferma et rouvrit la main, plia le bras, sans qu'elle en eût plus mal – au moins les articulations fonctionnaient. Elle avait reculé jusqu'à la gamine qui aussitôt s'accrocha à sa jambe, frotta sa bouche salivante et son nez moutchou sur la robe.

– Laisse ta p'tite sœur en dehors de ça, dit Mandine.

– Mêle pas la gamine à c't'affaire, lança un des hommes qui s'efforçaient de la vironner pour pouvoir lui tomber dessus de tous les côtés.

– J'te préviens, c'est pas c'te gosse qui va m'empêcher d'te foutre une raclée! annonça Mandine. Qu'elle prenne des coups ou pas, j'm'en fous bien pas mal. C'est la même carne que toi, la même gent.

Le fils Larivière se mit à hurler derrière ses mains, un braillement sourd, étouffé, soufflant du sang entre ses doigts écartés.

– C'est pas une raclée qu'elle a besoin, dit un grand maigre aux longs cheveux de filasse qui pendaient autour de son crâne chauve. C'est qu'on la ramène et qu'elle soit prise et enfermée pour c'qu'elle a fait !

– Et qu'est-ce que j'ai fait ? cria Esdeline.

Connaissant bien entendu la réponse à son cri. Ne l'ignorant évidemment pas. Une traînée de vent ramena de nouveaux effluves de fumée et décrocha aux branches de nouvelles feuilles jaunies et le tout s'enroula par le travers de la haie et flotta autour du groupe, comme hérissé par les râles confus du jeune homme au visage ensanglanté que les enfants entouraient et considéraient avec circonspection. S'attendant sans surprise à la réponse qui tomba hachée entre toutes les bouches et rassemblée par fragments en une seule et même abominable accusation.

Sur le coup, Esdeline amortit le choc des mots tombés en grêle. N'en releva aucun. Elle blêmit et serra les lèvres.

– Tu dis rien, hein ? aboya l'homme maigre.

Le fils Larivière se tut enfin, découvrit son visage barbouillé de sang et laissa tomber lourdement ses mains qu'il essuya sur le devant de ses culottes. Les chiards poussèrent des exclamations admiratives à la vue du faciès luisant qui paraissait écarnelé jusqu'à l'os.

– Qu'elle dise quoi ? fit Mandine Sauvé avec ce petit sourire enfin éclos sur ses lèvres sèches.

– Tu sais bien, Mandine, que c'est pas moi, lança la fille rousse en rejetant d'un mouvement de tête ses mèches en arrière... Tu le sais bien.

– Ah ouais ? Et pourquoi don'que je saurais ça ?

– Saleté…

– Je me demande bien pourquoi que je saurais une chose pareille. Sans rire, je me demande bien.

– Tu m'as vue partir ce matin, dit Esdeline. À la pointe du jour, avec les biques, tu m'as bien vue, non ? T'étais là, t'étais dehors, comme à chaque fois, chaque matin, à surveiller la porte du charri et de l'écurie comme si j'allais oublier de me lever… T'étais pas là ?

– Et alors ?

– Tu m'as pas vue partir sans doute avec les biques et la gamine dans l'dos ?

– Et alors ?

– Et alors comment qu'j'aurais foutu le feu, depuis ici ? Comment que j'aurais fait ce miracle ?

– T'en es pas à un près, d'miracle ou d'tour de sorcière, si ? Tu sais pas comment faire à distance, sans doute ?

– Ferme ta gueule, Mandine, maint'nant, gronda la fille rouge en assurant sa prise du bâton avec l'autre main également – elle eut une brève grimace. Ferme ta grande gueule, Mandine. J'vais te la fermer pour de bon et t'empêcher de raconter des choses comme ça !

– T'as pas dit qu't'y mettrais l'feu, sans doute ? lança Mandine un ton plus haut. Tu l'as pas dit, qu'plutôt d'aller avec lui tu foutrais l'feu à la maison, sans doute ?

– Sûr que non j'l'ai pas dit ! J'ai jamais dit ça comme ça !

– Putain de menteuse ! jeta Mandine d'une voix claquante.

– Même si je l'avais dit, j'lai pas fait !

– Sacrée putain de menteuse !

Mandine avait prévenu que ce n'était pas la fillette agrippée à la cuisse de sa grande sœur qui l'empêcherait de frapper. Et elle fit ce qu'elle avait dit, le fit si brusquement et si violemment que ceux qui la suivaient furent surpris tout autant qu'Esdeline, sinon plus encore. Esdeline pressentit l'assaut de la furie et l'esquiva *in extremis* en se laissant tomber de côté. D'un mouvement de cuisse, elle envoya rouler à deux pas la gamine tombée avec elle. Le bâton de Mandine fouetta et pela la bruyère et arracha une grosse touffe à deux doigts de sa tête. Couchée sur le dos, Esdeline roula sur son bras douloureux et poisseux de sang et leva son bâton qui toucha Mandine sur le côté du visage ; elle vit bleuir instantanément la pommette frappée dans la grimace de Mandine, prolongea sa roulade une fois, deux fois sur elle-même, se redressa un genou au sol au moment même où Mandine pivotait vers elle et frappait de haut en bas avec un grand ahan.

Esdeline frappa en même temps.

Les deux bâtons se choquèrent en fracas, celui de Mandine s'envola de ses mains jusqu'à plusieurs pas et la laissa un temps stupéfaite et louchant de ses paumes vides à Esdeline, sa pommette bleuie maintenant ouverte et du sang coulant sur sa joue déjà gonflée en quelques secondes.

Esdeline se redressa d'un bond sur ses pieds, bâton levé dans la claire intention de frapper encore sur cette blessure ouverte. Le coup frôla la tête de Mandine vivement baissée, arracha sa béguinette et fit voler ses cheveux.

Il y eut des cris soudain, des hurlades vives au milieu desquelles volait le nom d'Esdeline. Elle vit s'agiter en mêlée bras et jambes de ceux qui l'entouraient et qui tournaient la tête en direction des cris et poussaient eux-mêmes des exclamations, et dans cette confusion, comme s'il se balançait, le visage sanglant du fils Larivière, et elle vit que le père lui aussi saignait par une coupure au bas du cou qui lui dentelait de rouge l'échancrure de sa blaude. Tous regardaient vers l'autre bout du pré où elle porta mêmement son attention après un coup d'œil à Mandine pour s'assurer qu'elle n'allait pas poursuivre son attaque, où elle vit les deux hommes qui arrivaient en courant et en agitant les bras. Le premier des deux, armé non pas d'un bâton mais d'une longue carabine brandie au-dessus de sa tête, se planta essoufflé devant Esdeline et dit dans un grand sourire monté lentement de ses lèvres à ses yeux plus clairs que jamais :

– Enda! demi-cousine, la belle douce dame que te voilà devenue!

Cauvin Sauvé était de retour après trois années d'une absence profonde, pour Esdeline la Rouge Bête, profonde comme un gouffre au fond duquel elle s'était trouvée ensevelie vivante.

2

Il avait, il a toujours eu, qui sait l'a-t-il encore, la manière pour surgir quand on l'attendait le moins. (Et disparaître pareillement...)

La toute première fois pour me tirer déjà d'un mauvais pas, alors que les galopins qui se disaient ses compères m'alterquaient, et pas loin du même endroit que ce jour d'après l'été 1750, quand j'avais sorti *une lièv* d'un de ses collets et qu'ils m'avaient traitée de grippeuse. Il avait bien essayé de me noyer pour m'apprendre, avant de se rendre compte que je n'étais point coupable.

Voilà donc que j'étais derechef mal intentionnellement accusée, pour encore de grand crime d'incendie et sur le point peut-être d'être baculée jusqu'à en crever, ou probablement traînée devant la haute justice des gens d'Arches pour en finir de même, en tout cas mal partie. Et Cauvin revenait à point nommé, tombé du ciel, pour me tirer d'affaire.

Il n'était pas seul.

Fanch Le Nantais effectuait avec lui cette théâtrale entrée en scène, son ami qu'il ramenait des ports et chantiers navals du Ponant où son absence d'avec nous s'était écoulée. Bien sûr qu'avant de connaître son nom et de le savoir camarade de Cauvin nous vîmes d'abord et simplement le gaillard qu'il était, dont la taille et la mine jouèrent sûrement pour autant que la longue carabine brandie par

Cauvin dans le retrait immédiat de ceux et celle qui me voulaient rompre les os, gaillardement grimpés jusques à mes pâtures à cette intention. Il était de quelques années l'aîné de Cauvin qu'il dépassait en taille d'au moins deux bonnes têtes, d'une carrure à la fois massive et souple de grand animal, déjà le front dégarni et la panse prometteuse. Les manches de sa chemise roulées haut sur ses biceps rebondis, il avait un foulard rouge noué autour du cou, des bracelets de force en cuir fauve aux poignets, une boucle d'argent de la taille d'un louis à une oreille. Le long bâton dans ses mains pareilles à des nœuds de chêne évoquait plus une verge à fouetter qu'une arme redoutable… cependant, à la façon dont il s'en servit et le fit virevolter, comment il l'abattit ici et là en le faisant vrombir sans que le sourire quitte ses lèvres et que son œil cesse de pétiller d'amusement, le résultat n'avait rien de comparable avec ce qu'eût pu donner une fessade à la badine.

Plusieurs de ces calamiteux qui encore un instant paravant me voyaient pour bientôt à leur botte se retrouvèrent les quatre fers en l'air, pissant par le nez ou dégueulant tripes et boyaux sur un coup de bâton dans le gras de la panse, au terme de la bastonnade. Cauvin leur cria de se rassembler et de s'en aller bien vite, et s'ils voulaient se rendre utiles, de faire la chaîne, leur conseilla-t-il, avec des seaux, du ruisseau au hangar à fagots, s'il en restait encore autre chose que des cendres, et avant, acheva-t-il, que le malheur des hangars se propageât à la maison, ce qui risquait de ne pas tarder. Avec ce grand sourire éclatant qui ne le quittait pratiquement jamais, comme je devais le constater du temps que je le connus – les quelques jours qui suivirent celui-là –, son ami les encouragea à se hâter sans hésiter à taper le cul d'un des chiards de la valetaille de la gringe qui le grimaçait et s'était mis à lui lancer des insolences.

Tout ce monde se le tint pour dit sans autre protestation – il semblait qu'ils eussent reconnu Cauvin Sauvé et ne s'étonnassent point de la présence à ses côtés du gaillard à la longue chevelure blonde nouée en catogan. J'en déduisis que ces deux-là étaient donc probablement revenus depuis la veille, voire plusieurs jours, qu'en tous les cas ils se trouvaient présents ce matin, au moment de l'incendie des hangars – puisque c'étaient donc les hangars qui brûlaient...

Mandine, quant à elle, ne semblait guère décidée au départ. Elle attendait, reprenant souffle, rouge de rage indignée et de sang, suante et le chignon défait. Elle braquait maintenant un regard assassin davantage sur les deux nouveaux venus que sur moi – je la revois comme si c'était hier, je revois en parfaite clarté ces instants qui finirent par me conduire au bras des deux garçons sur les lieux du crime, plus tard, après que la fumée épaisse se fut dissipée, le ciel redevenu serein –, un regard pas moins braiseux que la fournaise d'en bas et qui semblait ne jamais devoir s'éteindre.

– Toi aussi, ma cousine, je te retrouve bien, lui envoya Cauvin en une fielleuse fieutesse que je me délectai pourtant à entendre (et entends encore) comme une mellifluante mélodie...

Il voulait dire la retrouver en cette situation, non point physiquement, et la réponse de Mandine conforta mon entendement dans ce sens – elle ne s'étonna point de le voir là, mais lui enjoignit simplement sur un ton cinglant de se mêler de ses chausses, ce qui le fit sourire plus grandement encore, à l'instar de son compagnon (sourire sans que ce fût un sourire). Quand il l'eut interrogée par un *retorqueo* sur ce qui allait diable lui advenir au cas où il ne lui ferait pas obéissance, elle cracha toute sa mauvaiseté à mon endroit, sans pour autant bien sûr en donner la véritable motivation, qui lui consumait le cœur depuis plusieurs mois, mais braillant au plus court que je n'étais que garce et bien peu reconnaissante envers son père qui m'avait fait la charité de me prendre sous son toit, moi et la Petite Sœur, après le malheur qui nous était advenu.

Cauvin demanda des explications. Comment cela donc? s'enquit-il, et elle ne se fit pas prier de lui raconter, comme si, ouvrit-elle, il ne le savait pas.

Il dit qu'il serait bien aise de savoir, précisément, et Mandine se mit en devoir de lui torcher les accusations qu'elle me portait très colèrement, d'avoir, dit-elle, mis le feu aux hangars ainsi que j'en avais fait la menace si Sauvé ne me logeait pas sous son toit sans attendre plus avant. Assurément, railla-t-elle, que le brave homme m'eût offert l'hospitalité de son hangar à fagots ne me seyait pas suffisamment, à moins que l'offre fût à son contraire trop conséquente et que je n'en voulusse guère plus que celle de la maison si elle m'eût été offerte – cela pouvait donner ces deux sons de cloche, qui dans un cas aussi bien que dans l'autre ne me convenaient guère.

Les bras du grand gaillard ami de Cauvin avaient ce qu'il fallait de force pour me retenir et m'empêcher de baculer violemment la diffamatrice, après que j'eus entendu ces menteries. L'écume m'était venue aux lèvres et je ne suis pas certaine qu'il m'eût été possible de me contrôler et de ne pas la tuer, s'ils ne m'avaient empêchée de me jeter sur elle, arraché des mains mon bâton qu'ils jetèrent au loin.

« Allons, allons... » disait l'ami de Cauvin, de cette voix grave et sur ce ton tranquille qu'il avait en toutes circonstances comme je pus m'en rendre compte paraprès, sa voix qui bourdonnait au-dessus de ma tête, tandis qu'il me tenait les deux bras, un dans chacune de ses larges mains, serrés dans le dos. Je ne me débattis pas autant que j'eusse pu le faire si véritable eût été mon intention de lui échapper...

Elle continua de proférer et moi de même un court moment mais finalement Cauvin mit terme à ce chambard par quelques répliques aux accusations qu'elle me portait – et que je m'étais gardée de retourner à son service, me contentant pour le moment des insultes ordinaires que se lancent à la tête des femmes en dispute. J'eus l'habileté de garder mes accusations propres pour plus tard. Il n'était pas utile que la grande bringue comprît prématurément que je voyais clair dans son jeu.

Bouillant plus que jamais de rage à l'encontre de Cauvin cette fois, qui lui avait ainsi rabattu le caquet en me donnant visiblement sa préférence et son soutien, moi, pauvre chevrière fille d'un gueusard de la dernière engeance qui n'avait su faire entrer dans sa famille que malheur et mort, Mandine ramassa son bâton, le premier à portée de main, tourna les talons et s'élança à travers la haie puis au-delà sur la pente et on la suivit un instant des yeux s'éloignant, furibonde, à grandes jambées faisant voler ses cottes, puis on ne la vit plus.

– Eh bien, la Rouge Bête ? me dit Cauvin dans le sourire revenu grandement et qui lui éclairait toute la face.

Il me prit aux épaules et me considéra comme s'il ne m'avait jamais vue – ce qui voirement était le cas, l'image gardée de moi ayant sans aucun doute considérablement changé au cours de ces trois ans écoulés en chamaille. Tout ce temps qu'il prit à me visager de la sorte je le lui rendis pareillement, et ce que je voyais me noya tout entière d'une grande émotion, comme une vague chaude montant sous ma peau qu'une froidure étrange faisait frissonner.

Parcourue de ces fourmillements aux tétons et de cette chair de poule qui me dressait le duvet des bras comme les poils intimes, je voyais un visage d'homme aussi beau de traits que du caractère contenu en son âme. Il avait gardé son regard de jeune garçon, cerné au plus de ce que le temps pousse en solidité sous l'écorce d'un arbre chaque nouvelle année. Ses cheveux coiffés à la manière de son compagnon avaient désorendroit une teinte plus soutenue, moins étrangement grise que dans son jeune âge, entre le sel et le piment des îles dont il rêvait toujours – que nous ne connaissions pas encore, ni lui ni moi.

Il me dit que j'étais magnifique.

Ce fut au fond de moi comme si je n'avais jamais entendu ce mot-là. S'appliquant à une personne, et cette personne étant la personne que j'étais… Il me dit que sans aucun doute j'avais profité de son absence pour devenir la plus jolie femme du monde connu – gardant, dit-il, les territoires de *terra incognita* en dehors de l'affaire pour ne pas offusquer trop insupportablement ma modestie – et qu'il se trouvait fort aise d'être revenu avant qu'il soit trop tard.

Trop tard ?

Trop tard, dit-il en englobant sous le rire et le geste théâtral les entours qui tremblaient de soleil fragile dans les derniers effluves de fumée rampante, au flanc de la colline.

Les chèvres que l'altercation bruyante des instants précédents avait tenues éloignées, se rapprochaient curieusement. Les trois miennes les premières.

– Te voilà un vrai *moussieur*, on dirait bien, que j'ai dit avec un bout de rire pour me cacher d'une émotion qui risquait de se laisser voir trop clairement. Comme un soldat, de plus, avec toute cette mousqueterie…

Je me suis écartée, il a laissé retomber ses mains, hochant la tête sans se départir de son sourire mais avec dans l'œil allumé quelque chose que j'aurais mieux aimé ne pas y voir, pas déjà, pas à ce moment-là, qui ne me laissait guère le temps de souffler, et, pour ce qui était en train de se préparer, j'en avais bien besoin. Il continuait de me regarder, je sentais son regard quand je ne le croisais pas en face, je *me* sentais sous son regard – et celui du grand gaillard aussi, mais pas de la même façon…

Il a fait un pas de côté et s'est baissé sans me quitter des yeux ni cesser de sourire et il a ramassé son long fusil appuyé contre une souche du talus du hallier. Il a dit d'une voix basse et sur un ton distrait que ce n'était pas un mousquet et qu'on appelait ce fusil une carabine. Pour dire quelque chose j'ai répété maladroitement ce mot, *caravine*, qui était le second mot en rien de temps que j'entendais pour la première fois. « Magnifique » et celui-ci.

– Une longue carabine, a dit Cauvin. Pas caravine. Un fusil.

Grand Dieu, quand même, je savais bien ce qu'était un fusil…

Pour faire des gestes, j'ai remonté mes bas que l'empoignade avait fait descendre à mes chevilles, une jambe et puis l'autre, jusqu'au-dessus des genoux ; je n'avais pas de lacets, depuis toute petite je n'aimais pas que mes bas me serrent, quand j'en portais. J'ai cherché mes galoches et ne les ai pas trouvées et alors ils se sont mis à chercher avec moi dans tout ce fatras d'herbe et de bruyère que l'empoignade avait froissées. Les feuilles jaunies continuaient de tomber en virevoltant de temps en temps, sans se presser, de part et d'autre de la haie et ailleurs aussi, des arbres plus bas dans la pâture et des grands hêtres au-dessus qui poussaient comme des taches de flammes parmi les sapins.

Je suis allée jusqu'à la gamine qui regardait toute cette nouvelle agitation apaisée après les cris et les grands mouvements de violence, sans avoir bougé d'un pouce. Les chèvres l'avaient rejointe et, comme elle, nous observaient en souriant benoîtement et en échangeant des regards de connivence prudente retrouvée en bordure de cœur. Je suis allée jusqu'à elle, je l'ai prise dans mes bras, l'ai soulevée, et hop, la portant contre moi, je fus presque douloureusement traversée par une pique de bonheur absolu en respirant par-dessus tout cela son odeur douce de lait, de feuilles tombantes et de bruyère forte…

Ces instants qui demeurent. Qui me restent. Ces moments suspendus et figés. Comme il en tombe, rebondissant sur les échines du temps. Qu'il faut ne pas omettre de ramasser quand ils chutent, ne pas laisser se perdre, ni se redresser seul.

Il a dit :

– Alors c'est elle ?

Son regard était maintenant pour nous deux, la Petite et moi, son regard doré qui ne souriait plus. J'ai dit que oui, c'était elle. Il savait donc, il était là sans aucun doute depuis plus d'un jour, alors, et on lui avait tout raconté.

La peur se ravale sans peine, ce n'est pas une affaire. Ça laisse juste un vague mauvais goût en bouche, presque rien. J'ai ravalé. J'avais une longue habitude, cela faisait partie de mes nourritures amères depuis beau temps, déjà.

J'ai dit oui, que c'était elle, j'ai dit :

– C'est ma Petite.

Il l'a regardée longuement. Il regardait ses cheveux comme une touffe de sainfoin et m'a jeté un coup d'œil, hochant la tête. Il a dit que de ce côté-là en tous les cas on était bien les deux filles de notre mère. J'ai dit que de ce côté-là oui en tous les cas c'était sûr. Ravalant, encore. Il a levé un doigt vers elle et lui a gratouillé la gargoulette. Elle a fait un petit bruit de gorge et s'est racripotée, raidie contre moi, le menton bien enfoncé dans sa poitrine pour échapper au chatouillis. Il a demandé comment elle s'appelait et j'ai dit Apolline. Sous la poussée dorée de barbe naissante, la fossette s'est creusée un bref instant.

Il a demandé :

– Vraiment ? Apolline ? C'est vrai ?

Bien sûr que c'était vrai.

Il a demandé qui lui avait choisi ce nom. Il a dit :

– Toi ?

J'ai fait oui de la tête. Il y avait en moi comme la vibration d'une espèce de grondement silencieux. Une étrange trépidation. Je me disais que forcément cela allait se voir, qu'ils allaient remarquer mon tourment. J'ai ravalé…

J'ai dit que la mère était morte le lendemain, après qu'elle se fut maltournée dès la naissance de la petite et ne fut plus revenue. Si elle avait choisi un petit nom pour l'enfante, elle n'en avait jamais parlé, en tous les cas pas à moi, et le père n'en avait pas dit mot davantage, il n'en disait de toute façon plus guère, moins que jamais, il ne savait plus que grogner, s'il avait à s'exprimer. C'était moins que jamais un homme.

J'ai dit :

– Alors c'est moi qui ai décidé de son petit nom. C'est moi qui m'en suis occupée. Je l'ai mise au pis de mes chèvres pour la nourrir. Le salope ne s'est jamais demandé comment elle pouvait ne pas être morte.

Son salope de père autant que le mien. Il ne lui a jamais sans doute jeté un coup d'œil plus attentionné qu'aux nuages qui apportent la pluie, ces choses-là.

Cauvin a dit :

– C'est bien, Esdeline.

J'ai retrouvé comment c'était de l'entendre prononcer mon petit nom – comme si je n'avais pas oublié, le temps de son absence, frissonnante.

Il a voulu savoir comment la mère était morte, au malheur de quoi on disait des choses et d'autres, qu'il avait entendues. Des choses comme on en dit toujours, quand on ne sait pas. J'ai demandé si c'était sur Favier que se disaient ces choses, et quelles choses, ou bien sur moi, et il a pouffé :

– Sur toi ma pauvre ? Il a dit : Sur Favier, oui.

Qu'on l'aurait entendu braire que c'était aussi bien comme ça, qu'il avait eu toutes les peines du monde à lui mettre un enfant dans le ventre et qu'elle s'en était trouvée épuisée, qu'elle n'aurait plus été bonne à rien, après ça. On entendait dire aussi que c'était lui qui l'avait tuée et qu'il aurait bien tenté aussi de tuer l'enfant, et moi avec, parce qu'il n'arrivait plus à nourrir sa famille.

J'ai dit :

– Comme s'il s'était jamais donné beaucoup de mal avant pour la nourrir, sa famille.

Elle était morte sans doute d'épuisement, d'un mauvais mal, elle avait beaucoup saigné, elle était maigre comme un coup de trique, de plus en plus maigre avec son ventre de plus en plus gros. De faiblesse et de mauvaises humeurs dans le sang, certainement, voilà tout. C'est ce que j'ai dit.

Cauvin voulait savoir. Savoir comment ces trois années s'étaient écoulées, ici, aux Ordons.

J'ai demandé :

– Où tu étais, toi, Cauvin ?

J'ai dit que j'avais un cadeau pour lui, pour le jour du mois de sa naissance. Mais ce jour-là il s'était ensauvé comme un volereau…

Il s'est dit content de me revoir. Prononçant les mots lentement, il ne souriait plus.

Assis dans la bruyère à cet endroit ce jour-là, nous nous sommes racontés l'un à l'autre le gros de ce qui avait tressé nos vies séparées par deux cents lieues de France ou même davantage, durant ce temps. Les odeurs de brûlage flottaient au gré des légères bouffées de vent, ainsi que parfois, encore, des épaves floues de fumées en errance qui ne s'étaient pas encore effacées tout à fait du malheur. Les feuilles se détachaient des ramures avec des soupirs et tournoyaient comme des copeaux légers de soleil.

Le grand Fanch n'était guère bavard. Peut-être avait-il peu à dire, mais nous lui demandâmes moins que peu. Cauvin n'avait en vérité rien à savoir de lui, et moi sur le moment je n'en étais aucunement curieuse. Mais il semblait tout à son aise de nous entendre, la mine enjouée, comme si les récits que nous entrecroisions à ses oreilles lui évoquaient des souvenances partagées à leur source, autant pour ce que j'en disais que pour ce que racontait Cauvin de ses années d'apprentissage en charpenterie de marine.

Et puis quand les effluves rampants d'incendie se furent dissipés sur le flanc de la colline, que les gueulades et les cris de l'agitation d'en bas se furent éteints avec les flammes, Cauvin dit qu'il allait bien falloir redescendre et tirer au clair les causes du drame, en espérant que la ferme de son oncle fût épargnée, et les bêtes et les gens, et que la catastrophe n'eût touché que les hangars. Je le sentais venir – et sentis revenir aussi la colère un instant écartée. En réponse à la question que je lui posais de savoir s'il me pensait coupable du sinistre, il demanda à son ami quelle opinion il avait sur la chose :

– Qu'en penses-tu, Fanch, toi qui connais cette fille mieux que moi ?

Et cela signifiait probablement ce qu'il voulait dire en vérité, et non point la boutade que je crus un instant. Le comprenant, je l'eus à l'instant étripé, et il me fallut faire violence et ne point tirer de ma poche le couteau au manche taillé dans un bois de chevreuil que je gardais depuis trois ans, avec ou sans espoir de pouvoir le remettre un jour à qui il était destiné, pour lui planter au cœur la courte et large lame. Le coup de sang faillit m'abandonner à cette pulsion, à la manière dont je pouvais être emportée comme la foudre par les excès les plus irréfléchis. Mais je ne mis même pas la main à ma poche...

Sans attendre la réponse du grand Fanch (tout incertaine que fût cette éventualité), Cauvin sur sa lancée affirma dents dehors et la paupière clignante que j'en étais diablement capable, certes, mais sachant ce qu'il savait des choses en cours de ma vie, il ne voyait guère l'utilité d'un tel acte, généré lors par pure sottise.

– Étant telle que tu es, tu n'es certes pas sotte, me dit-il. Bien sûr folle à ses moments, poursuivit-il avec un clin d'œil à l'adresse de son ami, capable assurément du pire qui lui puisse enflammer le cœur, quand ça lui prend, mais pas sotte. Qu'en penses-tu, Rouge Bête ? me demanda-t-il.

Je lui dis ce que j'en pensais. Ce que je pensais de Mandine et de sa jalousie et de l'exécration qu'elle me portait depuis l'instant où elle m'avait vue comme le très redoutable danger que son père avait l'intention de faire entrer dans la maison. Avant qu'il n'eût cette idée, surtout avant qu'il n'en fît part, assurément elle ne me voyait guère, sinon point du tout. Et pour dire le vrai de ce que je pensais donc, je n'en fis qu'un trait : en l'occurrence il était bien possible que, m'ayant entendu proférer des menaces dans cette direction, la maligne eût elle-même allumé l'incendie dont elle se dépêcha de m'accuser.

Il me fallut préciser, pour déséborgner mes deux auditeurs interloqués, que oui j'avais menacé de foutre grand feu au hangar dans lequel Sauvé nous tenait, moi et la Petite Sœur, s'il persistait à nous y vouloir hospitaliser sans remplacer les planches manquantes dans les cloisons du cagibi et reboucher les gouttières du toit, et surtout sans trouver vitement quelque vaisseau propre à contenir du feu, afin que l'hiver à venir ne nous y fît pas geler. Ou alors, avais-je suggéré, qu'il nous donne une place et un lit dans la pièce de la maison au derrière de l'âtre.

Ceci n'avait pas été bien saisi par la garce.

Elle y avait reniflé de la menace, entendu une mise en marchandage de ma présence future non point dans un lit propre à la Petite et moi, mais sur la couche du maître des lieux.

– Allons, dis-je aux deux garçons ébahis, plus principalement à Cauvin, ne vous y trompez pas. Pourquoi ton oncle m'a voulu prendre chez lui comme servante ? De servante il en avait une de pas loin de son âge et qui savait abattre de l'ouvrage comme pas deux, tu la connaissais, la Clotaie, et il l'a renvoyée, il a dit qu'elle était trop vieille à présent pour les besoignes rudes, il a dit qu'il lui fallait de la jeunesse. De la jeunesse bien sûr…

Cauvin en resta l'œil rond, quand je lui appris ce qui s'était passé, comme nous étions à ce moment assis au milieu des bruyères, dans l'air doux qu'estafiladaient comme des balafres les odeurs d'humus et de piquantes choses.

Orça, son oncle ! Le gros et gris laboureur Pierre-Prix Sauvé, le sans-rire au front perpétuellement barré des rides du souci, si profondes qu'on les eût dites taillées jusques à l'os, frère cadet d'Adrien, le forestier... Veuf de Maline Tus, partie l'année de la naissance de Cauvin, aux cinq ans de Mandine. Depuis ce temps Pierre-Prix le gris, le toujours vieux, avait dormi tout seul. S'il avait succombé de temps à autre au troussage de la Clotaie, ç'avait sûrement été debout et à la va-vite, sans la regarder, tudieu ! elle pas davantage, contre la panse d'une vache dans le sombre de l'écurie, de préférence par-derrière – mais pas dans son lit.

C'était pourtant ce lit qu'il avait en tête, pas autre chose, quand il était monté un jour aux Ordons pour frapper à notre porte, rien de temps après la mort de la mère – je l'avais vu grimper le rang, avec peine, j'avais pris la Petite Sœur dans ses linges et je m'étais cachée dehors la maison en passant par les chèvres, je ne voulais pas qu'il la vît, c'était trop tôt, il était monté tout seul, il n'avait besoin de personne, avec autant qu'il en savait de nous autres il était une gueusaille à lui seul.

Ce qu'il en savait ? Il savait pour le moins que Flavien Favier n'avait guère empêché que sa femme s'amortât en couches. Au moins ça. Que Flavien Flavier n'avait guère empêché et que peut-être même s'était plutôt débrouillé pour qu'elle ne s'en relevât pas et ne lui restât pas un poids, en plus du sien propre, sur les bras, et s'il n'avait pas réussi à faire en sorte que la petiote l'ensuive avant presque de naître, ce n'était pas faute d'avoir essayé de m'écarter de la paillasse.

Alors Pierre-Prix le gris et gros laboureur avait cogné à la porte et il était entré dans la maison presque écroulée des Ordons du Haut pour n'en ressortir que nuitantré. Son bâton à la main, il avait repris le rang et il était redescendu. Et puis remonté de l'autre bord. Sûr que la nuit était bien pleine quand il était arrivé chez lui, là-haut.

Ce qu'il avait demandé, c'était que je vienne le servir, il nous prenait la Petite et moi, mais c'était moi qu'il était venu chercher. Acheter sans doute. Le père a dit oui – bien content.

C'était ce que j'entendais alors.

C'est peut-être ce que je crois encore. Mais je peux entendre d'autres manières.

Cauvin a demandé s'il m'avait mise dans la maison et j'ai dit que non. Le hangar à fagots. Un logis de servante.

– En attendant, a dit le grand gaillard qui n'avait rien perdu du récit comme si cela lui importait au plus haut point. En attendant.

Mais jamais encore Pierre-Prix Sauvé ne m'avait demandé de le suivre, ni ne m'avait forcée, ni fait la moindre allusion. Je crois qu'il avait peur, d'une certaine façon. Peur de moi. Je le sentais qui me regardait par en dessous, quand cela se trouvait, et détournait vivement la tête si je risquais de l'attraper. C'était Mandine qui me mousquetait des yeux pour lui, en permanence.

– Ainsi donc voilà comment je te retrouve, dit Cauvin, bonne à marier à mon oncle! Je perds ma demi-cousine pour trouver une tante!

Il en riait et son ami tout autant. Je les laissai faire, sans réagir autrement qu'en les regardant avec toute la noireté que pouvaient contenir mes yeux, sans ciller, si bien que leur moquerie ne dura pas plus de quelques éclats vitement interrompus. Mais je pense que même sans la menace de ce regard l'esclaffement de Cauvin ne se fût pas prolongé davantage. La fausse joyeuseté s'effaça du visage de Cauvin en même temps que ses yeux s'allumaient d'une autre brillance, comme une coupure nette dans une chair exsangue.

– Ce qui est sûr, ma belle, dit-il rauquement, c'est que cela n'adviendra point.

Il rompit aussitôt avec la brève expression pétrifiée et clignant pour son ami un œil connivent, affirma :

– Nous ne laisserons pas commettre pareil outrage, n'est-ce pas, mon matelot ?

Le massif Fanch, sourire élargi, jura grands dieux que non. Pour la raison que ce faciès aimablement épais, aux yeux brillants, lui paraissait à l'évidence bien amusant, la petite Apolline qui y avait accroché dès le premier instant toute son attention émit comme un coup de grelot les deux notes de son rire qu'elle ne montrait que chichement et dont on n'eût guère soupçonné la possibilité quelques instants auparavant quand la frayeur la figeait, tandis qu'elle abayait la rixe avec toute cette gentaille accourue me rompre les os. Et comme je la serrais sur mon cœur, mêmement rieuse, et mêmement rare, et les garçons gagnés à la gaieté, elle s'en excita jusqu'à la toux, tant et si bien qu'il fallut la calmer avec force secouements et tapes dans le dos...

Et cela donc, comme l'avait annoncé Cauvin, n'advint pas.

3

Le feu avait totalement dévoré un des deux hangars attenant au bâtiment principal et partiellement le second, mais la ferme en elle-même n'avait fort heureusement pas souffert, sinon de quelques essentes du toit que des flammèches et des pîpions avaient roussies ou plus ou moins grignotées.

Le soir de ce jour-là de malheur, je retrouvai Mandine comme je l'avais quittée la veille, même attitude et même silence tordus à mon endroit, ni plus ni moins, comme si l'altercation des pâturages dans le courant du matin n'avait pas eu lieu.

Cauvin et son ami étaient restés une bonne partie du jour en ma compagnie, ils s'en étaient allés au soleil droit, puis revenus en fin de jour et redescendus avec moi et les chèvres. Nous avions devisé et je savais l'essentiel de ce qu'avaient été ces trois années pour lui, il savait tout, sinon l'essentiel, de la manière dont elles avaient coulé pour moi.

Il avait donc suivi cette équipe de boquillons charroyeurs de troncs et de bois courbes coupés dans les forêts de notre duc – sapins sélectionnés pour leur belle et haute droiture, dont on faisait les mâts, et chênes utilisés dans la charpenterie des coques –, pour ce port du Ponant, où se construisaient les vaisseaux de la marine du Roy. Le convoiement effectué, il avait été pris sur la place, comme prévu et négocié par son père, je l'appris ce jour-là, en apprentissage du métier de charpentier, qui était un métier fort prisé. C'était à la varlope et à la scie qu'il avait donc rencontré Fanch le Nantais. Ils étaient devenus amis.

Un autre charroi de grands troncs se préparait, le plus important de ceux qui jusqu'alors avaient quitté nos montagnes, et les deux garçons faisaient partie de toute une équipe, pour son escorte et son guidage et surveiller le transport des troncs d'ici aux bassins de construction de Rochefort. Ainsi Cauvin était momentanément de retour au pays, pour quelques jours, quelques semaines, avant de s'en retourner vers les contrées portuaires… et qui sait d'autres encore, plus loin sur le couchant.

Il m'avait dit cela dès le premier jour de son retour – ce à quoi il avait occupé ces trois années d'absence, mais surtout les projets qui lui tenaient à cœur pour les temps à venir.

La fièvre n'était pas retombée.

Les mêmes mots que ceux prononcés avant son départ, comme s'il était revenu les visiter pour une nouvelle cueillette, une abondante moisson. Les mêmes mots. Les mêmes rêves et rêveries qui cependant n'en avaient plus la fumeuse consistance, mais au contraire une pesanteur réelle acquise avec le temps et la conviction, le contraire de l'abandon. Plus que jamais Cauvin Sauvé le voyageur encore immobile avait envie de prendre le large.

Il avait vu et connaissait les ports – au moins un, en tous les cas un –, il en avait respiré les odeurs, il avait vu l'océan et la ligne hors d'atteinte de son horizon sous le ciel, au-delà de laquelle certains sont capables d'y distinguer plus clairement qu'à deux pas, il avait vu les grands vaisseaux à l'ancre sous leurs forêts de mâts, de voilures et de cordages, il en avait vu partir, revenir d'autres, il avait entendu au fond des tavernes bruyantes mille et un récits de gens de mer descendus à quai dans l'attente d'un nouvel équipage – il avait vu les vaisseaux à flot et il avait aussi participé à la construction de plusieurs, il avait vu de ses yeux vu, ce n'était plus la vision intérieure qui s'élève d'entre les pages des livres d'aventure.

Les noms des îles Sous et Sur le Vent, de Nouvelle France, de Louisiane et de La Nouvelle-Orléans ne s'étaient pas envolés et perdus depuis la première fois que je les avais entendus de sa bouche (je m'en souvenais, comme des portraits qu'il en avait faits, de ce qu'ils évoquaient), mais s'étaient au contraire ancrés définitivement dans sa tête ; les mots avaient pris du poids et de la lumière, ils éclairaient toujours ses yeux comme jamais quand il les prononçait, et à ces vieux complices s'en ajoutaient d'autres nouveaux férocieusement attrayants : *Caraïbes, Grenade, Santo Dominguo, Saint-Vincent*, tous enrobés d'odeurs de plantes et nimbés de soleil comme il ne s'en levait ni ne s'en couchait ici.

Cauvin partirait.

Il en avait toujours eu le dessin et ne s'en était pas départi. Il partirait et Fanch le Nantais aussi – avant même d'embarquer ils étaient déjà compagnons de matelotage, à tout partager, rêves ou déboires, bonnes comme mauvaises fortunes.

Et sans vergogne n'y voyaient pas mal à me partager, moi, ainsi qu'ils l'énoncèrent sur le ton de la riole quand ils me proposèrent – ce fut Cauvin et dès le premier jour de nos retrouvailles – de les suivre là-bas.

Le premier jour, avant même que le soir s'annonce. Des paroles tombées pareilles aux feuilles jaunes dans la lumière fanée qui faiblissait sur les premiers souffles d'automne.

Bien sûr, ils souriaient, bien sûr ils avaient l'œil pétillant de ces étincelles qu'on est seule, jeunesse, à se croire capable d'allumer dans les regards mâles. Bien sûr s'allumait dans cette façon qu'avait Cauvin de me considérer, à la fois bien en face et comme par-dessous un coin de silence retroussé sur des vacarmes enfouis, ce qui ne s'était jamais trouvé avant dans ses yeux, ce que sûrement j'y avais attendu et espéré sans savoir quelle allure cela prendrait. Et voilà que c'était là, et voilà que ça me fouaillait le ventre où je m'étais bien dit pourtant que tout serait désorendroit taiseux jusqu'à la fin. Voilà donc comment cela prit mon chemin.

Ils m'accompagnèrent à la ferme de Sauvé, en même temps que moi découvrirent les noirs dégâts fumants enchevêtrés, luisants comme les vieux os de quelque monstrueuse carcasse d'un autre âge dans le soir étendu.

Sauvé qui me guettait du coin d'un œil torve ne m'adressa point la parole ni ne me décocha l'esquisse d'une allusion à ce qui m'avait été hurlé par Mandine et ses bastonneurs montés à la pâture. Il paraissait surtout abattu. Mandine, ainsi que je l'ai déjà dit, me suivit des yeux de loin, tandis que je rentrais les chèvres à l'écurie, contrairement à son père elle ne détourna point le regard, ni de moi ni de Cauvin, elle était debout sur le seuil dans le sombre de la porte cochère, mains sur les hanches, au visage une enflure sombre éclatée qu'elle ne cherchait pas à cacher. Elle s'écarta pour laisser passer les chèvres...

Il fut décidé que je dormirais sur le grenier avec la petite Apolline, qui trouva cet emménagement fort amusant. Le conduit de cheminée tronquée sortait du plancher et diffusait une douce chaleur en même temps qu'une fumée odorante qui stagnait sous les poutres du toit et s'insinuait au-dehors à travers les essentes.

Les quelques nuits que nous passâmes en ces lieux, la Petite Sœur et moi, furent très confortables, même si le sommeil s'y montra plutôt courtement. J'étais remplie de tant d'images, celles nées au jour le jour par la parole de Cauvin et son ami et celles qu'à leur suite je m'inventais, qu'il semblait que ma tête ne contînt autre chose que le hantement de ces imaginations et que la place libre fût devenue si réduite que le sommeil lui-même n'y pût se retourner à son aise.

L'automne avançait dans des couleurs chatoyantes progressivement trop lourdes à porter par les arbres amaigris. Une fois déchirées les brumes frisquettes des petits matins, les jours étaient bleus et chaudement ensoleillés, la fraîcheur retombant avec le soir enguenillée de serein. Les nuits refroidies se piquaient d'étoiles de glace et la lune blême tranchait des ombres comme des entailles sans fond au pied des choses; les bruissements de bêtes en vadrouille tressaient le sombre de la forêt jusqu'aux bords de l'aube; la nuit ne craquait pas encore dans les poutres des maisons, on la sentait juste tendue, dans l'attente des froidures, aux aguets sous les ronces comme des bêtes prêtes à bondir.

Aux premiers entrebâillements du matin je partais, poussant les biques béguètantes à la baguette, la Petite Sœur encore endormie empaquetée dans la couverture nouée sur mon dos. J'avais sa chaleur contre mes reins, je la sentais se réveiller au fur de la marche et de la grimpée vers la pâture, en général elle arrivait les yeux grands ouverts en même temps que les premiers rayons du soleil sur le haut de la pente, toute bavarde des mots qu'elle commençait de gringotter à sa façon, remuante comme un grouillement de coudes et de genoux dans mon dos... La saison se montrait suffisamment belle pour permettre encore à la gamine de m'accompagner. Je la démaillotais de sa couverture et la posais au sol et elle se mettait à jouer et gambader dans les bruyères; quand elle était fatiguée, la couverture devenait une couche dans laquelle elle somnolait au soleil, suçant ses doigts ou tétant le chiffon imbibé de lait au tonnelet que j'emportais avec le pain de son, la patate ou le fromage dans un petit baluchon.

Au cours de ce temps, il ne se passa pas de jour sans une visite de Cauvin, à la pâture. Ou encore Fanch. Le plus souvent les deux, mais il se produisit quelques fois qu'ils arrivassent l'un après l'autre dans la journée, pour s'en repartir ensemble. Ils venaient plus fréquemment l'après-midi que le matin. S'en repartaient avec moi avant le soir et m'accompagnaient souvent jusqu'à la ferme ou bien me laissaient seule au bas du chemin ; je me retournais plusieurs fois, marchant au milieu de mes chèvres pour leur adresser un salut de la main, le cœur battant naïvement qu'ils me répondent – ils restaient plantés sur le chemin jusqu'à ce que le tournant et les buissons qui le bordaient nous cachent les uns aux yeux des autres –, le cœur me bondissant dans la poitrine quand ils répondaient…

Ainsi que je l'ai dit paravant, Cauvin avait entendu mon histoire une fois, dès la retrouvaille du premier jour. Il avait vu par la suite ce qu'il en était de ma condition auprès de son oncle, dans la ferme de celui-ci, et savait pertinemment ce qui était censé advenir de moi dans un avenir probablement peu éloigné. Nous n'évoquâmes plus autrement ces sujets me concernant, par la parole en tout cas, mais nous savions l'un comme l'autre ce qui me menaçait, et cela ne manquait pas de charger nos regards quand ils se croisaient.

C'est ce que je croyais. Je serais même allée jusqu'à penser qu'il en savait davantage que je ne lui en avais dit, en certains moments je me faisais plaisir à le vouloir entendre de la sorte. Il parlait plus que moi. Au fur des jours son discours se faisait plus pressant à la fois que cousu de sous-entendus rieurs, et Franch tenait le même langage, c'était un jeu comme en jouent les jeunes gens que nous étions – un jeu qu'avant de s'en aller jamais Cauvin n'avait joué pourtant, je l'eusse remis à sa place vertement sans doute et il le savait – et il avait suffi qu'il me retrouve telle que j'étais pour que lui vienne à l'esprit de le pratiquer. Je n'en étais pas dupe, à la fois flattée, la peau tout en chair de poule sous certains regards et à l'écoute de certains mots. Ils jouaient et se stimulaient l'un et l'autre, peut-être sans même le savoir, ou très normalement en bons compagnons matelotés qu'ils se préparaient à devenir.

Je les laissais jouer. J'écoutais. Si j'ouvrais les lèvres c'était de loin en loin pour les repousser à distance et refroidir leurs assauts de goguette, ou bien alors pour le questionner en précisions gourmandes quand il racontait ce qu'il ferait, une fois l'océan traversé, dans ces nouveaux pays d'Amérique. Il en parla beaucoup et longuement. La Louisiane, la Nouvelle-France, l'Acadie, le Canada, aux noms luxuriants de promesses dorées, attendaient des colons. Les navires de la Compagnie des Indes en embarquaient presque chaque jour.

Un de ces soirs, tandis que nous redescendions de la colline, les chèvres devant comme une gentille coulée ondoyante et cornue, Cauvin me demanda de les suivre.

– Viens avec nous, dit-il.

Il était de retour depuis une septaine, à peine. *Seigneur.* Dans une septaine, ou deux, s'en repartirait. Le brouillard du bas des prés se répandit dans ma tête et troubla ma vision au point de transformer le dos de mes biques en une coulée sombre et sourde de boue raclant et bourdonnant sur les pierres du chemin.

Je m'entendis protester, loin, contre cette moquerie qui manquait de gentillesse à mon endroit. Il allégua que les territoires de Nouvelle-France devaient être occupés, qu'on avait besoin là-bas de couples, de familles, de colons pour faire fructifier ces terres. Allons, demandais-je, où avait-il vu un couple ? Il me répondit en riant que nous serions mieux que cela.

– Montre-nous tes douceurs, ma belle amiette presque cousine, et on t'emmène là-bas.

Il me prit d'un bras par le cou et me serra contre lui sans changer son pas, sa main retombée sur mon sein qu'il pressa et je dus le repousser un peu fort de mon bâton de chevrière car il bascula cul par-dessus tête dans le talus sous le chemin. Je fus prise de rire, Fanch pareillement, qui se trouvait plus en avant du petit troupeau. Redressé sur ses jambes à dix pas en dessous sur la pente, Cauvin riait lui aussi et me cria qu'il m'adorait et que nous aurions, c'était sûr, de beaux enfants, un jour, goguelus à souhait…

Tout ceci n'était que folie. Et pourtant je le crus.

Et pourtant sur ces mots j'ai rêvé, plus que cela encore, j'ai vu, les yeux clos, des images qui n'existaient pas, j'ai entendu des paroles non dites. Croire… oui, je le crus et le voulus croire au-delà – et pour cela je fis et dis ce qui fut fait et dit ce soir d'automne-là, qui me fit entrer pour jamais dans l'orage.

4

DEPUIS QU'ELLE RENTRAIT FRÉQUEMMENT au jour éteint, les garçons avaient pris comme habitude de les raccompagner, elle, la gamine et le troupeau de chèvres. Ils arrivaient sur la pâture, aux brumes fraîchies de fin du jour répandues, et dans le soir tombant l'escortaient jusqu'à la ferme qu'ils atteignaient après le sombre descendu. Que le ciel fût couvert et les ténèbres s'allongeaient d'autant plus vite, après que le soleil eut disparu derrière les pans coupés des montagnes. Ils étaient deux, ou un seul, tantôt l'un, tantôt l'autre, et celui qui venait portait la lanterne ; derrière le carreau la bougie de cire rousse faisait comme un œil dansant sur le chemin. Ils ne l'avaient pas dit, n'y avaient pas vraiment fait allusion, sinon peut-être sur le ton de la blague, une vague fois, mais s'ils avaient pris ce pli c'était pour un plaisir non feint avouant leur espoir de voir, à l'occasion peut-être de la nuit, tourner ce qu'ils rêvaient au concret, autant que pour la garder de méchantes représailles toujours possibles de ceux qui s'obstinaient à la vouloir croire coupable de l'incendie des hangars. Elle n'ignorait rien de ces deux prétextes à cette escorte de l'un ou l'autre des pâtures jusqu'à la ferme.

Bien entendu, elle savait le ressentiment de Mandine couvé sous l'indifférence silencieuse, et que trahissait de loin en loin une œillade de braise avivée. Et bien sûr elle n'avait pas la naïveté de croire que la jeune femme eût baissé les bras et ravalé sa haine après que simplement son cousin lui eut administré une leçon, et c'était très probable que Mandine avait allumé d'autres brûlots ici et là dans les entours, que plus d'un attendaient l'occasion propice de punir la jeune chevrière sinon de ce qu'elle avait fait, en tout cas de ce qu'elle était ou risquait de devenir, prêts à créer ladite occasion ou même à s'en passer, le cas échéant. Aussi Esdeline s'accommodait-elle fort bien de la compagnie des garçons. Il n'était pas rare qu'on entendît dans les premières noiretés de la nuit son rire mêlé aux grelots des chenôyes entrechoquées des chèvres, au pas de l'étincelle de la lanterne qui descendait la colline d'en face.

Dans quelques jours au plus, bientôt, elle changerait de pâture et garderait les biques sur l'endroit de la montagne, dans les répandisses au-dessus de la ferme, sous la forêt, à moins d'une demi-heure de trajet. Il en serait ainsi, jusqu'à l'hiver qu'elles passeraient abritées aux écuries, ou dans la nouvelle cabane que Sauvé trouverait peut-être le temps de construire.

Elle ne voulait pas songer à l'hiver.

Encore moins penser où elle serait, elle, en hiver. Quand en dépit de toute prudence son esprit trôlait vers ces alternatives-là, elle fermait violemment les yeux et serrait les poings, parfois elle en geignait brièvement, comme un râle soufflé avouant cette colère en permanence ravalée, elle s'accrochait de toutes ses forces au sommet de la pente pour prévenir la glissade fatale... Elle ne voulait pas penser à l'hiver.

Ce dont elle était presque certaine, c'est qu'elle n'en verrait rien ici, dans la ferme de Sauvé, ni cet hiver-ci ni aucun autre. Étrangement c'était un temps qui semblait s'être effacé de sa mémoire et de l'entendement qu'elle avait des saisons...

L'hiver resterait le dernier qu'elle avait passé dans la maison des Ordons du Haut. Dans une partie de la maison, exclusivement, en compagnie de trois chèvres, évitant autant que possible de se trouver en présence de l'autre et n'oubliant jamais d'avoir toujours une fourche ou une hache à portée de main – à défaut le couteau à lame courte qu'elle gardait désormais dans la poche de ses cottes ou de son tablier ou dans la cordelette de chanvre qui lui serrait la taille, sous le casaquin.

Depuis près d'une année qu'elle n'était point revenue là-haut. En revanche elle n'était pas tout à fait persuadée de n'y plus retourner jamais…

Fanch le Nantais était venu à la pâture en fin de jour. Il s'était assis sur le tas de pierres sèches qui soulignait à cet endroit le hallier sur quelques verges et il avait passé le temps à tailler pour la gamine des sifflets à plusieurs trous dans des tiges de sureau et à en accorder les sons selon la grosseur des trous. Il fallait voir prendre forme les objets délicats au bout de ses doigts massifs et à la pointe d'une lame de saignoir de plus de dix pouces.

Esdeline le regardait faire avec au moins autant d'intérêt (sinon plus) que la gamine accoudée à ses genoux, et l'écoutait raconter des histoires de ports, de mers et de mystérieuses terres lointaines tandis qu'il épluchait et taillait et perforait les petits tuyaux qu'il portait ponctuellement à ses lèvres, mi-closes de délice, pour souffler dedans comme s'il goûtait au son produit. Elle était bien certaine que tout se fût passé différemment sans la présence de la gamine, encore qu'elle se dît parfois que peut-être non, ou encore que peut-être, finalement, ce n'était pas cette présence qui eût empêché quoi que ce fût s'il en avait vraiment décidé ainsi. Elle avait du plaisir à ne savoir que penser vraiment. Ni ce qu'elle eût fait, elle, en ce cas échéant.

Ce jour-là Cauvin avait à faire avec les bûcherons et les vachers de la gringe en fond de vallée. Le départ des deux escholiers charpentiers pour les chantiers du Ponant s'annonçait pour dans moins d'une septaine, à présent.

Fanch de Nantes avait glissé encore, dans une partie de son bavardage et sur un sourire en coin, combien ils seraient heureux de s'en repartir avec elle, si elle le voulait bien. Il ne parlait point pour lui seul mais pour eux deux, comme il arrivait à l'un et à l'autre de le faire. D'ores et déjà dans leur esprit en matelotage, comme cela pouvait décidément se confirmer, dès maintenant partis pour ailleurs sans équipage et sans navire... Pour la première fois elle avait eu la conviction qu'au-delà de la plaisante humeur et des taquineries à se vouloir coucher entre ses cuisses les mots disaient une réelle sincérité.

– Bon Dieu! avait-elle dit, pouffant sans retenue. Vous suivre tous les deux, et qu'en pense Cauvin?

Elle savait la réponse – qui ne faillit donc point :

– Il en sera ravi, la belle, il en sera ravi!

Elle n'en doutait pas. Il lui avait fait plus d'une fois même proposition, quémandant par ailleurs en condition préalable au voyage qu'elle le laissât avoir sa compagnie et la donoier tout bonnement. Elle en riait, elle en souriait, ainsi qu'à l'offrande posée de Fanch, sans qu'une once de moquerie ne se lût sur ses lèvres ou dans ses yeux. La Petite Sœur émit un son interrogateur à l'adresse de Fanch, agitant sous son nez le sifflet dont elle ne parvenait à tirer le moindre piaulement. Et le sourire d'Esdeline et ses yeux s'étaient ternis de la douleur qui grisaillait au fond d'elle de longue date, de la dureté qui s'était forgée dans les remous de cette brume intérieure.

Mandine l'attendait, sans aucun doute. Elle avait guetté dès les premières bavures crépusculaires, scruté la colline d'en face, tendu l'oreille par-dessus l'environnement des bruits rapprochés de la ferme. Les pénombres installées aux bas niveaux de la nuit en formation, sous la noirceur de plus en plus profonde du ciel, elle avait très certainement vu sautiller la petite lueur bondissante de la bougie dans la lanterne, que l'on apercevait par intermittence, à travers les feuillages déchiquetés des arbres et buissons de premier plan. Elle avait perçu comme le long tambourinement bas et sourd des sabots du troupeau sur les pierres et des colliers de noisetier qui parfois s'entrechoquaient. Entendu à n'en pas douter le rire bref mais clair d'Esdeline au bas de la montée vers la cour de la ferme, le rire jailli de derrière le grand bosquet de frênes, en réponse au bonsoir ou à quelque dernier trait plaisant de son accompagnateur. À travers le carreau de la fenêtre épaissi par des saisons de poussière extérieure, elle avait vu réapparaître la lumière irisée du fanal, comme une miette d'étoile.

– Qu'est-ce que tu guettes ? avait grogné le père depuis le devant de l'âtre où il était assis, nus pieds, à changer la paille de ses sabots qu'il jetait par petites pincées dans le feu et regardait s'enflammer en fugaces et crépitants tortillons.

– Tu l'sais, avait-elle répondu, si bas et rauque qu'il avait à peine entendu dans le craquement du feu et avait failli demander « Quoi ? » mais il s'était abstenu au moment où il avait probablement compris dans un éclair de réflexion.

Et pourtant elle avait ajouté « Tu l'sais », plus bas encore, avant de se redresser derrière sa fenêtre au-dessus de la pierre d'eau creusée. Elle avait attendu là, grande statue de bois sombre éclairée de travers par la lumière de l'âtre, elle avait attendu que les bruits se succèdent dans l'ordre, comme ils se succédaient à chaque retour des chèvres dans la partie de l'écurie qui leur était attribuée, chaque jour, chaque soir, et quand ces différentes sortes de bruits qu'elle attendait se furent égrenés jusqu'au presque dernier qui n'allait pas tarder, elle bougea, laissant fuser hors d'elle sa respiration contenue, et elle dit :

– J'vais la voir. Si elle croit qu'elle va continuer ça longtemps…

Et elle se mit en marche dans le bruit froissé de ses lourdes cottes et celui de ses galoches heurtant le sol de dalles polies. L'homme aux cheveux blancs qui avait achevé de brûler la paille de ses sabots les retourna et les tapota pour en faire tomber le dernier brin comme si cela était de la plus haute importance, puis il commença de dérouler la bande de tissu gris qu'il portait en guise de bas autour de son pied droit et il dit :

– Qu'est-ce que ça peut te faire, allons ?

– Si elle croit qu'elle va continuer comme ça longtemps, c'est tout, dit Mandine en soulevant rudement le loquet de bois de la porte donnant sur le charri et elle s'engouffra dans l'entrebâillement et tira la porte derrière elle.

Lui, il continua sans relever la tête de dérouler la bande de tissu gris et fit de même pour l'autre pied, renifla sèchement, un regard vide posé sur ses gestes, il se frotta les yeux l'un après l'autre au creux d'une paume en grommelant. Ensuite il tendit les bandes en les faisant claquer deux fois chacune puis il assouplit leurs parties sombres et raidies de sueur qui s'étaient trouvées en contact avec la plante des pieds en les frottant sur l'arête de la pierre de l'âtre, à la lueur rougeoyante du foyer qui faisait de son long visage déformé par les ombres un morceau de viande rôtie.

De l'autre côté de la cloison qui séparait la chèvrerie de l'étable, les deux vaches mâchaient à grand bruit le regain de leurs râteliers, cognant leur mufle et leurs cornes aux barreaux de bois. On les rentrait de nouveau pour la nuit depuis quelque temps et elles semblaient s'en énerver un moment après avoir passé la porte cochère. L'odeur chaude des bêtes flottait lourdement dans la pénombre que lustrait la lueur de la lanterne accrochée à la poutre de soutènement. Les chèvres se pressaient aux mangeoires qu'elle venait de garnir, par petits groupes de deux ou trois dans les compartiments faits de perches verticales, mêlant leurs souffles aux bruits de leurs dents broyant la pitance.

La Petite Sœur aux yeux de chat avait couru dans l'ombre épaisse jusqu'à l'échelle accédant au grenier à fourrage, qu'elle n'était pas autorisée à gravir toute seule, pas plus de jour que de nuit, au pied de laquelle elle attendait, assise sur le premier barreau, les mains sur ses genoux qu'elle ouvrait et refermait au rythme de fredons improvisés – portant regard en direction de cette ritournelle assourdie, on parvenait après un temps d'adaptation au sombre à distinguer la pâle tache que faisait son visage, et peut-être une étincelle capturée dans ses yeux, à deux pieds au-dessus du sol.

Mandine arriva par la porte intérieure du bas de l'étable, elle vint vers elle d'une démarche décidée qu'accompagnait le bruit, comme un grand souffle rageur, de ses cottes vigoureusement balancées. Elle s'arrêta trois pas derrière Esdeline et Esdeline ne broncha point, gardant la posture qu'elle tenait quand la porte s'était refermée, menton posé sur le poignet, les mains serrées sur le manche de la fourche à trois dents.

Du temps se tendit sur le murmure fringoté de la gamine, graduellement adouci jusqu'à ne plus s'entendre presque, à peine une note répétée soulevée ici et là en cadence par-dessus les râpements des dents et les souffles des vaches et des chèvres.

Imperceptiblement la mâchoire d'Esdeline s'était durcie ; son menton se décolla du poignet sur lequel il était appuyé, sans pourtant le quitter tout à fait, la peau touchant la peau, les doigts de cette main et ceux de celle en dessous se nouèrent plus fort sur le manche de la fourche. Son corps ne changea toujours rien de sa position et si elle se raidit des talons à la nuque on n'en remarqua rien, dans la méchante lumière, à travers le vêtement. Elle fixait un point sombre droit devant elle, paupières insensiblement mi-closes…

– T'as fini de traire ? demanda derrière elle la voix rêche de Mandine.

Esdeline ne se retourna point. Ni du corps ni de la tête. Garda la même parfaite immobilité, offrant à l'attention de l'arrivante une silhouette d'épaisse noireté un peu tassée en avant, la chevelure couronnée de feu dans la lueur de la lanterne. Seuls ses doigts se crispèrent un peu plus alors que son menton quittait tout à fait le contact avec son poignet, quand elle répondit :

– J'ai pas encore commencé.

Ajoutant :

– Il faut le temps de préparer les mangeoires, et pis la litière...

– Si tu rentrais plus tôt de la pâture, ça te donnerait le temps, dit sèchement la voix dans son dos roide.

Le silence se tendit. La rengaine de la petite fille enfouie dans l'ombre derrière la tache pâle et floue de son visage monta et flotta en quelques rebonds puis descendit.

– J'rentre pas plus tard qu'avant, sauf que c'est la nuit tombée, à cette saison, lâcha Esdeline.

– C'est la nuit tombée, oui, justement, rétorqua Mandine, les mots comme des brefs soufflets. Et sans doute que c'est pas non plus le meilleur moment pour rentrer des pâtures en traînant des coquins pendus à tes jupes.

La voix plate d'Esdeline se souleva doucement jusqu'en surface du faux silence :

– J'ai pas vu de coquins pendus à mes jupes.

– N'essaie pas de faire la bête, maint'nant.

– Où que je fais la bête ? Quels coquins ? C'est ton cousin Cauvin et son ami que t'appelles des coquins ?

– Ne fais pas la bête, j'te dis, rauqua Mantine sur un ton plus tranchant.

Esdeline leva légèrement la tête, si légèrement que le crépitement en auréole flamboyante de sa chevelure allumée par la lanterne changea à peine. Les doigts de la main de dessus se nouèrent plus fort sur le manche de fourche; ceux de la main de dessous s'ouvrirent imperceptiblement et la main glissa et descendit et s'éloigna de l'autre de presque un pouce et continua de s'éloigner…

– Ça va leur plaire de l'apprendre, souffla-t-elle.

L'écartement entre les deux mains atteignit deux bons pouces et se figea.

– J'te dis de pas faire la bête, t'entends donc pas? dit la voix très basse derrière elle.

La tête d'Esdeline s'écarta du manche droit de la fourche d'approximativement autant que ce qui séparait ses deux mains, et l'éclairage de ses cheveux fut modifié.

– C'est pour ça qu't'es venue, alors? pouffa-t-elle. Me dire de pas faire la bête? J'fais pas la bête, ni maintenant ni quand l'un ou l'autre de ces coquins me reconduisaient dans la nuit jusqu'ici. C'est tout.

Le pouffement lui fut renvoyé par la grande bringue derrière elle :

– Comme si j'te savais pas, comme si j'te voyais pas, ma garce!

– Attention à c'que tu me traites, Mandine Sauvé, dit bien doucement Esdeline.

Dans l'ombre au-delà des chèvres et des parois de perches dressées, la comptine faisait de plus longues et lentes virevoltes, depuis la hauteur de la tache pâlie du visage jusqu'au sol improbable, comme une chute de feuille morte recommencée sans cesse.

– Ma garce, que j'te dis, souffla Mandine. Comme si j'te voyais pas faire, ma garce.

– Et qu'est-ce que tu me vois faire, alors?

Mandine émit une sorte de brève et sèche et âcre toux, avant de cracher entre ses lèvres à peine entrouvertes :

– Tordre le cul sous l'nez de tout c'qui porte une culotte à brayette, comme si j'le voyais pas! Comme si on l'savait pas, c'qui s'passe dans tes pâtures au grand des étés, quand tu gardes! Comme si j'le savais pas!

– Qu'tu savais pas? Dis-moi quoi, alors! Dis-le donc!

– Comme si j'le savais pas, qu'ce serait pas la première fois. C'est pas d'aujourd'hui qu'on en a vu, des gars, rôder là-haut, et Cauvin le premier avant qu'y s'en aille, et toi ma garce à lui courir après jusqu'à aller le relancer en bas, dans la gringe, quand il est parti. Non?

Esdeline ne répondit pas. Elle rejeta une longue et silencieuse expiration. Elle avait davantage écarté la tête du manche de fourche et maintenant la lumière grésillait dans ses cheveux en même temps qu'elle glissait sur son épaule et traçait une ligne comme une coupure sur le manche de frêne. Peut-être même une fuite de cette lumière-là s'en venait-elle achever de briller dans le regard étréci de la femme à la forte carrure, toujours plantée au même endroit derrière Esdeline.

– Non? répéta Mandine. À chercher quoi d'autre que le goût de la bite, ma garce! Non? C'est pas que moi qui l'dit. C'est sacrément pas que moi.

La chansonnette tomba une fois encore au pied de l'échelle, mais alors ne se releva point – laissant toute la place à la voix d'Esdeline brandie comme quelque chose de rugueux, de grossièrement taillé à la serpe :

– Ça fait pas très bien dans ta bouche, ma pauvre fille, des mots pareils. Des mots comme ça, que j'croyais que tu savais même pas c'que c'est.

– Fais la bête! Continue don'. Jusqu'à te retrouver à pisser des os dans un coin, c'est bien ça qui t'attend!

Face à la lumière de la lanterne, le visage aux yeux clos et aux maxillaires serrés d'Esdeline donna l'impression d'une brève pâleur.

– Ça aussi, c'est c'qu'on dit?

– Quoi?

– Pisser des os dans un coin…

Au fond du noir, la petite voix bourdonnante s'éleva de nouveau et rebondit sur un rythme différent, un ton plus pointu.

La voix de Mandine s'éleva mêmement :

– Qu'est-ce que tu crois d'autre ma pauvre fille ? Qu'est-ce que tu crois qui arrive aux garces de ton espèce ?

Esdeline ouvrit les doigts de sa main gauche. Les referma.

– C'est pour me dire ces choses-là que t'es venue ou bien parce que les chèvres étaient pas traites ?

– C'que je suis venue te dire, c'est qu't'auras pas le vieux, asséna lourdement la voix dans son dos. Ni la ferme avec, qu'est-ce que tu crois ?

Les doigts à peine resserrés de la main droite d'Esdeline se rouvrirent et elle les garda ainsi, écartés et tendus comme une sorte de bête accrochée par le pouce au manche de la fourche. Jusqu'à ce qu'ils cessent de trembler.

– J'ai rien demandé.

– T'as rien demandé, sans doute. Mais tu t'es bien débrouillée pour qu'on te propose.

– J'ai rien demandé. Et j'veux rien.

Elle referma lentement ses doigts tendus, l'un après l'autre. À travers ses paupières mi-closes, elle fixait la flamme essoufflée de la lanterne. La chansonnette sauta en bas des marches de l'échelle et rebondit et rebondit et rebondit et redégringola.

– S'il a les yeux brenneux, j'me charge de les lui laver, tu peux en être sûre, siffla la voix âpre de Mandine. S'il a pas encore vu quelle garce t'es, ni c'que tu cherches en échange de ton cul dans son lit, j'me charge de lui faire comprendre. Une petite salope de coucheuse avec son cousin et les autres. Tout l'monde le sait qu'ils viennent te voir là-haut et tout l'monde les a vus. Et pour c'qui est d'pisser des os y en a plus d'un qui pensent que c'est déjà fait, et qu'Cauvin y serait pas étranger… C'est p't'être pas difficile d'aller savoir c'qu'il en pense…

Au fond des ténèbres de l'étable le visage pâle de la fillette disparut comme un spectre effacé, réapparut aussitôt avec le murmure chantonné.

– J'ai rien demandé, prononça lentement Esdeline. C'est le vieux qu'est venu m'chercher là-haut et c'est avec l'autre qu'il s'est entendu pour que je vienne le servir ici et garder ses biques. C'est pas avec moi. Personne m'a demandé mon avis, et moi j'ai rien demandé non plus.

– Cause donc, ma garce.

– J'ai rien demandé, que j'te dis, grande gueule. Et que le vieux-là essaie seulement de me tirer dans son lit… Rien. Rien demandé et lui non plus. Rien demandé. Certainement pas de le marier.

– Et tu crois que j'suis aveugle, sans doute ? Que j'le vois pas te regarder avec des yeux d'veau ? Sue je sais pas ? Que je sais pas qu'tu l'sais aussi bien qu'moi ?

Esdeline se redressa, sans précaution cette fois. Elle fut droite et dévoussée et faisant tourner la fourche qu'elle tint devant elle, les dents vers le haut.

– Tu peux toujours le croire ! dit-elle sur un ton à la fois amusé et tranchant. Ce que j'en ai à faire de sa ferme et de sa vieille peau. Tu peux croire. J'vais partir. J'vais partir avec eux. Oui, j'vais partir, quand ils partiront, et c'est eux qui m'l'ont demandé.

Une série de bêlements tremblés parcourut le groupe des chèvres, comme si ce que venait d'annoncer Esdeline en avait tout à coup amusé certaines…

– Bien sûr qu'ils se paient, pour ça, poursuivit-elle. Chaque soir, chaque nuit, et pas aux pâtures, ma pauvre. Au Pré de Clé, tout simplement, tout près d'ici. Dans la maison, ils passeraient la bouâtcherie si je le leur demandais. Pas plus tard que tous les soirs. Avec l'un ou bien l'autre, c'est des compagnons, c'est comme ça que ça se passe, chez eux, ma pauvre grande gueule. Qu'est-ce que j'en ai à faire de cette ferme ? T'aurais pu y foutre le feu, pas seulement aux hangars, qu'est-ce que ça peut me faire ? Si ç'avait été moi c'aurait été à la maison, oui, pas aux hangars. J'vais m'en aller. Qu'est-ce que j'en ai à faire ? Tu veux lui dire que j'suis pas à marier, garce comme je suis ? Vas-y donc. Va lui dire. Vas-y donc, dépêche-toi.

– Ah oui donc ! Partir, hein ? Partir...

– Chaque nuit, grande gueule, j'en tiens un entre mes cuisses, des fois les deux, chacun son tour, pour payer le voyage. Et ce sera comme ça d'l'autre côté du grand océan, ma pauvre fille, pendant que le conin te séchera au cul, sur ta colline...

– Petite salope...

On ne vit point – mais il s'entendit dans les mots – le sourire d'Esdeline :

– Et comment que tu appelles rêver ce que tu rêves sans le jamais faire ?

– Petite salope menteuse... Qui de nous deux rêve le plus, menteuse ? Rouge garce !

Le ton levé abruptement, Esdeline jeta :

– Quand donc est-ce que je mens, ma pauvre vieille ? Quand je te dis que je serai jamais la putain de ton père ni encore moins sa femme ? Quand je te dis que je partirai avec deux grands gars qui me baisent quand ils le veulent chaque nuit depuis qu'ils sont là, ou presque chaque nuit ? Demande-leur. Demande-leur où qu'on va s'en sauver dans pas longde temps, demande-leur donc !

– Espèce de...

– T'oserais me toucher sous les yeux de la gamine, grande gueule ? gronda la rouge fille. La différence, si tu me touches d'un doigt seulement, c'est que j'hésiterai pas à planter ma fourche dans ta panse. Et tu le sais.

Elle se tourna lentement et visagea Mandine, la fourche tenue solidement à deux mains. De ce fait, la lumière de la lanterne la touchait dans le dos et lui hérissait la tête d'une couronne d'éclaboussures sanglantes, posée sur la ligne noire des épaules. Une silhouette d'ombre plus épaisse que l'ombre d'alentour, au chef auréolé de cette flamboyance, et les trois dents avec une courte partie du manche de la fourche que la lueur vacillante découpait comme en suspension dans le noir. Et juste assez d'un reliquat de cette lueur sur le visage de Mandine pour qu'on y lise le sursaut alarmé qui précéda son mouvement de recul.

Elles croisèrent leur regard enfoui et s'affrontèrent un temps, dans le silence râpé et broyé par les mâchoires des bêtes des deux côtés de la paroi de perches, enguirlandées par le fredonnement de l'enfante qui semblait sourdre de partout et nulle part à la fois.

On entendit l'expiration caverneuse de Mandine avant que, sans un mot de plus, elle tourne les talons et traverse l'étable en quelques jambées, jusqu'à la porte du dedans qu'elle ouvrit et referma sur un jet de lumière craché autour de son ombre démesurée. Ce fut comme si le mouvement du vantail provoquait un courant d'air à la seule destination de la chansonnette qui s'éteignit, soufflée.

Dans les ténèbres et le silence brusquement revenus, Esdeline attendit sans bouger – portion de silhouette dessinée au trait d'une lumière roussie et suspendue dans l'instant. Personne n'était là pour voir ni deviner son sourire, dans le sombre.

Puis elle baissa sa fourche, puis elle changea la chandelle mourante qu'elle garda de côté, puis elle alluma celle de l'autre lanterne pendue à la paroi de gauche, et dans la lumière répandue se mit à traire les laitières impatientes. Puis la Petite Sœur après un temps vint la rejoindre sans bruit et attendit l'œil brillant qu'Esdeline lui dise d'approcher et de se pencher et qu'elle lui fasse gicler une trissée de lait tiède sur la langue avec une précision remarquable.

5

Si ma mémoire est bonne – et ici ma mémoire est bonne –, c'est cette nuit-là qu'il vint me voir.

Il ne laissa passer davantage de temps, davantage de jours à ajouter encore à tous ceux qu'il avait laissé couler sans oser – depuis sans doute l'instant où il était allé voir le père à la maison des Ordons du Haut pour m'en faire partir, moi et mes trois pauvres chèvres – me ramener avec lui sur l'autre versant de la vallée. Certes, depuis cet instant, sinon avant – je veux parler de tous ces jours et ces nuits après qu'il avait eu cette idée, sans aucun doute bien avant même qu'il fasse le pas et traverse le val pour venir parler à Favier, une fois que la mère fut morte. Bien sûr qu'avant la mort de celle-ci il ne se fût pas risqué. Forcément. La mère que je n'ai probablement pas entendu prononcer vingt mots de son existence n'eût pas laissé faire – ne m'eût pas laissée partir. En vérité aussi, si elle n'était pas morte, les raisons de cette visite de Sauvé aux Ordons du Haut cette fois-là n'eussent pas existé…

Il osa donc, enfin, le malheureux. Je n'en fus pas grandement surprise. Je l'attendais. Il n'était pas utile de faire preuve de clairvoyance ni de grande perspicacité pour comprendre que sa grande carne de fille unique s'était hâtée de lui répéter, ainsi qu'elle en avait d'ailleurs fait la menace, les propos tenus par moi au cours de l'altercation qu'elle était venue provoquer. Il attendit la fin de la traite, que j'eusse tiré le baquet à lait couvert du linge devant la porte de la pièce de l'âtre et fini de nettoyer et de changer les litières qui ne l'avaient pas été avant, et enfin que j'eusse emporté le pain et la soupe dans le pot que Mandine avait déposés sur la planche de la barrière à claire-voie de la chèvrerie, et puis grimpé avec le petite au grenier du bouâtchót.

Il avait accepté que j'allume une lanterne – ce qui révélait bien, après l'incendie des hangars, ce qu'il pensait de ma prétendue culpabilité. La lumière était ronde autour de la Petite et moi, comme une coquille dans laquelle nous nous tenions serrées pour avaler la soupe et manger le pain et le fromage ou n'importe quoi d'autre, ce que nous avions à manger, et cela fait nous nous creusions un terrier dans le foin après nous être enroulées chacune dans notre couverture et je mouchais la flamme à portée de main, derrière la vitre terne et brûlante de la lanterne.

La Petite s'était endormie en mâchant sa dernière bouchée. J'avais rabattu la couverture et tiré le foin sur elle. Je ramenai ma propre couverture sur mon épaule et posai la tête sur mon bras et fermai les yeux – et je l'entendis alors, au travers du très léger crépitement du foin, froissé par l'infime mouvement que ma simple respiration transmettait contre mon oreille. Je l'entendis en bas. Qu'il vînt n'était pas pour me surprendre, mais je ne l'attendais pas forcément dans les heures suivant ce que Mandine lui avait rapporté de notre prise de bec.

Je crois m'être dit d'ailleurs, dans cet instant qui précéda son apparition par la trappe, qu'il était étrange au fond que nous ne nous fûmes pas davantage écharpées, Mandine et moi, durant ces mois passés dans sa proximité immédiate, depuis ma venue à la ferme du vieux Pierre-Prix Sauvé. Depuis que cette arrivée sous le toit de sa maison natale lui avait fait comprendre ce que son père avait en tête et qui rongeait son ventre répi. Car bien sûr elle n'avait pas accepté une seule seconde la réalisation du projet paternel, pas une fraction de seconde elle n'avait envisagé son effective éventualité. La haine, comme une enfermeté brutale, l'avait empalée. Je n'avais pas attendu bien longtemps pour être atteinte du semblable mal à son endroit. L'affrontement n'avait pas été de ceux qui s'enveloppent de hurlades, bien contrairement. Le silence et les regards tordus composaient le principal combustible d'une exécration mutuelle qui nous consumait par le dedans. Un feu couvant, sans que la cendre y pèse – la cendre de quoi ? c'est encore trop tôt pour de la cendre… –, un feu de braise sous l'écorce qu'un courant d'air de trop, à un moment, ferait exploser. Non, nous ne nous étions pas si souventement prises de gueules, en vérité. Mais quand cela s'était produit, ç'avait été avec la violence significative de ce qui avait enflé, gonflé et s'était accumulé, contenu avec peine au fil des jours et des nuits que l'hire fielleuse emplissait goutte à goutte.

Je me fis cette réflexion, tandis que le vieux, qui traversait l'étable et grimpait à l'échelle, approchait – à moins que cette pensée ne me vienne ici, en ce jour d'hui seulement, sur mon souvenir… me voici incapable de trancher.

La lueur du quinquet le précéda. Et le bruit de son souffle qui peinait à la grimpée de l'échelle. Tenant haut prudemment la flamme grésillant dans son halo de pauvre lumière, il émergea jusqu'à la taille de la trappe et marqua un temps, pour calmer sa respiration mise à mal par l'ascension des méchants barreaux. Par la fente rougeoyante de mes paupières closes je percevais la présence tremblée d'une lueur have. Je ne fis rien de mieux que prêter l'oreille, mon souffle suspendu afin de ne pas malentendre son bougeage. Un temps passa sans que se perçût d'autres bruissements que ceux montant des bêtes dans l'étable et la chèvrerie, sous le plancher du grenier, ainsi que la respiration forte de l'homme qui reprenait souffle en haut de son échelle. Il acheva de grimper le dernier barreau, je l'entendis poser pied sur le plancher, je l'entendis changer de souffle et je l'entendis s'approcher. J'ouvris les yeux et me dressai sur un coude, sortant de sous le foin – il exhala un léger bruit de surprise, comme une sorte de toux rocailleuse avortée.

Il m'a dit de ne pas craindre.

Comme si des deux c'était moi qui avais tressailli. J'ai répondu à voix basse que j'avais sûrement pas peur de lui. Ce que j'en distinguais ne faisait guère peur. Au ton bas de ma remarque, il a eu la réaction étrange de courber les épaules et la tête et de baisser sa lanterne comme pour se faire discret.

En chuchotant, il a demandé où était la gamine.

Sa lanterne m'éclairait sans doute assez pour qu'il me situe, au pied du tas de foin, et je me redressai assise et lui désignai l'endroit où se voyait un bout de la couverture avec dans son pli la pâleur du visage de la petite Apolline. Il fit « Oh ! » en soulevant le menton sans qu'un seul son ne tombe de ses lèvres arrondies. Trois pas glissés et s'arrêta. Il avait le souffle saccadé de quelqu'un qui aurait couru longtemps. Il était là debout, la poitrine soulevée sous la blaude noire et usée par de nombreuses années de labeur, avec ses culottes qui lui tombaient aux genoux, frangées par l'usure, ses mollets et ses pieds nus gris de toutes sortes de crasses plus ou moins anciennes.

J'ai demandé sans élever la voix ce qu'il voulait, maintenant, à cette heure.

– Te marier, qu'il a dit. Voilà ce que je veux. Je suis venu te le demander.

Il a dit « demander ».

Même si je m'y attendais peu ou prou, cela m'a quand même fait remue-ménage dans la poitrine, sur le coup. En entendant les mots. Je ne pensais pas non plus qu'il y serait allé aussi droitement, je m'attendais plutôt à le voir tournicoter par trente-six mille chemins avant d'aborder le sujet. Et de toute façon ne pas parler de mariage – je m'attendais à ce qu'il me fasse son sermon, me dise ce que j'avais à faire et surtout ne pas faire après ce qu'elle était allée lui raconter, mais pas qu'il lance aussi abruptement la « demande ».

Il a dit :

– T'as pas entendu ?

J'ai assuré que si, j'avais bien entendu et il a dit :

– Alors ?

Et moi, assise là dans le foin, enveloppée dans ma couverture dans la lumière vague et tremblante de la lanterne, j'ai haussé une épaule et j'ai dit :

– Alors quoi ?

Il a répété qu'il allait me marier.

Il s'est agenouillé, ça a craqué quelque part dans ses articulations et j'ai eu envie de rire et j'ai eu le sentiment d'avoir gagné quelque chose d'important, je ne savais pas quoi, d'avoir sinon remporté, en tout cas d'être en train de le faire, une grande victoire sur des ennemis que j'aurais eus, cachés dans l'ombre des choses, sans les encore avoir identifiés tous. Il a posé sa lanterne devant lui, au sol, après avoir doucement et précautionneusement essuyé le plancher du plat de la main, sans faire poussière, écartant les brindilles de foin. La lumière lui sculptait le visage par le dessous, alourdissant les plis de sa blaude et lui creusant un gouffre noir dans l'échancrure.

Il m'a demandé ce qui me faisait rire.

Je ne m'en étais pas rendu compte, alors j'ai cessé de sourire et me suis refait ma mauvaise tête de pioche habituelle. Mon ventre a gargouillé. J'ai prétendu que non je ne riais pas, pour dire quelque chose. Tous ces espaces de silence entre les mots ne me plaisaient guère et c'était ce qu'il ne fallait surtout pas laisser s'installer. J'ai demandé :

– C'est à cause de ce qu'elle vous a raconté, là, tout à l'heure ?

Et il n'a pas eu l'air surpris pour une obole. Exactement comme s'il n'avait pas entendu. Il était agenouillé, le dos rond et les mains sur les cuisses, et il s'est mis à parler d'une voix monocorde mais décidée, comme s'il avait préparé d'avance ce flot de mots qu'il libérait d'un seul tenant en les tirant par la cordelette à laquelle ils étaient attachés, parce que c'était l'instant. Il m'a dit que voilà, je devais l'écouter et que j'avais la chance qu'il me fasse cette proposition, que d'autres à ma place seraient bien aises, qu'il n'était pas obligé de me la faire et qu'il aurait pu tout aussi bien m'engager comme servante pour aider Mandine sa fille à la ferme et à la maison jusqu'à ce qu'elle s'en aille un jour quand elle aurait trouvé à se marier elle aussi – je n'ai rien dit –, qu'il aurait pu simplement cela, en me prenant au père. J'ai ouvert la bouche mais il a levé la main pour repousser ce que je m'apprêtais à demander en précisions sur le terme « prendre » et il a poursuivi, répétant que c'était le mariage qu'il m'offrait, et donc la maison, la ferme, les terres des répandisses et les terres en propriété, que tout cela serait à moi déduction faite de la part donnée en dot à Mandine si cela se trouvait, ou en partage avec elle selon ce qu'il en déciderait si cela se trouvait de cette façon. Concluant après avoir repris son souffle qu'il était venu m'entendre répondre oui.

Et je n'ai rien répondu. Je n'ai pas répondu comme il venait me dire qu'il l'attendait. Mais je n'ai pas répondu non davantage. Moi aussi j'attendais. Je savais qu'il n'en avait pas terminé – obligatoirement. Il me fixait du fond de l'ombre très dure qui lui mangeait les yeux sous la broussaille grise de ses sourcils. J'ai soutenu ce regard-là monté de quelque faille noire dans son visage. Il a ajouté – et je me souviens parfaitement des mots, tant de temps après les avoir entendus au fond de cette nuit, là-bas :

– Mais tu n'tourn'ras plus les yeux sur d'autes hommes, Esd'line Favier, si j'te donne mon nom. Même pas un seul coup d'œil.

À mes oreilles encore cette façon qu'il avait d'avaler certaines parties des mots.

Je savais quoi répondre et le savais depuis longtemps et le savais depuis avant peut-être qu'il se décide à me poser cette question qui n'en était pas véritablement une, qu'il me mette dans les mains ce marché, j'avais moi aussi les mots prêts depuis au moins autant de temps, en tout cas, que les siens. Je ne les ai pas dits immédiatement. Je les ai retenus – tirant la laisse, énervés et prêts à sauter, je les ai retenus… Je suis restée bouche bée comme il convenait à la bougresse ébahie que je me devais d'être à l'écoute de cette proposition. Il a dit qu'il escomptait bien ma réponse avant qu'il redescende l'échelle, il a dit qu'il y aurait bien tout le temps paraprès de voir la suite, tout le reste…

Ma réponse a été de savoir si tout ceci venait de ce que Mandine lui avait rapporté et il a émis une sorte de grognement en réponse, si c'était une réponse, un raclement de gorge, avec un geste de sa main noueuse balayant le propos et faisant trembler la flamme de la lanterne. Je lui ai dit ma grande certitude que Mandine me vouait aux enfers, et tout ce que je pensais d'elle qui n'était pas à son honneur, et cette haine noire qui nous attachait, et je conclus ma diatribe par la conviction dans laquelle je me trouvais que cette animosité réciproque ne pouvait être du meilleur à vivre en communauté – il eut encore ce geste de la main écartant l'argument et la flamme trembla de nouveau entre ses trois carreaux de verre. Il me dit vouloir juste entendre de ma bouche un oui ou un non.

– Et si c'était non?

Il leva légèrement la tête, je vis briller ses yeux dans le fond d'immenses ténèbres, je ne vis que ses yeux et ce regard dardé qui me traverse aujourd'hui encore et je l'entendis répondre dans un souffle bas que ce ne pouvait pas être non, évidemment.

– *Évidemment*, dit-il.

Pour lui évidemment cela ne pouvait être non.

Ce n'était pas moi qu'il fixait. Il est resté ainsi, la bouche entrouverte, aux commissures une brillance de salive, et le mouvement que j'ai eu pour arranger le bord de la couverture au-dessus du front de la gamine a tiré de nouveau son attention vers moi. J'ai prononcé le nom de Cauvin, non pas tant en interrogation que comme une évidence qui ne se pouvait ignorer, tandis que dans ma poitrine un autre nom, celui de Mandine, battait et brûlait, et la réponse du vieux Sauvé fut une réponse à la question qu'il avait précédemment balayée d'un geste de la main, il dit que je ne devais plus leur donner ma compagnie, ni à lui, ni à son ami, ni aucun, que de toute façon ils seraient bientôt partis et ne m'emmèneraient certainement pas avec eux, pas plus l'un que l'autre, s'ils s'en repartaient vraiment où ils étaient censés s'en retourner et où la place des femmes n'était que celle des putains. Ce que j'eus préféré ne pas entendre, certes, mais aussi ce que je ne pouvais l'empêcher de penser ni de proférer. Et il a demandé :

– Orça ?

Le mot tombé de sa bouche avait une couleur étrange mais ce fut bien ce mot-là.

Je lui promis.

Je le fis à voix basse, mais sans ciller ni éviter la noirceur dardée de son regard dans le mien. Je lui promis de ne plus voir Cauvin, ni Fanch de Nantes, ni aucun autre garçon – comme si vraiment ces rencontres étaient mon habitude paravant, exactement comme il l'attendait. Il ne manifesta aucune satisfaction particulière apparente à m'entendre promettre selon son vœu.

J'ai demandé si elle lui avait dit que je les retrouvais la nuit au Pré de Clé, pas loin de la ferme, si c'était cela qu'elle lui avait dit, donnant précisément le nom de l'endroit. Il ne m'a pas répondu mais je crois qu'il n'a pu contrôler un acquiescement instinctif de la tête. Il m'a regardée. J'ai dit, parce qu'il fallait que je le dise, qu'elle avait menti, qu'elle était capable de proférer les pires mensonges pour me nuire, capable de commettre les pires abominations comme cet incendie des hangars. Il a eu de nouveau ce geste de sa main décharnée couverte de taches sombres et il s'est relevé, avec plus de souplesse que je ne lui en avais vu pour s'agenouiller, puis s'est baissé, a saisi la lanterne par son anneau, et la lumière s'est balancée sous les poutres enfumées de la charpente. Il a dit qu'il lui fallait entendre maintenant oui ou non – et il a entendu oui.

Mais il ne partait pas. Je ne sais pas s'il me regardait moi ou la Petite dont on ne remarquait guère plus qu'un œil clos, un morceau de joue et une mèche de cheveux sortant de son bonichon sous la retombée de la couverture, et je me demandais « Quoi encore ? », mais s'il attendait quelque chose ce n'était pas à venir de lui, alors j'ai dit :

– Combien le salaud de Favier m'a vendue ? J'ai dit : Combien vous m'avez achetée ?

Il a gardé le silence un instant, à ruminer cette interrogation. Il a dit :

– C'est de ton père que tu parles.

J'ai répété :

– Combien ce salaud m'a vendue ?

Je crois l'avoir vu sourire brièvement. Ce morceau de silence lourd au-dessus de la flamme fumeuse de la lanterne, c'était de toute façon un sourire.

– Pas un sou, a-t-il dit, triomphant. *Il n'avait pas le choix.*

Il a tourné les talons. Je l'ai regardé s'enfoncer dans le sol par la trappe et disparaître en emportant la lumière, sans un mot de plus, puis je l'ai entendu adresser quelques paroles aux chèvres, en dessous moi, au passage, et une qui lui répondit.

Et ce fut donc l'endemain, moins d'un jour parаprès la demande que le vieux monta me faire au grenier de foin et la promesse que je lui donnai en réponse. Ce fut ce jour-là, cette nuit-là, les choses se firent et se nouèrent et se rompirent sans attendre davantage – je n'attendis pas davantage.

Je n'ai guère dormi la nuit de la venue du vieux dans mon grenier.

Ma tête bourdonnait de pensées entrechoquées et bouillonnantes. Si je fermais les yeux pour me glisser sous une autre couche de noir dans le noir, je ne tardais pas à y voir caracoler des images de plus en plus nombreuses en sarabande qu'après très peu de temps je ne maîtrisais plus – les imaginations emmêlées de ce que pourraient être plusieurs déroulements possibles des jours à venir. Mes yeux rouverts sur le sombre du grenier n'empêchaient pas longtemps les images sottes de revenir à l'assaut. Je me tournai et me retournai, une excitation de plus en plus vive sous la peau, comme si mes chairs n'étaient plus assez vastes pour contenir ce grand frisson de mon corps entier, allumé, eût-on dit, pour ne jamais s'éteindre.

Sur le matin la Petite geignit et chigna sans pour autant s'éveiller tout à fait, comme le font souvent les enfants pris dans un méchant rêve. Je la calmai en la serrant contre moi dans mon chô, sous le foin, lui murmurant à l'oreille des douces paroles, et elle finit par se rendormir.

Par suite j'attendis que le jour se lève, somnolente; il me souvient d'avoir vu le jour dessiner plus nettement d'encore en encore les planches verticales et disjointes du pignon du grenier, l'avoir vu poindre et s'étaler par le travers des essentes de la toiture, un peu comme à l'inverse la fumée du bouâtchót en sortait. J'ai entendu les premiers chants des merles et des autres oiseaux, le cri de ce coq qu'on disait sauvage, au bas de la vallée, que tout le monde entendait et que personne n'avait jamais vu, qui n'appartenait à aucune basse-cour. J'ai entendu bouger les bêtes en dessous moi, et les ébrouements des vaches et les premières bêlées impatientes, pas encore tout à fait osées, de mes biques, et j'ai su alors que la journée avait commencé ; je me suis levée dans la petite fraîcheur grise de sous le toit et suis allée poser mes mains sur le rebord tiède du bouâtchót et c'est ainsi que j'ai attendu un moment, à me réchauffer et me débarbouiller de la nuit, à écouter ce jour qui se levait, à l'affût d'un signe qui le confirmerait dans cette obligatoire exception que je lui voulais accorder – je n'ai vu ni entendu aucun signe qui se pût interpréter dans tel sens, alors que, pour autant, ce jour se révéla bien être celui que j'attendais au-delà de toute devinance.

Ce qui différenciait cette journée à peine commencée de la précédente était marqué dans la blancheur du givre sur les flancs de l'envers de la vallée, en face, du côté des Ordons. Le poudroiement couvrait mêmement les répandisses et les sapins au-dessus des prés jusques en haut des cimes rondes. Quelques nuages bavaient du rose au levant. Il ne fallut rien de temps au soleil glissé dessus les crêtes du Paradis pour fondre le givre des sapins de ce côté-ci du val, et je décidai que ce jour serait donc le premier du changement de pâture pour mes chèvres, qui resteraient sur l'endroit de la vallée. Je ne demandai pour ce faire l'avis de personne, encore moins l'assentiment, ni ne cherchai à voir aucun des occupants de la ferme, l'un et l'autre à sa tâche dedans ou dehors. Que le vieux ou sa fille eût quoi que ce soit à redire sur ma décision, il saurait sans problème me trouver là où je serais – et pas plus la garce que son père, apparemment, ne trouva mon initiative fâcheuse car je n'en vis l'ombre d'aucun de toute la journée.

Les chèvres s'accommodèrent sans berguéner de ce nouvel endroit, une fois qu'elles y furent arrivées – la grimpée depuis la ferme, bien que ni longue ni difficile, prit néanmoins un peu de temps ; les bêtes empruntant ce chemin pour la première fois, je dus me tenir devant et les guider et faire le chien pour ramener au groupe celles qui s'écartaient. Une fois sous la lisière, qui descendait bas de ce côté-ci, elles s'attaquèrent avec gourmandise aux fougères et genêts qui poussaient à foison entre les halliers serrés. Le soleil monta dans un ciel totalement dégagé des bâyesses matinales et ne tarda pas à chauffer avec cette force vive qu'il peut avoir gardée après la Saint-Michel.

Durant la première moitié du jour, jusqu'à la maraude du midi, la Petite parut aussi ravie que les biques à se retrouver dans cette nouvelle pâture à la fois si tranquille et si peu éloignée de la ferme qu'on entendait parfois clairement aboyer la chienne et la cloche de la génisse au pré. Elle courut et joua à se perdre dans les hautes fougères roussies et sous les genêts de deux fois sa hauteur, elle mit tout son cœur à m'aider quand je décidai la construction d'une cabane de branchages pour les jours froidureux, quand la pluie et le vent nous rendraient la garde des bêtes moins agréable... Les fougères et les brins de genêts qu'elle m'apportait n'étaient sans doute pas des plus épais et couvrants mais elle s'agitait avec une telle conviction, une telle dépense, qu'il était hors de question que je n'utilisasse point sa contribution enthousiaste. Elle avait les joues rouges, les cheveux défaits et l'œil brillant, jacassait à elle seule comme une troupe de geais et de pies.

C'est étrange. À maintenant m'en souvenir. Étrange cette frénésie qui me saisit dans le matin de ce jour-là, après une nuit quasiment passée sans sommeil, employée à la construction d'un abri pour des mauvais jours prochains qu'au dire vrai je ne voulais pas voir se lever, que *je savais* ne pas voir se lever... Non seulement pas les jours blancs de l'hiver, mais ni même avant ceux des feuilles tombées aux pieds de la forêt flétrie. Car je savais.

Il n'était bien entendu désormais aucunement envisageable que je ne m'en allasse point dans un très-court temps, ainsi que je n'allais pas tarder à mettre en branle le processus qui amènerait au départ – même si cela ne se fit point exactement comme je l'avais envisagé.

Étrange… étrange, quand après avoir mangé pain et fromage dans le soleil chaud du midi je décidai de poursuivre non seulement la construction de cet abri mais de l'allonger, de l'agrandir, d'en faire un autre dans lequel les chèvres elles aussi pourraient s'abriter des mauvais vents froids à venir…

Un peu après midi, comme le soleil redescendait vers la terre, la Petite donna les premiers signes de fatigue et de moindre enthousiasme, ses jacasseries retombèrent, le rouge à ses joues lui donna une autre mine et la morve coula de son nez. Si elle poursuivit sa cueillette de fougères ce fut avec de moins en moins de ferveur, d'habileté aussi : elle se coupa les doigts aux tiges ligneuses des plantes qu'elle tentait d'arracher et sur lesquelles elle faisait glisser ses mains serrées. La vue du sang sur ses doigts lui ôta toute force d'un seul coup et lui fit trembler le menton. Je cessai moi-même de nouer des bottes de fougères pendant un grand moment pour la câliner et la choûgner. Tandis qu'agenouillée je l'amignonnais de la sorte, une grande peur me vint, comme insufflée par cet instant, sans que j'en puisse connaître plus précisément l'origine et la cause, une épouvante sourdant du sol et coulant du ciel, à moi seule destinée, une peur comme sûrement j'en avais été effleurée paravant mais sans que j'y prenne garde, sans que j'y prête à ce point l'attention, que j'avais cru surtout née de quelque fatal fondement et dont je pensais connaître les racines et la consistance des venins. Mais ici et à cet instant les venins ne pouvaient qu'en être crachés parapprès, leur source ne pouvait qu'être enfouie au fond de moi et de ce qui me faisait parfois brailler comme en forcennance à la lune, des tréfonds de cette solitude rongearde qui m'entraînait à courir à la rencontre des erlues qui hantent la forêt, sans jamais les trouver. Cette épouvante tranquillement coulée dans mes veines comme un sommeil de chat, dont je ne saurai jamais, j'en ai crainte, par quel grand malheur elle s'est accrochée à mes talons pour ne plus me quitter, me suivre de l'ombre tenace et lourde nouée aux pas des voyageurs qui traversent leur vie continûment en terres inconnues…

Pas un instant je n'avais douté qu'ils viendraient, l'un ou l'autre.

Ils vinrent tous deux, dans le courant de l'après-midi, ce qui n'était pas de leur habitude. Mais cela s'expliquait : ils s'étaient rendus pour midi aux pâtures sur l'autre flanc du val, ne m'y avaient point trouvée, et de là-bas – me dirent-ils –, ils avaient aperçu le troupeau de ce côté-ci. Ils étaient donc redescendus, puis remontés. Ils étaient là.

Ils m'apprirent n'être point passés à la ferme, quand je le leur demandai. À ma mine ils s'enquirent du pourquoi de ma question et je leur appris l'altercation de la veille au soir avec Mandine, puis la visite du vieux qui s'en était suivie, ainsi que sa demande.

Cauvin fit mine de s'en étrangler. Il ouvrait des yeux grandis à l'extrême, forçant sur son expression d'incrédulité et pendant quelque temps joua à ne pouvoir entendre raisonnablement la chose ; il riait et se claquait les cuisses, si bien que cette hilarité gagna son compagnon d'abord, moi-même ensuite et que nous nous battîmes les côtes de conserve à nous en monter les larmes aux yeux, et la Petite et les chèvres nous regardaient avec un air partagé d'étonnement et d'incompréhension. Cette gaieté n'en avait cependant que l'apparence, trop forcée pour être vraie, nous le savions, et, quand elle s'éteignit, si d'autres coulèrent encore, pour ce qui est de moi en tout cas, je ne suis pas certaine qu'elles fussent joyeuses… Je m'essuyai les yeux au creux de mes paumes – les pleurs n'étaient guère l'apparat de ce que j'avais à bien faire ouïr, comme c'eût encore été le mieux sans le besoin de mots francs.

Orça, dis-je sur un ton qui, je suppose, pouvait s'entendre à la fois comme celui d'une vraie ou d'une feinte résignation ; allons, c'en est décidé, je vais devenir la femme de ce vieillard, la patronne de sa ferme, et vous n'avez pas tort d'en pleurer, mes doux amis ! Toi le premier, Cauvin. Ton oncle me veut sans plus de salissures que je n'en suis tachée présentement, il nous faut l'entendre et l'admettre.

Ces mots suffirent à engager l'échange, rondement mené jusqu'à la décision fatalement prise qui provoquerait la tragédie.

– Tu ne m'en feras pas accroire, ma belle! s'obstinait Cauvin, me pressant de ne pas l'entendre moi-même. Cette demande en mariage, cette promesse d'épousailles, n'étaient selon lui que des menteries de vieux salope, pour en arriver à ses fins et m'attirer dans ses filets comme un bloc de sel fait accourir les chèvres.

– Attends-toi à cela, ma belle, disait Cauvin, il te fera entrer dans sa maison comme une servante y entrerait d'abord, et puis dans la pièce de l'âtre, et enfin de la marmite à son lit. Es-tu naïve de l'en croire autrement! s'esclaffait-il avant de poursuivre et de m'assurer qu'une fois la chose faite le vieux trouverait bien le moyen de laisser filer le temps jusques au coup de reins qui lui ferait la gueule bleue et la langue pendante pour jamais.

Concluant qu'une fois survenue la funeste constupration, il ne me resterait plus qu'à nouer mon baluchon et m'en retourner d'où je venais, bien heureuse si la Mandine me laissait reprendre une seule des trois chèvres que j'avais amenées avec moi.

Sûrement ne se trompait-il pas. Mais si j'étais bien de son avis, je ne le manifestai aucunement. Au contraire, même, je laissai entendre que je pouvais maîtriser la situation si elle se présentait, la tourner même à mon avantage, assurant aux garçons, à Cauvin fixé droit dans les yeux sans ciller, que j'en étais de force – que peu nombreux étaient ceux qui savaient de quoi j'étais capable. Il retrouva ce sourire que je lui connaissais depuis l'enfance accroché aux pensées inavouables qui lui embrasaient la tête ou le ventre ou le cœur; nous échangeâmes un regard en plus de ce sourire et je suis certaine qu'à cet instant il comprit autant que ce que j'entendais tout ce que j'ignorais encore.

Aujourd'hui je le crois.

– Tu es capable de beaucoup, souffla-t-il. Et peu nombreux sont ceux qui le savent…

Je lui demandai si j'avais le choix. Son sourire ne frémit point quand il répondit que oui d'un hochement de tête.

Il échangea un coup d'œil avec son compagnon – qui paraissait des plus réjoui – et me dit :

– Viens avec nous.

Évidemment il n'y croyait pas. Mais allons, mon Cauvin, je ne te croyais pas davantage.

J'ai dit « Assurément », moi aussi souriante et toutes dents montrées et les yeux heureusement mouillés des larmes d'avant encore rieuses quand de nouvelles venues brillèrent, que j'effaçai vite du dos de ma main avant qu'elles ne se révélassent traîtresses. Et j'ai dit que bien sûr, bien entendu, j'ai dit que c'était à l'évidence ce qui réglerait tout au mieux, j'ai dit que je pourrais toujours prendre mes trois chèvres pour payer sa bonté et la traversée de l'océan vers l'outre-Monde que nous avions rêvé lointainement, j'ai dit que tout allait bien puisque le rêve prenait donc les choses en main.

Il m'a assuré que je n'avais point de tracas à me faire à ce sujet – comme si je m'en faisais ! Qu'il y avait d'autres façons de s'y prendre et de payer ladite traversée. Sans cesser de sourire avec ses lèvres, sans me quitter du regard, moi qui riais sous la cape de mes larmes, ses yeux à lui seuls à ne pas jouer. Que de toute façon, dit-il, d'une manière ou d'une autre c'était payer ma vie à venir avec une même monnaie. Qu'une des deux façons, en vérité, serait à l'évidence plus agréable que l'autre.

À un moment l'hiver était tombé en moi.

Je souriais.

J'ai laissé danser une tranche de temps autour de nous. Des mouchettes perdues aux confins de la saison tourniquaient par là, je les ai suivies des yeux jusqu'à ce qu'elles disparaissent, j'ai dit :

– Cette nuit ?

Sur un ton de question.

Son sourire a grandi.

J'ai dit :

– Au Pré de Clé.

Il m'a demandé où c'était, il ne se souvenait plus de tous les lieux d'ici ni de leurs noms. Trois ans parti lui avaient un peu tailladé les souvenirs. Je leur ai expliqué. Je souriais, ravie, pleine de haine contre le monde.

Ce jour que j'imaginais parmi les derniers passés sur cette colline-là, sans me douter qu'il serait donc *le* dernier, je suis rentrée avant la nuit. Sur le tard de l'après-midi des nuages étaient montés de Servance, coulant par-dessus le Ballon comme une grande marée silencieuse, alors que le vent d'en bas tournait à peine sur lui-même, tantôt dans un sens et tantôt dans un autre. C'était signe de pluie. Les chèvres n'ont pas cherché à filer, quand il leur a fallu quitter la pâture de si bonne heure, elles ont pris le sentier et l'ont suivi sans rechigner, braves bêtes, vers l'étable.

La Petite se taisait, elle était chaude sur mon bras contre moi, les joues rouges et la chandelle au nez qui me coulait dans le cou. C'était sans doute en courant et se démenant comme elle l'avait fait au grand du matin qu'elle avait attrapé ça, un coup de froid sur un coup de chaud. À moins que cela eût déjà couvé cette nuit, quand elle s'était mise à chigner dans son sommeil… Je pensais qu'une tisane bien chaude la requinquerait et c'est ce que je lui avais promis, elle avait eu un brave petit sourire, tenant péniblement ouverts ses grands yeux larmoyants de fièvre.

Il faisait sombre mais pas nuit quand j'ai rentré les chèvres, la Petite Sœur toujours sur mon bras, un peu molle et ganguinante et que je devais veiller à redresser régulièrement pour l'empêcher de glisser et piquer du nez. Je n'ai pas cherché à être plus discrète que d'ordinaire, j'ai fait le bruit qu'il fallait. Sans doute un peu plus…

Ils ne m'avaient pas raccompagnée jusqu'à la ferme – Cauvin avait de l'ouvrage à leur gringe de la vallée où son père se trouvait, pour plusieurs jours, venu de sa belle maison de Remiremont. Fanch de Nantes l'avait suivi, qui tenait à payer en travail l'hospitalité que lui donnaient les parents de Cauvin. Ils avaient promis, l'œil brillant, qu'ils viendraient.

Dans quatre jours ils s'en retourneraient pour la ville de Rochefort, qui était le port de chantier de la Compagnie qui leur avait signé contrat d'engagement d'apprentis charpentiers, avant comme entendu de rejoindre Nantes où les embarquements pour la Nouvelle-France avaient lieu. C'était ce qu'ils m'avaient dit, l'un et l'autre, chacun de son bord, depuis le début, à preuve s'il en fallait qu'au moins cette intention n'était pas inventée. Ils m'engageaient à suivre en leur conserve ce même itinéraire – voilà encore ce qu'ils me proposaient chacun son tour, ce qui était probablement moins sûr pour la sincérité placée dans ces paroles-là, et ce que je n'ignorais pas. J'étais des trois celle pour qui la réalité du dessein ne faisait aucun doute, très simplement parce que j'avais les moyens de faire en sorte qu'il soit exécuté forcément, qu'ils le veuillent ou non, et parce qu'il le serait, j'en avais ainsi décidé. Dans quatre jours ou moins ils s'en retourneraient et je serais avec eux.

Il y avait les choux et les betteraves et les navets à arracher dans le champ du Côté de la Source En Dessous, c'était à cet ouvrage que le vieux et sa fille avaient passé le grand du jour, entre l'arrachage et le transport dans la charrette qu'elle tirait et qu'il poussait du champ jusqu'à la cave aux légumes semi-enterrée derrière la maison, plusieurs voyages, allers-retours au même rythme sur le chemin pentu, que ce fût à vide en descente ou à plein pour la montée.

Ils rentrèrent à la ferme pour leur dernier chargement du jour un peu après moi. L'un derrière l'autre ils apparurent sur le pas de la porte de l'étable sombre pour se rendre compte de ce qui se passait. Je suis bien sûre qu'un autre jour je n'eusse pas même levé la tête, attendant qu'ils me demandent ou qu'ils repartent comme ils étaient venus, mais ce soir-là je les regardai tout en trayant par-dessus le dos creusé de la laitière et leur criai que j'irais tout à l'heure faire de la tisane pour la gamine qui était malade. Ni l'un ni l'autre ne s'enquit de ce qu'elle avait. Mandine tourna les talons la première et le vieux attendit le temps de lancer :

– T'as pas besoin de demander, pour ça.

J'ai dit bien fort que je ne demandais point, mais je ne sais pas s'il a entendu, avec ses oreilles de vieille bête et le bruit raclant de ses sabots sur les pierres du sol tandis qu'il s'en allait.

Je l'ai fait, comme je les en avais prévenus.

Ils se tenaient dans la pièce de l'âtre quand je suis venue. Le feu ravivé montait haut et donnait bonne chaleur et belle lumière. Pierre-Prix Sauvé était assis devant les flammes en train de dérouler les bandes de toile autour de ses pieds comme il le faisait chaque soir à la fin de la journée, bon Dieu! avec le chaud monté de la pierre ça puait à en avoir le tournis, et puis elle, assise à la table dans la retombée de lumière dansante, à écosser, crèc, crèc, des grosses fèves… J'ai mis de l'eau à bouillir et j'ai préparé mon affaire – les plantes pour la tisane – dans un bol et, en attendant que l'eau bouillît, je suis allée à la pierre d'eau, devant la fenêtre qui tranchait comme un carré noir découpé sur un abîme, et je me suis versée de l'eau du baquet et lavé la figure et les mains, et je m'en suis aspergée les cheveux pour les peigner ensuite et les lisser soigneusement, et je les ai renoués. Je sentais leur regard sur mon dos. J'ai pris mon temps.

Je me voyais dans le miroir de nuit derrière le carreau, je voyais aussi le reflet du feu pour peu que je m'écarte d'un rien et aussi le vieux dans les flammes, qui me couvait des yeux, et je la distinguais elle qui écossait avec bien de la lenteur tout à coup. Elle a dit brusquement :

– Tu vas danser ?

Je lui ai répondu que oui, exactement, oui j'allais danser, sur le ton désinvolte de la riole, et sans la regarder.

Elle a dit :

– Si tu pouvais ne pas mettre ta tignasse dans le baquet d'eau à boire...

D'abord ce n'était pas l'eau à boire et ensuite – j'ai dit – je perdais pas encore mes cheveux, moi... J'ai bien fait la coquette à me tirer la jupe et me défroisser le col du casaquin devant le miroir noir du carreau, si tant bien que l'autre a complètement cessé d'écosser ses fèves dans le panier et me regardait d'un œil devenu sévère et chargé de soupçon quand je me suis tournée.

Je suis allée à l'âtre, j'ai versé l'eau chaude dans la cruche, pris le torchon pour ne pas me chauder, dans le torchon le briquet à amadou posé sur le linteau, évidemment ils ne m'ont vue prendre que le torchon ; un bol dans l'autre main et me voilà quittant la pièce sans les regarder, gonflant le torse et tortillant le cul, avec un petit air satisfait que la situation n'exigeait absolument pas et qui, c'était inévitable, planterait une jolie pointe de doute dans l'esprit de certaine...

Un grand sourire m'est venu tout seul, que j'ai senti me soulever les joues tandis que je grimpais l'échelle.

La Petite, enfouie dans le foin, enroulée dans la couverture, a ouvert un œil somnolent. Elle n'avait pas faim. Je lui ai versé la tisane et j'ai attendu avec elle que la boisson froidisse et soit buvable. Elle disait avoir mal à la gorge quand elle avalait. Elle a bu la tisane à petites gorgées, ensuite elle alla mieux. Elle ferma les yeux, pratiquement basculée dans le sommeil sans attendre.

Je lui ai dit que je devais la laisser seule un peu, que j'allais revenir bien vite, qu'elle n'avait rien à craindre.

Elle a fait oui de la tête, les yeux clos.

Elle a murmuré, poussant les mots comme dans une glissade :

– C'est avec eux que tu vas ?

Je lui ai dit qu'elle n'avait rien à craindre. J'ai pris ma pèlerine dans mon ballot et l'ai mise sur mes épaules, et je me suis assurée que le couteau se trouvait bien dans ma poche.

Le cœur me battait en redescendant l'échelle. En vérité, n'allais-je point à mon premier rendez-vous ?

J'ai pris à tâtons la lanterne des chèvres accrochée à sa place, à la poutre, et je l'ai allumée au briquet à amadou que j'ai remis dans ma poche de robe avec le couteau. Je suis sortie, la lanterne au poing. Je n'avais aucun moyen de connaître l'heure précisément. Je leur avais dit « après les chèvres » et c'était après les chèvres. Il y avait eu la tisane, en plus. Peut-être étaient-ils en train de m'attendre et de se penser déjà victimes d'une attrapouere. Il faisait sombre comme dans le cul du diable – disait dans ces cas-là Favier –, les nuages avaient fini de tendre tout le ciel de tentures épaisses et noires, parfois un souffle doux de vent errant traversait cette noirceur.

J'ai hâté le pas, ma lanterne levée. Le bruit de mes sabots sur le chemin emplissait la nuit et je ne faisais rien pour le rendre discret. Puis j'ai quitté le chemin et marché dans l'herbe et le bruit s'est affaissé d'un coup et j'ai pris, de ma main libre, mes sabots par leur courroie et j'ai poursuivi, pour ne pas glisser, nus pieds dans la fraîcheur piquante. J'avançais dans une encoche de lumière fanée que je poussais devant moi, creusant la danse de la foule muette, au souffle retenu, des ombres emmêlées.

6

ELLE N'A PAS ACHEVÉ D'ÉCOSSER tout le contenu du panier. Elle s'est levée et elle a essuyé ses mains dans un coin de son tablier de bougras rude taché de la boue séchée du champ de betteraves. Elle a quitté la table et décroché sa cape de la cheville de bois dans le mur sous les étagères à écuelles et l'a mise sur ses épaules dans un ample mouvement qui a produit comme un bref souffle sourd. Il l'avait suivie des yeux depuis qu'elle s'était levée de table et voyant cela il dit :

– Où c'que t'vas ?

– Voir comment que la p'tite garce se fout d'toi, sous ton nez, une nuit de plus.

Il se leva de la pierre de l'âtre où il était accroupi, protestant après une hésitation.

– Elle m'a promis…

Elle n'en écouta pas outre. Disant dans un souffle :

– Mon pauv'coillon d'père…

Quittant la pièce dans un claquement furieux de sabots, elle laissa la porte entrouverte et suivit le rai de méchante et poussiéreuse lumière, son ombre immense devant elle, et elle dut s'écarter un peu pour faire glisser l'ombre et distinguer la poutre mais il n'y avait rien, la cheville était nue, la lanterne avait disparu. Un juron sourd tomba comme une chose broyée d'entre ses dents, précédant le chapelet d'insultes identifiables au ton plutôt qu'aux claires syllabes. Le vieux derrière elle – une autre ombre dans l'embrasure de la porte plus grande ouverte – lança une interrogation que Mandine ne prit pas la peine de relever. Elle s'élança à grandes jambées qui la conduisirent par l'habitude des lieux enténébrés jusqu'à la porte cochère dont elle poussa le vantail étroit à l'usage des gens découpé dans le plus grand à l'usage des rouges bêtes et la nuit tiède s'écroula sur elle au moment où elle crut voir là-bas le fanal qui s'enfonçait derrière la bosse du chemin au-dessus du pré. Elle jura encore. Tourna les talons et revint sur ses pas, agitant les bras sous sa cape avec des mouvements et une allure de grand et gros oiseau sombre mi-volant mi-courant, elle grondait et ragoulait rageusement et elle bouscula le vieux qui avait fait quelques pas lui aussi dans l'étable sans prêter attention à ce ton pointu haut perché qu'il avait pris pour s'inquiéter de cette course de folle.

Il revint vers la salle, sur ses pieds nus et d'une démarche quimbeûssante comme s'il marchait dans les tessons. Elle prit sur la table la chandelle dans son support de terre cuite et elle alla l'allumer aux braises du foyer (sans remarquer l'absence du briquet sur la poutre du manteau) et, quand la flamme grimpa à la mèche cirée, s'en fut pour ressortir de la pièce. Une fois encore elle bouscula son père Pierre-Prix Sauvé alors qu'il franchissait le seuil pour entrer et il fut projeté contre le chambranle auquel il s'agrippa des deux mains dans son dos et il la regarda foncer vers le fond et la vit, suivant des yeux la flamme entre les perches droites des parois de la chèvrerie, grimper l'échelle du grenier.

Il jura lui aussi et blasphéma crûment et lança dans le noir refermé sur la petite flamme :

– Elle m'a juré, sur la tête de la Petite ! Elle l'a juré d'vant Dieu !

Il avait le souffle court comme s'il eut couru pendant longtemps. La lumière de la pièce taillait plus dur sur un côté la pâleur de son visage et ses cheveux en mèches agglutinées qui lui rebiquaient dans le cou. Il était là dans cette posture et sa poitrine se soulevait et s'abaissait profondément, ses lèvres humides de salive dans le gris hérissé de sa barbe murmuraient des propos et des sons incompréhensibles. Il se tut en entendant de nouveau la voix de Mandine, au-dessus de lui dans le noir, non plus proférant quelque hurlade mais s'adressant à quelqu'un sur le ton d'une conversation toute d'amabilité. Et puis il aperçut de nouveau une lueur et la flamme de la chandelle qui redescendait à l'échelle et ensuite il vit s'approcher Mandine, dans l'allée de l'étable, qui portait contre elle la Petite enveloppée dans la couverture. Elle s'arrêta devant lui sur le pas de la porte de la salle, il s'écarta machinalement mais Mandine ne bougea point, sinon relevant contre sa vaste poitrine la gamine comme un baluchon qu'elle tenait sur un bras.

– Elle a filé, dit Mandine, un regard de braises blêmes dans celui de son père. Cette salope. Elle a laissé là-haut cette gamine malade pour aller se faire foutre, comme les autres nuits ! Cette garce.

– Elle m'a juré, dit le vieux, cou tendu et les mâchoires serrées nouant ses joues pâles.

– Pauvre homme ! Seigneur ! Pauvre malheureux homme !

– L'a juré d'vant Dieu qu'elle le f'rait plus ! coassa Pierre-Prix Sauvé, les yeux fous.

Mandine poussa une sorte d'éructation sèche dans laquelle claquait tout le mépris et toute la désolation du monde :

– Quel Dieu ? Elle en a jamais eu, la bougresse ! Si peu qu'je crois même qu'elle connaît pas d'autre diab'qu'elle ! Quel Dieu ?

Le vieux se mit à branler du chef et à émettre des bruits de succion avec ses lèvres humides.

– Va pas dire ça, Mandine, souffla-t-il. Va pas dire des choses comme ça. Elle est pas là ?

– Si elle est pas là ? Alors j'suis folle ? J'l'ai vue qui filait trôler là-bas dans la nuit ! Demande-lui donc à elle où qu'est sa mère ? Elle vient d'me l'dire qu'elle est partie r'trouver les deux autes !

Le vieux se pencha sur la gamine et écarta le coin de la couverture et la gamine le regarda de ses grands yeux écarquillés et brillants avec une sorte de stupeur pesante et son menton soudainement se mit à trembler. Un pleur hésitant et sans force sortit d'entre ses lèvres grimaçantes.

– Et c'est cette roulure que tu veux mettre sous not'toit, dans ton lit, gronda Mandine en commençant de dodiner doucement la gamine sur son bras pour calmer son chagrin. C'est c'te roulure !

Pierre-Prix Sauvé parut soudain perdre de l'âge dans la lumière de la chandelle qui tremblait devant lui, parut grandir, parut s'élargir, gonflé de silence et de colère ravalée. Il alla chausser ses sabot restés devant l'âtre et revint vers la porte en quelques pas et ce fut cette fois Mandine qui s'écarta avant d'être bousculée par tant de détermination soudaine et farouche, et le vieil homme s'en fut dans l'étable qu'il traversa de part en part et il jaillit par la porte cochère comme projeté dans la nuit, sachant où il allait, spectre de mort blanchâtre dans sa grande chemise flottante, une fourche à la main.

Ils l'attendaient. À la fois comme elle le craignait et ne le voulait croire.

Au moment où elle les aperçut tout fut donc très nettement et définitivement inscrit dans l'ordre des choses, en amont de l'instant comme dans ce qui n'allait forcément pas manquer d'advenir. Fuyant cette certitude installée, toute crainte quitta Esdeline. Elle avança, sa lanterne brandie haute, d'un pas décidé, vers la vieille cabane du Pré de Clé, sur le vieux mur chaulé de laquelle les silhouettes parfaitement identifiables des deux hommes se découpaient.

Elle ne leur avait conseillé la moindre prudence et d'eux-mêmes ne se préoccupaient-ils guère du danger qu'ils pouvaient encourir à se trouver là, en ces lieux, pour ce qu'ils comptaient y faire. Si peu soucieux d'attirer l'attention de quelque quidam ennuité qu'ils tenaient leur propre lanterne, une grosse à six carreaux, allumée et posée dans l'ouverture de la porte de la cabane délabrée.

Le Pré de Clé, que de toujours Esdeline avait entendu ainsi nommé sans en avoir jamais compris la signification, était la plus proche pâture de la ferme, où dès les beaux jours revenus les rouges bêtes de l'étable étaient menées, avant qu'elles montent plus haut dans la saison. La cabane, une gringeotte à foin, avait été construite bien avant la naissance d'Esdeline, avant celle de Cauvin, probablement loin en-deçà, et le temps et ses griffes l'avaient patiemment vidée de toute sève pour en laisser une carcasse de murs plus ou moins écroulés et de poutres pourries, des troncs plus noirs et creux d'encore en encore, tombées à l'intérieur – des tentatives de toitures de remplacement avaient été régulièrement effectuées, chacune à son tour effondrée, les unes après les autres.

La nuit était d'une densité étonnante qui pour autant n'empêchait pas d'y voir à plusieurs dizaines de mètres, sans le secours de chandelle, comme si bizarrement une sorte de poussière de lumière eut flotté sur le sol et les choses, sourdant de sous les gazons des prés et les écorces des arbres. Au ciel, pas une étoile, pas un soupir de lune, mais une noireté opaque qui laissait imaginer la parfaite épaisseur de la marée nuageuse. Et de façon presque douteuse, à peine de-ci delà comme une haleine retenue de vent flâneur. Comme si ce morceau de val retenait son souffle, en attente de ce qui allait se passer dans son giron serré.

– Allons, dit Cauvin, sais-tu que nous nous demandions si tu allais venir vraiment ? Nous en avions pris des paris.

– Qui a gagné ? demanda-t-elle, désinvolte, posant sur le muret, à côté de celle des jeunes hommes, sa lanterne au carreau ébréché qui lui chauffait le poignet.

– Fanch ne voulait pas croire à son bonheur possible, dit Cauvin.

À la tournure de sa voix on entendait le dedans de son sourire, puis on le vit sur ses dents qui ouvrirent un trait de blancheur dans la nuit.

– Assurément ? dit-elle.

– C'est vrai, je le confesse, admit le grand Nantais.

– Foutredieu, gronda Cauvin, la prenant et serrant contre lui, enfermée dans ses bras, si brusquement qu'elle en poussa un petit cri de surprise et eut un mouvement instinctif de recul, des deux mains poussant contre son torse pour se garder d'être étouffée. Nous avons rudement bien fait, ma belle presque cousine…

– Holà, dit Esdeline, maintenant par la pression de ses mains l'écartement entre le torse du garçon et le sien. Qu'avons-nous si rudement bien fait ?

– D'attendre ! dit Cauvin en la serrant de plus belle pour lui poser un baiser dans le cou. D'attendre, ma belle, et de ne pas jouer à ces jeux-là pour les gâcher en maladresses et gamineries… D'attendre, ma douce, dit-il dans le creux de son cou.

Orça, pour lors… songea-t-elle.

Ne songeant à rien. *Pour lors.* Elle vit entre ses paupières mi-closes, à trois pas, la pâleur floue du visage de Fanch qui la regardait, une fugace étincelle flottant dans son œil.

Pour lors…

– Viens, souffla Cauvin.

Or donc cela se passerait ainsi, comme pour n'importe quelle raccrocheuse du fond de la vallée des ciboquês qui, comme on le disait, mettent le feu à la paille rien qu'en choyant dessus. Ainsi que le faisait pour son métier n'importe quelle putasse de bacu campagnard et de ruelle de la ville où on les y trouve à leur aise et nombreusement.

Il l'entraîna, mit le bras autour de sa taille et la main pressant dessous sa hanche sur le plat côté de la fesse, l'articulation de la cuisse jouant sous ses doigts, et cette pression à travers le tissu des cottes fit monter un frémissement par tout le corps d'Esdeline et lui mit des fourmillements aux plis de l'entrecuisson jusqu'au bout des tétons. Elle le suivit bien sûr sans résistance, probablement aussi en y ajoutant un rien de son allant propre. Il lui semblait que son cœur battait jusques au fond de sa gorge et dans ses oreilles, que le sang dans ses veines se changeait en un flux de grignotements lancés à l'assaut gourmandeux de son être. Elle glissa son bras sur la taille du garçon. Nul à portée de regard dans la nuit ne pouvait remarquer la dureté affleurant ses traits, la détermination de pierre cachée par l'émotion contenue que son faciès exprimait.

Fanch de Nantes, dépassant en taille le mur blanchâtre écroulé de la cabane, s'effaça pour les laisser passer. Le couple s'engagea dans l'ouverture de la porte, le grand Nantais les suivit. Par la béante ouverture agrandie d'une lucarne, les lanternes posées sur le bout de mur éclairaient partiellement le dedans de la ruine, les vieilles poutres et les troncs pourrissants entrecroisés de la dernière toiture effondrée, des touffes d'orties et de buissons, mais aussi, dans le devant de l'espace, cette couche de genêts tranchés à proximité qui avait été préparée.

Elle vit aussi le visage de Cauvin, et que s'il n'avait pas cessé de sourire c'était pourtant moins crânement, avec moins de cette assurance escalabreuse qui était sa manière ordinaire, s'efforçant, sans le savoir bien faire, de masquer une fragilité insinuée par ce moment de nuit trop noire. Il dégrafa sa cape et d'un geste tournant la fit voler et tomber sur la couche de genêts, puis il porta les doigts au lacet de la pèlerine d'Esdeline.

À cet instant, pourquoi, au reflet dans l'œil qu'il posait sur elle, pourquoi crut-elle donc si fort et définitivement que tout ceci n'était pas simple attrape-minou ni comédie jouée de conserve, pas seulement, pour une partenaire de la partie jouée, cet écot à payer contre un embarquement plus qu'improbable ? Un instant comme une taille, comme une déchirure dans les nœuds serrés de la nuit alentour. Un souffle suspendu, sous le coin soulevé duquel s'entrevoit la certitude cachée du bonheur à portée...

Esdeline le ressentit à la façon de ceux qui se pensent touchés par la grâce, rien de plus ni moins que l'intrinsèque vérité qu'une croyance en Dieu, tel un poison dans le sang instillé par l'amer suc de la foi.

Avec cette force infaillible de toute belle et bonne menterie.

Parfaitement convaincue que peut-être le collet tendu n'aurait pas à étrangler sa proie.

Elle aida Cauvin à dénouer le lacet de sa pèlerine. Bouillante sous la peau, de la pointe des pieds, dressée dans ses sabots, à la racine des cheveux, elle commença un sourire au visage penché sur ses lèvres prêtes.

Elle ne comprit pas la hurlée. Le bruit soudain crevant l'instant tendu, à la fois cri, gargouillement et choc, elle vit l'expression soudaine de stupeur horrifiée sur le visage de Cauvin dont la main pressait son épaule et les doigts l'empoignaient pour la rejeter rudement de côté. Basculée par le boucan éclaté soudain dans sa tête et qui emplissait en même temps la nuit tout étrécie, elle tomba à genoux dans une douleur coupante qui lui grimpa jusqu'en haut de la jambe ; elle bascula de côté et une autre douleur vive lui traversa la paume et elle vit Fanch de Nantes dressé de toute son immense taille, les bras levés comme de grands fléaux qu'il allait abattre. Elle réalisa que c'était lui qui vochiait cette plainte étrangement grondeuse, et s'aperçut également que d'autres grondements et d'autres formes de cris lui jaillissaient du dos. Le grand gaillard parut soudain perdre de la taille et s'effondrer sur lui-même en battant des bras et il tourna et pivota, s'efforçant à grands coups rageurs de se saisir de ce qui braillait dans son dos. Elle vit le temps d'un bref instant son visage déformé par l'épouvante et la perdition, la grimace qui lui gonfla les joues et lui grandit les yeux avant que le flot noir lui sorte de la bouche comme s'il crachait violemment une goulée prise à la nuit. Le spectre échevelé, révélé du sombre comme une espèce d'épouvantail dépenaillé frappa encore; le coup résonna sourdement quand les dents de la fourche se plantèrent entre les épaules de Fanch en même temps que le cri du frappeur.

Sans doute, alors, Esdeline hurla-t-elle, elle aussi.

La confusion, en elle comme alentour, s'abattit de tous les points de la nuit.

Dans encore une longue hurlerie de bête, Fanch le Nantais expectora un violent éclaboussement de sang noir et s'abattit en avant, les bras rejetés dans ses reins. Au sol où il continua de se tordre, la plainte fusant de la béance noire et dégoulinante de sa bouche tomba de plusieurs tons pour se changer en vilain râle bégayant et hoquetant.

– Sale garce! gronda le spectre. Espèce de carne catin!

Le vieil homme en chemise flottante avança, la fourche brandie, et alors seulement Esdeline se rendit pleinement compte de qui il s'agissait – plus exactement, elle comprit qu'elle ne rêvait pas ni ne se trompait quand elle avait cru dès le premier moment reconnaître, incrédule, le vieux. Il avançait sur elle, fourche en avant, elle vit les dents de l'outil, sombres et luisantes, et ce qui était sans doute quelque fragment arraché au corps ou à l'habit de Fanch, qui pendait comme un brin de paille ou de fumier, elle cria, une colère, une peur, une rage, le tout mêlé sans mots compréhensibles, les gestes soudain lourds comme du plomb et incapable de bouger vraiment ni de se soulever, de se défendre ou de s'enfuir.

– L'oncle! jeta la voix âpre de Cauvin par-dessus les râles à terre de son ami crachant et vomissant.

L'interpellation figea le vieux – certes pas pour longtemps, assez pour que sa fourche ne se plantât point dans la seconde dans le ventre d'Esdeline pétrifiée à terre sur la couche de genêts.

Il y eut de nouveau une succession confuse de mouvements, de bruits de gorge, Cauvin bondit en avant, en emplit le champ de vision d'Esdeline et elle le vit ouvrir et refermer les bras et elle entendit le vieux Sauvé lancer d'une curieuse voix de fausset un cri bref, et Cauvin exécuta plusieurs mouvements à la suite qui tordaient son corps dans un sens et dans l'autre pour éviter les piqués de la fourche. Elle avait les oreilles bourdonnantes de ses braillements, de cette vomissure vociférante qu'elle déversait sur le vieux. Elle se tut brusquement, mais le bourdonnement de ses oreilles persista, gluant tous les autres bruits.

Cauvin poussait des grondements brefs, comme une toux, à chaque geste lancé vers le vieux pour tenter de lui saisir son arme. De son côté l'autre fou s'agitait avec une sveltesse et une précision dont on ne l'eût pas cru capable en le voyant courber le dos dans ses champs ou dérouler assis devant l'âtre, une fois la journée finie, les bandes de tissu de ses pieds… Le propos qui lui coulait incessamment de la bouche n'était autre qu'une interminable litanie d'insultes réitérées à l'adresse de la jeune femme. Puis il cracha, le souffle court :

– Grande garce de putasse! Qui va te prendre, que tu crois don'alors, autrement que comme une catin? Qui voudra d'toi, autre que moi, saleté? Ces deux marauds sans doute? C'est c'que t'crois?

Elle se leva comme poussée par en dessous du sol et elle avait une pierre dans les mains et lui hurla de se taire, hurla :

– Ferme ta mauvaise gueule, peute bête de vieux salope!

La fourche se leva. Esdeline lança la pierre de toute sa force et la pierre atteignit le vieux sous le cou avec un bruit creux en même temps que la fourche lui était arrachée des mains. Esdeline trébucha dans son élan et heurta de l'épaule le bord du mur de la porte sans linteau et elle ne put se protéger de ses mains et toucha le mur du menton et roula au-dehors où elle glissa encore et tomba sur ses genoux douloureux. Elle n'était pas au sol qu'elle entendit le curieux cri sourd, comme un choc de bois sur du bois, émis par le vieux, et quand elle se releva à genoux, après son cubûlot, elle le vit reculer vers elle, bras écartés, en trébuchant. Esdeline n'eut que le temps de l'esquiver quand il s'affala sur le dos de tout son poids avec un grand bruit mat, et le choc ne parvint pas à faire tomber la fourche qui simplement oscilla une ou deux fois, plantée droit dans sa poitrine, jusqu'à l'effacement complet de tous les bruits au fond de ses oreilles bourdonnantes.

Cauvin gronda le nom de Dieu comme un violent rot.

Après s'être resserrée un temps jusqu'à l'estouffade, voilà que la nuit était devenue brusquement immense, immense au fond d'un immense gouffre, voilà que ses limites avaient reculé jusqu'en des horizons cachés à des distances incommensurables, les parois noires du gouffre grimpant à telle hauteur que les ténèbres célestes y avaient chu dans leur entièreté. Au centre de ces infinitudes profondément noires, Esdeline se tenait à genoux, à quelques pas du vieil homme étendu une fourche droite dans la poitrine, et de Cauvin dressé au-dessus du corps, pas bien loin, d'un autre homme au sol qui s'était enfin tu.

Cauvin jura encore.

Les battements cogneurs dans la poitrine d'Esdeline lui résonnaient en tête. Trop rapidement, presque trop normalement, elle les sentit qui s'apaisaient, sans que la peur tombée sur elle à leur emballement ne s'éloignât pour autant. Une peur aux aguets qui ne serait désormais pas moins difficile à décrocher qu'une tique…

Elle se redressa, à genoux puis debout, avec lenteur, garrottée au-dedans des gestes et de son souffle. Cauvin jurait encore. Un léger trouble se fit en pourtour du regard d'Esdeline, comme un effacement des bords de la nuit, tandis que s'allumaient des scintillements comme des coupures éblouissantes. Une autre angoisse monta du phénomène. Elle se mit debout.

Penché sur son oncle étendu, Cauvin laissait rouler des jurons répétés de ses lèvres ouvertes. Plusieurs fois il aspira bruyamment, sans cesser de gronder, avant de saisir le manche de la fourche et de la branler d'avant en arrière et de la tirer avec un certain effort hors du corps. Cela ne changea rien à l'homme étendu à terre, sinon un léger gargouillis de sang coulant hors des plaies ouvertes, un très court instant, ainsi que la surface noire et comme nervurée de brillances sur sa chemise collée au bombé de son torse inerte. Le sang qui emplissait sa bouche ouverte coula soudain aux commissures.

Esdeline entendit les mots clairs qui se déployaient dans la nuit autour d'eux :

– Tu l'as tué.

Les scintillements dans ses yeux ne l'empêchaient pas de voir mais tournaient maintenant nombreusement, comme si son regard s'était soudain enguirlandé de petites étincelles en formes de zigzags. Une douleur sourde s'installait dans son crâne.

Elle réalisa avec un temps de retard que les mots étaient sortis de sa bouche. Elle les répéta, pour le bien vérifier et confronter leur sonorité nouvelle à celle qu'elle gardait en tête dans les plis de la céphalée.

– Tu l'as tué, Cauvin.

Il tourna la tête vers elle et la visagea. Un très court instant ne la vit pas, puis ses yeux se déssillèrent et une grimace de colère déforma ses traits qui prirent la dureté figée de la pierre.

Il jura encore en se penchant plus bas sur le corps du vieil homme, se redressa bien vite. Un gémissement monté de la ruine derrière eux lui fit tourner les talons et blasphémer sèchement. Il se précipita, la fourche à la main. Esdeline le suivit en quelques enjambées incertaines et trébuchantes, sur un sol qu'elle distinguait mal au travers des scintillements qui lui emplissaient les yeux. Son cœur s'était remis à battre haut et la peur nichée reprenait vigueur.

Fanch de Nantes était affalé sur le ventre, sa cape retroussée sur la tête, le dos de son vêtement ensanglanté et sombre, de la nuque à la taille. Il bougea un bras, le geste déroulant un peu de fil encore d'un morceau de plainte enfouie.

– Foutredieu, Fanch ! gronda Cauvin.

Il jeta la fourche qui rebondit avec une série de bruits secs dans les pierres et s'agenouilla et retourna non sans mal le corps de son ami sur le côté et le visage découvert de ce dernier lui tira un nouveau juron. La tête de Fanch le Nantais roula sur son épaule et il vomit une nouvelle goulée de matières sombreuses.

– Seigneur Dieu, murmura Cauvin.

Un instant de temps suspendu, il fut ainsi agenouillé auprès de son ami à le regarder et à écouter la plainte qui lui tombait par saccades de la bouche avec le sifflement âpre de sa respiration. Le sang coulait de sa poitrine et de son ventre, à plusieurs endroits, où les dents de la grande fourche étaient ressorties. Les pierres et les genêts luisaient de la noire substance. La plainte et la respiration sifflante de Fanch s'interrompirent un temps, puis reprirent plus haut et si brusquement qu'Esdeline tressaillit. Elle aussi immobile, debout, regardait mourir le grand jeune homme à terre dans un jaillissement d'étincelles éblouissantes. Elle entrevit se voûter les épaules de Cauvin, son cou se ployer, sa tête se pencher en avant. Cauvin poussa un long grondement contenu et, saisissant la cape de Fanch, la ramena à lui et il en fit en quelques gestes rapides une sorte de ballot qu'il pressa aussitôt sur le visage barbouillé, étouffant la plainte et la respiration sifflante. Esdeline ferma les yeux. Les larmes brouillèrent les étincelles mais ne les éteignirent pas.

Puis elle fut bousculée et rouvrit les yeux et heurta le mur de la cabane, dont elle ne voyait rien qu'une surface étincelante. La céphalée tambourinait dans son crâne. Elle s'appuya au mur et n'en bougea plus.

– Pas le moment de te maltourner, dit Cauvin en lui donnant un coup dans l'épaule.

– Mes yeux s'en vont, dit-elle.

– Qu'est-ce que tu chantes là, la Rouge !

– Mes yeux s'en vont ! s'écria-t-elle apeurée.

Le cri lui fut bloqué par la main de Cauvin rudement posée contre ses lèvres et qui y mit le goût du sang, poissant son menton et sa joue.

– Bon Dieu, Esdeline… rauqua-t-il tout contre son visage, les yeux dans le tourbillon d'étincelles.

Sur elle sa respiration haletante. Elle gémit, s'agrippa des deux mains à son avant-bras et au bâillon que faisaient ses doigts gluants. Puis Cauvin dégagea son étreinte et Esdeline aspira à pleins poumons, et l'expiration qui suivit déclencha une quinte de toux déchirante. Cauvin laissa passer la quinte puis il l'aida à se redresser et s'adosser contre le mur et la soutint un instant, lui parlant à voix basse. Elle ne l'entendait pas, comprenait mal. Les sons se brouillaient mélangés aux élancements lumineux fragmentés. Cauvin s'écarta de quelques pas, continuant de parler d'une voix basse et hachée. Esdeline le vit s'éloigner dans le brouillard de pailles lumineuses. Elle se dit qu'elle devait faire un effort pour rassembler et resserrer toutes ces failles qu'elle sentait en train de s'ouvrir en elle. Les yeux fermés, elle continua de voir s'éloigner la silhouette de Cauvin telle une sorte de bruit noir découpé dans le silence. Les scintillements bourdonnaient comme un essaim de mouchettes. Et brusquement l'essaim parut se disperser, s'éclaircir.

Cauvin l'avait empoignée par un bras et la secouait.

– Allons ! dit-il. Aide-moi ! On n'a point toute la nuit devant nous, avant que p't'être Mandine nous tombe dessus.

– Pourquoi qu'elle nous tomberait dessus ?

– Gravedieu, la Rouge, tu crois sans doute qu'elle sait pas où qu'est allé son père ?

Esdeline ouvrit la bouche sur des mots qui ne voulaient plus sortir. La douleur battante, dans son crâne, s'estompait avec tout autant de rapidité qu'elle y était soudain montée. Les scintillements s'éparpillaient et tournaient moins serrés et son regard se désembrumait – de simplement se rendre compte du mieux balaya d'un coup la peur venue en elle de devenir aveugle. Cauvin à quelques pas se retourna à demi et se redressa de ce qu'il était en train de faire et dit :

– Donne-moi de l'aide, allons, bouge donc !

Elle se décolla du mur et vint à lui sur des jambes encore un peu molles mais dans lesquelles comme dans tout son être elle sentait revenir la force.

– J'ai bien cru que mes yeux s'en allaient, dit-elle sur un ton soulagé presque ouvertement joyeux.

Il lui jeta un coup d'œil appuyé auquel elle répondit par un large sourire.

– Dis-moi un endroit, pressa-t-il. Un endroit où cacher le corps, vitement, et qu'on ne le retrouve pas de si tôt.

Elle lança son sourire aux quatre coins de la nuit en tournant sur elle-même et fit de nouveau face à Cauvin, disant :

– Je sais ! Toi aussi tu le sais, tu n'as pas oublié…

Le prenant par la manche et le tirant jusqu'à son oncle couché la panse au ciel sur lequel elle se pencha prête à lui saisir les jambes, mais Cauvin la retint en arrière et debout et souffla :

– Orça, pas lui ! C'est Fanch qu'il faut cacher !

L'air réjoui qu'arborait Esdeline tomba et elle marqua d'un plissement des paupières son effort fait pour accommoder à la fois sa vue et sa réflexion.

– Bon Dieu, la Rouge, dit Cauvin en la prenant aux épaules et se penchant sur elle et plongeant ses yeux dans les siens. Toi aussi, Esdeline, il faut que tu disparaisses. Il faudra bien qu'ils t'arrachent les membres, après ça, et finissent par t'envoyer au bûcher, ma pauvre !

– C'est toi, Cauvin, dit-elle d'un ton plat. C'est toi qui l'as fourché !

– Il faut que tu disparaisses, la Rouge, gronda Cauvin entre ses dents et en serrant ses doigts sur ses épaules, la secouant brièvement.

Elle dit d'une voix que le secouement faisait tressauter :

– C'est toi, Cauvin. C'est toi qui l'as fourché !

– Et je vais aller leur dire ! railla-t-il. Ou bien tu leur diras, toi ? Et entre toi qui le leur annonceras ça et moi qui dirai que non, qui donc les justiciers vont croire ? Ma pauvre.

– Emmène-moi, Cauvin. C'était ce que tu voulais, non ? M'emmener avec vous...

Les étincelles et scintillements étaient retombés des yeux d'Esdeline. Persistait une pesanteur appuyant sur sa nuque, pas davantage. Il lui parut que sa vision était plus acérée qu'avant, comme si ce déluge de bluettes l'avait nettoyée. Elle avait entendu les mots sortir de ses lèvres comme s'ils étaient poussés d'eux-mêmes. Un bref instant la nuit se dénoua en une espèce de violent déferlement autour des paroles prononcées par Cauvin et des siennes. La violence perdura suspendue au regard perçant qu'ils échangèrent dans le silence qui s'ensuivit.

– Et toi, Cauvin...

Elle n'acheva point – laissa au silence le soin de terminer son intention, entre questionnement et bravade suspendue.

– Ils sont morts de ta faute, l'un comme l'autre, dit Cauvin en serrant davantage et progressivement la pression de ses doigts.

– Ils sont morts parce qu'ils voulaient me foutre, l'un comme l'autre, dit-elle. Toi tu ne l'es pas, Cauvin.

– Parce qu'ils voulaient te foutre ?

– Dis-moi non, Cauvin. Dis-moi donc que ce n'est pas pour ça qu'on était ici, et à cause de ça que le vieux est venu lui aussi ? Dis-moi qu'c'est pas pour ça que ce vieux-là me voulait marier ?

Elle ne lui avait jamais vu le visage si dur, jamais, en toute souvenance, pas même ce jour aux aurores de leur connaissance quand il la regardait tomber vers la noyade, avant qu'il ne l'en sauve. Pas même. Elle n'en éprouvait pas une once de peur. Cette force qui poussait en elle était celle d'un arbre et non plus elle n'en avait jamais ressenti de telle au fur des épreuves et des moments de lutte qui l'avaient menée jusqu'à cet essentiel instant de la nuit close.

Il avança en quelques phrases brèves jetées à la suite les unes des autres et ramassées après qu'elles eurent été jetées en vrac à sa portée :

– Bien sûr que c'est la raison. Pour c'te raison que Fanch t'a enlevée. Pour te tirer du lit d'mon oncle, comme il savait que t'allais y finir. Pour ça il a tué le vieux. Il t'a prise et il est parti.

Elle garda bouche bée, ses incisives écartées bien découvertes sous la lèvre avancée. Son regard riait, étréci entre les paupières.

– Et moi je sais, poursuivit âprement Cauvin, je sais vers où il va, je sais quel chemin il a pris, je sais où il t'emmène. C'était ce que nous avions prévu, on en parlait, et Mandine le sait bien, elle aussi, tu ne t'es pas privée de le lui raconter…

– Il m'a emmenée, dit Esdeline d'une voix basse et rugueuse, ses yeux refermés sur le noir.

– Putedieu, il a tué ce pauv'vieil homme pour t'arracher à ses griffes… Trouve un endroit où le mettre, Esdeline, et vite ! Un endroit qu'il y reste et qu'on le découvre point avant les renards et les loups qui boufferont sa carcasse.

Elle hocha la tête vigoureusement. Rouvrit les yeux. Les étincelles étaient définitivement retombées en elle et la douleur sourde dans son crâne achevait de s'estomper, présente seulement comme un point sous la petite bosse osseuse de la nuque, sous le chignon.

– Tu sais bien, souffla-t-elle. Le Trou du Triqué.

Il savait bien. Tous ceux d'ici connaissaient la brisure dans la roche, aux abords immédiats de la colline des Charbonniers, le puits d'aération d'une mine de cuivre abandonnée un siècle plus tôt, seule galerie creusée du fond de vallée. Un endroit que tous ceux des collines voisines de Moselle et d'Agne savaient puer le danger, et que l'on recommandait bien aux enfants d'éviter depuis qu'un triqué sans allure et désobéissant y était tombé, à jamais disparu. Ainsi qu'un veau, pas bien longtemps après, mais le gamin avait gardé priorité sur la nomination de l'endroit…

Le Trou du Triqué. Si l'entrée de la stole avait été comblée sitôt après son abandon, la cheminée d'aération alignée sur une faille pentue dans la roche n'avait jamais pu l'être, elle, en raison même de sa profondeur – un certain temps, une barrière l'avait isolée, puis les buissons avaient poussé dans le périmètre étroit de la barrière avant que celle-ci finalement ne tombât en pourrissement, ne laissant que les broussailles et les ronces, puis des arbustes, puis des arbres, en une sorte de méchant bosquet de bouleaux, aulnes et pins jaillis des taillis plus que jamais présents et épaissis.

Si le Trou n'était pas tout proche, il n'était pas très éloigné non plus et fortunément sur ce flanc-là de la vallée.

Il leur fallut néanmoins beaucoup d'efforts, et du temps, pour y mener, depuis la ruine, le corps massif et deux fois plus lourd dans la mort, eût-on dit, du malheureux Nantais, dans sa cape faite comme un grand sac qu'ils traînèrent et portèrent au mieux de la configuration du terrain et après que Cauvin eut tiré sous les orties et recouvert de genêts dedans la ruine le corps de son oncle, afin dit-il que sa présence amortée ne saute pas à la vue de quiconque passerait par ici dans les instants suivants – et on devinait aisément qui il entendait par « quiconque ». Ils n'avaient pris qu'une lanterne, celle d'Esdeline, ne l'allumèrent point de tout le halage chaotique du cadavre dans la nuit heureusement si noire, afin de n'attirer aucune mauvaise attention.

Une toujours pareille et très épaisse ténébrosité régnait sur les lieux, en tout point où l'on regardât, au ciel comme sur la terre. Une sorte de pesanteur presque palpable collait aux gestes et empoissait le souffle, au travers de laquelle les bruits les plus lointains semblaient s'insinuer sans peine, portés sur de fortes distances qui en paraissaient considérablement étrécies, ainsi qu'il se produit par temps de brume ou encore aux aurores neigeuses. Nulle vibration d'air.

Ils avaient le souffle court et puaient la sueur qui leur mouillait chemise, cottes et chausses, quand ils arrivèrent au bosquet hérissé signalant le Trou du Triqué. Ils avancèrent dans les premiers taillis ; seulement, Cauvin alluma la lanterne. Apparemment le souvenir des lieux, gâté par quelques années d'absence et de non-fréquentation, lui revint sans peine. Il ne demanda aucune indication à Esdeline devant qui il était passé, tirant la cape et son fardeau mort comme un travois ; Esdeline portait la lanterne et décrochait régulièrement les bas et chaussures des ronces ou branchettes agrippeuses. Les bords de la faille étaient recouverts de bruyères et de courts genêts, de brimbelliers. Cauvin prit la lanterne, fit quelques pas dans un sens puis dans l'autre, repéra l'endroit où la crevasse dans la roche avait la plus grande largeur et il en débarrassa les branches et quelques baliveaux secs tombés en travers. Il murmura :

– Adieu don', mon compagnon.

Saisit le corps de Fanch le Nantais aux épaules et l'allongea sur le bord de la faille, puis le fit tourner et lui plia les bras dans le dos et le tint par les poignets le temps de le faire basculer en avant, la tête la première, il le maintint et le dirigea droitement, puis le lâcha. Le grand jeune homme tout couvert de sang noir et de feuilles et d'herbes collées piqua du nez dans le noir. Il y eut un glissement bref, on ne l'entendit pas toucher le fond. Une chevêche au loin poussa trois ululements grelottés. La lueur de la lanterne tendue à bout de bras ne révéla que le trou sombre à-pic et sa collerette lenticulée de brimbelliers, au plus bas que se portait la vision.

– Maintenant, à ton tour, dit Cauvin dans un souffle.

La lueur dansante qui n'avait pas cessé de briller dans les yeux d'Esdeline, au cours de toute cette hallucinante équipée à travers la colline s'éteignit, à la seconde.

Cauvin qui avait perdu son sourire essuya d'un revers de manche la sueur de son visage.

– Il faut bien sûr que tu disparaisses, toi aussi, dit-il. Puisqu'il t'a emmenée avec lui.

Le cœur d'Esdeline tournevira dans sa gorge.

7

Cauvin décida que je ne devais donc plus paraître aux yeux de personne.

Ainsi je pouvais atteindre ce que j'avais guigné, mais bien évidemment l'éventualité de la mort de Fanch le Nantais n'avait été aucunement envisagée dans ma manigance. Le pauvre garçon.

J'avais échafaudé que, surprise en compagnie des deux garçons par le vieux Pierre-Prix Sauvé qui me voulait honnêtement sienne et à qui j'avais promis la sagesse et la fidélité, celui-ci ne pourrait qu'abandonner son dessein et me rejeter ; ce qui, dans mon esprit, ruinait non seulement le projet du vieil homme mais soulageait grandement sa famille, principalement son frère aîné que la perspective d'une belle-sœur telle que moi ne pouvait enchanter – sachant qui j'étais vraiment, et il le savait, et ce qui m'était arrivé, et il le savait également, sans nul doute. Je me disais que nombre de ces gens se trouveraient bien aises de me voir guerpir le pays au bras de ce grand gaillard de Nantais, qui justement semblait l'envisager au moins autant sinon plus que Cauvin.

Je me voyais comme eux me vendre, ainsi que cela se pouvait donc faire, à une Compagnie, et du Ponant nous embarquer pour l'occupation des colonies de France outre-océan, où ils avaient avant moi le projet de se rendre. Je me disais que débarrassée de l'obligation marchandée sinon du mariage en tout cas de l'achat de mon cul, pour les raisons dites et prouvées que j'étais mécréante, gourgandine et gueusarde de très basse souche ainsi que certainement aussi, et d'abord, grippeuse alléchée par la fortfuyance de la ferme dont j'aviendrais matrone, qu'adonc libre de ces chaînes et carcans, les raisons de ne point m'emmener avec eux comme ils me le faisaient accroire en échange de mes douceurs se trouvaient réduites au néant.

Je n'avais nullement prévu la tournure très funeste que prirent les événements tant désavenus.

Cauvin avait réagi avec célérité et décidant apertement comment il convenait d'agir de la meilleure façon.

J'avoue avoir ressenti un égarement quand il décréta, après avoir jeté au fond du gouffre le corps de son ami, que je me devais d'en passer mêmement par cette cachette, où personne ne viendrait me chercher. Je ne pouvais pas retourner (à l'évidence!) à la ferme. Il fallait me résoudre, décida Cauvin, à y abandonner l'enfante qui y serait mieux adoptée et élevée que nulle part ailleurs ni par personne, Mandine n'étant point garce et sans cœur pour la fillette orpheline, au contraire. J'en convenais forcément, en dépit de la rage qui me brûlait et de ma détestation pour cette fille.

Je parvins à retenir mes larmes jusqu'au départ de Cauvin. Il me promit de revenir au plus vite avec ce qu'il fallait pour ma sécurité et un peu de confort dans cet endroit où je resterais cachée quelque temps, sans qu'il soit possible dès lors d'en préciser la durée véritable…

Seulement laissée dans la nuit tant noire, environnée de frôlements évocateurs de mouvements et de présences que je ne pouvais qu'imaginer au pire après les événements si intenses qui venaient de se dérouler, je dus pleurer longtemps agenouillée au creux d'une brousse et me vider des forces que je m'étais gardées tendues farouchement.

Des accès d'épouvante me prirent qui devaient s'ancrer dans la souvenance que je garderais de ces moments, me jetant au sol, à tenter de me faire le plus menue possible, griffant la mousse en suppliant quelque chose, je ne savais quoi, je ne savais qui, certainement pas Dieu qui n'était pas ma fréquentation, de faire en sorte que tout ceci ne se soit pas produit ou que ce qui devait s'ensuivre le fût heureusement. Ma confusion était grande et plus d'une fois dans une encoche de silence entre mes larmes je crus nettement entendre d'inquiétants frôlements montés de la crevasse derrière moi qui me laissaient croire, et craindre à la folie, que le mort que nous y avions jeté ne l'était pas encore assez et accomplissait d'impensables efforts pour revenir à la surface...

Ni le pauvre garçon ni son spectre ne réapparurent. Je me suis finalement assoupie, maldormant jusqu'aux fraîches grisailles de l'aube.

Un jour nouveau se leva et grandit que je ne parvenais pas à croire tout à fait réel, ni surtout ce qui s'était passé dans la nuit le précédant. Je suis allée prudemment regarder du côté de la faille dans la roche et tout ce que j'y vis n'avait rien d'extraordinaire : un trou profond progressivement étranglé où le regard se perdait dans le noir après une glissade de quelques verges. J'entrepris ensuite et très précautionneusement de faire le tour du bosquet broussailleux afin de le connaître au mieux si le besoin survenait de m'y déplacer vivement et de m'y cacher mieux.

Comme sans doute la plupart des gens de la vallée je connaissais l'endroit mais n'y étais pratiquement jamais entrée, sinon dans ma petite enfance quand il était alors formellement défendu de s'y risquer. La reconnaissance des lieux me prit toute la matinée, non pas qu'ils fussent d'une grande étendue mais parce que fortement encombrés, dans un grand chaos de ronces et de taillis épais et d'enchevêtrements de bois morts et de rochers et de trous dangereusement couverts de mousse et de méchantes herbes. L'ensoleillement perçait à peine jusqu'au fond du bosquet, et cela bien que la plupart des arbres eussent perdu leurs feuilles, mais il y en avait d'autres tels des épicéas, courts et épais, de ces charmilles tordues qui jamais ne se déshabillent.

Après avoir reconnu cette cache sous une bonne part de ses angles, la faim me prit en même temps que la crainte soudaine de ne jamais plus revoir Cauvin. Je passai un temps infini à tourner dans ma tête toutes les centaines de raisons qui avaient dû le pousser à s'éloigner au plus loin des événements de la maudite nuit, ainsi que les centaines d'autres raisons qui l'obligeaient au contraire de cette fuite… J'étais assise et je ne bougeais plus, progressivement gagnée par le froid. Des pies et des geais traversaient les ramures et s'accrochaient parfois à une branche le temps d'une jacasserie plus ou moins longue, à une portée de caillou, sans me voir. Un écureuil noir fit son apparition et grimpa et descendit au long de plusieurs troncs à la suite et finalement s'en fut, sans s'être lui non plus aperçu de ma présence.

Cauvin ne revint pas avant la nuit. Il alluma sa lanterne à l'orée du bosquet et siffiota sur deux notes ainsi que nous le faisions dans nos jeux et escapades forestières du temps des collets et promenades de notre jeunesse. Le souvenir de ces deux notes, que je n'avais plus entendues jusqu'à lors, ajouté au soulagement de voir Cauvin revenu me fit monter des larmes aux yeux. Je me signalai par les trois notes sifflées en réponse ; l'instant suivant la lanterne s'approchait à travers le taillis.

Il me prit dans ses bras et me serra et me réchauffa et il se produisit donc, en soudaine et grande frénésie, sans que ni lui ni moi ne prononçât un mot, ce qui ne s'était encore jamais produit entre nous. Ce fut à la fois grande désespérance et grande confusion…

Après cela je compris dans son essoufflement et le mien et la chaleur chatouilleuse rallumée sous ma peau et la douceur du feu dans mon ventre que j'avais donc remporté la victoire. Je sus qu'il ne m'abandonnerait pas et serait bien obligé de tenir son engagement, que la morsure du piège l'accrochait à mes basques autant qu'elle m'attachait à lui. À cet instant rouge, oui, je l'ai cru et je l'ai cru pour longtemps.

Cauvin mon beau salope…

Puis il défit le ballot qu'il avait apporté et me regarda manger à la lueur de la lanterne, enveloppée dans la couverture. Je lui demandai de raconter. Tout se passait, annonça-il, comme il l'avait prévu.

La veille au soir il n'était pas sorti de la gringe d'en bas, mais Fanch son ami était monté me voir – et n'était pas rentré. Moi donc pas davantage. Dans la matinée, des gens venus à la gringe avaient annoncé la terrible nouvelle : on avait retrouvé Pierre-Prix Sauvé tué à coups de fourche, sa fourche, dans la ruine de la cabane du Pré de Clé. Il s'y était rendu en début de nuit pour y surprendre sa servante qu'il se gardait et savait, sur les dires de sa fille Mandine, en compagnie galante. Ne le voyant pas revenir Mandine s'était rendue au Pré à son tour, passé minuit, et elle l'avait découvert. Clairement le bonhomme avait bel et bien surpris les amants et ceux-ci s'en étaient défendus et l'avaient tué avant de disparaître…

Il n'est pas difficile de se douter dans quelle direction ils se sont enfuis, dit Cauvin. Voilà ce qu'il annoncerait dès le lendemain, avant de se proposer de prendre cette piste en personne, puisqu'il devait de toute façon s'en retourner au chantier naval. Il se ferait fort de retrouver les meurtriers, s'il le fallait à l'autre bout de la France.

Il m'avait aussi apporté une corde, et me montra comment la passer en double sur un tronc d'arbre et me glisser dans la faille pour me cacher mieux si le besoin s'en faisait sentir et si les chiens amenaient les traqueurs jusqu'ici, ensuite comment tirer la corde à moi. Et me retrouver au fond à jamais, dis-je. Il sourit – il y avait longtemps que je n'avais pas vu son sourire, me semblait-il.

– Je viendrai, promit-il.

Pour l'heure il devait encore me quitter, ne pouvait se permettre de s'absenter toute la nuit. La ferme de Sauvé était en pleine effervescence. Je demandai comment allait la petite Apolline et il m'apprit qu'elle allait bien. Il m'a touché les lèvres du bout des doigts, il a éteint sa lanterne et il est parti dans un froissement de buissons.

Je me suis glissée jusqu'en orée de bosquet. La nuit était moins dense que la précédente, des nuages déchiquetés traversaient le ciel et laissaient de loin en loin passer des pâleurs d'étoiles et de lune mêlées aux grandes ombres. J'ai suivi des yeux la silhouette de Cauvin montant le pré jusqu'aux halliers qu'il longea et avec lesquels il se confondit bien vite. Une fois de plus je me suis dit que je ne le reverrais jamais plus, en dépit des certitudes contraires qui m'embrasaient encore quelques instants auparavant.

J'ai caché la longue corde tournée sur elle-même. Je me suis couchée enroulée dans la couverture. Les arbres d'alentour, les branches et les feuilles les plus proches sont peu à peu sorties de la nuit autour de moi et quelque part une bête s'est déplacée lentement dans les feuilles mortes du sol, elle charfounait de-ci et de-là et s'approchait et je retenais mon souffle et puis je me suis endormie en me tenant les seins à pleines mains sous ma chemise comme Cauvin les avait pelotés et il me parut avant de sombrer qu'il était encore dans mon ventre entre mes cuisses serrées fort sur cette sensation.

Le lendemain dans le milieu du jour il s'est mis à pleuviner. Une petite pluie grise en forme de brouillard qui a pris un certain temps avant de traverser la couverture étroitement enchevêtrée du bosquet.

Cauvin est arrivé nuitantré alors que je somnolais, frigorifiée, fascinée par le bruit de la pluie qui tombait des arbres et s'égouttait sur la couverture déployée au-dessus de moi. Il m'a secoué l'épaule et j'ai sursauté, pourtant je l'avais entendu venir. Il portait deux sacs qu'il laissa tomber devant lui, à ses pieds. Il a dit :

– Nous partons maintenant, La Rouge.

J'étais debout à peine les mots dits.

C'était dans la fin d'octobre 1750.

La Belle-Métisse *Au large*
décembre 1765

III

1

Le temps courut étrange, après notre départ de la colline du Derrière des Prés. J'avais en habitude l'ordenement des jours et des nuits au fur des travaux que les saisons commandaient, c'était ainsi depuis ma plus petite enfance, je n'avais jamais rien connu d'autre, les mêmes gens qui se comptaient peu nombreusement, quelques paysages dont la variation passait plutôt par le chemin changeant du soleil que celui emprunté par mes pas. Cette habitude-là de ma vie jusqu'à lors bascula d'un jour à son suivant. Comme si le gué connu et pratiqué de toujours s'effondrait soudain sous le pas, en beau milieu de la traversée du torrent. J'abandonnais mes chèvres, ainsi que la gamine, les êtres vivants avec qui j'avais eu le plus de compagnie. Je partais sans les avoir revues après que je les eusse laissées sur le bord de cette nuit devenue si mauvaise.

Ce bouleversement de l'ordre des choses fut très assurément aussi celui, comme il me parut être, de l'écoulement changé du temps. Jamais plus je ne devais retrouver (c'est encore vrai à ce jour) la manière régulière des moments qui passent et reviennent et que l'on connaît par avance comme des visites amies au fil des jours, des septaines et des mois, des années.

Ces deux jours et nuits, si je me souviens bien, que je passai cachée dans le bosquet du Trou du Triqué près de la funeste faille rocheuse, ne furent pas très reposants pour Cauvin, ainsi qu'il m'en raconta le détail paraprès, occupés à la préparation de notre fuite, comme elle s'avéra donc.

Or dès après que le corps amorté de Pierre-Prix Sauvé fut retrouvé par Mandine, et la nouvelle de sa mort répandue d'une maison à l'autre avant même le petit matin sur toute cette colline, les autres environnantes et les vallées avec, il fut entendu que j'en étais forcément la meurtrière, sinon moi les galants que j'étais venue retrouver là, ainsi que Mandine l'avait bien sûr répété à qui voulait entendre, aux gens de la milice accourus, aux officiers de justice ducale comme à ceux du chapitre mandés diligentement, au curé et au mayeur et toutes leurs fabriques et appareils, comme à tous ceux et celles qui avaient tout simplement l'oreille tendue et se firent par la suite un plaisir d'agiter la langue, sinon moi *ou* ces hommes qui me foutraient déjà depuis longtemps, moi *et* ces bandars, dans tous les cas : moi. Et comme de ce trio funeste on ne trouva que Cauvin, dans son lit à la gringe d'en bas du Derrière des Prés, où il avait visiblement passé la nuit aux dires des gens de ferme qui furent interrogés, il fut donc le seul à parler et pouvoir éclairer sur, au moins, le nombre et les identités des participants au drame.

De Cauvin, toutes ces oreilles plaisamment tendues entendirent et apprirent que, cette nuit, Fanch le Nantais était allé seul au rendez-vous de la putain. Nul ne l'avait plus revu, et pas davantage la putain. D'une explication déjà bellement claire, Cauvin se chargea de faire un éblouissement de lumière.

Bien sûr, dit-il à tous ceux qui le questionnèrent, et ils ne manquèrent pas – il s'en fit un véritable défilé le premier matin, d'Adrien son père et frère du trucidé en tête, aux gens de justice des prévôtés ducale et capitulaire conjointement soupçonneux et décidés à tout comprendre et résoudre en moins de temps qu'il en fallait pour le dire –, bien sûr que son compagnon d'apprentissage éprouvait un fort attrait pour la jeune chevrière promise à Sauvé, et bien sûr que celle-ci n'y était pas indifférente, bien sûr enfin qu'elle le trouvait à son goût. Le Nantais avait même l'intention d'enlever la belle et de l'emmener avec lui, non pas seulement en Ponant mais de l'autre côté de la mer océane, en Amérique.

Il le lui avait proposé et elle n'avait pas dit non. Toute petite, elle avait déjà le goût des imaginations et des voyages que l'on fait sous la paupière. Il la connaissait bien. La gueusarde qu'elle était savait lire, c'était lui qui lui avait appris, qui lui avait prêté un livre, le seul qu'elle eût sans doute jamais lu, mais lu et relu et connaissait par cœur, qui parlait des terres lointaines d'outre-océan.

Il avait bien tenté de dissuader son ami de mettre aux actes un tel projet d'enlèvement qui ne pouvait que se révéler source d'ennuis dans leur engagement auprès des maîtres charpentiers d'arsenal et du travail qu'ils devaient retrouver très bientôt sur le chantier de construction navale. Mais il semblait que Fanch fût désorendroit incapable de raisonner, après avoir goûté à la fesse et au téton de la gourgandine. Il semblait que l'hameçon fût profondément avalé.

Les deux coupables s'étaient donc enfuis plus urgemment qu'escompté après que, surpris dans leurs ébats par le vieux jaloux, le drame eut éclaté. Il n'y avait de cela pas le moindre doute. Pourtant et néanmoins il y en eut et les milices se mirent à tourniquer aux alentours et à courir les chemins et à questionner les gens dans les champs et les maisons à la recherche d'indices et de témoignages. Ils en trouvèrent plusieurs, jurant sur l'âme de leur mère avoir aperçu les amants maudits en fuite sur quelque sente ou chemin, au loin, pas suffisamment loin et ne se cachant pas suffisamment bien pour qu'ils ne les eussent point reconnus…

Certains de ces enquêteurs fébriles parfaitement bénévoles s'allèrent même, courant grands risques, rôder dans les parages de la maison du chézeau des Ordons du Haut, au cas où la criminelle en fuite y eût cherché refuge pour un temps. Favier, dit-on, sortit de la burotte à cochon pour les accueillir, la fourche à la main, plus noir et puant que la truie qui le poussait du groin et lui mordillait les bas de culottes, et il écouta en papillotant des paupières l'histoire qu'on lui disait et il finit par hocher la tête et dit tout en continuant de nettoyer le fumier collé aux dents de sa fourche qu'il pinçait entre deux doigts appliqués :

– Et pis quoi ?

Et quand on lui demanda s'il n'avait pas vu la meurtrière en fuite, sa fille, il secoua ses doigts et regarda les dents de sa fourche et dit que ça faisait bien longtemps qu'il ne l'avait pas vue et que c'était très bien comme ça et qu'il n'avait pas demandé à ce qu'elle vienne, alors qu'il n'allait pas pleurer parce qu'elle était partie. On lui fit savoir qu'elle avait sans doute tué Pierre-Prix Sauvé à coups de fourche et il haussa les épaules et dit :

– Avec une hache elle aurait moins eu de mal, c'est sûr, c'est une hache qu'elle avait toujours à la main chez nous.

Puis il demanda aux gens s'ils n'avaient pas quelque chose à boire pour fêter ça et personne ne fut capable de préciser ce qu'il entendait par « ça », le crime de sa fille, ou sa fuite, ou la mort de Pierre-Prix Sauvé…

Cauvin me raconta les événements des deux jours précédents, au cours de cette première nuit de notre fuite, à voix basse, quand le chemin suivi n'était pas encombreux et que la nuit n'en faisait point un grand piège pour chaque pas.

Or donc, les battues et courses dans les vallées, là où l'on put, comme l'on put, ne donnèrent évidemment rien. Par bonheur la traque ne vint pas du côté du bosquet du Trou du Triqué, car il leur était apparu évidemment impensable que des meurtriers eussent pu se cacher si peu loin du lieu de leur forfait. Par un autre bonheur, ils ne lâchèrent pas leurs chiens dans cette direction, depuis la ruine de la cabane, mais orientèrent plutôt les bêtes, qui vironnaient l'entour des murs écroulés et pouvaient aussi bien filer dans un sens que dans un autre, vers ce qui leur paraissait la meilleure direction pour une échappée belle.

Et puis la pluie tomba et détrempa les prés, les chemins, les sentiers…

La conviction vint à tous que le Nantais et moi avions bel et bien guerpis les lieux sans attendre, notre fuite possédant déjà belle avance au soir du premier jour. Cauvin offrit de se donner tout à la traque, et se fit fort de retrouver les assassins de son oncle. Il en savait beaucoup sur leurs desseins, esquissés paravant et trop souventement répétés pour qu'ils ne fussent à rejeter ni à prendre avec négligence. Il se sentait également responsable, leur dit-il, et amèrement meurtri d'avoir ramené avec lui ce triste sire coupable d'une telle abomination – le meurtre de son vieil oncle et l'enlèvement de sa presque cousine, probablement moins coupable de vilenies qu'on ne le supposait dans la première colère. Il m'assura s'être montré fin en jouant cette corde de l'indulgence à mon endroit, car les gens qui savaient, dit-il, l'affection qu'il me portait et dont il ne s'était pas caché, il en avait même clamé les enchantements plus qu'au raisonnable, se fussent étonnés de ne point le trouver pour moi mansuet. Personne ne fut frappé, dit-il encore, de le voir si ardemment désireux de me retrouver, moi et l'ami traître, afin de faire payer le coupable et qui sait innocenter celle qu'on avait peut-être un peu vite associée au crime. La coucherie sans doute, mais le crime… Mandine seule, à ses dires, le regarda d'un œil peu convaincu, par-dessus les frisettes de la Petite qu'elle serrait sur sa vaste poitrine…

Il se prépara donc, et le fit rapidement. Il leur dit que de toute façon son itinéraire suivrait peu ou prou celui prévu pour leur retour, le Nantais et lui, au chantier du port – à moins évidemment que des indices laissés par les fuyards ne l'entraînassent ailleurs. Il ne ferait pas partie du charroi de troncs à mâts, comme prévu, mais il s'y fût trouvé sans doute moins indispensable que dans le cheminement solitaire qu'il allait entreprendre à sa guise, libre de ses mouvements, sur la trace des fugitifs. Il était quasi certain de connaître leur point de chute et leur cheminement, le Nantais et lui avaient suffisamment échafaudé de plans pour la marche à suivre qui les emmènerait au bout du monde, nul doute que le garçon tenterait de mettre à profit la meilleure et la plus sûre de ces stratégies pour lui et sa maîtresse. Cauvin se faisait fort de les retrouver et, s'il le fallait, les châtier de ses mains sans hésitation – on lui conseilla vivement de ne point faire justice lui-même, pour sa propre gouverne et au nom de la loi... Il finit par acquiescer et admit la justesse du conseil.

Ces précisions faites et engagements pris, il roula deux couvertures, fit quelque bagage et leur dit au revoir. Il ne voulait pas perdre de temps, décidé à marcher nuit et jour s'il le fallait. Ils le regardèrent s'en aller et prendre la direction du pertuis de Comté; peu de temps après qu'il eut disparu aux regards, on entendit des chiens aboyer à son passage, devant certaines maisons que l'on savait sur son chemin, et ensuite plus rien. Le crépuscule s'étirait. Nuitantré, il était revenu sur ses pas; plus exactement il avait suivi un itinéraire un rien différent, jusqu'au bosquet du Trou du Triqué où il venait me chercher.

Mon souvenir de cette première nuit de la fuite est un des plus fortement ancrés, en raison de son originalité même et de l'état d'émotion dans lequel m'avaient mise les événements dramatiques déclencheurs de tout ce boulevari. Car je le répète : si j'avais tout fait pour provoquer la rencontre entre Sauvé et les deux jeunes hommes, c'était bien sûr dans un dessein de brisure et d'effondrement des projets qui les habitaient les uns et les autres, afin de mieux en venir à les forcer à l'obligation, pour les garçons, de m'arracher au servage et m'emmener avec eux – mais je n'avais point prévu ni même souhaité la mort d'aucun des trois.

Nous avons marché sans repos. Je ne sentais pas la fatigue. Les deux jours précédents cachée dans le bosquet ne m'avaient guère épuisée. De même que des résurgences qui m'avaient plus ou moins laissée en paix durant ces deux jours commencèrent de se manifester perfidement et je ne cessais de revoir le cadavre du vieux étendu dans la nuit vaseuse, avec ses yeux laiteux grands ouverts et les taches noires du sang sur sa chemise et barbouillant son visage, sa bouche grande ouverte et sombre comme un trou qui lui eût percé la tête de part en part, insondable, jusqu'au profond de la terre. Une autre image avait surgi et ne me quittait point alors qu'elle ne m'avait guère hantée paravant, qui était celle de la petiote enchifrenée, comme elle était joyeuse ce dernier jour en construisant la cabane de branchages et comme elle s'était tout soudain enlisée dans la fièvre derrière son regard brillant et mouillé.

Je songeais à ce qu'on avait dû lui dire. Aux explications qui lui seraient faites de ma disparition comme de la mort du vieil homme. Sur ce point Cauvin ne m'apprit rien quand je lui posai, plus tard, bien plus tard, la question.

Orça, je ne pouvais me débarrasser d'une pensée qui s'attachait au comportement de Cauvin et me mettait malgré moi en frissons, pour l'avoir vu réagir avec un tel sang-froid et une telle détermination, réagir puis agir, sans hésiter un instant avant d'étouffer son ami mortellement pour s'en débarrasser, concevant presque sur le moment le plan qu'il devait mettre en pratique dans les heures suivantes, comme il me l'avait raconté… Quel était lors son véritable dessein, prenant comme il le jouait la poursuite des soi-disants coupables que nous étions deux à savoir ne pas exister ?

Nous étions les seuls fugitifs de l'histoire ; tout comme moi évidemment il n'en ignorait rien. Jusqu'où nous mènerait cette fuite ? Était-ce celle qu'il avait voirement décrite aux gens de la colline en l'attribuant, ainsi que l'intention qui la poussait, au fantomatique

Fanch de Nantes et son amante complice ? Je ne lui en ai jamais posé la question, de tout le temps que dura cette équipée en travers de la France. Je ne m'en suis jamais enquis et il m'apparut, à certains moments et à certains indices, que je possédais la réponse et qu'il m'était donc plus prudent de ne pas libérer la question. « Plus prudent. » Peut-être était-ce, oui, une des nuances à glisser sous l'interrogation que je ne pouvais formuler à voix haute…

La vivacité comme l'à-propos d'esprit de Cauvin, que je pouvais connaître pour les avoir vus se mettre en forme tout au long de nos jeunes années, ne laissaient pas, néanmoins, de m'étonner. Il avait droitement décidé de notre itinéraire et de son meilleur déroulement au plus sûr et au plus aisé. Certes il en connaissait les façons, ainsi que la semblance sur le terrain, ce n'était pas son premier voyage vers ce but et dans cette direction, mais à le voir agir et à l'entendre expliquer et prévoir ce qui ne manquait pas d'advenir, j'en avais par moments le tournis…

Nous marchâmes seuls jusqu'au sommet de la nuit qui nous trouva au passage de la Chaûme des Saulniers, comme on disait cet endroit, par où passaient les charroyeurs de sel, qui avaient chargé au village de Le Thyllot, et allaient vers l'Alsace et la Suisse.

Cauvin connaissait mieux que moi cette engeance. Il avait passé une belle partie de sa jeunesse en compagnie des rouliers saulniers, aussi bien ceux qui venaient des salines et approvisionnaient les bans de la région que ceux qui chargeaient au magasin du Thyllot pour livrer hors Lorraine. Un des jeux favoris des enfants des vallées consistait à suivre les convois chargés de paniers sous les bâches et à tenter, en complicité ou non avec les voituriers, la grappille de quelques mesures de sel à la barbe des magasineurs et contrôleurs. Cauvin naturellement ne s'était pas contenté de jouer comme tout un chacun, il avait été chef de bande… Cette qualité l'avait amené à élargir très vite le cercle de ses connaissances parmi les charroyeurs et livreurs saulniers, ceux qui œuvraient dans la loi ainsi que les autres, les faux saulniers des sentiers non battus mais qui suivaient pourtant souvent en étroite parallèle ceux tracés pour la distribution autorisée et surveillée, taxée et rançonnée légalement par la Ferme et nombre d'autres profiteurs d'État sur les différents territoires ou domaines traversés, à l'emprunt des moindres chemins.

Ce furent de ces contrebandiers braconneurs de lois que nous trouvâmes sur le haut du pertuis de la Chaume.

Cauvin savait à l'évidence que ces gens seraient là, par une habitude dont il avait souvenance, et il avait dû vérifier lors, d'une manière ou d'une autre, qu'elle avait toujours cours. Ainsi les contrebandiers, au nombre de six avec autant d'ânes et mulets lourdement bâtés, n'ignoraient pas notre venue, quand bien même ne connaissaient-ils pas mieux Cauvin en personne, après ses années d'absence, trop jeunes pour que ce dernier se les rappelât.

Cependant, les bougres avaient été informés et ne montrèrent pas de surprise à nous trouver assis, dans leur attente, sur le bord de la passée. Nous n'apprîmes de leurs noms que ce qui échappa aux maigres conversations qu'ils avaient de loin en loin ; le meneur s'appelait Jancau et un autre Livier, c'est à peu près tout ce que nous pûmes entendre, et personne ne nous demanda les nôtres, qu'ils les connussent paravant ou non, aucun en vérité ne s'adressa à nous, pas plus à Cauvin qu'à moi, des quatre jours et nuits que nous passâmes en compagnie. Ils n'étaient guère bavards, comme si l'obligation de prudent silence dans laquelle s'accomplissait leur tâche au-dehors de la loi les conduisait progressivement et naturellement au muétisme.

Je surprenais de loin en loin sur moi un regard biaisant par le bord des paupières, au moins aussi tordu que je le savais faire moi-même, et c'était tout, le regard se détournait dès que j'y croisais le mien, je ne saurais jamais ce que pensaient ces hommes de notre présence et de notre voyage, d'où nous venions et vers où nous allions et dans quel dessein. Je suppose qu'ils savaient, qu'on leur eût dit ou non, ils se doutaient alors, ils avaient deviné que la fuite en tout cas nous poussait sur la route. De ce temps entier que dura le guerpissement, je fus à peu près persuadée que toutes les personnes que nous rencontrâmes n'ignoraient rien de l'histoire que nous portions dans nos ballots et des raisons pour lesquelles nous nous trouvions là, et s'ils ne les connaissaient pas les devinaient bien vite à un regard que je savais mal neutraliser, un mot de trop que je disais, un silence que j'aurais dû déchirer…

Nous nous séparâmes des faux saulniers au matin brumeux du cinquième jour, au bord d'une rivière comme j'en voyais pour la première fois, si large que, brume aidant, l'autre rive ne se distinguait point. J'appris qu'il s'agissait d'une rivière car cela aussi bien eût pu être un vaste lac, je me suis dit ce matin-là que la mer pouvait donc ressembler à ceci : de l'eau en étendue dont on ne voyait pas les bords…

Les contrebandiers poursuivaient vers le sud et une autre rivière qu'ils appelaient le Doubs. Le chef du groupe nous souhaita une route sans peine et reçut de Cauvin paiement de leur conserve, dans le creux de la main. Pour la première fois il ne détournait point les yeux. Les mules au dos creusé sous le faix agitaient leurs oreilles et battaient de la queue, leur regard sans âge accordé au brouillard. Je me souviens de la nuit sans sommeil ou presque que nous venions de traverser, du froid qui me mordait les os, de mes pieds glacés entortillés, comme le faisait le vieux, de bandes à ce moment détrempées, dans mes galoches. Nous nous sommes remis en marche sous le regard passif des mules et des hommes. Des cannes brunes se sont envolées à soudain grand bruit d'ailes du fond des grandes herbes en dessous de la berge. Quand je me suis retournée, le brouillard s'était refermé sur les hommes et leurs mules.

Je crois que nous avons marché jusqu'au presque milieu du jour, dans le brouillard qui semblait ne vouloir se lever jamais. La lumière juste avait changé, éclaircie, on devinait le soleil au délavement blanchâtre qui marquait un point changeant du ciel. Le monde était ce chemin salébreux de la berge enfermé dans un couloir de brume des parois duquel émergeait parfois la silhouette obtuse de quelque maison silencieuse esseulée, le barbouillage d'un bosquet hérissé comme une tignasse raide. C'était un monde qui paraissait ne plus changer jamais et devoir se dérouler ainsi sans fin, des méandres duquel nous ne sortirions jamais ; il me semblait que jamais nous ne toucherions au but de cette balade commencée il y avait moins d'une septaine. L'eau de la rivière était plus stagnante que vive, à l'exception de rides éloignées sous la retombée de brume, sans doute vers le centre du cours. Les herbes et les ajoncs de la berge ne frémissaient même pas. Souventement des canards s'envolèrent à notre passage, chaque fois me faisant sursauter.

Enfin, nous touchâmes au gué, où le bac attendait.

J'y vis d'abord et surtout, pour ma part, l'abri à l'humidité et au froid qu'offrait la cabane sombre enfumée faite de larges planches épaisses jointoyées de torchis, où un feu de pommes de pin rougeoyait sur un âtre ouvert central. J'en vis tout de suite avec soulagement les couchettes de sangles superposées qui occupaient tout un mur.

Le passeur maître des lieux sortit de l'ombre et nous annonça en guise de salut que le bac ne traverserait pas avant que fussent arrivés les voyageurs qu'il attendait ; il ne voulait pas risquer plusieurs passages de son embarcation vieillissante sur la rivière grosse des pluies d'automne. Il nous proposa de la soupe de brème et du vin chaud en attente et nous ne pûmes qu'accepter. Je pensais alors que les « brèmes » étaient un légume de ces contrées, inconnu de mes collines, et je n'avais jamais bu de vin chaud. Je ne sais toujours pas si Cauvin lui-même connaissait ce poisson – car la brème est un poisson dont on fait une soupe, au bord de la rivière Saône –, je ne lui ai pas demandé, mais il mangea avec un appétit au moins égal au mien. Je ne trouvai pas ce repas bien goûteux. J'en préférai le vin chaud.

Le passeur avait une voix cassée et basse. Il portait une grosse veste de toile rude qui puait un mélange de vase et de fumée, était coiffé d'un grand chapeau à larges bords retombants. Je me rappelle sa barbe fournie et broussailleuse qu'il maintenait du dos de la main sous son cou tandis qu'il lapait sa soupe à l'écuelle ; il n'avait plus que deux doigts à cette main, le pouce et l'auriculaire.

Il demanda d'où nous venions et où nous allions de ce pas, par ce matin brouillasseux. Cauvin répondit sans se faire prier que nous allions aux Amériques. Que nous venions de Comté et donna même un nom, sans doute de village, que je n'avais jamais entendu dire par aucun ni par lui, paravant, dans les collines. Le passeur trouva la chose étrange et demanda si nous connaissions la gentaille qu'il attendait pour le passage de la rivière, qui lui avait été annoncée la veille par une de ces gens marchant devant.

– Mais comment veux-tu, mon homme, que nous les connaissions ? répliqua Cauvin.

Et le passeur lui répondit que c'étaient, eux aussi, des voyageurs en partance pour les Amériques, ajoutant qu'il se demandait bien pourquoi de ces temps tout le monde semblait vouloir partir pour ce Nouveau Monde où, c'était bien connu, le froid le disputait aux sécheresses assassines et où les sauvages vous mangeaient le cœur et le foie tout crûment sans même avoir achevé de vous amorter.

J'étais heureuse d'avoir entendu Cauvin annoncer à cet homme aux doigts coupés le but du voyage, ce qu'il ne m'avait dit, à aucun moment, depuis avoir planté la fourche dans la panse de son oncle.

On me proposa de prendre repos sur une des couchettes et de sécher mes vêtements humides, ce que j'acceptai de faire pour ma pèlerine, ma blaude et ma jupe, et aussi les bandes de toile déroulées de mes pieds. Gardant mes cottes de dessous et ma chemise pour me protéger des regards du passeur que je voyais briller dans l'ombre de son grand capel. Nous tendîmes aussi à la corde les couvertures sorties de nos balles. Je m'enveloppai de la grande peau de chèvre de la couchette la plus basse, écoutant le passeur parler des gens qu'il attendait et qui venaient d'Alsace, mais mes paupières ne se gardèrent longtemps ouvertes et le sommeil m'emporta avant que j'en eusse entendu beaucoup.

2

À UN MOMENT LE SOLEIL avait percé presque complètement et sa clarté s'était déversée au-dessus de la brume, qui sans pour autant se disperser avait considérablement pâli, produisant un effet de carreau frappé par une lumière vive. L'éclairement n'était certes pas monté en suffisance pour que l'on distinguât avec netteté les choses à plus de trente pas, que l'on sût identifier un arbre autrement qu'au plus vague de sa silhouette. Le paysage restait enseveli sous le ciel effondré que des croassements en rafales soudaines parcouraient de leurs plaintes. Et puis très vite cette luminescence à peine installée se fondit dans l'épaisse rousseur du soir. Le cours visible de la rivière charria un sang épais venu de diable seul savait où. Ce fut dans ces instants – rougis comme des braises célestes à peine découvertes de la cendre pour y retourner bientôt – qu'ils arrivèrent, et qu'Esdeline se réveilla.

Avec la brume pendouillante que la lumière carmine resserrait dans une densité nouvelle, on les entendit bien avant de les voir. Le passeur fit un signe de sa piètre main désignant le derrière du silence de la pièce enfumée. Un temps, on entendit craqueter et fiouner les pommes de pin dans l'âtre, puis au-delà, annoncé par le cri râpeux d'un corbeau, le roulement des roues cerclées de fer sur les pierres du chemin. Le corbeau coassa une fois encore avant de s'enfoncer dans les cieux. Quelque part un chien poussa une série de cris brefs.

– Qu'est-ce qu'y croivent don', ceux-cit ? marmonna le passeur dans sa barbe. Que j'vas les passer à c't'heure du soir dans une pareille brouillard…

Il se leva, et ce fut certainement ce bruit-là, extirpé du moment de silence dans le sillage du lent bavardage bourdonnant entre Cauvin et le vieux, qui décousit le sommeil tendu de la Rouge Bête. Les yeux écarquillés sur la pénombre fumeuse, elle se dressa assise sur la couchette et tendit l'oreille avec eux. Cauvin s'approcha et décrocha la jupe de la cordelette en passant et dit : « Voici des gens », et lui tendit la jupe. Après un court instant, elle cilla enfin puis cligna des paupières et parut se souvenir de l'endroit où elle se trouvait comme des raisons qui l'y avaient amenée et où elle allait et qui étaient ces gens approchant sur le chemin dans cette poudre à la fois rousse et humide du dehors qui entra dans la cabane à flots rampants quand le passeur poussa la porte et sortit. Elle se leva et saisit sa jupe qu'elle passa sur ses cottes de dessous, puis elle acheva de s'habiller. Cauvin suivait ses gestes d'un regard absent, l'oreille tendue sur le dehors. Avec l'étrange lumière brûlée, la fraîcheur s'insinua et grignota dans les braises des pommes de pin.

– Les Alsaciens, dit Cauvin.

Des voix nouvelles s'enroulaient soudain à celle du passeur, dans les crissements des cuirs et harnais, les grincements de bois d'une voiture attelée, le bruit de meule de ses roues sur le sol, un cheval s'ébroua, ses sabots ferrés piaffèrent brièvement, on lui cria des ordres, plusieurs personnes parlaient en même temps et sur différents tons dans une langue qu'Esdeline aussi bien que Cauvin reconnurent aussitôt, sans pour autant l'avoir jamais comprise ni parlée que par quelques bribes et quelques expressions primement reprises et souvenues pour la moquerie – des Alsaciens, à n'en pas douter. À n'en pas douter non plus, si le passeur n'en était pas lui-même, il connaissait en tout cas leur dialecte à la fois chantant et guttural. Le regard de Cauvin suspendu dans la pénombre enfumée s'accrocha un court moment à celui d'Esdeline, n'exprimant rien ; elle attendit ; puis Cauvin soupira et se dirigea vers le brouhaha du dehors qui prenait de l'ampleur, et alors elle chaussa ses sabots, les pieds nus, et le suivit.

Ils étaient au nombre de sept, tellement bougeants et jacassants qu'ils en semblaient le double, cinq adultes et deux enfants – trois hommes, deux femmes, un jeunet et une jeunotte.

Ils portaient tous, hommes et femmes et enfants, des vêtements taillés dans un coutil noir passé, plus ou moins usés mais propres, quand bien même les chausses ou culottes des hommes comme le bas des cottes des femmes se trouvaient généreusement raccoutrés. Si le groupe avait un meneur, il ne pouvait s'agir que de cet homme immense en longue houppelande, plus d'un demi-siècle aux épaules, la barbe grise et les cheveux noués en queue sous le bonnet de cuir, des yeux d'un bleu très pâle que la lumière ambiante tournait au violine. Un autre homme pouvait avoir la quarantaine en âge, blond et sec, et le troisième à l'évidence était son frère aîné de quelques années, les mêmes traits hachés, un rien d'empâtement en plus pour celui-là, une bedaine sous le justaucorps que l'autre n'avait pas. Les femmes étaient fortes et solides, avec des joues rondes et rouges, de larges culs sous les cottes, des poitrines de nourrices – pour l'une, sûrement une vingtaine d'années de plus que l'autre, et il semblait que la plus jeune fût compagne sinon épouse du grand costaud au catogan. Les enfants, le garçon et la fille, frère et sœur visiblement, affichaient une flagrante semblance avec la plus grosse et plus âgée des femmes.

Ils voyageaient dans une charrette longue, bâchée sur des arceaux aux trois quarts de sa longueur, attelée à un puissant cheval de trait à crinière sombre et aux paturons courts massifs comme marteaux de bocard. Une mule suivait à la longue au cul de la charrette. Tout ce monde s'en allait donc participer à la conquête de la Grande Louisiane…

La discussion qui vironnait dans tous les sens autour du passeur et de ces gens se poursuivit et rebondit un certain temps, durant lequel personne n'adressa plus d'un regard furtif et fuyant à Cauvin et Esdeline sur le pas de la porte de la maison du gué.

Le passeur dut glisser aux nouveaux arrivants quelque propos concernant ce couple derrière lui, car tous les regards convergèrent sur eux un bref instant, avant de s'en détourner pour reprendre et soutenir le tricotage de conversation tournante.

Il n'était guère nécessaire de connaître la langue utilisée pour comprendre que la conversation traitait non seulement de la possibilité mais aussi de l'urgence qu'il y avait ou non à traverser maintenant la rivière sur le bac. Le grand vieillard au catogan ne disait rien, laissant toute la basse-cour s'agiter autour de lui, sous le regard couvant de la jeune et ronde femme blonde qui s'en vint à un moment lui donner la main et resta ainsi menottée un court instant avant que son regard croisât celui d'Esdeline et que le sourire dans ses yeux s'éteignît comme une chandelle mouchée. Et Esdeline s'aperçut qu'elle souriait elle-même, et l'expression de crainte effarouchée sur le visage poupin de la jeune femme s'envola.

Elle était chaussée, dépassant de ses jupes, de bottines lacées d'un cuir rouge luisant, sans une tache de boue, comme Esdeline n'en avait jamais vu et qu'elle ne cessa, dès leur découverte, de tenter d'entrevoir davantage.

Apparemment le passeur l'emporta. La discutaillerie pépillante retomba sur elle-même.

Le passeur se tourna vers la porte, enleva son chapeau et essuya son crâne dégarni d'un revers de manche de son paletot huileux puis se recoiffa.

– Qu'est-ce que ça va bouffer, maint'nant, tout c'monde ! dit-il en langue française, passant la porte, l'œil pétillant du profit qu'il allait immanquablement tirer de cette mangeaille imprévue à vendre pour une dizaine.

Le brouillard brunissait, étrécissant les limites du monde noyé.

Main tendue, le grand et massif Alsacien s'approcha et dit :

– Mon nom est Heinrich Hammer.

Cauvin puis Esdeline serrèrent la main offerte. Ils avaient entendu que le bonhomme se présentait à eux, tout comme ils le comprirent quand il désigna tour à tour ses compagnons et compagnes :

– Matter André, et Anne-Marie. Matter Brice. Josepha.

Et enfin les enfants, Dotta, la fille d'André et Anne-Marie, puis Mager, le garçon.

– Bien le bonsoir, dit aimablement Cauvin.

Esdeline sourit à Josepha qui lui rendit une grimace de politesse. Elle remarqua du coin de l'œil que les deux enfants la fixaient d'un air qu'elle estima effronté ; elle leur trouva le teint, les cheveux et les yeux trop pâles, et les détesta sur-le-champ.

Celui qui s'appelait Brice Matter se mit à dételer le cheval sous les regards du maigre et du grand vieil homme. La plus âgée et forte des deux femmes grimpa sur un rayon de la roue et fourragea sous la bâche et les sièges de la charrette d'où elle tira trois sacs de toile qu'elle passa derrière elle à la boulotte Josepha qui relaya les deux premiers à chacun des enfants et garda pour elle le troisième. Après quoi tous défilèrent devant Esdeline et Cauvin et entrèrent dans la cabane, laissant l'autre frère Matter finir de dételer le cheval.

Une grande et bruyante jacasserie animée par le groupe d'Alsaciens emplit la cabane jusqu'à une heure avancée de la nuit. Ils avaient tous, hommes et femmes, la voix forte et haute, même les enfants dont le braillement semblait être le moyen d'expression ordinairement employé, à l'exception de Brice, le frère aîné, pratiquement silencieux et même plutôt taciturne. Le passeur n'était pas en reste et devisait avec eux dans leur dialecte en ponctuant la discussion de vives exclamations joyeuses. La grosse femme ne laissait guère passer plus de quatre minutes sans éructer une giclée de rire.

Esdeline ne se manifesta que par quelques sourires échangés avec Josepha. Cauvin n'en dit pas beaucoup plus – à l'exception de trois ou quatre questions précises qu'il posa au grand Heinrich Hammer par le truchement du passeur. Il en écouta attentivement les réponses traduites. Heinrich Hammer ne semblait pas rechigner à étancher la curiosité de Cauvin. C'était plutôt le passeur qui trouvait assommant cette autre déclinaison du métier de passeur qu'on lui faisait jouer.

Toute la tribu des Alsaciens s'intéressa de très près à la soupe en train de mijoter dans une vaste casserole de terre cuite que l'homme aux doigts manquants tournait machinalement afin de présenter successivement tous les flancs du récipient aux braises. Le bonhomme barbu fut assailli de questions et de regards suspicieux ; il répondit à celles-ci et ignora ceux-là, en fin de quoi tout le monde parut plus ou moins satisfait.

Il n'y avait pas suffisamment d'écuelles ni de jattes sur l'étagère à vaisselle de la cabane, aussi Josepha s'en alla-t-elle escortée du gamin jusqu'à leur charrette d'où ils ramenèrent plusieurs assiettes de terre cuite vernissée joliment décorées et une boule de pain noir. Le repas se déroula dans un bruissement uniforme presque exclusivement composé des aspirations de la soupe bue à même les assiettes et des mastications des légumes et morceaux de poisson qui entraient dans sa composition. Les Alsaciens avaient prudemment goûté, leurs airs suspicieux revenus, avant de hocher la tête et de se mettre à manger avec appétit…

On tira une cordelette en travers de la pièce et on y suspendit des couvertures pour former une séparation entre la tribu alsacienne et les trois autres occupants. Esdeline s'endormit au sol sur des peaux de mouton, aux chuchotements dans son oreille de Cauvin lui répétant ce que lui avaient appris ses interrogations posées.

Heinrich Hammer était déjà allé en Louisiane, engagé aux débuts de la Compagnie du Mississippi de Law l'Écossais. Il en était revenu après y avoir enterré son épouse, pour hériter la faïencerie familiale. Aujourd'hui il repartait afin de créer là-bas ladite faïencerie, il s'était remarié avec la jeune sœur de ses deux associés. Les Hammer et Matter avaient signé avec un capitaine de vaisseau agissant pour un directeur de la Compagnie des Indes, devant notaire de Lorient où il était prévu qu'ils embarquent sur la *Sainte-Mère* en décembre, avec leur bagage, le cheval et la mule…

– Si c'est vrai, ça sera pas simple, murmura Cauvin.

Esdeline dans le noir et l'odeur de vieux suint des peaux de mouton tourna le visage et son nez toucha celui de Cauvin :

– À cause du cheval? souffla-t-elle.

– À cause qu'ils sont juifs, dit Cauvin.

Esdeline frissonna. Elle ouvrit des yeux ronds. Les rares fois où elle avait entendu parler de «juifs» ç'avait été comme quand elle avait entendu le mot «peste», avec autant de dangerosité sous-entendue. Elle s'était imaginé, le temps d'avoir peur et avant de n'y plus songer, des gens portant la contagion de quelque chose, qu'il valait mieux ne pas fréquenter de trop près.

– Comment que tu sais ça? souffla-t-elle.

– J'le sais. J'les ai reconnus.

– À quoi?

– On les reconnaît, chuchota-t-il. Même quand y se cachent… À comment qu'ils cherchaient à savoir s'il y avait du cochon dans la soupe. Ces choses-là.

Esdeline estima en son for intérieur que c'était là un bien pauvre indice, et ne demanda point la raison qui eût donc poussé les juifs à redouter le cochon. Elle souffla :

– Et pourquoi donc ? Y a pas autre chose à manger que du cochon, en Louisiane ?

– Sur le bateau, en tout cas, c'est surtout ça. En Louisiane c'est le code Noir. Et le code Noir interdit aux juifs de résider dans la colonie. La religion catholique est obligatoire.

Plusieurs choses échappèrent à Esdeline qui se dit par ailleurs que Cauvin avait décidément beaucoup de connaissance et qu'elle avait pour sa part grande chance en sa compagnie – elle se serra contre lui dans sa chaleur et son odeur.

Le code Noir... Mordieu, les juifs n'étaient pas nègres ! Et si la religion catholique était obligatoire, alors qu'allait-il advenir d'elle, sans autre foi que la peur et presque aussi peu de loi, qui de religion n'avait pas une once, peut-être même pas baptisée, à sa connaissance, dont la seule relation à Dieu n'était jamais passée que par la colère et les envies d'étranglement... ?

Elle écouta respirer et ronfloter tous ces juifs de l'autre côté des couvertures tendues. Serra les cuisses quand Cauvin glissa la main sous son jupon.

À l'aube du lendemain le brouillard était toujours là.

Le réveil de la maison du bac se fit en quelques secondes et tout de suite une sorte de brouhaha rebondit en tout sens, renouant cette effervescence à son extrémité de la veille que la nuit avait détachée... Esdeline se mit à guetter les signes qui pouvaient effectivement désigner la juiverie de ces gens et elle ne trouva rien, se disant qu'il lui manquait la compréhension du langage, que les plus probants de ces indices se trouvaient sans doute dans cette gaieté et cet enthousiasme débordants, dès l'œil ouvert...

Ils passèrent la Saône à midi. Le brouillard ne s'était pas levé, sa froidure plus rampante que la veille. Le vieux bac dont la robustesse semblait mise en doute par le passeur se révéla pourtant de taille à faire traverser en une seule fois la rivière à une longue charrette remplie à craquer, dix personnes (passeur compris), un cheval et une mule. Le bac entre ses cordes de halage s'enfonça dans le brouillard sans autre bruit que les grincements produits par la traction sur les filins et les poulies, l'eau poussant contre les planches et poutrages de la coque à fond plat.

Ils entrèrent en Bourgogne un peu plus tard de cette journée-là. Il y avait un poste d'octroi sur le bord du chemin occupé par plusieurs gardes ainsi que d'autres personnes sans rapport avec la fonction mais juste là pour tenir compagnie aux receveurs en poste. Heinrich s'acquitta du droit de passage pour tous et pour sa charrette et ses animaux. Il paya aussi pour Cauvin et Esdeline mais Cauvin refusa d'abord et il s'ensuivit une discussion animée et étrange entre les deux hommes, dans deux langages différents, sous l'œil amusé des collecteurs forains, et finalement l'un d'eux lança à Cauvin :

– Mais laisse-le donc faire, mon homme ! C'est pas souvent qu'un de ces gens-là paiera pour toi, non ?

Ils attendaient tous en souriant largement et finalement Cauvin accepta. Esdeline n'eût point juré qu'Einrich Hammer qui affichait de ne pas saisir les mots de France ni de Lorraine n'eut compris pourtant le sens de la remarque lancée par le collecteur, ne fût-ce qu'au ton sur lequel elle avait été jetée et la mine et les regards de tous. Par ailleurs elle ne saisissait pas mieux comment ces jurés de foraine avaient eux aussi reconnu « ces gens-là » dans la petite troupe, et fait la distinction entre eux et Cauvin et elle…

Elle ne devait pas mieux le comprendre ni l'apprendre durant les jours suivants, au long du trajet qui les mena de compagnie à travers plusieurs provinces de France.

Heinrich Hammer s'avéra donc être bel et bien meneur du groupe et instigateur de son émigration aux Amériques. Il les invita dès le premier jour à faire la route ensemble, ce que Cauvin accepta. Point n'était besoin de parler une langue commune pour s'accorder sur ce plan.

– Ce n'est pas mauvaise affaire pour nous, expliqua Cauvin. Nous voilà de ces gens, en leur groupe, et nous n'attirerons pas tant l'attention de gens de justice qui pourraient être au fait de notre aventure et de la fuite des amants assassins... Car désorendroit, puisque nous sommes deux, nous voilà les fuyards.

S'il ne l'avait pas dit une dizaine de fois il ne l'avait pas dit une. Au point qu'Esdeline se demandait lors si au fond de lui-même Cauvin ne regrettait pas l'aventure et forcément d'y avoir plongé. Et si cette méchante humeur venue, à grandir, ne l'allait pas un jour désenchanter tout à fait de son dessein.

Quant à la visée profonde de Hammer leur proposant d'aller de conserve, il se pouvait fort bien qu'elle ne fût que généreuse et purement de bonne humanité. Quelle secrète intention perverse pouvait-elle lui servir, proposant cette hospitalité de marcheur ? Les dévaliser de leurs balles à un moment quelconque ? Il était bien clair que ces compères vagabonds en partance eux aussi pour un rêve (*a priori* et selon ce qu'ils en avaient laissé entendre par le geste et la mimique) n'étaient point fortunés, sans aucun doute beaucoup moindrement qu'eux-mêmes qui portaient leur fortune dans une cassette de fer, sous le siège de la charrette... Alors, ajouter leur présence au nombre, précisément, pour décourager les marauds ? Peut-être. Mais peut-être aussi que vraiment et tout simplement le geste n'était que de bonne et chaude façon.

Ils allaient au pas du brave cheval. Parfois toute la petite troupe se faisait porter et tirer – en croupe sur le large dos du cheval qui pouvait se charger des deux enfants, celui de la mule, et perchés sur la charrette parmi les ballots et les caisses –, parfois ils marchaient sur le côté des chemins tenant les animaux au licou.

Le plus marcheur était sans conteste Brice Matter, le frère aîné. Le plus sombre aussi, au point qu'un muet eût fait plus de bruit que lui en bavardant quand même à sa manière.

Les deux femmes, pourtant pas du même sang en parenté, eussent partagé au fond curieusement une semblance, presque physique, si l'âge n'eut marqué la vraie différence, mais elles avaient un semblable caractère enjoué et plaisant. Un rien pouvait leur déclencher une poufferie, un esclaffement, un rire de gorge qu'elles tentaient vainement de contenir derrière leur main et qui leur mettait la poitrine en grand secouement. Plus d'une fois par le geste Josepha réussit à partager avec Esdeline l'objet de sa riole, redoublant de gaieté quand elle se rendait compte que la jeune femme avait entendu les raisons de son amusement et en faisait elle aussi démonstration. Cauvin fut étonné souventement d'entendre fuser le rire d'Esdeline, qui n'était pas de sa part manifestation des plus courantes et qu'il avait surtout ouï des années paravant, bien guère depuis son retour.

Après qu'ils eurent traversé la basse Bourgogne, il leur fallut passer la Loire, qui montra une vastitude en eau telle qu'Esdeline n'eût jamais pu l'imaginer, et devant laquelle elle resta bouche bée un instant, sous les sourires de ses compagnons et compagnes. Même les enfants Dotta et Mager ne paraissaient pas tant qu'elle esbroufés par le spectacle de l'eau grise majestueusement coulante, plus métal que liquide, reflétant les moirures d'un ciel comme effondré de toutes parts entre ses horizons écartelés et marmosés d'automne fuyant. Cauvin lui mit le bras sur l'épaule, exerça une pression des doigts, la serra brièvement contre lui, et dans cet instant-là, Esdeline ressentit le poids du monde autour d'elle et son infinitude sans que cela l'écrasât le moins, mais au contraire posée qu'elle était à sa juste place, en conscience et sans faiblesse, dans cette immensité. Les larmes lui vinrent qu'elle essuya vivement avant qu'elles ne coulassent. Heinrich à quelques pas dit sur un hochement de tête :

– La pauvre petite n'en est donc pas au bout de ses ravissements…

Les deux femmes derrière lui opinèrent du chef en émettant des petits rires et Josepha s'en vint saisir le bras libre d'Esdeline en lui faisant un air d'apitoiement attendri que cette dernière ne comprit pas ; son regard humide levé vers Cauvin ne lui procura nulle réponse : Cauvin n'avait certainement pas mieux entendu qu'elle la réflexion du vieux Hammer.

Avec des gestes et des mots esseulés arrachés au français qu'ils entendaient un peu sans le pratiquer, les Hammer et les Matter, à l'exception de Brice (et quand bien même Heinrich Hammer fût le seul à avoir pu juger sur pièces), firent comprendre à Esdeline que ce qui l'attendait plus avant de la route dépasserait encore cette grandeur-là qu'elle avait sous les yeux. Que plus loin la Loire serait plus vaste encore, qu'elle n'en était ici qu'à prendre son souffle et son élan, et qu'à la suite du fleuve il y aurait l'océan… puis une nouvelle terre au bout. « Mississippi », dit Heinrich, les yeux mi-clos pour n'en pas laisser s'échapper trop vite la brillance. « Le Père des Eaux… Alors, ça, c'est une rivière ! Ça, c'est un fleuve… Et là où il se coule dans l'océan, cet endroit à lui seul est un autre monde. Un monde à prendre… »

Ils ne comprirent point, pas plus Esdeline que Cauvin, pourtant ils ressentirent cette émotion et cette conviction forte qui passaient dans les sons sous les mots et cette façon qu'ils avaient de flotter, glissés des lèvres de l'homme comme un précieux secret en partage.

Deux jours plus tard, ils trouvèrent un pont de pierre et de bois, lancé d'un village à son vis-à-vis, pour le franchissement duquel il leur fallut acquitter un sévère droit de passage – mais les bacs n'eussent pas été moins onéreux, ni les barques ou chalands divers trouvables plus bas sur la grande rivière et susceptibles d'accepter de transborder leur équipage.

En milieu de novembre, alors qu'ils marchaient au centre de la France, les premières neiges tombèrent. Puis revinrent les pluies aux vents mauvais, puis de nouveau la neige. Les arbres déshabillés gémissaient dans leur nudité frileuse et sombre, dressés sur les tapis rouillés de la saison pourrie.

Des gens les suivirent, plusieurs jours, à quelques centaines de verges de distance, sans jamais entrer en contact avec eux. Quelques rouliers sans doute, une poignée de drilles, des gueusards jetés sur les chemins qui n'osèrent point s'engager plus avant dans leur approche – à moins que n'en ayant tout simplement pas le dessein. La nuit, la petite troupe dressait bivouac ne s'écartant jamais plus d'une portée de voix du chemin, et au possible ils allumaient un feu que Brice – toujours lui – faisait démarrer par brûlure de poix puis alimentait avec les branches mortes qu'Esdeline et lui trouvaient aux abords. Les suiveurs n'étaient pas attirés davantage par la flamme maigrelette qui poinçonnait la nuit froide et ils restaient à distance, avalés par les ténèbres, et Cauvin et les trois hommes auxquels se joignait volontiers Mager se relayaient pour monter la garde. Le groupe possédait deux fusils, dont un avec un long canon pareil à celui que Cauvin avait exhibé dans les premiers jours de son retour aux collines et qu'on ne lui avait plus jamais vu ensuite (Esdeline se dit en y songeant un jour qu'il l'avait probablement vendu pour une bonne somme et que cet argent se trouvait maintenant dans sa bourse). Un matin les suiveurs n'étaient plus là.

Ils traversèrent nombre de villages quand la route ne permettait pas leur évitement et quand les ordonnances et milices des lieux n'en interdisaient pas l'accès aux vagabonds, voyageurs, égyptiens, juifs, ou simplement tout étranger. Mais au possible ils passaient outre leurs murs ou palissades et s'arrêtaient de nuit à plusieurs heures des clochers, de préférence hors de vue. Les gros bourgs et les villes étaient systématiquement écartés de l'itinéraire; quand cela ne se pouvait faire, ils s'efforçaient d'en franchir l'octroi de jour et de les quitter avant la nuit.

À la fin de novembre ils retrouvèrent la Loire. Esdeline put constater que la promesse qui lui avait été faite de revoir un jour le fleuve grossi n'avait pas été exagérée. Les berges du fleuve étaient prises dans les glaces et sous la neige sur une largeur de plusieurs toises, et cela même n'en réduisait que bien peu la noire et grouillante coulée de son cours. La ville qui se trouvait ici, où la rivière suivie depuis quelques jours se jetait dans le fleuve, semblait à la mesure de ces étendues qui formaient le paysage couvert de gris par des cieux non moins vastes. Il neigeait à gros flocons dispersés, comme par inadvertance, avec par soubresauts une poussée de vent qui mâchurait le tout.

Esdeline souffrait du ventre, non seulement de ses affaires de femme mais aussi très certainement du froid qu'elle avait pris depuis quelques jours, le même qui faisait tousser à fendre l'âme la fille des Matter et couler en fontaine le nez de Mager. Josepha et Anne-Marie riaient moins.

Ils prirent une pension dans des écuries de louage en périphérie de la ville, s'y reposèrent deux jours et deux nuits au chaud des animaux pensionnaires et des braseros que les palefreniers alimentaient sur le devant des boxes. Les soirs et une partie de la nuit, surtout, la plupart des clients de l'endroit se réunissaient pour deviser, buvant dans des chopes de gré un alcool de fruits qu'ils versaient de bouteilles à long col d'oiseau. Ce monde était celui de voituriers des alentours, transporteurs de toutes sortes, charroyeurs sillonnant la contrée ainsi que des conducteurs de voitures pour le transport de voyageurs. Les conversations roulaient avec gaieté, parfois un coup de gueule en crevait le ronron du côté des voituriers de bois.

Dans ce relais ils contactèrent des bateliers marchands, conducteurs de troncs, capitaines de convois de sentines et d'escaffes, sur le fleuve. Heinrich négocia le voyage de son petit équipage avec le marinier d'un chaland d'une quinzaine de toises de long et quelque vingt pieds de large et cinq de bord. L'homme assurait que son embarcation était de taille à assurer ce transport jusqu'à Nantes.

Le premier jour sur la grande rivière, le gros cheval de trait parut un peu inquiet, tout étonné de ce sol mouvant qu'il avait sous les sabots, aussi de n'avoir pas à tirer ni à marcher, juste se tenir là à l'entrave dans le travail de poutres dressé à cet effet. La mule quant à elle prit la chose avec indifférence. Le second jour, ils semblaient l'un et l'autre parfaitement accoutumés.

Avant le soir le massif chaland accostait dans un grand bruit mêlant les grincements des liens de cordages et les raclements de la fausse quille sur le haut fond aux longs gargouillements de l'eau refoulée vers la rive. Le batelier et son aide dressaient en un tournemain un abri de toile épaisse goudronnée sur un bâti de perches assemblé en quelques minutes, sous lequel ils amenaient le brûlot de bord ; une bonne chaleur emplissait très vitement l'abri dont la toile pouvait bien claquer ou frissonner sous le vent.

Un de ces soirs-là sur le bord de la Loire, Heinrich Hammer, en son nom et celui des siens, demanda à Cauvin et Esdeline de se joindre à eux pour l'embarquement à Lorient sur la *Sainte-Mère*. Il montra ses contrats d'engagement signés par le capitaine du navire, pour un engagiste de la Compagnie des Indes, les tarifs consentis pour leur engagement de trois années sur la colonie. Il assurait avec force gestes et mimiques encourageantes que le capitaine cherchait à recruter nombreusement.

– Sûr que pas mal de cap'taines demandent que ça, approuva le batelier du chaland assis au bord de la conversation à laquelle il ne s'excluait point. C'est leur profit aussi, de revendre au plus offrant les recrutements qu'ils font.

Il leur apprit que les armateurs se devaient par la loi de transporter à leurs frais six engagés par voyage à la Louisiane ou autre colonie d'Amérique, sans quoi il leur fallait payer une taxe de 60 livres par engagé. Aussi les capitaines recrutaient-ils pour leur compte et rétrocédaient par la suite aux colons et leurs engagistes les plus offrants.

La demande était assurément si réelle que Heinrich et les siens touchaient 15 sols par jour depuis sa signature, trois mois plus avant, jusqu'au jour de leur embarquement, en sus des primes aux engagés. Il avait reçu une partie de la somme et se verrait verser le solde par son engagiste, au port, avant l'embarquement sur la *Sainte-Mère*.

Heinrich, qui s'était déjà rendu au Nouveau Monde, y avait vécu et y retournait en famille avec l'intention d'y créer sa manufacture, savait où aller. Quelque part sur le cours du Mississippi, entre une rivière appelée Arkansas et un autre affluent nommé Missouri. Le lieu portait le nom de fort de Chartres. Mais on l'avait peut-être aussi appelé fort Saint-Louis. Il dessina grossièrement une carte de la côte et des fleuves qui s'y allaient jeter, écrivit ces noms, au craion dont il humidifiait la mine de plomb du bout de la langue, sur un morceau de toile à chemiser les balles de son fusil. Sous le nom du fort dont l'emplacement était figuré par une croix, il inscrivit « Faïencerie Hammer » et souligna de deux traits gras ; ses yeux cernés de rides sous les sourcils broussailleux brillaient et tous de son clan avaient les larmes aux yeux quand il offrit le morceau de tissu à Cauvin. Et Esdeline avait les yeux humides elle aussi. Sans trop savoir qui avait eu le premier élan, elle se retrouva dans les bras de Josepha, avec cette fois de vraies larmes aux yeux, et il ne faisait pas de doute que la compagnie prenait cet instant pour celui de la réponse faite par Cauvin et Esdeline à la proposition de Heinrich Hammer, une réponse positive, un assentiment donné, et en tous les cas si Cauvin ne dit pas oui il ne dit pas franchement non.

Un soir de fin décembre, à cinq lieues de Nantes et pas loin de Noël, le chaland qui n'avait pas autorisation à naviguer sans péage dans l'estuaire jusqu'au grand port les débarqua, accostant un des nombreux pontons qui hérissaient la berge entre les estacades de poutres vaseuses.

Les rafales maigres et cinglantes de grésil tournoyant sur l'endroit le disputaient aux braillées et aux effluves de chants enviolonés jaillissant des nombreux baraquements entassés sur la berge et dont les lanternes accrochées au-dessus des portes se balançaient rudement. Des bandes de chiens couraient çà et là en se chamaillant, mêlées aux silhouettes plus ou moins chancelantes, plus ou moins déterminées, largement chapeautées et enveloppées dans des capes claquantes de toile enduite, qui allaient entre les abris, hangars et cabanes entassés à cul des pontons, et les bâtiments aux fenêtres allumées derrière la paupière baissée des brise-vent.

Le batelier ayant ici ses accointances les mena aux écuries d'une vaste taverne peu éloignée qui semblait contenir à elle seule une bonne partie des vacarmes entassés de la terre. La charrette fut mise au derrière d'un hangar bondé, le cheval de trait et la mule partagèrent un des rares boxes encore libres des écuries. Le batelier fit au maître des lieux ses recommandations pour les clients qu'il amenait tardivement – mais il apparut à Cauvin comme à Esdeline, témoins de la discussion, que cette destination à quai comme cet entendement étaient convenus. Le tavernier était un homme aux épaules étroites et au visage long, à la panse étonnamment proéminente sur des courtes jambes courbes. Il se porta garant, avec un grand sourire édenté, l'œil froid, de la sécurité des bagages dans les hangars et des animaux dans les écuries comme des clients dans les chambres de sa taverne. Brice Matter décida pourtant de dormir dans la charrette derrière la planche de siège après que Heinrich Hammer eut invité le batelier à se joindre à eux pour un repas d'adieux, en remerciement de ses services fort méritoires.

Les femmes paraissaient quelque peu effarouchées en pénétrant dans le grand brouhaha de la salle où régnait une chaleur pratiquement suffocante après les rafales cinglantes du dehors. Quelques instants plus tard, à une table sous un des escaliers montant aux chambres, occupée par deux marins ivres qui acceptèrent la compagnie, elles avaient retrouvé des couleurs aux joues et laissaient courir, avec un sourire extatique, des regards écarquillés sur l'environnement.

Ils mangèrent une soupe épaisse et brûlante, le batelier bâfrant avec un appétit plaisant à voir, et parlèrent encore, plus exactement hurlèrent, dans les rafales de chants et criailleries de plusieurs violons qu'ils ne parvinrent jamais à situer dans la fumée et le remue-ménage, parlèrent de la route qui leur restait à parcourir jusqu'à Lorient. Une route côtière qui prendrait bien trois à quatre jours encore, selon le batelier, et cela n'était pas pour rassurer Heinrich qui laissait entendre que les dates d'embarquement sur la *Sainte-Mère* ne lui paraissaient pas des plus fiables, à quelques jours, voire quelques semaines près, bien que le batelier le rassurât mollement en faisant valoir qu'un capitaine n'avait aucun intérêt de brûler un embarquement sans avoir fait le plein de ses registres d'engagements.

Au bout de cette soirée, en quelques mots criés, quelques signes, Cauvin annonça à ses compagnons alsaciens sa décision de ne pas les suivre ni d'accepter la très aimable invitation qui leur avait été faite, à Esdeline et lui, de partager leur aventure louisianaise. Quand ils le comprirent, les Hammer et Matter protestèrent dans leur dialecte mais aussi en français, affichèrent des grimaces déçues et des expressions contrites. Esdeline partageait cette affliction – et cette surprise tout d'abord, quand Cauvin annonça cette décision dont elle ne savait rien.

Cauvin expliqua longuement :

– Nous embarquerons d'ici, de Nantes. Je connais des gens qui nous y aideront. Je me suis engagé pour cela auprès d'eux et il ne serait pas correct de ne pas m'en tenir à ce qui était entendu. Je ne sais pas quand je pourrai les retrouver, dans la ville, nous arrivons plus tôt que prévu. Je ne tiens pas à vous faire attendre mes retrouvailles avec mes amis et la décision prise ou repoussée, au risque de vous faire manquer l'embarquement pour un trop grand retard.

Esdeline l'écoutait énoncer les raisons de sa décision, dérouler les fils de la fable avec, sur le visage et dans le ton, une telle sincérité et un tel véritable regret apparents qu'elle en sentait monter une inquiétude trouble… Se disant en rassurement qu'après tout la « fable » n'était peut-être pas un mensonge d'esquive, mais bel et bien ce que prévu dans le dessein décidé avec Fanch le Nantais…

Immergée dans le brouhaha monté de la taverne qui se mélangeait aux bruits interlopes traversant les cloisons des deux chambres voisines, Esdeline assise sur la couchette regardait droit devant elle, vers la fenêtre dans le plafond pentu de poutres et voliges et sa croisée que les secousses de vent faisaient claqueter sans interruption. Elle ne s'était pas dévêtue, ne s'était pas couchée, et les sourdes émanations de vacarme lointain qui lui bourdonnaient aux oreilles provenaient à la fois du moment présent et de ce qui l'avait empreintée pendant la soirée dans la salle commune de la taverne. Dans cet embrouillement de sons à demi désensevelis caracolaient toujours les paroles de Cauvin expliquant son refus de répondre à l'invitation des Alsaciens.

Au moment de gagner leur chambre respective, Heinrich s'était levé pour aller chercher sacs et balles qu'il ne voulait laisser dans la charrette, même sous la garde de Brice, et Cauvin l'avait accompagné pour prendre lui-même ses deux sacs et couvertures. Esdeline était montée à la chambre en compagnie des deux femmes et enfants et André Matter lui avait tenu la chandelle jusqu'à sa porte. La petite longueur de cet itinéraire n'avait pas empêché qu'ils y croisassent quelques ombres funestement grommellantes…

Elle pressait ses mains aux doigts croisés dans son giron. La chandelle posée sur le coffre debout diffusait une lumière tremblée de couchant orageux, reflétée dans le carreau au côté de son visage pâli et déformé. De loin en loin, un flocon pointu se faufilait dans l'interstice du brise-vent et venait fondre en trois secondes à cette chaleur factice éclaboussant le verre.

Elle semblait vieillie de beaucoup plus de temps qu'il n'en avait fallu pour l'amener jusqu'ici, les traits de son visage durcis, plus marqué le pli de ses lèvres légèrement entrouvertes qui montraient l'écartement de ses incisives avancées. Ses yeux, son regard avaient changé, ce qui y brûlait comme ce qui s'y était éteint traçant plus durement son empreinte.

Elle regardait la vitre et son reflet et celui de la chandelle et les pîpions de neige qui venaient s'y épingler.

Elle se disait que le chemin derrière elle était bien long déjà ; comme à distance désormais hors d'atteinte en dépit de tous ses efforts de mémoire ; comme si depuis peu de temps une barrière avait été franchie dans un sens sur lequel il était impossible de revenir ; comme des pas dans la neige effacés sous une nouvelle couche, et la trace à jamais perdue. Et comme si devant elle le chemin à poursuivre ne se pouvait évoquer mieux que dans la forme vague de ces coulées fondues sur le carreau mal éclairé, enfermé dans l'encadrement sombre à la marquise moisie de la croisée.

Les bruits d'alentour se resserraient sur elle imperceptiblement en même temps que se désagrégeaient les murs de la pièce. Au fond du sombre sous ses paupières mi-closes elle entrevit ses chèvres abandonnées et dut réprimer l'élan qui la poussait vers elles et leur chaude odeur tranquille et tous ces petits bruissements rassurants qu'elles faisaient au long des nuits innombrables passées sous leur garde… Serrant les dents, rouvrant les yeux vivement comme on saute dans le vide pour échapper à la bête sur le point de vous mettre dessus la patte.

Cauvin ouvrit la porte, entra et la repoussa sur une bouffée étranglée des échos montés de la taverne.

– La paillasse est donc pouilleuse ? dit-il au travers d'un sourire sans joie, soulevant pour vérifier son interrogation le coin du couvre-lit fait d'une multitude de pièces de tissus de différentes couleurs.

Esdeline l'attrapa du regard et le glua dans le silence lourd de sa propre question.

Il laissa retomber le coin du couvre-lit. Il dit :

– Tu ne te couches pas ?

Elle le regardait. Ne le lâchait pas.

Il fit glisser de son épaule l'un puis l'autre ballot, les posa au sol sous la fenêtre. Tournant les yeux, se retrouva dans les collets du regard d'Esdeline. Il fit deux pas et se tint debout devant elle et tendit ses paumes offertes.

– Allons, murmura-t-il.

Mais elle garda les mains serrées, doigts entrecroisés, dans son giron. Sans pour autant le quitter des yeux. Il regarda ses paumes, referma ses mains et laissa retomber ses bras le long de son corps.

– Bien sûr que leur invitation partait d'un bon cœur. Je le sais bien.

Elle ne dit rien.

– Mais ce n'était pas nous aider que de faire le voyage en leur compagnie, Esdeline.

Elle ne dit rien.

– Que penses-tu donc qu'il me fallait leur dire, la Rouge ? Qu'ils n'atteindront jamais les terres de fort de Chartres, ni aucune autre colonie sur le Mississippi ou quelque rivière que ce soit de Louisiane ?

Elle renifla avec ostentation.

– C'est ce que tu dis, gronda-t-elle. Ils ne voient point pareillement. Alors tu sais cela mieux qu'Einrich ? Il y est allé, déjà, *lui*, là-bas.

– Il y est allé et il en est revenu après y avoir laissé sa femme en terre. Il y est allé alors que n'étaient pas encore pratiquées unanimement les directives du code Noir à l'endroit des juifs et des sans-religion.

– Je suis sans religion, dit-elle.

– Tu es chrétienne et catholique et baptisée.

– Parce que tu sais ça aussi, toi ? Alors que je n'en sais rien moi-même !

– Il y a bien des choses de toi que je sais et que tu ignores, ma belle presque cousine. N'est-ce pas moi qui t'ai dit un jour ton année et ton mois de naissance ? Tu es baptisée et catholique et ce sera bien assez de le leur dire et je ferai en sorte d'en avoir des preuves sur papier, aussi. Et personne n'y trouvera à redire. Personne pour cela ne nous fera de difficulté.

– Tandis qu'à eux, si ?

– Je te le dis et je te le répète. Le capitaine qui les a recrutés a saisi une affaire d'un engagiste de la compagnie qui ne s'est pas soucié de savoir la confession de ses colons alsaciens.

– Ça ne les gêne pas non plus, dit-elle farouchement boudeuse. Einrich et André, et Brise... Ils sont de taille à se défendre. Ne me dis pas qu'ils ne connaissent pas ton code Noir et vers quoi ils s'engagent, alors...

Cauvin hocha la tête. Il regarda autour de lui comme s'il cherchait à saisir une réponse qui eût flotté dans la pénombre ambiante

– ou alors au contraire comme s'il se fatiguait d'avoir à en trouver une, encore, et toujours…

– Ils redoutent des problèmes, sinon ils ne se cacheraient pas… Leur confession n'est pas inscrite sur les contrats d'engagement, simplement leur paroisse d'origine. Ils savent que rien ne leur sera facile… mais ils ne se doutent pas que ça le sera encore bien moins. Jamais ils ne feront cette manufacture de faïence. Crois-moi, ma mie, quand je te dis que leur compagnie ne nous est pas la plus recommandable ni certainement la meilleure. N'oublie pas que tu es probablement recherchée pour complicité de meurtre et que des grands chevaucheurs de courrier, c'est bien possible, sont partis pour les polices des ports où Fanch est censé t'emmener dans sa fuite… Le mieux est de nous faire le moins visibles et remarquables possible, ma belle, je t'assure… Et ce n'est pas certain qu'ils puissent même embarquer.

Elle ne dit rien. Il sortit de la poche de sa veste un morceau de pain pris à la table du repas, le rompit et en tendit une moitié à Esdeline qui l'accepta.

Sans un mot de plus ils mangèrent leur pain à petites bouchées, assis tous deux sur le lit, côte à côte. Dehors, le vent continuait de courir entre les bâtiments de bois et siffler dans leurs toitures. Les grands vacarmes de la taverne en dessous étaient retombés, il n'en surnageait que quelques braillées de temps à autre, sur des lancées de musique ou de chant, montées en flèche et retombées aussi droitement.

– Là-bas, dit Cauvin, il fait soleil tous les jours. Tu verras.

Il la prit aux épaules et la tourna vers lui. Il avait repris ce visage et la lumière aux yeux qu'elle lui connaissait de long temps. Il la serra contre lui et ils tombèrent sur le lit et, à grands coups de pied et de tortillement, se creusèrent un terrier sous le couvre-lit multicolore où il faisait noir et chaud et où ils se découvrirent petit à petit des morceaux de peau, comme on épluche, et plus tard quand ils sortirent la tête de sous la couverture, le souffle court et la sueur au ventre et au-dedans des cuisses, la chandelle sur le coffre était morte, une noirceur absolue emplissait la chambre étonnamment silencieuse entre ses murs de vent, la chambre-esquif en dérive immobile sur des flots pétrifiés.

Elle s'éveilla sous un trait de jour sale qui léchait le plafond de poutres et assombrissait les taches humides bavant du jointoiement des voliges. Cauvin n'était plus là. Dans la seconde tous les sens en alarme, elle se dressa dans le mauvais silence écorché régnant au-dedans comme au-dehors. Elle vit que les deux sacs de toile se trouvaient toujours là où Cauvin les avait déposés. La bouffée d'angoisse retomba avant d'avoir véritablement explosé. Elle se leva. Elle se souvenait de ce qu'il avait dit à un moment de la nuit, ses lèvres chatouilleuses lui frôlant le cou sous le creux de l'oreille.

Ce n'était pas craindre pour elle que se demander si elle pouvait prendre le risque de descendre seule, mais pour les sacs qu'elle laisserait dans la chambre. La serrure de fer de la porte (comme elle n'en avait jamais vu) lui semblait fort peu vaillante et facilement démontable, et Esdeline dut batailler un moment avant de comprendre qu'elle était posée à l'envers et qu'il lui fallait tourner la clef dans le sens inverse à ce qui eût semblé la normale...

Il régnait dans la salle de la taverne une pénombre grasse et pesante que paradoxalement la nuit avait su déchirer, chaque table pourvue de plusieurs chandelles, des quinquets pendus à pratiquement toutes les poutres. À cette heure frileuse à peine sortie de l'aube, les chants et le brouhaha de la veille avaient fait place aux toux et raclements de gorge d'une serveuse, de deux balayeurs et du tavernier au visage pâle et la bedaine en dame-jeanne, qui se mouvaient sans hâte à des occupations fantomatiques, traînant leurs galoches dans la méchante lumière.

Cinq ou six bougies, pas davantage, étaient allumées, dont une à la table occupée par les deux femmes et les enfants, qui aperçurent Esdeline et lui adressèrent des signes de la main. Elles l'accueillirent avec des exclamations ravies et des larmes aussitôt montées aux yeux. Demandèrent (ce qu'Esdeline put comprendre) où se trouvait Cauvin. Elle tenta de leur expliquer qu'il avait dû partir très tôt pour se rendre à un endroit du port de Nantes qu'il appelait la Fosse, où l'on construisait et réparait des navires et où il devait rencontrer des gens dont il savait la place dans le milieu de la charpenterie, par son travail aux chantiers des deux années précédentes, et qui lui fourniraient, comme il en avait l'espoir ferme, les recommandations utiles à leur embarquement.

Ces explications-là furent aussi peu simples à donner pour Esdeline, embarquée dans un détaillage de l'affaire qui lui semblait obligatoire et n'était qu'embrouillé, que malaisées à entendre par les deux femmes, pourtant toute de bonne volonté, tendues dans l'écoute. Au bout du compte elles comprirent l'essentiel… dont elles connaissaient d'ailleurs les tenants depuis que la veille Cauvin lui-même en avait informé ses compagnons et avait su s'en faire comprendre…

Les hommes arrivèrent peu de temps après. Ils eurent des sourires furtifs, des hochements de tête préoccupés à l'adresse d'Esdeline en guise de salut, et puis un geste large des bras signifiant le moment venu et leur impuissance à le changer, ni à le comprimer, ni à l'élargir. Ils saisirent les bagages au sol.

Esdeline les suivit jusqu'au-dehors, par la porte de flanc de la salle qui donnait directement sur les écuries. L'odeur de paille, d'urine et de crottin lui emplit bienheureusement les narines.

La charrette était attelée. Brice, sur le banc, guides en main, lui adressa un petit signe de la tête et peut-être une mimique vague pouvant passer pour un sourire. Les enfants vinrent l'embrasser en reniflant, les deux femmes la serrèrent dans leurs bras sans un mot.

Josepha lui fourra dans les mains un paquet de chiffons en lui pressant sur les doigts pour l'empêcher de l'ouvrir et lui fit signe de le faire plus tard puis tourna vivement les talons. Heinrich prit le cheval à la bride tandis qu'André Matter aidait les deux enfants à grimper sur la mule; ils quittèrent l'écurie et entrèrent dans le gris du matin. Esdeline donna une petite tape sur la croupe du cheval, une autre sur la mule, au passage. Elle murmura :

– Bonne chance!

En tête, roulée comme un effluve migraineux, la sentence rugueuse et froissée prononcée par Cauvin.

– Bonne chance! cria-t-elle. Vous y arriverez! On se retrouvera là-bas, en Louisiane! Bonne chance! Bonne chance!

Les enfants se retournèrent et agitèrent la main, les femmes juchées sur la charrette pareillement. Heinrich Hammer leva le bras et répondit du seul mot dont il ne pouvait point n'avoir pas saisi le sens :

– Louisiane!

Et aussi :

– Bonne chance à toi, la jeune fille rouge!

Paroles heurtées et toutes nues dans la quiétude humide du quai devant l'écurie, et qu'Esdeline ne comprit point – mais qu'elle savait n'être que bonnes, forcément.

Ils s'en allèrent, passèrent en rien de temps du présent au souvenir, ils s'en allèrent, laissant traîner leurs bruits un peu de temps encore. Ils avaient été là.

La boule dans son ventre se noua davantage. Elle jeta autour d'elle un regard irisé sur l'endroit qu'elle découvrait au seuil de ce jour à nul autre pareil. La nuit ne lui en laissait aucune évocation. Des maisons de pierre aux façades muettes, des bouquets d'arbres hauts. Au-delà, du mystère au cœur duquel par une ruelle morne et déserte la charrette s'en était allée.

Le fleuve, l'océan se trouvaient derrière elle. Le fleuve, elle en avait la certitude, mais de l'océan elle n'avait encore rien vu.

Elle dénoua les chiffons du paquet et les larmes coulèrent instantanément à la découverte des bottines à lacets de cuir fauve de Josepha. Un moment, là, debout devant le grand portail ouvert des écuries de la taverne au bord de la rivière, elle laissa couler ses larmes à sanglots silencieux, reniflant et essuyant régulièrement ses joues sur le dos de sa main ; il y avait désorendroit des bruits autour d'elle, elle entendait parler, et s'interpeller avec des hommes à quai un groupe de mariniers, sur le fleuve, d'un convoi de sentines qu'elle ne pouvait voir ; des gens allaient et venaient dans l'écurie, il y en avait d'autres dans la rue devant elle, si cela s'appelait une rue et si c'était une vraie ville, des silhouettes mouvantes qu'elle entrapercevait dans un vaste irisement. Il lui semblait qu'accrochée aux nuages une masse de bruits n'attendait qu'un prétexte pour lui tomber dessus et l'ensevelir toute crue. Au bout d'un temps qu'elle n'aurait su estimer avec précision, elle tressaillit violemment quand la main se posa sur son épaule. Son cœur bondit. Cauvin, visage sévère des moments de souci, regardait dans la direction prise par la charrette des Alsaciens, et il dit :

– Allons, il faut qu'on parte, nous aussi. Sans attendre.

Elle se sentit, sans en comprendre tout de suite le pourquoi, à la fois effondrée et bouillante de colère grandissante.

3

C'était surtout, comme je l'ai déjà dit, le tissage du temps passé depuis le soir de notre fuite des collines de là-haut. Une trame de grande rapidité jouant sur la chaîne de la lenteur. C'était surtout cela, comme une double vue de la souvenance, qui selon le moment apetissait ces deux mois écoulés ou les allongeait à perte de traces.

Et aujourd'hui encore je garde profondément empreinte la sensation de vertige et de vide qui me hantait ce matin-là au seuil du port de Nantes, quand nous nous séparâmes de ces gens qui avaient fait avec nous la traversée de la France. Et le présent de cette femme me pesait dans les mains, à la fois si léger de l'affection qui le portait et bien trop lourd après que j'eus entendu les prédictions funestes tellement convaincues de Cauvin au sujet de leur devenir… Et moi leur criant que nous allions nous retrouver en Louisiane, certaine du contraire, menteuse à en cracher le sang.

À peine le roulement des roues cerclées de fer sur les pavés retombé au silence, à peine fondue l'image de la charrette et de son équipage, à peine un temps en déroute brouillé de larmes et Cauvin se trouvait là, à mon côté surgi, je l'imagine, de quelque endroit dans l'ombre où il se tenait au guet en attendant son moment. Attendant le départ effectif des Alsaciens à qui il avait fait grâce de ses adieux. Et c'est bien là ce qu'il me fit en aveu, quand dressée toute droite sur mes ergots dans les remous de mon émotion je lui reprochai son évidente cachotterie.

– S'il est une chose que je déteste, c'est les adieux sur le bord du chemin. Et puis, sachant très bien, en plus, ce qu'il va en advenir d'eux…

Je n'ai pas eu loisir de protester une fois encore contre ce vilain augure. Cauvin ne tenait point à s'attarder dans les lieux. Je ne crois pas m'en être étonnée, sur le moment. Il avait des contacts à joindre rapidement avant qu'ils ne s'évaporent dans la nature, ce fut ce qu'il me fit entendre derechef. Je pense, je le veux croire, qu'il avait fait déjà quelques visites depuis son lever bien tôt avant l'aube, et je veux croire qu'il en était revenu peu de temps avant de se cacher du départ de nos compagnons alsaciens et supposés juifs ; je n'ai pas cru qu'il eût quitté la chambre de tellement bonne heure et se fût tenu caché tout ce temps dans les parages immédiats simplement pour esquiver cette corvée des adieux qu'il prétendait détester…

Il me demanda la clef de la chambre que je tenais dans un mouchoir au fond de ma poche de jupe et se précipita chercher nos deux sacs avec les couvertures roulées. Un instant plus tard nous avions quitté la taverne au bord de la grande rivière et nous étions nous aussi en route.

Je me rappelle cette journée comme dans une sorte de brume, bien que le froid fût tendu très clair sur la ville que je découvrais, avec des déchirures de grande netteté, d'infinie précision. Je me rappelle que nous ne cessâmes pratiquement pas de marcher, à l'exception, pour moi, des instants durant lesquels je l'attendis en battant la semelle dans une encoignure, un porche ou sous un des arbres de ce quai à la bouche d'un pont lancé vers une des nombreuses îles qui faisaient du lit du fleuve un réseau de bras d'eau.

Après avoir marché longtemps, nous fûmes dans la ville et j'étais déjà saoulée de tout ce que j'avais vu au long de la succession de quais et voies divers de halage et chemins de berge que nous avions enfilée. À aucun moment je n'avais pu distinguer vraiment l'autre rive du fleuve, ou quand je le croyais, à plus ou moins longue distance, c'était une tromperie, une illusion, simplement la rive d'une de ces îles que la végétation ou les murs hauts et blancs de constructions à plusieurs étages recouvraient densément. La tête me tournait devant tant de grandeur. Tant de choses inconnues, de paysages jamais imaginés, tant de bruits et de gens en allées et venues, de charrettes et voitures de toutes sortes, à deux ou quatre roues, et leurs attelages si différents. Et puis les premiers navires que je découvrais, si nombreux, en différents états, dans les enclaves et les bassins de cet endroit qui s'appelait la Fosse, où, m'enseigna Cauvin, les bâtiments étaient construits pour certains de toutes pièces ou encore réparés de leurs brisures, entretenus, en des termes de corporations qu'alors je ne saisissais point.

Les grands vaisseaux… leurs mâts, voiles serrées, comme des futaies aux mille bras étendus cachant le ciel, cachant l'horizon, cachant ce qui était, certainement quelque part derrière leurs entrelacs, donc, l'océan… Vaisseaux et navires à tel point immenses qu'ils étaient donc capables de cacher un océan. Les odeurs fortes du goudron, de corde, de chanvre, de bois mouillé, les odeurs de tous les chargements qui entraient dans les cales de ces monstres de bastings noirs couverts des mousses et des pierres, eût-on dit, de la mer, si gros et ventrus qu'on n'en pouvait guère croire à leur flottaison, les odeurs qui en sortaient pendues aux cargaisons balancées aux bras de gigantesques machineries, les bruits des treuils, les couinements, les grincements, les chocs, les roulements, les appels entrelacés des hommes, ici rien que des hommes, et là les rires pointus des femmes voyantes aux vêtements de couleurs criardes comme les seuls oiseaux tolérés vivants chez ces chasseurs, les tournis et les boulevaris entremêlés qui m'enivrèrent, oui, d'en bien trop voir et beaucoup trop entendre d'un autre monde tout à coup violemment dévoilé, sans le comprendre, un autre monde qui présageait ceux à venir que je supposais pire encore et qui ne faisaient que tendre davantage les fils prêts à craquer du vertige... Mordieu! que j'étais donc bien près de basculer aux portes grandes ouvertes à mes pieds des enfers! Et dans ces bruits faits pour serrer les nœuds de l'ivresse sur ce que buvaient les yeux, les piaillements des grands oiseaux blanc et gris à bec jaune, les mouettes, les cormorans, leurs seuls noms déjà en odeur du large, les grands oiseaux criailleurs pour qui les mâts, les vergues, les haubans se dressaient en lieu et place de toute autre forêt.

Et puis déjà le goût de sel aux lèvres, de sel et d'autre chose, le goût du foutre spécifique de ce qui pouvait étrangement évoquer une éternelle copulation ambiante, et sous le froid, en permanence, l'humidité aux cils comme aux plis des narines.

Et puis à l'évidence le bruit qui me fit le mieux croire que j'étais en partance, dans ces reflux d'odeurs, le bruit fiché dans mes oreilles alors que j'attendais Cauvin qui était en discussion dans quelque maison du front de quai, *le bruit de l'eau* clapotant fort, sans cesse, contre les coques faites à ma surprise de véritables poutres, le gargouillis immuable léchant les grincements et le balancement de la bâtisse que des cordes grosses comme un bras entravaient au quai. Ce clapotement infini contre le bois luisant et le bougement du monstre dans l'eau sombre semée de détritus flottants...

La saoulesse me dura jusques après le bout de ce jour qui me vit au bras de Cauvin en différentes parties, sinon de la ville, de son port, car je ne crois pas avoir vu ou traversé de Nantes d'autres quartiers que ce qui touchait à ses berges et celles de ses îles sur le cours de la rivière, dans les bras d'eau desquelles s'enfonçaient une profusion d'embarcations de toutes tailles mâtées ou non, à rames ou à la voile. Non, je n'en vis certes pas davantage, quand bien même m'en fut-il donné, sur le temps de ce jour, l'impression du contraire.

À un moment de la nuit tombée, nous suivîmes ces hommes en compagnie de qui Cauvin était revenu de l'arrière-salle d'une taverne à porte basse, je m'en souviens. Au coffre du marin, où il s'était rendu après m'avoir installée à une table en garde de nos sacs et besaces, suivant le tavernier. Arrivés sur le quai proche, nous le remontâmes pendant un court moment sur quelques centaines de pas, je n'ai pas souvenir que cela dura davantage, et les ombres passantes se firent de moins en moins nombreuses et laissèrent place à d'autres qui semblaient avoir élu domicile pour la nuit, dans les recoins en partie abrités du froid, jusqu'à ce que le fanal porté par le premier des hommes à larges pantalons de toile raide fût allumé utilement.

Nous descendîmes l'escalier de pierres glissantes à flanc de quai, le bruit de l'eau clapotante se fit plus distinct. Il y eut une passerelle de planches vibrantes sous nos pas. La nuit avait rassemblé toutes ses étoiles au ras de l'eau, devant nous, les lumières des îles, les fanaux des bateaux à l'amarre tout au long des rives, au-delà des silhouettes noires déchiquetées, les nuages sur l'autre rive ou ailleurs reflétaient dans cette luminescence brumeuse des boursouflures rosâtres. Je mettais pied pour la première fois sur une embarcation. Une grande barque du fond plat de laquelle monta et se propagea dans mes jambes la sensation de roulement que procure la flottaison en eau tranquille, une chaloupe dont fut hissée en un instant la voile puante, dans les hoquets et grincements des poulies de drisses au son de quoi je compris tout ce que Cauvin allait croire me révéler un petit peu plus tard : que nous partions de Nantes sans plus attendre.

Ainsi, la chaloupe se détacha, s'éloigna du quai, prit le courant et gonfla légèrement sa voile orientée de travers par un des hommes à bord – ils étaient quatre et je ne crois pas avoir entendu le son de leur voix de tout le temps que dura ce voyage. Il se trouvait en avant du mât une manière de cabane construite sur un second plat de fond, de hauteur qu'on pouvait s'y tenir debout, tête courbée – mais l'endroit était surtout fait pour le repos, de toile à voile goudronnée tenue sur des arceaux de fer, avec les flancs qui se pouvaient rouler et s'ouvrir par plusieurs parties. Cauvin y installa nos couchettes avec nos sacs et couvertures et je m'y allongeai. Après qu'il m'eut enroulée et bordée, accroupi près de moi, il me dit ce qui ne me surprit aucunement, que nous allions à Lorient, par la mer et la côte, et que nous y aborderions à la prochaine nuit au plus tard. Et que bientôt nous prendrions le large pour les terres d'Amérique.

Évidemment des interrogations me vinrent sur ces décisions dites avec un peu trop de sûreté pour n'être que de pieuses espérances, qui traduisaient forcément une réflexion engagée depuis un certain temps. Il était certain de tenir sa promesse. Il possédait les clefs nécessaires, connaissait les ficelles à tirer. Il avait tout organisé et savait de longue date comment adapter la tournure des événements à son service. Les questionnements me vinrent et s'en furent avec les claquements doux de la voile et la glissade de l'eau contre la coque. Nous filions. Les étoiles s'éloignaient de part et d'autre de notre proue avec leurs reflets miroitants sur les eaux de plus en plus élargies. Puis elles ne scintillèrent plus que sur un seul bord, en lisière du ciel noir.

Enfin l'océan. L'océan, dans un grand bruit qui me tira de la somnolence où j'étais descendue.

Alors, cette fois nous dansions dans le sombre. Devant, derrière, d'un bord à l'autre, et je trouvai cela des plus agréable ! Et je fermai les yeux et me laissai dodiner par l'étrange et basse complainte des grands clappements de l'eau au creusé desquels, avant de m'engloutir, je n'entrevis des immensités océanes qu'une lointaine ligne pâle en ourlet, sans cesse recommencée, à une distance très incertaine, sous les pendeloques de la nuit.

4

Il venait de la mer, avec les marées et les longs nuages gris, un vent mauvais chargé de gouttelettes cinglantes, parfois comme l'oubli, ou bien la tentative d'une aiguille de grésil.

Au bord d'une nuit chapée sur les brouillasseries, la chaloupe attendit pour entrer dans le port que la marée l'y aide, ensuite se glissa entre deux hauts navires à l'amarre, tels qu'Esdeline en voyait pour une première fois de si près. Ils descendirent à quai la nuit faite, après que Cauvin eut parlé longuement, en proue d'embarcation, avec deux des marins – une conversation sourde, tranquille, ponctuée par une gestuelle abondante, comme elle ne lui en avait vu tenir aucune si durable en temps et en mots au cours du trajet depuis Nantes.

Une rétention de plusieurs heures lui nouait le bas-ventre et il était trop tard pour qu'elle osât se soulager dans le seau, au fond de la cahute de toile goudronnée. Un peu plus tard, enfin, elle mit le pied dans le port de Lorient en se tordant et marchant de travers, peu glorieusement fut forcée de s'accroupir dans le recoin sombre d'une ruelle étranglée, sous le guet de Cauvin qui la pressait d'injonctions réitérées en courtes rafales, et elle se sentit là, tout à coup, dans cette position, à regarder par-dessus les murs et dans l'écartement de la ruelle la mâture des bateaux amarrés au bassin proche, se disant « suis à Lorient d'où nous allons partir et quitter la France », se sentit prise d'un grand fou rire qui lui fit achever sa pissée en saccades toutes de travers et éclaboussant les bottines que pour la première fois elle avait lacées à ses pieds…

Ils allèrent parmi des rues étroites qui ne semblaient guère les éloigner des quais d'embarquement et des entrepôts de marchandises. C'étaient des portes cloutées à grosses ferrures, fermées, des fenêtres aux paupières de bois closes. L'odeur prégnante rôdait partout, poussant des assauts surprenants, parfois, au détour d'une venelle ou au passage devant un porche de cour enfoncée sous la voûte, une odeur faite de dix autres, de cent, de miasmes et d'effluves divers de poissons et de légumes, de vieux bois humides pourrissant, senteurs échouées venues de la marée.

Cauvin savait très exactement où aller dans ce dédale dont il enfilait portions de rues et méandres comme un chemin tracé et pratiqué plutôt souventement pour le savoir par cœur. Il marchait vite, décidé. Elle allait d'un pas vif et trottait à son côté, progressivement perdait du chemin, avec le sac qui lui battait le bas des reins et qu'elle tentait de maintenir à deux mains écarté de son dos, et Cauvin s'arrêta plusieurs fois pour l'attendre. Il semblait – estima-t-elle – renfrogné et irrité par cette obligation dans laquelle il se trouvait d'alentir son pas.

– Tu sais donc bien où aller ? demanda-t-elle une fois qu'elle se retrouvait à sa hauteur et qu'il reprenait sa marche.

– Bien entendu, je le sais.

– Tu es venu déjà dans ce port ?

– C'est bien possible.

– Avec Fanch ?

– C'est bien possible.

– Il était de Nantes ?

– Il le disait, certaines fois. Et certaines fois, que non. Il avait des imaginations faciles. On pouvait l'écouter longtemps. Tu as pu t'en rendre compte.

Elle n'avait pas cette souvenance particulière. Quelquefois peut-être, seul avec elle, quand il venait la voir au pacage des chèvres, après bien du silence il se mettait à parler de ses intentions et ses envies d'ailleurs, sans plus, pas davantage. Quelquefois.

Cauvin dit :

– Les marins de la chaloupe m'ont bien indiqué, si ma mémoire était sèche.

Ils croisaient des passants, des groupes d'hommes, par trois ou quatre. Au loin, d'une autre rue, montèrent à un moment des chants que l'on eût dits d'église et qui flottèrent haut un moment avant de s'enliser. À chaque coin de rue l'haleine de la ville changeait, son souffle tournait.

Elle remarqua que des chandelles et bougies brûlaient au rebord de certaines fenêtres ou niches creusées dans les murs, devant des statues posées sur des avancements de pierre, que des enseignes étaient décorées de guirlandes en papillotes d'étoffes colorées qui pendaient dans le crachin. Elle demanda pourquoi et Cauvin répondit que c'était Noël bientôt et elle en eut le cœur transpercé d'une pointe de glace. Elle n'avait jamais cessé de songer à la Petite, chaque jour. La pointe de glace traversa aussi l'image qu'elle gardait du visage aux joues rondes de l'enfante et de ses yeux si grands et néanmoins bien petits pour un regard si lourd à contenir.

Au bout d'une rue sombre que des lanternes éclairaient chichement de leurs lumières baveuses, ils entrèrent sous un porche où se balançait une enseigne couinante à la peinture flétrie qu'Esdeline ne put lire, poussèrent une première porte de bois lourd et traversèrent une étroite cour mal couverte par une toiture de planches débringuée et dégoulinante. Ils poussèrent un autre vantail et entrèrent en baissant la tête dans la salle d'une auberge enfumée qu'occupaient une demi-douzaine d'hommes, à deux tables. Tous les regards posés d'abord sur les nouveaux arrivants ne quittèrent plus ensuite Esdeline de tout le temps qu'elle fut dans la salle, tandis que Cauvin s'entretenait avec l'aubergiste, et jusqu'à ce qu'ils gagnent la chambre de l'étage où il avait demandé que leur fût servi un repas de gruau, de soupe et de pain de seigle, avec du cidre.

Esdeline ne quitta point la chambre les trois jours qui suivirent. C'était la recommandation que lui fit Cauvin dès le lendemain après une nuit passée côte à côte dans le lit à la paillasse défoncée, une nuit de court et mauvais sommeil pour l'un et l'autre, une nuit fraîche sous leurs couvertures ajoutées à celle qu'ils avaient trouvée sur la couche, une nuit durant laquelle il ne porta à aucun moment la main sur elle, s'en tint même écarté comme par quelque incompréhensible prudence. Plus d'une fois, l'esprit traversé de vibrations qu'elle ne pouvait contenir, elle se tourna vers lui pour remarquer, sa vision faite à l'obscurité, le faible scintillement allumé au coin de ses yeux ouverts dans la noireté. Au-dehors et autour tournaient les bruits de ce monde, montés du port et des docks, des entrepôts, des rues, comme si le sommeil, ici, n'était pas à sa place ni à son heure dans la nuit…

Après qu'il lui eut fait cette recommandation de l'attendre et de ne point quitter sinon la chambre en tous les cas l'auberge, Cauvin s'en fut aux affaires qu'il avait à mener, dit-il, sans tarder. Elle l'attendit. Elle n'eût pas rechigné à s'en aller voir de plus près la semblance de la ville et du port et de ces navires si hauts aux mâtures dressées comme des forêts d'hiver en bordure de mer, mais elle ne l'osa – non pas de risquer l'aventure mais de désobéir à l'exigence de Cauvin. La chambre était froide, sans même un appareil pour y faire du feu.

Des oiseaux de mer qu'elle ne savait pas encore reconnaître, blanc et gris, glissaient en vols planés ou se posaient sur les toits des alentours et jacassaient et piaillaient sans repos. Certains venaient parfois jusques au rebord de la fenêtre, le temps d'un ébrouement, de quelques cris poussés qui à chaque fois faisaient sursauter Esdeline. Elle descendit dans la salle pour y manger. L'aubergiste du soir était remplacé par une aubergiste, certainement son épouse, tout en graisse et en sueur, une curieuse coiffe plate de dentelle pincée aux cheveux, un accent vif qui lui faisait manger la fin des mots et rendait son propos pratiquement incompréhensible aux oreilles d'Esdeline. Les occupants de la salle étaient tous barbus, coiffés de bonnets et vêtus de cuir ou de toile épaisse et sombre. Ils tiraient tout en mangeant et buvant sur le long tuyau de leur pipe d'écume, les chiqueurs avaient posé leur chique devant eux sur la table, tous crachaient au sol sur un mouvement du cou avec une régularité très singulière. Le silence et les coups d'œil qui se levèrent pour cerner et accompagner la présence d'Esdeline, ainsi que les regards indubitablement réprobateurs de la grosse aubergiste, convainquirent Esdeline de ne plus redescendre désorendroit et de prendre ses repas dans la chambre.

Cauvin fut de retour tard dans le soir. Pas peu fier d'annoncer triomphalement leur embarquement proche, dans les jours à venir.

– Notre navire s'appelle *La Fortune*, dit-il. Le crois-tu? Si ce n'est pas là un présage...

Il souriait grandement, ses yeux brillaient. Son haleine avait goût de rhum.

– *La Fortune*, ma belle! Une frégate de la Compagnie, m'a-t-on dit, qui a déjà fait deux fois le voyage. Un bon bateau. Il fera partie d'un petit convoi de trois, une autre frégate et un navire d'escorte qui devrait transporter des armes et de la troupe, pour les colonies.

Elle demanda, gagnée par sa chaleur, comment il avait pu trouver ces embarquements et il lui répondit que ce n'était pas encore certain mais que les contrats étaient pratiquement signés avec le capitaine, et qu'ils devraient sans doute ne pas perdre de temps en tergiversations. Il avait trouvé – on avait trouvé pour lui – des absences, en tout cas des retards d'engagés. *La Fortune* et son convoi ne pouvaient pas attendre plus longtemps – les trois navires étaient en partance retardée depuis près de deux mois, pour des raisons d'armement, de fret, avait cru comprendre Cauvin. Il n'avait point trop cherché à connaître la véritable urgence, maintenant, de ce départ, hormis les conditions climatiques élémentaires – une explication devait bien sûr exister, dont il ne voulait pas se soucier, la seule chose comptant était que des contrats se trouvaient à portée, à deux doigts d'être signés, et qu'ils embarqueraient sans même avoir attendu une semaine, avec une célérité et une chance qui confinaient à l'extraordinaire, au miraculeux.

– Tu ne veux pas le croire, hein ? riait-il en la prenant contre lui et en lui soufflant au visage son haleine parfumée au rhum. Tu ne peux pas le croire, dis-le !

Mais elle ne savait si elle devait le dire, si de le dire ne mettrait pas la poisse sur une telle chance insolente… Non, non, elle ne le pouvait croire, ne pouvait admettre que les événements se fussent déroulés de la sorte avec autant de grâce à leur endroit. Elle qui jamais au grand jamais n'avait bénéficié des moindres largesses d'aucune providence.

Quelque chose forcément se révélerait tordu, à un moment. Elle en était convaincue. N'en dit rien. Ne fit aucunement état de sa défiance. Et quand cette nuit-là Cauvin se montra tout au contraire de la précédente, elle lui rendit ses caresses et ses morsures et partagea sa fougue avec une même ardeur.

Elle n'eut pas à attendre bien longtemps que se révélât ce qu'elle redoutait – simplement une éternité.

Au matin il s'en fut, après lui avoir laissé entendre la possibilité d'un voyage séparé – disant que la prudence recommandait peut-être qu'on ne les sût pas ensemble. Il craignait toujours que les milices fussent alarmées de sa fuite en compagnie du meurtrier. À moins, dit-il, qu'au contraire il convînt mieux de décider d'une fausse identité qui les fît mari et femme. Il promit d'y réfléchir et s'élança après avoir déposé quelques sols sur la petite table bancale. Qu'elle l'attende.

Elle l'attendit deux jours et presque deux nuits. Jusqu'au lendemain de Noël. Elle était sur le point de n'y plus croire, vraiment. Accrochée au bord de la falaise, prête à lâcher prise et se laisser tomber. Prête à s'effondrer. À admettre. À reconnaître. À prendre le sac et quitter l'auberge sans même savoir comment payer ce qui devait être dû – ce qui ne pouvait qu'être dû.

Prête à tomber dans le vertige qui lui tournait la tête depuis la nuit d'avant, la première nuit qu'elle avait passée blanche, les paupières brûlantes, à tendre l'oreille par-dessus les remous de la salle d'auberge qui vivait sous ses pieds.

Elle entendit la cavalcade dans l'escalier et se dressa debout dans la pénombre et la porte s'ouvrit… mais l'homme qui s'engouffra dans un courant d'air n'était pas Cauvin.

Il lui parut, dans l'instant, immense, sa tête coiffée d'un tricorne avachi frôlant le plafond de lattes. Il tenait dans une main la lanterne qu'il leva haute et dont elle reçut la lueur palpitante au visage, dans l'autre main une sorte de canne, un bâton pourvu d'un nœud tordu en manière de pommeau. Mais il était en vérité moins large et costaud que grand, son manteau à longues basques et lourde capeline lui donnant toute son épaisseur.

– Prenez votre sac, dit-il d'une voix pointue qui ne lui allait guère. Et suivez-moi. Je vous emmène.

Elle s'étonna presque autant de ce vouvoiement que de la brusquerie des ordres lancés par cette apparition. Elle pouvait compter sur les doigts d'une main le nombre de personnes qui lui avaient donné du « vous » et du « madame », dans sa vie – elle n'avait même pas à compter : jamais personne ne l'avait fait.

– Vous m'emmenez ? sursauta-t-elle.

D'un geste vif il avait fait passer le lacet de cuir du pommeau de sa canne au poignet de la main qui tenait la lanterne, et saisit Esdeline par le bras. Le mouvement faisait danser la lumière et davantage encore quand elle se dégagea très vivement d'un moulinet et recula jusqu'à buter contre le bois du lit.

Il dit sur un ton pressé :

– Je m'appelle Jehan, c'est Cauvin qui m'envoie.

– C'est Cauvin qui vous…

– Il n'a pas pu venir. Il vous attend. C'est lui qui m'envoie. Il vous appelle la Rouge Bête. C'est bien vous ?

Il avait débité tout cela de sa voix de fausset à une allure telle que le souffle parut lui manquer au bout de la question. Elle acquiesça.

– Il vous attend, répéta Jehan.

– Il m'attend où ? dit-elle en écartant son bras qu'il cherchait de nouveau à saisir.

– À l'embarquement. Le convoi quittera le port à la marée. Il faut vous dépêcher. Vous présenter avant que les passerelles soient retirées et les cahiers des engagistes clos.

– Pourquoi Cauvin n'est pas là ?

L'homme baissa les bras, la lumière de la lanterne descendit au plancher de la pièce.

– Des petits tracas. Ce serait long à dire… Et je ne tiens pas à connaître non plus le détail de ce que je ne connais pas de votre situation réelle… qui est cause que les choses n'ont pas été simples ni aisées, je suppose. Vous embarquez sur *La Fortune* où Cauvin devrait vous rejoindre. Il m'a chargé de vous dire que si vous ne l'y voyiez pas, c'est qu'il serait sur *La Mère-de-Dieu*, l'autre vaisseau transporteur du convoi. Il vous a écrit ce mot que j'ai ici pour vous, avec le contrat d'engagement de la Compagnie, pour les hautes terres du Mississippi. Tout est là. Vous devez vous hâter, lors. Le trajet jusqu'au port et l'embarquement ne sont pas sans risques.

De nouveau il avait déroulé la tirade d'un seul élan et sans pratiquement souffler, plongeant la main dans l'échancrure de sa veste sous le manteau et en retirant le morceau de toile cirée plié et ficelé qu'il mit dans la main d'Esdeline.

– Regardez, dit-il. Mais regardez vite. Nous n'avons pas beaucoup de temps.

– Pourquoi donc? demanda-t-elle tout en dénouant la petite cordelette. Et qu'est-ce que nous risquons?

– Ce que *vous* risquez...

Elle déplia la toile et son contenu de papier – trois feuilles de papier, la première déchirée grossièrement et en haut de laquelle elle lut : «Rouge Bête, fais ce que te dit Jehan qui te donne ce billet.»

– Qu'est-ce que *je* risque?

– De ne pas monter à bord, voilà tout, dit Jehan. D'en être refoulée avant même d'avoir mis le pied sur le pont. Vous avez un couteau aiguisé? Des ciseaux?

Elle leva les yeux vers lui. Il tenait la lanterne de façon à ce qu'elle pût lire plus aisément le papier, et la lumière levée entre elle et lui l'éblouit, lui dérobant le visage de l'homme. Elle distinguait vaguement la blancheur de ses yeux dans la masse d'ombre cornue de sa tête chapeautée. De cette ombre monta la voix :

– Cauvin pense que ce serait prudent que vous vous coupiez les cheveux.

La suggestion arracha à Esdeline un hoquet amèrement moqueur.

– Cauvin pense, dit-elle.

Il laissa glisser un peu de silence et haussa finalement une épaule en émettant un grognement résigné. Il dit :

– Lisez le nom sur l'engagement, afin de vous le familiariser. C'est le vôtre désormais. Je n'ai pas besoin de vous en dire plus et je pense que vous comprendrez les raisons qui font que Cauvin doit être prudent, pour vous comme pour lui. Je sais au moins cela, et cela m'est suffisant.

Elle replia le papier déchiré sans l'avoir parcouru davantage que la première phrase et au bas de la dernière ligne du verso le nom de Cauvin, et sous le papier, à la première page de la copie d'engagement, lut qu'elle s'appelait « Colberthe Mangea, veuve de Jean-Charles Mangea, de La Rochelle… engagée par le sieur Aimé Ambert, capitaine de *La Fortune*, agissant devant notaire à Lorient pour les directeurs de la Compagnie… » Elle ferma les yeux. Son cœur s'était mis à battre avec force au fond de sa gorge et les battements lui résonnaient dans le crâne.

– Allons, dit Jehan.

Mais elle ne bougea pas encore. Elle repliait la toile sur les papiers sans regarder ce que faisaient ses doigts, puis elle tourna la cordelette.

– Est-ce que les gens de police sur le port…

Il parut s'agacer :

– Je n'en sais pas mieux de leur présence qu'à chaque embarquement. Et c'est bien assez pour prendre des précautions. Comment vous appelez-vous ?

– Je… Col… berthe.

– Oui ?

– Mangeon. Veuve…

– En êtes-vous certaine ?

– Ou… oui.

– Moi pas, cingla-t-il en traversant la pièce à grands pas vers les sacs au sol, contre le mur du fond. Mangea, et non Mangeon.

Colberthe Mangea, veuve de Jean-Charles Mangea, de La Rochelle. Vous avez liberté d'inventer une belle mort à votre homme. Quel est votre sac, des deux?

Il les désignait tour à tour du bout de sa canne.

– Celui-ci…

– Alors prenez-le, je ne puis vous le porter. Je prendrai celui de Cauvin.

Ce qu'il fit d'une main, empoignant la bretelle et jetant le sac sur son épaule.

– Allons! Votre nom?

– Colberthe Mangea. Veuve de Jean-Charles Man…

– C'est bien. Répétez-le en tête, vous n'avez pas mieux à faire. Et me suivre.

Elle glissa la toile pliée et ficelée sur les papiers dans son casaquin, agrafa sa pèlerine et empoigna son sac, et comme il lui en avait fait l'injonction, suivit son ombre géante projetée par la lanterne qu'il brandissait devant lui.

Elle le suivit au-dehors puis par d'autres ruelles que celles empruntées par Cauvin, qui les avaient menés du port à l'auberge et dont elle avait gardé plus ou moins bon souvenir, mais qui n'étaient certainement pas celles qu'emprunta le grand homme au tricorne et au long manteau pour refaire ce trajet inverse, de l'auberge au port. Elle s'aperçut tardivement qu'il ne brandissait plus sa lanterne, laissée probablement à l'auberge. La suite des premières ruelles enfilées étaient désertes, à part quelques seuils hantés par des silhouettes accroupies sous les hardes, et des chiens qui filaient de travers en égrenant le cliquetis de leurs griffes sur le pavé. Les semelles cloutées de Jehan lui faisaient l'enjambée ferraillante sur la pierre, et Esdeline avait un peu de peine à suivre, dans ses bottines légères qu'elle n'avait mises que dans la chambre d'auberge pour y faire les cent pas et s'en habituer le pied… Puis d'autres ruelles, plus larges, plus éclairées par des torches couvertes et des lanternes pendues aux enseignes, plus vivantes de passants et passantes…

Jehan marchait sans se retourner, elle le suivait courant presque, et se tordit plusieurs fois la cheville, à cause des pavés de bois et de ses talons un rien trop haut pour son habitude. Pourtant, et en dépit de cette démarche qu'on eût pu croire essentiellement préoccupée de sa diligence à gagner un point donné du port, il ne lui en gardait pas moins toute son attention et le prouva plusieurs fois, se tournant vers elle pour la serrer vivement sous son bras, soulevant son manteau, passant ainsi des groupes agités en bruyantes discussions, ou des gens d'armes tout à coup repérés en patrouille dans ces antres de la vermine.

Puis le souffle des quais, avec les lourdes et longues inspirations et expirations de l'océan au-delà du port et de ses jetées, avec le brouhaha monté de tous ces gens sur les quais et appontements, devant et dans le bâtiment de l'entrepôt, avec les grincements de cordes et de bois descendus des haubans du navire dont elle eut le temps d'apercevoir la haute muraille et aussi les découpes et rambardes sous les fenêtres de poupe, éclairées comme des fenêtres de maison terrienne, avant que Jehan la pousse parmi les autres rassemblés dans le baraquement ; toute cette agitation bourdonnante s'abattit sur elle. La tête lui tourna. Jehan la serrait de près et lui tenait le bras, comme s'il eut craint que sur un coup de tête elle ne lui faussât compagnie ou qu'un mouvement soudain de tous ces gens rassemblés ne l'éloignât et ne l'emportât hors de sa portée – comme s'il eut surtout redouté cela, se dit-elle machinalement, noyée dans un brouhaha extérieur autant qu'intérieur : n'être pas sûr qu'elle fût embarquée…

Autour d'elle les visages étaient peut-être plus nombreusement d'hommes que de femmes, mais les uns comme les autres taillés aux mêmes expressions d'expectative et de crainte que ces instants ne s'évanouissent ou bien ne mènent point où et vers quoi ils étaient tendus. Regards chauds et brillants d'une fièvre de conviction et d'espérance en même temps que d'appréhension absolue. Guère de mots audibles, mais des grognements, des murmures échangés derrière les écharpes et sous les rebords des chapeaux… Ils avançaient d'un pas, d'un autre, si peu vite qu'on les eût dits plutôt piétinant la place. Mais ils avançaient, dans la travée de l'entrepôt, entre les murs de poutres verticales auxquelles étaient accrochés des fanaux de navire. Dressée de temps à autre sur la pointe des pieds, Esdeline attendait d'apercevoir dans les lueurs stagnantes rousses la silhouette de Cauvin qui eût surgi tout à coup, enfin, et se fût précipité vers elle… mais sachant bien sûr que même s'il était ainsi brusquement apparu il n'eût pas eu cette attitude-là. Et elle ne le vit point.

Des voix s'élevèrent au-devant des groupes, à l'autre bout du bâtiment, à l'arrivée de personnages dont furent gueulés les rôles de contrôleurs de la Compagnie, pareillement des jurés et officiers de police du port, et dès lors la foule assemblée sous le hangar piétina d'une autre façon et son bougement se fit plus rapide, ainsi que la sortie progressive des engagés après le contrôle.

Approchant de la sortie ouverte sous un porche de poutres, Esdeline entendait plus fort le clerc engagiste ânonner à forte voix les informations identitaires qu'il lisait sur les copies contractuelles présentées. Jehan lui donna du coude et fit un signe de la tête pour désigner ce qu'elle tenait sous son casaquin ; elle sortit la toile qu'elle déplia ; la feuille tremblait au bout de ses doigts quand elle la présenta au gros homme soufflant rauque sur ses triples mentons, dans la lumière des lanternes et torches aux flammes desquelles les gens de police, le fusil crosse au pied, se frottaient les mains.

– Colberthe Mangea, c'est toi ? demanda le contrôleur.

Elle dit que c'était elle et le gros n'entendit point, son œil s'ouvrit plus grand, dardé soudainement – crut-elle – de soupçon.

– C'est toi, Colberthe ?

– C'est moi, dit-elle, au centre des regards des gens de la maréchaussée.

Elle se sentait tout à coup les cuisses très froides et le ventre gargouilleur, des picotis aux tétins et sous les cheveux.

– Et toi ? demanda le contrôleur.

Jehan dit qu'il était cousin et qu'il l'accompagnait jusqu'au bateau, mais qu'il n'embarquait pas.

Elle serrait dans le carré de toile repliée le billet de Cauvin et posa l'autre main dessus pour cacher la tremblote, alors que s'élevait et roulait la voix poussive du gros homme :

– Colberthe Mangea, veuve de Jean-Charles Mangea, de la Rochelle, ayant dessein de transporter à la Louisiane sur la rivière Mississippi en colonie de fort de Chartres pour y aller s'établir. S'est retirée pour y parvenir devers Martin Desbois écuyer et correspondant à La Rochelle de la Compagnie afin de le prier de la faire passer aux frais de ladite Compagnie, et de lui payer une somme de 200 livres pour la mettre en état de faire ledit voyage et de lui payer 15 sols par jour à compter de son départ de cette ville pour le lieu de Lorient et de lui continuer jusqu'à celui de leur départ pour ladite colonie. La Compagnie par l'entremise de Desbois accorde ces 15 sols et 200 livres, la gratuité du voyage, et nourrira Colberthe Mangea pendant son séjour à la Louisiane…

Sur l'écritoire posée en bandoulière sur son ventre le gros homme plaça la feuille lue et celle aussi qu'il détenait, sortie de son portefeuille, et lui tendit la plume et dit :

– Fais une croix.

– Je sais écrire, dit-elle.

Elle prit la plume et signa Colberthe Mangea, son nom.

– Tu recevras ton dû à bord, dit le contrôleur sur une œillade vaguement étonnée de la voir savante.

Il lui rendit sa copie qu'elle replia dans la toile et, renouant la ficelle, elle était déjà éloignée, elle avait quitté le bâtiment ouvert aux vents et aux effluves des marées, elle marchait sur le quai, les talons de ses bottines claquant aux pierres, elle allait droit et si des regards encore la suivaient ce n'était plus son souci, elle entendait la voix du gros qui avait repris :

– Femme Elisabeth Lacomb, fille de feu Mathieu et d'Elisabeth Buisson…

Elle s'efforçait de saisir tous les mots pour une raison qui lui semblait soudain de grande importance et n'en avait d'autre que celle de fixer sa pensée au-dehors du chaos, elle marchait vers l'appontement où la grande barque l'attendait avec apparemment une quarantaine d'autres, et là comme soudain plus de femmes que d'hommes, alors que « son cousin » au grand manteau lui avait lâché le bras et s'était écarté d'elle et la regardait s'éloigner, elle s'en était à peine aperçue, et personne ne la retint ni ne l'empêcha, personne ne cria son nom, ne cria « Rouge Bête » ni ne cria « Esdeline Favier ! » Personne n'était là pour elle.

IV

1

La Fortune n'était point des bâtiments accostés au plus proche dont l'entrelacs des mâtures et gréements s'élevait haut dans la nuit. Nous étions tout un groupe, en file; parmi ces gens certains que j'avais vus sous le hangar où nous avions attendu que soit enregistré notre embarquement. Les visages creusés de fatigue ne s'étaient évidemment pas reposés en si peu de temps, pas plus que la complète pesanteur d'appréhension qui nous masquait ne s'était envolée, et pourtant c'était une expression changée, plus légère, indéniablement soulagée que je lisais sur les traits de mes compagnons et compagnes – je ne sais quelle figure j'offrais moi-même, sans doute guère vaillante, au fond, et bien que je m'efforçasse de ne point paraître trop godiche ou vulnérable, dans le souci de ne point attirer, par trop de nervosité et de craintes affichées, l'attention de personne et surtout pas des gardes de milice armée patrouillant en nombre comme je les pouvais toujours voir, par groupe de trois ou quatre, le long des quais et aux abords des appontements.

Des gens de *La Fortune* s'employaient à diriger notre groupe dans le grand remuement qui semblait s'être levé tout à coup des dalles mêmes des quais. Ce n'était pas seulement un chargement de passagers qui se déroulait dans la nuit mais aussi bien celui du fret que les navires emporteraient jusques en Amérique – ce qui fit dire à ma voisine que le partiment cette fois se ferait sans trop d'attente. Elle me conta qu'elle avait trois fois déjà pris place dans cette file conduite ensuite par chaloupe jusqu'au bateau sans que nul appareillage s'en suive, et donc revenue à quai.

Mais, dit-elle, ils n'avaient pas embarqué de volailles ni de menu bétail comme cela se produisait lors sous nos yeux. Tout une gueude d'avitailleurs s'agitait, portant des cages pleines de poules piaillantes, d'oies, de canards trompettants et caquetants, alors que d'autres tiraient et poussaient moutons et chèvres descendus de plusieurs charrettes.

La foule brassée par tant de mouvements entremêlés palpitait d'un sourd brouhaha d'où pointaient cette jacasserie des animaux et les roulements de roues ferrées, les hennissements des chevaux de trait en accompagnement des cris des voituriers et des appels échangés par tous ces gens du port ainsi que des équipages identifiables à leur tenue, et les bourgeois en habit propre, perruqués et enrubannés, comme je n'en avais guère vu paravant, au bras parfois leur dame dans des tenues de reine. Tout ce monde grouilleur et mélangé m'aspira dans un grand tournis…

L'embarquement ne fut que cela : un haut et fort brassage de bruits et de mouvements propre à vous ensourdir et vous mettre la tête en tournis, qui commença dès notre dénombrement et la sortie des entrepôts et se poursuivit après que les deux chaloupes nous eurent conduits à travers le port jusqu'au navire à bord duquel nous grimpâmes tant bien que mal par des sortes de filets de cordages pendus à flanc et qui tenaient lieu d'échelles.

Des mariniers qui se présentèrent comme « quartiers-maîtres » nous accueillirent et nous énoncèrent les premières consignes et les règles que nous allions devoir suivre durant plusieurs dizaines de jours pour le moins, plusieurs mois peut-être, de conserve avec plus d'une centaine de membres d'équipage. La première de ces règles fut d'ailleurs de nous mêler le moins possible, sinon jamais, à la population des matelots, afin d'abord et avant tout de ne point gêner aux manœuvres, mais surtout de ne pas nous attirer d'ennuis autant que de ne leur en point causer. Cette recommandation valait tout d'abord, cela sans besoin de le dire, aux femmes passagères voyageant seules, qui faisaient indéniablement la majorité des engagés embarqués.

Voilà donc que j'étais à bord d'un grand navire en partance pour l'autre bout du monde.

Sous mes pieds le pont bougeait mollement, en même temps que battu par la course incessante de tous ces pieds nus ou quelquefois chaussés de bottes à semelles de bois ; ce ballant pourtant très discret me fit l'instinctive impression que si je me portais sur un des bords du bateau (comme ils disent : en *basbord* ou *estribord*) celui-ci pencherait de ce côté-là avec moi.

Au milieu de la nuit le compte de passagers embarqués était clos. Un nouvel appel avait été fait par l'homme qui se présenta comme l'écrivain de l'équipage, un bel homme à la tête nue et aux cheveux très noirs noués en catogan qui se dit nommer Johan Forestier et représenter à la fois pour l'armateur du navire, son capitaine, et l'engagiste de la Compagnie.

De la passerelle de dunette où ils se tenaient, en poupe et à plusieurs pieds au-dessus de nos têtes, ce fut au tour du capitaine de Tailli de faire sa présentation, et, flanqué de son capitaine en second, de nous souhaiter les bienvenus à son bord, enfin nous dire son espoir de nous conduire en santé au terme d'un bon voyage jusqu'à l'embouchure du Mississippi. C'était une belle image qu'offraient là ces deux messieurs en perruque et le chapeau sous le bras, dans leur uniforme de couleur et de blanc éclatant. Quelques « Bravos » s'élevèrent de notre petite assemblée, le bagage aux pieds, groupée sur le pont au-devant du grand mât.

Nous étions la trentaine, trente-trois exactement comme nous pûmes nous compter et recompter par la suite jusqu'à ce que ce nombre diminue brusquement pour la raison que je dirai en son temps et qu'il soit moindre ensuite à chaque recomptage. Deux chaloupes nous avaient amenés depuis quai jusques à *La Fortune*, une quinzaine de personnes dans celle où j'avais été poussée parmi un amoncellement impressionnant de cages de volailles. J'avais espéré un instant que Cauvin pouvait se trouver dans la seconde chaloupe, mais après avoir parcouru notre groupe sur le pont à sa recherche je dus bien constater que non, et me convaincre qu'il se trouvait donc à bord de l'autre vaisseau du convoi, *La Mère-de-Dieu*, comme il me le laissait entendre dans le mot qu'il m'avait fait passer, avec mon (faux) certificat copie de contrat d'embarquement.

« Rouge Bête, fais ce que te dit Jehan qui te donne ce billet. C'est un ami qui te prend en charge jusqu'à l'embarquement sur *La Fortune*. Il te remettra aussi ton certificat d'embarquement au nom que tu verras inscrit. Je ne puis être là pour m'assurer de ton passage à bord. Je dois m'occuper de mon propre certificat d'engagé avec les rabatteurs de l'un ou l'autre capitaine de vaisseaux ou gens de la Compagnie. Je ne puis encore te dire sous quel nom je ferai le voyage. Si je ne suis pas avec toi à bord de *La Fortune* je serai à bord de *La Mère-de-Dieu* qui fera ce convoi. Ou bien aussi en escorte à bord de *La Fringante* qui ne transporte pas seulement de la troupe. Nous nous verrons sinon bientôt sur un des vaisseaux, en terre d'Amérique. Sois vaillante, ma rouge et tendre bête que j'embrasse comme tu sais et où tu sais. »

J'avais lu plusieurs fois ce billet, dès la file d'attente aux entrepôts et ensuite, à la lueur du fanal de la chaloupe. Je m'étais attirée de mes compagnes proches des regards suspicieux, méfiants – sachant lire, je ne me trouvais sans doute pas à leurs yeux à ma vraie place au milieu d'elles –, et j'avais donc rangé vivement le billet dans le pliage de toile cirée qui contenait aussi mon contrat et où je me réservais de serrer les pièces qui me seraient versées, ou le billet du payeur engagiste de la Compagnie des Indes, pour mon engagement.

Bien que je fusse donc prévenue de son éventualité, cette absence de Cauvin me rongeait néanmoins les sangs, grignotant sous l'excitation causée par toutes ces choses nouvelles vironnantes qui déferlaient sans m'accorder le moindre temps de répit.

Certes, j'entendis par la bouche de l'une et l'autre de mes compagnes qu'une troisième chaloupe pouvait encore rejoindre *La Fortune*, car elles avaient ouï dire que notre cargaison se nombrait à bonnement dix de plus de la trentaine, et la plus délurée s'en alla même, et en dépit des recommandations fraîchement énoncées par les quartiers-maîtres, poser la question du nombre à quelques matelots s'activant à portée; les réponses qu'elle obtint en plus des plaisanteries sur la grosseur de son cul allaient volontiers dans le sens qu'elle disait (mais trop justement volontiers, sans doute, pour être tout à fait crédibles)...

On nous fit descendre par un escalier d'une dizaine de marches plus raides que l'échelle de meunier des greniers de chez nous, dans cet endroit entre les ponts qu'on nomme la batterie, où un homme de grande taille ne se peut tenir debout, et qui serait, avec le deuxième pont à l'air libre en compagnie des porcs et moutons et chèvres parqués, notre habitat durant la traversée. Un espace limité par des cordages nous avait été dévolu dans cette batterie, afin que nous ne nous mêlassions point aux mariniers qui y crochaient leur branle et y avaient serré leur coffre dans un contre-tillac rabaissant encore la hauteur du lieu, entre les affûts des canons maintenus amarrés en arrière de leurs sabords. Tout l'équipage, comme il nous fut appris, dormait et mangeait là, à l'exception des membres de postes élevés qui avaient leurs cabanes et leurs chambres sur les gaillards. Le lieu baignait dans une obscurité épaisse que gommaient partiellement quelques chandelles de suif dans leurs cages de mica, et la lueur mourante descendue des caillebotis des écoutilles ouvertes du pont supérieur – je décidai sur l'instant que je n'occuperais cet endroit que le strict minimum de temps et regrettai derechef l'absence de Cauvin.

Mais il apparut que seuls les couples légalement unis étaient laissés ensemble, les couples et leurs enfants, il y en avait plusieurs, et que les hommes et femmes seuls étaient séparés, par ordre du capitaine. Que Cauvin même me rejoigne sur *La Fortune*, je ne savais dans quelle mesure le contrat établi à son nom ferait de nous un couple sinon apparenté, de simple connaissance, il me semblait bien que Cauvin au contraire le voulait éviter par prudence.

Il n'y eut pas de troisième chaloupe, en tous les cas qui amenât des engagés par la Compagnie, à s'ajouter à notre assemblée.

Je ne savais – mais personne n'en avait connaissance à ce moment-là, à l'exception peut-être des officiers à qui l'information pouvait être transmise par les signes que les marins utilisent pour leur communication – où en étaient l'embarquement des passagers et le chargement des cales sur les deux autres bâtiments qui formaient le convoi en trio.

La Mère-de-Dieu était comme je l'entendis plus tard une flûte de cinq cents tonneaux chargée principalement de ces haches en fer et couteaux destinés à payer nos alliances avec les Sauvages indigènes qui nous étaient alliés sur le Mississippi, où l'affrontement avec les soldats et colons anglais et tribus sauvages de leur alliance était la permanence. *La Fringante* embarquait de la soldatesque (une quarantaine de fantassins et bigors) ainsi que des semences, des outils, des pièces de bois de bâtiment, de la machinerie... Que Cauvin fût sur l'un des deux ne me faisait pas de doute, mais sur lequel je n'en pouvais rien savoir, aussi regardais-je dans la direction qu'on m'avait dit être celle des deux bâtiments, dans la nuit.

J'étais au pavois avec d'autres femmes et filles, remontées de la sombre batterie puante, et nous regardions l'agitation d'alentour et personne ne nous avait encore commandé de ne point le faire et de ne point être là.

– C'est donc qui que t'attends ? me demanda cette fille aux yeux tchiqueurs et à la langue pendue qu'il ne fallait pas regarder ni écouter longtemps pour comprendre d'où elle sortait et vers quoi elle comptait aller sur le Nouveau Monde, ni quelle était la nature de son contrat forcé.

Je voulus faire comme si je n'attendais personne, ni rien, sinon l'appareillage, mais elle cligna un de ses grands yeux sombres et sa bouche aux larges lèvres s'élargit sur un vaste sourire.

– Je te crois sur parole, dit-elle. Je ne crois que toi, Jeannette.

Je la priai sans doute un peu nerveusement de ne point m'appeler Jeannette. Et quand elle me demanda toujours souriante et les paupières plissées comment alors je m'appelais, j'hésitai un peu trop avant que mon nouveau prénom me revienne. Elle ne me laissa pas le temps de le prononcer, posa sa main aux longs doigts sur mon avant bras. Elle dit :

– Tu ne trouves pas ça joli, Jeannette ?

– Colberthe, dis-je.

Elle hocha la tête. Assura après un temps de réflexion et en appuyant son sourire gourmand que ça n'était pas mal non plus.

– Et tu n'attends personne ? dit-elle.

Je lui assurai que non sur un ton désinvolte à dessein qui disait le contraire tout en laissant entendre mon intention d'éviter la question. Elle tourna le dos au port et s'accouda, la poitrine saillante, pour regarder les matelots qui couraient sur le pont et ceux qui voltigeaient dans les haubans et au long des vergues dans des attitudes qui les faisaient davantage ressembler à des animaux lestes qu'à des humains.

– C'est bien, dit-elle, et je ne sus de quoi elle parlait.

Elle me dit s'appeler Coraline.

Quatre jours plus tard, en mer, dans un moment d'extrême vulnérabilité, je lui appris qui j'attendais avant l'appareillage. Je la vis, entre les mèches dégoulinantes et emmêlées de mes cheveux, cligner de l'œil et elle me demanda s'il était bel homme et au moins s'il me foutrait bien, et qui donc avions-nous volé ou tué. Elle n'escomptait point de réponse, en vérité. Et je n'eusse été capable sur le moment de lui en donner moindrement, trop abattue et la ventraille rebroussée jusqu'à la glotte, vomissant à en crever par-dessus le bastingage – en compagnie de quelques autres ! – sous les railleries et quolibets des matelots à la manœuvre qui nous prédisaient le passage d'une belle danse à venir.

2

Nous appareillâmes dans le milieu du jour qui suivit notre embarquement. Le canon fut tiré en ville, pour signaler et saluer l'événement, un peu avant le partiment.

Notre convoi, si c'est bien le mot juste, pour le peu de navires formant ce groupement, comportait donc trois bâtiments, que l'on dit frégates et flûte. À savoir : *La Fortune* sur laquelle je me trouvais, *La Mère-de-Dieu*, second bâtiment de transport, et *La Fringante*, navire de conserve qui nous escortait, également une frégate gaillardée, ainsi que nous l'avons appris.

Ce dernier navire était, je l'ai déjà dit, porteur de troupes, en plus d'éventuels passagers engagés. « Éventuels » car nous n'en pouvions savoir rien avec certitude, et même les gens de la maistrance à qui nous demandâmes des informations nous dirent n'en être point informés, eux non plus. Peut-être était-ce vrai.

Ils n'ignoraient rien par ailleurs du contenu des cales dont ils nous tinrent grands discours quant à leurs destinataires : les tribus sauvages amies de la couronne et alliées de nos colonies en place au long des fleuves et rivières Mississippi et Missouri et Ohio et d'autres aux noms des plus barbares et hors entendement. On nous dit grand bien de ces sauvages alliances, qu'il nous faudrait conserver et entretenir quand nous serions en place, car à défaut de leur soutien nos Compagnies et colons eussent été boutés depuis longtemps hors de Nouvelle-France comme du pays louisianais par les Anglais forts de leurs propres alliances. La guerre qui se livrait là-bas, en un mot, car c'était une guerre, était voirement une guerre indienne, sous les bannières du Vieux Continent.

J'entendais ces propos qui s'échangeaient sur le pont comme dans la batterie entre les futurs colons engagés que nous étions et les gens de maistrance qui venaient parfois nous causer de ce qu'ils savaient des choses du monde. J'entendais et regrettais chaque fois un peu plus fort l'absence de Cauvin, car nul doute qu'il en savait lui-même beaucoup et qu'il eût alimenté la conversation mieux que nous ne le pouvions. Lui et Fanch m'en avaient dit et redit davantage que je n'en écoutais ici au fil du temps. Ils avaient durant leurs années d'apprentissage en charpenteries marines, sur les chantiers des ports qu'ils avaient fréquentés, rencontré cent voyageurs marins et entendu mille et un témoignages.

Un homme parmi les engagés semblait connaître par avance l'aventure dans laquelle il s'apprêtait à plonger. Il se nommait Coursier, il était tonnelier-ferronnier-serrurier, marié à une sèche maigrichonne que le mal de mer avait fourrée dès la sortie du port (j'avais pour ma part résisté deux, trois jours) et qui n'en finissait plus de rendre à la mer tripes et boyaux, au point que le chirurgien décida de la mener en sa chambre d'infirmerie et que le second jour on y vit l'aumônier la rejoindre…

Coursier ne s'en émotionnait guère. Il continuait sa longue conversation, avec un des quartiers-maîtres ou qui que ce fût d'autre, fréquemment le charpentier, ou l'écrivain de bord M. Forestier. Il ne tarissait pas sur toutes ces richesses que pouvaient nous donner nos colonies du continent, bien davantage que celles des îles du Vent et de la Caraïbe, pour peu que le Roy de France veuille bien porter son attention sur elles et leur accorder du soutien. Il avait un regard qui ne voyait rien de ce qui l'entourait au plus prochement et, quand il fixait la mer et la sarabande interminable des vagues à crête blanche et même l'horizon brouilleux, c'était évidemment plus loin, bien plus loin qu'il voyait, tellement loin, et même au-delà du temps. Il affirmait que Marie-Rose, sa femme, toute maigriotte et d'os qu'elle était, s'en sortirait, il n'y avait pas plus résistante. Ils se connaissaient depuis qu'ils avaient six ans. Ils venaient de la paroisse de Saint-Nanquin, « dans la plaine ».

Je n'avais pas trouvé le moyen de savoir si quelque part un vaisseau du nom de *La Sainte-Mère* faisait partie d'un convoi en partance. Je n'en avais entendu rien dire par personne autour de moi, ni dans notre assemblée de passagers, ni davantage parmi les mariniers de l'équipage, quand ils nous faisaient conversation aux moments autorisés du soir, avant le premier quart de nuit, quand tous les noms possibles de bateaux circulaient pour la moindre raison. Il me vint progressivement que je m'étais peut-être trompée, que mon souvenir se gâtait, que je faisais la confusion entre *La Mère-de-Dieu* et *La Sainte-Mère*. Ce doute s'incrusta et bientôt m'emplit la tête. Je n'étais plus certaine de rien.

Quand me gagnait la somnolence nocturne qui remplaçait pour une bonne part le vrai sommeil, serrée dans ma couverture contre la coque vibrante et la roue d'affût d'un canon, où j'avais fait parmi les engagés ma place dans la batterie avec les autres, cernée par les bruits crissants des cordes et des croches de branles de l'équipage, des ronflements, des crachements, je voyais en une sorte de songe heurté la famille Hammer, et aussi les Matter, qui se dressaient parmi les embarqués sur *La Mère-de-Dieu* et m'appelaient sans que j'entendisse mon nom, mais c'était mon nom, et ils me montraient le poing et semblaient bien agressifs, ce que je ne comprenais pas, et je suppliais je ne sais quelle force de salut que ce qu'ils hurlaient ne s'entendît point car cela ne me semblait guère bon pour ma tranquillité. Ces rêvasseries étaient un mystère – que je ne m'explique toujours pas. À moins qu'elles ne me fussent venues plus tard que ma souvenance ne les place dans l'ordonnement des événements, c'est-à-dire après ce que j'appris. Auquel cas ce rêve, pour n'en point s'expliquer mieux, revenu souventement, abandonnerait au moins cette figure prémonitoire que je ne puis regarder sans sourire comme il m'est impossible d'admettre aucune des croyances bondieusardes ou païennes qu'il m'a été donné d'entendre dire.

Il est étrange que je me rappelle de certaines choses qui pourtant ne me paraissent point tant compter, alors que le flou et la confusion enrobent des événements, ou des détails d'événements, qui furent de belle et grande importance.

Pour exemple il me souvient comme si c'était hier des premiers instants de navigation hors du port de *La Fortune,* avec la marée et le choc des vagues contre la coque qui résonnaient comme « dans » le pont et vibrait « dans » les semelles de mes bottines et me montait le long des jambes, comme une grande vibration et l'impression de faire partie intégrante de toute la charpenterie du navire. Et puis les premiers effets de roulis, avec le sol tout à coup qui s'éloigne du centre de votre aplomb, qui vous fait écarter les jambes et crisper mollets et doigts de pieds dans vos chaussures... comme si la perte de la platitude du sol devait ne plus se rattraper jamais... le ventre qui se tourne et se love en lui-même et qui se trouve bien. C'en est agréable. Un dodinement ami.

Et par ailleurs je ne me revois plus vivre les instants précédant le malheur quand il s'abattit. Je ne vois plus, ou mal et sans assurance, ce qui nous annonça l'ouragan, je ne vois plus, ou mal et sans assurance, le déroulement de cet étrange affrontement, cette espèce de provocation, de long et lent défi du bâtiment pirate surgi comme par enchantement des tourments, et qui décida de notre rencontre avec l'autre navire, l'épave et sa cargaison de spectres noirs, et de toute la suite que prit donc le voyage sur la mer océane.

Le brouillard est tombé sur ces moments-là, comme il est tombé sur beaucoup d'autres qui suivirent, laissant jaillies, des événements souvenus dans la lumière, leurs seules pointes jamais émoussées, éternellement acérées, tranchantes comme les crocs du diable – qui lui seul existe et nous attache, par les ombres qu'on traîne, à la surface du monde.

Les premiers temps, nous continuâmes de distinguer la côte, plus ou moins lointaine, à notre droite (ou estribord), parfois si nettement que nous en pouvions voir les taches claires des maisons perchées sur les rocs, les mâtures des petits bateaux à l'amarre dans de petits ports, même le pointillé des moutons ou des vaches à la pâture sur le pentu des falaises. Parfois, ce n'était qu'une vague ligne brumeuse moins sombre encore que la vague et la ligne brisée des flots. Puis cette côte disparut totalement, ainsi que, quelque temps après, les oiseaux qui nous accompagnaient nombreusement de leurs cris. Le temps n'était pas bien beau, mais pas mauvais non plus, plutôt d'une grisaille uniforme; le vent faisait claquer certaines voiles à grands coups sans pour autant les tenir gonflées, ce qui n'était à l'évidence aucunement problématique à en juger par la belle part de voilure à demi ou entièrement carguée, comme si la force du vent ne nous était point essentielle et que nous suffisait donc, sûrement, la force des courants mystérieux filant sous la quille. C'était pareil pour la flûte et aussi pour l'autre frégate suivant à quelques miles, que l'éloignement réduisait à la taille d'un jouet.

Le mal me prit peu de temps après que nous fûmes en grande mer. J'en avais vu dès les premiers instants (comme l'épouse malingre de Jean-Marie le tonnelier) se tordre et se vider de bien mauvaise façon pour donner à manger aux goélands suiveurs, mais n'imaginais point que ce fût aussi éprouvant de vomir et rejeter le contenu de son estomac, d'abord, ensuite du vide, et enfin son estomac lui-même… Avec étrangeté, ce dérangement de ventrailles cessa comme il était venu, aussi soudainement, après quelques jours et quelques nuits de supplice, sans que j'eusse fait sciemment pour le calmer davantage que pour le provoquer. Pour autant le mal me conduisit à passer la nuit sur le pont plutôt que dans le confinement et les relents couineurs et grommeleurs de la batterie – le ballant m'était moins pénible au cœur à l'air libre qu'enfermé.

Je pris cette habitude du pont nocturne et montai le plus souvent, quand le temps le permettait, en compagnie des bêtes parquées dans des enclos couverts dressés tout exprès le long des pavois de part et d'autre de la grande écoutille et du petit cabestan, entre misaine et grand mât. Je m'étais fait une niche dans l'espace étroit qui séparait les cages aux oies, entassées et solidement amarrées, du parc à claire-voie d'une vingtaine de chèvres – je retrouvai un peu l'odeur des biques, mais néanmoins différente de celles qui étaient miennes dans mes collines, avec la senteur humide de la mer en plus comme collée à leur pelage. Caresser leur museau à travers les barreaux, entendre leurs béguètements quémandeurs, me procurait un véritable apaisement.

Je me fis, non sans mal, accepter par le page de coquerie chargé de la traite des biques et de leur approvisionnement en fourrage et autres nourritures. Le garçon n'avait pas quinze ans, le front têtu et le regard fuyant, et rougissait du menton au bonnet dès qu'il m'approchait. La seule phrase qu'il m'adressa, le nez baissé, fut pour me dire que je n'étais pas autorisée à m'occuper des bêtes destinées à la nourriture de l'équipage, ce fut ce qu'en tout cas je crus saisir car il s'exprimait avec la rapidité caractéristique du parler breton, et au moins autant de mots de ce langage que de français. Breton, le garçon l'était indiscutablement des orteils aux cheveux.

Après que j'eus demandé permission au coq qui en référa au quartier-maître chargé de la maintenance des bêtes d'approvisionnement et, après avoir dit que je savais m'occuper des chèvres, cette tâche me fut consentie. Le garçon vint, me tendit la seille de bois pour la traite et me montra, sans un mot, la façon d'ouvrir la portière du parc à claire-voie. Il me regarda faire un moment et d'où je me trouvais, vironnée par les bruits des manœuvres en cours et les appels et leurs réponses et les coups de sifflet des maîtres, la joue pressée sur le ventre rond de la chèvre, je lui adressai mon plus beau sourire et je crois qu'il sourit lui aussi avant de détourner la tête et de s'enfuir à toutes jambes, cramoisi et ravi.

Quelques fois, Coraline me voisinait et dormait dans le renfoncement du côté de l'intérieur du pont, quand j'étais moi du côté bastingage. D'autres parmi nos rangs, des filles et des hommes seuls, prenaient parfois pareillement place sur le pont quand le temps le permettait, pour y dormir aisément enroulés dans leurs couvertures à même le sol. Les branles restaient réservés aux matelots de l'équipage, dans les batteries.

Certaines nuits, des lanternes restaient allumées près des cages et enclos, pour prévenir de tout larcin possible dont se fussent rendus coupables aussi bien ceux de l'équipage que des engagés passagers. De ces lanternes étaient disposées en nombre sous la voilure, d'un gaillard à l'autre. Il en était mêmement pour les deux autres du convoi qui paraissaient alors tantôt à notre basbord, tantôt à notre estribord, ou encore en quelque point de la nuit où se perdait notre sillage, comme des poignées de bluettes flottant dans la noireté mouvante, à plus ou moins grande distance, et que les creux de la vague et le mouvement de notre coque avalaient parfois puis recrachaient. J'avais choisi de me placer à proximité d'un fanal de cette sorte, accroché au sommet des cages, et c'est ainsi que, pour passer le temps noir du fond duquel le sommeil tardait à monter, me vint l'envie de narrer de quoi se faisaient les jours, les nuits, le temps.

C'est ainsi que me vint ce désir de portraiturer ce voyage, afin tout simplement qu'il m'en souvienne plus aisément, sans intention de faire lire à quiconque ce que serait ma manière de Journal de bord (comme j'appris qu'un Capitaine faisait par devoir).

Tu vois que je ne pensais pas à toi, dans cet esprit et à ce moment-là, que je ne te voyais pas à destination de ce récit que je fis. Ou bien alors sans en avoir conscience.

Quoi qu'il en soit, je n'en suis lors pas mécontente d'y avoir cédé.

Monsieur l'écrivain de bord à qui je demandai à défaut de plume une mine de craion, quelques feuilles de papier, et confiai mon désir, n'en crut pas ses oreilles. Le bel homme me regarda tout d'abord avec grande méfiance comme si je lui eus fait part de quelque dessein sournoisement répréhensible. Que d'abord j'eus demandé à m'occuper de la traite des chèvres, pour prétendre lors non seulement savoir écrire mais vouloir le faire ne se pouvait pour lui concevoir en liaison…

Il accéda pourtant à ma requête. L'avance finalement faite (par ce même Johan Forestier qui se chargeait de ces comptes à bord, au nom de la Compagnie) d'une partie de mes gages d'engagée me permettait d'acquitter ce petit achat et de ne rien devoir que je fusse dans l'ennui de ne pouvoir rendre autrement que par quelque contrainte. L'usage de ce pécule permettait à la plupart d'entre nous de payer notre nourriture quotidienne au maître coq, quand cela n'était pas stipulé aux contrats.

J'écrivis donc quand il m'était possible, ma feuille sur un morceau de planche que me donna un matelot du maître charpentier, posée sur mes genoux, dans ce rencognement entre les cages et l'enclos aux chèvres, parfois de jour ou bien le soir à la lueur du fanal au-dessus de ma tête, ce qui me fit trouver le temps plus court et me procura, à son fil, une jouissance dont je n'eusse point soupçonné qu'elle pût se produire à ce jeu.

3

6 janvier 1751 à bord de La Fortune

Je ne suis plus malade. Mon ventre est revenu en sa bonne place. Je peux avaler quelque nourriture sans la rejeter aussitôt aux poissons. Fini également de courir à la poulaine qui est l'avant du bateau, dessous cette sorte de mât en proue appelé « beaupré », où se tiennent les aisances. C'est un lieu nombreusement fréquenté et où se mêlent la mateloterie et les passagers en égalité de besoins… Les « dames » y vont à deux ou trois, celles qui n'ont pas à donner de leur personne accompagnant et cachant aux regards, derrière une couverture tendue, celle qui se vide. L'exercice n'est pas facile et peut prêter à rire, comme je le fais lors que je n'en suis plus l'actrice, à voir parfois, en se penchant un peu dessus le pavois, ces rangées de culs nus qui se déversent aux remous de la vague d'étrave entre les piles des rambardes ouvertes… Personne jusqu'à présent n'est tombé à la mer.

10 janvier 1751 à bord

Le capitaine de *La Fortune*, en outre chef d'escadre pour notre convoi, est un gentilhomme nommé Jean de Tailli. Son grade est me dit-on quelque chose comme « maître de camps de cavalerie », ce qui signifie d'abord pour moi, aussi bien que pour quiconque, qu'il n'est certainement pas né de la mer. Je ne sais s'il a davantage l'expérience de l'armée terrienne que de la conduite d'un navire. Il est âgé me dit Coraline d'une trentaine d'années sous la perruque. Si nous pouvons certes faire confiance à ma compagne pour ce qui est du savoir-faire dans ce type d'évaluation, je ne comprends guère par ailleurs sur quelle observation elle a pu forger ce jugement, entendu que nous n'avons vu le fameux capitaine que fort peu et jamais en dehors du gaillard et de la dunette sous laquelle se tient sa chambre. Ou alors Coraline s'est aventurée dans ces territoires de poupe. Car pour les fois où nous avons pu entrevoir notre jeune « maître à bord », conversant avec quelque autre de ses officiers en uniforme reluisant à la rambarde de la dunette, sous la barre des basses vergues et à travers la foison des haubans qui nous interdisaient un champ de vision dégagé, il n'était guère aisé de lui mettre au visage quelque âge que ce fût. Ses officiers directement attachés pas davantage. Il en avait au moins deux, que nous avons pu voir quelques fois, donc, en sa compagnie. J'ignore leur nom, leur grade. Ces gens-là ne descendent jamais à ma connaissance sur le pont.

12 janvier 1751

Coraline a vingt-cinq ans, croit-elle. Il y a cinq ans de cela, elle a décidé qu'elle en avait vingt. Elle ignore où elle est née. C'est une enfant trouvée. C'est ce qu'elle affirme. Je ne sais pas s'il faut la croire dans tout ce qu'elle raconte. Elle m'a donné jusqu'à lors au moins quatre noms de villes d'où elle viendrait. Ce sont des villes que je ne connais pas, de toute façon, situées je ne sais où en France et en

Bourgogne et ailleurs encore. Tout ceci est bien grand. Je n'imaginais pas tant de grandeur, dans toute cette géographie.

Coraline a eu jusqu'à maintenant la vie dure. Je ne pense pas qu'elle en invente beaucoup. Elle ne s'est pas embarquée de son plein gré pour la Louisiane. Elle y a été condamnée. C'est ce qui est inscrit sur son document d'engagée, son contrat. Le nom de sa paroisse qui y est inscrit est celui d'un saint, je n'ai pas eu le temps de lire le nom de la ville quand elle m'a montré le document faisant état de sa condamnation – elle me l'a montré mais ne me l'a pas laissé sous les yeux suffisamment de temps, comme si s'apercevant trop tard que je pouvais lire et n'ayant pas envie que je le fisse. Et puis je sais ce que valent ces documents, je sais ce que vaut mon propre contrat.

Coraline aussi le sait. Elle a tout de suite deviné que je n'étais pas en situation très régulière à bord de ce navire et que mon engagement par la Compagnie ne l'était pas davantage. Elle ne m'en a pas demandé plus. Je ne lui en demanderai pas plus. Nous nous sommes prises en amitié et nous partageons nos repas, quelquefois n'en prenons qu'un pour deux auprès du maître coq et de son valet par mesure d'économie. Notre appétit n'est pas si grand, nous nous en contentons. La cuisine du bonhomme n'est pas bien attrayante non plus. Si je ne me gardais pas je lui proposerais bien d'utiliser ses gamelles, ce qui serait évidemment très mal vu et ce dont je m'abstiendrai donc. Que je tire le lait des chèvres suffit...

14 janvier 1751

Les jours se suivent.

On me dit que nous descendons vers le sud et que les côtes d'Afrique après celles d'Espagne, là-bas, se cachent sous l'horizon, à notre basbord. Cela me paraît bien étrange, pour tout dire incroyable, mais il semblerait pourtant que cela soit effectivement. C'est sans aucun doute effectivement. Ce qui rebrousse mon entendement est que l'on puisse donc savoir où l'on va, et y aller sans s'y perdre, dans cette immensité d'eau et de vagues comme hantées par-dessous d'innombrables animaux au dos large qui les roulent à l'infini, et sous cette immensité de ciel, de nuages, au soleil du jour et aux étoiles de nuit. Que mon regard se pose sur ces vagues qui nous portent si bonnement, dans un mouvement roulé et plongé auquel j'ai pris finalement bien vite l'agréable habitude, ou qu'il se lève vers le haut à travers la forêt de la mâture, le vertige me saisit. J'en suis fatiguée d'écrire. Mais plus je m'y désennuie plus ma main s'y accoutume et devient bonne à cet exercice. Je pourrais lire aussi, j'ai un livre dans mon paquet que Cauvin y a mis. Mais ce ne serait pas prudent je pense. Écrire comme je le fais, déjà, trouble certains regards.

16 janvier 1751

La mer est de couleur aussi changeante que le ciel. La mer aussi a ses nuages. Selon le moment du jour et la lumière. Cela va des sombres attirances de gouffres, devinés sous l'écume qui se défait des crêtes tordues, à ces verdeurs liquides plus dures que du métal sans cesse affûtées aux lents ressacs toujours recommencés, avec une patience, une obstination jamais vues autre part.

Nous descendons au sud pour attraper les courants et les vents nord-ouest. Tout le monde semble savoir cela. Je fais comme si je le savais aussi. L'alizé. Voilà que nous sommes en mer depuis presque vingt jours. Hier les nuages couraient sur les vagues. Ils se sont à peine soulevés pour nous laisser entrevoir au fond de cette trouée la ligne noire d'une île dont on nous a dit le nom que je n'ai pas retenu.

Avec ou sans nom nous n'en avons pas vu beaucoup. J'ai appris que certains rouliers négriers en course triangulaire faisaient escale sur ces îles. Pas nous. Et nous n'en avons point croisé. Les seuls autres navires que nous puissions voir sont nos accompagnateurs, *La Mère-de-Dieu* et notre escorte *La Fringante*. Souvent *La Fringante* est suffisamment éloignée pour que nous n'en apercevions que le haut de voilure. Je trouve la chose étonnante pour un vaisseau de conserve censé nous protéger en cas de besoin. Je me dis que Cauvin se trouve sur un de ces vaisseaux. Je me dis que peut-être au même instant il pense à moi, sur celui-ci.

J'ai dit à Coraline ce que nous ferions une fois débarqués. Là-haut sur le Mississipi. Je lui ai dit ce que nous avons rêvé, Cauvin et moi, mais aussi mon intention et comment je vois les choses, sans en avoir encore parlé à Cauvin. Elle m'écoute bouche ouverte, soit en ouvrant des yeux ronds soit en les fermant, dans les deux cas avec son sourire entendu. Je lui demande :

– Et toi ?

Elle me dit :

– Tu me présenteras ton Cauvin, et elle cligne de l'œil.

Cligner de l'œil est la chose qu'elle semble le mieux savoir faire. Elle ajoute :

– Je suis là-bas condamnée à me marier. Je me marierai donc. Elle dit : Avec un vieux bien gras et fortuné que je crèverai à coups de rein pour pouvoir être riche et prendre des jeunes amants, dans ma plantation de sucre.

Je lui dis qu'il n'y a pas de plantations de sucre en Louisiane. Ça, je le sais.

– Qu'en sais-tu donc ? me dit-elle.

Je dis que je le sais et nous nous chamaillons. Elle tient beaucoup à sa plantation. Cauvin dit que le sucre est sur les îles du Vent, en Martinique, en Domingue, pas en Louisiane. Plus tard sans doute mais pas encore, dit Cauvin.

17 janvier 1751

Les îles que nous avons vues hier s'appellent Canaries. Mon poignet et mes doigts sont douloureux d'écriture. Mme Guettes dit qu'elle souffre mêmement et que c'est l'air humide qui lui raidit ainsi les jointures. Peut-être.

Monsieur l'écrivain de bord à qui j'ai demandé de nouveau du papier, offrant de le payer –ce qu'il n'a pas voulu et ce qui m'a embarrassée –, m'a demandé à lire mon Journal. Je ne l'ai pas entendu, donnant le prétexte de sa maladresse (ce qui est vrai), mais surtout je ne tiens pas à ce que ce monsieur lise ce que j'écris de lui. J'en serais morte de honte et de gêne et capable de me jeter par-dessus bord. (Ceci est faux bien sûr.) Donc il ne lira pas.

18 janvier

Il a plu. C'est la première pluie depuis que nous avons quitté la côte de France. Le vent aussi a forci et les voiles se sont gonflées et claquaient comme nous ne l'avions vu jusqu'à lors. Le ciel frôlait la crête des vagues et les creux sont devenus presque noirs, comme si la nuit tapie au fond montait des profondeurs. Tous les bruits coutumiers sont devenus autres, ceux de la mer et ceux du navire. Cette force battant les voiles tendues y donnait nombre de voix chevauchées comme en une grande et violente conversation. Nous étions quelques-uns et quelques-unes sur le pont, dans le secteur qui nous est accordé aux abords des cages, et nous avons vu brusquement s'agiter l'équipage aux coups de sifflets des maîtres et contremaîtres, et senti les bordages de pont résonner et trembler des galopades et chocs de pieds nus ou bottés en semelles de bois. Les hommes de manœuvres grimpaient dans les haubans sous les premières rafales de pluie, filaient au long des vergues comme s'ils collaient à la toile, avec une agilité et une assurance surhumaines, pour tirer au vent toutes les voiles. Les cages et enclos furent recouverts et les bâches sanglées en rien de temps. Le maître-valet du nom de Le Galec qui se trouve faire le plus souvent la relation entre l'équipage et nous autres, nous a demandé de descendre dans la batterie avant qu'un ou une ne passe à la mer. Il y avait de la saoulesse dans ce mouvement soudain très amplifié du bâtiment qui semblait à la fois une fuite et un jeu au cœur d'éléments dénoués. Je me suis sentie monter en grande jouissance. Elisabeth Lacomb m'a prise par le bras et entraînée vers la grande écoutille. Dans la batterie sans autre lumière qu'une lanterne rudement balancée je me suis violemment cognée au front contre un croc d'amarrage de canon. Je me suis endormie en tenant un bouchon de toile pliée contre la coupure qui a recommencé de saigner quand un branlement plus fort m'a réveillée et arraché le pansement. C'était la nuit complète. La mer cognait contre la coque dans mon dos. Le dehors ne semblait fait que de vent crieur et secoueur. De l'eau pissait par l'écoutille et fouettait le sol et dégoulinait le long de l'échelle. Ça puait la vomissure, le goudron et le tabac fumé. La petite fille des Hargin pleurait et hoquetait. On entendait dans tout cela grincer les branles accrochés des marins, pour certains occupés. Je me suis sentie gagnée par une folie, la saoulesse encore, une grande sensation de plaisir complet, la sensation d'exister, heureuse. J'ai répété et répété le nom de Cauvin, dans ma tête, entre les battements du sang, sous la brûlure de mon front.

20 janvier

Je n'ai rien noté hier. La tête m'a pesé tout le jour. Le chirurgien De Prévontois est venu voir ma blessure au front et m'a fait le compliment que la cicatrice ne serait pas vilaine ni ne gâterait la joliesse de mon visage, capable, paraît-il, d'en soutenir bien davantage. Il ne sera pas nécessaire de recoudre la peau. Le chirurgien est revenu avec de quoi laver et panser la blessure et me voilà avec un turban de négresse, dit Coraline. Elle dit aussi que le chirurgien me trouve à l'évidence à son goût. Elle prétend que monsieur l'écrivain aussi. Elle m'a regardée droit dans les yeux en me prenant le menton dans sa main. Dans un grand sourire elle a dit : « Belle garce » et souri plus fort. Je me suis sentie tremblante de tout le corps. Je ne sais pas si ces deux-là me trouvent réellement à leur goût, moi plus qu'une autre. Je crois qu'ils trouvent à leur goût tout ce qui porte jupons et ne pue pas trop de l'entrecuisson.

21 janvier 1751

Les pluies de ces temps derniers se sont apaisées. Les « grains », comme les appellent les matelots. Il ne pleut point pareillement sur la mer océane que sur la terre ferme. Non point pareillement en tout cas que dans mes collines et mes montagnes. Les averses et gros temps se peuvent voir venir de loin, à nombre de signes, et cela rapidement. Le vent qui nous a apporté ce mauvais temps nous le reprend et nous sèche tout aussi vitement. Après les trombes d'eau le ciel peut être clair et lumineux et brûlé de soleil en rien de temps.

Nous allons « vent arrière ». Il m'apparaît (comme si j'étais la seule, car cela ne semble pas surprendre mes compagnons et compagnes de voyage qui sont pour la plupart natifs des mêmes côtes) que le langage marin est un parler à part entière. Un parler au moins aussi complet que la plupart qui se disent dans les différentes régions, dedans et hors Lorraine ou France, comme si les navires et leur population étaient eux-mêmes des régions voguant détachées de la terre. Aller vent arrière signifie que nous marchons à bonne allure, avec un bon vent d'alizé qui nous pousse.

22 janvier 1751

Un homme a été puni, ce jour d'hui. Il s'agit d'un matelot que nous avions remarqué paravant et qui se distinguait des autres par sa plaisante humeur et son enthousiasme comique à grimper dans la mâture, prompt à faire de son ouvrage un spectacle pour peu qu'il remarquât des visages levés vers lui. Il s'appelle Loïc et n'a guère plus de vingt ans, des yeux d'un bleu sombre dans un visage couvert de bran de Judas, une longue queue de cheveux poissée qui dépasse de son grand bonnet et lui bat le haut du dos. Loïc est un des rares à tourniquer volontiers autour de nous autres passagers et passagères engagés quand nous sommes sur le pont hors les temps de garde, pendant lesquels cela est interdit par le règlement. Il échange, sans pour autant se retarder dans son ouvrage, des mots plaisants et des boutades, nous parle de la manœuvre en termes de plaisanterie et voudrait nous faire croire des balivernes sur les méchants esprits qui hantent les océans et qu'il dit connaître et même avoir rencontrés. Il nous demande nos projets une fois que nous serons débarqués en Louisiane. En bref, c'est un jeune homme de bon aloi et de bon contact avec le monde.

C'est aussi visiblement une sorte de mécréant qui plusieurs fois s'est laissé divertir ostensiblement de la prière matinale, ce qui lui a valu la punition.

Cette prière est soi-disant de coutume à bord de tout navire. Je ne fus pourtant pas la seule à en être surprise, sans même parler de Coraline qui a entendu la première fois la chose avec une grimace douloureuse. Un bon nombre parmi les engagés se sont montrés étonnés de la pratique. Voici ce qu'il en est : la prière du matin est dite sitôt après le récurage du pont et avant que l'équipage ait reçu le moindre biscuit à se mettre dans le ventre. On fait sonner la cloche de passerelle et l'aumônier s'en vient prendre place devant le mât d'artimon en regardant vers la proue et l'équipage est agenouillé face à lui le bonnet à la main. Il commence une chanson en langue d'église dont je n'ai pu comprendre le propos, et les hommes agenouillés poursuivent avec lui par couplets entiers. Ensuite il y a d'autres rengaines de même ordre et aussi une sorte de conversation toujours en langage latin, l'aumônier posant des questions et l'équipage y répondant. Puis enfin ce curé qui n'en a pas l'habit dit en français un remerciement à Dieu et aussi à une Sainte Vierge et des anges gardiens, pour nous avoir protégés et gardés durant la nuit passée. Cela fait, le maître donne de son sifflet, et à ce signal tous se relèvent en criant : « Vive le Roy ! », ce qui produit une clameur fort saisissante.

Il apparaît que le matelot Loïc ne se tient pas respectueux durant cette prière et ne participe pas aux réponses ni aux chants, et s'il le fait c'est bien souvent pour en tordre les paroles, qu'il dit en langage breton. Après deux remarques et remontrances, il a persisté dans sa mauvaise foi, avec des grimaces en plus, et quand il fut réprimandé jura le nom de Dieu à plusieurs reprises et le prit à témoin de son innocence. Il a été condamné à une peine de carcan et battu de cordes du quartier, c'est-à-dire battu par tous ceux de son quartier ou quart d'équipage. À défaut de carcan, il a été dévêtu et exposé tout nu et lié sur des haubans après la prière de ce jour à laquelle il n'a pas participé. Les hommes se sont succédé en se passant la corde goudronnée et l'ont frappé chacun de deux coups sur le dos, les fesses, les cuisses.

On nous avait conviés à la démonstration du châtiment. La plupart des gens de l'équipage qui n'était pas à la manœuvre, faisaient vilaine mine, crachaient leur jus de chique en signe de mécontentement. Certains d'entre nous souriaient au spectacle, la majorité pourtant n'ayant pas l'air de le trouver plaisant. Sur la dunette, à la rambarde, le capitaine et ses officiers, invisibles le plus souvent au grand des autres jours, étaient présents, raides comme des statues. Nous n'entendîmes de Loïc aucun mot, aucune plainte, seulement les sourds coups de corde portés et ceux habituels qui faisaient le silence de la mer et du bateau. Le corps du puni se couvrit progressivement de marques sombres et rougeâtres, mais aucune ne saigna et je crois que les frappeurs ne frappèrent pas le plus fort qu'ils eussent pu. Ensuite un nouveau coup de sifflet éparpilla les hommes vers la batterie et le premier repas du jour. On laissa Loïc cul au vent attaché dans le hauban après lui avoir jeté sur le dos une seille d'eau de mer.

Nous étions quelques femmes autour de Coraline et nous avons hésité un moment. Ce n'était certainement pas de nos affaires. Finalement le maître-valet nous autorisa à porter à boire au garçon attaché aux cordages. Quand il nous vit un sourire lui vint et il dit :

– Nom de Dieu merci, toutes ces dames pour venir m'admirer le cul !

Il ajouta que ce n'était pas encore ça qui l'empêcherait de jurer le nom de Dieu quand ça lui plairait, bocan de Dieu, dit-il. Ils l'ont détaché quelques retournements de poudrier plus tard, il a enfilé sa culotte avec peine et il est parti, marchant un peu de travers, vers la grande écoutille par laquelle il est descendu.

23 janvier 1751

Demain nous passerons le tropique du Cancer. Cela donnera l'occasion d'une fête, nous a dit le maître-valet qui paraît fort se réjouir par avance de la chose.

On m'a retiré mon turban de négresse. Mon front est barré d'une cicatrice rose de trois pouces.

– Nous allons bien, a dit le chirurgien, la mine satisfaite.

Pourtant, « nous avons » mal au crâne, au derrière des yeux, mais ce n'est pas en rapport avec ma blessure au front, j'ai depuis hier soir mes ennuis de femme et le bas-ventre désordonné.

4

C'est un baptême que de passer la ligne de Tropique, ainsi que l'équateur de la moitié du monde, par la route au grand Sud vers Bahia en Amérique ou vers les Indes orientales, pour ceux qui n'y sont jamais venus.

Cela m'est donc advenu pour la seconde fois, quittant les îles. La première fois, voici quinze ans, *La Fortune* filait bellement une lieue par heure sous le vent d'alizé du nord-est que nous avions pris comme il se devait. L'océan n'était que pour les trois vaisseaux de notre petit convoi, nous n'avions fait ni bonne ni mauvaise rencontre, l'horizon désert, au grand contentement des officiers de bord et du jeune capitaine qu'un affrontement avec quelque corsaire anglais souciait à l'évidence, même si nulle guerre n'était ouvertement allumée lors avec ces gens, qui sont de toute façon ennemis de toujours. Pas davantage de pirates ni aucun autre forban. De même, les conditions de climat nous avaient été généreuses, et nous n'avions connu que quelques grains et coups de vent à la prise des courants sud, sans autre conséquence (pour moi) que cette blessure au front. Nous avions jusqu'à lors accompli le plus beau du voyage – la mauvaiseté allait venir bientôt.

Il faisait grand soleil le jour du baptême. Je me souviens que je n'étais guère dans mes aises. La voilure était silencieuse, le navire allait sans heurt sur les vagues étales, à la droite pointe de son sillage net et clairement crêté de blanc. À notre basbord filait *La Mère-de-Dieu*, assez proche pour que nous distinguions les hommes de manœuvre en vêtement de couleur dans les haubans et sur le pont, ainsi quelques passagers au pavois et qui nous faisaient signes – mais nous vîmes aussi qu'on vint leur demander de cesser, afin sûrement de n'encombrer point la communication qui se fait entre les deux navires par l'intermédiaire de drapeaux de formes et couleurs différentes que l'on hissait et amenait. Coraline me suggéra de demander que soit posée la question de savoir si un passager du nom de Cauvin Sauvé se trouvait ou non à bord de *La Mère-de-Dieu*, ou si l'on savait s'il se trouvait sur le vaisseau d'escorte avec la troupe. Elle souriait à peine. J'y avais songé moi-même. Mais je n'osai bien entendu poursuivre de fait cette éventualité : la communication entre les bâtiments s'employait aux manœuvres et directives de la route, non point aux petites affaires privées de ses passagers… Quant au navire d'escorte, il allait toujours dans le même lointain, de la taille d'un sabot.

La communication par les drapeaux entre *La Fortune* et *La Mère-de-Dieu* informait du baptême de la ligne de tropique, qui allait se fêter sur les deux bâtiments. *La Mère-de-Dieu*, paraprès, prit son écart et la musique qui s'en éleva bientôt et dont nous perçûmes quelques effluves ne pourrait s'enrouler à la nôtre.

Dès le matin après la prière les préparatifs avaient commencé. Le matelot qui avait reçu la punition était parmi les plus affairés, torse nu dans la grande chaleur et le dos barbouillé de la taille aux épaules d'une teinte mélangeant le jaunâtre merdeux au violet, la queue de ses cheveux poissée qu'il avait relevée et nouée à la pointe du bonnet.

Une grande baille fut portée, et puis remplie, au pied du mât de misaine. Elle était d'au moins trois pieds de profond et quatre de diamètre, les bords parés de garcette et d'étoupe afin que ceux qui allaient y être trempés ne s'y fissent point de blessures. Ce faisant, la musique se lança dans un joli charivari de violon, de pipeau et de diverses casseroles empruntées en cuisine et soigneusement battues n'importe comment.

Les meneurs de cérémonie étaient certains officiers, maîtres et quartiers, le pilote et le charpentier, le chirurgien et d'autres encore. Affublés de costumes grotesques, la face grimée du noir de suie pris au cul des casseroles, ceux-là avaient déjà passé la ligne au moins une fois, ce qui les désignait à ce rôle.

Le capitaine de Tailli, en revanche, qui effectuait son premier voyage, tint bonnement à jouer. Nous le vîmes arriver en tête de la bande, perruqué de chanvre et le visage tartiné de suie grasse, si parfaitement méconnaissable et inattendu à cette place qu'il nous fallut voir jouer l'équipage à son endroit pour nous rendre compte de son identité. Il fut donc le premier à se faire saucer au nom des forces océanes et à laisser son obole dans l'escarcelle du marguillier de service (monsieur l'écrivain de bord déguisé pour cet état, en longue robe de chambre blanche, assurément féminine, parementée de dorures, coiffé d'un long tuyau de carton cousu d'étoupe qui lui faisait un crâne de trois pieds) et promettre des largesses à l'équipage afin d'éviter que les matelots, sinon, mettent à exécution leur menace de scier la poulaine... On sauça donc copieusement le généreux capitaine qui sans doute ce jour-là et à ce moment trouva l'amitié d'une bonne partie de son équipage. Des trombes d'eau s'abattirent, jetées des seaux que les matelots tenaient dans les hunes et haubans, au cri violent de « Vive le Roy »...

Il en fut de même pour tous et toutes qui reçurent ce baptême, à savoir une bonne partie de la mateloterie composée, pour cet équipage, de marins de pêche recrutés n'ayant connu que les mers du Nord, ainsi bien entendu que la totalité des engagés passagers.

Nous n'étions point forcés à entrer dans cette mascarade, mais pas un, pas une, ne se déroba, pas même moi, pas même la si peu épaisse Marie-Rose Coursier qui parut presque de bonne mine au milieu de toute cette harpaille mâchurée, trempée jusqu'à la moelle et le bonichon tartiné de graisse noire... Hommes, femmes et enfants – les quatre ou cinq de notre compagnie devenus fous d'excitation et qu'il fallut très étroitement surveiller et calmer pour leur éviter de passer par-dessus bord dans un excès de gesticulation.

La principale manœuvre exécutée par les matelots consistait désormais à puiser l'eau de la mer avec leurs seaux et grimper dans les cordes pour en verser le contenu sur les baptisés. Le tout dans le vacarme des musiques et tambourinages, les braillements, les morceaux de chansons jetés comme des cris de guerre, les « Vive le Roy ! » saluant chaque saucée...

Je fus saucée comme Coraline et Elisabeth Lacomb, trio que nous formions, feignant la résistance, et sur lequel on s'attarda, me semble-t-il, plus longtemps que sur quiconque, si bien qu'en final nous étions trempées, plus que nues dans nos vêtements troussés et collés, et si beaucoup s'en amusèrent, cela nous amusa autant, moi de façon certaine, comme si soudain craquait une entrave, un lien me tenant attachée à quelque amarre improbable, lointainement et solidement plantée, une amarre brusquement coupée, et, presque aussi forte qu'une envie d'éclater en sanglots, l'envie de crier et de rire comme jamais cela ne m'était advenu, et de me jeter au-devant du premier venu. Et voilà que l'image de Cauvin fondait dans le visage de l'écrivain de bord ou du chirurgien, sous leurs maquillages horribles, quand ils se penchaient au-dessus de moi pour faire couler le contenu de leur seau et lorgnaient la sombre apparition de mes tétins sous le tissu trempé de ma chemise...

La fête battit son plein durant deux quarts, jusqu'au soir, et après que tout le monde fut copieusement trempé, les oboles recueillies par le faux marguillier pour la sauvegarde « rachetée » du bateau par son capitaine (d'un montant de près de 50 écus, ce qui était considérable, et quelques dizaines de fioles de rhum et d'autres alcools et divers cadeaux de nature fait par les passagers sans fortune, ainsi dans le jeu des propos qui se tinrent et redoublèrent en escalade de culot et d'effronterie, je fis promesse avec d'autres de choses peu honnêtes...), on tira la baille à l'écart du pont inondé pour laisser place aux deux violoneux, autres tambourineurs et souffleurs de tuyaux plus ou moins musiciens, et il s'improvisa une sorte de dansaillerie effrénée qui acheva de tourner les têtes à grand vacarme. De Tailli y vint faire quelques pas et claquements de talons, quelques envolées bondissantes, tournant la taille de ses partenaires comme il eût lancé une toupie.

À n'y pas croire, je fus la première à être prise sans vert par son invitation qu'il ne me laissa pas loisir de refuser ; j'en gardai le bec clos de tout le temps que dura cette pantomime (il n'y a d'autre mot) vaguement tortillée dans le rythme : ce fut ma prime danse avec un cavalier ! Au lâcher d'une virevolte, me rattrapant *in extremis* pour me sauver de la chute glissante sur les bordages de chêne, il me fit compliment de la flamme de ma chevelure, et moi je ne trouvai pour l'en remercier qu'un sourire imbécile. On cria : « Vive le Roy ! »

À la suite de quoi tout le bateau sembla vouloir m'essayer pour cavalière. À force j'en acquis un semblant d'équilibre, une certaine assurance, à défaut de grâce ou de savoir – mais ce n'était pas non plus ce que semblaient vouloir mes partenaires qui préféraient me tripoter sous prétexte de me conduire et voir s'agiter tout ce que je pouvais remuer sous leurs yeux.

Le soleil cognait entre les ombres étroites et mouvantes de la voilure. Quand il tapait trop fort nous étions saucés derechef à grands lancers de seaux. Les corsages, les chemises et casaquins, les jupons de nouveau nous marquaient à la peau pour un moment de la danse. Coraline se démenait au moins autant que moi, Elisabeth n'en était pas en reste – mais ce fut elle qui la première quitta la sarabande et disparut. Après un temps infini d'agitations en cadence et de tourniquements, la soif nous brûlait forcément et je découvris combien le rhum pouvait l'étancher fraîchement en dépit de son feu… Puis mes jambes se firent lourdes ainsi que les muscles en trop grand nombre que j'avais soudain par tout le corps.

Je n'étais paravant jamais descendue plus bas que la batterie du premier pont où nous nous tenions et dormions quand il faisait mauvais temps. Je fus entraînée ce jour de baptême par Johan Forestier, l'écrivain de bord, dans une visite des niveaux les plus bas. Il me tenait la main. Nous passâmes par le corps de garde et ensuite la gardiennerie qui est l'endroit où sont serrées les armes et où se trouvaient les logements du maître canonnier et de ses gens, ainsi que la cabane occupée par M. Forestier. Il me le signala au passage et je n'en vis rien, dans l'obscurité et la préoccupation que j'avais d'éviter la barre du gouvernail qui traversait le lieu, et toutes sortes d'obstacles au sol comme dans le peu de hauteur de plafond. Puis nous descendîmes par une échelle raide dans la soute au pain, passâmes à la cale de poupe où se trouvait, à ce qu'on me dit à l'oreille, et comme s'il s'agissait de quelque lieu magique, la chambre aux gargousses.

M. Forestier m'expliqua sans doute ce qu'étaient les gargousses mais je dois avouer l'avoir appris et retenu plus tard qu'à ce moment-là.

De ce jour-là je ne me rappelle guère le détail, passé un certain nombre de poudriers retournés. De la fameuse chambre aux gargousses, je ne sais vraiment rien, ne suis même pas sûre que nous y fussions entrés. Il faisait ici très sombre et c'était un grand risque d'y allumer une mèche. Les yeux de mon partenaire étaient des yeux de chat qui distinguaient assurément les moindres nuances composant ces ténèbres.

Je me laissai guider. Le sol était pentu, le bordé de la cale au-dessus des caillebotis et des pierres de lest incurvé de sorte que s'y appuyer conduisait à s'asseoir ou se presque coucher. Il régnait là une solide puanteur de vieille eau sale et de pourritures, de carnes charogneuses, de poissons, de poix et de goudrons, bizarrement de vieilles cendres mouillées, de choses brûlées.

La muraille roulait et me forçait à raidir en cadence les muscles de mes cuisses, ce qui vint en accompagnement fort à propos quand monsieur l'écrivain me troussa précipitamment, sans douceur, et planta son drapeau brûlant dans mon ventre brûlant pour y aller et venir dans sa cadence à lui, en réponse à celle du navire. À mes oreilles contre le bois, derrière la coque épaisse, clappait, caressait et battait la mer. Il me fourra et j'en pris bon plaisir, me dit des choses que je ne me rappelle pas, sûrement des gentillesses, mais je me souviens qu'il parlait, qu'à un moment il se mit à parler, je me souviens qu'une autre voix d'homme lui fit écho, je me souviens d'un autre poids et d'une autre sueur, qu'un autre ventre pesa et frotta aux gluantes humeurs qui poissaient le mien et que d'autres genoux m'écartèrent les cuisses et que le cul se mit à me brûler au contact du bois.

Du temps passa à ce jeu.

Je ne sais combien ils furent. Mais *ils furent.*

Deux au moins, trois peut-être. Aucun ne remarqua dans ces ténèbres puantes des fonds du bateau la situation de mon ventre, pas plus à la vue qu'à la touche, pour le moins n'en fit de cas. Le rhum ingurgité me bouillait l'estomac et la tête. J'étais pendue au cœur de la nuit cernée de puanteurs et d'eau, avec comme en bandoulière l'envie terrible de rire à grands cris. Je flambais d'épuisement heureux, mes chairs étaient une île, j'en étais la première et seule occupante, une île sur laquelle j'avais naufragé volontairement et qui avait les justes rives du bonheur.

Je me souviens d'une voix jurant et maudissant un rat qui venait de lui courir sur les jambes.

J'avais en remontant sur le pont la sensation de peser plusieurs fois mon poids. Sans doute, le matelot puni des jours précédents ne s'était-il pas senti moins moulu après son passage aux cordes. Mes jambes étaient de plomb, mes cuisses tendues de crampes, j'avais le con en feu, le cul griffé d'échardes, les seins douloureux de ce qui me semblait avoir été une éternité d'empoignades, de triturations et de morsures, comme j'en découvrirais les marques.

Celui qui me guida pour remonter au jour me laissa dans la batterie où une partie de la bordée de quart redescendait justement pour se préparer et prendre part, eux aussi, à la fête. Le chirurgien (c'était le chirurgien) ne me lâcha point la main avant que je lui eusse répondu, à sa question posée, que oui, tout allait bien. Me souriant aimablement il me dit :

– Peut-être vaudrait-il mieux que nous n'en fassions point commérage ?

Je lui répondis à sa guise. Que cela me convenait.

– Prenez garde de ne point vous cogner, dit-il.

Sur le pont ils avaient tué un des cochons. Des cuisines, sous le château d'avant, s'échappaient des fumées par le dessus du gaillard et par la porte largement ouverte de terribles vapeurs odorantes…

La fête dura toute la nuit. À un moment le canon fut tiré depuis *La Mère-de-Dieu*. Notre bâtiment lui répondit de même façon, et plus tard en arrière il y eut quelques éclairs et autant de chocs sourds. C'était ainsi qu'ils communiquaient nuitamment.

Je n'ai revu Coraline qu'à la fin de la nuit. Elle semblait prête à mourir, saoule, comme elle disait, à ne plus savoir par quel bout pisser. Les matelots dans leur branle protestèrent contre ses jérémiades et ragoulements et menacèrent de la faire punir si elle ne respectait pas la règle de silence. Il fallut bien quitter la batterie et je l'aidai à monter sur le pont où nous attendîmes l'une et l'autre qu'elle s'endorme et la fin de la nuit. Le bateau puait le boudin. J'ai longtemps pleuré, recroquevillée entre les cages de volailles endormies et l'enclos aux chèvres.

Au petit jour gris sur la mer vilainement verdâtre, comme malade elle aussi, la vigie là-haut a signalé soudain d'une gueulée la voile sur basbord.

5

25 janvier 1751

Le navire suit toujours notre convoi. Ils sont peut-être deux. À un moment d'hier, avant que la nuit tombe soudainement comme elle le fait dans ces eaux, c'est ce que l'homme de vigie a crié, et c'est ce qui s'est répété d'une bouche à l'autre à bord. La nuit n'a évidemment rien apporté de mieux pour confirmer ou infirmer cette annonce incertaine. Et au matin rien ne semblait aller dans le sens d'une telle éventualité. Mais le navire suiveur, s'il est seul, ne nous a pas quittés.

Cela fait maintenant un jour, une nuit et la moitié d'un deuxième jour qu'il est là, se gardant à une distance qui le fait paraître d'une grosseur qu'il m'est possible de cacher derrière mon pouce levé bras tendu et que le balancement des vagues proches dissimule la plupart du temps, de moitié ou complètement, avant de le faire ressurgir, comme une bête à la traque sur l'horizon et levant le nez pour s'assurer de notre présence.

Il s'est fait à bord grande effervescence, depuis le premier cri tombé de la grand-hune. Le capitaine et son second, M. de Monteau, ainsi que ce lieutenant de vaisseau qui ne le quitte pas d'une semelle, tiennent poste au presque grand des jours sur la dunette. Ils sont fréquemment visités par le maître et contremaître qui vont et viennent entre ce gaillard et leurs hommes et lancent les directives qui courent et rebondissent à la voix et au sifflet d'un bout à l'autre du bateau. Cette agitation se déroule sans désordre ni précipitation, mais au contraire avec une grande efficacité de gestes et de mouvements, comme si les mariniers de l'équipage étaient les éléments d'une vaste machinerie reliés par des fils invisibles et soumis à la manipulation d'une main géante, là-haut, dans les nuages, qui les eût tenus à la fois à distance et groupés tout en les empêchant de s'emmêler.

Les matelots ne se lancent ni ne nous lancent plus de ces propos gaillards qu'ils passent d'ordinaire pour de la plaisanterie. À peine s'ils semblent remarquer encore notre présence, quand nous quittons la batterie pour nous tenir sur le pont, aux places qui nous sont permises et que nous n'avons plus le cœur de déborder. Ils nous voient si peu qu'ils ne manquent jamais de nous bousculer avec force et ostensiblement si nous ne nous garons pas de leur passage quand ils doivent courir à la manœuvre.

La nuit passée, dans le sombre de la batterie, et malgré la consigne de silence en vigueur (que personne n'a songé à rappeler), des récits terribles de flibusteries et de piratages, de courses sauvages, de massacres, sont montés de certains branles pour se propager dans le noir, repris et engraissés par plusieurs voix grasseyantes qui se voulaient ne pas aller trop haut, mais de façon tout de même à ce qu'elles s'entendent, du grand cabestan à l'écoutille de la fosse aux lyons…

J'ai encore plusieurs échos de ces récits en tête, et je suis bien certaine de n'être pas la seule en ce cas. Des noms ont été prononcés qui à eux seuls faisaient frémir, des noms que je ne connaissais point, mais d'autres qui ceux-là ne m'étaient pas inconnus, pour les avoir lus dans les fameuses *Mémoires de Robert Chevalier – dit de Beauchêne*… et que j'entendais à présent cités par ceux qui avaient connaissance de leurs exploits ouïs, peut-être, de la bouche d'aucuns les ayant connus en chair et en os, restés vivants le temps au moins de raconter.

Une partie de ce jour, des gens du maître canonnier sont descendus dans la batterie, désamarrer les pièces et les avancer aux sabords. Ce qui nous donne moins de place encore pour le sommeil. Les enfants semblent aussi excités qu'ils l'étaient, il n'y a pas si longtemps, pour la fête du baptême…

Notre convoi s'est regroupé (si c'est la bonne manière de le dire, pour seulement trois vaisseaux). *La Mère-de-Dieu* vogue à une allure égale de la nôtre, parfois sur flanc basbord et parfois sur estribord, à une portée de porte-voix. Il arrive que nous percevions par-dessus la houle le claquement de ses bonnettes, les hurlades et sifflets des commandements de sa manœuvre. Nous naviguons de la sorte à plus ou moins même hauteur, et jamais à la file l'un de l'autre afin que le second ne se gâte point l'allure en prenant vent dessus. Je ne sais rien de cette allure, mais elle me paraît vive. Tantôt je suis allée me pencher sur l'avant, à niveau de beaupré, et la vitesse qu'il m'a semblé se faire en regardant filer la vague d'étrave a failli me saouler en rien de temps.

Notre navire d'escorte lui aussi s'est rapproché. En vérité je ne l'avais jamais vu de si près. Il nous suit, à environ une dizaine d'encablures, en limite de distance qui lui ferait prendre le dessus du vent. Bien qu'il soit un navire frégate, comme on appelle aussi le nôtre, il me paraît plus large de corps et plus lourdement armé de canons, toutes les pièces du pont supérieur engagées aux sabords. Le navire est cependant trop éloigné, et surtout malaisément positionné, pour qu'on y aperçoive la présence de la troupe, ni toute autre occupation, derrière sa proue levée et les rambardes de sa poulaine que les vagues font luire comme si elles étaient d'or.

Il semblerait que tous s'attendent à un affrontement, avec ce vaisseau suiveur, qu'il soit seul ou non, et que l'on dise, à la lunette, sans pavillon…

6

La poursuite dura trois jours pleins – me semble-t-il.

À la tension s'ajouta, au fil du temps étiré, une sorte d'ennui terrible, ainsi que, sous la peau, une sensation de lourdeur à l'énervement qui ne vous gardait pas en place le temps d'un petit poudrier. La bougeotte vous prenait tout à coup férocieusement et vous forçait à vous dégourdir en vous agitant brusquement sur place comme un spasme qu'il fallait en toute urgence apaiser. Et détourner ses yeux irrités d'avoir trop fixé dans la lumière réverbérée un point précis sur le balancement de l'horizon était un réel soulagement.

Quand la longue attente se dénoua enfin, ce ne fut pas exactement à la manière que l'on attendait.

Peu après le lever du soleil et le flamboiement immédiat de la mer, le vent tomba. Il y avait sur l'horizon d'ouest, par estribord devant, de grandes traînées de nuages violacés qui s'étirèrent et montèrent comme des coulures vers le haut, puis ces guenilles se boursouflèrent et se changèrent en remous blancs, du blanc passèrent au gris, s'amplifiant toujours jusqu'à se stabiliser plus ou moins, après avoir occulté à très vive allure le bon tiers du ciel et éteint le soleil à peine jailli de sa lave. La voilure s'abattit avec un bruit de grand soupir ; on entendit pareillement tomber la voile de *La Mère-de-Dieu* à quelques encablures par estribord avant. Les cris et les commandements, les ordres et les réponses s'enchevêtrèrent.

Les gens de commanderie de l'un et l'autre bâtiment se trouvaient sur la dunette. L'agitation des équipages était égale sur les ponts et dans les mâtures. Puis ce grand remuement s'apaisa, la toile ouverte au maximum et l'allure ralentie.

Il apparut dans ces moments pétrifiés que le vaisseau d'escorte se rapprochait. Mais aussi le suiveur qui semblait vouloir faire route en parallèle par estribord et nous remonter ainsi en passant *La Fringante* dans le dessein assurément de nous prendre, soit *La Mère-de-Dieu*, soit nous-mêmes, par le travers. Car il était désormais bien entendu que cet indécrochable navire suiveur n'attendait qu'une occasion de nous aborder, l'un d'entre nous, et sans que la présence du vaisseau de conserve lui fît la moindre tracasserie. Il fut bientôt possible de remarquer à l'œil nu que notre chasseur était un trois-mâts, toutes voiles dehors, de sa misaine à la latine triangulaire d'artimon prête à lofer.

Le chasseur aussi bien que les pilotes de notre convoi savaient ce que signifiait ce calme plat, et qu'il ne durerait pas, qu'il allait cesser bientôt, soudainement, peut-être plus soudainement encore et dans moins longtemps que ce à quoi nous nous attendions.

Aussi bien sur le pont de dessus que sur le premier, les canons furent amenés aux sabords et les volets de tous ceux-ci levés. Le roulement des affûts sur les planchers de chêne rendait un bruit grondeur à nul autre pareil – il montait de la batterie comme un immense, un long et fantastique rot déroulé des entrailles du bâtiment et, tout haché du cri répétitif des servants distribués à chaque pièce, vous mettait des nœuds à la gorge et dans la ventraille. Ce grondement grandit et emplit rudement le silence comme s'il ne devait jamais finir et je fermai les yeux de toutes mes forces pour refouler l'énervement qui en résultait, et quand le bruit s'apaisa on entendit comme son écho en provenance de *La Mère-de-Dieu.* Un temps, des échanges se firent au porte-voix et aux fanions entre les deux vaisseaux, ainsi qu'avec la frégate de conserve qui semblait de nouveau prendre distance d'avec nous – mais il apparut qu'elle s'écartait pour être en position à notre flanc estribord et s'intercaler entre nous et le chasseur qui manœuvrait au bout du ciel pour nous prendre par le travers.

D'un seul coup la lumière changea, sous un voile immense tiré violemment entre les quatre horizons. La barre de remous nuageux fut d'un seul coup plus noire que si du ciel ouvert, comme d'une panse trop tendue, eût déferlé avec une puissante et inéluctable lenteur l'afflux de toutes les suies célestes.

Plein ouest, la noirceur était plus noire que noire, une longue entaille, un gouffre tranché à plat sur le fond de l'hors monde. Vers quoi nous allions tout droit. Vers quoi nous nous hâtions dans un violent sursaut quand le vent se leva aussi abruptement qu'il était tombé. Les voiles crépitèrent et claquèrent comme une salve de bordée. Les mâts et les cordages grincèrent sous le choc et on entendit déferler d'autres commandements et les cris des hommes dans les vergues. Le bateau hoqueta sous le choc et fut poussé en avant.

Alors que les nuées étaient montées de l'horizon vers nous, c'était pourtant vers elles que nous filions, laissant en arrière un grand tiers du ciel presque clair, presque lumineux, parsemé de petits flocons nuageux et de bavures argentées et sanguinolentes.

Nous étions une douzaine de passagers sur le pont, davantage de femmes que d'hommes, serrés aux bastingages entre les pièces de 9 nouvellement mises à leurs sabords, autour desquelles s'agitaient les gens du maître canonnier. Il était bien évident qu'on nous demanderait très bientôt de déguerpir, probablement nous l'avait-on déjà ordonné sans que nous n'y eussions pris garde.

Je m'étais rendue utile, avec l'aide de Coraline et d'un engagé du nom de Nevant (je crois que c'était lui, très maigre et osseux noiraud barbu), mettant à couvert les cages et enclos, les protégeant comme il nous avait été indiqué avec des bourrelets ficelés de toile et des branles roulés tirés des réserves et de la fosse aux lyons. Ceci fait, nous nous tenions serrés sous les marches des escaliers menant au-dessus du gaillard, contre la paroi de la salle de garde, espérant être devenus invisibles. Les six ou sept que nous étions ne gênaient guère, rassemblés à cet endroit. C'était pareil pour le groupe du même nombre qui nous faisait face, à l'autre bout du pont, à la proue, contre la cloison du gaillard d'avant. Les manœuvres de l'équipage s'exécutaient sans que pour l'heure la moindre attention nous fût accordée. Cette agitation nous vironnait bruyamment, faisant montre d'une grande efficacité à travers l'ébouriffante gestuelle enchaînée sans heurts à un rythme effréné.

Voilure et cordages de *La Fortune* découpaient sur le ciel noir son formidable entrelacs de filins, de vergues, de toiles aux drisses flottantes. Puis nous vîmes descendre et s'étirer de sous cette muraille couchée sur nos têtes le premier rideau de pluie, comme un bandeau gris que le vent balançait. Ensuite un autre, plus pâle, aminci en son centre, renflé en ses extrémités tels deux entonnoirs, sous le nuage où il s'accrochait et à la surface des eaux à peine frisées sur laquelle il s'appuyait.

Il y avait dans les grimaces de ces éléments une grandeur et une menace incontestables. Je n'avais jamais rien vu de semblable. Un orage en approche pouvait être impressionnant dans la montagne et ma vallée, mais sans commune mesure avec ce qui se mettait en place à cet instant. Je n'étais certainement pas la seule des passagers sur le pont à ressentir cette boule sèche dans la gorge et ces crispations du ventre, à en juger par les mines serrées ou défaites, ces bouches et yeux pareillement ronds.

Loïc le matelot, sautant d'un hauban et passant à la course devant nous, lança sur un ton de défi, mi-ravi mi-ébranlé que « Ça allait danser », et je ne sus s'il faisait allusion au chasseur (qui s'était rapproché encore et dont on pouvait maintenant compter clairement les voiles) ou à ce qui semblait bien être une tempête en train de se lever. Les deux sans doute.

Car nous eûmes les deux.

J'ai gardé souvenir de l'horizon sous cette noirceur qui remplissait la moitié du ciel : une ligne de sang, un trait parfaitement rouge trempé dans la ligne de l'océan, une coupure vive de laquelle s'échappaient les nuées infernales. Le vent ronflait dans les voiles et faisait siffler drisses et amures. Les matelots à la manœuvre avaient enfoncé leur bonnet jusqu'aux yeux ; plusieurs dans les cordages, et cramponnés le long des vergues avaient déjà enfilé leur mante, en prévision…

La pluie tomba soudain avec les premières basses rafales de vent qui balayèrent le pont et firent frissonner la mer. Subitement ce fut comme si les vagues jusqu'alors tapies en attente se décidaient à entrer dans le jeu et surgissaient, précipitées, des bas-fonds, pour faire le gros dos. D'un seul coup le bateau leva le nez, puis le cul, roulant plus fort.

Nous fûmes quelques-uns, plusieurs, à glisser sur le pont, balancés par cette secousse, à peine ayant compris ce qui venait de se produire que cela recommençait, à peine à genoux pour se raidir contre la pente mouvante du pont que le mouvement replongeait dans l'autre sens et me faisait rouler et glisser vers la paroi quittée un instant plus tôt. Des mollets nus passèrent, courant, devant mes yeux. Plusieurs hommes sautèrent par-dessus moi en jurant dans la hurlée soudaine du vent.

Le maître-valet Le Galec se matérialisa devant moi, étrangement de travers, et me saisit par les bras, alors que je ne savais plus sur quelle jambe m'appuyer pour me redresser. Il me cria, à moi et à tous ceux et celles qui n'en menaient pas plus large que moi, de « nous calter du pont et de leurs jambes » avant qu'un malheur nous embarque. Il me poussa ou me tira, il me soutint. Je vis se relever difficultueusement Coraline en peine contre le sol tanguant et roulant en tout sens, tandis que les vagues nous cernaient sur tous les bords en même temps, hautes comme jamais, apparemment sur le point de déferler, au dernier moment retirées alors que le pont penchait dans le sens opposé. Dans ce tournis je ne vis point *La Mère-de-Dieu*, je ne vis point *La Fringante*, mais je vis la proue dépourvue de beaupré du chasseur. Je sus que c'était lui, bas sur l'eau. Cette proue sculptée qui figurait sans doute une femme. Ces voiles torchées de gris.

Et j'entrevis d'autres barques à une seule voile, surgies de nulle part, du néant sans doute, je le crus. Jaillies de la noirceur et de toute cette eau écumante et sombre. Je crus en distinguer au moins deux, à la suite du chasseur. Mon sang était glacé. On me poussa encore et quelqu'un me tira et m'attrapa au moment où je glissais, m'empêcha de choir, ainsi je me retrouvai avec les autres dans la salle du corps de garde, environnée de sombre et de bruits frappés de toutes parts, de coups de boutoir venus aussi bien du dessous que du dessus et des côtés, de partout, comme si les chocs eurent flotté dans l'air chamboulé et claquant au hasard du tournoiement.

De part et d'autre, collées aux flancs du corps de garde, étaient les cabanes du chirurgien et du maître charpentier, dont les panneaux n'avaient pas été démontés comme cela se fait, je l'ai appris depuis, en prévision d'un combat. Sans doute, pour lors, ni le capitaine et ni, surtout, le maître d'équipage, ne prévoyaient vraiment un engagement entre ce navire suiveur sans pavillon et *La Fortune*. Nous fûmes serrés autant que nous étions contre ces cabanes et il ne nous vint guère à l'envie, ni même à l'idée, de nous en écarter… sinon un des hommes dont l'épouse se trouvait dans la batterie dessous et qui disparut dans la pénombre épaisse vers l'écoutille de devant le grand cabestan.

Le gouverneur à la barre pilotait du gaillard, au-dessus de nous. La barre de gouverne de la manuelle passait verticalement en bout de notre logement à hauteur du mât d'artimon, traversait deux ponts, le second vers le dessous et celui du gaillard au-dessus, et nous l'entendions grincer et gémir à la manœuvre au cœur du secouement, dans les interstices du vacarme général.

Coraline m'a tirée par la manche. Je me suis abattue sur elle, repliée de toutes les parties repliables de mon corps. Toutes deux rencognées contre cette paroi dans un retrait de porte, nous avons serré les dents, essayant d'entendre battre nos cœurs dans cette grande et infinie pagaille, cet absolu chambardement.

Je n'ai pas souvenance plus claire : un absolu chambardement.

Dans les temps proches qui suivirent, je ne crois pas avoir nourri meilleure mémoire de ces moments de chaos qui commencèrent avec une fausse nuit de tempête et finirent avec la vraie, une fois la mer calmée sous les brumes chaudes accompagnant le soleil revenu. Un moment de tonnerre avant les jours plats, longs et nombreux, conduisant à ce qui fut la lente et toute tranquille horreur de ma vie, jusqu'à ces lignes et ces mots, et pour j'espère un moment encore, qui me paiera non pas ce qui m'est dû – rien ne m'est dû, rien ne nous est jamais dû, à personne – mais ce que j'ai oublié, ce que j'ai abandonné, et que je m'en viens requérir de toutes mes forces, jusqu'à mes dernières, avant qu'un jour il faille bien qu'on nous pende, comme le disait en riant un homme pourtant déjà mort que j'ai un peu connu…

L'orage s'abattit du ciel et de partout. Il fut vacarme et mouvements, l'un et l'autre de ces fondements entremêlés en un maelström indescriptible. Les coups donnés contre la coque par la mer dressée, les braillées du vent secouant la mâture et battant la voile comme de grandes galopades au-dessus de nos têtes, et puis les cris entrelacés des hommes, les craquements soudains et qui semblèrent ne point vouloir jamais cesser des déflagrations du tonnerre... Ce fut sans doute le plus éprouvant à supporter : cette sensation que la furie était à ce point emballée qu'elle en était désormais éternelle, que jamais elle ne retomberait, jamais plus elle ne s'accorderait un temps, si infime fût-il, pour retrouver un brin de souffle et se désénerver... Cet immense boucan qui frappait de tous bords et ne se réduisait ponctuellement que pour mieux rebondir et enfler et vous cogner à la tête et au corps jusqu'à entrer en vous, vous fourrer non seulement par le crâne mais par tous vos os, leur secouant la moelle, et sous votre peau et dans vos chairs et vos boyaux en une suite ininterrompue de secousses... Nous étions, je ne sais combien, serrés dans cet espace du corps de garde où l'on nous avait groupés et que nous pensions plus protégé que le pont. Des femmes pour la plupart, comme je l'ai déjà dit. Les cris dans la batterie en dessous, traversant l'autre vacarme qui s'y ébouriffait, montaient et jaillissait par les écoutilles, en même temps que, par celles du pont du gaillard, les gueulées nous tombaient dessus avec des paquets de mer embarqués. Il n'y avait à faire que tenter de ne pas glisser à tout moment de part et d'autre des lieux, aplatis au plancher ruisselant, agrippés à tout ce qui pouvait servir de point de retenue ou d'appui, quelquefois simplement celle qui vous était voisine. La lumière ne nous venait que du dehors, les grands tournements d'air ayant soufflé les mèches des lanternes depuis longtemps avant que l'eau n'y tombe. Lumière sale dégueulée en spasmes par le panneau battant d'entrée sous le gaillard, entre les escaliers, et avec les trombes déversées par les écoutilles du plafond.

Le premier fracas de tonnerre me glaça les sangs et fit hurler toute notre compagnie, moi avec les autres. L'illumination aveuglante, en même temps, traça dans le dedans du corps de garde une série de figures entrecroisées directement tombées du caillebotis des écoutilles. Par la porte à cet instant ouverte et avant qu'un autre coup de roulis la claque, je vis la mer blanche s'abattre sur le pont et se fendre sur les mâts. Une pensée me vint pour les animaux dans les cages et enclos, une pensée dont je ne me débarrasserais pas et qui ne cesserait de piquer et trancher et surgir à tout instant au long de ce grand tumulte. Il me vint davantage de souci au sujet de ces bêtes embarquées sur ce bateau pour un voyage auquel elles ne comprenaient rien, jetées dans cette tourmente à laquelle elles ne comprenaient pas moins sinon de la terreur.

À l'instant où craquaient ce tonnerre et cet éclair d'une violence inouïe, comme si la foudre atteignait droitement le navire, je crus à un coup de canon tiré à bout portant, à quelque charge explosive qui nous eût atteints, ou fait sauter tout net la sainte-barbe. Je compris mon erreur bien vite, quand une même déflagration s'engouffra dans la déchirure de mes oreilles et me claqua les dents, crachant cette lueur aveuglante qui pela l'ombre et enleva de dessous toute couleur. Et puis encore, et puis encore et encore, et cela n'en finissait donc plus et l'air puait tout à coup le soufre comme quand on frappe certaines pierres très dures entre elles. Les hurlements et les cris répétés en rafales de mes compagnes embrassées les unes avec les autres s'étouffaient dans les plis de vêtements contre lesquels ils s'enfouissaient. L'enfer était tombé à bord.

Au bout d'un certain temps, l'ouragan sévissant toujours, il me prit cette grande inquiétude pour les bêtes en enclos sur le pont. Je me défis de l'agrippement de Coraline et repoussai les tentatives qu'elle fit de me retenir ; elle glissa à plat ventre vers le tronc du grand cabestan où elle fut bloquée. J'étais nus pieds, comme le plus souvent depuis le premier jour de mer, cela aidait à l'équilibre sur le plancher de bordages glissant. Mais c'est à quatre pattes, ou en roulades, que je fis la plus grande partie du trajet menant au-dehors du corps de garde et parvins à la porte, qui se rabattit violemment et m'eût sectionné les doigts des deux mains crochées à l'embrasure si à l'instant précis le chirurgien et un matelot qui en soutenaient un autre ne s'étaient trouvés là pour retenir et bloquer le battant. Ils s'engouffrèrent sous l'abri et je les y aidai en maintenant, à mon tour, le panneau ouvert. Au passage, M. de Prévontois me cria ce que je crus entendre pour des vigoureuses recommandations à me tenir dans un coin abrité et à n'en pas bouger. Le matelot blessé qu'ils traînaient et soutenaient avait le visage livide dans les éclairs et le déluge ; la cavité béante d'une orbite sous la paupière déchirée faisait un trou bleuâtre et nacré d'où lui pendait et balançait sur la pommette, au bout d'une kuerchaille, l'œil arraché. Je compris ce que je voyais avec un temps de retrait, ils étaient passés, la nausée me tordit et je vomis d'un trait le contenu de mon ventre et mon ventre avec.

Depuis le seuil du corps de garde où je me tenais, j'apercevais difficilement l'autre extrémité du bâtiment, à cause des vergues basses et de leurs mouvements, des entrelacs de cordages balancés et des paquets de mer qui grimpaient et s'effondraient de toutes parts. Les enclos et les cages n'étaient absolument pas visibles. Le vaisseau était si vilainement brassé, secoué, comme s'il n'eut rien pesé – les gens dessus n'ayant plus la moindre importance –, jeté contre les murailles d'eau grimpantes, que j'eus maintes fois la certitude de vivre sinon mes derniers instants certainement ceux du navire. Il ne pouvait, à ce point rudoyé, s'en tirer sans dommages définitifs.

Je fis plusieurs tentatives pour quitter cet endroit, ou simplement m'en éloigner vers le dehors en évitant que la lourde porte battue ne m'aplatisse au passage. Les éclairs m'aveuglaient et les gifles d'eau achevaient de me brouiller la vue. Je ne sentais plus mon corps, mes pieds et mes mains, mes doigts très vite étaient devenus insensibles à force de crocher et de glisser sur le bois ruisselant d'eau froide.

La plus grande avancée que je parvins à faire me projeta jusqu'au pied du grand mât dans les jambes des hommes qui maniaient fougueusement les pompes à bras, et qui me crièrent des choses incompréhensibles dans leur langage de marins. Un d'eux me repoussa du pied sans ménagement. Je lus dans la lueur coupante de l'éclair sur son visage déformé par l'effort et la peur que ce qu'il me criait n'était pas gentillesse... Je parvins à m'extraire de tous ces coups de pied et à atteindre la base du mât que j'agrippai à pleins bras, serrée contre le bois et la corde et le fer, où je dus rester une éternité, probablement proche d'avoir perdu la tête car il m'en souvient juste que je craignais toujours désespérément pour les animaux dans leurs cages, sans autre sujet de tracassement...

M. de Prévontois vint me tirer de cette méchante posture. Il le fit sans ménagement, aidé par le matelot que j'avais vu arriver, son œil pendouillant sur la joue, qui lors se trouvait affublé d'un énorme bandeau sur la moitié du visage, coincé sous le bonnet, le bonnet lui-même maintenu par un foulard noué sous son menton ! Cet homme autant qu'il m'en souvienne ne semblait guère souffrir plus que le chirurgien lui-même ; tous deux m'empoignèrent et me balancèrent sous le gaillard où je rejoignis mes compagnons et compagnes en une glissade qui me déshabilla pratiquement de mon bas de robe et de mon jupon. La porte avait violemment claqué derrière moi, repoussée par les deux hommes ou par la tempête.

La glissade m'envoya par le centre de la travée au pied du grand cabestan. J'eus le temps de me tourner pour me bloquer des deux pieds, de remonter mes vêtements sur la taille et je levai le nez au moment où la porte éclatait en morceaux, le bois percé d'un trou rond comme une seille. Simultanément s'ouvrit une autre brèche informe dans la cloison de la chambre de chirurgie et un éclat de bois se planta droit dans le tronc du cabestan, entre ma taille et le bras sur lequel je prenais appui, me frôlant la manche de si près que j'en trouvai plus tard la déchirure nette. Nous n'entendîmes rien du coup de canon. Ni même vraiment du choc du boulet de fer de 18 qui creva la porte et mourut dans les armoires de M. de Prévontois où il fit son rangement.

Voirement, je n'entendis aucun coup de canon.

Je veux parler de ceux que tirèrent les pirates – qui furent nombreux et fort bons pour les conditions dans lesquelles ils furent ajustés au cœur des éléments démontés en tempête, comme nous pûmes paraprès en juger à leurs traces ainsi qu'aux francs dégâts causés.

Il en fut donné nettement moins de notre bord, à ce qu'il nous parut, peut-être plus par *La Mère-de-Dieu* ou le navire d'escorte mais de cela nous n'en saurons jamais rien de mieux que des suppositions. Certes, notre batterie se fit bien entendre, avec des fracas qui dépassaient en violence et en sécheresse ceux de la foudre, d'autant que la tempête, pour n'en être pas calmée, commençait de s'éloigner après je ne sais combien de minutes ou d'heures de ravage, quand la riposte à la fusillade pirate se produisit. Mais jamais je n'entendis ceux de l'ennemi, dont nous ne ressentîmes et ne vîmes que les effets.

Après la porte d'accès de notre endroit sous le gaillard trouée et un panneau de la cabane du chirurgien à demi arraché, il y eut dans le corps de garde d'autres dommages plus malheureux et plusieurs victimes, dont une en particulier qui me laissa bien contrite quand je m'en aperçus, quand nous dénombrâmes morts et blessés. Comme je le disais, nous n'entendions pas tirer les pirates (il fallait, par parenthèses, qu'ils fussent bien enragés pour mener un combat et tenter la prise dans de telles conditions), mais par quatre fois je vis crever soudain la paroi, trois fois devant moi, sur le basbord, et une fois dans mon dos par estribord, ce qui peut démontrer les tournements dans lesquels se trouvait *La Fortune* ou aussi le fait que les pirates fussent probablement plusieurs porteurs de canon et tous aussi fous les uns que les autres, à s'acharner sur notre convoi.

Avec une brusquerie qui en faisait le plus apeurant, la paroi se crevait tout soudain, sans que le moindre indice ne l'eût fait craindre, d'un violent trait de lumière déchiquetée et du vrombissement râleur du boulet de fer ou de pierre et d'une gerbe de claquements et de sifflements des échardes et flèches de bois projetés.

J'ai *vu* une fois le boulet traverser la basse pièce et passer comme un trait gris tracé dans l'air sombre au-dessus de ma tête, je l'ai entendu entrer une fois encore dans la cabane du chirurgien. Une autre fois, ce fut de là qu'il me vint dessus, et au craquement que cela fit je me tins pressée au sol à plat ventre comme je l'étais depuis un temps infini, calée contre le socle du cabestan, et quand je rouvris les yeux la paroi devant moi, à l'angle de la cabane du maître des haches, n'était plus percée de deux trous comme paravant, mais, en place de ces susdits, ouverte sur une hauteur d'homme, et la mer s'y précipitait justement.

Je refermai les yeux et la bouche et retins mon souffle quand le paquet d'eau me submergea ainsi qu'une brassée de cris de douleur et de peur, et la tête me fut cognée par un grand poids qui ne s'en retira point et m'obligea à rouvrir les yeux dès que le flot fut écoulé et que le plancher bascula d'un autre côté. Le poids qui m'écrasait s'allégea et je vis glisser sur le dos et se détacher de moi Elisabeth Lacomb toute dépoitraillée avec du sang qui giclait par saccades du haut de son torse en charpie où lui manquait l'épaule. La malheureuse me regardait. Son visage horrifié tourné vers moi, posé et glissant parmi les débris sur le sol submergé, elle s'éloigna et tournoya dans ce pissement de sang et je vis aussi qui la suivaient son bras arraché et toute la viande sabrée au bout de son articulation. Les cris tournaient, montaient et se plantaient en tout sens. J'entendais aussi brailler le vent, mais ce devait être davantage une illusion dans mes oreilles que la réalité.

Quelqu'un se dressa de quelque part en habit blanc et de hautes couleurs, taché, trempé et maculé. Il passa en courant de travers, s'appuyant sur le haut du cabestan, et s'abattit trois pas plus loin, se releva et continua vers le fond et la grande chambre dans laquelle je vis sa silhouette spectrale s'engouffrer, et ne me rendis compte que plus tard qu'il s'agissait du capitaine Jean de Tailli. Ce fut la dernière fois que je le vis vivant. Je peux jurer qu'il courait ainsi sans que la houle démente lui causât apparemment problème, il courait moins qu'il sautait sur sa jambe, sur la seule jambe qui lui restait, le pied nu passé à travers de son bas, l'autre coupée au mollet avec de la chair qui ballait autour de l'esquille d'os. Je m'en souvins nettement parapès, alors que cette vision ne semble pas m'avoir choquée dans cet instant ni ceux qui le suivirent immédiatement (j'avais l'esprit tout entier saoulé par cette autre image : Elisabeth à l'autre bout de la pièce), le capitaine sautant sur son pied unique déchaussé et traversant le corps de garde en hurlant sur un ton bas hanté de gutturales couineries à chaque saut qu'il faisait, se précipitant dans la grande chambre, puis sa cabine où on le retrouva sur sa couchette telle une éponge imbibée de tout son sang, et lui la panse rebondie du contenu des quelques bouteilles de rhum vides éparpillées au sol.

Le quatrième boulet ne traversa point la cloison, derrière moi. Il entra dans la chambre du chirurgien alors que ce dernier s'y trouvait en train d'opérer les hommes qu'on y traînait et qui n'en ressortaient pas depuis un moment (après les mitraillages et canonnades). En traversant la pièce, il percuta l'autre cloison intérieure, qui se boursoufla soudain et dont les lambris s'écartèrent. Je vis apparaître la ronde gueule rosâtre du boulet qui demeura incrusté partiellement – un très court instant il fuma, sur son pourtour les éclats du bois noircirent, de l'eau en abondance s'abattit de l'écoutille du gaillard et noya tout.

À un moment quelqu'un cria des insultes à Dieu, du fond de ce chaos que je ne sais plus comment nommer. Quelqu'un, une voix de femme, cria que tout était fini et que soit maudit le Dieu de Grande Miséricorde ! Je n'avais même pas ce Dieu à supplier ou injurier. Je n'avais qu'à fermer les yeux et m'accrocher au cabestan et m'efforcer de ne penser à rien et de n'attendre rien et de n'espérer rien. Ce que je fis, sans doute un peu comme on se tue.

Le Dieu de Grande Miséricorde n'a donc pas voulu de moi.

7

Le combat entre chasseurs et notre bâtiment prit bonne part dans ces tourments, jusqu'à la fin ou presque des bourrasques, échelonné en plusieurs moments inégaux de ces bordées qui nous pleuvaient dessus, que tranchaient des accalmies féroces hébétées, sabrées d'estoc et de taille par la douleur avec une sauvagerie plus violente encore que la réelle mitraille.

La dernière bordée nous fut envoyée dans les ultimes moments de la tempête qui s'éloignait et emportait ailleurs sa danse folle à la surface démontée des eaux.

Des matelots passèrent, des gens de l'équipage. Ils allaient et venaient, apparemment sans autres craintes que celles de ne pas garder l'équilibre, sur un plancher qui roulait et tanguait encore férocement. Nous nous sommes relevés. Le vacarme n'était que dans ma tête où il roulerait encore un grand moment avant de s'en retirer, et de s'en retirer plus vite que ne s'effaceraient certaines images au fond de mes yeux.

Au-delà des limites de ces moments hurleurs qui avaient traversé l'océan, c'était la nuit venue. Une nuit roussâtre et toute déchirée, sous un ciel uniformément noir et une mer pareille, les limites de l'un et l'autre probablement arrachées, emportées. *La Fortune* était toujours à flot, le silence autour ; en dépit de la pluie, du vent et du halètement des vagues, le silence à la manière d'un étranglement, comme la menace suspendue derrière le masque d'une éternelle et définitive solitude – le silence du reste du monde coulé sans doute au plus profond des abysses que notre route traversait par le dessus.

Nous nous sommes relevés. Tous et toutes. Non seulement dans le corps de garde dévasté, mais sur tout le bateau, en tous ses endroits, du bas de cale au plus haut pont. Nous nous sommes relevés, les engagés passagers et l'équipage, réunis, rassemblés pour parer au plus urgent.

Pour constater le désastre.

Et qu'aussi nous étions encore vivants, au contraire d'autres, en nombre, dont on retrouva les corps, et presque la moitié d'autant que la mer avait avalés.

La Fortune avait appareillé avec trente-trois passagers et un équipage de plus de deux cents hommes. Au ventre de cette nuit mauvaise, à la lueur des lanternes et fanaux, des incendies mourants qui avaient mis à mal une belle partie des constructions de l'un et l'autre gaillards du pont supérieur, nous nous comptâmes. Vingt-deux engagés étaient morts ou avaient disparu, six étaient blessés : cinq femmes et un des enfants si excités à la fête du baptême du Tropique, qui avait eu les doigts de la main droite tranchés, à l'exception du pouce, par la ferrure arrachée d'un volet de sabord. La longue plainte de Jean-Marie Coursier montait du cœur de tous les cris et appels entremêlés vers les voilures déchiquetées sous la nuit qui cachait si bien le Dieu de Miséricorde. Jean-Marie était agenouillé près du corps menu de sa femme, Marie-Rose, qui avait toujours si vaillamment résisté à tout et aurait dû être payée pour sa longue peine le reste de sa vie en terre louisianaise. Elle n'avait pas résisté à l'éclat de chêne qu'un boulet de 16 fracassant le bordé avait taillé à l'affût d'un canon, dans la batterie où elle se tenait avec d'autres rencognés sous l'échelle d'écoutille, un éclat long comme une épée qui lui avait d'un coup fouettant proprement tranché le cou. On emmena finalement Jean-Marie je ne sais où, il hurlait toujours, on entendit décroître son braillement, et puis on ne l'entendit plus.

Ils trouvèrent le capitaine de Tailli sur sa couchette, exsangue avant sans doute que le rhum n'eût à le tuer. Le capitaine en second, M. de Monteau, que nous n'avions pratiquement jamais vu sur le pont autrement que déguisé en grosse gueniche au nez rouge et à la perruque hurlupée, prit le commandement.

L'équipage comptait quarante-deux morts et disparus, une quinzaine de blessés – dont ce matelot énucléé que j'avais vu sous le gaillard avec le chirurgien.

Une partie de cette nuit infernale, sous la pluie qui persistait et sur une mer qui n'en avait pas fini de ruer, fut occupée par la plupart des matelots sous commandement du maître des haches et de ses valets à trancher et sectionner dans l'enchevêtrement indescriptible des vergues, cordages et voiles, le mât et bas-mât de misaine et celui de beaupré hachés et abattus par des boulets ramés.

Il fallut en outre réparer au plus vite le gouvernail que la manuelle décrochée partiellement de la roue ne commandait plus sur basbord.

La chaloupe avait été enlevée de ses bossoirs et emportée.

Un boulet avait percé la coque au niveau du couroir de dessus les cales. Le bateau embarquait par toutes ses blessures de bordé et trois sabords démantibulés et ses écoutilles du pont supérieur dont les volets de fermeture manquaient. Les mariniers se relayaient aux pompes par deux matelotés, le temps pour chaque équipe de s'épuiser au rythme fou que soutenaient de grands ahans, comme s'ils crachaient en cadence leurs tripes et poumons.

Il ne restait, sur le pont, qu'une partie de l'enclos aux chèvres écrasé sous le mât de misaine et ses vergues brisées. Quelques bêtes encore vivantes coincées dans les débris et qui attendirent sans un cri qu'on les délivre et qu'on les emmène, une demi-douzaine de mortes, ou qu'il fallut achever, que l'on emporta aussi vers la cuisine (en partie défoncée par la chute du mât). Des autres enclos aux porcs et brebis, des cages aux volailles, il ne subsistait rien.

Ainsi voilà comment nous réchappâmes à la catastrophe, si c'était bien en réchapper, dans cette condition qui risquait bien de ne nous guère conduire ailleurs que par le fond, à plus ou moins longue échéance, repoussée tout au mieux d'un temps indéfini qu'il nous restait à compter. Assurément, personne ne dormit cette nuit-là qui allia de bien mauvaise fortune l'ouragan et cet impensable assaut du bâtiment pirate.

Il fut fait cent commentaires de l'événement, façonnés selon l'expérience que chacun en avait eu et selon les tentatives d'explication et de compréhension des intentions qui avaient pu motiver les forbans à pousser une attaque dans de telles conditions, comme le commandant le plus fou d'entre les fous n'en eût jamais ordonné – ce que tous les marins reconnurent unanimement, des matelots aux officiers, notre nouveau capitaine y compris, descendu du gaillard pour se rendre utile parmi ses hommes et conduire le service des morts abandonnés aux flots. Il fut globalement admis, en désespoir de raison, que le pirate s'était peut-être trouvé forcé à l'engagement par la tempête trop rapidement éclatée qui risquait de lui voler sa proie. Il avait joué le tout pour le tout, par obligation, risquant au coup de force cette folle alliance avec les éléments. Au cours de la bataille et au vu de la tournure prise, il renonça au pillage et à la prise même, mais s'efforça de poursuivre le massacre qui enverrait par le fond ce dont il ne pouvait faire son butin.

Certains disaient avoir vu le bâtiment pirate si proche de *La Fortune* qu'ils en avaient craint une tentative d'abordage, ce qui n'était au fond pas plus fou que de le voir tirer des bordées dans cette mer creuse de parfois vingt pieds, avec des salves de boulets qui n'arrachaient au bout des flammes que de l'écume aux vagues! Je n'étais pas seule à avoir aperçu une chaloupe mâtée, ou ce qui pouvait y ressembler le plus : plusieurs témoignages assurèrent que le vaisseau était soutenu par deux autres petites embarcations, mais qui avaient vite disparu. Qu'étaient-ils devenus? Nous ne le savions point. Il ne restait de ces déferlements que la nuit et la mer tourneboulée. Que les ténèbres et les brailleries du vent dans la mâture blessée, les grondements des eaux...

Les ténèbres épaisses, sans le moindre fanal, la moindre lumière qui eût signalé la présence des autres du convoi, de *La Mère-de-Dieu* comme de *La Fringante.* Qui pouvaient donc se trouver aussi bien par le fond qu'à des lieues de distance, portés par les courants et les vents tournoyants...

Et le jour vint, qui jaillit comme si tout son contenu endigué quelque part de l'autre côté du ciel avait été libéré d'un coup. Sa clarté ne monta point ni ne s'installa graduellement comme cela se produit autre part que sous ces latitudes (la première fois que j'en fis l'expérience je crus que l'océan en était la cause, où que l'on se trouvât sur sa surface et à quelque point du monde que cela fût...), mais elle fut là en quelques instants, et vous vous demandiez si cordieu elle n'était pas présente depuis toujours... Le jour, dans ses traînées de brume, avec tout juste encore un crachis de pluie qui pendait aux vergues dans le vent molli, presque mort, et derrière cette grisaille une chaleur aux aguets, un soleil qu'on devinait prêt à sourdre et brûler. Le vaisseau – et ses voiles carguées pour bonne part – fumait de tous ses haubans.

À un moment une bande de grands poissons nous suivirent puis nous précédèrent et pendant longtemps exécutèrent de grands bons gracieux hors de l'eau, en proue du bâtiment, comme s'ils se chargeaient désormais de l'escorte que nous avions perdue.

8

1er février 1751 à bord

Après les événements terribles que nous venons de vivre il y a quelques jours, nous savons exactement que l'équipage de notre *Fortune* comptait au départ de Lorient trois cent quatre-vingt-deux hommes. Quarante-deux sont morts ou disparus, nous avons à ce jour plus de quinze blessés.

Les engagés passagers étaient trente-trois. Onze sont morts ou disparus, et sur les vingt-deux qui restent six sont blessés. Je suis parmi les seize sur qui la tempête et le pirate n'ont pas laissé trop vilaines traces. Je ne pesais pas que cela pût être dur aussi, et de cette façon chargé à ce point d'une sorte de saoulesse, de se retrouver rare épargnée par le malheur.

Pendant une grande partie d'une nuit et une grande partie du jour suivant, les corps des marins morts ont été cousus dans leurs branles, ceux des passagers dans des carrés de toile coupée dans la cale, et jetés à la mer après une courte prière dite par le nouveau commandant ou son second qui est un lieutenant de vaisseau du nom de M. de Longevière, ou encore un de ses hommes de maistrance. L'aumônier est au nombre des disparus. Ces cérémonies à la chaîne furent terriblement sinistres et souvent émouvantes.

Coraline est elle aussi du nombre des passagers saufs. Nous nous en sommes réjouies en pleurant follement une éternité dans les bras l'une de l'autre.

Elisabeth Lacomb a été tuée sous mes yeux durant cette bataille avec le pirate fou.

Marie-Rose Coursier, la petite femme de Jean-Marie Coursier, est morte elle aussi. La toile dans laquelle son corps a été cousu n'avait pas bien grande surface. Il semblerait que Jean-Marie Coursier n'a plus toute sa tête.

Plusieurs parmi les matelots d'équipage avec qui nous avions lié connaissance et échangé quelques propos, qui nous étaient amicaux tant que faire se peut, ne sont plus là – en tout cas je ne les ai plus vus. Mais peut-être ont-ils été changé de quart et de bordée.

3 février 1751

L'océan est vide. Calme et plat. Les réparations à bord de *La Fortune* se poursuivent, je suppose dans la mesure du possible. Le mât de misaine a été détaché et tout le pont encombré nettoyé. Ils ont gardé des vergues et des voiles. Le beaupré et sa voilure ont été jetés à la mer. Le gouvernail réparé au mieux, mais le maître des haches Coarnec dit que ce n'est que cautère sur jambe de bois. Il faudrait une escale à terre. Quelle terre? Nous sommes en mer depuis plus d'un mois, à ce jour. Je ne sais pas où. Je veux dire que je ne sais pas à quelle distance encore de notre but, sur l'autre bord de la mer océane.

Après cette tempête dont je garde des terribles images – et sans doute pour longtemps! –, il est étonnant, presque incroyable, de retrouver un océan à ce point calme et plat, une chaleur telle, moite, sans pratiquement de vent. Toutes voiles dehors pour à peine avancer, tombantes comme des loques. Le grand perroquet déchiré a été recousu sans être abaissé, là-haut, par des hommes qu'on eût dit volants – nous avons passé un jour presque entier à les regarder évoluer et danser sur la vergue et dans les cordages.

4 février 1751

Le si aimable écrivain de bord M. Forestier fait partie des blessés légers. Il a reçu dans la bataille une écharde de plat-bord qui lui a ouvert la joue droite et porte donc un pansement maintenu par une bande qui lui entoure la tête et se noue sur le haut du crâne. Il ne se rase ni ne se poudre plus – encore qu'avant son aventure il ne se poudrait pas à l'excès. Cette barbe naissante lui sied bien. Coraline se prend à rêver. Elle a changé depuis la tempête. Son regard est devenu plus dur et il le reste quand elle dit sourdement tout en fixant la silhouette de l'écrivain qu'elle en ferait bien son ordinaire, un beau jour.

– Pas toi ? m'a-t-elle demandé.

Comme je répondais par une grimace qu'elle n'a sans doute pas comprise, elle m'a dit que c'était bien naturel et que je n'avais pas à en avoir de honte ni de remords. Je ne lui ai donc pas dit avoir déjà goûté à fond de cale à monsieur l'écrivain, et d'autres qui resteront dans l'ombre. Je le croyais pourtant. Ou c'est elle qui ne se souvient plus. Elle a ajouté :

– Qui sait quand et comment, et si jamais tu le reverras, ton Cauvin…

Quand lui ai-je jamais dit le nom de Cauvin ? Je ne vois qu'au cours de cette fête du baptême, qui paraît si lointaine à ce jour, dont je ne me rappelle plus le quart et alors que j'avais trop bu…

M. Forestier est venu nous parler, à Coraline et moi et trois autres engagés rescapés qui se trouvaient sur le pont à l'ombre des voiles. Il nous a dit que notre route avait été détournée et retardée et que nous nous trouvions bien plus au sud que prévu et pas loin de marcher vers le Brésil. Il nous a dit où se trouve le Brésil, et ce n'est guère au plus proche de la Louisiane. Mais ce n'est qu'à demi une errance volontaire, car nous recherchons traces de l'un ou l'autre, ou les deux, navires de notre escadre. Nous chercherons ainsi encore deux jours au mieux, jusqu'à raison dépassée (les vivres nous ont été sérieusement endommagées par trois boulets et des ouvertures dans les cales et c'est à se demander comment notre vaisseau tient encore la mer, a dit M. Forestier), à la fois pour les secourir éventuellement ou bien en demander secours… Mais nous n'avons rien vu, rien trouvé. Et pas plus de nos amis que des pirates, ou d'autres. Pas trace d'épave non plus ni d'un naufrage, à l'exception d'une rame de chaloupe, le premier jour, et de notre mât de misaine mis à l'eau que nous avons retrouvé le lendemain dans notre sillage. Les navires sont ailleurs, et non point au fond de l'eau.

6 février 1751

Un matelot est mort d'un flux de sang, ce qui semble inquiéter fortement le chirurgien et tout l'équipage.

7 février 1751

M. Forestier n'a pour moi guère plus d'attention qu'il n'en a pour Coraline, ou deux autres des femmes engagées. Ni moins. Je me demande s'il se souvient de la cale et de la fête. Je me demande s'il en a emmenées d'autres, ce jour-là ou un autre jour. En tout cas pas Coraline, qui bouillonne dès qu'elle l'aperçoit.

Nous pensions que le voyage de traversée de la mer océane nous demanderait entre quarante-cinq et cinquante-cinq jours. Nous en sommes à presque quarante et à la moitié à peine du trajet.

M. Forestier a retiré son bandeau. La cicatrice sur sa joue lui va de la pommette au bord de la mâchoire et ne lui sied pas si mal. Pas moins que sa barbe courte. Ses yeux sont aussi sombres que pouvaient l'être ceux de Cauvin, certains jours.

8 février 1751

Ils disent que le matelot est mort d'avoir bu de l'eau volée dans les futailles, sans l'avoir passée ni bouillie. Nous avions droit à un litre par jour et on aurait pu croire que la ration augmenterait en raison des effectifs moindres, mais il semblerait bien que le risque du contraire soit grand.

10 février 1751

Nous avons abandonné espoir de retrouver *La Mère-de-Dieu* et *La Fringante,* et cessé donc de chercher. Notre navire n'est plus en état, nous dit-on, de poursuivre cette cherche en aveugle, ni de tenir longtemps en écart de son itinéraire, que nous allons tenter de retrouver. Le vent nous est toujours aussi peu en secours.

12 février 1751

Le capitaine, M. de Monteau, n'a pas quitté sa chambre depuis trois jours. Il est souffrant. Ni M. Forestier ni personne n'a voulu dire de quoi il souffrait, comme si cela était maladie honteuse. Ce qui est peut-être vrai. Coraline joue à lui trouver parmi les femmes survivantes des engagées, qui ne sont pas si nombreuses, celle qui a pu lui passer cette chaude honte. À défaut d'être satisfaite de ses conjectures, elle s'est rabattue sur les hommes…

Le temps est long.

Monsieur l'écrivain ne nous a guère laissé entendre que ni le capitaine souffrant, ni, en cas d'obligation, son second du moment, M. de Longevière, fussent de la compétence de naviguer heureusement. Pas plus sans doute que ne l'était notre premier commandant de bord Jean de Tailli. Le véritable maître à bord est le maître d'équipage Gwaen Brach' – aussi le pilote Varenguès. Il nous a été demandé chaudement de prier pour eux, plutôt que pour la guérison du malade…

13 février 1751

Des rumeurs de malédiction sont arrivées à nos oreilles. C'est étonnant de voir à quel point ceci frappe fort les esprits, aussi bien de l'équipage que des passagers. On me dira, pour ma part, que Dieu nous aide, cela ne m'en fera guère d'effet, ni plus ni moins que si on me dit qu'il nous abandonne aux diables des mers. Il semble que je sois la seule, à bord, à ne me faire point de soucis pour cette affaire. Même Coraline sous ses airs de canaille me paraît l'œil moins leste quand on aborde ce sujet.

Il se dit à mi-voix dans les branles et sur le plancher des batteries où les marins mangent leur gamelle que le noir accompagnerait cette escadre depuis son départ, qui fut si difficile, repoussé longuement, pour des raisons de mauvaise « mise hors » (comme cela se dit) et de mésententes entre la Compagnie et les armateurs et capitaines.

Il est sûr en sus que la Compagnie, ni personne, n'y trouveront leur compte à l'arrivée, si nous arrivons quelque part. Après une telle perte de la cargaison des passagers, la perte de toute une troupe ainsi que du fret des deux autres navires de notre convoi, sans parler des bâtiments eux-mêmes – le nôtre est bien mal en point aux dires des gens de la maistrance et de ce que nous rapportent les sieurs de Prévontois, le chirurgien, Forestier, et maître Brach' et son contremaître Pierre Depaul.

14 février 1751

On ne trouve pas mieux pour occuper les hommes de bord et les retirer aux idées sombres qui les tracassent que de leur faire laver les tillacs à grande eau, pour propreté dit-on, pont de dessus et de dessous. Je ne sais point si cette idée est bonne. Outre que les bordages gorgés d'eau de mer ne sèchent jamais et que l'humidité moite est insupportable à respirer.

Je dors sur le pont en compagnie des trois chèvres survivantes. J'ai perçu que d'aucuns m'appelaient la Bique Rouge, ceux qui ne s'en cachent pas et ceux qui le crient sans me regarder. Ça ne me change guère des paroles que j'ai toujours attirées. Apparemment cela dérange davantage Coraline que moi. Depuis deux jours elle va, un coutelas à la ceinture. Elle me dit qu'elle l'a eu auprès du maître coq. Elle ne m'a pas dit comment ni à quel prix et je ne l'ai pas demandé. Mais j'ai demandé pourquoi. D'après elle les esprits s'échauffent dans l'équipage et elle ne serait pas étonnée que son coutelas fût de secours bientôt. Elle m'a proposé de m'en fournir un mais j'ai dit que j'avais ce qu'il me fallait et elle m'a regardé avec défiance un instant, puis en souriant brièvement elle a dit que cela ne l'étonnait pas. C'était ce matin, quand elle est venue dans l'enclos me retrouver en train de traire. Elle m'a demandé comment je m'appelais et j'ai dit sans la regarder la Rouge Bête et je l'ai entendu pouffer, après un temps. Elle est repartie vers l'avant, où se tenaient sur le gaillard en partie réparé une équipe de charpentiers et le maître des haches. Je crois qu'elle en train de changer ses appétits.

Le chat de bord est reparu ce matin. Il n'a pas voulu se laisser approcher. Il n'a plus de queue et il boite.

15 février 1751

Les rations de pain quotidiennes ont été réduites. Nous avons protesté. Nous avons payé pour un poids de pain donné. Le maître d'équipage appelé en a convenu et les rations seront remises à leur pesant, ou alors ce que nous avons payé sera remboursé, ou ce que nous paierons sera diminué.

Je n'ai plus le cœur à écrire. M. Forestier m'a pressée de le laisser lire mon Journal de voyage, comme il appelle cela, mais je n'ai pas voulu. Je n'écris pas pour qu'on lise. J'ai eu grande envie et comme une soif de prendre notes de ce qu'est pour moi cette aventure qui m'emporte et qui pourrait avoir, si on la lit transcrite sur ces feuillets, la figure de ce qu'on lit dans le livre que je serre en mon ballot ou encore les aventures du Chevalier de Grieux et de Manon, comme me les a racontées Cauvin qui a promis de m'en trouver copie. Ce jour, non, je n'en ai plus le cœur. Mais depuis déjà longtemps, en vérité, cette soif m'est passée et je ne pourrais dire ce qui l'a étanchée.

Ce qu'est le monde désorendroit à flot sur cet océan me coule bien amèrement dans les veines.

Je ne supporte plus ce navire. J'attends à chaque seconde, chaque minute, que l'homme de hune signale une voile qui serait celle de

La Mère-de-Dieu, ou de *La Fringante.* Mais il se tait. Perché là-haut, il se tait. Je ne crois plus qu'il pousse un jour à un moment le grand cri que j'ai espéré. À quoi bon écrire, donc, si ce n'est que pour dire mon ennui, ma désespérance et mon envie de rien, ou ma seule certitude qu'un jour peu lointain tout ceci se terminera au contraire de ce que j'attendais et souhaitais si fort, trop vite et trop tôt, dans quelque définitive détresse.

9

Assurément, durant plusieurs des jours qui suivirent la tempête et l'engagement avec le pirate – après la disparition de ce dernier ainsi que des deux autres navires de notre escorte – nous avons dérivé plus que navigué sur une mer étale. Il y eut le temps pris pour la réparation des dégâts subis, dans la mesure du possible, et le temps pour une cherche décidée par le commandement qui s'avéra sans résultat heureux ; au bout du compte ce furent une bonne vingtaine de jours qui s'écoulèrent, à nous brûler la vue pour rien dans la lumière réverbérée par la surface des eaux, pendant lesquels l'humeur à bord déclina bien méchantement.

On ne nous dit pas tout de suite le mauvais état des provisions dans les cales, leur manque et les avaries qui leur avaient été causées. Mais la maistrance savait déjà, bien entendu. Ils ne nous en firent part que plus tard, quand il fut impossible de nous en cacher davantage les effets.

Les premiers hommes emportés par des flux de sang sont à compter dans ces jours-là. Le capitaine qui avait pris le poste de de Tailli décéda. Nous ne sûmes exactement quand, si je ne me trompe, ni de quoi. Un jour, après le premier quart, M. de Longevière apparut sur la dunette avec son conseil de maistrance et apprit à son équipage rassemblé sur le pont la nouvelle de son poste, nous disant le décès de son prédécesseur, immergé dans la nuit. Comme en urgence. Si c'était bien vraiment au cours de cette nuit. Tout l'équipage ne tarda point à se forger une autre histoire mieux accordée à ses doutes et ses craintes et une rumeur de malemort ne tarda point à se répandre sous le manteau et dans le sombre de la batterie comme il fallait s'y attendre.

Le vaisseau réparé au mieux par Coarnec et ses gens menuisiers et charpentiers n'en était point, cependant, très vaillant. Il y avait de mauvaises voies d'eau sous la flotte. Leurs réparations et colmatages, entrepris et effectués au plus urgent, n'en dépassaient pas moins la mesure d'urgence. Les pompes étaient actionnées en permanence par des équipes qui se relayaient, et les volontaires parmi les passagers colons qui se présentèrent à la manœuvre ne furent pas repoussés, bien au contraire. Ce calme plat qui faisait notre désespérance était sûrement préférable, à tout prendre, à une mer trop secouante qui eût mis davantage le bâtiment en péril.

Vingt jours, peut-être plus, pas moins. Vingt jours au bout desquels l'homme de vigie a crié pour signaler enfin une voile sur l'horizon.

10

DÈS APRÈS QUE LE CRI FÛT TOMBÉ de la hune, il se trouva une bonne vingtaine de matelots pour grimper dans les haubans, et autant se pressant au bastingage, avec les colons sur le pont à ce moment-là qui se précipitèrent pareillement. Au premier rang de ces derniers, les deux filles, dont l'une ne se voyait que rarement sans l'autre, qui n'étaient pas les dernières à pousser des cris enthousiastes à la vue de la voilure montant de l'horizon de chaleur brumeuse.

Arnaud de Longevière, fraîchement promu capitaine par la force des choses, jaillit sur la dunette, la perruque à la main, qu'il posa sur cette partie de rambarde que les boulets et la tempête avaient épargnée, plutôt que sur sa tête, et saisit la lunette que lui tendait Gwaen Brach'. Il pointa le tube de cuivre sur lequel le soleil fit jouer des éclairs. L'instant suivant, Johan Forestier les rejoignait, achevant d'essuyer dans une serviette ses joues couvertes de mousse à raser. Après avoir longuement observé, le capitaine passa la lunette à son maître d'équipage et échangea avec lui quelques mots puis se tourna vers le dessous et cria la route et le cap au gouverneur de barre. Apparurent le pilote, de dessous l'avancée du gaillard, en compagnie de M. de Prévontois. Tout ce monde attendait. Après qu'il eut à son tour observé un moment en direction de la voile, le maître d'équipage rendit la lunette à son capitaine, qui y porta de nouveau l'œil.

– Alors ? s'enquit M. Forestier.

Le massif Gwen Brach', aux traits grêlés que ces derniers jours avaient davantage creusés, dit :

– Difficile d'y voir avec justesse, monsieur. Un trois-mâts. En bon état, toutes voiles dehors qui fait route sud sud-ouest, à première vue, dans le courant et sous ce qu'il trouve de vent.

– Pouvons-nous le rejoindre ? L'approcher ?

Le grand Brach' plissa ses paupières de cuir. Il scrutait en direction du trois-mâts. Fit une moue dubitative.

– Semblerait, grommela-t-il. C'est en tout cas l'ordre de notre capitaine.

– Sieur ! cria le pilote. Nous maintenons le cap ?

Le capitaine baissa la lunette, la replia d'un coup sec et la garda en main.

– N'est-ce pas une bonne initiative, monsieur Brach' ?

– Possible… acquiesça dans un grognement le maître d'équipage. Nous maintenons ! cria-t-il à l'adresse du pilote qui répercuta l'ordre sous le gaillard à l'homme de barre.

Des voix s'élevèrent, sur le pont, des passagers rassemblés au bastingage, et parmi elles, plus hautes que toutes, celles des deux jeunes femmes qui se croisaient pour demander l'identification du nouveau venu.

– Monsieur le capitaine ! C'est *La Mère-de-Dieu ?*

– C'est notre escorte ? Lequel des deux ?

– Monsieur Forestier, dit le capitaine de Longevière, je sais que ces personnes sont devenues de vos amies, d'après ce qu'on m'en a dit et ce que j'ai pu voir. Veuillez réfréner leur réjouissance. Il ne s'agit pas des nôtres.

– Un ennemi ?

– Qui sont nos ennemis ? soupira le capitaine en plissant des yeux à la manière de son maître d'équipage. À votre avis, monsieur Brach' ?

– Il ne va pas bien vite, avec pourtant toute sa voile, dit le maître d'équipage. Un ennemi du type de ce fou qui nous a si vilainement éprouvés durant la tempête ne continuerait pas cette route en nous laissant prendre la chasse. Il nous viendrait dessus. À moins qu'il ne ruse.

– Comment savoir ? demanda l'écrivain de bord dans la serviette qu'il avait de nouveau déposée sur ses joues et devant sa bouche.

– Nous verrons ça bientôt.

Esdeline et Coraline et quelques autres passagers, qui se faisaient de cette façon porte-parole de l'équipage à l'oreille tendue, redemandèrent quel était ce navire qui paraissait avoir grandi, déjà, depuis l'instant où *La Fortune* avait mis cap dessus.

– Doit-on parer aux batteries ? Découvrir les sabords et nous préparer, au cas… s'enquit le capitaine comme s'il se parlait d'abord à lui-même.

Le maître d'équipage lui jeta un regard mais ne répondit pas. Les filles sur le pont continuaient de lancer leurs questions, en les entrelaçant maintenant de plaisantes remarques qui faisaient fleurir des rires non seulement chez les autres passagers engagés mais aussi parmi les marins aux manœuvres et dans les haubans.

– Monsieur Forestier, s'il vous plaît ! pressa le capitaine.

Johan Forestier hocha la tête et quitta la dunette par l'escalier.

Le capitaine le suivit des yeux jusqu'à ce qu'il rejoigne les passagers et les deux filles brailleuses qui l'entourèrent et avec qui il se mit à parler.

– Seigneur… souffla le capitaine, un air de grande expectative en avant-garde de la répugnance difficilement contrôlable. Comment cet homme qui peut paraître à ce point cultivé et de bon abord, à table ou dans la conversation, peut-il se complaire en ces compagnies, qui ne me paraissent guère de meilleure engeance que ces « filles à la cassette » des premiers voyages affrétés par la Compagnie…

Il se tourna vers son maître d'équipage qu'il lorgna d'un œil vague, sans que l'on pût dire s'il attendait vraiment sa réponse, et ce dernier choisit de considérer l'interrogation de son capitaine comme faite à lui-même.

– Je vois... admit le capitaine. N'est-ce pas un bon ordre, monsieur Brach' ? Ne doit-on pas ordonner aux sabords...

– Nous saurons vite ce qu'il en est de cette voile, dit l'homme au visage épais et buriné. Quant à pointer aux sabords... J'ai bien peur, capitaine, que nous ne soyons plus capables de mettre à feu une seule bordée qui ne nous achèverait pas et disloquerait pour le compte notre propre carcasse...

– À ce point ?

– J'ai bien peur, répéta le maître d'équipage.

Le capitaine garda le silence un instant. Il y avait discussion animée et presque joyeuse sur le pont, autour de Johan Forestier. Esdeline avait le feu aux joues et continuait de s'exciter et de battre des mains, repoussant les informations données par l'écrivain de bord et ses doutes avérés que le vaisseau aperçu fût un de ceux qui avaient disparu du convoi.

– Nous pouvons espérer qu'il nous viendra en aide, dit le capitaine. Et nous cédera quelques provisions.

Le maître d'équipage garda le silence.

– Ne le croyez-vous pas ? demanda le capitaine en redéployant sa lunette.

– Le mieux serait encore, monsieur, dit Gwaen Brach', qu'il nous embarque nos passagers et nous les prenne en charge, avec la moitié de l'équipage... sinon sa totalité... Et qu'il laisse à la vague ce vaisseau qui n'en sera plus un dans pas longtemps, je le crains bien.

Le capitaine hésita, le geste pour porter la lunette à son œil interrompu en milieu de course, une paupière déjà close. Puis il sourit, haussa une épaule, ayant choisi d'entendre une plaisanterie. Il mit la lunette à son œil et après un instant d'observation dit :

– C'est un des nôtres, monsieur Brach'. Un Français. Je vois son nom : *L'Irgou!*

Le visage de Gwael Brach' demeura de marbre. Il dit sans presque bouger les lèvres :

– Je connais guère de prises faites par un ennemi déclaré ou quelque flibustier que ce soit qu'on débaptise pour rebaptiser…

– Un bien beau navire, apparemment… murmura le capitaine qui continuait de scruter, joue plissée et les dents découvertes par la grimace qui lui tenait un œil fermé.

Johan Forestier qui avait rejoint les deux filles ne sut guère leur en dire plus qu'elles n'en savaient déjà – pas plus que ce que tous et toutes savaient, à ce niveau du pont, et les matelots dans la mâture, qui n'avaient que leurs yeux pour scruter la mer aveuglante.

– Allons voilà, Colberthe, dit-il à l'adresse particulière d'Esdeline dont les yeux brillaient comme de fièvre. Sans doute un nouveau chapitre qui changera de l'ordinaire à conter bientôt dans votre Journal.

La brillance dans les yeux de la jeune femme s'éteignit sur le fait, comme soufflée par les paroles dites, remplacée par la moue plus ou moins prononcée qui exprimait coutumièrement, ou les cachait, tous ses sentiments, hors de ponctuelles exubérances et soudains éclats de joyeuseté.

– Moquez-vous donc, dit-elle.

L'écrivain de bord assura ne pas se moquer le moins du monde. Il paraissait tout à fait sincère.

Esdeline se sentit monter le rouge aux pommettes, ce qui lui venait peu souventement en vérité, jamais pour avoir entendu les paroles colorant habituellement de la sorte les joues des filles. Mais aborder ce sujet-là, et d'autres encore touchant à ce qui ne se parlait point, ce que de son profond elle ne montrait ni ne disait point, lui troublait le cœur, chauffait ses joues et lui faisait se détourner ou baisser le regard. Ce qui se produisait plus souvent qu'elle ne l'eût souhaité avec ce beau sire-là, et elle le déplorait autant qu'elle en frissonnait et que lui couraient des picotis sous la peau dans ses parties les plus secrètes et que durcissaient ses tétons – et voilà que de tout cela elle rageait davantage encore, si agréable et saoulant cela fût-il.

Elle ne pouvait s'empêcher de s'interroger, notamment quand elle le regardait en face, sinon même quand elle songeait à lui, plutôt souvent, s'il pensait encore lui aussi à ces instants de fond de cale, dans les ténèbres et les braises. S'il s'en souvenait, s'il y avait accordé attention. S'il en parlait le cas échéant, s'il en avait parlé avec celui ou ceux qui avaient partagé ces moments – avec au moins un autre qu'elle connaissait pour être remontée avec lui sur le pont, probablement donc un troisième dont elle ignorait tout, hors une haleine de dents gâtées et un goût de vase et de poisson mort prononcé suintant de ses trinquebilles…

Elle se disait qu'un jour elle lui poserait la question, et de cela ne rougirait point.

Pour l'heure, elle s'en tint au badinage qu'il semblait vouloir alimenter dans les rangs des passagers, par principal souci de les distraire des émois que pouvait provoquer l'approche du navire monté à l'horizon, au souvenir tragique de ce qu'avait provoqué la seule précédente apparition du genre. Elle se disait que la balafre lui allait décidément bien au visage.

Coraline, sur un ton moqueur et la voix volontairement forte, lui fit la remarque d'une tache de savon à barbe collée sous l'oreille. Il s'en essuya négligemment du coin de sa serviette et poursuivit avec elle et les autres une conversation légère sur les possibilités que le vaisseau nouveau venu pût leur être de quelque heureux secours.

Esdeline avait songé – songeait encore par une espèce d'intermittence et dans l'impossibilité de fuir la pensée que pourtant sa raison repoussait résolument – à cette possibilité que le navire fût l'un ou l'autre de l'escadre de trois, et Cauvin à son bord. Elle s'en était excitée, avec tous ceux et celles qui avaient crié haut leur espoir enthousiaste à la suite du cri de la vigie. Pourtant, si l'idée lui donnait des bouffées et des chatouillis de sueur au creux de l'échine, elle ne pouvait la laisser s'installer et la repoussait à peine soulevée ; sitôt écartée, l'éventualité folle s'en revenait comme une mouche d'été que la queue battante d'un cheval ne parvient pas à chasser.

Forestier s'accouda au bord de pavois à son côté et porta avec le sien son regard vers le navire grandi dont on apercevait maintenant plus clairement la mâture émergée de la ligne des vagues.

Lisant ses pensées, il dit :

– N'espérez guère, Colberthe, je le crains.

Elle se raidit, ses lèvres avancèrent sur la moue caractéristique qui découvrait le gourmand écartement de ses dents.

– Que j'espère ? dit-elle. Et quoi donc, foutredieu ?

Le juron qu'elle avait entendu souvent voler dans la mâture et dans le sombre de la batterie lui convenait au point qu'elle en avait fait, depuis quelque temps, une manière de tic ponctuant ses propos. Autant le capitaine de Longevière et quelques autres membres de la commanderie eussent probablement hoqueté à l'écoute de ce langage, ce qui n'avait, c'était sûr, pas manqué de se produire, autant cette floraison hardie paraissait sinon amuser en tout cas ne pas rebuter Forestier. Il souriait, du coin de ses lèvres charnues.

– Je sais, Colberthe, que vous avez embarqué avec un ami et que celui-ci se trouve sur un des deux autres bâtiments de notre convoi.

Forestier ne pouvait s'adresser à elle sans lui donner de son prénom comme s'il eut voulu souligner la vraie destination de son propos. Ce qu'il ne jouait point avec Coraline, par exemple. Ni personne avec qui il soutenait une conversation. Certain moment, elle prenait la manière pour une révérence particulière qu'il n'accordait qu'à elle, à d'autres elle s'en intriguait et y décelait un accent propre à faire germer quelque obscure méfiance.

C'était Coraline qui lui avait révélé l'existence de son « compagnon de voyage » – elle n'en avait pas fait mystère quand Esdeline le lui avait demandé, renvoyant suspicieuse à son tour une question sur la possible maladresse commise à communiquer cette information... Esdeline l'avait rassurée.

– Et que voulez-vous dire ? demanda-t-elle. Que je ne le reverrai plus ? Comme nous ne reverrons plus *La Fringante* et *La Mère-de-Dieu ?*

– Que non point ! se défendit Forestier avec un hochement de la tête. Dieu m'est témoin que de telles pensées ne sont certes pas les miennes. Je veux dire que votre ami, si c'est bien votre ami, et je ne sais en vérité de quel genre d'ami il faut parler, ne sera pas sur ce bateau-là qui nous arrive.

Elle se tint coite, le visageant jusqu'à ce qu'il tourne la tête vers elle. On entendait Coraline et les autres mener grand bavardage et lancer des questions aux hommes dans les haubans, qui laissaient tomber leur ignorance ou des plaisanteries en réponse.

– Je ne comprends guère vos propos qui laissent entendre ailleurs et à côté de ce qu'ils disent, glissa Esdeline à peine plus haut que le bruit de l'eau contre la coque à quinze pieds dessous.

– Allons, je ne laisse entendre rien d'autre que ce que je dis, Colberthe. Que ce navire n'est pas un des nôtres, voilà ce que j'annonce, et sans plus. Un trois-mâts à pavillon du Roy, d'après ce que nous avons cru remarquer à la lunette, mais pas de notre escadre. Ni *La Mère-de-Dieu,* ni *La Fringante.* Je n'en dis rien qui soit autrement.

– Au sujet de mon ami tel que vous l'entendez, dit-elle. Et la façon dont vous interrogez sur quel genre d'ami il serait, comment vous ne savez le nommer… Tout en laissant entendre que vous vous doutez bien…

– Holà, holà, Colberthe, que vous voilà bien susceptible et l'esprit quelque peu trop tordu, pour ce matin qui nous semblait pourtant celui d'un jour meilleur ! Ma chère Colberthe !

Il souriait d'une grimace qui lui plissait de petites rides la cicatrice sous l'œil. Il avait les yeux de la couleur de l'eau sombre.

– Ce n'est pas mon petit nom, s'entendit-elle dire.

Et dans un même élan des mots, son regard droit dans le sien :

– Vous souvenez-vous m'avoir quelque peu constuprée, avec d'autres, dans le fond de cale, il y a si peu de temps… et à la fois bien longtemps ?

Elle remarqua qu'il accusa le coup de la soudaineté abrupte du propos par un tressautement des paupières. Son sourire se tordit légèrement, sans toutefois s'éteindre.

– Constuprée… répéta-t-il.

– C'est un mot de chez moi. On dit aussi violer, tringler. On dit encore foutre.

– J'avais compris, ma chère. Mais il semble, à mon souvenir, que violer est un terme un peu vif, et qu'en certain instant je me suis senti l'être au moins autant que toi. Foutre et tringler, je te l'accorde, ne sont qu'à ton endroit. Constuprer…

Elle avait reporté son attention sur le roulement des eaux. Les tempes lui chauffaient et elle se demandait pourquoi avoir dit cela, pourquoi avoir laissé filer les mots… Elle avait bien sûr remarqué le tutoiement soudain et voilà ce qui lui avait mis la chaleur aux joues.

– De quel pays viens-tu donc, où on dit cette chose-là ? Et quel horrible petit nom donne-t-on aux filles de ta sorte pour que tu ne veuilles pas le porter ?

– De ma sorte hein ? gronda-t-elle du coin des lèvres. De quelle sorte ? Dites-le !

– La sorte des trayeuses de chèvres, je pense, joua-t-il.

Elle le visagea de nouveau pour constater qu'il n'avait pas quitté son sourire. Ou c'en était un autre, revenu tout exprès pour cette amabilité-là. Il poursuivit :

– Ne me réponds pas, si tu penses en être gênée de quelque façon que ce soit. Je t'appellerai Colberthe jusqu'à ce que tu te décides à me donner un autre petit nom qui te ressemble davantage. Allons. Combien crois-tu qu'ils sont, à bord de ce bateau, dont le nom de famille véritable correspond à celui qui est inscrit sur leur contrat d'engagement ? Combien crois-tu que sont réellement mariés les couples inscrits sur le papier ? que les veuves ou filles seules le sont véritablement ? Allons…

– Jean-Marie et Marie-Rose Coursier étaient vraiment mariés, dit-elle à petite voix et après avoir laissé passer un échange vif au-dessus de leurs têtes entre plusieurs marins, chacun contestant ce que l'autre voyait du bateau grandissant – un trois-mâts bien identifiable, ses voiles de misaine, grand voile et grand hunier carguées de façon incompréhensible…

– Ces deux-là, sans aucun doute, admit l'écrivain. Mais ils n'étaient pas la majorité, tu peux me croire…

Elle garda le silence. Elle était le dos droit et les reins creusés, à sa façon de se tenir qui semblait la mettre toujours en position défensive et prête à soutenir quelque assaut impromptu, portant la tête haute, le menton avancé, fixant le navire vers lequel ils allaient – elle sentait le regard de Forestier comme un peu plus de soleil sur son profil droit. Des ombres tombées presque verticales tranchaient les haubans, les cordages, le pont, comme si elles avaient glissé au long des voiles grandes ouvertes éclatantes de lumière sans y avoir trouvé une seule bonne drisse flottante où s'accrocher.

Elle l'entendit qui demandait d'une voix élevée :

– C'est ton ami de cœur ? Ton amant ? C'est ton mari ? Dis-moi donc qui il est. J'en garderai le secret. Et quand tu le retrouveras, si je passe par là, nous tairons nos folies de fond de cale, je te le promets…

Elle lui savait au ton de la voix un sourire plus grand que jamais.

– Qui prétend que quelqu'un de tel soit sur *La Fringante* ou sur *La Mère-de-Dieu ?* dit-elle. Pas moi. Jamais. C'est vous qui vous chantez cet air-là, monsieur l'écrivain.

Après un temps de grands bruits alentour et d'eau frappant la coque et de claquements en rafales soudaines dans la voilure, il dit :

– Très bien. C'est bien vrai que je suis seul chanteur de cet air-là, toute belle.

Il paraissait y croire. Ou le bien feindre.

Elle se sentit très fière de sa réponse qui n'avait pas basculé du mauvais côté avec des mots préparés qu'elle avait bien failli prononcer aussi irrépressiblement qu'elle avait laissé filer ceux au sujet de sa constupration… Avoir su garder cette prudence lui chauffa les veines au moins autant que le faisait sa réponse qui niait tout simplement, mais très perversement, l'existence de Cauvin…

L'agitation provoquée par l'apparition du navire bourdonna durant moins de deux grands poudriers à bord de *La Fortune*. Le frisson qui avait couru par tout le navire se transforma assez vivement en une méchante tension qui retomba elle-même après s'être tirée au plus grand de sa course. Alors s'insinua dans la dépression provoquée la première infiltration de l'empoisonnement, une pesanteur lourde d'angoisse qui ne fit que se densifier davantage et avec plus de poisseuse gluance au fil des secondes, des minutes et des heures qui conduisirent, inexorablement, à l'abordage de *L'Irgou*.

Son approche fut beaucoup moins longue qu'on n'avait pu raisonnablement la supposer au moment de son signalement par la vigie. De cet effet, la cause étant bien entendu le petit vent et le fait que *L'Irgou* se fût mis en panne, ne gardant dehors que son petit hunier. *La Fortune* allait deux lieues et demie sur le courant, *L'Irgou* pratiquement sans voilure à peine plus d'un nœud.

L'inquiétude et l'appréhension montèrent à bord pour cette raison que le vaisseau se trouvait visiblement mis en panne, sans pour autant montrer à cette distance, ni davantage à la lunette qu'à l'œil nu, la moindre trace de violence subie qui l'eût forcé à cette manœuvre… non plus que, plus tard, et après être demeuré sourd aux signaux qui lui furent adressés, la moindre présence visible sur son pont supérieur, ses gaillards et dans sa mâture…

Quand moins d'à peine une petite lieue sépara bonnement les deux bâtiments, cette maigre distance ne permit plus de douter pour l'équipage, le commandement et les passagers de *La Fortune*, que *L'Irgou*, avec son pavillon de France pendu comme une guenille, était un vieux navire déserté de toute présence humaine, vide comme une coque de vieille noix. Et le silence qui y régnait se propagea à la frégate et à ceux qui, les yeux écarquillés et la bouche ronde, faisaient guirlande au bastingage, ou grimpés dans les bas cordages de ses deux mâts encore debout.

Un conseil rapide fut tenu sur la dunette dès qu'à l'évidence le navire apparut déserté de son équipage *vivant*.

Gwaen Brach' en nourrit son propos de quelques phrases claires et précises échangées avec le premier maître Pierre Depaul, Varenguès le pilote et les deux quartiers-maîtres. Johan Forestier, ainsi que le chirurgien M. de Préventois, étaient également présents mais ne participèrent point à la discussion… pas plus d'ailleurs que le capitaine M. de Monteau qui ne fit que hocher la tête en signe d'assentiment quand lui fut demandé son avis, sans cesser de fixer la coque noircie du vieux navire que fatiguaient visiblement de nombreuses années de navigation.

C'était un trois-mâts, à trois niveaux, d'environ cinq cents tonneaux, armé à première vue d'une vingtaine de canons, et qui avait été gaillardé longtemps après sa construction, agrémenté de nombreuses structures et charpenteries sur ses différents ponts.

Il fut donc décidé de mettre une chaloupe à la mer, à bord de laquelle prirent place une dizaine de matelots armés, le chirurgien, le premier quartier-maître, sous la conduite de Brach'. Sur *La Fortune*, une douzaine de matelots prirent position dans les haubans d'estribord, armés également de fusils, une demi-douzaine d'autres de grappins, prêts à lancer.

La manœuvre de *La Fortune*, dont la voilure et le gouvernail endommagés étaient sérieusement en dessous de leurs moyens, pour amener à flanc du vaisseau en panne sans plus d'allure qu'une épave faite, ne fut pas des plus aisée. Les grappins étaient tenus prêts pour un abordage commandé depuis le pont du navire errant par ceux de *La Fortune* qui y prendraient pied, au moment où ils le décideraient, et non avant, par prudence élémentaire et pour éviter que l'accroche ne serve une possible ruse des autres cachés derrière les plats-bords et les branles roulés au bastingage.

C'était quelques heures à peine avant la plongée du soleil voilé dans le bourrelet de chaleur au bout de l'océan.

Une fois la chaloupe à la mer, un silence profond descendit sur les deux navires à une petite encablure l'un de l'autre, un silence que seulement les grincements de leur carcasse et la respiration gargouillante de la vague hantaient. Tout ce que *La Fortune* comptait encore de passagers était monté sur le pont et il ne devait pas se trouver un seul matelot, de quart ou non, sous le tillac supérieur – à moins qu'aux sabords découverts.

Ainsi donc la chaloupe remonta le long de *L'Irgou* jusques à son milieu sous le pont, les grappins furent lancés aux rambardes et maintenus tendus à bras. L'équipage de la chaloupe n'eut guère à attendre : des vergues hautes de *La Fortune* tombèrent les cris des guetteurs qui s'y trouvaient postés et pouvaient donc constater de leur haut point de vue l'absence de toute présence humaine sur les différents niveaux de pont, aussi bien celui principal que ceux des gaillards.

– C'est un vaisseau mort! cria un des marins – ce qui eut pour effet de couper net toute la criaillerie et fit retomber le silence... jusqu'à ce qu'une autre voix, plus haut dans la mâture, signale par ailleurs la présence d'un chat roux sur le gaillard d'avant...

Ceux de la chaloupe, à l'exception de deux qui tiraient aux grappins, grimpèrent donc à bord, à la suite de leur premier maître Brach'. Ils avaient armé leurs fusils.

C'était effectivement, selon toute apparence, un navire déserté. Ils en furent convaincus, au fur qu'ils arpentaient les ponts, et le crièrent à *La Fortune*; les grappins furent lancés et les deux coques unies, la pointe de leurs vergues pratiquement bout à bout.

– Pourrons-nous aller à bord de ce navire-là? s'enquit Coraline, serrant à pleines mains le bras d'Esdeline, à l'adresse de M. Forestier qui passait.

– Je le crains, répondit celui-ci avec un hochement de tête.

– Le craindre? Qu'y a-t-il donc à craindre là? firent ensemble les deux jeunes femmes.

– À craindre juste, dit l'écrivain, que notre bâtiment ne soit plus en état de nous servir longtemps et que nous dussions l'abandonner contre celui que Dieu semble nous donner en change.

Sur le bout de sa phrase des cris et des exclamations fusèrent, comme si se déchirait l'air lourd, sur le pont de *L'Irgou*. Et une voix de rocaille, très claire, que tous entendirent, et qui braillait :

– À ma secours! Tirez-les! Ne les laissez pas approcher! À ma secours enfin, par le bon Dieu dans son grand ciel, j'suis pas mort!

La voix tombait de la hune du grand mât où on voyait s'agiter une forme déguenillée jaillie de sous les paquets et pièces de voiles qui y étaient entassés. La silhouette cheveleuse et gueularde braquait à grands gestes un pistolet sur une sorte de troupe, ceux-là sortis comme d'un autre monde, tirés de l'ombre qui semblait être la seule et lourde cargaison d'un tel vaisseau, apparus avec une lenteur spectrale, irréelle, sans bruit, par-dessous l'entrée du gaillard d'arrière sous la courbe creusée du pont de dunette.

L'envol des exclamations bourdonnantes et des cris de surprise s'éleva et retomba sur le pont du bâtiment nullement abandonné comme il avait pu si menteusement le laisser croire jusqu'à lors, et puis comme si le brouhaha stupéfait rebondissait et franchissait quelques verges jusqu'aux témoins alignés aux bordages de *La Fortune* et dans ses haubans et ses vergues. Des jurons roulèrent et s'abattirent autour d'Esdeline ; elle-même ne put retenir celui qui tomba de ses lèvres arrondies.

– Dieu me damne… souffla Johan Forestier.

Il y eut également quelques cris d'épouvante.

– C'est un roulier de nègres, dit Forestier en s'approchant du groupe de passagers.

La même constatation, aux accents consternés, formulée plus ou moins rudement, s'élevait de la bouche amère des matelots qui s'attendaient manifestement à mieux.

L'homme en grande agitation sur la dunette continuait de vociférer des propos sans vraie suite ni entendement, desquels il ressortait pour l'essentiel qu'il devait être sauvé et qu'il fallait les « tuer tous » comme ils « avaient tué tout le monde ». Ses cris dégringolaient telles des brassées de chaînes déroulées au long des haubans et agitées violemment.

Le groupe qui avait fait son apparition se composait à première vue d'une quinzaine d'individus. On en devinait d'autres à l'évidence derrière les premiers, au creux de l'ombre, et qui sans qu'on les distinguât nettement n'en étaient sans doute pas moins nombreux, comme des fragments épars de cette ombre épaisse qui les déversait, la peau pétrie dans une terre plus ou moins noire, des nègres, des hommes et des femmes; ils avaient des tignasses frisées et hérissées ou alors nattées en longues tresses retombantes, ils étaient nus, les femmes comme les hommes, certains «vêtus» d'un large ceinturon de cuir ou d'une pièce étroite de tissu passée entre les cuisses et maintenue par une cordelette en ceinture, mais la plupart totalement nus, et tous ou presque tous, toutes, tenaient une arme, un coutelas, une hache d'abordage, une épée, plusieurs un fusil… Ils sortaient de sous le gaillard, par les panneaux à caillebotis de poupe montés des cales et des batteries aménagées, selon cette manière de faire sur les vaisseaux négriers; à moins qu'ils se fussent tenus dans l'attente, sous le pont du gaillard.

Alors que les premiers se trouvaient à quelques pas des matelots embarqués (qui braquaient leurs fusils de manière qu'on ne doutât point qu'ils savaient s'en servir), d'autres soudains firent leur émergence derrière le petit groupe de matelots, jaillissant par la grande écoutille.

L'énergumène sur la hune, sans cesser de brailler ses suppliques et accusations, tira.

À cet instant précis, Esdeline regardait dans sa direction : elle vit la flamme courte à son poing, la fumée de la mise à feu au bassinet. Mais n'entendit pas claquer le coup.

Des cris se levèrent autour d'elle comme sur le pont de *L'Irgou* et elle vit chuter un des nègres, elle vit que c'était une femme, la vit se courber et tomber en avant sur les genoux puis pivoter sur elle-même et rouler sur le côté sans lâcher son coutelas et disparut cachée par l'avancée de ses compagnons. Ceux-ci ne criaient pas. Ne disaient rien. Ils avançaient, coutelas au poing, fusils maladroitement brandis ; de *La Fortune* on les voyait comme une masse d'ombres et de reflets luisants de sueur, une masse de muscles longs, maigres, de bras osseux.

Si l'ordre en fut donné, Esdeline n'en perçut rien. Mais cette fois elle entendit les claquements des coups de feu et vit les flammes blanches et les crachats de fumée. Un certain nombre de nègres s'écroulèrent pêle-mêle. Ils évoquaient pour Esdeline, sans qu'elle sût vraiment où elle était allée chercher cette image, des racines arrachées à de grosses souches imbriquées les unes dans les autres. Ils s'abattaient. Ils ne criaient pas. Ils n'avaient pas crié avant, pas dit un mot, et ils tombaient pareillement. Ils paraissaient si faciles à tuer. À faire tomber.

Un de ceux sortis par la grande écoutille, contrairement aux autres, à peine sur le pont se précipita vers les matelots, un sabre d'abattage levé, grand diable nu au crâne rasé qui ne fit pas trois pas avant que le premier matelot lui plante son fusil dans le ventre et tire à bout plus que touchant, le canon sans doute déjà entré d'un bon pouce dans les chairs de l'homme quand il cracha le feu et le plomb – on ne vit pas la flamme mais la gerbe de sang dans les reins du nègre au moment où il fut projeté en arrière et s'écroula dans les jambes de ceux qui venaient à sa suite.

Sur la hune, l'homme gesticulant et braillant avait rechargé son pistolet – ou en avait sorti un autre – et il fit feu de nouveau et peut-être atteignit-il quelqu'un, c'était impossible de le savoir dans le brouhaha et le chaos qui palpitaient soudain sur le pont. Des ordres et des braillements giclaient en tout sens. Une salve roula, puis une autre et le remous parut se stabiliser enfin et les matelots avancèrent la crosse ou le coutelas hauts et ils cognèrent un certain temps sous les « Hurras » du fou dans la hune, un certain temps de pleine fureur avant que les ordres de Gwean Brach' les atteignent et qu'ils y obéissent.

Cette nouvelle taille de silence monta de la mer, de partout.

Esdeline penchée par-dessus bord vomit tripes et boyaux comme elle ne l'avait pas fait depuis le mal de mer qui l'avait terrassée les premiers jours après l'appareillage. Elle entendit jurer le capitaine, sur la dunette, le visage plus pâle sous sa perruque que s'il eut été poudré.

Un matelot à cheval sur la vergue de grand voile cria :

– On nettoie tout, monsieur capitaine?

Deux autres dans les haubans firent feu simultanément et touchèrent deux nègres qui s'affaissèrent comme si on eut coupé des fils les tenant debout.

– Par le corps du Christ! hurla le capitaine. Cessez le feu! La grande cale pour celui qui tire encore sur ces nègres!

Le premier maître relaya l'ordre et sa menace sur l'autre bateau.

– Seigneur, souffla M. Forestier, blême, sur une œillade en biais pour Esdeline. Cet homme a raison, pourtant, nous allons devoir faire grand nettoyage...

Si c'était à elle qu'il destinait la réflexion, elle ne lui fit point de réponse ni de remarque. Elle regardait grimper dans les haubans vers la hune de *L'Irgou* les deux matelots fusil en bandoulière qui allaient chercher l'homme, maintenant calmé, adossé au mât qu'il tenait serré derrière lui à deux bras.

Le vent parut vouloir enfin forcir. Il tira des nuages argentés du levant et porta, en même temps que des frissonnements dans les garcettes de ris, les odeurs fortes levées des cales de *L'Irgou* et les fumées des brûlots de soufre allumés sur le premier pont et qui s'échappaient par les sabords largement ouverts. À un moment les émanations furent si épaisses et hautes que l'on eût dit le vaisseau barbouillé d'une brume compacte qui ne s'était levée que pour lui. Jusqu'au bref crépuscule rouge et bien après nuitantré encore, les odeurs et les fumées s'élevèrent et s'entortillèrent et se nouèrent à tout ce qui se trouvait sur leur erre et finalement ne subsistèrent, prégnantes et rudes, que les odeurs des fumées.

L'équipe d'abordage resta à bord tandis que la chaloupe halée à la corde revenait à *La Fortune* et embarquait une autre douzaine d'hommes avec ce qu'il fallait de matériel et d'outillage pour effectuer ces tâches d'assainissement et d'aménagement du vaisseau pris. Le capitaine fut de ce second voyage, aussi le maître charpentier et Johan Forestier.

Esdeline ne demanda plus à les suivre, comme une fois paravant, Coraline, et l'eussent-elles fait l'une ou l'autre, l'autorisation ne leur eût évidemment pas été accordée. Elle ne ressentit aucune vraie déception à devoir rester sur *La Fortune* pour attendre, avec tous les autres passagers et le reste de l'équipage, que les préparatifs du transbordement d'un navire à l'autre fussent terminés. Car de tels préparatifs s'avéraient non seulement recommandés mais forcément nécessaires…

Avec la nuit le vent se fit moyen. La voilure palpita, glissant de grands murmures et des chuintements au long de ses ais. Personne ne dormit, tant à bord de *La Fortune* que de *L'Irgou* – dont on chercha par jeu et pour casser l'attente à deviner le port d'attache et l'origine et la signification du nom – à bord duquel le jeu était tout autre.

L'homme fou de la hune, une fois redescendu, plus ou moins calmé, nourri et abreuvé, était resté à bord et raconta son histoire au capitaine, son premier maître et le pilote Varenguès, tandis que les matelots s'occupaient d'encadrer et de tenir en respect les nègres rassemblés sur le gaillard d'avant, où ils furent eux aussi nourris de biscuits et abreuvés d'eau douce et revigorés de rhum apporté de *La Fortune.* On trouva et remonta des cales et des diverses parties fermées sous le pont supérieur plus d'une centaine de corps qu'on jeta à la mer sans autre cérémonie qu'une oraison générale dite au premier qui bascula de la planche à débarquer installée en guise de glissière. Des Noirs de la cargaison comme des Blancs de l'équipage. Nettement moins de Blancs – et rien qu'à ce comptage on pouvait, sinon comprendre, en tout cas se douter quel drame s'était produit à bord du roulier. On jeta pareillement à la mer les onze qui étaient tombés sous les balles du fou et des matelots de *La Fortune* – sans trop s'assurer qu'ils fussent tous complètement amortés.

Avant le quart de crépuscule du jour, la chaloupe ramena une douzaine de matelots, M. Forestier et le pilote Varanguès. Ils montraient tous un visage creusé de fatigue, marqué par le manque de sommeil et, pour certains, dont Forestier, les horreurs qu'ils avaient vues. Le coq et son valet les accueillirent avec des rations de rhum et des biscuits. Une partie de l'équipage et la plupart des passagers entourèrent les arrivants et les cinglèrent de questions auxquelles ils répondirent à voix rauques et basses pour respecter la consigne de silence du dernier quart nocturne en achèvement. Le groupe se fit au pied du grand mât et bourdonna jusqu'à la cloche.

– Combien restent-ils donc, à présent ? demanda Esdeline.

Le matelot en direction de qui elle avait posé la question plutôt qu'à d'autres, les yeux gonflés de sommeil, qui mâchait lentement sa couenne de cuir, la regarda sans répondre.

– Une trentaine, un peu plus, dit Johan Forestier, assis au pied du mât sur la braie couvrant les coins de l'étambrai.

– Une trentaine après que vous les avez fusillés ? demanda Coraline.

Forestier leva sur elle un regard épuisé, qu'il reporta mollement sur Esdeline. Alentour les conversations s'étiraient et se contractaient.

– Une trentaine, au bout du compte, acquiesça-t-il. Après les avoir fusillés, oui. Fallait-il donc les laisser massacrer nos matelots, comme ils ont massacré tout l'équipage ? (Il marqua un temps qu'Esdeline laissa filer, et poursuivit :) Une trentaine, plus ou moins. Sur une cargaison embarquée de trois cents… Et un seul survivant, qui n'a plus guère de raison, de quatre-vingt-dix hommes d'équipage embarqués…

– Seigneur… souffla la femme Hargin à côté d'Esdeline, qui avait entendu.

Forestier la regarda, hocha la tête ; il plaqua les mains sur les poches de ses basques, puis de justaucorps, à la recherche de quelque chose qu'il ne trouva point. Il laissa aller ses mains qu'il appuya sur les coins de mât.

– C'est une puanteur d'enfer qui montait des cales, dit-il d'une étrange voix atone. À présent ça pue le soufre et la poix qu'on y brûle. Il y en avait là-dessous qui étaient morts dès avant la révolte. Ces gens ne jettent pas leurs morts à la mer. Pour eux, la mer n'est qu'une vaste plate-forme liquide maudite, sans les montagnes et la terre qui font le monde.

– La révolte ? demanda Esdeline.

Forestier opina encore du chef. Il avait comme des creux profonds et sombres sous les yeux.

– C'est ce que cet homme dit. Un gabier, à ce qu'il prétend. Mais il ne se souvient pas de son nom… Il a grimpé là-haut après avoir pu se cacher dans la soute aux lyons. Il les a pris de court, par surprise, et du fait qu'ils ne se risquaient guère sur le pont, de toute façon. Il s'est chargé d'une musette de biscuits, d'une bouteille de rhum… quatre pistolets et des munitions et il est grimpé là-haut. Il prétend avoir tenu le siège treize jours, mais je le pense dans une grande confusion pour ce qui est de son rapport au temps… Il dit en avoir tué quatre qui grimpaient pour tenter de l'attraper… et après quoi, ils l'ont laissé tranquille. Ils faisaient leurs affaires sans plus se préoccuper de sa présence dans la hune.

– Quelles affaires ? demanda Esdeline.

– Ne pas crever de faim, je suppose. Essayer de pas mourir trop vite des fièvres… Ils sont bien entendu incapables de diriger la moindre manœuvre. Ils ont dérivé, des jours durant…

– Tout c'que ces sauvages ont su faire, dit un matelot à portée d'écoute de Forestier, ça a été de rentrer tout et de serrer la voile au plus fort, quand ils ont essuyé ce grain – peut-être le restant de notre ouragan. C'est l'gabier qui le dit.

– Il dit aussi s'être lui-même occupé de sa toile, dit Forestier. Il faudra sans doute, pour savoir, attendre qu'il ait repris raison, s'il la retrouve jamais.

La cloche sonna le quart de crépuscule du jour. Le sifflet du quartier-maître Arbois retentit après un temps suspendu de silence sur le groupe et celui-ci se désagrégea lentement, en même temps que les bordées changeaient.

Au jour venu, il n'y avait plus guère qu'Esdeline sur le pont, et deux autres engagés, deux frères forgerons du nom de Clavierne, dans l'espace dégagé par la misaine brisée. Elle n'avait pu dormir autrement que par brusques plongées de la tête. Elle regardait s'agiter les équipes de matelots sur *L'Irgou*. Elle regardait se serrer les uns contre les autres, dans leur enclos de cordes sur le gaillard d'avant, cette vingtaine d'êtres vivants silencieux nus et tremblants de fièvre qu'on dénommait noirs et esclaves avant de les dire hommes et femmes, hommes et femmes pressés les uns contre les autres, agglutinés dans une nouvelle sorte d'attente du malheur, et Esdeline se demandait s'ils avaient encore peur. Ce qu'il en reste, franchie une certaine limite de l'épouvante. Se disait qu'il se pouvait que non, savait que oui, au-delà de toutes les raisonnables déraisons de l'esprit.

À un moment elle s'endormit quand même. On la réveilla d'une pression sur l'épaule, le soleil piquait droit, brûlant.

– Prépare ton paquet, ma belle, dit Coraline. On va changer de palace.

Elle vit droit devant elle que la voilure de *L'Irgou* avait été déployée, prit conscience du grand bruit alentour, et que le vent ne semblait guère plus vaillant qu'avant son sommeil.

Elle vit qu'*ils* étaient encore et toujours serrés dans leur enclos de cordes sur le gaillard d'avant.

11

L'IRGOU AVAIT QUITTÉ NANTES pour la Guinée en mai et il toucha la côte d'Afrique trente jours plus tard. Alors que le capitaine était descendu à terre avec ses négociants, des pirates attaquèrent la rade de Cabinda. Grâce au second, resté à bord, qui ordonna de couper les amarres, *L'Irgou* prit la mer, s'y garda cinq jours durant et échappa ainsi aux pirates. Puis revint à la rade. Mais c'est alors qu'un mauvais temps se fit et dura trente jours, pendant lesquels il fut impossible de débarquer. L'équipage commençait de souffrir de cette situation quand apparurent plusieurs voiles et le second prit peur, croyant au retour des pirates à qui il avait échappé une première fois. Il reprit donc la haute mer où il navigua dix jours. Après quoi *L'Irgou* put retourner enfin à Cabinda. L'équipage était pris de maladie scorbutique et de fièvre des mers mais n'abandonna point le navire; le capitaine qui se tenait toujours au comptoir fut très heureux de retrouver son bien. Le marché prévu fut donc établi, et sous conduite des traitants africains les charpentiers et matelots construisirent à terre la *quibangua* de la vente. Les aménagements intérieurs du roulier furent revus et adaptés pour une centaine de captifs en plus. Une galerie circulaire fut ajoutée à l'entrepont supérieur de façon à pouvoir contenir cette centaine de sujets assis. On sépara d'une cloison solide le parc des hommes de celui des femmes et on construisit une chambre séparée pour les enfants. Quinze jours plus tard, près de trois cents esclaves furent embarqués sur *L'Irgou*. Il y avait également à son bord une dizaine de marins marchands portugais dont la flûte avait été prise par les pirates et que le capitaine avait décidé d'emmener à São Tomé, en échange de vivres et rafraîchissements qui lui faisaient bien défaut. Un procès-verbal de la situation fut porté par écrit et *L'Irgou* prit la mer.

Mais le malheur n'avait pas fini de frapper le navire, son capitaine, son équipage, sa cargaison…

En cette saison les vents contraires empêchèrent *L'Irgou* de trouver São Tomé et le forcèrent à mouiller à l'île du Prince, son équipage pratiquement décimé par le scorbut – sur l'effectif de quatre-vingt-dix hommes embarqués en Afrique, il n'en restait que trente-deux ! Un tiers de la cargaison de captifs était également perdu. Le capitaine lui-même était gravement malade, pratiquement mourant, et pourtant il entendit la seconde offre que lui firent les Portugais : il accepta de les conduire au Brésil en échange d'une remise en état du bateau et d'une contribution de 200 livres d'or à l'arrivée. Il fut dressé une fois encore un procès-verbal écrit.

Ainsi donc le capitaine de *L'Irgou* fit lever l'ancre. Six jours de mer plus tard, ils rencontraient de nouveau les pirates, qu'ils durent fuir à toutes voiles et dont ils ne parvinrent à se défaire de la chasse qu'au bout de trois jours et trois nuits, par chance des bons vents et de leur bonne voilure et parce que les forbans se fatiguèrent et décidèrent d'aller voir ailleurs. À peine sauvés de cette poursuite, et sans avoir pu seulement prendre le temps de souffler et de se réjouir, la rébellion soudaine des captifs enfermés dans les entreponts s'abattit sur l'équipage et ses officiers. Les nègres avaient mis à leur profit la désattention des gens du bateau durant ces jours de poursuite.

Œuvrant en grande et silencieuse discrétion, d'une manière qui resterait à jamais mystérieuse, les nègres brisèrent en partie la cloison séparant le parc des hommes de celui des femmes et s'emparèrent de barres de fer, d'un certain nombre d'outils de charpentier et de plusieurs fusils et sabres et coutelas dans la sainte-barbe qu'ils investirent. Ils y prirent aussi deux tonnelets de poudre et menaçant de les faire sauter avancèrent sur l'équipage. Ils tuèrent le chirurgien et plusieurs matelots, mirent le feu sous le gaillard arrière à hauteur de la barre. Le combat qui dura plusieurs heures à tous les niveaux du navire fit de nombreux morts de part et d'autre, mais surtout parmi les matelots, si bien qu'une bande tenta la mise à l'eau d'une chaloupe pour échapper à la fureur des nègres. Au moment où le capitaine moribond tentait de monter dans l'embarcation, une barre de fer lancée lui fracassa le crâne et il « plongea à la mer en crachant sa cervelle », raconta le gabier survivant. La barque emporta une dizaine de matelots, le second et aussi l'écrivain de bord. On ne les revit point.

À bord de *L'Irgou* l'affrontement se poursuivit avec une grande violence jusqu'au dernier matelot jeté à la mer ou massacré. Les mutins, qui restaient de moitié du nombre embarqué, se retrouvaient sur un navire qu'ils ne savaient évidemment pas manœuvrer, dont les cales étaient considérablement vidées, les provisions restantes partiellement avariées, l'eau verreuse, dans les miasmes et les malodorants effluves du mal flottant de toutes parts.

Après qu'ils eurent pris possession à leur façon du navire – pillant ses chambres et fourrageant et retournant tout pour y chercher ce qui pourrait bien les aider à se tirer d'affaire, et ne trouvant point –, ils s'essayèrent donc aux manœuvres de voilure et à la barre, sans bien sûr de succès, et quand ils eurent compris que leur salut ne viendrait pas de ces manières-là, abattus par leur ignorance à reconduire le navire vers la terre d'où ils avaient été arrachés, ils se laissèrent tomber sur les ponts qu'ils occupaient et mangèrent les dernières chèvres survivant aux affres du voyage.

Les jours suivants plusieurs moururent encore. Chaque jour il en mourait. De tous les enfants qui étaient entrés dans la chambre que les hommes du charpentier avaient construite spécialement pour eux, cinq seulement vivaient encore, tous les autres avaient péri dans leurs excréments et ce qu'ils avaient rejeté de leur ventre par la bouche. Alors ils découvrirent le gabier perché sur la hune du grand mât et tentèrent d'aller le cueillir, mais l'homme était armé et il abattit en deux coups les deux premiers escaladeurs qui basculèrent des cordages et chutèrent, un dans la mer, l'autre s'écrasant avec un bruit terrible sur le pont. Ils décidèrent de laisser l'homme perché où il se trouvait. Plusieurs s'exercèrent au tir avec des fusils, mais ils ne savaient pas comment utiliser ces armes du tonnerre et tout ce qu'ils réussirent fut pour deux d'entre eux de se brûler la joue à la flambe de poudre de la mise à feu… et une main placée devant le canon au moment du tir d'une charge de poudre et de bourre…

Une queue de tempête balaya les flots et les secoua vigoureusement pendant presque un jour et tua deux enfants sur les cinq, et deux femmes aussi, et cinq hommes… Il en mourut d'autres les jours suivants, dans la chaleur opaque tombée du ciel immense. C'était donc là le monde des morts et des malédictions et des forces mauvaises, où ils avaient été jetés.

Et puis, un matin, le fou dans le grand mât se mit à hurler. Ils le laissèrent faire. Ses cris incompréhensibles étaient presque heureux à entendre. Au bout d'un moment, il se calma.

Ils virent à l'horizon grandir la voile de *La Fortune*.

12

LE TRANSBORDEMENT DURA jusqu'à la nuit suivante. Il se fit selon un ordre privilégiant les affaires de bord pour la navigation, les provisions embarquées qui s'ajouteraient à celles, pas bien fameuses, de *L'Irgou*, puis les animaux encore en vie remontés des cales (trois chèvres et quatre cages à volailles et un petit goret).

Les passagers prirent place dans la chaloupe, avec le capitaine, pour le dernier voyage. Esdeline, son ballot sur le dos, tenant contre elle la cage enfermant le chat de l'équipage qu'elle avait coursé dans les entreponts une grande partie du jour et Coraline finissant par se joindre à elle, ainsi que deux matelots, avant de finalement le coincer chiffant et crocs découverts dans un recoin de la soute au pain.

– Eh bien donc, pauvre chat, lui dit-elle à voix douce, dans le vacarme des galopades de dizaines de pieds nus sur les planchers des ponts supérieurs et demi-ponts, c'est qu'on te laisse crever tout seul sur ce bateau que la prochaine tempête coulera ? C'est ça que tu veux ?

Le chat cessa de ronfler et ferma la gueule et releva ses oreilles qu'il avait aplaties, pour l'écouter. Elle énuméra un certain nombre d'atrocités qui l'attendaient à bord du rafiot s'il s'obstinait à vouloir y demeurer. C'était un matou plutôt gras et pelé par endroits, maculé de goudron, qui avait dû partager avec elle la couleur flambée de ses cheveux, à un moment de son existence. Elle croyait se souvenir d'un chat noir, aperçu il y avait longtemps, mais n'en était pas certaine, et les matelots furent incapables de lui dire s'il y avait un seul ou plusieurs chats à bord.

– Alors, dit-elle. C'est donc ça que tu veux ? Qu'on t'abandonne à ton sort ?

Le chat émit une sorte de ragoulement pas très assuré. Il regarda autour de lui comme s'il réfléchissait à la question posée, sa queue parcourue de petits soubresauts.

– Ne fais donc pas l'idiot, pauvre chat, dit Esdeline.

Elle tendit une main vers l'animal qui ne fit que s'aplatir et baisser la tête quand elle le saisit par la peau du cou. Il se tortilla un peu et recommença de gronder en battant des pattes mais finalement le « pauvre chat » se laissa porter et serrer contre la poitrine de la jeune femme ; un des matelots trouva une sorte de cage à oiseau vide, de laquelle il agrandit la porte en sciant deux barreaux d'osier, et Pauvre Chat s'y laissa pousser et enfermer sans faire trop de résistance.

Un matelot fit le tour des lanternes, sur le pont de *La Fortune*, et les éteignit les unes après les autres, suivi des yeux par tous et dans un silence porteur d'une certaine solennité. Puis l'homme enjamba la rambarde à claire-voie du pavois et se laissa descendre le long du filin jusqu'à la chaloupe et une voix dit « Souque ! » et les matelots appuyèrent sur les rames tandis que d'autres se halaient aux cordes des grappins crochés à *L'Irgou*.

La nuit était tombée avec sa soudaineté coutumière sur l'arrimage de la chaloupe à flanc de vaisseau et la grimpée de ses passagers aux filets déroulés sur la muraille de bois sombre. Plusieurs dizaines de fanaux et de lanternes brandis par des matelots éclairaient la scène, alors que d'autres hommes d'équipage aidaient les femmes et les moins agiles à grimper, hissaient balles et bagages. Tout cela se déroula dans un silence, encore, et cadencé par des mouvements, des gestes, qui semblaient descendus des cintres de la voilure pour un vrai cérémonial.

Ils prirent pied sur le pont et ils y demeurèrent, groupés dans ce nouvel espace puant le soufre et la poix brûlée qui portait en maints endroits les traces nettement visibles des violences qu'on leur avait racontées de dix et vingt façons, en une multitude de bribes comme autant des fragments retombés d'une grande explosion – coups de barres de fer et de lames et de balles laissées sur le bois des cloisons, des panneaux d'écoutilles et des lattes du pont, des rambardes et des herpes, ces marques des incendies allumés qui avaient heureusement été étouffés avant que de s'étendre en irrémédiable catastrophe. Prenant la respiration de ce nouveau navire dont ils forçaient le rôle de sauveur envers et contre tous les signes de malheur dont il était cousu. Ce navire qui devait les conduire jusqu'à terre et qui, d'un prime abord, leur parut plus vaste de pont que celui qu'ils quittaient, ce qui n'était ni faux ni juste, l'impression provoquée par le moindre encombrement du tillac, ne fût-ce que par les canons en plus petit nombre. Des canons qu'ils n'avaient pas transbahuté, pas un seul, de *La Fortune* à *L'Irgou*, en raison bien sûr du manque de temps et de matériel nécessaire à la manœuvre.

L'Irgou grinçait et craquetait de toute sa mâture, comme un murmure, un chuchotis dont la signification restait à comprendre, mais qui pouvait être autant de bienvenue que de malédiction.

Les mariniers de quart se tenaient à leur poste sur le pont et dans la mâture, ainsi qu'en toute autre partie cachée du vaisseau où ils se devaient d'être. Ces gens-là comme les derniers passagers embarqués s'enveloppèrent d'un même silence pour décrocher les grappins et accomplir les manœuvres de lof à la risée qui écartèrent les deux vaisseaux côte à côte, et regarder s'éloigner lentement et disparaître ce fantôme désert que nul feu ne distinguait de la nuit.

Et quand cela fut consommé, que l'alentour ne fut plus rien d'autre que la nuit sans faille refermée sur sa cohorte de mystères ordinaires, le capitaine de Monteau, à la dunette, s'adressa à tous et toutes et leur dit succinctement, d'une voix épuisée, que le voyage se poursuivait donc à la destination prévue. Il convenait, dit-il, de prier le ciel que ce bateau fortuitement apparu sur leur route les conduisît à bon port, remontant vers le nord par des courants heureux et dans l'espoir que les vents portants leur soient enfin favorables. Disant qu'ils n'étaient sûrement pas à bout de leurs épreuves et que ce vaisseau, tout providentiel qu'il fût, n'en était pas pour autant dépourvu de handicaps à surmonter. Disant que la trouvaille de provisions à bord de *L'Irgou* ne valait sans doute pas, et de loin, une relâche dans une île où ils eussent pu se réapprovisionner en eau, viande, légumes et fruits frais, et ne comblerait que bien vilainement le vide des soutes et des cales. Disant enfin qu'il se trouvait que *L'Irgou* était un roulier, un navire négrier roulant en triangulaire, d'après ce qu'il avait été possible de comprendre à la lecture partielle des fragments du livre de bord et des documents trouvés dans la cabine du malheureux précédent capitaine, ainsi que d'après les propos tenus par le gabier survivant à la raison très éprouvée. Un navire négrier en provenance de Guinée où il avait effectué sa cargaison à destination non pas des îles, comme c'était ordinairement le cas, mais de La Nouvelle-Orléans, en terre de Louisiane, où le négociant devait prendre livraison de sa marchandise.

– Cette cargaison, dit-il, a subi de lourds dommages au cours de ce voyage, du départ de Cabinda qui est le port de partance jusques à ce jour. On me fait entendre que l'effectif embarqué des captifs était de presque trois cents. Il n'en reste à cette heure qu'un peu plus d'une trentaine, un pourcentage de dix, et ils ne sont pas du meilleur état. Bien sûr nous prenons engagement de traiter auprès de l'armateur de ce navire que nous reprenons à notre gouverne, ainsi qu'auprès des marchands contractuellement engagés, de cette trentaine de survivants mutins et rebelles ou du nombre quel qu'il soit qu'il en restera à notre arrivée en Louisiane.

Sa voix, sur les derniers mots, s'effrita. Il présentait dans le halo des lanternes qui l'encadraient, sur le fond bistre de pauvre lueur éclaboussant la latine d'artimon, une silhouette étriquée et fluette de bien pauvre allure que toute force semblait avoir désertée.

– Monsieur Depaul, dit-il, va vous montrer vos quartiers. Vous les trouverez puant le soufre, mais cette puanteur vaut sacrement mieux que celle qui s'y trouvait empreintée dans les bois, avant que nous y répandions des fumées assainissantes. Je vous en donne l'assurance !

M. Depaul attira l'attention d'un maigre coup de sifflet et ils se groupèrent derrière lui et le suivirent vers la grande écoutille, par laquelle ils descendirent les uns après les autres au premier pont de la batterie.

Ici comme sur le pont supérieur, l'espace paraissait plus grand, moins haut de plafond, à la lueur des quinquets mais de surface plus importante, toujours en raison des pièces d'artillerie beaucoup moins nombreuses. Les matelots y avaient déjà accroché leur branle et quelques-uns dormaient dedans, balancés par le faible roulis, leurs jambes nues tombant de part et d'autre de la toile... et c'était à se demander comment ils pouvaient ronfler avec autant de tranquille conviction sans s'étouffer.

Le capitaine avait prévenu. Sauf que l'odeur nouvelle de « l'assainissement » ne supprimait ni ne recouvrait totalement les précédents effluves d'anciennes putridités et que le mélange était simplement irrespirable pour un individu normalement résistant. On entendit remonter des renvois vomitifs, il n'est pas sûr que certaines de ces sonores manifestations ne provoquèrent pas de véritables rejets. Des râles de dégoût fusèrent et roulèrent et les matelots réveillés protestèrent et il se fit tout à coup un grand charivari d'exclamations fouettant l'air moite et épais.

Esdeline ne résista pas davantage. La nausée lui tournait le ventre et la tête. Elle jeta son ballot dans un coin d'ombre sous un sabord libre et se hâta de remonter sur le pont. Le maître valet Le Galec au pied de l'échelle tenta de l'empêcher, disant que le pont supérieur devait être libre en raison de la présence des sauvages qu'on n'avait pas encore correctement parqués sur le gaillard d'avant.

– Vous allez m'empêcher de monter, monsieur Le Galec? demanda Esdeline.

– Moi ou un autre, il vous faudra…

– Allez donc vous faire foutre, monsieur Le Galec, balança Esdeline, et écartez-vous donc avant que je vous rende mes tripes dessus. Vous ne me ferez pas dormir ni respirer dans cette fosse. Mettez-y donc vos sauvages, si vous craignez qu'ils soient mauvais. Ils y seront tranquilles comme des mouches dessus une gamelle de vinaigre chaud.

Elle écarta rudement le bonhomme, qui ne fit aucune résistance et émit au contraire un petit soubresaut de rire.

Sortant par l'écoutille elle aspira une grande goulée d'air, éprouvant se dit-elle ce qu'eût pu ressentir un enterré vivant jaillissant de la tombe. Elle reprit souffle un moment, accoudée à la balustrade du pavois marquée de profondes brûlures. Le sillage commençait sa glissade au long de la coque, sous ses yeux, et la nuit était suffisamment claire pour qu'elle en distinguât les ourlets d'écume et leurs torsades fascinantes…

Mais ce n'était pas seulement les cales et les entreponts : tout le bateau voguait puamment, de la quille au grand mât. Esdeline se redressa et se tint adossée à la mer et chercha des yeux un instant Pauvre Chat rouge et goudronneux qu'elle avait imaginé fonçant dans les entrailles pestilentielles du bateau après que le matelot lui eut ouvert sa cage – mais elle n'en vit pas même l'ombre, dans son champ de vision, il est vrai pas bien vaste.

La touffeur écœurante de la batterie poussa à l'air libre d'autres engagés qui s'éparpillèrent vers les pavois et bastingages. Parmi eux se trouvait Coraline, un teint que le livide tirait au verdâtre, soutenant la petite Hargin, et l'air de n'avoir pas moins besoin elle-même de réconfort.

Esdeline n'avait aucune envie de compagnie, de parler ni d'entendre parler. Elle marcha, suivant le bordé, s'éloigna vers la proue. Quelques matelots étaient assis sur des rouleaux de cordages, par deux ou trois, suçant leur pipe vide, ne disant rien ou à voix basse quelques mots de loin en loin. On entendait grincer sous le pont, à la poupe, la barre de gouvernail, comme des raclements sourds et réguliers. Au passage les matelots la regardèrent, levant sur elle des yeux mi-clos. Elle s'arrêta au pied de l'échelle droite dont une marche sur deux manquait et ses rambardes remplacées par des cordages goudronnés, sous le bâti de la cloche du navire – vide de sa cloche.

– Grimpe pas là-haut, la Rouge, fit un des matelots dans son dos.

Elle se tourna et eut l'impression que tout le pont s'était couvert d'yeux qui la fixaient.

– Et pourquoi ? demanda-t-elle.

Le matelot, un des trois assis sur les rouleaux de cordages entassés au pied du grand mât, s'était levé. Esdeline n'avait pas remarqué en passant à leur hauteur qu'ils étaient armés, les fusils posés devant eux sur le plancher rongé par des cicatrices noires d'incendie. Elle ne pouvait évidemment pas ne pas remarquer celui que le matelot tenait ostensiblement, comme s'il n'allait pas hésiter à l'utiliser contre elle au moindre signe de… signe de quoi ? Quel danger pouvait-elle bien représenter pour lui ? Elle vit qu'il avait levé, du pouce, le « coq » à silex de la platine.

– C'est interdit, c'est tout, dit-il. Ordre du capitaine. Personne ne doit les approcher du temps qu'ils sont sur le gaillard.

Il avait un visage maigre, deux sillons profonds dans la barbe qui le mangeait jusques aux yeux. Un long bonnet de laine sombre à l'extrémité retombante nouée d'un cordon poissé.

Elle se dit qu'en cas de nécessité (mais quelle nécessité ?) elle se fût débarrassée de cet individu, et de son fusil, d'une chiquenaude. Elle songea – cela lui parut d'évidence à cet instant et sur la constatation qu'elle fit soudain de la malmine de l'homme – que tout l'équipage se trouvait dans un pareil état d'amoindrissement et de mauvaises forces.

– Et ensuite ? demanda-t-elle en détournant son regard du visage émacié pour le porter sur le pouce qui maintenait levé le chien et la pierre à feu.

– Ensuite quoi ?

– Tu dis « du temps qu'ils sont sur le gaillard ». Et ensuite ? Ils seront où, quand ils n'y seront plus ?

La réponse tardant à venir elle releva les yeux et vit que le matelot au fusil faisait un effort pour comprendre ce qui se cachait sous les mots de la question. Elle comprit que le danger qu'elle pouvait représenter pour ce malheureux ne dépendait sans doute pas d'elle. De n'importe quel signe sans autre importance que celle qu'il interpréterait.

– Faut pas causer à personne, Garrand, lança un autre matelot assis contre le mât, sur un ton bas qui s'efforçait de respecter la consigne de silence du quart nocturne. Faut pas causer aux passagers.

Garrand écarta puis rejoignit les lèvres en gardant les dents serrées, plusieurs fois, puis il dit :

– Après j'suppose qu'on les mettra ailleurs dans leur parquage d'entrepont qu'on est en train de refaire.

– Ou bien on les foutra à la mer, dit l'autre matelot. Ça f'ra une puanteur de moins.

Cela fit monter des sourires cariés.

Esdeline hocha la tête. Elle laissa se vider ses poumons et tourna le dos aux matelots et fit le pas qui la séparait de la première marche de l'escalier accédant au demi-pont du gaillard. Des borborygmes estomaqués s'élevèrent derrière elle, une série de gargouillis contrariés. Elle monta une marche, il manquait la suivante, elle posa le pied sur la dernière et se tint là, dépassant le plancher du pont de presque toute sa taille.

Ils étaient accroupis, assis, couchés, recroquevillés, ils se tenaient serrés les uns contre les autres, aucun, aucune ne dormait, ils avaient des yeux immenses et blancs et brillants, des regards en excédent, bien trop abondants pour le peu qu'ils étaient et quel que fût leur nombre, tous ces yeux la regardaient.

Elle sentit se nouer son ventre.

Il n'y avait rien d'horrible sans doute, assurément elle ne voyait rien d'horrible, c'était tout simplement insoutenable, non regardable. Elle sentit se nouer dedans son ventre. Elle sentit se dresser les poils de son corps et courir un frisson sous sa peau, du creux de son dos à sa nuque où la caresse froide invisible hérissa les petits cheveux échappés du foulard. Une autre vision vint se superposer à celle qu'elle avait sous ses yeux – les monceaux de grenouilles qu'elle attrapait à la saison du frai dans l'étang du fond de la vallée sous les Ordons, qui s'agglutinaient en tas dans la seille, grouillaient un temps puis ne bougeaient même plus. D'énormes grenouilles sombres. Le frisson redescendit dans son dos et se propagea, se répandit.

Ils étaient nus, quelques-uns seulement couverts d'une guenille en pagne nouée autour de la taille. Des hommes et des femmes, des gens, humains noirs et sombres, le crâne rasé, ou hirsute, la bouche large et épaisse, la bouche de trou profond, le nez écrasé, parcourus de reflets et de luisances, comme les grenouilles dans la seille, enchaînés, les pieds pris dans des fers et les fers reliés entre eux par des chaînes à gros et lourds maillons et les chaînes serpentant parmi eux et leur extrémité terminée par un anneau et l'anneau dans une autre chaîne pendue à la basse vergue d'artimon. Les luisances et les reflets sur leur peau, les plaques comme des coulures mates n'étaient que sueur et sang, leur respiration faite du bruit des chaînes, des anneaux et des bracelets.

Un grésillement plat, une sorte d'entaille de surdité, lui traversa le crâne.

La plus proche d'elle, la plus avancée du groupe, était assise en tailleur et penchée en avant, sans doute la seule ou presque à ne pas la regarder, puis elle leva la tête et la fixa droit dans les yeux par-dessus le corps recroquevillé de l'enfant qu'elle tenait contre sa poitrine. Elle serrait l'enfant d'un seul bras, l'autre pendait, plié bizarrement contre son torse et la main paume en l'air posée au sol. Tout une partie du biceps était arrachée avec de la chair qui pendait et des parties pâles visibles dans le bourrelet de sombres déchirures. L'enfant comme tous avait les yeux ouverts.

Esdeline songea à la femme qu'elle avait vue tomber, au-devant du groupe des sauvages courant sur les matelots, au moment de la fusillade.

– Seigneur… souffla-t-elle, en expression de sa répugnance.

La femme n'était pas vieille. Cet enfant pouvait être le sien ou pas. Voirement peut-être pas : elle n'avait point, se dit Esdeline, la poitrine d'une nourrice – n'avait sans doute jamais allaité avec de telles mamelles hautes et rondes.

La femme la fixait et semblait devoir maintenant ne jamais cesser. Il y avait dans ce regard un désespoir d'une force telle qu'Esdeline n'en avait jamais ni ressenti ni vu pareillement, ni ne pensait qu'il fût possible que cela existât – beaucoup trop pour que le gouffre vertigineux d'un tel vide révélé fût seulement humain.

– Si tu descends pas, j'vais être forcé…

Cela faisait sans doute un moment qu'il ragounait derrière elle, et il n'était plus seul, un autre s'était joint à lui, ils lui empoignèrent les chevilles et s'efforcèrent de la tirer au bas de l'échelle. La bouffée de colère, dressée des abîmes au fond desquels elle avait bien failli tomber, la submergea entièrement. Grognant de rage, elle se retourna vivement et frappa de son pied nu pour se dégager de la prise refermée sur l'autre pied. Elle toucha le matelot au visage, à qui la surprise plus que la vraie force du coup (encore que…) fit lâcher prise avec un couinement; ses pieds glissèrent de la marche de l'escalier sur laquelle il s'était perché et il bascula en arrière et s'en retomba sur le cul. L'autre, Garrand, celui qui tenait le fusil, avança d'un vif élan, avec un mouvement pour lever son arme.

– Tu vas tirer, pauvre coillon? s'enquit Esdeline.

Elle s'aperçut qu'elle avait un manche de hache dans sa main, ne sachant absolument pas où ni quand elle l'avait ramassé – sur le pont du gaillard, sans aucun doute, mais n'en avait aucune souvenance. On entendit son braillement à la poupe, et au-delà.

Et peut-être le pauvre coillon eût-il tiré.

– Baisse ce fusil, malheureux! cria M. de Prévontois qui arrivait en courant.

M. Forestier le suivait de près, en tête d'un groupe de passagers descendus du gaillard d'arrière, attirés par ce remue-ménage qui secouait la nuit chaude.

– Par le ciel, dit le chirurgien. Qu'est-ce que tu fiches, Colberthe Mangea, avec ces nègres?

Elle marqua un temps. Debout en haut de l'échelle, livide et tremblante, les articulations de sa main serrée sur le manche, blanches de contraction. Puis vint un grondement, d'abord, une sourde vague qui enfla et se finit en vrai hurlade :

– Ce que je fiche avec les nègres ? C'est vous le chirurgien, monsieur le fouteur de fond de cale ? C'est vous qui savez soigner les maladies et les mauvaisetés de santé ? Qu'est-ce que vous fichez, vous, avec ces nègres ? Vous les avez attachés là pour attendre qu'ils crèvent ? C'est ça que vous voulez ? J'ai pourtant entendu le capitaine dire qu'il en prenait la responsabilité de les vendre en lieu et place des négociants de ce navire qui ont passé du côté de chez les erlues ! C'est pas c'que j'ai entendu dire ? Ils crèvent, corps de Dieu ! Qu'est-ce que vous attendez, monsieur le chirurgien ? Si c'est que vous voulez vraiment qu'ils crèvent, alors pourquoi attendre, achevez-les ! Vous savez aussi bien amorter que sauver, non ?

– Madame… cingla de Prévontois en s'approchant d'un pas vif et repoussant les matelots dressés qui tenaient leur fusil bien en évidence. Colberthe, je ne peux…

– Je m'appelle pas Colberthe ! hurla Esdeline à s'arracher la gorge. Je m'appelle pas Colberthe. Ils m'ont appelée la Rouge Bête. Mon vrai nom c'est Esdeline et j'ai dans mes parentes une dame d'aussi bonne noblesse que la tienne, qu'on m'a dit, chez nous et même si ça t'étonne. J'suis là parce que j'ai causé la mort d'un pauvre salaud et celle aussi d'un brave garçon ! Alors ? Je mérite quoi, pour ça ? Qu'est-ce que tu vas faire de moi ? Qu'est-ce que cette négresse a fait de pire pour mériter d'être là qu'on la laisse crever comme une bête dans ses chaînes, avec son bras presque arraché, assise comme elle est dans son sang ?

Le silence tourna et pesa et remonta des vagues alentour. Ils étaient une vingtaine, peut-être davantage, de l'équipage et des passagers, sur le pont, rassemblés et muets. Du groupe avança Gwaen Brach', massif et de lourde allure.

– Allons, la Rouge, souffla-t-il sur un ton de grande fatigue.

Esdeline ne bougeait pas. Une veine était visible à sa tempe et elle sentait le sang y battre, ainsi que dans son cou.

– C'est pas dire des bêtises que dire ce qu'elle a dit, prononça haut Johan Forestier.

Elle laissa retomber son bras armé. Quand elle y prit garde, c'était trop tard et les larmes avaient coulé sur ses joues et lui coulaient au menton.

13

20 février 1751, à bord de L'Irgou

Le seul son qu'elle eût enfin prononcé, plusieurs fois, ressemble à « ia », à la façon dont elle le dit, avec comme une aspiration, plutôt un souffle, avant le « i » et le « a ». Hia. I-a. -I (-) a. Je ne sais guère comment l'écrire de façon à donner une idée juste de ce que cela donne à entendre. J'écrirai HIA.

M. Forestier dit qu'ils viennent du Sénégambie par le comptoir de la Compagnie de Gorée, et qu'ils sont de race wolof et aussi d'un autre nom que je ne saurais écrire ni m'en souvenir correctement. Les Wolofs sont un royaume d'Afrique. C'est ce qui est apparu dans le journal de bord trouvé sur le bateau parmi les livres et autres objets qui avaient échappé au saccage de la cabine du capitaine et de la chambre de corps de garde. C'est ce que dit monsieur l'écrivain.

Je ne cesse de penser – à cause d'Hia probablement – à l'équipée vécue par ces nègres. Plus rien d'autre ne m'est en tête, et c'est très suffisant pour la remplir comme à ras bord. Monsieur l'écrivain nous a dit quelques mots de ce qu'il sait de ces peuples avec qui nous commerçons et à qui nous achetons les esclaves qui sont emmenés aux îles du Vent et de Sous-le-Vent pour y travailler aux cultures des exploitants. Ce sont des esclaves capturés par d'autres nègres et qui en font trafic. Les Wolofs qui sont la cargaison de ce bateau étaient donc captifs, achetés ou volés après une rafle armée comme cela se pratique, plusieurs mois déjà avant qu'ils soient finalement embarqués. Et ils sont montés à bord depuis plus longtemps que nous n'avons quitté Lorient à bord de *La Fortune*. M. Forestier nous a dit le récit fait par cet homme survivant trouvé sur la hune. Le voyage a été sans aucun doute terrible pour ces gens, pour la poignée de ces gens qui restent en vie au bout de cette longue période de malheurs successifs.

J'ose écrire que je comprends leur révolte. Qu'ils soient venus à bout d'un équipage entier, et même si celui-ci se trouvait considérablement réduit, affaibli et décimé par la maladie, me paraît néanmoins difficilement crédible. Mais c'est sans doute de ces choses incroyables qui peuvent arriver sur l'océan, qu'on ne soupçonne point quand on est gens de terre. Monsieur l'écrivain dit que le capitaine de *L'Irgou* et ceux de ses matelots qui sont montés dans la chaloupe ne pensaient certainement pas abandonner définitivement le bateau. Ils pensaient très probablement pouvoir y revenir et le reprendre soit par leur propre moyen soit avec le secours d'un autre vaisseau qui les eût recueillis. En tous les cas ils ne sont pas réapparus. Ils ont laissé le navire aux mains des insurgés et de quelques survivants des combats rapidement massacrés par les vainqueurs, comme on peut l'imaginer sans peine.

Je n'ai pas encore vu cet homme rescapé, l'homme de la hune, comme nous l'appelons, faute de mieux. Il est enfermé dans une des chambres des officiers sous la dunette. On le soigne là des maux que son séjour perché lui a causés, qui sont principalement des désordres de l'entendement et une grande faiblesse, à ce que dit volontiers le chirurgien M. de Prévontois.

Je craignais m'être fait de ce dernier un ennemi fielleux de rancune, après l'avoir alterqué comme cela se fit au cours de la première nuit à bord de *L'Irgou*. Il n'en est heureusement rien. M. de Prévontois préfère sans doute se rappeler la tiédeur de mon ventre et de comment il me téta goulûment un certain jour de fête, plutôt que de cette algarade au vu de tous et les braillesses que je lui assénai. Et comme tous ceux qui entendirent, et qui bien sûr se souviennent des moindres mots qui comptent, il n'a fait par la suite aucune allusion à ce que j'ai révélé de mon nom et de ce qui m'a amenée à me retrouver ici. Il est comme les autres qui s'en souviennent probablement plus clairement que moi. La colère qui m'a emportée sur le coup m'a aussi enlevé la souvenance précise de l'instant.

Qu'importe donc ! Que peut-on me faire désormais ? Me soumettre à la question ? Au nom de quelle autorité et de quelle loi ? M'interdire le débarquement en terre louisianaise ? Elle semble tellement loin et tellement irréelle cette autre terrible nuit de tourment au flanc de ma colline des sibôqués. Si loin à l'autre bout du monde et du temps. Je navigue vers un nouveau monde – et c'est bien la juste façon de dire ce qui est. Les Ordons du Haut, la vallée et la colline des charbounés, tout ce côté de ma vie sont dans un monde que j'abandonne à tout jamais pour aller vers un autre, très nouveau, dont je ne connais que des rêveries et des imaginations faites en compagnie d'un garçon que j'ai donc suivi parce que je l'ai décidé, comme cela devait arriver de toute façon. Et j'essaie de me convaincre chaque jour du tournement de destin qui me fera un jour revoir ma petite Apolline que j'ai abandonnée aux mains de cette garce. Et chaque jour je me demande : Que devient-elle ? Comment est-elle ? Chaque jour je voudrais savoir et pouvoir prier qu'elle ne m'oublie pas jusques à nous revoir forcément.

Écrire cela ne me fait aucun bien. À la fois je ne peux m'en empêcher.

L'Irgou, *21 février 1751*

Nous avons eu hier une sorte de grain qui m'a obligée à poser mon craion. Le ciel change parfois à grande allure. Non point la chaleur du soleil. La peau de mes bras et mon visage ont pris un teint de cuisson comme je n'en ai que rarement eu au plus fort de l'été. Tous les engagés embarqués à Lorient et qui sont encore là montrent des brunes mines de pêcheurs ! Le vent nous pousse bellement. Les nuages, comme hier et avant-hier, montent avec grande rapidité et nous donnent une pluie violente qui tombe presque droite et puis s'en va. Parfois nous apercevons ces averses lointaines qui nous laissent à l'écart en plein soleil brûlant.

Le Pauvre Chat est réapparu. Il est plus sale et crasseux que jamais. Il a dû faire l'exploration des cales et de tous les endroits du navire.

Au résultat de mon coup de gueule de cette première nuit-là, M. de Prévontois monta séance tenante sur le gaillard où les nègres étaient enchaînés. Il se fit apporter sa sacoche et ses instruments par un valet et soigna le bras bien mal en point d'Hia. Il prit la peine aussi d'inspecter tous les captifs et se mêla à eux sous la garde de plusieurs matelots armés qui pointaient leurs fusils. Mais aucun incident ne se produisit. Je suis restée de tout ce temps qu'il exerça sa science en sa compagnie et il s'est même trouvé que je lui vienne en aide en maintenant un membre dont il cautérisait la blessure. J'ai tenu le bras d'Hia tandis qu'il la pansait et lui nouait une bandoulière. Cela m'a été plus facile que la soulager de l'enfant qu'elle portait au creux de son bras valide et qui me regarda tout au long avec ses yeux énormes bordés d'un grouillement de petits vers minuscules.

L'enfant est mort hier soir.

Hia l'avait posé devant elle, sur le plancher. M. de Prévontois est venu me l'annoncer sur un ton qui laissait presque entendre que c'était ma faute. J'ai dit :

– Oh… et alors, c'est ma faute ?

Il a répondu que ce n'était pas ce qu'il voulait dire. Il paraît lui aussi très fatigué, depuis que nous sommes à bord de ce nouveau navire.

Une rumeur court et prétend que ce n'était pas une bonne idée, finalement, que d'abandonner *La Fortune* à la dérive pour embarquer sur ce rafiot de malheur. La rumeur n'a pas dit encore le mot malédiction, mais il est là, caché et prêt à surgir tout soudain. Je suis presque certaine que si nous étions restés à bord de *La Fortune* il en serait de même, à murmurer alors que nous eussions dû embarquer sur le vaisseau que la providence mettait sur notre route. Il est certain néanmoins que tout ce qu'a vécu *L'Irgou* depuis son départ de Nantes charge lourdement ses voiles. Si cela signifie quelque chose.

Après cette première nuit, l'en demain, ils ont décroché des vergues les chaînes des fers des captifs. Ils les ont emmenés en une longue file bruyante du raclement des fers sur les lattes du pont, les ont fait descendre par l'écoutille dans le parc reconstitué de l'entrepont, en proue, sous les cuisines. Il nous est interdit d'aller rôder par là.

Ce qu'ils appellent un « chaudron aux nègres » est installé sur le pont supérieur et c'est dans cette marmite que le coq fait cuire leur nourriture. Chaque matin on les fait monter sur le pont dans leurs chaînes et on les asperge abondamment d'eau de mer et ils ont ordre de se récurer avec des brosses à pont et des morceaux de toile. On les a tondus, hommes et femmes, ceux qui avaient des longs cheveux bouclés et tressés comme ceux qui en avaient de courts frisés, par mesure de propreté. On leur a distribué chacun et chacune une bande d'étoffe afin qu'ils puissent nouer un pagne autour de leurs reins. Ce qu'ils ont fait. La pièce de toile ne permettait pas autre confection.

Après ce nettoyage quotidien on les fait redescendre dans leur parc, et puis remonter pour qu'ils mangent, un peu après le milieu du jour. Je vois Hia chaque jour à ces deux moments.

Un matelot est mort ce matin – ou cette nuit. On l'a cousu dans son branle et mis en mer ce matin.

22 février 1751

Je vais la voir chaque jour, en plus des moments où elle se trouve avec tous sur le pont. Elle est parmi les premières de la chaîne. Son bras bandé est maintenu contre son torse par une bandoulière de toile qui accentue de jour en jour sa teinte grise. J'ai demandé à M. de Prévontois comment allait sa blessure et il a dit que ça allait bien puisqu'elle n'était pas morte. Il a ajouté avec un sourire en coin et son œil épuisé qui se plissait :

– Te voilà amoureuse d'une négresse ? Je suis certain que tu n'es pas la seule à lui trouver un joli cul.

Il a cligné de l'œil.

Je ne sais pas ce que cela veut dire.

Elle n'a pas seulement un joli cul. Son corps est superbe. Il lui faudrait sans doute un peu moins de maigreur. Elle a une poitrine haute et ronde magnifique et de délicats tétons. L'enfant n'était pas le sien, j'en suis certaine. Ces tétons-là n'ont jamais allaité. Ce ventre-là n'a jamais porté la vie. Elle a peut-être dix-sept, dix-huit, vingt ans ? ou davantage ? Pas vingt-cinq, mais comment savoir avec ces gens ? C'est vrai : c'est elle que les matelots regardent quand elle dénoue d'une main et se tordant un peu le nœud de son pagne avant qu'on lui jette le contenu d'une seille, et qu'elle ne le dénoue pas reviendrait exactement au même, le morceau de tissu est de toute façon trempé…

Je suis allée la voir dès le premier jour, dans le parc, malgré l'interdiction faite à tous de nous approcher de cet endroit. Les matelots de garde m'ont vue, bien entendu. Pour une raison que je ne suis pas certaine de comprendre ils ne m'ont pas empêchée. Je crois qu'après l'algarade et ce qui s'en suivit sur le gaillard toute cette nuit-là, ils pensent que je suis plus ou moins au service du chirurgien. Je ne sais pas.

Le premier jour elle n'a pas voulu me regarder. Le second elle a osé. Je suis restée là sans mot dire un grand moment jusqu'à ce que l'odeur de l'endroit me pousse à partir. Le troisième jour, je lui ai apporté un biscuit, pour l'enfant aux yeux pourris. Les autres, ses compagnons, me regardaient avec dureté. Ou grande indifférence. Ce jour elle a prononcé ce son. Hia. Peut-être cela veut-il dire merci. Ou son nom. Je lui ai dit le mien en me désignant, main sur la poitrine. J'ai dit Esdeline. Mon nom.

M. Forestier ne connaît pas la langue des Wolofs. Personne à bord ne la connaît. Ni même je suppose l'homme de la hune. Et si ce sont des Wolofs. M. Forestier dit que les peuples de Sénégambie ne sont pas seulement des Wolofs. Il y a ceux-là dont je ne parviens pas à retenir le nom, et sans doute bien d'autres.

M. Forestier m'a donné de nouvelles feuilles de papier et un nouveau craion de pierre noire.

Il semble lui aussi bien éprouvé. Une bonne douzaine de matelots sont en proie à une fièvre de mer. L'eau de plusieurs barriques est devenue puante et rousse et il a fallu la jeter. Ils ont rempli les barriques vides avec de l'eau de mer, pour le lest. On nous a rationnés. Il serait bon qu'il pleuve, nous pourrions recueillir l'eau du ciel dans les bâches et seilles tenues prêtes. Mais de nouveau le vent est tombé; nous n'avançons guère plus que si nous étions à l'ancre – c'est en tout cas mon impression.

L'Irgou, *24 février 1751*

Il ne pleut pas.

Un engagé du nom de Gravière est à l'agonie. Il a été enlevé de la batterie, où la puanteur est quelque peu moindre, mais certainement pas la chaleur ni le manque d'air à respirer.

Un nègre est mort, aussi. Il avait été blessé à la cuisse pendant l'affrontement qui suivit l'abordage du bateau. Ou bien l'était-il déjà avant ? Sa jambe était enflée comme une bête crevée. Par crainte sans doute qu'on la lui coupe, ou pour tout autre raison, il ne s'est pas plaint et s'est interdit de crier sa douleur et il est mort en serrant les dents sur un morceau de manche d'outil qu'il avait pu dénicher et cacher allez savoir où. Ils ne sont pas parvenus à lui retirer le morceau de bois de la bouche.

C'est moi qui l'ai découvert en rendant visite à Hia.

25 février 1751

Pas de pluie. Des grondements ont glissé dans le ciel largement couvert une partie de la nuit. Sans donner mieux.

Coraline est venue dormir avec moi sur le pont libre du gaillard d'avant. Elle a peur d'être malade. Elle n'a plus d'appétit et la tête lui tourne en permanence, des plaques boutonneuses qu'elle gratte jusqu'au sang lui couvrent les aisselles et l'entrecuisson. Mais c'est sans doute une faiblesse générale du corps plus qu'une vraie méchante maladie. Elle est à peine fiévreuse. Elle dit que c'est un des deux quartiers-maîtres qui l'a contaminée. Pierre Orban. Je n'avais rien remarqué. Coraline ne semble guère se faire illusion et en tout cas elle assure ne pas vouloir être femme de marin.

– Encore que ce soit bien pratique, dit-elle en grimaçant ce sourire qui n'appartient qu'à elle.

Nous avons vu l'homme de la hune.

Il est sorti de sa tanière. Il est resté à l'air libre moins d'une heure. Je ne sais pas comment j'ai pu le manquer, à cette distance. J'ai tiré pour tuer. Je lui aurais arraché la gorge avec mes dents. J'avais des dents de louve, tout à coup.

14

ESDELINE DESCENDIT DANS L'ENTREPONT quelque temps après que les captifs y furent emmenés, une fois qu'on les eut arrosés et fouettés de grandes gerbes d'eau et qu'ils se furent mutuellement frottés avec vigueur sous les injonctions des matelots. Elle allait les yeux baissés, suivant ce qui restait de traces humides encore visibles sur les lattes du sol. L'obscurité rampante du premier pont l'empêcha de distinguer encore la moindre trace d'empreinte sombreuse. Les volets des sabords étaient levés, pour créer un courant d'air respirable, à l'exception de ceux des pièces positionnées.

Elle gardait devant ses yeux cette image de l'homme de hune qu'elle venait d'apercevoir à la rambarde du gaillard d'arrière, sortant de sa chambre sous le demi-pont de dunette. Mauvaise silhouette blême dans ses vêtements larges tombant de sa maigreur comme une voile par vent en panne. Une tête osseuse aux pommettes saillantes, à la barbe blanchâtre, les yeux enfouis dans l'ombre tranchée d'un tricorne aux pointes cassées. De sous le couvre-chef voletaient des longues mèches de cheveux clairs. Il portait une large ceinture de cuir bouclée sur la bande de cotonnade rouge qui lui ceignait la taille, et du cuir pointait la crosse incrustée de métal d'un pistolet.

Elle s'était dit qu'il était probablement le seul à bord à arborer de la sorte une arme à feu.

À l'exception des matelots surveillant les captifs.

Ils étaient deux, de quart, au passage qui menait au couroir aménagé en longue coursive à paroi de barreaux de bois carrés, où étaient entassés les nègres. Esdeline avait déjà vu ces deux-là, qui devaient être, à chacun de leur quart, les préposés à la garde de ce poste. Ils avaient un peu tordu le nez les premières fois qu'elle s'était présentée, sans plus, et maintenant se contentaient de la regarder faire comme ils eussent regardé n'importe quelle jolie personne. Elle les salua d'un retroussement de la lèvre découvrant l'écartement de ses incisives, leur montra les quatre biscuits durs, dont elle avait raclé la moisissure, qu'elle tenait dans ses mains. Ils hochèrent la tête et s'écartèrent pour la laisser passer.

– Je vous promets du rhum, la prochaine fois, dit-elle.

– Ce sera pas refusé, ma belle, assura un des deux dans son dos.

Elle sourit. Elle savait exactement comment ils la regardaient s'éloigner dans le couroir, déhanchée forcément par la basse incurvation du plafond.

– Promis ! cria-t-elle sans se retourner.

– Tu veux donc en acheter pour te servir ? demanda l'autre matelot.

Elle répondit que oui, que bien entendu, quand elle serait propriétaire et planteuse en Louisiane. Qu'il lui faudrait bien une armada de serviteurs et domestiques, comme cela va de soi. Ils répliquèrent en poursuivant sur ce ton mais elle ne comprit pas – n'écouta point. Elle s'arrêta devant la grille de fers plats entrecroisés et boulonnés dans le cadre de bastings qui servait de porte à la longue cage.

Les bruits des chaînes que l'on bouge, qui se heurtent et raclent le sol l'accueillirent. À chaque fois le même bruit qui lui tournait le cœur. (C'était comme apprivoiser un renard, un chat sauvage, songea-t-elle. Petit à petit. Progressivement. Au fil du temps et de la confiance installée, sans heurts.) L'ordre d'attache sur la longue chaîne qui reliait tous les membres de la gueude différait, selon le bon vouloir des gardiens qui veillaient à l'enchaînement après la « baignade » sur le pont, ou selon le hasard. Cela faisait plusieurs fois qu'Hia se trouvait une des trois ou quatre en extrémité de la chaîne près de la porte… et la seconde fois qu'elle s'approchait d'elle-même de la grille, portant sa chaîne de pieds et passant devant les deux autres en les obligeant à se faufiler en seconde ou troisième position après elle.

– Bonjour, dit Esdeline.

Hia émit un son timide, monté de sa gorge et glissé entre ses lèvres épaisses ourlées de violine. Presque une esquisse de sourire au frissonnement des commissures.

Esdeline passa la main entre les barres de fer et lui tendit les biscuits durs. La jeune femme les regarda et regarda Esdeline, son regard encadré par le croisement des barres supérieures. Elle avait les yeux les plus noirs qu'Esdeline eût jamais vus. Sa peau était couleur de vieil aulne, quand la hache l'a rougi et que le temps est passé sur la blessure.

– Tu as mal ? demanda Esdeline en indiquant le bras bandé de tissus sales. Prends, allez, prends.

Elle agita la main tenant les biscuits et après encore un court temps d'hésitation, comme si la chose qu'elle s'apprêtait à saisir pouvait contenir un danger, Hia les prit entre ses grands doigts souples déliés et les donna à l'homme derrière elle.

– Comment, ton bras ? demanda Esdeline en désignant le pansement. Je pense que ce sacré chirurgien devrait bien te changer cet emplâtre… ou voir à quoi ça ressemble, là-dessous… Tu as mal ?

Elle toucha du bout d'un doigt le pansement. Hia ne montra aucun signe de souffrance, son léger sursaut fut davantage de surprise.

– Mal ? dit Esdeline.

Hia ouvrait de grands yeux d'incompréhension.

Elle répéta, sur un ton dépourvu de la moindre inflexion :

– Mal.

– Mal ? fit Esdeline avec une grimace tordue de souffrance et en pinçant son propre bras à l'endroit de la blessure de la jeune femme.

Hia sourit – vraiment, rapidement mais véritablement, et la lumière dans ses yeux changea, l'espace d'une seconde.

– Mal, dit elle. No.

Secouant la tête de gauche à droite en signe de dénégation.

Le premier mot peut-être qu'elle avait appris. Qu'elle savait. « No. »

– Non, dit Esdeline en souriant largement à son tour, répétant le mouvement de la tête. Pas mal. Non.

– Pamalnon, dit Hia, bougeant la tête.

– Non-non-non. Non-non-non.

Elle sentait monter en elle une hilarité tranquille, un apaisement partagé. Non. Elle se disait que « non » était un joli mot pour commencer l'apprentissage d'un langage… Derrière elle, à une dizaine de pas au bout du couroir, les deux matelots parlaient entre eux.

– Non non non. Non mal, dit-elle.

Le sourire d'Hia éclatait sur des dents d'une blancheur étonnante. L'homme contre elle, dans son dos, écoutait l'échange avec un air de crainte, et les visages de ceux et celles qui s'alignaient dans le prolongement de la chaîne, qu'on entrapercevait dans l'obscurité, exprimaient une expectative unanime.

Unanime également la stupeur soudaine et brutale qui s'abattit sur tous ces visages, celui d'Hia en premier, avec leurs regards portés, comme un seul, sur un point au-delà de l'épaule de Esdeline. La stupeur. Un mouvement de recul. Des miettes de biscuit cassé tombant de la main soudain trop serrée de l'homme derrière Hia.

– *Mala hija de puta!* rauqua la voix cassée.

En même temps que le canon du pistolet – et puis le pistolet et le poing qui le tenait et le bras qui le brandissait – passait en frôlant le visage d'Esdeline et s'engageait entre les barreaux de fers plats droit sur la tête d'Hia.

Esdeline ne réfléchit pas. Comprit au quart de seconde. Elle se tourna et frappa du tranchant des deux mains sur le bras armé. Il y eut un choc du métal de l'arme contre le fer de la cage, un cri de douleur quand l'avant-bras heurta l'angle du fer et l'homme de la hune grimaçant lâcha le pistolet. Elle n'était aucunement surprise de le voir là. Elle ne le serait pas davantage paraprès en repensant à ce moment et à ce que dégageait son apparition quelques instants plus tôt à la balustrade de la dunette, qui promettait presque inéluctablement sa présence ici maintenant.

Il gronda et ronfla de douleur et de rage. Esdeline attrapa le pistolet avant qu'il touche le sol.

– Foutredieu ! cria-t-elle.

Elle eut conscience, du coin de l'œil, de l'arrivée des matelots gardiens, courbés et courant au plus vite dans l'espace réduit, gênés par leurs fusils. Sans la colère qui la submergea, elle serait peut-être tombée là, foudroyée de peur et d'écœurement. Elle n'avait jamais tiré avec un pistolet. N'en avait jamais tenu un. La crosse courbe vint se loger comme d'elle-même dans sa paume, elle savait évidemment qu'il fallait lever le chien : il l'était.

L'homme de la hune, visage crispé, creusé et boursouflé de rage et de peur, dévidait une litanie en une langue qu'elle ne comprenait pas, qu'elle pensa être de l'espagnol, entrecoupée de mots français pour lui ordonner de lâcher le pistolet et de ne pas faire la folle.

Elle le visa à la poitrine, au cœur, et appuya sur la détente. Des cris fusèrent en arrière du chuintement bref de la poudre brûlée et du claquement sec qui emplit tout l'entrepont. Il se laissa tomber en arrière. Ou le choc du coup l'y poussa. Elle vit se retrousser le tissu de sa chemise à hauteur de sa poitrine, comme si une frappe invisible l'eut pelé, elle vit du sang lui balafrer le visage, une blancheur gicler avec la touffe rouge. Il poussa un braillement de porc qu'on saigne avant de toucher le sol de son cul. Les matelots étaient là et le forcèrent à rester couché au sol en plantant le canon de leur fusil sur son ventre. Ils juraient en chœur et sans discontinuer.

– Tuez-le donc! dit-elle d'une voix claire.

Sans que cela fût un cri. Parce que c'était tout ce qu'il y avait à faire. Que ça ne méritait rien d'autre que l'effacement. L'effacement. *Le non-être.* Elle fut brusquement parcourue de tremblements par tout le corps, non pour ce qu'elle venait de faire ni même pour ce que cet homme avait tenté d'accomplir, mais parce que réalisant que si elle avait eu un second coup à tirer avec son pistolet, si elle avait tenu un des fusils des matelots, elle eût fait ce qu'elle leur réclamait sans le moindre état d'âme. S'apercevant avec effroi qu'elle était capable de cela, et l'abomination n'étant pas assujettie à la morale bafouée de la chose mais à cette capacité découverte de pouvoir l'accomplir très ordinairement.

Elle saisit le pistolet par le canon, le métal chaud dans sa main, et se pencha et leva l'arme prévoyant de frapper exactement entre les yeux écarquillés éclaboussés de sang ou dans cette bouche déchirée qui braillait. Quelqu'un la ceintura et l'écarta. Elle ne résista point. Il y avait grand monde tout à coup dans le couroir.

Ils emportèrent l'homme de la hune le premier. Ils l'avaient remis sur pied et le poussaient devant eux. M. Forestier était là, et aussi Gwaen Brach'. Quand on l'entraîna, elle aperçut à travers la grille le visage d'Hia, quelques autres derrière elle. Crut voir des larmes dans ses terribles yeux noirs.

– Non! lui cria-t-elle – juste pour elle. Pas mal!

– Tout va bien, n'aie pas peur, allons, dit Forestier. C'est fini.

– Peur? dit-elle avec un large sourire. Fini?

15

26 février 1751

Ils l'ont mis aux fers, dans la cale. Ils disent qu'il est fou, que ce qui lui est arrivé sur ce bateau lui a dérangé l'entendement. Je ne sais pas. Ce que je sais c'est que j'ai rêvé de son visage déformé par la rage et qui poussait des cris de haine en espagnol. Pourtant ce n'est pas un Espagnol.

Ce que je sais c'est que j'aurais voulu l'effacer, et je le voudrais encore. C'est arrivé brusquement. C'est arrivé à cause de ce que j'écris, probablement. C'est si facile de revenir en arrière et de déchirer la page, d'effacer les mots au craion.

Forestier est venu me voir, hier, après ce qui s'est passé. Et Coraline. Et plus tard M. de Prévontois. Le capitaine aussi. Tous, ou presque. Gwaen Brach'. Ils se sont tous mis à défiler, à un moment. J'ai eu bien de la peine à dormir. Je suis restée sur le gaillard d'avant. Il a fallu que je raconte. Les matelots de la garde ont raconté eux aussi. Tous m'ont demandé, en plus, ou bien d'abord, ce que j'en avais après ces nègres, comme ils disent. Cette négresse, principalement. Comme si c'était le plus important ou le plus inexplicable. Comme si c'était le plus incompréhensible, surtout. Bien plus inexplicable et incompréhensible que le fait que cet homme se soit armé d'un pistolet du chirurgien trouvé dans sa chambre et soit descendu dans la batterie où il est allé droit à la porte de barreaux pour tenter de brûler la cervelle de cette femme en l'insultant en espagnol. Elle et pas une autre. Ils ont dit que « Mala hija de puta » signifie « Sale fille de putain ». Les matelots ont entendu et ils connaissent cette expression dans cette langue. Ils ont dit que l'homme de la hune avait crié cela.

Est-ce que Hia comprend l'espagnol en plus de sa langue wolof ? Est-ce qu'elle sait dire « non » et « pas mal » en espagnol ? et d'autres mots encore ?

M. de Prévontois m'a dit que la balle avait ripé sur le devant de son torse, sur tous les os dont il est fabriqué à cet endroit, et poursuivant son chemin lui a arraché la lèvre du dessus ainsi qu'une dent et une partie du nez, puis elle a continué sa glissade en travers de son front. M. de Prévontois dit que le bonhomme sera rudement marqué pour tout le temps qui lui reste de vie et qu'il vaudrait mieux que je ne me trouve plus dans ses jambes une fois qu'il sera délivré de ses fers. J'ai demandé quand cela serait et M. de Prévontois a dit :

– Quand il sera guéri.

J'ai demandé :

– Il ne sera donc pas puni davantage ?

– Pourquoi cela ? a dit M. de Prévontois. Pour n'avoir même pas tiré sur une négresse captive ?

Moi, je voulais le tuer, l'effacer, pas simplement lui mettre un signe sur le museau.

Je me demande si ce n'est pas un danger d'écrire. Ensourquetout de lire. Je ne serais pas là si je n'avais commencé, un jour.

16

Il est bien grand dommage que le Journal que je tenais lors du voyage qui m'amena de France eût été perdu. À ce jour disparu en pourriture au fond d'un marais dans les méandres du Grand Père des Eaux. J'en serais présentement bien aidée, pour retranscrire au plus juste ces événements qui commencèrent leur tourbillon voici presque quinze ans.

Trente-sept jours que *La Belle-Métisse* a quitté Saint-Paul. Dans moins d'une dizaine nous toucherons la côte de France, à Port-Louis comme prévu, si tout se passe bien. Ce voyage qu'au fond nous redoutions s'est fort bien déroulé pour sa partie maritime en tout cas – mais cela pourrait être mal entendu que j'en scelle hâtivement l'itinéraire de façon trop heureuse. Nous n'avons eu affaire qu'au gros temps, jusques au jour d'hui. Pas un vaisseau n'a croisé notre route. La course sans nul doute n'est plus comme elle était… Et la guerre est finie. Il en viendra bien une prochaine, ce serait étonnant du contraire, mais pour l'heure tout est paisible à la surface des flots…

Je suis la seule tempête en route.

Chaque jour, ou la nuit, je m'assieds à cette table où j'ai entrepris de raconter sous la plume ce qui fut mon aventure durant ces années.

C'est pour toi que je le fais. Pour qui d'autre ?

Et c'est au fond pour toi que je suis encore vivante, pour toi surtout que je reviens. Tu peux me croire : c'est encore la meilleure explication qui soit – celle que je veux privilégier, même si je mens. Il se pourrait bien que je mente. Tout ce que tu voudras, il se pourrait tout ce que tu voudras, mon amour. À ma vie jusques ici je n'ai donné ce nom à personne. Pas même à qui d'aucuns pourraient songer.

Où es-tu, à cet instant ?

Je n'ose écrire de questionnement plus douteux et terrible.

Chaque jour ou chaque nuit depuis trente-sept jours. Je n'aurai pas assez de temps, jusqu'à la France. Il faudra très probablement que tu m'écoutes, pour la suite, si tu la veux connaître. Il me reste si peu de temps pour le plus long de cette histoire qui prit son envol aux rivages de l'île de la Martinica, après soixante jours de traversée.

17

Le premier jour de ce mois de mars 1751

Je ne me suis toujours pas accoutumée à ce que le temps soit marqué dans son écoulement de même façon sur l'océan que sur terre. J'ai toujours vu jusqu'à lors le mois de mars entre deux neiges, avec du soleil bouffant, la terre qui frissonne dessous les couches gelées qui lui font comme une pelade frisquette dans les creux et ornières.

Et voilà donc que ce premier jour de mars s'en revient à la terre, enfin !

Le jour s'est levé chassieux. Mal embouché, trop vite. Il s'éveille et se dresse, sans même un étirement, sous ces latitudes. Des nuages roses caracolaient au levant, qui sont devenus rapidement gris puis blancs. Et le ciel déjà uniformément bleu, et presque la chaleur étouffante. Une brise battait de l'aile dans les voiles. C'est à cause d'elle certainement que nous avons levé les yeux et que nous l'avons vu : un oiseau sur l'extrémité de la basse vergue du grand mât ! Un oiseau chargé de lumière, tout droit dans le soleil. Il se reposait. Tout le bateau s'est retrouvé sur le pont pour le regarder et le saluer à forts cris. Ça ne lui faisait pas peur. Monsieur l'écrivain dit que c'était une sorte de cormoran.

Au moment de la toilette des captifs, l'oiseau était toujours sur sa vergue et nul ne songeait à l'en déloger. Hia comme les autres l'a vu. Tandis que les seaux d'eau leur étaient déversés dessus, les nègres et négresses enchaînés ont échangé des regards et des silences indéniablement craintifs. Comme si l'oiseau était pour eux un funeste présage. Il n'est que celui de la terre proche. Nous n'en avons évidemment pas vu un seul, au ciel, durant la traversée. Pourtant monsieur l'écrivain dit que certains traversent les océans en longues migrations. Mais moi je n'en ai vu aucun. Sinon celui-là, ce matin et jusqu'au milieu du jour. Au milieu du jour il a eu comme un mouvement d'ébrouement et s'est envolé, déployant de grandes ailes de couleur crémeuse. Il a plongé et s'en est allé, en rien de temps il avait disparu, et nous avons suivi sa direction. Il allait où nous allions.

Nous sommes donc le premier jour de ce mois de mars 1751. Nous allons aborder le Nouveau Monde.

Ils disent que les captifs nègres seront vendus comme cela devait être.

18

En vérité tout s'est passé très vite, après la lenteur de si nombreux jours.

La terre que nous avons abordée était une de ces îles du Vent, fort probablement Martinica, mais à dire vrai les avis sur ce point n'étaient pas tous les mêmes, à bord. Pour ma part je n'en suis toujours pas certaine, bien qu'ayant revu nombre de fois, au cours des trois années qui suivirent, cette île qu'on appelle aussi Martinique. À ma défense je dois dire que j'avais l'esprit bien peu clair ce jour de mars qui terminait un long et difficile voyage – le premier donc que j'accomplissais, et dans de telles conditions. Il me semble, je dois le dire aussi, que chacun de nous, autant que nous étions, avait l'esprit aussi peu clair que le mien, dans l'exaltation du moment.

Et puis enfin, quand j'annonce que nous abordâmes, là n'est pas tout à fait l'exacte vérité. Car nous n'eûmes pas loisir d'aborder la côte de cette île, choisie pourtant parce qu'on y avait remarqué les constructions et palissades qui surplombaient la longue crique du port et donnaient là le signe de son occupation par une colonie, comme nous nous y attendions. De ces murs plusieurs canons tonnèrent une salve de boulets qui vint gerber l'eau à bonne hauteur de notre proue, deux à basbord, deux à estribord.

Ainsi voilà comment on nous reçut, alors que nous pensions être sinon fêtés au moins chaleureusement accueillis. Les boulets ne nous atteignirent point, mais qu'ils fussent tirés suffisait amplement à nous « toucher ».

Je ne sais pas sur quoi porta dans le détail la discussion, entre le capitaine et ses maîtres et contremaîtres, qui suivit cette salve agressive et décida de la marche à suivre. Je ne peux croire qu'elle fut du meilleur aloi... au regard de ce qui résulta de la décision prise. Il me semble – il nous sembla très vite, dans les jours d'après – que cela eût pu se prévoir, se concevoir, s'entendre et se réfléchir, se déduire enfin, et qui sait s'éviter.

Mais il est aisé d'envisager un meilleur ordre aux événements, une fois ceux-ci déployés.

Je pense qu'un grand abasourdissement surtout, empesait les cervelles, après les épreuves endurées. L'équipage tout entier ne voulait plus entendre parler d'un jour de plus à regarder la terre sans y mettre le pied, encore moins repartir pour une nouvelle errance jusqu'à la côte de Louisiane qui nous attendait par-delà les îles, et que nous n'atteindrions pas avant plusieurs jours encore. Pour parachever la tension, peu de temps après les canons, ce furent des orages qui tonnèrent et soufflèrent avec une soudaine et rare violence. Il fallut donc amener bas rapidement et manœuvrer au mieux pour éviter que la bourrasque ne nous jette aux rochers ou emporte mâts et voiles. Cette méchante humeur des cieux qui dura une partie de la nuit nous poussa vers Saint-Domingue et nous n'en déviâmes point, comme si c'était la meilleure direction possible et que nous nous en remettions donc plus volontiers aux forces des éléments qu'à la raison des hommes. Ce n'était point tout à fait le cas, bien sûr, mais sûrement l'impression qui pouvait être ressentie.

Le lendemain, en milieu de jour si ma mémoire ne me trompe point, nous fûmes en vue de la grande île de Saint-Domingue. Nous dérivâmes jusqu'à la côte après nous être assurés qu'elle était bien sous juridiction et protection de France, que rien n'avait changé, car nous étions prévenus contre l'Anglais. Il y avait quelques voiles devant le port et quantité de petites embarcations dont beaucoup s'approchèrent et se placèrent à notre entour. Elles étaient conduites en majorité par des gens de peau sombre, indigènes caraïbes de l'endroit que nous regardions avec de grands yeux, n'en ayant encore jamais vus de tels en liberté paravant. Ils ne s'approchèrent pourtant pas à moins d'une portée de grappin et une partie d'entre eux ne tarda pas à s'en retourner vers le port et ses constructions de pierre blanche et de bois. Cet accueil-là n'était pas non plus très enthousiaste et nous eussions dû, là encore, faire preuve de meilleur entendement.

L'ancre fut jetée. La principale préoccupation à bord était toujours d'essayer de comprendre pourquoi on nous avait canonné la veille, aux approches de Martinica. Nous en avions conclu à une occupation de l'île par les Anglais, les Espagnols, allez savoir quelle puissance ou quel parti ennemi de longue date, ou nouvellement, du Roy de France… Quand j'écris « nous », j'entends par là ce qui faisait l'opinion du bord, du capitaine et ceux qui composaient sa gouverne, de l'équipage éventuellement, mais à coup sûr pas de nous autres passagers colons qui regardions tout cela avec des yeux écarquillés et sans doute un raisonnement trop ahuri pour avoir une idée précise de ce qui nous attendait.

La chaloupe fut mise à la mer avant le soir. Plutôt qu'y faire descendre un représentant, en manière de truchement, quelqu'un ou quelques-uns qui s'en fussent allés en mission d'éclaireurs, le capitaine de Longevière en personne prit place dans l'embarcation, accompagné du maître Gwaen Brach' et d'une quinzaine de matelots soldats vêtus de frais et fusils graissés…

C'est ainsi donc qu'à Saint-Domingue les gens du gouverneur général des îles emprisonnèrent le capitaine de Longevière,

3e commandant de bord sur cette traversée – que personnellement je n'ai jamais revu.

Les choses furent menées rondement. On vit revenir la chaloupe partie moins de deux heures auparavant, avec à son bord, ramant comme des forcenés, la moitié des marins, dont moins de la moitié de cette moitié avait encore leur fusil, et le maître Brach', à la rame comme les autres, et tout ce monde fort échevelé et suant, avec aussi des éclaboussures de sang très remarquables sur le blanc des habits. Ils traversèrent comme un boulet les rangs de ces barques encore présentes sur les lieux et accostèrent brutalement en appelant les échelles de cordes. Ils n'avaient pas basculé à bord que maître Brach' donnait l'ordre de hisser l'ancre et la voile et d'appareiller sans perdre une minute, avant que les choses se gâtent au point de nous empêcher de quitter le port. Avant que les soldats et la milice du gouverneur nous prennent à l'abordage et nous pendent aux vergues – dit-il.

En un instant le mystère était résolu. Voilà comment et pourquoi *L'Irgou* en vint quelque temps plus tard à hisser pavillon noir.

19

4 mars 1751

Nous avons élu Gwaen Brach' capitaine.

Cela s'est passé dans la nuit, après qu'il eut donné l'ordre de quitter cette grande île devant laquelle nous étions en danger, comme il nous le fit comprendre en une courte tirade, à son retour de terre sans M. de Longevière et la bonne moitié des matelots armés qui faisaient son escorte. Forcément l'équipage, mais nous autres colons abandonnés tout à coup à notre sort comme nous le sommes, avons voté aussi. C'est M. Forestier qui s'est proposé de nommer à l'attribution et d'être porte-parole en cela de tous. Nous avons levé la main à la lueur des lanternes qui trouaient à peine les vols de moucherons gras qui se sont abattus tout soudain sur *L'Irgou*.

Gwaen Brach' capitaine, pour guider le navire sur cette mer parmi les îles et aux abords plus ou moins proches de la côte du continent qu'il nous faudra bien entendu aborder tôt ou tard – c'est ce que Brach' nous a donné à entendre. Une fois que M. de Longevière sera parvenu à se faire entendre du gouverneur ou de quelque membre influent de sa police, qui de droit, quel qu'il soit, pourvu qu'il eût autorité, et à convaincre de son innocence et du fait que *L'Irgou* n'est pas sa prise, ni le vaisseau, ni sa cargaison de nègres.

Voilà où est la méprise.

Sans attendre que la côte s'enfonce tout à fait dans la nuit venue et qu'y brillent les feux du port comme une poignée d'étoiles pendues au ras de mer, M. Brach' a fait le récit de son aventure et de celle de notre malheureux capitaine de fortune. Il a parlé depuis la dunette, d'une voix ferme qui portait sur tout le navire, jusqu'à la proue sans mal et voire au fond des cales par les écoutilles ouvertes et en haut de la mâture. Nous étions rassemblés sur le pont, équipage et passagers mêlés. Je suis bien certaine que les nègres entendaient eux aussi du couroir de l'entrepont… à défaut de comprendre.

On savait, dans les îles, nous a dit Gwaen Brach', que *L'Irgou* avait été attaqué par des pirates. La confusion se fit de ce qu'ils ne semblaient pas situer correctement cet engagement ni dans le temps ni dans l'espace, propagé par le bouche-à-oreille de marins caboteurs, dans les ports des îles où, dans une d'elles probablement, avait jeté l'ancre un navire témoin de l'événement, ou qui en avait entendu parler avant son appareillage des côtes où l'événement s'était produit… Peut-être aussi attribuait-on par erreur cette attaque aux forbans qui avaient tenté d'aborder *La Fortune* en pleine tempête?

Et ce monde voyait arriver *L'Irgou,* vaisseau comme ils croyaient aux mains de pirates, et débarquer un capitaine inconnu qui demandait à négocier son fret en port permis ainsi que des passagers colons pour la Compagnie de Louisiane… Un capitaine qui se disait représentant des négociants et de l'armateur d'un navire *autre* que celui dans lequel il arrivait de la mer océane…

Ils devaient attendre de pied ferme que la chaloupe accoste et qu'en descendent cette poignée d'hurluberlus pour le moins culottés, a dit Gwaen Brach'. Il dit que tout le port devait savoir la nouvelle propagée comme une traînée de poudre, et que la flottille d'embarcations alentour du bateau n'y était pas étrangère. Il dit qu'ils avaient arrêté le capitaine sans lui laisser le temps de s'asseoir dans le bureau des affaires de marine de l'intendant, l'accusant de tromperie, d'escroquerie et de toutes sortes de vilenies, et lui enjoignant de prouver bien vite ce qu'il affirmait. Il dit qu'ils s'apprêtaient à le saisir lui aussi mais il avait sauté par la fenêtre, quelques matelots derrière lui, et depuis bien longtemps n'avait point couru aussi vite. Lui qui avait déjà du mal à marcher sur la terre ferme sans que ses genoux plient à tort et à travers après deux mois de mer, courut jusqu'au quai et la chaloupe qui attendait au bout de la jetée très encombrée d'une foule un peu trop dense et silencieuse pour cette heure du jour et à cet endroit, qu'ils avaient traversée sans ménagement…

Nous voilà donc condamnés à attendre. Que cette méprise et ce malentendu s'éclaircissent, et que tombe l'accusation dont est victime le capitaine de Longevière.

Pour l'heure nous avons besoin d'eau et d'aliments frais. Le capitaine cherche une île sur laquelle ce ravitaillement sera possible sans danger.

10 mars 1751

C'est ma dernière feuille. Monsieur l'écrivain ne m'en a pas proposé d'autres. Il ne semble plus guère s'intéresser à ce que j'écris, qui lui semblait tellement digne d'intérêt et de curiosité il y a quelques semaines seulement.

Il a voirement bien d'autres tracas. Comme tous à bord de ce bateau.

Nous avons trouvé une île, au large de laquelle *L'Irgou* a jeté l'ancre. Avant de faire son choix sur cette terre, le capitaine Brach' en a laissé de côté deux autres qui ne lui semblaient pas sûres. Dont il n'était pas certain que nous puissions repartir.

Nous sommes à l'ancre, voiles carguées, depuis deux jours. Il semblerait que cette île, qui n'est pas bien grosse, nous dit-on (Forestier), couverte de forêts, soit essentiellement occupée par des éleveurs de bœufs descendants des boucaniers qui l'occupèrent à l'origine. Je ne sais ce que signifie « boucaniers », et Coraline non plus, ni personne dans nos rangs. Un matelot nous a dit que ce sont des tueurs de vaches mais nous ne le croyons point. C'est un matelot coutumier des farces et son œil a retrouvé son étincelle depuis que nous embarquons fruits et légumes, et l'eau claire de cette île, qu'il nous faut faire violence de ne pas boire au litre et manger à nous en crever la panse.

11 mars 1751

Deux hommes aux larges pieds nus, vêtus de chemises bouffantes et de pantalons coupés aux genoux, bardés de cuir, armés de sabres, coutelas, fusils et pistolets, sont venus au navire dans une sorte de barque à fond plat mal calfatée. La permission de monter à bord leur fut accordée. Ils voulaient voir le « nouveau capitaine », à qui ils ont demandé un engagement dans l'équipage. Ils paraissaient savoir beaucoup de choses. Le « nouveau capitaine » s'est entretenu avec eux sur le pont, au vu et à l'ouïe de tous ceux qui se trouvaient là et des autres qui y vinrent bien vite. Les deux hommes dirent avoir été d'équipages plus ou moins heureux et plus ou moins longtemps, sur de nombreux navires, aux ordres de plusieurs roys, celui de France et d'autres, corsaires et différents forbans sans maître, matelotés depuis plus de vingt ans, ce qui ne se trouvait pas souventement. Ils venaient proposer leur service au « nouveau capitaine » de *L'Irgou*, puisque le précédent avait été pendu à Port-au-Prince.

Cela s'est produit voici deux jours, d'après les deux misérables. Pendu sur le port avec une pancarte « pirate » accrochée sur le ventre, accusé de trahison à son Roy, son pays, de félonie, de vol, d'acte de piraterie, de détournement de cargaison de traite de nègres, d'escroquerie, à peu près de tout ce qu'un marin peut commettre de forfaiterie, accusé, condamné, pendu.

Les deux hommes pensaient visiblement que nous savions. Ils ont été assaillis de toutes parts de questions auxquelles ils se sont plu de bonne grâce à répondre selon ce qu'ils pouvaient et savaient faire.

Je me suis approchée moi aussi. Je n'ai jamais vu de figures aussi burinées et brunes de soleil avec autant de crevasses et de rides profondes, sûrement de cicatrices, dans le fouillis de la barbe raide. Jamais vu d'yeux aussi clairs à la fois que brûlants. J'ai demandé s'ils avaient information que les vaisseaux venus de France *La Mère-de-Dieu* et *La Fringante* étaient arrivés dans les îles du Vent ou sur la côte d'Amérique où ils devaient se rendre. Ils ont tourné ma question quelques instants dans leur mémoire, quelques instants pas davantage, avant de répondre ensemble et sans se consulter qu'ils ne croyaient pas, qu'ils n'avaient pas entendu dire les noms de ces vaisseaux-là.

Je ne veux pas croire qu'il n'y ait pas une chance qu'ils se trompent. Ils ne peuvent tout savoir de ces étendues.

Le « nouveau capitaine » Brach' a engagé les deux hommes.

Il a dit :

– Cordieu, il semblerait que la partie soit devenue bien dure à gagner, à présent. Qu'on ne nous laisse pas tant le choix de notre pavillon.

Ces mots-là, à peu de différence.

Plusieurs voix parmi les engagés se sont levées en protestations. Ils voulaient être débarqués au plus tôt au delta du grand fleuve de Louisiane comme c'était convenu dans les contrats signés. Le capitaine Brach' a assuré qu'il le ferait au plus tôt et au mieux possible. Mais que pour l'heure il convenait surtout de n'être pas pris sous les canons des bâtiments français.

J'ai demandé ce qu'il allait advenir des nègres dans la cale. Le capitaine a dit que l'affaire serait débattue sans attendre, mais qu'il convenait de ne pas agir à la légère.

12 mars 1751

L'Irgou a quitté la petite île. Pleine mer. Chaleur accablante.

Nous connaissons une autre version de l'histoire de ce vaisseau. La vraie à n'en pas douter. L'homme de la hune autant que faire se peut a parlé, désormais qu'il ne se sent plus en danger, dans cette nouvelle situation. Il a perdu sa folie, aussi.

Ceci est ma dernière feuille de papier.

20

Gwaen Brach' ne fut pas mauvais capitaine.

Il est né et il a grandi dans un petit port de pêcheurs de basse Bretagne dont je ne suis jamais parvenue à retenir le nom. Il a été capitaine de *L'Irgou* cinq ans au moins, de tout le temps que je fis moi-même partie de son équipage sans autre titre ou grade que celui de « Rouge Bête », qui fut le nom d'adoption que tous me donnèrent après qu'ils l'eurent appris, probablement un des plus terribles équipages sur les eaux caraïbes dans ces années-là, de 1751 à 1756 et certainement de plus avant et pour davantage. J'aimerais qu'il fût toujours en vie, lui qui me disait, avec ce sourire qui n'en était pas un :

– Vois-tu petite, sois-en certaine : il faudra bien qu'un jour on nous pende...

J'aimerais, oui, que cela fût ton lot le plus loin possible, s'il faut que cela soit. Où que tu sois ce jour d'hui, capitaine Brach', sois grandement heureux en compagnie de quelque fille de ces îles qui te faisaient rouler des yeux, avec un pichet du rhum ambré tiède qui était ton délice, qui sait même quelques chiards à tes basques comme, bizarrement de ta part, tu semblais parfois rêver aussi fort que tu ne comprenais pas que je tienne pour ma part férocement au contraire...

Cinq ans passèrent avant d'apprendre un jour, et après avoir saisi mille et une fois chaque occasion de demander, l'arrivée et le débarquement à fort Bilocci de *La Mère-de-Dieu* quelques années auparavant. Cinq ans pleins. Cinq années d'une vie que je n'eusse jamais imaginée, alors que, fuyant mes collines comme je l'avais voulu et machiné, j'allais vers une vie d'aventure rêvée précédemment en compagnie de Cauvin.

Aventure, certes. Mais guère comme je l'avais rêvée.

Je ne t'en dirai pas le détail ici, qui est au fond répétitif. Les moments qui s'aboutèrent pour tendre ces cinq ans ne sont pas loin d'être semblables, chacun pareil peu ou prou à son suivant comme à celui qui le précédait. Narrer à la façon du compte rendu les jours et les mois de cette aventure me demanderait presque autant de temps que je mis à la vivre et cent fois plus de feuillets de papier que ce navire n'en contient.

Or, dans deux jours, au pire, nous verrons la côte française.

Après que le malheureux capitaine Longevière fut pendu comme on vint nous l'apprendre, nous reprîmes donc la mer, avec Brach', que nous avions élu, au commandement de *L'Irgou*. Il va sans dire que nous étions à la fois malvenus et malpartis, dans ce vaisseau que nous avions occupé en place de *La Fortune* – et ce dernier par ailleurs disparu !

Il était maintenant clair, ainsi que Brach' nous l'expliqua, que nous ne serions guère accueillis chaudement en quelque endroit soumis à une autorité gouvernementale que nous chercherions à toucher.

Il y avait fort peu de chance qu'on ne retrouvât jamais *La Fortune* ni même son épave ; fort peu de chance que l'armateur prît son content dans notre retour auprès de lui, ni ne fît preuve de la moindre mansuétude, la moindre compréhension, du moindre effort pour croire une version des faits qui l'eût mis en grande difficulté auprès de ses assurances. Le capitaine représentant la Compagnie commanditaire et engageuse était mort, ses deux successeurs légaux aussi – dont un convaincu de piraterie et jugé et condamné pour ce forfait. Non seulement la même Compagnie se retrouvait avec un tiers à peine des engagés qu'elle attendait, mais elle était mêmement, pour quelques colons planteurs, marchande des captifs noirs dont il restait moins de trente survivants…

Qu'avions-nous de mieux à faire, de moins irraisonnable, que hisser pavillon noir et nous efforcer de subsister par nos seuls moyens, loin de ces eaux dangereuses et vindicatives des grandes îles et des côtes amériquines ? Au moins en attendant que nous viennent et nous retrouvent les deux autres vaisseaux qui faisaient notre convoi et pourraient attester de notre rang à leurs côtés ainsi que de ce qui avait été le grand malheur de notre traversée.

Cette décision prise par Brach' nous fut soumise, avec possibilité pour chacun d'entre nous de la suivre et d'en assumer les conséquences à ses côtés, ou de s'en départir et de quitter le bord à la première occasion venue.

Plus de la moitié de l'équipage choisit d'être débarquée sur la côte espagnole au sud-est de Saint-Domingue. Ce qui fut fait un mois plus tard, au risque d'être pris en chasse – mais il n'en fut rien, et en une nuit la chaloupe débarqua les matelots.

Restaient à bord environ cent cinquante hommes pour équipage.

Tous les colons engagés demandèrent à être conduits à terre, qui était le but vers quoi ils avaient survécu à ces deux mois de grand remuement.

Sauf moi.

Ils furent débarqués aux abords du fort Maurepas proche du nouveau port de Bilocci. Et nous dûmes redoubler de prudence pour quitter le golfe au large des côtes de Floride.

Coraline est montée dans la chaloupe comme les autres, comme son marin qui l'avait attendue pour quitter le navire. Nos adieux se firent en grande sobriété. Elle me souhaita de retrouver « mon homme » un jour très prochain – dit-elle autour de son sourire dubitatif. Je lui retournai le souhait, non sans moins sourire... Je crois qu'elle éprouvait surtout de l'étonnement, qu'elle ne comprenait pas, me soupçonnait de desseins secrets échappés à son entendement et sa perspicacité.

Mon vrai dessein n'était autre que passer le temps jusqu'à la retrouvaille de Cauvin. C'est à bord de *L'Irgou*, ce me semble, que j'en avais la plus belle chance, bien plus heureusement qu'en descendant à terre où me serait resté le choix entre prendre le chemin de la colonie qui m'attendait, ou rester dans les ports de la baie, avec tous les risques en découlant pour que je finisse très vilainement avant que voir jamais entrer au port *La Mère-de-Dieu* ou *La Fringante*...

Ce fut moi qui proposai la délivrance des nègres captifs.

D'abord, capitaine Brach' fit la grimace, avant de décider, hochant la tête avec presque de l'amusement, de tenter l'expérience. Plus difficile fut de convaincre les captifs de leur liberté de faire partie de l'équipage et de partager le destin de *L'Irgou*. Ils ne pouvaient le comprendre, et quand l'inconcevable hypothèse amorça leur entendement, ne le purent croire. Cela prit bien du temps, à bord, sur le pont, après que nous les eûmes fait sortir de leur chambre à barreaux du couroir, et retiré leurs fers, et jeté par-dessus bord la longue chaîne d'entrave sous leurs yeux incrédules, et donné des vêtements de matelots tirés des paquets laissés par certains de l'équipage qui nous avaient quittés. Le moindre signe était pour eux sujet à interprétation susceptible de se révéler douteuse : ils parurent s'offusquer de nos sourires et joyeusetés à les voir attifés en matelots...

Cela prit également du temps sur les petites îles des côtes de Floride, où nous faisions provisions et commerce avec les rares habitants natifs et les quelques Blancs qui s'y étaient installés, des chasseurs pour la plupart, dans des rades aménagées de pauvres quais de troncs pour les accostages des chaloupes. Descendus à terre avec l'équipage, les nègres étaient libres d'aller où bon leur semblait. *Mais où?* Bon ne leur sembla jamais de se tenir ailleurs qu'en notre compagnie; chaque fois, ils remontaient à bord dans la chaloupe dont ils maniaient les rames. Il fallut bien du temps pour que s'estompent les expressions d'égarement et de suspicion empreintes dans leurs traits sombres, que la lueur craintive ombrée de méfiance permanente s'éteigne dans leurs yeux...

La captive que je nommais Hia semblait la plus rétive à la confiance. Je parvins néanmoins à lui apprendre quelques mots en échange desquels j'entendis certains de son langage, qui me furent aussi peu aisés à la prononciation que ceux de français l'étaient pour elle.

Contre toute attente, l'homme de la hune aida à la compréhension entre les nègres et nous.

Il réapparut sur le pont dans le courant de mai, pâle et maigri, défiguré par le plomb que je lui avais tiré, les lèvres et le nez comme si un chien y avait mordu à belles dents. Il parut fort étonné de me voir encore à bord, dans mon accoutrement de matelot, occupée à traire les chèvres que nous avions gardées. Moins surpris, je veux bien le croire, de trouver nègres et négresses dans le même accoutrement mélangés à l'équipage – mais de ce changement je suppose qu'on l'avait prévenu. Je dus soutenir un long regard très appuyé et très mauvais, m'attendant à ce que l'œillade finisse par une charge du bonhomme – surtout après ce qu'on m'avait rapporté de son humeur à mon endroit. Mais nous n'étions pas seuls. Je ne baissai pas les yeux. Finalement, il eut ce qui dans son faciès torturé pouvait passer pour une esquisse de sourire, un peu comme s'il avait décidé de poser les armes, et détourna les yeux... je n'avais pas interrompu ma traite.

Il parlait espagnol. Certains nègres entendaient quelques bribes de cette langue, pour la raison qu'ils avaient vu nombreusement de ces gens sur leur côte d'Afrique, depuis fort longtemps. Et bien que la diction de l'homme de la hune fût quelque peu déformée par l'état de ses lèvres et dents, c'était quand même mieux que rien pour se faire entendre…

Il avait apparemment retrouvé une grande partie de sa mémoire soi-disant perdue… Celle de son surnom en tout cas : Noire Gale, qu'il nous donna un soir à la lueur des étoiles, en conversation sur la dunette, devant une piche de rhum tiède. J'y étais. Noire Gale et la Rouge Bête, nous étions faits au fond pour nous entendre – dit le capitaine Brach'. Et probablement valait-il mieux compter cet homme vivant parmi ses amis plutôt que ses ennemis.

Noire Gale nous dit aussi la vraie histoire de *L'Irgou*, ce qui permettait de mieux comprendre certaines choses. On ne m'empêchera cependant pas de penser que pour avoir arrangé une première fois cette histoire comme il l'avait fait, il ne fallait pas que son entendement fût aussi mal en point qu'il avait voulu nous faire croire. Voici comment il nous conta la seconde variante (seconde et véritable – j'en eus par suite des confirmations) :

Deux navires pirates avaient attaqué *L'Irgou*, et l'affrontement avait coûté à celui-ci une partie de son équipage et de sa cargaison. Au terme de l'abordage qui avait été sanglant, les survivants de *L'Irgou* s'étaient trouvés forcés de rentrer dans les rangs des forbans. Une partie desdits survivants, qui connaissaient le bateau, étaient restés à bord, l'autre était passée sur un des vaisseaux pirates, tandis qu'en contrepartie une cinquantaine de pirates de *La Caïne* se transbordaient pour compléter l'équipage de *L'Irgou*.

Les deux vaisseaux des forbans, *La Caïne* et *L'Anversoise*, avaient continué leur route vers les îles Sous-le-Vent, leur équipage réduit comblé par ceux recueillis sur *L'Irgou*.

Puis, les pirates à bord de *L'Irgou* avaient libéré les captifs nègres de la cargaison qu'ils voulaient enrôler eux aussi à leur service, prétextant que la piraterie ne comptait pas d'esclaves dans son monde ni de meilleurs soldats que les nègres. Très vite des rivalités étaient apparues entre pirates et équipage d'origine, à cause de négresses et de la possession et disponibilité que les uns et les autres voulaient en avoir. Les rivalités avaient bien entendu provoqué des affrontements et le tout avait tourné au massacre... Si bien que les nègres, les moins éprouvés, n'avaient pas trouvé mieux que terminer le grand nettoyage.

Noire Gale, gabier sur *La Caïne*, s'était octroyé Hia (qu'il appelait plus simplement « la Grande Négresse ») et ce fut en voulant la soustraire aux avances rugueuses d'un de l'ancien équipage de *L'Irgou* qu'il avait déclenché les hostilités. Au terme de celles-ci, il était parvenu à se cacher et échapper aux nègres en se perchant hors de portée sur la hune de grand mât – l'histoire ici rejoignait la première version.

Aux îles bien entendu (et, qui sait, de la bouche même de ceux des deux vaisseaux pirates de retour à La Tortue où ils avaient leur port, s'ils y étaient revenus) cette prise de *L'Irgou* avait été entendue – expliquant clairement la réception dont nous avions été l'objet en faisant paraprès notre apparition...

21

Le temps coula donc de cette façon, à bord de *L'Irgou*, sous ces latitudes aux entours des tropiques. Nous étions en course régulièrement, en mer ainsi que sur les côtes des Amériques.

La plus lointaine de ces courses nous poussa durant l'an 1753 jusqu'à Georgetown et Paramaribo, d'où nous remontâmes vers le nord, longeant par la côte de Venezuela, passant l'embouchure trouble de la rivière Orénoque. Nous fîmes relâche deux mois à Trinidad dont je ne sus ni ne vis guère, à cause de cette fièvre de mer qui me terrassa et me garda couchée dans mon branle sous une case, veillée par des enfants indigènes, leurs chiens, Hia et quelques-uns des siens, tout le temps de l'escale. J'étais en toute sécurité dans ce village où Forestier vint me visiter et s'enquérir de mon état souventement.

Je retrouvais quelques forces quand il fallut lever l'ancre et quitter cet endroit paisible où l'équipage avait coulé du temps heureux, menacé par une escadre suspecte de six navires battant un pavillon anglais dont il fallait en permanence se méfier désormais plus que jamais.

Nous avions fait les Anglais, me semble-t-il par principe plus que raison profonde, nos proies de courses favorites… Mais on disait (Forestier disait, qui savait toujours tout et apprenait les nouvelles de la mer et des Îles d'une façon que je n'ai jamais pu entendre et qui relevait presque de la magie ou de ces tours, eût-on dit, que pratiquent les indigènes) que la guerre roulait de fait sur terre d'Amérique dans les colonies françaises et anglaises, et aussi, depuis peu, sur la mer.

Fini les rôtis de cochons sauvages dont les matelots (et tout le monde à l'exception des malades!) se goinfraient, divinement cuisinés au piment par nos hôtes caraïbes que nous appelions *banari*, pour dire « ami » – ce qui changeait de l'ordinaire de bouillie de porc salé! Nous avons contourné la grande île et poursuivi sur Maracaïbo, puis le golfe caraïbe et remonté jusqu'aux îles de Bahia.

Au commencement de l'année suivante, Brach' et Forestier (qui eût mérité davantage que bien des gardes de marine le rang de capitaine pour la seule raison de ses compétences en navigation) décidèrent de nous sortir de l'enfermement de la mer des Caraïbes qui pouvait à la longue se révéler dangereuse, où l'on finirait, dirent-ils, par nous voir trop dans un port ou un autre. Sans parler des présences anglaises et de leurs alliés de la flibuste qui sillonnaient un peu trop souvent maintenant, à notre goût, ces eaux-là.

Nous sommes passés à la faveur d'une grosse tempête comme il s'en produit régulièrement dans ces pays à cette saison, qui eût pu aussi bien nous drosser sur les récifs, mais il n'en fut pas le cas.

Pour la suite des mois et des ans nous avons retrouvé nos îles et la grande mer de son côté du levant entre première et seconde parallèle. Nous y prenions ravitaillement aux ports que tenaient plus ou moins les gens de notre acabit à qui il convenait de payer l'écot de l'hospitalité. Ravitaillement et repos, ce qui n'allait pas sans ripailles et grandes effervescences…

Nous y faisions commerce de nos prises, et de nos alliances aussi. Pendant un temps, Brach' accepta de courser sous les ordres d'un des plus célèbres forbans qui croisaient dans ces mers, flibustier au service de M. le baron de Kerlevec alors gouverneur de Louisiane, et donc du Roy de France, un des derniers grands prédateurs qui ne soit pas mort pendu ou déchiré par un boulet. Puis cette alliance flibustière fut brisée d'un commun accord avant qu'elle ne s'enflamme dangereusement comme c'était presque toujours le cas – mais aussi nous ne disposions point de lettre d'engagement ni d'aucun accord que ce fût avec le gouverneur, ni bien sûr avec l'autorité maritime royale, pas plus que nous ne lui payions aucun droit de commission sur les prises.

L'Irgou reprit la mer et son guet entre les îles en grand nombre. Elles avaient noms sur nos cartes Dominica, Santa Lucia, Marigliante, Guardaloupe et San Vincente. Les sauvages comme ceux qui l'étaient moins, ou autrement, les disaient La Dominica, La Martinica, Joannacaira, Holotobouli, Sainte-Alluzie, Joannalau, Aulinagan, La Guardeloupe, Caroucaira, Joalamarqua. Et puis encore l'île Grenada, ou bien Canar, Saint-Christophe, Jomarrica, Montserra, Ariogan... Elles furent notre territoire, et l'océan qui les baignait. Nous ne nous en éloignions pas de trop, de façon toujours à pouvoir contrôler les passages et les venues de vaisseaux de France. Toujours à l'affût d'une frégate nommée *La Mère-de-Dieu*, ainsi que d'une *Fringante*...

Le capitaine Brach' fit de l'une de ces petites îles sans nom au sud de celle de Topsail notre havre. Où nous nous reposions et par deux fois donnèrent des travaux de radoub à *L'Irgou.*

Sinon nous étions en course.

J'avais à bord un rôle de page, de qui j'avais pris la vêture, me coiffant pareillement, en queue de rat nouée d'une cordelette, ceci faisant passer qu'à l'ordinaire les femmes à bord étaient porteuses de malheur. On ne me faisait pas misère davantage qu'on ne l'eût fait à un garçon, et j'assurais la plupart des tâches que l'on voyait d'ordinaire accomplir par les pages. Les deux quartiers-maîtres restés à bord étaient mes supérieurs de fait et ce fut d'eux que j'appris mes tâches. On m'entendait crier au pied du grand mât les ordres relayés à ceux qui devaient aller au gouvernail ou venir au quart, ainsi que toute manœuvre à faire dans l'instant, et aussi me voyait-on courir en tout point du navire pour transmettre les ordres du maître ou de son capitaine ou second à qui devait les entendre. Je servais au plat également et faisais ce qui doit l'être pour le rangement des bidons et corbillons, au service de tous les matelots. Je gardais également aux lampes et criais leurs parts aux hommes, au partage du butin. On m'accordait une demi-part, qui fut souvent grandie pour paiement de ce que j'avais participé à la prise. On me vit plus à l'abordage quand il fallait le faire que grimpée dans les perroquets !

Et puis assurément la relation que j'entretenais avec Johan Forestier, devenu second, n'était pas étrangère à mon statut privilégié, comme cela explique que je fus très peu tracassée par l'équipage qui ne parut jamais, ou presque jamais, me voir comme une catin à son dévouement.

Je crois n'avoir aucunement démérité ma part.

Il me souvient que vers le cap de Virginie, nous fîmes la prise de plusieurs bateaux et nous emparâmes de leurs provisions, tuant une grande partie de l'équipage, bien que la prise ne valût sans doute pas tel carnage mené par Noire Gale à la tête de sa bande de nègres – dont j'étais.

Il me souvient, vers la Nouvelle York, à la pointe de Long Island, de la prise d'une chaloupe. De la relâche qui suivit, dans l'île de Garde, et du commerce avec les habitants.

Il me souvient que nous sommes allés à la barre de Caroline septentrionale et que nous avons pris une chaloupe appartenant à la Barbade.

J'ai souvenance, grossièrement. En ces temps, je n'écrivais plus. Je n'étais plus la même. Au fur de la traversée qui m'avait amenée de France, j'avais abandonné partie de l'Esdeline Favier des Ordons. Dans cette période qui suivit, je laissais une autre sorte de mue derrière moi, qui avait appartenu à celle qui changeait déjà sur le bateau.

Sûrement, oui, que désireuse de continuer d'écrire mon Journal de bord j'en eusse trouvé la peine et les moyens. Mais je ne le fis point. Du reste, ce Journal écrit ne m'aiderait pas davantage au jour d'hui, plus long de quelques dizaines de pages ou non, puisque les boues du Mississippi me l'ont mangé tout entier.

Mais je garde en mémoire les horreurs qui furent le quotidien, certain temps, et que nous infligeâmes plus que nous les subîmes. Ces images-là ne me quitteront pas, jamais, ne s'allégeront pas. Elles sont ma chair, de quoi sont pétris les hommes sous le déguisement et l'apparat de leurs différents costumes d'idéaux. Sous les rites de leurs allégeances aux dieux comme aux valeurs de morale qu'ils prétendent suivre. Je me souviendrai, je pèserai désorendroit éternellement le poids des hommes. Je me souviendrai de la prise du brigantin venant de Nouvelle-Angleterre et du massacre de son équipage qui n'avait pas voulu se rendre et de ce marin à vaste panse à qui Noire Gale en personne coupa les génitoires pour les griller et les lui faire manger, et ensuite lui ouvrit délicatement le ventre et fit couler ses entrailles jusqu'à découvrir la poche de son estomac pour voir comment la grillade était digérée. Ce qu'elle n'était pas. Et l'homme n'étant pas mort, Noire Gale la lui fit remanger. Il put encore avaler, avant de tomber – je me souviendrai de ses yeux et de son regard posé à cet instant sur moi qui contemplais l'abominable sans ciller, avachie dans les bras d'Hia.

Nous sommes restés en carénage sur une très petite île de Caroline septentrionale, où nous avons essuyé la plus grosse et violente tempête que j'aie vue de ma vie.

Retour à l'île près de Topsail.

Au cap de Virginie nous avons pris une flûte huguenote et sa cargaison de barils de porc.

Chassé une chaloupe de soixante tonneaux que nous avons prise au cap Henri. Après quoi nous avons fait route au nord jusqu'au trente-huitième de latitude, ainsi que j'avais appris à faire la route. À l'île Saint-Thomas.

Et c'est là que nous avons appris que *La Mère-de-Dieu* venant de France était entrée dans le port de Bilocci trois mois paravant. Ce n'était pas l'aboutissement de la traversée effectuée en escadre avec *La Fortune* cinq ans plus tôt… Évidemment une autre traversée.

Qu'était donc devenue *La Mère-de-Dieu,* après cette tempête nocturne et l'attaque folle du forban qui nous l'avaient fait perdre, elle et *La Fringante* d'escorte ? Avait-elle débarqué comme prévu en Louisiane (ou quelque point de la côte) pour y laisser ses passagers, sans que nous ne l'eussions jamais entendu dire, puis repartie vers la France, et de nouveau revenue ? Et une fois ce retour fait il y avait donc trois mois de cela, *La Mère-de-Dieu* était-elle repartie vitement ?

Il nous fallait l'apprendre.

Sous pavillon de France nous fîmes hardiment route vers le delta du grand fleuve. Lors, nous ne savions pas encore la guerre officiellement déclarée entre la France et l'Angleterre, à Versailles, ni que ce conflit allait prendre une ampleur certes mondiale, mais ici toute particulière dans les colonies et territoires d'Amérique que se disputaient les deux belligérants, au long de sept années.

Demain, nous verrons les côtes de France, si la brume se lève. Un cormoran s'est posé ce matin sur la haute vergue de misaine. J'ai failli écrire « un cormoran de chez nous ». Pourtant ce n'est pas chez moi. Chez moi, il n'y a point de cormoran. Juste des counailles, des freux, de oiseaux noirs au bec tranchant et aux yeux de pierre.

Me voici de retour.

Sur La Belle-Métisse, *au large de France, janvier 1766.*

V

1

Ceux à qui le maître avait rendu visite un soir, les uns après les autres, pour leur demander de surveiller les chemins qui venaient d'Alsace par le pertuis de Taye et le passage des Charbounés, et de Comté par le passage d'Estalon et celui du Thylot, ainsi que la route de la vallée de Remiremont, et de le prévenir du passage d'une voiture, d'une charrette dans laquelle se fût trouvée cette femme qu'il semblait attendre en grand émoi, ne virent rien venir.

Après une dizaine de jours, cette voyageuse dont l'ombre avait plané sur leur quotidien, quitta leur attention soutenue. Qu'ils n'y songeassent plus ne changea rien à l'affaire et la voyageuse fiévreusement attendue par le maître, comme en attestèrent quand tout fut terminé quelques-uns qui vivaient dans sa proximité, ne se montra pas davantage.

Ils arrivèrent par la forêt. Par la montagne.

Ils n'avaient suivi que bien peu de chemins tracés. Leurs montures, de celles habituées aux taillis, aux épines, en portaient la marque aux jarrets, haut sur les jambes et jusque sous le ventre. Plusieurs d'entre elles n'étaient pas ferrées – non par manque ni négligence, mais parce que c'était tout simplement leur manière.

Ils arrivèrent, par la montagne, au bord du matin de ce troisième lundi en février.

C'était une gueude d'une vingtaine, vingt-cinq, ou même peut-être trente, comme jamais ces forêts-là n'en avaient vu. Leur nombre précis n'était rien moins qu'impossible à dire, de prime vue, la bande donnant d'abord un aspect confus, la particularité de ses sujets faisant qu'ensuite on se fût attardé plutôt à les observer et les examiner un par un que faire le compte du groupe.

Ils surgirent de derrière la crête que le soleil dorait depuis quelques instants pour annoncer sa venue ; ils apparurent en même temps que le débordement incandescent, alors que la lumière donnait l'impression de sourdre des pans de forêt blanche du Ballon de Servance, en face, tout autant que du ciel pareil à une immense plaque lisse de métal poli, pâle et rosé.

Ils arrivaient nimbés de lumière et de fragments colorés d'arc-en-ciel que révélait la pulvérulence neigeuse levée autour d'eux par les sabots des montures. Ils arrivaient dans le mâchement sourd des harnachements de cuir, des souffles ronflants des chevaux et du crissement âpre et martelé que faisait le petit galop sur le sol de neige gelée. Ils arrivaient comme une vaste apparition crachée à une autre porte de la réalité jusqu'alors fermée très prudemment et brusquement forcée, grande ouverte, pour la punition de beaucoup qui ne les attendaient pas, sur cette terre.

Ils surgirent de la montagne à son sommet, comme si c'était là le début de leur parcours, comme si le temps n'avait rien laissé, aucune trace, derrière eux, comme si leur puissance était intacte jusques à lors de toute taillade, de tout débours, comme s'ils ne faisaient qu'avoir tout à coup surgi d'ailleurs pour se précipiter sans gâchis de temps ni d'énergie au plus vif de leur cible ou de leur but.

Ils montaient des chevaux nerveux, d'une taille courte qu'on n'avait pas l'habitude de voir ici-bas, des bais et des noirs, et aussi nombre de pommelés gris et noirs. Beaucoup des montures avaient la crinière libre, avec, tressés dedans, sur le front, des cordonnets de cuir auxquels étaient fixées des plumes blanches et noires, et à l'extrémité des plumes de longs toupets de crin colorés. Certains cavaliers portaient comme leur monture des plumes pareillement nouées dans leurs cheveux très noirs et très longs que retenait un bandeau de tissu noué autour du front. D'autres qui avaient le crâne rasé à l'exception d'une crête médiane arboraient différentes formes de parures faciales, des tatouages géométriques qui leur couvraient joues, nez et menton, ou encore des scarifications traçant de fins bourrelets de chairs violacées. C'étaient des hommes à la peau sombre, cuivrée, brune, pour quelques-uns presque noire, des boucles d'or ou de métal luisant perçaient leurs narines, leurs oreilles, et même leurs lèvres.

Plusieurs chevauchaient hautement sellés, mais plus de la moitié avec seulement une couverture et une peau de loup ou de chèvre sanglée en guise de selle. Pareillement leurs rênes, qui pouvaient être de modèle classique comme il s'en fait ordinairement, avec des mors de fer que les chevaux mâchaient bruyamment, mais aussi un simple licou, une simple lanière de cuir plat passée en double nœud dans la bouche de la monture et que le cavalier maniait avec grande dextérité.

Tous étaient sur leurs vêtements enveloppés de couvertures qui leur faisaient de larges et longues capes et houppelandes aux teintes rouillées d'automne, ou bien engoncés dans des pelisses de fourrures épaisses, le col droit relevé. De dessous ces amples vêtements pointaient leurs armes, poignards et coutelas, fourreaux des sabres et crosses de pistolets, passées dans les ceinturons, fusils en bandoulière et des arcs courts faits de bois noir avec les flèches dans les carquois attachés à la sangle de selle ou à leur côté.

Ils arrivaient.

La buée des respirations des chevaux et des hommes s'ajoutait aux poudroiements de la neige pulvérisée.

Ils descendaient la pente, déferlaient entre les troncs gris et droits des hêtres, et même s'ils n'allaient pas à grand galop leur allure était comme celle d'une charge, une coulée inexorable. Les sabots arrachaient la neige et dessous le tapis rouge des feuilles mortes qui giclaient par poignées dans la blancheur floue. Le sol était couvert de traces de petits animaux qui avaient parcouru la nuit en tout sens. La bande descendait par le travers de ces lacis. Trente chevaux traçaient dans le canevas mystérieux une large creusée. Ils savaient où aller, sans hésiter, sans chercher leur chemin – ils savaient parfaitement où aller, dans ce pays qu'ils ne connaissaient pas, ce bout du monde qu'ils découvraient pour la première fois, bien sûr, cette terre et ces montagnes (et tout ce qu'ils avaient vu depuis quelques jours) gentiment rondouillettes dont ils ne soupçonnaient même pas l'existence, sans parler de cette mer sans rives visibles pendant si longtemps qu'ils avaient traversée (certains, dans ce sens, pour la seconde fois), ils savaient où aller. Ils suivaient le premier d'entre eux, toujours le même et qui ne changeait pratiquement jamais de rang dans la bande et jamais n'avait chevauché autrement qu'en tête, sinon quand le terrain permettait de voir le point où se rendre loin devant.

Celui-là montait un cheval à robe sombre, crinière et queue noires sans plumes de parade, aux jambes marquées de pâles taches. Son harnachement était de cuir sombre également, la selle au troussequin droit et haut, le pommeau large incrusté d'argent, les étriers à longueur de jambe tendue. Les basques de son manteau de cuir fauve flottaient et battaient la croupe du cheval. Il avait coiffé la capuche du manteau qu'il maintenait par un bandeau de tissu, de même qu'une écharpe serrait le col relevé de l'habit. On ne voyait que ses yeux aux cils et sourcils emperlés de givre par la vapeur de sa respiration qui remontait de sous le serre-col. Ses pantalons et ses bottes étaient de même façon que ceux portés par certains des cavaliers au teint de cuivre mat : de peau généreusement lustrée et marquée de toutes sortes de ces taches venues d'un long usage, la couture au long des jambes serrée par les franges tressées.

Un nègre à la silhouette souple qui semblait une excroissance naturelle de sa monture venait immédiatement derrière le premier cavalier en manteau de cuir, ne s'en éloignait pratiquement pas à moins d'une longueur en arrière, la plupart du temps à sa hauteur.

Ils allaient à travers la forêt dans cet appareil de cavalcade décidée. À un moment, le cavalier de tête baissa l'allure et toute la bande derrière lui fit de même. Ce ralentissement n'était pas le fait d'une hésitation, ni tout à coup d'une perte d'orientation dans l'itinéraire à suivre, mais plus simplement une pause, du temps accordé au regard creusant les entours à la cherche de signes pour la reconnaissance.

Un moment ils suivirent le torrent apparu en travers de la pente. Au fur de la descente, par des trouées successives dans les sapins qui avaient fait place aux feuillus, ils pouvaient apercevoir différents endroits de la vallée encaissée toute de blancheur, nue, sans une habitation à ce niveau de profondeur, presque en son cul-de-sac. La distance était encore trop grande pour qu'on y aperçût la moindre trace humaine ou animale.

Ils traversèrent le torrent à la file. Longue colonne de silence et de menace qui s'égrenait sous les arbres, frôlant parfois une basse branche ou la touchant intentionnellement et provoquant une cascade de neige dont les brillances argentées mettaient un temps avant de s'estomper. Ils poursuivirent la descente, après le torrent, en direction du nord de la vallée. Le soleil avait dépassé les sommets et poussait maintenant leur ombre à main gauche. La forêt s'était éclaircie. Plusieurs, dans la bande, tirèrent devant leurs yeux des foulards sombres dans lesquels étaient taillées des fentes, pour protéger le regard contre la réverbération étincelante de la lumière sur la neige. Le premier des cavaliers noua ce bandeau, ce qui acheva de lui cacher totalement le visage, entre le col relevé du manteau et la capuche rabattue, sous une espèce de masque des plus insolites.

Ainsi, ils se glissèrent en biais au flanc de la montagne et descendirent sans autre bruit que celui des sabots crevant la croûte durcie et les ébrouements qui expulsaient par les naseaux des chevaux de violents fusements de vapeur. Les cliquetis des mors et des harnais…

Ils furent où la forêt s'ouvrait en travers sous une franche taille de deux verges de large entre les troncs. Un chemin sans nul doute, que près de trois pieds de neige recouvraient uniformément, sans trace aucune, ni de pas d'homme, ni de roues de charrette ou de patin de traîneau, ni de sabots ou pattes d'animaux, pour en confirmer la pratique. Le cavalier de tête s'arrêta, et tous firent de même là où ils se trouvaient derrière lui, tenant courtes rênes et longes.

Le cavalier au long manteau de cuir sombre regardait droit devant, par les fentes du foulard sur ses yeux. La buée de sa respiration montait de derrière son col et s'effilochait dans les plis du tissu jusque sous l'avancée du capuchon. Il se tenait des deux mains appuyées au pommeau, une épaule plus haute que l'autre. Une bande de corbeaux brailleurs passèrent haut dans le ciel, pourchassant une buse. Il leva les yeux et quelques-uns parmi les plus proches dans la colonne firent de même, mais il était impossible d'apercevoir les oiseaux à travers la ramure, et les cris s'éloignèrent. Le cavalier baissa la tête et reporta son attention sur le chemin vierge de pas et de traces, à l'exception de celles d'une martre qui s'en allait droitement. Au bout d'un temps, ses paumes quittèrent le pommeau, il se redressa et se tourna vers le nègre à son côté dont une partie du visage était visible, le regard surtout, d'un éclat sombre de gouffre, dans l'ouverture de la couverture coiffée comme une capuche.

– Ce chemin-là, dit le cavalier d'une voix rauque et cassée au sortir d'un long silence.

Le nègre regarda le chemin et la trace de martre et opina du chef. Il toussa grassement et se racla la gorge, baissa le cache-col de devant ses lèvres et cracha. Puis remonta le cache-col sur ses exhalaisons de buée.

Un des cavaliers avança à hauteur du premier en manteau sombre. C'était un homme à la peau blanche burinée, portant une barbe poivre et sel courtement taillée, tous les poils autour de sa bouche encroûtés de givre. Sa moustache était épaissie et alourdie de longs glaçons qu'il brisa d'un revers de sa main gantée avant de dire :

– Je suis v'nu par la vallée. En bas.

– Je sais, dit le cavalier en manteau sombre.

– Les bâtiments sont plus par-devant la vallée. Les anciens ont brûlé par l'orage.

– Tu me l'as dit, acquiesça le cavalier à voix presque basse.

Puis un ton plus haut :

– Allons.

Il tira la bride et talonna. Ne prit pas le chemin mais poursuivit la descente dans le droit prolongement de la trace laissée derrière eux, sur la pente. Cette fois, le nègre et l'homme à la barbe grise se tenaient à sa hauteur et le restèrent tout au long de la pente, jusqu'au fond, ainsi que durant la traversée ralentie des taillis des rapailles, jusqu'à atteindre enfin la vallée, leur ombre apetissée à côté d'eux et le soleil déjà haut dans le ciel sans nuage.

Quand leur galop assourdi commença de se faire entendre, à une centaine de verges de la gringe, des chiens qui rôdaillaient autour des bâtiments se mirent à aboyer. Ils allèrent au-devant de la troupe, à la façon d'agir des chiens et comme s'ils escomptaient que leur raffut eût une chance de faire tourner bride à la horde, et il y avait quelque chose d'à la fois absurde et comique de voir s'élancer l'un vers l'autre les deux partis – la trentaine de cavaliers d'un côté et une demi-douzaine de chiens de l'autre, ces derniers aussi hurleurs que ceux-là déferlaient sans un cri, bâillonnés sous leurs masques d'épouvantails dans un silence inexorable.

Ceci ne dura qu'un instant, avant que les chiens cessent leur folie, qu'ils se taisent tout net et repartent d'un seul élan d'où ils venaient, brusquement transformés en avant-garde de la galopade... Ils passèrent l'enceinte des parcs de la ferme et disparurent dans les granges, sous les grands hangars ouverts où se trouvait le troupeau des vaches.

Un court instant plus tard on entendit de nouveau aboyer quelques-uns à qui la présence des hommes et des femmes apparus à ce remue-ménage redonnait assurance. Les abois des chiens comme le grondement du galop et les appels des femmes lancés aux trois enfants qui jouaient à rouler une grosse boule de neige à l'autre bout de la cour intérieure, comme les ordres des hommes jetés aux chiens, résonnaient clair et étrangement découpés dans l'air glacé.

La horde n'était plus qu'à une centaine de pas, entrée dans la surface de toutes les traces qui encerclaient les bâtiments et assombrissaient la neige, par endroits l'avaient pelée par taches comme de la maladie sur une peau blême, quand deux des hommes sous les hangars aux bêtes levèrent la fourche avec laquelle ils garnissaient de foin les mangeoires, en un geste défensif; quand un autre dans la cour tourna les talons, courut et franchit en quelques enjambées la distance qui le séparait de la ferme et entra dans le corps central de la maison par la porte cochère; quand les femmes après avoir crié coururent vers les enfants qui avaient cessé de rouler leur boule et attendaient debout en regardant venir la troupe extraordinaire, une main en visière au-dessus des yeux pour se protéger du soleil et la tête penchée de côté, chacun une grimace identique qui partait du coin de la bouche pour leur remonter la pommette et leur fermer un œil à demi.

Ils s'arrêtèrent à la grande barrière ouverte de l'enceinte d'enclos vides. Ils avaient ralenti l'allure un peu avant. Tirant les rênes, toute la gueude restant derrière les trois cavaliers de tête : celui au grand manteau de cuir, le nègre et l'homme à barbe grise. Certaines des montures fouettèrent des antérieurs. De la neige et de la boue giclèrent. Les chevaux ronflèrent bruyamment dans les nuages épais de leur souffle aussitôt tailladés par la lumière tranchante.

Ils furent un temps ainsi, troupe hirsute et colorée, les plumes aux crinières et harnais et chevelures tournoyant au bout de leurs attaches, dans ces couvertures en plusieurs épaisseurs, ces fourrures et ces manteaux de curieuse coupe de sous lesquels dépassaient des portions d'armes qu'on devinait certainement étranges et peu coutumières. Ils regardaient l'alentour. Ils regardaient les bâtiments reliés entre eux de la gringe, dont plusieurs parties de certains portaient la marque noire d'un incendie ancien. À l'extrémité nord se dressait sous la neige la haute carie d'une ruine de pierre qui n'avait pas été reconstruite.

Le cavalier de tête talonna. Ils avancèrent avec lui, derrière lui, au pas, dans le cliquetis des mors, le grand froissement de la troupe en mouvement flottant au-dessus du sol boueux.

Les femmes avaient rejoint les enfants et les avaient attrapés et attirés contre elles. Il semblait qu'elles n'eussent plus davantage de courage pour aller au-delà de ce qu'elles venaient de jamber et revenir vers la maison avec les enfants. Elles se tenaient là-bas à l'autre bout de la cour, statufiées tout à coup ; l'une plaqua sa main sur la bouche de l'enfant serré dans ses jambes pour étouffer la question qu'il commençait de poser.

Ils furent à hauteur du hangar ouvert et du troupeau dessous et des valets aux fourches tenues comme des armes. Ils s'arrêtèrent de nouveau. La troupe déployée remplissait pratiquement toute la cour, ou si ce n'était pas réellement le cas, l'impression en était rendue.

L'homme de la ferme ressortit de la maison et marqua un temps court sur le seuil noir de la porte et avança courageusement au-devant des cavaliers. Il tenait un fusil dont la pierre de mise à feu était relevée, un doigt sur la détente. C'était un homme épais et râblé avec des jambes courtes et arquées sous la bedaine qui lui tendait la blaude en avant, nu-tête, chauve à l'exception d'une couronne de cheveux filasse qui voletaient et gribouillaient son visage rougeaud. Il fixait sur la bande de cavaliers un regard à la fois incrédule, ahuri, et complètement épouvanté, qui n'allait guère avec son attitude et l'arme qu'il tenait.

Ils le laissèrent venir à eux. Des chevaux poussèrent quelques ronflements auxquels répondirent les meuglements assourdis de plusieurs vaches au fond des hangars ouverts. Une odeur crue et âcre montait du tas de fumier fraîchement fourché devant la maison, et aussi des litières de sous les hangars.

À dix pas le gros homme s'arrêta. L'incrédulité la plus complète était empreinte sur ses traits et dans ses yeux globuleux sans qu'il cherchât à en être le moins du monde discret. Un instant il retint sa respiration, dans le silence appesanti que déchira d'un coup l'aboi unique d'un des chiens réapparus qui rôdaient et tournaient en arrière des gens, puis la buée revint d'un jet à la bouche du gros homme avec les mots qu'il envoya devant lui :

– Par Dieu, qui c'est qu'vous êtes, là, vous autes ? Qu'est-ce que vous voulez ?

Les femmes et les enfants avaient bougé de l'autre extrémité de la cour. Ils se dirigeaient vers la porte en glissant le plus près du mur de la maison. Un des enfants paraissait bien difficile à tenir et semblait ne vouloir qu'échapper à la poigne qui le maintenait dans les jupes de la femme pour courir voir de plus près cette armée de curieux cavaliers aux atours jamais vus tellement bizarres.

– Où il est ? demanda le cavalier à la barbe grise.

– Qui donc ?

– Ton maître. Où il est ?

Le valet grimaça, pâlit, et ses yeux s'écarquillèrent davantage encore. Ne subsistaient de son teint rubicond que des plaques tavelées à hauteur des pommettes, de part et d'autre de son nez luisant.

– L'est pas icitte, dit-il. C'est point sa maison, icitte. C'est qu'une gringe pou'le fourrage et son troupeau.

– Je sais que c'est une gringe, souffla le cavalier en manteau sombre, d'une voix basse étouffée en partie par le foulard noué dessus le col, devant sa bouche.

Le valet parut ne pas comprendre mais ne demanda point que ce qu'avait maugréé le cavalier fût répété. Il dit, s'adressant surtout à celui à la barbe grise qui avait parlé clair :

– C'est nous qu'habitent icitte. Les valets et gardiens. C'est pas lui. L'a un lit devant la cheminée pou'quand il vient des fois, mais c'est tout. Et en c'moment l'est pas là. L'est pas icitte.

– Il est où, donc ? demanda le cavalier barbu.

Le valet ouvrait la bouche pour répondre, après un temps d'hésitation, mais un des autres sous le hangar le prit de vitesse et lança d'une voix grinçante :

– Chez lui, qu'il est. Ou ailleurs. Ou p't'ête même bien pas ici dans l'pays. C'est pas une saison qu'il aime bien. Ça lui arrive ben souvent d'être ailleurs où qu'y fait plus beau et que les nuits pèlent moins, avec sa famille.

– Y nous dit pas tout c'qui fait, dit le second valet à la fourche. Qu'est-ce que vous lui voulez ?

– Contente-toi de répondre à ce qu'on te demande, toi. N'en dis pas trop qui fasse mal passer le mensonge.

– J'mens pas ! s'insurgea le valet. Personne m'a dit en face que j'étais un menteur.

Il avança d'un pas, sa fourche en avant, dérisoire. Un seul pas.

Les couvertures percées d'un trou pour le col et le chef que portaient plusieurs cavaliers en guise de manteau s'écartèrent ou se retroussèrent dans un même mouvement, un même bruit, et des pistolets braqués apparurent, des fusils furent dégainés d'un geste lentement déployé des étuis de peau frangés attachés aux sangles des selles, des haches curieuses, au long manche et fer étroit, tirées des ceintures…

Le valet recula du pas qu'il avait fait inconsidérément en avant, oubliant de baisser sa fourche.

– Où est sa maison, alors ? demanda la cavalier en manteau sombre, tenant les rênes courtes à son cheval pommelé qui piaffait.

– C'est dans la montagne, dit le gros valet chauve. Loin d'ici, dans la montagne. C'est pas facile d'y aller par c'te neige-là.

– Vous trouverez pas, dit le valet qu'on ne traitait pas de menteur. Si on connaît pas, c'est pas trouvable, à c'te saison, comme dit l'Henri.

– Tu vas nous y mener, alors, toi qu'on traite pas de menteur ? ricana le cavalier barbu.

Ils laissèrent un instant le valet ouvrir une grande bouche stupéfaite et des yeux épouvantés à la cherche des mots susceptibles de le sortir de ce piège sans le jeter dans un autre plus terrible encore. Le barbu souriait en fixant du haut de sa monture l'embarras de l'homme. Quelques-uns des visages à peau blanche alentour souriaient comme lui. Les autres, pour ce qu'on en voyait sous les divers couvre-chefs et foulards bariolés, ceux au teint sombre et cuivré, affichaient des expressions de pierre que la moquerie lancée par le barbu ne semblait pas toucher, comme si la langue ne leur était pas suffisamment soumise pour transmettre ses sous-entendus et subtilités.

– Pas besoin de lui, dit le meneur sur le cheval nerveux.

À la porte cochère de la maison un nouveau valet de ferme apparut, lui aussi un fusil dans les mains. Puis derrière lui un autre, également armé.

– Ho ho... dit le barbu grisonnant saluant cette double apparition.

Et cette fois tous ceux qui dans la troupe n'avaient pas encore montré leurs armes le firent. On entendit se tendre le ressort des coqs des silex.

Après le meneur de la bande et le barbu, un troisième cavalier prit la parole. Un Blanc au visage long et anguleux avec une denture chevaline jaunâtre et toute de travers.

– Vous allez tous mourir, si vous faites ça ! clama-t-il. Si vous posez pas vos fusils par terre tout de suite.

– Seigneur, dit le gros valet chauve. Qu'est-ce que vous nous voulez don' ? On n'est rien que des gardiens de bêtes rouges, on n'a rien à voir aux affaires du maître.

– Si vous les posez pas tout de suite, que j'viens de dire, répéta l'homme au visage osseux, levant lui-même son Brown Bess et le braquant d'une main tranquille sur le valet. Tout de suite... l'Henri.

Quelques terribles secondes d'une lourdeur indicible se traînèrent.

Les femmes et les enfants se trouvaient à quelques pas seulement de la porte du bâtiment. Le gamin turbulent échappa d'un bond à celle qui tentait de le faire tenir tranquille et s'en trouva tout couillon au bout de quatre pas et se planta dans une immobilité parfaite, figé comme par un sort dans le milieu d'un geste. La femme eut un petit temps d'hésitation avant de le rejoindre en deux jambées. Au moment où elle allait l'empoigner, le gamin sortit de sa pétrification, fit une autre série de bonds en avant et s'immobilisa de nouveau de cette façon comique. La femme s'abstint de lui courir après.

– Vous pouvez pas... dit Henri.

Le silex s'abattit sur son étincelle et un jet de fumée, et le coup explosa avec la flamme au bout du canon. Le plomb de 16 à la livre entra sous le menton et ressortit par la nuque dans une giclée de sang et d'os. Le gros homme parut acquiescer de la tête d'un air plus stupéfait que jamais et recula d'un pas, de deux, tituba sur le troisième tandis que le sang crachait un second jet de sa nuque, puis il tomba à genoux et en avant sur le fusil en travers de lui qu'il n'avait pas lâché. Une de ses jambes se souleva et s'abattit à deux reprises pour ne plus bouger, le sang continuant de couler et de briller.

– J'avais dit de déposer le fusil tout de suite! cria l'homme au visage osseux en relevant son arme droite, du canon de laquelle un filet de fumée monta comme une haleine fragile.

Le premier des hommes armés qui était sorti de la maison épaula son fusil et on entendit le plomb miauler et fouetter sourdement le tricorne de l'homme au visage maigre, et le tricorne s'envola et retomba à plusieurs pas.

Plusieurs fusils se levèrent et pointèrent le tireur.

– Attendez! ordonna le cavalier meneur dans son cache-col.

Il baissa sous son menton le foulard percé de fentes qui lui cachait les yeux.

Une des femmes devant la maison poussa un long gémissement haché auquel l'enfant qui s'était échappé et se tenait planté à dix pas se mit à pleurer en réponse.

Le cavalier au visage maigre fit tourner son cheval et s'approcha du chapeau qu'il ramassa du bout de son canon de fusil et dont il considéra tristement le trou déchiqueté dans la calotte avant de le recoiffer. Au moment où il enfonça le chapeau sur son crâne, une goutte de sang coula le long de sa tempe et de sa joue jusqu'à la pointe de son menton. Il replaça le fusil dans son étui de selle, sortit de sa ceinture sous la couverture qui lui faisait une cape un long pistolet, talonna doucement, claquant la langue à petits coups, et se dirigea vers les valets armés devant la porte. Celui qui avait tiré se tenait légèrement penché en avant, immobile, serrant toujours son arme avec grand embarras. Le second, derrière lui, se baissa très précautionneusement et posa son fusil au sol et recula d'un pas et se redressa tout aussi lentement. Le cavalier au tricorne était arrivé à hauteur du premier valet. Il lui braqua son pistolet sur le visage.

– Laisse tomber, dit-il.

Le valet ne broncha pas, visiblement incapable de desserrer ses doigts crispés sur le fusil.

L'enfant braillait si fort qu'il en intrigua deux des chiens qui s'approchèrent de lui. La femme continuait de gémir. Elle s'était à demi écroulée, tassée contre le mur de la maison. Celle à son côté semblait ne pas la voir ni l'entendre, serrant les deux enfants contre ses jambes.

– *Pobrecito amigo*, dit le cavalier au tricorne en secouant la tête.

Le sang traçait une autre coulure sur sa joue.

Le meneur de la bande fit aller son cheval sur une partie du front que formait le rassemblement et s'approcha du hangar ouvert et des deux valets armés de fourches, qui à le voir venir jetèrent les outils loin d'eux. Il s'arrêta à quelques pas, maintint le cheval tranquille et dit :

– Les Ordons ?

Une complète stupéfaction descendit à l'instant sur le visage des deux hommes. Le gamin brailleur baissa soudainement le ton, comme si la stupéfaction d'entendre prononcer le nom de l'endroit par celui qui semblait être le meneur de cette bande de gueusards l'atteignait lui aussi et lui coupait la chique – mais ce n'était que coïncidence et il était bien sûr trop éloigné et trop barbouillé de chagrin pour avoir perçu le mot.

– Le maître... le maître vous... bafouilla le valet le plus en avant. Le maître vous attendait ?

Le cavalier ne dit rien, desserrant son cache-nez et écartant le col du manteau sous la capuche. Un peu de son visage mince au teint hâlé se fit voir. Il dardait sur le valet un regard sombre brillant de fièvre, de fatigue, ou d'un grand brûlement intérieur.

– Le maître vous attendait, il nous avait dit...

Le nègre qui avait chevauché au côté du meneur de la troupe depuis le haut de la montagne approcha. Une mousse blanche ourlait les naseaux et la bouche de sa monture, coulant le long du mors. Le nègre lança au cavalier au long manteau un regard interrogateur, et celui-ci annonça :

– Nous y allons... La moitié reste ici, pour attendre.

Sa voix était rugueuse et il avait fait une pause en milieu de phrase pour avaler, en apparence avec douleur, sa salive.

Le nègre fit volter sa monture, s'en alla rejoindre le barbu grisonnant et tous deux parlèrent un moment puis transmirent aux autres les directives reçues. De ce temps, le meneur à la voix cassée continuait de regarder les valets comme s'il eut attendu de leur part la continuation hautement révélatrice des propos qu'ils avaient commencés. Mais ils ne disaient rien. Graduellement le pâle effroi monté en eux leur avait noué la parole.

– Alors ? Les Ordons ? finit par grasseyer le cavalier de sa fâcheuse voix brisée.

Les valets hochèrent la tête de gauche à droite en signe d'ignorance avec un bel ensemble :

– On l'sait point, dit le plus proche. On nous a juste dit que des gens viendraient sans doute pour lui, qu'il attendait. C'est tout, monseigneur... J'vous jure qu'on sait point davantage. J'vous jure qu'on sait pas où qu'il est c'mait'nant. On peut pas d...

– Son logis, dit le cavalier. Tout de même, ça, tu le connais, non ?

Le valet secoua vigoureusement la tête. Il avait un visage carré avec des joues flasques qui tressautèrent à ce mouvement. Un coup de feu claqua qui lui ouvrit la bouche grande et fit tressaillir le cheval du chef de la bande. L'homme au visage osseux, la joue rouge de sang, releva son pistolet et le tint droit tendu au-dessus de sa tête tandis que le valet qui lui avait tiré dessus s'effondrait, le front crevé et la calotte du crâne ouverte, et que son compagnon tournait les talons et se mettait à courir vers la maison. Aussitôt plusieurs cavaliers s'élancèrent à sa poursuite en poussant des cris de chasseurs et il fallut que le meneur de la bande plaçât son cheval entre les deux valets du hangar et ce qui se passait derrière lui pour ramener leur attention à lui. Le plus éloigné des deux tomba à genoux et se mit à prier des propos incompréhensibles, ses deux mains jointes balancées à hauteur du visage.

– Son logis ! répéta le cavalier, levant la voix.

Le valet qui priait le fit plus fort lui aussi. L'autre hocha la tête vigoureusement.

– Oui. Oui c'est là qu'il a sa maison, sur le chézeau des Ordons du Haut... c'est là qu'il a fait sa maison, oui, monsieur ! C'est là !

D'autres coups de feu claquèrent sèchement, avec une giclée de cris, de l'autre côté de la maison.

– Mon Dieu, mon Dieu ! s'ecria celui des valets qui priait.

Plusieurs cavaliers de la troupe qui avaient retiré les bandeaux de protection sur leurs yeux, dévoilant l'ardement de regards tous pareils, vinrent se placer derrière le chef encapuchonné. Le nègre était parmi eux, ainsi que celui à la barbe grise, qui attendit que le chef lui donne attention pour annoncer :

– Ils vont rester ici et nous attendre. Je pense qu'il y aura de quoi tenir le temps qu'il faudra, sans crever de faim ni de soif.

Le chef regarda vers le bâtiment de la maison, où l'homme abattu était étendu au milieu de la cour à quelques pas du gamin silencieux dont plus personne ne se souciait. Les femmes et les autres enfants avaient disparu. On entendait des cris monter de l'autre côté de la maison – plutôt des exclamations joyeuses que des lamentations ou des braillements de peur.

– Il y aura de quoi, dit sourdement le chef.

– Et si c'est pas le cas, on ira voir aux environs, poursuivit le barbu.

Les larges boucles d'or à ses oreilles lançaient des étincelles et des traits de feu au moindre mouvement de la tête.

– Ne vous éloignez pas d'ici, dit le meneur. Ils nous attendaient.

– J'ai rien dit qui puisse lui donner méfiance, dit le barbu.

– Tu as prononcé mon nom. C'est bien assez, pour se méfier, après ce qu'il a fait. Ce soir au pire ils sauront tous qu'on est là.

Plus il parlait et plus sa voix malade creusait le ton et perdait de sa gravité. Il avala plusieurs fois une salive rare, se racla la gorge et tenta sans succès de cracher – l'effort parut aviver la douleur dans sa gorge. Il dit au valet devant lui :

– Tu étais ici, dans cette gringe, il y a… seize ans ?

L'homme parut d'abord étonné puis fit un effort de réflexion et finit par secouer la tête en signe de négation.

– J'suis v'nu l'été de la grande sécheresse… quand les poissons crevaient dans la rivière et qu'on…

Mais le cavalier ne l'écoutait point – ne l'écoutait plus. Il avait tiré les rênes d'un mouvement ouvert du poignet et fait volter sa monture et talonné, il s'en allait sans adresser un mot de plus au valet ni à personne. La bande se divisa ; une dizaine d'hommes, de ceux qui avaient le teint cuivré et des plumes à la crinière de leurs chevaux, le suivirent. Le barbu aux boucles d'oreilles en or les regarda s'éloigner puis rejoignit ceux qui restaient sur place et tous ne firent qu'une courte galopade vers la maison devant laquelle ils désétrinèrent et sautèrent au bas de leurs montures en poussant des cris enflammés.

Ceux qui suivaient le meneur s'étaient replacés en file derrière lui et le nègre.

Ils retournaient sur leurs pas.

Quelques instants plus tard, ils avaient quitté la vallée, ils avaient disparu, et la neige restait éblouissante autour et derrière eux, éventrée par leur trace sombre et droite vers la montagne.

Ils n'hésitèrent pas plus qu'ils n'avaient hésité à la descente. À cet endroit où ils s'étaient arrêtés un instant en venant, où ils avaient traversé le chemin qui s'ouvrait dans les bois, ils quittèrent leur trace, s'engagèrent dans le passage et, les premiers depuis que la neige était tombée ici, ils y taillèrent le sillage de la menace lancée.

2

C'ÉTAIT UN CHEMIN LARGE À PRÉSENT, entre les sapins. Les manchons de neige rondouillards cachant les branches semblaient avoir poussé depuis le sol un assaut figé par le gel. Cette violente blancheur était aussi la non-couleur du silence, elle aspirait les bruits et les changeait, insidieuse, en toutes sortes de chuchotements. Si des passants avaient emprunté ce chemin c'était des jours paravant, à moins que la neige fût tombée depuis peu en grande abondance – la croûte gelée laissait penser que la chute des flocons remontait au moins à la veille.

Après la longue côte progressivement tournante qu'ils avaient grimpée à la file et au petit trot, le cavalier de tête ralentit l'allure, et encore. Au pas, il poursuivit la montée, puis s'arrêta. Ils s'immobilisèrent derrière lui. Sans un mot, par signes d'une main, il s'adressa à celui de la bande qui le suivait après le nègre et l'homme continua sa route, au pas et en silence. Il disparut derrière la courbe du chemin maintenant plat et la haute muraille boursouflée et blanche que formaient les sapins. Le soleil de février avait passé le plus droit du jour ; il claquait au sommet de la tranchée dans la forêt, glissait jusqu'au milieu du flanc gauche de la passée à travers les arbres. Le chemin était toujours sans autres traces que celles de la bande de cavaliers sauvages, et les empreintes, en lacis, des animaux de la forêt.

Ils attendirent – gardant leur formation en colonne au bord du chemin, sans échanger un mot, un son, ni même un geste, chacun tel un maillon particulier dans la cohésion de la chaîne. Le cavalier qui s'était éloigné revint, après quelques instants d'absence que des corbeaux croassant traversèrent. L'homme, au chef couvert d'un foulard noir noué sur la nuque, s'arrêta à hauteur du meneur de la bande et s'entretint avec lui un court instant, dans un langage de signes et de gestes des doigts et des mains, de mots brefs soufflés et chuintés d'une langue jamais entendue dans ces bois.

À partir de ce qu'énonça le cavalier envoyé en éclaireur aux abords du chézeau ouvert à moins de cent verges – dont il était impossible de deviner et situer l'emplacement sans avoir vécu ici paravant, sans connaître parfaitement le lieu que de surcroît l'hiver changeait radicalement des autres saisons –, fut établie leur stratégie d'approche, invisible, silencieuse, que ne dévoila pas le moindre frisson de neige tombée des branches, ni même le cri d'un geai, ni même le silence des oiseaux… et que pas un des quatre hommes de garde en poste autour de la maison ne remarqua.

Quatre, engoncés dans des pelisses épaisses de peau de chèvre et de loup, coiffés de vastes chapeaux, de bonnets de feutre enfoncés jusqu'aux yeux, qui ne différaient guère, au fond, en apparence, des rustres cavaliers venus de quelque part au-delà des sommets, apparus et répandus dans la montagne et la vallée depuis le matin… Qui n'en différaient point, en tout cas, par les fusils qu'ils tenaient dans leurs bras croisés, contre leur ventre, entre leurs mains gantées de moufles.

Ils se tenaient debout, battant de la semelle de leurs bottes et sabots la neige piétinée, aux quatre coins de la maison, à un écart suffisant des murs pour se voir mutuellement… pour que ce qui risquait d'arriver à l'un soit immédiatement remarqué par les autres.

Ces gens – se dit-elle – n'étaient pas seulement des paysans de l'endroit recrutés pour le guet par le maître des lieux qui se savait donc en danger. C'étaient des habitués de ce genre de situation, peut-être des soldats déserteurs comme il en rôdait toujours sur les chemins et en dehors des sentiers battus (ainsi qu'ils avaient pu s'en rendre compte depuis une semaine et davantage), ou des gens de milice à qui quelque chanson mensongère hautement motivante avait été forcément racontée, des mercenaires engagés et généreusement payés…

La maison, le lieu avaient bien changé.

Le cavalier meneur de la bande fut le premier à s'approcher du hallier lourdement chargé de neige, à s'accroupir à moins de deux pas des branches basses et à scruter la clairière par les trouées entre les branches. Il avait, comme tous, remonté le cache-col devant sa bouche et son nez pour bâillonner la buée de sa respiration. Ses yeux très grands ouverts qui brillaient entre le haut de l'écharpe et le front de la capuche du manteau mirent longtemps à ciller…

L'espèce de bacu à demi effondré qui pourrissait dans le chézeau une vingtaine d'années plus avant avait fait place à une maison relativement vaste, très écrasée, sans étage, au toit d'essentes d'épicéa à deux pans judicieusement orientés ; la fumée d'un bouâtchót, sous la charpente, filtrait par les interstices entre les lattes qu'elle hérissait d'une curieuse tignasse fuligineuse montée droit et dissipée dans la lumière vive. Les murs étaient de pierre maçonnée à la chaux, de troncs équarris jointoyés de tourbe. Il y avait des carreaux aux croisées de deux fenêtres ; la porte, au centre de la plate-forme de rudes et gros bastings (comme de vrais bordages de bateau !) courant sur toute la longueur de la façade, était large et basse, à deux vantaux, fermée. Ce n'était pas une maison complètement nouvelle : l'ancienne avait été en partie démolie, en partie reconstruite, conservant des éléments qui se pouvaient rattacher au souvenir qu'on en gardait, tel le soubassement surélevé de grosses pierres sur lequel s'appuyait cette sorte de galerie sur le devant et les quatre marches en demi-troncs qui y menaient.

Appuyé au dos de la maison se dressait un autre bâtiment, une manière de grange, de hangar, peut-être une chèvrerie ajoutée et reconstruite elle aussi du sol au toit, comme il en existait un semblant, *avant*. On pouvait voir aussi divers autres petites cabanes, abris, sous lesquels étaient rangés des instruments, des charrettes, et aussi des entassements de bois coupé en bouts d'une demi-verge, auxquels, à en juger par les traces environnantes et les passages dégagés dans la neige, on allait se servir régulièrement. Des clôtures et des parcs marquaient le reste de la surface déboisée du chézeau, signalant des jardins protégés, des enclos pour du bétail...

Pour l'instant, cet espace était vide de toute présence animale. Comme de toute autre présence humaine en dehors des quatre gardiens qui battaient la semelle.

Impossible donc de savoir combien se trouvaient à l'intérieur des bâtiments, aussi bien la maison que les constructions annexes.

On entendait parfois s'élever un mugissement sourd au-dessus du grand toit hurlupé de fumée.

Ils attendirent, accroupis, les Brown Bess en travers des cuisses, le visage couvert pour camoufler leur respiration. Ils avaient laissé les chevaux derrière eux, sous la garde de deux d'entre eux. À leur exemple les montures semblaient savoir se comporter dans ce genre de situation, ne cherchant point à s'approcher des arbres et des taillis à portée pour en ronger les basses branches en attente de mieux faire... silencieuses, ravalant tout ronflement excessif qui eût troublé l'air vif fragilement tendu. Ils étaient dispersés sur l'alentour de la clairière, principalement au sud et du côté de l'entrée, seulement trois vers le derrière des bâtiments.

Ils attendaient.

Pas plus que tous les autres, le meneur de la bande ne bronchait ni ne semblait réceptif à la froidure rampante. Descendu de cheval, il montrait une taille moins haute et moins costaude que la plupart de ses compagnons, à l'exception du nègre aux mouvements déliés, d'un presque même gabarit. Il se tenait pratiquement face à la porte d'entrée du bâtiment d'habitation. À un moment des larmes lui emplirent les yeux après qu'un souffle incongru de vent dans ce grand calme eut rabattu soudain la fumée sortie du toit jusqu'au ras du sol et l'eut poussée vers et par-dessus lui.

Ils attendirent et le soleil glissa. L'ombre entra dans la clairière par-derrière et s'y coucha et y grandit après avoir dépassé la maison pour atteindre l'autre bord. À un moment les gardiens bougèrent. Ils quittèrent leur position dans la neige piétinée, marchant les uns vers les autres, pour échanger mutuellement leur poste, histoire de rompre la monotonie des points de vue et l'engourdissement, sans doute.

Ils attendaient.

Le soleil n'était plus qu'à quelques enjambées de la lisière d'en face quand la porte de la maison s'ouvrit.

Et la jeune femme apparut. Tirant vers l'intérieur un des vantaux, elle se glissa dans l'entrebâillement, elle fut sur la galerie ouverte.

Évidemment, c'était elle.

Apolline.

La Petite Sœur maintenant jeune femme, dont la silhouette rappelait très singulièrement celle d'Esdeline sa mère à l'âge où celle-ci la portait sur sa hanche. Exactement comme elle, à cet instant, sortie de l'ombre dense de la maison et portant contre elle, déhanchée, l'enfant enveloppé, emmailloté, entortillé comme un paquet, dans un bout de couverture grise. Apolline en caraco de couleur vive, les bras nus dans le froid sans que cela parût l'incommoder, robe longue jusqu'à terre. Ses cheveux rouges en crinière nouée à la va-vite qui lui tombaient sur la nuque…

Elle tenait par son anse entortillée d'un chiffon une gamelle noircie au contenu fumant qu'elle posa sur le sol de bastings de cette forme de perron devant la maison. Elle appela les gardiens, devant, et ces derniers approchèrent. Elle leur dit quelque chose encore et ils hélèrent leurs camarades aux deux autres coins de la maison, qui ne se firent pas prier et approchèrent en courant lourdement.

Ils grimpèrent l'escalier de demi-troncs et elle sortit d'une poche de sa cotte de dessus deux timbales métalliques qu'elle leur tendit.

Le meneur de la bande à l'affût, lentement, se leva.

Debout, il vérifia que le silex de son fusil jouait bien, ainsi que le cache-bassinet, et que la poudre y était sèche. De part et d'autre de lui, ils se dressèrent pareillement ; ils eurent, ou ils avaient eu, les mêmes gestes. Et puis il dénoua son écharpe et la laissa pendre de ses épaules, il écarta les pointes du col de son manteau et d'un geste lourd rabattit le capuchon en arrière, libérant la couleur rouge de ses cheveux maintenus par une cordelette de crins tressés, elle avança d'un, deux pas, elle traversa le hallier qui déversa tout autour d'elle un grand poudroiement de neige, elle apparut en pleine vue au bord de la lisière et elle appela :

– Apolline ! Je suis venue te chercher, Apolline. Je suis revenue… Petite Sœur !

D'une voix claire et nette qui monta dans le froid blanc jusques plus haut que l'ombre et par-dessus les cimes encore ensoleillées, et remplit le chézeau. Une voix comme une lame.

La jeune femme, les deux gardiens devant elle, les deux autres qui s'apprêtaient à grimper sur le perron de rudes bastings, avaient gelé sur pied tout soudain. Mais on vit nettement s'écarquiller les yeux blancs d'Apolline, sa bouche telle une plaie noire rondement ouverte. On entendit plusieurs des gardiens jurer et pousser quelque exclamation sourde.

– Apolline ! lança Esdeline en avançant d'un nouveau pas qui fit craquer la neige.

Elle avait les épaules et le devant de son manteau couverts de poudre blanche.

Le cri provoqua la réaction des gardiens, dégela à la seconde la scène figée qu'ils composaient devant la maison.

Les deux gardiens qui n'étaient pas encore montés sur l'escalier firent d'un même geste glisser la bretelle de leur fusil qu'ils armèrent. Un des deux cria :

– Restez où que vous êtes ! Qu'est-ce que vous voulez ?

– Vraiment ? dit Esdeline. Vous ne le savez pas ? Apolline, toi, tu ne le sais p…

– Ne bouge pas ! cria l'autre gardien en finissant de se désembrouiller avec la bretelle de son fusil.

Les deux sur la galerie avaient empoigné Apolline et la poussèrent dans la maison et refermèrent la porte et se retournèrent ensemble. Le plus grand épaula son fusil et il n'avait pas fini son geste qu'on perçut le claquement de la corde de l'arc, le souffle de la flèche et sa vibration quand elle se planta en plein milieu de son front, crevant l'os juste entre ses yeux. Il tomba en avant sur la casserole que le choc fit rouler jusqu'au bord de la plate-forme, où elle s'arrêta au bout de la trace sombre fumante de son contenu renversé et la flèche se brisa quand il heurta le sol, tête la première, son fusil tourniqua après avoir rebondi sur le bout du canon et se planta dans la neige la crosse la première. Une seconde flèche se ficha dans la porte avec un choc sec qui fit trembler son empennage, une troisième traversa la poitrine du second garde sur la plate-forme qui amorçait, penché, un mouvement vers son compagnon abattu, et la pointe ressortit au niveau de ses reins, traversant la pelisse de fourrure en y crochant un ruban rouge ; il plia les genoux et s'affaissa en vomissant une crachée sanglante au moment où une autre flèche se plantait dans sa cuisse, une autre encore ricochant sur le fusil qu'il tenait en travers de son ventre et montant droit vers le ciel et retombant sur le toit de la maison. L'homme s'affaissa de côté, cramponné à son fusil, et il se mit à gémir longuement.

Ils traversèrent le taillis, provoquant de longues cascades de sous lesquelles ils apparurent blanchis, avancèrent sans hâte, épouvanteurs de corbeaux en capes de guenilles, faciès découverts, tannés, noirs, cuivrés, où se voyaient d'abord scarifications et tatouages apeurants. Ceux qui s'étaient cachés à la lisière au derrière de la maison laissèrent s'approcher les autres et demeurèrent à une certaine distance afin de garder une vue d'ensemble des bâtiments, de ce côté-là.

Ils tenaient leur fusil à la hanche. Ils avançaient. Les archers, ceux qui avaient tiré et ceux qui ne l'avaient pas encore fait, avaient posé une flèche sur la corde de leur arc court qu'ils tenaient, branche à l'horizontale, à hauteur de poitrine.

Elle s'était mise en marche avec eux.

Ils furent à moins d'une quarantaine de pas de la façade.

Les deux gardes au pied de la galerie de bastings n'avaient pratiquement pas bougé, alors que celui qui s'était écroulé percé par deux flèches continuait de gémir une plainte répétée, essayant de se redresser en s'appuyant sur la crosse de son fusil.

À trente pas, un des Shawnees décocha tout en marchant une flèche qui jeta l'homme gémissant sur le dos, bras et jambes ouverts, et lui fit lâcher son fusil, sa plainte coupée. Le fusil tomba et heurta bruyamment le sol de bois avec un bruit net dans le silence ouvert. Le tireur, du même geste large, sortit une nouvelle flèche de sous les couvertures cousues ensemble qui lui faisaient une large cape et l'encocha.

– Apolline ! cria Esdeline. Viens, Apolline ! Personne ne te fera de mal, petite ! Je suis revenue pour toi, rien que pour toi, petite. Tu te souviens de moi ? Ils t'ont parlé de moi ? Ils t'ont dit les pires horreurs, à mon sujet, sans doute ?

Ses lèvres proéminentes n'étaient guère moins grises que la neige. La chaleur de ses cheveux rouges avait commencé quelque temps paravant déjà de doucement s'éteindre, avec dedans des traces de cendre qui ne s'envolaient plus, mais néanmoins c'était, dans cette blancheur grisée par l'ombre couchée, une rougeur bien flambante encore, coiffant et encadrant la pâleur livide de son visage.

Un des gardiens perdit raison tout à coup et leva son fusil qu'il épaula, et il tira. La déflagration fut mêlée aux deux qui claquèrent face à lui ; les plombs le jetèrent assis un pas en arrière, crachant le sang, et sa tête n'avait pas encore cogné le bord de la plate-forme de bois qu'une flèche lui traversait le cou par le devant. Dans le même instant, l'autre garde laissait tomber son fusil, tournait les talons et une flèche lui entrait proprement dans le cul par la fente ouverte entre les grandes basques de sa pelisse. L'homme poussa un cri, se cabra et tenta d'un geste instinctif des deux mains de saisir le trait et deux autres flèches se fichèrent dans son dos et une troisième dans son bras retourné, puis un fusil cracha et la balle miaula, lui fit sauter l'arrière du crâne et le projeta sur quelques pas d'une course titubante avant qu'il tombe à plat ventre, bras en croix, à l'angle de la plate-forme.

Plusieurs paquets de neige dégringolèrent des arbres de la lisière.

L'homme de la bande sur qui le garde avait tiré était un nègre au visage long et aux yeux tristes du nom d'Ongo qui n'avait sans doute pas dit quatre mots depuis qu'Esdeline l'avait vu pour la première fois derrière les barreaux d'une chambre-cage dans le couroir d'un roulier de traite, au point qu'elle l'avait cru longtemps muet, jusqu'à ce qu'Hia l'assure du contraire et que plus tard, effectivement, elle le vît et l'entendît échanger quelques monosyllabes de connivence avec Bleck, le Chouanon, qu'il semblait avoir reconnu pour une sorte de frère, à l'écart du bivouac et devant leur gril, partageant le foie d'un Anglais. La balle lui avait arraché une partie de l'oreille gauche ; il paraissait ne pas avoir remarqué la blessure qui pissait pourtant abondamment sur son cou et son épaule.

Ils furent à hauteur de la plate-forme de la galerie devant la maison. Deux des Hurons allèrent aux gardes couchés dans la neige éclaboussée et prirent leurs fusils qu'ils déposèrent sur les marches après avoir soigneusement abaissé le silex du chien. Ils retirèrent les flèches plantées dans les corps affalés et les replacèrent dans leur carquois sous la cape. Un des deux tira son tomahawk de sa ceinture et trancha méthodiquement la tête des gardes, en trois coups pour chacun, puis les poussa du pied à au moins deux pas des corps décapités.

– Apolline ! appela Esdeline, du bas de l'escalier de demi-bûches.

Rien ne bougeait dans la maison. Les fenêtres étaient fermées et on n'apercevait pas le moindre mouvement, le moindre reflet de lumière changeante, derrière le carreau.

Celle qu'on avait pu prendre pour un nègre au corps souple et aux mouvements coulants s'approcha à hauteur d'Esdeline. Elle rejeta en arrière le capuchon de sa cape, découvrant le foulard noué serré sur son crâne. Elle dégrafa et ouvrit largement son col. Les pommettes hautes et l'ourlet de ses lèvres fortes luisaient d'une fine sueur qu'elle essuya d'un revers de main.

– Garde à toi, dit-elle de sa voix basse.

Esdeline hocha la tête et s'écarta pour laisser grimper sur la plate-forme les deux Hurons, dont celui au tomahawk. Les fusils des autres et quelques arcs bandés visaient les fenêtres. Ils se déplacèrent sans bruit sur la galerie, écartèrent du passage les corps des deux gardes morts – l'homme à la hache hésita une seconde avant de décider de remettre à plus tard leur décapitation – et se placèrent de part et d'autre de la porte close, dos au mur.

– Pas de mal à la femme, dit Esdeline. Compris ? Celui qui la touche, je le tue. Compris ?

La menace ne parut pas les impressionner le moins du monde. Quelques-uns, même, eurent un vague sourire.

– Apolline! cria de nouveau Esdeline, fort et clair. S'il y en a d'autres avec toi, qu'ils posent leurs armes et qu'ils sortent!

Elle attendit un instant.

– Peut-être les laissera-t-on filer, dit-elle un ton moins haut.

Elle attendit.

Hia s'assit d'une fesse sur le bord de la plate-forme et fit balancer sa jambe. Le talon de sa botte tapait contre une pierre d'un des piliers de soutènement. Elle regardait Esdeline, les autres derrière et autour d'elle, au-delà la clairière avec les traces qu'ils avaient tirées depuis la lisière d'où ils étaient venus. Il y avait comme de grands trous sombres dans les sapins où la neige s'était décrochée des branches.

– Apolline! dit Esdeline. Alors, on va entrer. Tu n'as pas à me craindre… Petite Sœur. Quoi qu'on t'ait dit. Et on t'a dit le pire, je le sais bien. On t'a dit des menteries, petite, tu ne sais pas à quel point on a pu te dire des menteries, c'est bien sûr.

La maison était bourrée d'un silence énorme qui semblait sur le point de filtrer par les moindres interstices. De crever les croisées. De basculer au sol les battants de la porte. Le silence fuyait avec la fumée du bouâtchót, par le toit d'essentes.

À centre précis du silence, Esdeline dit :

– J'ai tué personne, ici, jamais. On t'a dit le contraire, j'en suis bien sûre. Moi je te dis que j'ai tué personne. Pas plus que je me suis enfuie avec le meurtrier du vieux Sauvé. Le vieux Pierre-Prix Sauvé, petite, qui nous avait donné le foin de son grenier et qui me voulait faire sa femme… Tu t'en souviens, des chèvres et de la cabane dans le pré, et de…

Elle s'interrompit, d'un sourire bref qui se changea très vite en une moue d'amertume. Elle regarda Hia, haussa une épaule.

– Bien sûr que non, souffla-t-elle.

Hia ne dit rien. Son visage n'exprimait rien. Rien qu'une attente au moins autant remplie de lourdeur tendue que la maison l'était à craquer de silence.

Esdeline fit le pas qui la séparait de l'escalier et posa le pied sur la première marche, marqua une pause avant de gravir les suivantes. Les canons des fusils autour d'elle et dans son dos bougèrent imperceptiblement. Le sang coulé des cous béants creusait des marques à peine rouges, plutôt noires, sombres, dans la neige fondue à la température du liquide fumant. Où le contenu bouillant de la casserole avait coulé, des gouttes continuaient de se former et de tomber, décrochées de l'arête du basting de bordure de plate-forme, et on eût dit que cet égouttement devait durer jusques la fin du temps.

– Dis-leur de sortir, de poser leurs armes, dit-elle à la porte close. N'aie pas peur.

– J'ai pas peur, renvoya une voix assourdie du fond de la maison.

Esdeline exhala longuement, fermant les yeux… les rouvrit.

– Dis-leur qu'on les laissera partir, dit-elle. Qu'ils posent leurs armes. C'est tout. On les laissera partir, Petite Sœur, plus tard. Mais ils pourront partir, on leur laissera la vie sauve, s'ils se tiennent tranquilles. Au moins le temps que je te dise… le temps que tu saches la vérité.

Trois autres de la bande, dont Ongo, l'oreille toujours saignante, escaladèrent la plate-forme par les côtés et s'approchèrent des fenêtres étroites et basses. Un quatrième se hissa sur le toit pentu et commença de grimper vers le faîte, courbé, posant précautionneusement ses pieds chaussés de bottes souples sur les essentes humides où la fumée et la chaleur avaient fait fondre la neige.

– Je suis revenue pour que tu saches, Apolline, dit Esdeline qui paraissait soudain écrasée par un *fatum* révélé trop abruptement, la grande, l'immense fatigue d'une bien trop lourde fatalité.

Des bruits s'élevèrent du dedans. Une voix geignarde d'enfant. *Une autre voix hoquetante, grasseyante…*

Les doigts d'Esdeline se crispèrent sur le fusil. Ses lèvres se firent plus pâles encore, si possible.

– Il croit que vous allez le tuer, lança la voix derrière la porte comme un coup de lardoir dans le chuintement qui emplissait les oreilles d'Esdeline. Il dit que c'est pour ça que vous êtes revenue. C'est c'qu'il croit.

Elle s'entendit répondre :

– Je savais même pas qu'il était encore ici ni de ce monde…

Ce qui n'était pas moins que la vérité. Plutôt que d'assurer que non, jurer qu'elle ne lui ferait pas de mal, à lui non plus. Plutôt que lui promettre sauve sa vie de vieux salope.

Ni Arkam ni Gillain ne lui avaient rien dit de sa présence ou de son absence. Certainement ils ne l'avaient pas vu, n'en avaient point entendu parler, ne soupçonnaient même pas son existence – sinon bien sûr, songea-t-elle, ils le lui auraient dit. Ils lui avaient tout raconté, pour le reste. Tout ce qu'ils avaient appris. Et pour en avoir tant appris il avait bien fallu qu'ils rôdent et questionnent en telle abondance qu'ils ne se pouvaient pas ne point se souvenir d'eux, ici ; impossible qu'on oubliât ces deux étrangers venus fouiner sur une certaine Apolline Favier que sa grande sœur, dite la Rouge Bête, avait abandonnée près de seize ans plus tôt… Impossible qu'on ne se doutât, ne redoutât, et qu'on n'attendît donc point sa fatale venue, inéluctable, sa réapparition vraisemblablement augurée, désormais, pour bientôt…

La gorge sèche, Esdeline fit un signe du chef. En même temps, ils cassèrent le carreau et poussèrent la porte et se ruèrent dans la vaste pièce sombre brusquement remplie de bruits. Toute la lumière provenait du feu dans l'âtre et des deux fenêtres étroites de la façade, par lesquelles les deux briseurs de carreaux s'étaient coulés après avoir poussé violemment les battants.

Apolline se tenait dans cette lumière des flammes, debout, serrant contre elle l'enfant entortillé dans une longue robe – repliée sous ses pieds et remontée jusqu'à sa taille pour en faire comme un sac – et un morceau de grossier tissage. Son visage faisait une tache de lumière suspendue dans le sombre, sa chevelure relevée reflétant les flammes palpitantes du foyer.

Ils étaient quatre de la bande à s'être engouffrés dans la grande pièce qu'une paroi à claire-voie, au fond, séparait des ténèbres profondes de l'étable. On apercevait dans cette obscurité rugueuse les taches pâles des robes des vaches les plus proches, derrière les baliveaux de la paroi. Plusieurs autres Hurons et Chouanons de la bande étaient entrés à la suite d'Esdeline ainsi que par le derrière de la maison ; on vit bouger leurs silhouettes esquissées, parmi les vaches. Celui qui était monté sur le toit se coula souplement sur le perchis de poutres du grenier ouvert occupant la moitié de la surface de la maison. Une colonne de lumière vive tomba avec lui par le passage qu'il avait taillé entre deux chevrons, en quelques coups de tomahawk, dans les essentes et la volige.

Toute cette gentaille dans la pièce se tenait maintenant immobile, à l'écoute d'un ordre d'Esdeline, avec qui et pour qui ils étaient venus jusqu'ici.

S'ils ne savaient pas encore où les mènerait le voyage, durant la traversée de la mer océane, ils n'en ignoraient plus rien en revanche lors de la chevauchée de plusieurs jours à travers les campagnes de France… Ils étaient prêts. Sur un mot d'elle, un geste, ils étaient capables de tuer n'importe qui au hasard des gens sur leur chemin. Capables de brûler un village entier, de piller et massacrer jusques la terre rase. Ils l'avaient déjà fait.

Mais Esdeline ne bougeait point, ne disait rien. Elle avait fait quelques pas au hasard dans la pénombre de la pièce, enveloppée tout soudain par une odeur, un mélange d'odeurs qu'elle retrouvait comme déversées par une grande déchirure dans sa mémoire et qui l'obligea presque à fermer les yeux un très court instant, une infime fraction de temps. Ces odeurs de ferme, de toutes les présences qui y sont passées, y sont nées, y sont mortes, de feu vif et de braises et de feu qui ne dort que d'un œil au grand de la nuit, odeurs de mangeailles cuites au fil du jour, odeurs des bêtes compagnes… Ces odeurs voisines qu'elle avait traversées nombreusement durant ces quinze années d'ailleurs – des fermes et des bacus et des cabanes de toute façon, il n'en manquait pas, là-bas! – ne ressemblaient pourtant pas tout à fait à celles-ci, celles d'ici, jamais parties d'un lieu qui avait nom l'enfance.

– Apolline, dit-elle dans un souffle.

Mais d'une voix non tremblée.

L'enfant dans les bras d'Apolline regardait tout ce monde soudain, ces gueules couturées aux regards de fous, ces dessins dans la peau des visages, ces armes aux poings, ces vêtements d'un bizarre que jamais personne ne tenterait ici… C'était beaucoup et trop brusquement pour ses yeux si grands bien trop petits. Une moue de contention lui serra les lèvres un instant, puis elle n'en put soutenir davantage et éclata en pleurs d'un seul coup. Sans trop de bruit pourtant. Un sanglot impossible à tenir enfermé mais qui ne voulait pas non plus trop se faire remarquer, de peur qu'il n'attirât dans l'inhabituel quelque malheur supplémentaire insoupçonné.

– Allons, allons, ma piotte, dit doucement Apolline, dodinant l'enfant qui hésitait entre se cacher le visage au creux de l'épaule de sa mère et regarder quand même ce qui lui faisait crainte.

– C'est une fille, dit Esdeline, sans presque d'interrogation.

– Allons, allons, petiote, disait Apolline.

– Comment qu'elle s'appelle?

De l'ombre au fond de la pièce monta la voix grinçante :

– T'es rev'nue alors, là ? Où qu't'étais donc ? Te v'là reve'nue de là-bas ?

Et puis sur un ton pointu :

– Tu vas m'tuer, alors ? À c'qu'on dit ?

Esdeline plissa des paupières, scrutant l'ombre épaisse en retrait du jambage de pierre du foyer de la cheminée, dans l'angle de la pièce, au plus reculé de la vie occupant habituellement le lieu.

– Qui donc le dit ? demanda-t-elle.

Apolline leva le menton et fit un mouvement qui attisa la flamboyance de ses cheveux :

– L'écoutez pas, dit-elle. Il raconte n'importe quoi. Il a plus toute sa connaissance.

– Sa connaissance ?

– Sa tête. Il a plus toute sa tête. Son entendement.

– Ah oui, dit Esdeline. C'est pas tant d'aujourd'hui…

Elle eut, comme avant elle les gens de sa bande, un rapide regard circulaire sur la pièce, sans s'attarder sur les choses tapies dans l'ombre.

– Alors, dit-elle, c'est donc ta maison ?

Apolline l'observait d'un regard tordu par le bas qui ressemblait tellement à ces œillades dont elle se savait coutumière…

– Qu'est-ce qu'y a de drôle à ça ? demanda la jeune femme tout en berçant doucement l'enfant.

– Rien. Oh, sûrement… sans doute rien, non.

– Vous êtes là à sourire, dit Apolline sans changer son regard (et quand celui d'Esdeline le croisait, elle se hâtait de glisser le sien de côté comme si soudain quelque chose attirait là son attention…).

– Rien, dit Esdeline. C'est ta maison, alors ?

– Avant ça a été la vôtre aussi, un bout de temps. Qu'on m'a dit.

– Pas beaucoup. C'était surtout la chèvrerie, ma maison, ici. Je vois qu'il n'y en a plus.

– Elles sont dehors. Elles sont plus dans la maison.

– Ha. Je vois ça. Oui.

Esdeline se tourna et vit Arkam adossé au chambranle de la porte ouverte.

– Attendez, un moment, dit-elle.

– M'ame, approuva Arkam d'un mouvement de tête qui fit briller ses boucles d'oreilles.

Il jeta quelques mots de la langue des Hurons et tous sortirent sans hâte et on les entendit s'installer dehors devant la maison sur le perron surélevé qu'ils débarrassèrent des deux gardes abattus en les faisant rouler en bas.

– Seigneur… souffla Apolline.

– Comment qu'elle s'appelle ? demanda une nouvelle fois Esdeline avec un mouvement du menton en direction de la petite.

Apolline regardait vers le dehors, par la porte gardée ouverte. Le courant d'air qui tournait dans la pièce refoulait la fumée du feu dans l'âtre par-dessous la poutre de cheminée.

– Tu vis ici tout le temps ? demanda Esdeline. Avec lui ?

– Il est là, d'habitude. Il va rev'nir et il sera pas tout seul. Seigneur… Il est parti chercher de l'aide. Il savait que vous alliez rev'nir.

– Vois-tu.

– Oui, il savait. Il va rev'nir avec du monde, des fusils, et alors… Seigneur, vous feriez bien de vous en aller avant, vous et tous vos gens à vous, cette sorte de…

– Ne t'en fais pas, Petite Sœur, sourit brièvement Esdeline. On a des fusils aussi, nous autres, et il n'y en a pas un de « cette sorte », comme tu dis, qui ne sache s'en servir très bien. Ou d'un arc – ne t'inquiète pas…

– Seigneur…

– Arrête donc de dire ça, « seigneur », à tout bout de champ…

Apolline recula vers le foyer et la lueur des flammes l'éclaira davantage. La petiote qu'elle berçait avait cessé de pleurer et de chigner, sans pour autant s'être endormie le moins du monde, gardant au contraire grands ouverts des yeux très ronds qu'elle posait avec avidité sur tout ce qui bougeait, autour d'elle, et principalement sur Esdeline dont le son de la voix, un peu bas, un peu rauque, semblait exercer sur elle une sorte de fascination.

– Ils vont rev'nir, vous me croyez pas. Ils seront nombreux...

Esdeline fit quelques pas sans but dans la pièce aux quatre coins de laquelle elle laissa courir un instant son regard. Elle revint vers le bout de la table, posa dessus son fusil qui semblait tout à coup bien l'encombrer. Elle s'appuya des fesses contre la table, regarda ses mains qu'elle ouvrit et referma plusieurs fois avant de les poser sur le bord du plateau de gros bois.

Dans le fond de l'ombre la voix tremblante et presque chantante du vieux s'éleva et cahota sur une suite de mots trop margoulés et bafouillés pour qu'on pût les comprendre.

– C'est de lui que je parlais, reprit Esdeline sur un ton posé. Je parlais de lui, là, du vieux porc. Je te demandais si tu vivais tout le temps ici avec lui. S'il était là tout le temps.

Apolline tourna la tête pour jeter un coup d'œil en direction de l'ombre et, dans le mouvement, la peau de son cou parut très blanche et très délicate, puis elle reporta son regard de teigneuse sur Esdeline :

– Ça a été sa maison à lui, d'abord.

Et le regard d'Esdeline valait bien celui de la jeune femme, tous deux accrochés l'un dans l'autre un instant. Elle bougea, exhalant profondément un soupir lourd, baissant une épaule, puis l'autre. Opinant de la tête.

– Sans doute qu'on peut l'entendre comme ça, dit-elle...

– Mais vous, vous l'entendez comment ?

– Comment je l'entends ?

– Pas comme ça ?

– Pas comme ça, non. Je te dirai. Je suis ici pour toi… Petite Sœur. Pour te dire beaucoup de choses. Pour réveiller ta mémoire, sans doute. La corriger aussi de ce qu'on te l'a faite tordue, comme j'en suis certaine. Pour te parler. Avant. T'apprendre des choses, beaucoup de choses, oui…

Apolline leva le menton, regimbant sourdement :

– Il vous fallait pour ça une bande de gueusards des Amériques ? Et tuer les gens qui étaient ici pour me protéger ?

– Te protéger de quoi, cordieu ? De moi ?

Apolline ne le dit pas.

On entendait au-dehors certains des « gueusards » donner de la voix comme s'ils se chamaillaient pour quelque raison qui n'en valait sans doute pas la peine, comme c'était bien souvent le cas…

Esdeline fit deux pas vers la cheminée – s'arrêta. La jeune femme qui lui faisait face avait eu un net mouvement de recul.

– Je te fais vraiment peur ? dit Esdeline.

On lisait dans sa moue amère que quelle que fût la réponse, s'il y avait réponse, elle n'en avait besoin.

Il n'y en eut aucune.

Elle demanda sur un ton sourd de fatigue et de tension :

– Qu'est-ce qu'il t'a donc dit de moi ? Qu'est-ce qu'il t'a dit qui allait se passer, donc ? De quoi, de quel malheur innommable il t'a prévenue, ce foutre de *hijo de puta* ? Pourquoi te faire peur, à toi ?

La petiote se tortilla dans les bras de sa mère et se remit à chigner et à pousser de petits cris si bien que finalement après avoir en vain tenté de la faire se tenir calme, Apolline la déposa au sol où elle resta immobile, agrippée à sa jupe de robe, à dévorer Esdeline de ses grands yeux ronds, sa main libre tout entière fourrée dans la bouche.

– Des voyageurs sont venus il y a quelques jours... deux septaines ? dit la jeune femme. Ils sont...

Elle s'interrompit à l'entrée d'Hia, grande, sombre et féline dans le moindre de ses gestes, qui marcha jusqu'à Esdeline et se plaça à côté d'elle et attendit, dardant sur la jeune femme et surtout la petite un regard chargé d'une sorte d'avidité, qui ne cillait pas.

– Et ensuite ? dit Esdeline.

La petiote n'avait pas encore décidé de sa réaction, si la crainte devait ou non s'installer, à la vue de la négresse. *A priori*, elle la fixait avec moins d'appréhension qu'elle n'en avait manifesté à la vue d'Esdeline et de tous les autres...

– Deux hommes, poursuivit Apolline, ne quittant guère elle-même Hia d'un regard qu'elle tordait peut-être un peu moins. Ils sont venus au village et ici dans la vallée des Charbonniers. Sont montés aux collines et aussi dans d'autres endroits, comme aux gringes de Sous les Ordons. Ils demandaient.

– Ils demandaient ? Tu les as vus, ces deux-là ?

– Non. Moi, non. Ils sont pas v'nus jusqu'ici. En tout cas je les ai pas vus et s'ils sont v'nus quand j'étais pas ici, on me l'a pas dit.

– Mais pour le reste, on t'a dit.

Apolline hocha la tête.

La petiote gazouillait et chicottait et tentait d'attirer l'attention d'Hia, qu'elle avait choisie, et qui ne semblait la voir que comme une chose sans importance, bien peu susceptible de changer son expression figée. Dans le fond ténébreux de la pièce, le vieux marmonnait par intermittences, de loin en loin lançait une giclée de mots qui n'appartenaient qu'à lui, et comme s'il voulait s'en débarrasser plutôt que s'en servir pour communiquer. Les vaches derrière la paroi faisaient des bruits de broiement avec leurs dents. La lumière qui tombait de la trouée dans le toit avait baissé.

Et puis on entendit aussi les cliquetis des brides et harnais et les ronflements épars des chevaux et le martèlement de leurs sabots dans la neige, devant la maison, où ils venaient d'être conduits.

– Oui, on m'a dit, souffla Apolline. Ils ont demandé après moi, ils voulaient savoir si j'étais vivante et ensuite des choses de ma vie. Et quand ils l'ont su, ils sont partis. Ils sont partis…

– Et c'est tout.

– Il a dit que c'était vous. Que toute cette curiosité venait de vous. Alors il a eu peur pour moi et il m'a fait garder, ici, tout le temps, par des gens en armes.

– Il a eu peur… pour toi, hein?

Apolline ne répondit pas. Elle laissa aller la petiote qui avait laché tout soudain sa cotte et marchait bien témérairement, dans la robe trop longue refermée en sac qui lui entravait le pas.

– Qu'est-ce que j'étais censée te faire, donc?

– Je sais pas.

– Et tu as peur de moi?

La gamine avait avancé d'une demi-verge, les bras écartés en recherche d'équilibre. Elle s'arrêta. Elle regardait Hia d'un air satisfait et poussa une couinesse victorieuse. Un bougement comme un sourire amorcé passa sur les traits de la femme noire. Une expression qui sans être engageante avait perdu un peu de sa froideur.

Apolline dit :

– Je sais pas. Je crois pas. Qu'est-ce que vous allez me faire?

– Et *pour lui*, il n'a pas peur? *Pour lui*, il ne te l'a pas dit?

Elle fit « non » de la tête. Disant sur un ton indifférent :

– Qu'est-ce que vous allez me faire? Et au père? Quand il a su que vous alliez peut-être revenir, comme on lui a dit que ça allait probablement arriver, lui aussi a eu peur. Il en a fait dans ses culottes, vous savez? Il arrête pas de seriner que vous allez le tuer, nous tuer tous.

– J'en ai souvent eu tentation.

– Vous allez nous tuer tous ? C'est pour ça que vous…

– Non. J'en ai eu tentation pour lui. Notre sacrément bon père.

Apolline ouvrit une bouche ronde de laquelle aucun son ne tomba. Son regard oublia de se cacher de travers.

Esdeline dit :

– Je suis venue te demander… te demander de venir avec moi, Apolline.

L'expression de la jeune femme se figea. Une fraction de temps, ses yeux s'agrandirent davantage.

– Attends, dit Esdeline en levant les mains devant elle, paumes vers la jeune femme comme si elle voulait prévenir et retenir une charge de celle-ci. Attends, avant de crier, de dire non et de me prendre pour folle. Attends… On prendra du temps devant nous, Apolline, et je serais bien étonnée qu'on nous dérange avant un bon moment. C'est pour ça, vois-tu, que je ne suis pas venue toute seule. Pour me donner le temps… Attends…

Apolline referma la bouche. Elle baissa les yeux sur la petiote et fit un pas vers elle et demeura là, pâle, indécise, assurément incrédule et choquée par ce qu'elle venait d'ouïr.

– Hia, s'il te plaît, dit Esdeline. Le paquet dans mes fontes…

La femme noire opina de la tête et quitta la pièce en quelques enjambées. La petiote poussa un petit cri, un appel, et se remit en mouvement pour la suivre, mais Apolline l'en empêcha en lui posant une main sur la tête. Après que la petiote eut protesté avec ardeur, Apolline dit sèchement : « C'est assez ! », l'empoigna et la tint dans ses bras. La petiote se tut d'un coup comme si un mécanisme s'était bloqué en elle, elle fit une moue en gonflant ses joues rondes, des larmes dans les yeux.

– Alors c'est ta petite, dit Esdeline.

La pâleur de la jeune femme s'estompait en même temps que grandissaient des taches rouge sombre sur ses pommettes, que ses yeux retrouvaient une brillance effacée un instant. Mais elle ne répondit toujours pas à la question posée pour la seconde fois, peut-être la troisième.

Esdeline marcha vers elle, faisant comme si elle ne remarquait point, une fois encore, son vif mouvement de recul vers la cheminée, poursuivit vers le fond enténébré de la pièce. Elle s'arrêta à deux pas du vieil homme avachi dans le lit serré dans l'angle, sous un plumon raplati et rapiécé de partout, les épaules et la tête enfoncées dans un grand sac de foin en guise d'oreiller.

Flavien Favier avait le visage couvert de taches brunes et couturé de rides, maigre et creusé, les yeux profondément enfoncés dans leurs orbites, une bouche édentée cernée de longs poils blancs clairsemés. Il était coiffé d'une cope de laine blanche, ou qui l'avait été, enfoncée au ras des sourcils broussailleux qui restaient curieusement sombres, presque noirs, épargnés par le blanchissement de l'âge. Il portait une chemise au col largement échancré sur sa poitrine. Il marmonnait des choses incompréhensibles, le seul à en entendre le sens – ou peut-être même pas – et continua un moment encore, paupières closes, et puis sentit la présence qui l'observait, sentit peut-être le flux haineux émanant de sa fille debout à trois pas et qu'il aspirait tout naturellement comme une terre meuble absorbe l'averse, et il ouvrit les yeux. Le gargouillement qu'il produisait se tut. S'il y voyait encore assez, il lui fallut néanmoins un moment avant d'accommoder sa vision, la trouble laitance entre les plis de ses paupières se figea, se désagrégea sous la torsion de la terreur pure et il se mit à grasseiller des borborygmes.

– Pourquoi que tu n'es pas encore crevé? dit Esdeline.

Le vieux se tut, ravalant ses gargouillis. Il respirait avec force, un bruit de soufflet de forge; à peine si pourtant sa poitrine creuse se soulevait et s'abaissait. Un bruit qui donnait l'envie de se racler la gorge et de cracher.

– T'es là, dit-il.

Elle était là et elle le regardait. Elle était là et elle écoutait monter en elle des éternités d'horreur qui ne s'étaient jamais atténuées, certainement jamais ne s'éteindraient.

– Esdeline, souffla-t-il…

Et une suite heurtée de mots qui se mangeaient mutuellement.

– T'as entendu ? demanda-t-il.

– J'aurais bien voulu ne pas te revoir, dit-elle.

– J'suis bien vieux, hein ? Tu peux m'laisser mourir tout seul, non ? J'en ai plus pour longtemps.

– Encore trop. Quelques heures, c'est encore trop. C'est trop depuis beau temps.

Il émit un bruit curieux qui aurait pu passer pour un hoquet de rire, une bouffée joyeuse, amusée. Mais qui ne l'était probablement pas. D'autres bruits montèrent de sous le plumon qui le couvrait. Il réitéra son borborygme, se racla la gorge et prononça plus clairement :

– Je l'ai pas dit à personne, tu sais…

– Sans blague… Même pas à Sauvé, hein, quand il m'a achetée ? Il n'a pas dû me payer bien haut, pour ça, non ? Combien ? Le chézeau avec le bacu dessus ?

– Je l'ai dit à personne, répéta le vieux sur un ton obstiné.

Un frôlement, un bruit de rien, dans son dos, fit se retourner Esdeline dont le regard dur s'adoucit en rencontrant celui d'Apolline qui s'était approchée. Au même instant, Hia apparut dans l'encadrement de la porte et marqua un court temps avant d'entrer pour accoutumer sa vue à la pénombre du dedans. Esdeline se tourna de nouveau vers le vieux et gronda entre ses dents :

– Dépêche toi. Dépêche-toi donc…

– T'as pas de raison de me tuer ! glapit Flavien Favier, le torse redressé, le cou tendu comme un vieux poulet plumé. T'as pas d'autre raison que la vilenie, la méchanc…

Deux pas seulement la menèrent à hauteur du vieux qu'elle frappa une fois, deux fois, d'un aller-retour de sa main ouverte, la paume et le revers. La tête de Favier dansa et heurta au second coup le bois du lit avec un bruit sourd et rebondit en avant dans une position penchée qu'il garda, sonné, les yeux vagues et la bouche ouverte et une éclaboussure de sang sur la joue, un filet de salive rouge coulant de ses lèvres ouvertes dans la barbe mitée de son menton.

– Cordieu de puta! gronda-t-elle entre ses dents, tournant les talons et revenant vers le centre de la pièce où elle marqua un temps.

Les bras raidis le long du corps, poings serrés. Les yeux clos, attendant que les battements de son cœur s'apaisent, que la pâleur quitte son visage. Rouvrant les yeux et marchant jusqu'à la table sur laquelle se trouvait son fusil qu'elle repoussa pour dégager une petite surface du bois patiné, elle attendit qu'Hia vienne à elle et sorte de sous sa cape le grand portefeuille de cuir fané, ciré, et qu'elle le pose sur la table.

– Apolline, dit-elle rauquement.

Un gémissement ininterrompu montait du coin sombre où était alité le vieux.

– Apolline...

Apolline s'approcha. La petiote dans ses bras souriait et tendait les bras vers Hia qui s'efforçait de ne pas la remarquer.

– Voilà, dit Esdeline.

Elle dénoua les lacets fermant le portefeuille qu'elle ouvrit, dépliant les soufflets de toile de ses flancs. Elle en sortit les feuillets, de papier épais et de formats inégaux. Elle les posa sur le dessus du portefeuille. Ils formaient une pile de deux bons pouces, dont la première page se couvrait sans préambule depuis le haut d'une écriture serrée, tracée avec la mine de plomb d'un craion.

– Voilà, dit Esdeline, c'est pour toi. C'est pour toi que je l'ai écrit. C'est une histoire que je voulais que tu connaisses. Je l'ai écrite sur le vaisseau qui m'amenait. Et aussi en partie dans la taverne où j'attendais que les gens envoyés ici reviennent et me disent si tu étais vivante ou non. Je l'avais aussi écrite en partie sur le bateau de la traversée vers la Louisiane… mais ce journal-là a été perdu. C'était pour toi. Pour que tu saches. Parce que je n'ai jamais cessé de penser à toi, jamais, depuis cette nuit-là où je t'ai abandonnée. Que tu saches au-delà des mensonges que tu as entendus. Que tu saches.

Elle se tenait tête baissée, regardant les feuillets en tas. Comme si elle attendait un mot d'Apolline à son côté. Apolline ne dit rien. La petiote manifestait de l'énervement et poussait des petits cris, des chignements saccadés.

Une pâleur soudaine était montée au visage d'Esdeline qui se tourna vivement vers la jeune femme et demanda :

– Est-ce que… tu sais lire ?

Apolline haussa une épaule. Elle posait sur le manuscrit un regard à la fois incrédule et impressionné.

– Un peu, dit-elle.

– Un peu…

– Oui, un peu. Je sais écrire aussi.

– *Maldita*… souffla Esdeline. Alors, je te lirai, si tu n'y arrives point…

– Je ne veux pas lire tout ça ! Je ne vois pas pourq…

– Je l'ai écrit pour toi ! asséna Esdeline en détachant les syllabes, le regard fixe sur la table devant elle sur laquelle elle abattit le plat de la main. Tu vas le lire. Après quoi nous partirons. Tu vas le lire ou je te le lirai, nous avons la nuit devant nous, et ensuite, demain, nous pourrons nous en aller. Je t'emmènerai. Une fois que tu sauras comment les choses se sont passées.

Elle releva la tête, son regard entré dans celui d'Apolline qui paraissait de nouveau prête au défi mais ne s'attendait sûrement pas à ce qu'Esdeline saisît la petiote dans ses bras et la donnât à Hia, qui ne s'y attendait pas davantage et ne put que la prendre contre sa poitrine, une expression de vraie terreur surprise dans les yeux, alors que la petiote glapissait de bonheur et posait les mains à plat, délicatement, sur ses lèvres.

– Mes amis garderont la maison, souffla Esdeline. Assieds-toi près du feu.

Elle prit les feuillets et les plaça dans les mains libres d'Apolline.

3

La nouvelle que nous avions apprise nous fut confirmée par les gens de l'intendance, dans leurs locaux : *La Mère-de-Dieu* avait donc accosté ici, venant de France, en fin février de cette année 1756. Elle en était repartie un mois plus tard et avait pu passer avec succès, assurait-on, les concentrations de navires anglais qui se faisaient au large sur la route des courants du Nord.

Mais nous entendîmes, à terre, d'autres nouvelles moins faites pour nous réjouir.

De cette « guerre de France et des Indiens » comme on l'appelait dans les régions où elle faisait particulièrement rage depuis au moins deux années, découlait donc celle qui fut officiellement signée en France, au mois de mai, qui opposait la France et ses alliés – l'Autriche, la Russie et la Suède – à l'Angleterre et la Prusse, non seulement là-bas sur le sol du Vieux Continent mais également sur les mers, et surtout sur le terrain de leurs colonies réciproques d'Amérique. Voilà donc ce que nous apprîmes secondement, et nous ne tarderions point à en constater les effets, à nous y frotter de très près et à en être acteurs et partisans.

La Mère-de-Dieu avait précédemment bel et bien accosté en 1751 au port de Bilocci, sous le fort du nom, d'où il avait gagné la baie de Mobile et fort Saint-Louis pour débarquer sa cargaison de passagers et de fret destiné au commerce que faisait la colonie avec les sauvages alliés. Le vaisseau était encore escorté par *La Fringante*, au moins jusqu'à son arrivée dans la baie de Pascagoulas et au passage de la pointe de Mobile, au large de laquelle le vaisseau de conserve avait, lui, pris la baie de Mobile tout de suite et mêmement vers fort Saint-Louis, en raison des crues et de son fort tirant d'eau qui lui recommandait de ne pas attendre le bas étiage. Quant au troisième du convoi (c'est-à-dire *La Fortune*), il avait été déclaré perdu dans une tempête après un engagement avec des pirates...

Tout cela (et bien d'autres choses) fut porté à notre connaissance dans le port de La Nouvelle-Orléans, de la bouche même de M. de Kerlérec, ou de son intendant, auprès de qui le capitaine Gwaen Brach' était allé offrir ses services de corsaire pour la Louisiane et la France et solliciter ses lettres de commission en guerre, contre les Anglais. Quand je dis « nous » je veux parler de notre navire, et surtout de Gwaen Brach', qui nous fit paraprès rapport de ce qu'il avait entendu et appris, ainsi que de son intention, à son retour à bord avec son conseil. Il en était ravi pour lui et pour nous et pour *L'Irgou*. Nous ne serions donc pas pendus cette fois.

Les jours qui suivirent furent donc ceux de la séparation.

La fin de cinq années de piraterie, le terme d'une vie descendue en tourbillons vers ces enfers que peuvent être les îles des mers Antilles et les côtes d'Amérique. Si le soleil avait pu fréquemment se substituer aux feux des géhennes et brûler bien méchantement, les enfers s'étaient aussi souvent révélés de grande séduction... et ceux qui suivraient durant près du double de temps se pareraient d'autres couleurs, leurs fielées empesteraient certes différemment, mais ils n'en seraient pas moins nos compagnons quotidiens, comme pour un matelotage dont nous avions gardé la tradition loin des mers, aux tréfonds de ces régions monstrueuses qui seraient nôtres pour ce qui me parut une éternité...

Nous fîmes notre séparation d'avec l'équipage dans la ville de Nouvelle-Orléans, si belle au moins pour son cœur et le port, où les maisons sont grandes et propres, les arbres hauts gardés dans leur parure de mousse alanguie, les rues droites et pavées sur lesquelles le roulage des voitures et le frappement des sabots des attelages font un bruit si agréable de joyeuse vie. La rue du Roy se souviendra certainement longtemps de cette nuit plus que blanche, incandescente, qui retentit débordément et dans laquelle nous entraînâmes en sauvage farandole une cohorte de passants et de calamiteux divers, ainsi que tout autant de buveurs et fêtards de tout poil qui ne faisaient rien de plus mal que se trouver sur notre route à ce moment-là… (De cette nuit d'ailleurs date la rencontre avec la Fosse, toujours et encore avec nous, ces jours derniers, dix ans plus tard, sur ce navire du retour, lors à quai dans le port de sa ville.)

Nous sommes restés trois ou quatre jours à La Nouvelle-Orléans. Le temps nécessaire aux adieux mais également à ce qui allait motiver les décisions à prendre pour la suite des jours et le choix de la piste à suivre. Le temps de questionner et d'obtenir les réponses – qui furent en partie celles espérées et en partie celles inattendues. Que *je* n'attendais pas.

– Allons, la belle, me dit Johan Forestier dans le matin de nos embrassades, alors que nous regardions s'éloigner Brach' en compagnie de ce qui lui restait d'équipage fidèle, après les excès de la nuit (plusieurs rixes en avaient mis définitivement hors course une demi-douzaine !) et la décision prise, donc, par ceux qui restaient à terre. Te voilà triste et la larme à l'œil ?

Je lui dis que j'étais moins attristée de ce que je quittais qu'enfiévrée par ce qui m'attendait, et que ce qu'il prenait pour des larmes était surtout dû à ce que j'avais bu dans la nuit. Il fit comme s'il le croyait, m'assura même le comprendre, avant de m'annoncer que lui aussi gardait le pied à terre.

– J'ai bien l'envie, dit-il, d'aller voir de plus près ces pays-là que j'ouïs dire enchanteurs depuis tellement de temps… Suivre le grand fleuve… Si tu veux bien de moi pour faire l'escorte de ta curieuse équipe de voyageurs…

Je m'étonnai de sa demande :

– Parce que tu sais où je vais et ce que je veux, monsieur l'écrivain ?

– Il n'y a plus d'écrivain, dit-il. Plus pour longtemps. Juste le temps de m'enquérir, en cette ancienne qualité, de tes affaires auprès de qui de droit, je suppose, et de voir ce qu'il peut en être de certains aussi de tes compagnons, et puis je redeviendrai bien civil et d'un rang aussi peu élevé que le dernier des mangeurs d'argile sur ces quais et au long des rives des fleuves. Tu n'auras pas trop de mon aide pour le retrouver, ma belle. Pour essayer, en tout cas.

Il avait deviné et me le faisait ainsi comprendre. Plus exactement il savait, il savait bien, oui, et pour cela au fond n'avait guère eu à deviner quoi que ce fût. Je ne m'étais pas privée de le faire entendre à qui voulait prêter l'oreille, et l'avais suffisamment hurlé aussi au cours des temps passés, quand le rhum et le tafia de certaines nuits suantes et échaudées par de trop languides senteurs nous aidaient aux épanchements, pour que la terre entière le sût sans avoir à tendre bien fort ni une ni deux oreilles. Là, debout sur cet appontement, dans un soleil gris qui coiffait de même brume les eaux brunâtres et les berges déguenillées, je lui demandai ce qu'il espérait de moi en contrepartie de cette « protection » et de cette aide qu'il m'offrait. Il ne réfléchit pas dix secondes avant de m'assurer ne rêver de rien, ne croire en rien, ajoutant que si par malheur je ne retrouvais pas ce que je cherchais il serait ravi alors, à ce moment, de me proposer plus que sa protection de garde de conserve… si toutefois le marché n'était pas pris, ajouta-t-il avec un hochement de tête et un regard qu'il détourna de moi pour le poser sur Hia qui attendait, accroupie sur les bastings du ponton, à quelques pas. Cette épice toute particulière qui fleurit l'air de La Nouvelle-Orléans me piquait aux narines et aux yeux et je lui dis, derrière les mains que je portais devant mon visage, que nous verrions bien, que le temps et les choses nous diraient, mais je le remerciai sincèrement de sa sollicitude et il m'assura que cela n'en était aucunement, il dit en souriant du coin des lèvres, le regard porté sur les bateaux dans la rade en construction, qu'il ne donnait pas ce mot à ce qu'il éprouvait.

Voilà comment Johan Forestier non seulement fit partie de notre troupe mais en fut guide, meneur, s'en intitula quasi responsable, au début. Du temps que nous ne fûmes que cela : un groupe de voyageurs à la recherche d'autres qui les avaient précédés cinq années paravant... Après que ce groupe se fut transformé en une bande, et que je fus devenue celle que la bande suivait, Johan Forestier qui m'avait un jour constuprée dans les ténèbres d'un fond de cale, lui aussi, suivit. Et si plusieurs fois son chemin s'éloigna du mien et de la bande, quand il revint, car il revint, comme pour voir à chaque fois où en était ma quête et la situation, il suivait derechef et ne chercha jamais à me ravir ce poste, peut-être aussi sachant tout simplement que pareille imprudence lui eût coûté bien plus que rapporté.

Mais pour l'heure de ce matin-là, voilà comment il m'offrit son service, et moi comment je fus bien aise de l'accepter.

À part M. Forestier, la maistrance de *L'Irgou* au complet suivit son capitaine tout nouvellement pourvu des lettres du gouverneur qui le faisaient corsaire... Les deux tiers de son équipage aussi, et dans ce nombre plusieurs des nègres de la traite que nous avions prise avec le bateau et n'avions pu trouver moyen de vendre à notre arrivée dans les îles, et qui donc étaient restés à notre bord – ceux que la piraterie ou quelque maladie n'avait pas tués se trouvaient donc encore parmi nous cinq ans plus tard et ils avaient appris assez de langue espagnole, française et même anglaise pour nous entendre et se faire entendre et tenir les rudiments de conversation que leur réservait la vie qu'ils menaient.

Les autres des nègres ne poursuivant pas dans les rangs de l'équipage de Brach' se tenaient sur le quai : une dizaine, avec cinq autres matelots de race blanche, quatre Bretons et un Portugais.

Parmi eux, Hia.

Noire Gale également – le gabier fou de *L'Irgou.* Il disait vouloir naviguer en eau douce et conduire un trafic sur les fleuves du dedans du pays hautement navigables; il assurait qu'il y avait commerce à faire là, aussi bien avec les Français qu'avec les Anglais, surtout que la guerre les jetait les uns contre les autres par le truchement de leurs alliés sauvages et que ceux-là aussi pouvaient être de jolis clients de ses services de marinier...

En sa qualité d'écrivain représentant de la Compagnie engageuse des colons, Forestier connaissait aussi bien les possibles acheteurs d'esclaves livrés aux colonies. Il sut où s'adresser, qui voir et entendre, dans les comptoirs de la ville, de façon à ce que la recherche eût une chance d'aboutir avant plusieurs jours. Lors nous apprîmes que non seulement *La Mère-de-Dieu* était affrétée pour le transport de colons mais que son escorte *La Fringante* avait elle aussi transporté du fret en passagers, en sus d'une compagnie de soldats. Les deux navires qui s'étaient donc visiblement mieux tirés que notre *Fortune* de cette traversée et de ses tempêtes et de ses forbans, étaient arrivés à bon port et avaient débarqué leurs cargaisons, humaine autant que matérielle (outils, armes, bimbeloterie et objets destinés à entretenir et payer l'alliance de certaines tribus).

Johan Forestier trouva les listes des débarqués de cette date et leur destination. Il put mettre la main sur deux de ces listes des deux navires de notre convoi et cela bien qu'ils fussent arrivés à Bilocci pour le premier, d'abord, avant que de rejoindre le second à fort

Saint-Louis. Il me donna les listes en hochant la tête, désolé, et disant qu'il n'y avait pas dessus le nom que je cherchais. Mais le nom que je cherchais n'existait probablement plus, en tout cas sur les papiers et documents officiels, pas plus que le mien, sans aucun doute ne trouverions-nous écrits ni Cauvin Sauvé ni Esdeline Favier. Et si je connaissais celui qui m'était revenu en remplacement, j'ignorais celui que s'était choisi Cauvin.

Mais ils étaient donc arrivés ! Il y avait eu des morts, de typhus et de fièvres des mers – une croix debout et une date suivaient ces noms-là pour indiquer leur disparition. Les noms des morts pas plus que des vivants ne pouvaient me renseigner. Et ces listes incomplètes (des copies) en possession de Forestier n'inventoriaient qu'aux deux tiers les effectifs complets des navires.

Mais pourtant j'y trouvai les bonnes raisons m'amenant à la décision que je pris.

Tous ces gens débarqués avaient pris le chemin (plus exactement le fleuve) pour la colonie de fort de Chartres sur le haut Mississippi.

Au bas d'une des listes, à défaut du nom que je cherchais et que contre toute logique j'eusse aimé trouver, je lus celui d'Heinrich Hammer.

Découvrir ce nom provoqua une grande émotion et un trouble visible dont je dus expliquer la raison à Forestier… qu'il commenta d'un léger hochement de tête. Il parcourut plusieurs fois toutes les listes en sa possession, je fis de même en vain : le nom d'Heinrich Hammer était le seul du groupe familial. Aucune mention faite d'André Matter, ni de sa femme, ni de ses enfants. Aucune non plus de Josepha, la toute jeune épouse d'Heinrich – dont j'avais gardé les souliers rouges dans mon ballot, que j'avais même chaussés plusieurs fois quand nous avons dansé sur les parquets de bois luisants comme des miroirs et les sols de marbre des maisons fraîchement pillées de

Campèche et Veracrus, sur la côte est du golfe. La première fois qu'elle les vit, Hia parut sur le point de tomber en pâmoison et je crois ne lui avoir jamais fait plus de plaisir que quand je lui permis de chausser ces bottines, elle aussi, ce qu'elle fit avec une grâce et une précaution peu communes.

Forestier dit avec raison que les listes en sa possession n'étant pas complètes, il se pouvait fort bien que la suite des noms se trouvât sur les feuillets manquants, d'autant que le nom d'Heinrich Hammer était inscrit tout en bas d'une page qui n'était point la dernière.

Sans doute. Comme il se pouvait tout autant que, sous un des autres noms lisibles, se cachât le nouveau patronyme adopté par Cauvin, sur sa fausse licence d'engagé et d'embarquement.

Évidemment, le fait aussi de trouver ce nom d'Hammer contre toute attente sur la liste des passagers de *La Mère-de-Dieu* ne manqua point de me causer une autre façon d'étonnement. Il me semblait avoir bien retenu le nom du bateau sur lequel devaient embarquer les Hammer et leurs amis, *La Sainte-Mère*, et il ne s'agissait en tout cas aucunement de *La Mère-de-Dieu* ni de *La Fringante*. Un temps ceci me plongea dans l'expectative la plus opaque, avant que plusieurs explications me viennent, dont une forcément devait être la bonne. Il était possible qu'Hammer et les siens fussent arrivés trop tard au port, d'où leur navire était parti, et il avait fallu qu'ils s'achètent un autre passage, ce qui pouvait se faire sans trop de peine pourvu que l'on trouvât un capitaine arrangeant avec de la place à bord, et qu'on eût de l'argent. C'était probablement le cas d'Hammer. Et il était en possession de papiers d'engagement en bonne et due forme, tout ce qu'il y avait d'authentique. Je me dis qu'il était également possible qu'ils eussent retrouvé Cauvin dans les tavernes, les officines et les bureaux où se négociaient les engagements, possible que ce dernier les eût orientés sur *La Mère-de-Dieu* ou *La Fringante* avec lesquels il avait lui-même affaire. Aucune de ces hypothèses n'était sotte. Je finis par me dire qu'une d'elles était la bonne et que je finirais bien par en avoir la preuve. J'en avais la certitude.

Quoi qu'il en soit, nous avions donc appris la destination des engagés débarqués.

Et ce fut celle que nous décidâmes. Je ne crois pas avoir encouragé davantage à cette destination plutôt qu'ailleurs – les endroits d'implantation et les colonies en cours d'établissement ne manquaient pas au long des fleuves de Louisiane jusques sous les lacs et la Nouvelle-France – ma mémoire ne s'y accroche point particulièrement, je crois que tous ceux qui pensaient devoir donner leur avis le firent et le firent communément et naturellement et que ces avis n'en furent qu'un seul tourné en une sorte d'évidence.

Forestier se mit à la recherche d'une embarcation. Il dénicha par le plus beau des hasards une sorte de grande chaloupe pontée, à fond plat et gréée d'une voile carrée, une embarcation construite pour le fleuve et que les gens du lieu appellent tout simplement et gaillardement un bateau, dont le patron n'était autre que… Noire Gale, qui venait d'acquérir le bâtiment la veille et prenait son service de transporteur fluvial le jour même. La coïncidence avait de quoi nous esbaudir les uns et les autres.

Noire Gale accepta donc de nous emmener sur le Mississippi, qu'il affirmait connaître un peu pour y avoir jadis « rôdé », avant sa grande période de flibustier, dit-il, jusqu'à Bâton Rouge, qui était un poste à comptoirs – et de nous donner d'autres noms de postes parfaitement inconnus de nous autres, censés être échelonnés sur le cours du fleuve. Noire Gale nous assura le voyage jusqu'au confluent de la rivière Arkansas, approximativement à mi-parcours de fort de Chartres ; pour la suite, il ne voulait pas se risquer dans une région désormais peu sécurisée, pour ne pas dire aucunement, en plein dans les courants et remous de la guerre franco-anglaise.

Il nous garantit l'arrivée à la rivière Arkansas une dizaine de jours plus tard, à bord de sa *Louisianaise*, du nom que portait, écaillé sur la coque, son bateau. Il nous accordait un mois, un mois et demi, pour toucher par le sol, ou sur d'autres bateaux, la colonie de fort de Chartres.

Mais *La Louisianaise* ne devait jamais atteindre la rivière Arkansas… Pour certains de notre bande de voyageurs, survivants, ou qui n'avaient pas pris à quelque moment d'autres directions, des années s'écoulèrent avant qu'ils vissent enfin les murs de pierre du fort.

4

GRADUELLEMENT LES BRUITS DE LA MAISON comme ceux du dehors s'étaient enlisés dans le silence. Les râles, soupirs et ragoulements du vieux dans son coin d'ombre s'étaient tus.

La petiote dormait dans l'autre lit de la pièce, au bout de la huche, entre la cheminée et la fenêtre. Elle était parvenue, avant de s'assoupir enfin, à occuper son temps et celui d'Hia en babillements et jeux divers – Hia à qui de longs et lourds moments avaient été nécessaires pour se désempêtrer quelque peu de la gêne, presque d'une certaine forme de frayeur, d'un état de quasi-paralysie dans lequel la plongeait cette relation brutale qu'elle n'attendait certes pas et pensait probablement ne jamais retrouver. À présent, elle se tenait assise au sol, devant l'âtre, ses jambes relevées qu'elle enserrait à deux bras, et fixait, menton posé sur ses genoux, les contorsions de la flamme entre les bûches et morceaux de racines ; la lumière brillait dans ses yeux qui ne cillaient qu'au bout de longs instants au point que des larmes y étaient montées, ourlant ses cils avant de se mettre à couler sur le sombre de ses joues que creusaient ses mâchoires serrées.

Dans l'étable voisine les bêtes faisaient les bruits que font les bêtes endormies. Avant la nuit, Apolline avait annoncé l'obligation de les traire, et aussi les biques dans la chèvrerie voisine, mais

Esdeline lui avait répondu de ne pas s'en préoccuper et de poursuivre sa lecture. Elle s'était personnellement chargée de la traite, avec Couga, un des nègres de la bande. Parfois aussi les ronflements de ceux qui s'étaient installés dans cette chaleur pour y dormir.

Du feu montaient des craquements et des fiounements échappés du bois en train de brûler.

En bout de table, sous la lumière tremblée de la chandelle de suif qui se boursouflait au col de bois du bougeoir, Apolline lisait. Suivant les lignes du doigt. De loin en loin elle redressait l'échine et creusait les reins, troussait la lèvre d'une grimace toujours pareille qui n'était pas sans rappeler la mimique d'Esdeline découvrant l'écartement de ses incisives, et se frottait les yeux. Elle se penchait de nouveau sur le manuscrit dont elle soulevait délicatement la feuille lue pour la poser de côté et faire un second tas qui s'épaississait au fur que le premier mincissait.

Elle paraissait ne guère avoir envie de s'interrompre avant d'en avoir fini. Elle n'avait pratiquement pas dit trois mots depuis le début de sa lecture, quelques heures auparavant – sinon pour s'inquiéter de la traite des bêtes. La soupe épaisse dans la casserole avait été réchauffée, le lard fumé pendu dans la cheminée tranché, le pain sorti du coffre : on lui avait donné à manger et elle avait accepté sans quitter la table ; elle avait simplement jeté des coups d'œil de surveillance du côté d'Hia quand celle-ci avait nourri la petiote, visiblement tout étonnée de constater que l'opération se déroulait au mieux, contre son attente.

Elle avait demandé à boire.

Esdeline avait quitté son banc et lui avait apporté un pichet d'eau rempli à la seille placée sur la pierre de sous la fenêtre ; posant le pichet et le gobelet étamé sur la table, elle avait soutenu le regard d'Apolline, un regard habité par une sorte d'avidité, un regard à la fois effaré et saisi, incrédule, impressionné. Elles n'avaient rien dit.

Ni l'une ni l'autre. Pour Esdeline, les battements de cœur tapaient trop haut dans sa gorge Elle avait versé l'eau dans le gobelet, Apolline avait bu sans cesser de regarder la femme debout, puis elle avait reposé le gobelet et repris la lecture au bout de son doigt qui n'avait pas quitté la page. Esdeline s'était écartée, elle était retournée s'asseoir sur le banc de bois près de la porte maintenue entrouverte, adossée au mur frais, enveloppée dans une couverture bariolée, en plus de son manteau, les yeux mi-clos. Sans avoir mangé.

Les bruissements du dehors s'étaient figés dans les creux de la nuit que le gel durcissait lentement.

Elle se dit que la réveiller n'eût servi à rien de bon. Apolline lisait depuis une bonne douzaine de grands sabliers. Presque six heures, et sans l'habitude qu'elle avait, elle, de la lecture, de tous ces livres dévorés trimballés avec elle dans le moindre ballot, qu'elle avait souvent volés primement dans les grandes et merveilleuses bibliothèques des habitations pillées, en regrettant à chaque fois de ne pouvoir emporter les épais et magnifiques ouvrages de si féroces dimensions, tout de cuir vêtus et gravés à l'or fin... Sans cette habitude, oui. Encore heureux qu'elle sût lire. Encore heureux qu'elle eût appris... mais de cela au fond il n'y avait pas d'étonnement à avoir...

Apolline s'était affaissée lentement et elle avait posé sa joue sur son bras replié, le doigt toujours sur la page désertée pour maintenir ouverte l'encoche momentanément faite dans le temps passé. Sous les mèches défaites de ses cheveux un peu répandus, le sommeil l'avait emportée.

Esdeline se leva du banc. Chacun des muscles de son corps portait son pesant d'ankylose ou de douleur. Il lui semblait être éveillée depuis un temps infini, un temps qu'elle ne parvenait plus à reconnaître ni à cerner, dont les repères fuyaient à son approche. Elle avait passé une partie de la nuit précédente à chevaucher. Et les jours d'avant, presque une septaine, les nuits bien courtes qu'elle ne franchissait pourtant, eût-on dit, que par sursauts d'étourdissement plus qu'en vrai sommeil. Des portions de nuit qu'elle avait surtout hâte de voir finir afin de reprendre la route au plus vite. Comme si jamais plus elle ne dormirait véritablement, jamais plus ne pourrait s'évader dans cette direction-là. Pourtant ce n'était pas comme une vraie fatigue. Plutôt une sorte de tension qui la maintenait en équilibre au bord d'elle-même, en surface amarrée à son corps. Elle prit la couverture et sortit de la maison et tira la porte derrière elle. Le froid blême de la nuit la saisit à la gorge. Le ciel était baigné dans son entier par la lumière poudreuse cerclant la lune. Dans l'instant les poils dans ses narines se durcirent et ses yeux s'emplirent de larmes. Elle remonta le col de son manteau et coiffa la capuche et se couvrit les épaules de la couverture, à la manière d'un châle, d'une *mantilla* comme en portent les femmes espagnoles et comme elle en avait ramené plusieurs dans son coffre. Elle avança sur le perron de bastings, jusques son bord, en haut de l'escalier. Le corps d'un des gardes abattus se trouvait toujours affalé à une extrémité de l'avancée du perron. Les flèches avaient été retirées de ses chairs. Il n'avait pas été décapité mais le haut du crâne décalotté de son cuir chevelu brillait d'un éclat nacré, strié d'un lacis noir de sang coagulé comme une vilaine fausse chevelure mitée. Sa bouche ouverte au-delà de la normale du plus grand écartement de maxillaires possible semblait un trou ouvert sur l'autre face de la nuit.

Un certain nombre des gens de la bande n'étaient pas allés dormir aux abris de l'étable ou de la chèvrerie, ou ailleurs dans un des hangars qui flanquaient le corps de la maison bâtie de si peu de temps. Ils étaient une demi-douzaine assis autour du feu allumé dans la cour et alimenté par les lognes et branches tirées de sous l'appentis. Les carcasses de trois chèvres étaient encore accrochées aux broches sur lesquelles elles avaient grillé. La neige éclatante, parfaitement immaculée à leur arrivée, était lors couverte de traces enchevêtrées de piétinements et de débris des choses cassées ici et là. Une partie des chevaux était entravée sous un des auvents, et sans doute aussi une autre partie dans l'étable ou quelque part derrière la maison. Une odeur de viande grillée planait.

Bleck le Chouanon l'aperçut sur le perron et le signala aux autres qui tournèrent la tête dans sa direction ; mais comme elle ne dit rien ni ne fit un geste ou un signe, ils reprirent leur occupation : ils buvaient et mangeaient, passant le temps plus qu'ils n'assouvissaient quelque faim ou soif, parlaient un peu, lançant des mots de loin en loin pour garder surtout une trame au silence.

Les autres corps des autres gardes étaient entassés dans un espace dépourvu de neige qui dessinait une grosse éclaboussure ; ils étaient plus ou moins dépouillés de leur vêture et celui jeté arqué et bras et jambes en croix au-dessus du tas avait le ventre ouvert et béant, vide, à l'exception d'un chapelet d'entrailles qui lui coulait entre les jambes. Un autre au moins était éviscéré, tous avaient visiblement eu génitoires et membre tranchés. Sur un côté du feu, le gril tressé sur place pour l'occasion avec des branches épluchées avait partiellement brûlé…

Incontestablement, elle avait vu nombre de nuits sur des vastitudes autrement plus impressionnantes que cette clairière en montagne lorraine. Et pourtant, elle ressentit brièvement, à cet instant, comme en une décharge intérieure de foudre lente et silencieuse, la dimension de la pesanteur nocturne et sa grandeur au-delà des entendements. Elle frissonna. Le froid n'en était aucunement la cause. Elle fit les quelques pas qui la menèrent au-dessus de l'escalier de demi-troncs, descendit une marche, deux, et s'assit sur le bord du perron de bastings, rajustant la couverture sur ses épaules. Le capuchon du manteau l'enfermait un peu aux quelques bruits tranquilles du chézeau. Son souffle exhalé montait de ses narines pour se dissiper à hauteur d'yeux.

Les dernières fois qu'ici, à cet endroit du monde, elle avait regardé la nuit... et pas seulement les dernières – *les autres fois*... Avec quels regards ? Quelles pensées en tête, saouleresses et entretenues à loisir, essentiellement tournées à construire des lendemains qu'elle appelait meilleurs de toutes ses forces... Dans quel présent, alors, et pour quel autre devant elle, quel autre maintenant fané, fini, couché comme les herbes qu'on ne fauche ni ne broute plus, une fois l'hiver en allé...

De son nom Esdeline Favier. Qu'on disait dans ces prés Rouge Bête, sans mal sous la langue, avec même un sourire et qui signifiait bien autant qu'on en voulait.

Quand celui-là disait les mots, cordieu, ça ne ressemblait à aucun autre son ! C'était du vent en mieux dans les bruyères d'automne, c'étaient les dernières gouttes des averses gentilles dans le soleil printanier qui finissent de glisser dans les feuilles des trembles nouvellement nées. En mieux. En tellement mieux, mellifluantes et traîtresses.

Le froid d'alentour la vironnait comme une cohorte de bêtes mussées qui attendaient le bon moment pour l'attaque. Si elle n'y prenait garde, les bêtes s'abattraient de toutes leurs griffes et toutes leurs dents et n'en feraient qu'une bouchée qui la laisserait vidée et desséchée comme une cosse minuscule au centre de tant d'immensités incompréhensibles.

La porte derrière elle grinça. Esdeline ne se retourna pas ni ne bougea aux chuintements d'un mouvement vers elle. Après un temps restée debout, engoncée dans ses couvertures dont une rabattue sur sa tête coiffée d'un foulard noué sur la tempe, tirant de la pipe une bouffée qu'elle rejeta longuement par le nez, sans bruit, Hia s'approcha et s'accroupit au côté d'Esdeline, tout contre elle, à la toucher, très légèrement en retrait cependant comme elle en avait la manière depuis toujours et en toute circonstance.

– Elle dort ? demanda Esdeline.

– Oui, dit Hia. Pas bouge. La fille dormi.

Elle avait la voix douce et profonde. Une voix d'accompagnement parfait aux baisers que donnaient ses lèvres rondes, aux chatouillis de sa langue agile.

– La fille dormi, répéta dans un souffle Esdeline.

Hia lui tendit la pipe à long tuyau qu'elle prit et de laquelle elle tira plusieurs généreuses bouffées, faisant grésiller et rougir les feuilles sèches du mélange dans le fourneau, avant de la lui redonner.

– Pas encore ? dit Hia.

Esdeline fit « non » de la tête.

– Pas encore, dit-elle.

Quelques paroles soudain plus hautes giclèrent du groupe rassemblé autour du feu. Dans la clarté de lune qui éclairait bonnement autant que les flammes, on vit se dresser deux des hommes, fusil en main, et un des Shawnees posant une flèche sur la corde de son arc court. L'instant suivant une voix s'éleva de la lisière, au bout des traces qui barbouillaient le sol par où ils étaient arrivés, qui leur cria de ne pas brûler la poudre, et deux cavaliers apparurent, le premier étant Arkam et le second Gillain. Ils avancèrent au pas jusqu'au groupe autour du feu et là désétrinèrent et Gillain conduisit les deux chevaux sous l'auvent où se trouvaient un certain nombre des montures. Arkam vint jusqu'à Esdeline qu'il avait vue avant qu'on la lui indique. Il ne jeta qu'un vague coup d'œil aux cadavres des gardes, dit en retirant ses gants :

– Personne, en bas. Pas un chat.

– Tu crois qu'ils viendront ?

Arkam haussa une épaule. Sa barbe grise avait des reflets étrangement verdâtres, sous le ciel étoilé, ses boucles d'oreilles jetèrent des étincelles.

– Bien étonné du contraire, quand même… Une gringe a brûlé. Les gars ont voulu se réchauffer… Mais pour l'heure, personne ne semble avoir seulement vu la lueur de l'incendie. Mais moi je me dis le contraire, qu'ils ont vu et qu'ils savent et qu'ils savent pourquoi, et que c'est ce qui les arrête, pour le moment. Ils doivent nous préparer leur coup, dans un coin. Ils viendront quand ils seront suffisamment forts.

Il parlait sur un ton tranquille, d'une voix posée. Il dit :

– Peut-être il ne faudrait pas trop s'attarder, la Rouge, si tu veux rentrer un jour chez toi.

– Chez moi ? sourit Esdeline.

– Là-bas, je veux dire.

Le sourire d'Esdeline se tordit à sa manière et elle montra l'espace d'entre ses dents.

– Il faudra bien qu'un jour on nous pende, non, Arkam ? Tu l'as entendu dire aussi…

Gillain s'approcha et tendit une bouteille d'alcool blanc que ceux du bivouac lui avaient donnée. Arkam but une gorgée, une autre, au goulot. Une troisième avant de pousser un bruit de gorge rauque.

– Le tafia d'ici, dit Esdeline.

– Qu'on nous pende, sans doute, admit Arkam, mais pas dans ces bois. Ça manque de vergues hautes. Même si c'est dans ces arbres-là qu'on a taillé des mâts…

Il but une autre gorgée, secoua la tête bruyamment et redonna la bouteille à Gillain qui y téta derechef.

– On n'est pas venus ici pour ça, la Rouge, dit-il. Juste pour t'aider.

Elle tendit la main et Gillain lui donna la bouteille. Elle y but une gorgée à son tour, la passa à Hia.

– Je sais, Arkam, *amigo*, dit-elle sans plus sourire.

– Alors, ici ? dit Arkam en regardant les crevasses de la nuit tout autour.

– Ça va, dit Esdeline. Ça va.

Elle dit :

– Retourne à la gringe. S'il vous prend l'envie de la brûler entière, ne le faites pas avant l'aube. Épargnez les bêtes. Et puis remontez ici.

Il demeura silencieux un moment, un pied sur une marche, accoudé sur sa cuisse et passant ses gants d'une main à l'autre, son regard brillant droitement posé sur Esdeline. Puis il hocha la tête. Porta ses gants à son front en signe d'approbation et s'en retourna vers le feu sans ajouter un mot ; Gillain tendit la main pour récupérer la bouteille de gnôle.

Hia s'appuya contre l'épaule d'Esdeline. Elle garda cette position tout le temps qu'Arkam et Gillain restèrent parmi ceux autour du feu, à boire et à manger. À un moment les deux hommes s'éloignèrent et reprirent leur monture et quittèrent la clairière ; quand ils furent partis, trois du groupe autour du feu prirent leur fusil et allèrent faire le tour de la clairière pour en surveiller les abords – et plus tard, une fois revenus, d'autres se levèrent pour prendre leur relais dans cette garde.

– Allons, c'est rien, dit doucement Esdeline au bord du col relevé de son manteau où la buée de sa respiration givrait.

Hia renifla et essuya les larmes sur ses joues, du dos de la main.

– C'est rien, répéta Esdeline. C'est rien…

Elle prit la pipe à long tuyau de la main d'Hia et la porta à ses lèvres et aspira mais cela ne donna qu'un petit gargouillis, la pipe était éteinte.

– La petite aussi, amener ? demanda Hia dans un sanglot étouffé.

– Bien sûr, dit Esdeline.

Hia se tourna et enfouit son visage au creux de l'épaule d'Esdeline et Esdeline après un temps sortit son bras de la couverture, en enserra les épaules de la négresse et la serra contre elle.

– Ma petite, dit Hia d'une voix étouffée. Ma petite mortée, ma petite elle était.

– Je le pensais bien, dit Esdeline. Oui, je le pensais bien…

Jamais paravant Hia n'avait évoqué la petite fille qu'elle tenait dans ses bras quand les matelots avaient tiré sur elle après être montés à bord de *L'Irgou*. La petite fille morte un peu après que *L'Irgou* eut retrouvé un capitaine et un équipage, qu'on avait jetée à la mer.

– Allons, dit-elle doucement à l'oreille d'Hia que le foulard noué couvrait. Allons, maintenant.

Hia releva la tête, elle essuya ses larmes du creux de la paume et du dedans de ses grands doigts recourbés. Celles qui mouillaient les commissures de ses lèvres, Esdeline les but. Cul sec en deux petits coups.

– Viens, il fait froid, dit-elle.

Comme elles se relevaient, les pleurs et gémissements montèrent du dedans de la maison. Elle entrèrent et trouvèrent Apolline penchée sur le lit, dodinant doucement la petiote qui chignait dans son sommeil. Hia traversa la pièce d'un bon pas et prit sans vergogne la place d'Apolline qui ne sut que la regarder calmer la petiote avec des paroles chantantes, d'un air interloqué. Apolline s'écarta du lit, revint à la table et s'assit devant le manuscrit. Elle leva les yeux sur Esdeline. Toute trace de mauvaiseté était tombée de son expression, de ses yeux que le manque de sommeil gonflait.

– Mon Dieu, dit-elle…

– Tu veux que je lise pour toi ? proposa Esdeline.

La jeune femme hésita. Elle se mordit les lèvres mais ne put ravaler le bâillement. Elle se frotta les yeux.

– Peut-être un peu, accepta-t-elle d'une voix ébréchée.

– Alors un peu, dit Esdeline.

Elle se glissa sur le banc à côté d'Apolline, qui lui montra du doigt où elle avait abandonné le récit.

Hia avait remis du bois dans l'âtre.

5

C'était la fin des crues et au bout de trois jours de navigation seulement, le fleuve avait changé au point que Noire Gale s'y perdit et y échoua *La Louisianaise*. Il y laissa aussi sa vie.

Les deux « mariniers » qui formaient son équipage et prétendaient connaître la Grande Rivière sur laquelle, disaient-ils, ils avaient passé plusieurs années de leur existence, ne lui portèrent non seulement aucun secours mais probablement furent-ils la cause de son malheur – et du nôtre. Ils se chamaillèrent tant et si bien sur le choix des bras de la rivière navigables dans lesquels s'engager, entre les îles couvertes d'une épaisseur rare de forêts, les hammocks, les bancs de sable et les hauts fonds formés à tout instant, presque à vue d'œil, par la décrue en cours, que notre barque se retrouva au bout d'une journée d'errance et d'incertitude totale piégée dans un chenal d'eau pratiquement morte, encombré de dizaines de troncs déracinés que la crue avait amenés et abandonnés là, sous la voûte d'une forêt serrée qui semblait s'être abaissée d'un seul coup et dans les branches et lianes desquelles le mât et la haute vergue de la barque s'accrochèrent. Et l'embarcation s'immobilisa avec l'efficacité rare d'une manœuvre qui n'eût visé qu'à cela.

Il apparut très vite aux yeux des moins versés dans les pratiques de la navigation fluviale, tels que moi, même à ceux qui ne savaient rien des embûches et traquenards divers dont était capable le « Père des Eaux », tels que moi encore, que nous n'allions pas nous tirer de cette encombreuse péripétie avant longtemps... À moins de trancher bon nombre des arbres flottant autour de la coque, sinon des arbres debout, en tout cas leurs branches, voire le mât, sans doute, de *La Louisianaise*.

Et c'est effectivement ce qui fut entrepris après un rapide conseil – au cours duquel les deux mariniers se chamaillèrent plus que jamais sur les moyens à employer. Nous les laissâmes argumenter à leur manière, empoignâmes des haches et descendîmes dans les eaux troubles qui se révélaient d'une épaisseur et d'une consistance rien moins qu'inquiétantes et suspectes. Nous tranchâmes et abattîmes des heures durant sans que cela donnât finalement, le soir baissant la lumière sous les branches comme si la nuit déjà s'était répandue sur l'eau, le moindre résultat. Un tronc coupé, un espace dégagé ne durait pas plus de quelques minutes avant que d'autres épaves se remettent en place, qu'un courant insoupçonné semblait tirer par en dessous dans le seul dessein de serrer toujours plus le piège. Nous étions trempés, moulus de fatigue et dévorés par les moustiques. Un bivouac fut décidé sur la berge, à une vingtaine de verges, et bientôt un haut feu de bois flotté et de branches mortes brûlait, donnant plus de fumée que de flammes dans les premiers moments, puis enfin crachant haut et chaud.

Noire Gale et ses acolytes assuraient que nous ne risquions rien, de nuit. Nous avions, disaient-ils, plus à craindre des troupes et milices anglaises que des Indiens qui leur étaient alliés, et il n'y avait pas l'ombre d'un soldat ou milicien anglais dans cette partie de Louisiane.

Nous sûmes plus tard que c'étaient des Tionontatés, ou Wyandot, et que cette tribu ordinairement alliée des Français venait tout juste de s'estimer insermentée pour n'avoir pas reçu ses gages en bimbeloteries et armes depuis trop longtemps. Ce parti plus ou moins renégat avait vécu assez de temps au côté des Blancs et des Français pour d'abord les connaître bien en habitudes, ensuite ne plus se soucier de ces coutumes purement wyandotes qui rejetaient les combats nocturnes. Nous fûmes leur premier nouvel adversaire.

Ils attaquèrent au milieu de la nuit. Sans bruit, sans un cri. On m'avait tant décrit la fureur braillarde des sauvages au combat, leurs hurlements comme des armes, projetés avec autant de vigueur que des lances et qui pouvaient tout aussi bien vous transpercer de frayeur et vous faire tomber là, le cœur décroché, que je fus presque aussi apeurée par le contraire de mon attente quand cela se produisit. Des ombres surgies du sous-bois, soudain, à la frange de lumière que diffusait le feu. Surgies et disparues aussitôt, des spectres, le temps du chuintement sec rendu par la corde détendue de l'arc et le souffle de la flèche, et je saisis nettement le choc, le premier de cet ordre, cet impact à la fois creux et perçant que j'ouïrais si souventement paraprès.

La flèche toucha Noire Gale parce que sans doute il était seul à être debout dans la lumière, tenant son fusil contre sa poitrine, à ce moment-là. Elle entra dans sa joue, sous la pommette, une flèche pas même bien droite et dont l'empennage à demi détaché pendouillait à son talon.

Je ne compris point ce qui se passait. Un moment fut nécessaire avant que s'élevassent les premiers cris d'alarme. Je me rappelle parfaitement être restée tout aussi ébahie que Noire Gale ouvrant grande la gueule avec dedans cette badine tordue qui m'avait paru davantage jaillie que plantée. Les yeux exorbités, il a levé son fusil en un geste hésitant, ne sachant sur qui ou quoi tirer et s'il devait ou non arracher d'abord cette méchante longue écharde qui lui ballait de la joue sur la poitrine. Deux autres flèches à peine moins approximatives que la première lui sont entrées une dans le cou et l'autre au niveau de l'aine. Il a poussé un grand hoquet et vomi du sang et il a reculé de plusieurs pas comme secoué par une énorme surprise avant de tomber sur le cul – et moi de comprendre... Les fusils se sont mis à cracher flammes et claquements dans la nuit.

Je n'ai entraperçu des sauvages, au cours de ce premier affrontement, que des visages bariolés grimaçants et des corps nus surgissant des trouées de la broussaille environnante. Ceux que nous tuâmes, si nous en tuâmes, furent emportés par leurs compagnons quand ils décrochèrent et s'enfuirent. Le heurt, j'en suis certaine, dura moins de la demie d'une demi-heure, mais la nuit qui s'ensuivit fut jusqu'au bout éveillée et sur le qui-vive. S'ils ne se manifestèrent plus, ils n'étaient probablement pas très éloignés, et probablement nous accompagnèrent-ils un certain temps, les jours d'après, comme ces ombres qu'ils savaient être pour une bonne part de leur nature, nous observant et attendant le moment propice pour lancer une nouvelle offensive. Nous le pensions, le redoutions, mais une fois encore ce que nous pouvions conjecturer de l'attitude des sauvages ne se produisit point : nous apprîmes assez vite que c'était là une règle générale à ne jamais oublier, jusqu'à ce que plus tard (et j'en eus souventement l'occasion) l'expérience nous enseigne à connaître certaines de ces gens et leur manière de voir et de penser le monde, parmi tous ces peuples et tribus qu'ils formaient, notamment les familles de ceux qui aujourd'hui sont avec moi de ce côté-ci de la mer océane.

En plus de Noire Gale, une demi-douzaine d'entre nous étaient tombés sous les flèches des assaillants. Deux n'étaient que blessés, dont Noire Gale qui mit plusieurs jours à mourir en dépit des flèches qui lui avaient percé le cou et le ventre. Forestier prit la décision d'abandonner la barque pontée sur ce bras du fleuve impossible à quitter sans une aide que nous n'avions point. Nous fîmes une sélection des ballots de tous, ne gardant que l'essentiel et le moins encombrant.

Au cours du transbordement de ces balles à la terre ferme, mon second coffre sombra dans les eaux nauséabondes et s'envasa si bien et si profond qu'il ne nous fut pas mieux possible de l'en aller retirer que de désempêtrer la barque de l'embâcle de troncs morts, à moins de consacrer à cela des efforts et du temps que nous ne pouvions nous permettre. Ce coffre-là contenait, au nombre de quelques affaires chères provenant de plusieurs années de saccages, les feuillets du journal que j'avais tenu, depuis la traversée à bord de *La Fortune* jusqu'au débarquement de *L'Irgou* au port de La Nouvelle-Orléans. Je m'étais jurée d'y revenir un jour, dès que possible, pour repêcher mon trésor enseveli. Ce que je n'ai jamais fait, à ce jour.

Ainsi commençait la route vers fort de Chartres, qui se continua sur cet air au fil de plusieurs années…

Il s'en écoula une dizaine, pas moins, que je vois maintenant sous mes pas comme passées sans presque crier gare, ce qui de prime abord donne bien du désarroi, tellement ce temps d'en arrière fut contraire au léger, contraire au rapidement parcouru. Tellement les jours et les nuits pesèrent quand il fallait les traverser et les supporter, pour autant qu'il n'en reste et paraisse que des sortes d'erluises, les traces de brumes que laissent les fantômes.

Une dizaine d'années, cordieu, où sont-elles donc ensevelies ? Alors que d'autres fois, comme lors à tenter de les décrire, je n'en puis soutenir en pensée que des fragments, des miettes, insupportables et vertigineuses dans leurs dimensions d'une écrasante pesanteur. Dieu, mon Dieu que j'aimerais tant avoir en croyance pour un peu de repos. Qu'on a oublié de me faire entendre et que, si j'avais su, on m'eût plus volontiers désappris.

Une dizaine d'années, à remonter ce fleuve-là, le Grand Père, d'abord au fur de ses colères et languissements, ses dévoreuses crues comme ses toutes soudaines disparitions dans la saoulesse des affolants dédales de ses chemins perdus, la grande rivière couleur de boue et d'argent, mais aussi d'autres qui nervaient le pays et traçaient les passages les plus aisés, souvent les seuls, pour le franchissement de ces terres et forêts montueuses hantées de dangereuses présences qu'excepté quelques chevaucheurs nul charroi et nul équipage ne parcourait.

Fort de Chartres demeurait le but à atteindre, mais les méandres de l'itinéraire se déroulèrent nombreusement, dans des directions qui s'éloignaient bien souvent de la bonne. Les écarts furent rarement de ma volonté. Ils furent ce que les circonstances vironnantes provoquèrent, ce que je n'avais pas envisagé. Cela se fit au bon tout autant qu'au mal gré des événements qui nous cernent, nous ouvrent ou nous ferment le chemin.

Après que nous nous fûmes éloignés de l'endroit d'immobilisation de *La Louisianaise*, nous nous mîmes en marche vers l'est. Il était pratiquement sûr aux dires de Forestier (et de tous et, vérité, je partageais cette certitude) que nous ne tarderions point à tomber sur une des pistes qui s'entrelaçaient sur la rive incertaine du fleuve pour s'enfoncer à travers les îles comme sur la terre ferme où avaient poussé fermes et hameaux, fortins, baraquements de pêcheurs et de chasseurs, et postes militaires aussi, les plus rares – la Louisiane de cette période ne comptait pas mille deux cents soldats sur toute l'étendue de son territoire, depuis le golfe au sud jusques aux marches de Nouvelle-France au nord, et il est à peu près certain que les deux tiers de cet effectif ne valaient pas mieux, sinon moins encore, généralement abrutis d'alcool que les calamiteux de notre bande qui n'avaient pas encore, eux, atteint ce stade…

Cette marche-là prit de nombreux jours. Elle ne fut pas plus aisée que ne l'eût été certainement la poursuite de la navigation à bord de *La Louisianaise*, avec tous ses dangers, pour des mariniers novices ignorants des caprices du fleuve.

Un soir, Noire Gale mourut. Il n'avait plus dit un mot depuis ses blessures, nous le portions sur un brancard de branches et n'avions retiré que la flèche plantée dans sa bouche, coupant juste leur hampe à celles plantées dans son cou et son ventre. À un moment de la nuit son bras retomba de son torse et demeura tendu, la paume de la main ouverte vers le ciel. Nous le laissâmes sur sa civière, l'enterrer était inutile dans cette région dont les prédateurs n'eussent pas attendu le soir pour le désenfouir.

L'autre blessé suivit un jour ou deux encore, boitant et béquillant comme il pouvait. C'était un nègre. Peut-être Hia se souvient-elle de lui et de son nom. On lui avait taillé une béquille dans une branche fourchue. Il avait reçu une flèche dans le haut de la gigue et la blessure était devenue rapidement vilaine, la chair enflée, sa peau noire prenant une curieuse teinte nacrée, bleuâtre. Il mourut d'une balle en pleine tête, et je ne comprendrai jamais pourquoi ce fut sur cet homme infirme et très visiblement inoffensif que les gens de la ferme tirèrent en premier. Peut-être la balle était-elle destinée à son voisin immédiat, ce grand nègre du nom d'Ongo qui le soutenait d'une main, dans l'autre un fusil avec lequel il répliqua après que le sang du blessé l'eut éclaboussé et alors que ce dernier avait à peine touché le sol et qu'une ultime pulsation crachait par son œil arraché, juste à mes pieds. Ongo descendit proprement le tireur perché sur la barrière devant la cahute, et quand nous eûmes atteint la barrière, un autre coup de feu fut tiré de la maison, par la fenêtre. Le plomb fit voler du bois sur la perche à quelques pouces de mon bras et provoqua la riposte de deux d'entre nous. On vit se crever la peau huilée tendue sur le cadre à demi relevé de la fenêtre et voler en éclats le montant du cadre. Ensuite il se fit un silence que même les insectes oublièrent un moment de ronger.

Le tireur de la barrière abattu était une femme ; le plomb lui avait troué la poitrine, sa chute en arrière très certainement cassé le cou ;

elle n'était pas tout à fait morte et nous regardait avec de grands yeux surpris, la nuque raide, sans bouger la tête, sans dire mot, des bulles de sang aux commissures. Dans la maison il y avait deux enfants en guenilles, hirsutes et barbouillés, et celui qui avait tiré était tombé du tabouret, étendu comme une grande poupée à demi décapitée dans une mare rouge couvrant la presque moitié de la surface du plancher. Quelqu'un a donné un biscuit de mer à l'enfant debout près du foyer de pierres rondes sur les braises duquel chauffait une gamelle d'eau rousse, et l'enfant a pris le biscuit. Au plus vite et en silence, nous avons quitté ce sale endroit et les insectes se sont enfin remis à grésiller.

Les gens au long du fleuve, et des rivières du pays, se méfiaient non seulement des raids que lançaient les sauvages soudoyés par les Anglais, mais aussi des bandes de gueusaille qui rapinaient volontiers pour leur compte ou celui de l'ennemi. Et puis donc, ainsi que nous l'apprîmes un soir au bac d'une rivière, plusieurs dizaines de nègres en révolte s'étaient évadés d'une plantation au-dessus du lac Ponchartrain, dans ces environs-là ; ils ravageaient tout sur leur passage et leur réputation s'était répandue comme une traînée de poudre enflammée dans toute la région du delta et au-delà où le malheur était déjà suffisant sans que s'ajoute jamais celui que pourrait causer le passage de ces forbans-là.

Plus haut, passé la rivière, nous fûmes de nouveau pris pour une de ces bandes de ravageurs et poursuivis par un parti de chasseurs de nègres et leurs molosses. Cette traque dura plusieurs jours et nous épuisa bien. Comme ils ne décrochaient pas, nous fûmes obligés de les attendre à l'heure des moustiques, forcés de tuer leurs chiens, d'abord, avant d'en abattre trois sur les quatre. Au dernier nous dîmes qui nous étions, et non point ceux qu'ils croyaient, et qu'il aille le répéter à ceux qui voudraient l'entendre et il s'en fut en courant jambes écartées, laissant dans son sillage une singulière odeur de merde.

Nous étions alors une quinzaine, guère davantage. Forestier nous menait, bien qu'il prétendît ne faire que me suivre et n'être là que pour ma protection… Il s'était lui aussi séparé de son coffre, comme un certain nombre d'entre nous, après l'échouage catastrophique de *La Louisianaise* – contrairement à moi, ils n'avaient pas perdu leurs ballots mais les avaient cachés volontairement, ensevelis à proximité du bateau, sur la terre ferme du hammock. Forestier m'avait assuré que lorsqu'il retournerait chercher son bien, il ne manquerait pas de me le faire savoir et de repêcher le mien également, comme s'il était vraiment convaincu que je pouvais le croire une seconde. Je m'étais gardée de laisser paraître le moindre scepticisme. Combien sont toujours en vie, ce jour d'hui, de ceux dont le trésor est encore enterré là-bas ? Combien sont retournés sur les lieux ? Combien ont retrouvé ce qu'ils cherchaient ? Si le hammock n'a pas été emporté ou déplacé par une crue du fleuve depuis beau temps…

Nous étions une quinzaine, Forestier à notre tête dans une tenue qui empruntait de plus en plus à celle des coureurs des bois que nous avions pu rencontrer aux baraquements des comptoirs de pelleteries, aux points d'accostage sur le fleuve, ou à La Nouvelle-Orléans. Pour la plupart des nègres, les autres boucanés par les vents des mers caraïbes, qui cherchions un moyen de nous rendre aux colonies du nord sur le Mississippi, aux environs de fort de Chartres, sinon à fort de Chartres même…

6

Forcément, l'apparition d'une telle gueude provoquait chez ceux et celles qui l'apercevaient une immédiate défiance à cause de ces groupes d'esclaves en fuite qui parcouraient la région sans autre espoir que celui d'être abattus au plus tard (ou bien même s'en moquaient-ils ?) et de mener une vie de pillards la moins courte possible. Aussi profitâmes-nous plus d'une fois de cette terreur que notre approche des fermes isolées inspirait. Nous n'avions pas fait autre chose sur mer, plus exactement au bout des courses qui nous conduisaient à la côte jusques aux villes et villages sur lesquels nous nous abattions par surprise...

Nous avons durant cette période vécu de chasse mais aussi et surtout de rapines et du saccage des petites exploitations isolées que nous trouvions sur notre passage. Cette manière d'avancer nous éloigna évidemment du chemin le plus court vers le haut du fleuve et nous en tint écartés pendant longtemps. Nous étions flibustiers sur terre. Notre bande était une milice en patrouille qui parcourait les territoires au nom du gouverneur de Louisiane et du Roy de France – voilà ce que nous affirmions, ce que nous annoncions à ceux qui ne s'étaient pas enfuis et nous recevaient dans leur domaine, allant jusqu'à nous nourrir et nous abreuver...

Johan Forestier considérait qu'une fuite des habitants d'un bourg ou d'une petite plantation ou d'une ferme équivalait à une résistance, une résistance signifiait que ces gens étaient contre nous, contre la France, sympathisant des colonies anglaises et de leur gouvernement – donc ennemis. Quand nous eûmes fait notre loi de ces très simples principes, nous n'en parcourûmes et couvrîmes bois et campagnes que plus rapidement et efficacement. Même le dernier des nègres de la bande était persuadé qu'il agissait pour la meilleure cause qui fût, en plus de son propre intérêt : celle d'un roy Louis bien lointain, son protecteur et son ami, ainsi que nous le lui avions expliqué par le truchement d'Hia qui entendait de mieux en mieux le français que je lui apprenais, et d'une autre négresse, la seule autre fille, nommée Douna qui, elle, comprenait et parlait l'espagnol. Nous n'allions plus à pied, nos montures ne nous avaient guère coûté, trouvées dans les parcs adossés à certaines fermes – nous ne nous étions jamais servis dans les maisons qui possédaient moins de trois chevaux, en plus de ceux qu'on harnachait pour le trait ou le labour.

Notre milice devint en quelque sorte officielle, dans nos esprits en tout cas, après notre rencontre avec la caravane de mules et son escorte de soldats qui remontaient vers la Red River, sur l'autre rive du Mississippi. Les mules étaient une bonne douzaine, chargées de caisses et de sacs remplis de marchandises de traite à destination de tribus quinipissas qui occupaient en ce moment ces forêts. L'expédition était partie de La Nouvelle-Orléans à l'initiative du gouverneur Kerlérec en personne, conduite par un lieutenant Aubray en qui le gouverneur avait toute confiance, qui n'allait pas tarder à se voir confier d'autres missions d'importance sur le terrain, et pour finir la totale responsabilité des forces armées des colonies.

Nous rencontrâmes Aubray, sa caravane et sa pauvre escorte de quelque dix soldats (qu'on appelait des fusilliers, si je ne me trompe pas) aux abords d'une plantation nommée La Maison des Houmas, au sud de Bâton Rouge. En vérité nous avions surtout parcouru ces environs-là entre la Grande Rivière et cette autre qui se jette dans le lac Ponchartrain, ce qui revient à dire que non seulement nous n'étions pas montés plus haut que l'endroit de notre échouage mais que nous en étions, au fur de nos errances, redescendus !

C'était un automne rouge flamboyant. Les gens de La Maison des Houmas savaient qui nous étions ; nous avions été bien reçus à chacun de nos passages sur le domaine, Forestier ayant réussi à faire croire que nous avions participé à la fortification du Détour à l'Anglais décidée par Kerlérec. Ils avaient toujours accepté la présence des nègres sans poser de questions ni leur accorder plus mauvaisement comme attention que des regards légèrement suspicieux... Nous tombâmes nez à nez avec la colonne des mules et les soldats, Aubray à leur tête qui portait ses galons et insignes militaires sur une veste de daim couverte de taches graisseuses et de bandeaux perlés, aux manches frangées de plusieurs pouces. Il valait mieux pour nous autres gagner les bonnes grâces du lieutenant plutôt qu'essayer de le pirater – rien n'était moins certain que nous eussions pu parapres nous charger sans accrocs de la transaction avec les Quinipissas dont nous n'avions jamais vu l'ombre ni même entendu prononcer le nom jusques à lors. Cela se fit presque naturellement. Forestier proposa nos services d'escorte, j'étais à son côté, sans doute considérée sur le coup comme sa compagne par les soldats et Aubray qui n'avait pas un œil indifférent lorsqu'il se posait sur moi ou sur Hia et l'autre négresse... Le lieutenant accepta.

Nous sommes restés dans les différents villages des Quinipissas après que Aubray, ses mules et ses hommes furent repartis, durant cet hiver, ensuite le prin temps de l'été, puis l'été. Les Quinipissas sont des gens agréables et de bonne compagnie qui deviennent enragés au combat. Avec eux nous avons participé à de très nombreux raids contre des Crics et Chicachas qui servaient les Anglais, et nous avons également soutenu des assauts de ceux-là mêmes contre le village. Nous avons quitté les Quinipissas pratiquement une année plus tard, à la fin de l'été, et certains des nègres de la bande sont restés dans le village où ils avaient trouvé des femmes quinipissas, et nous avions, pareillement, dans nos rangs, quatre ou cinq braves de la tribu qui avaient sans doute envie de voir du pays. Je suis presque certaine que Forestier laissa derrière lui, avec la promesse de revenir bientôt, plus d'un ventre gros de squaw. Quant à savoir s'il a tenu sa promesse de retour… Dans les temps où il fut absent de la bande, peut-être. Je ne sais pas. Ne le lui ai pas demandé. Il ne m'en a rien dit…

Dans ces années-là, les Anglais se démenèrent comme des diables sur toutes les frontières entre la Louisiane et leurs colonies. Il était primordial et vital pour eux de contrôler, voire couper, ce couloir des territoires de France que formaient la Louisiane et la Nouvelle-France et qui les écrasait contre la côte. La guerre qu'ils livraient à la France était d'autant plus féroce qu'elle se déroulait principalement par truchement des peuplades indiennes dressées les unes contre les autres, achetées et leurrées à cette fin par l'un et l'autre parti. C'était une guerre sur mer, dont nous avions parfois les échos racontés par un coureur des bois qui remontait de La Nouvelle-Orléans, ou les soldats que nous pouvions trouver dans les postes disséminés sur le fleuve et que des chevaucheurs informaient à défaut de les ravitailler en armes et munitions (ce que nous fîmes plusieurs fois) ; une guerre des forêts et des fleuves et des rivières, comme nous l'avons vécue chaque jour de ces années, avec de bien rares et maigres temps de répit. Pourtant les tentatives britanniques de faire entrer dans cet affrontement les Alibamons et les Chactas ne donnèrent pas de fruits. Et mieux encore, les Chéraquis se rallièrent au gouverneur et dès lors ne cessèrent de lancer des raids très meurtriers à l'intérieur des possessions anglaises voisines du Sud louisianais. Tant et si bien que l'état-major ennemi dut se résoudre à retirer des troupes du front canadien, au Nord, pour défendre ses établissements du Sud grandement menacés. Nous avons souventement embusqué des convois sur le cours des rivières plus à l'est, vers les Carolines. Et bien sûr ce retrait des troupes anglaises des territoires du Nord était un soulagement pour les forces de la Nouvelle-France que commandait M. Montcalm, dont il était dit grand bien jusques au cœur des forêts et qu'on ne cessait de vanter en mérites et victoires.

Ces temps furent également et principalement ceux pendant lesquels le gouverneur Kerlérec, voyant combien pouvaient être heureuses et profitables les actions des Chéraquis et des clans épars qui leur étaient alliés, tenta ce projet de « confédération indienne » – ainsi que cela se disait. On disait que les Alibamons étaient quelques milliers, les Chactas aussi, les Chéraquis cinq mille, et il y avait aussi d'autres nations comme les Abakas et les Talapouchas et d'autres qui tous ensemble eussent formé une armée de près de quinze mille hommes qui eût pu être envoyée par-delà les monts de levant et, déferlant sur la côte, eût pris les Anglais à revers.

Je me suis employée, avec cette bande de gueux qui nous suivait, Forestier et moi, à parcourir les forêts et les vallées afin de mettre en place la liaison entre ces tribus et les soldats des postes. Pendant près de sept ans nous avons couru les bois dans cette intention de ralliement, et nous n'y sommes pas parvenus. Que des Blancs viennent demander aux tribus de s'unir contre d'autres Blancs avec qui il était également possible de s'allier un jour était une chose que nos amis avaient certaine peine à saisir et à suivre.

Je revis Aubray en juin de 1758, je crois, au fort Ascension sur la rivière Ohio, où il s'était établi. Un bâtiment carré fait d'une enceinte de deux rangées de pieux adossés à un remblai intérieur, avec un bastion à chaque coin… Une centaine de soldats l'occupaient, auxquels s'ajoutèrent pour un temps ma quarantaine de nègres et de renégats chéraquis, chactas, shawnees et autres qui ne savaient peut-être plus eux-mêmes où ils avaient racines.

Aubray avait reçu le commandement des forces des Illinois. J'étais là, avec lui, quand l'ordre lui vint de marcher vers fort Duquesne menacé, nous avons parcouru à marche forcée les cinq cents lieues qui séparaient les deux forts. Forestier n'est pas venu. Il a tenté de me dissuader d'accompagner Aubray. Il estimait cette action folle et sans lendemain autrement que bien sombre, et surtout mon soutien aux soldats de bien peu de poids, ridicule, face aux Anglais de Forbes. Il est resté à fort Ascension. Il a dit qu'il nous attendait et qu'il fallait aussi des hommes ici, sur place, il est resté avec une vingtaine de calamiteux qui décidèrent comme lui que la chandelle, à fort Duquesne, ne valait pas la peine qu'on la brûlât.

Forbes était à la tête de deux mille cinq cents miliciens de Pennsylvanie et de trois cents du Maryland (qui sont des colonies anglaises). Il avait reçu le renfort d'un nommé Washington à la tête de mille deux cents miliciens de Virginie, et aussi d'un colonel qui commandait mille highlanders. Ces troupes marchaient sur fort Duquesne dont la garnison était commandée par M. de Ligneri.

Au milieu de septembre, nous étions quatre cents, pas bien davantage, au terme de cette marche.

Nous avons attaqué la colonne anglaise et ils se sont repliés, laissant un demi-millier de morts sur le terrain dans les herbes fanées, et nous avons fait grand nombre de prisonniers.

Après quoi je suis restée à fort Duquesne. Aubray ne semblait plus avoir grand besoin de moi, avec de l'ouvrage qui l'attendait du côté de fort Detroit dans le Nord, où la garnison était en péril. Il dit qu'on se retrouverait à fort Ascension, si Dieu et moi le voulions. Il ne dit pas s'il le voulait, lui. Dieu, je ne savais pas. Moi non plus, à la vérité. Je suis restée à fort Duquesne, en lisière de territoires méchamment anglais.

L'hiver venu, les vivres n'étaient pas en suffisance pour la garnison milicienne que Ligneri renvoya, faute de pouvoir les nourrir, pour ne garder que trois cents hommes environ. Mes quarante en étaient – nous campions au-dehors du fort et nous assurions notre subsistance en chassant dans les environs proches. Les Anglais nous ont attaqués au printemps et Ligneri a commandé de mettre le feu au fort, ce que nous avons fait, et nous nous sommes repliés vers le fort Wenango au sud de l'Érié.

Nous avons appris qu'Aubray avait remporté une belle victoire à fort Detroit, en octobre, après avoir défait les « homards rouges » qui marchaient sur Duquesne. Il a dégagé le poste français et tué plus de deux cents homards. Un coureur a apporté des nouvelles et il a annoncé qu'Aubray s'était remis en marche, avec près de sept cents Français et presque autant d'Indiens, sur fort Conti, qu'on appelle aussi fort Niagara, assiégé par les Anglais. Je voulais voir cela. Revoir Aubray sans doute, mais aussi cette tombée des eaux du lac d'une hauteur de montagne, comme il n'en est nulle part ailleurs ; ceux qui avaient vu ces chutes disaient que c'était le ciel fondu qui s'effondrait dans un grand tonnerre.

Les Indiens qui suivaient Aubray l'ont abandonné. Ce fut une sévère défaite, des pertes en hommes par centaines. Je suis arrivée, avec la bande, après que les morts avaient été ensevelis. Fort Niagara était tombé, lui aussi. Je n'ai pas revu Aubray. Alors, nous sommes repartis pour fort Ascension, et la route fut longue et dura jusques après l'hiver, tant il nous fallut vironner et tourniquer pour éviter les partis d'Iroquois qui hantaient ces collines et ces bois.

On disait de nous, dans ces contrées, « la bande de la Rouge ». Je n'avais pourtant aucunement l'impression de commander à ces calamiteux qui m'accompagnaient, pas plus que n'importe qui d'entre nous. Nous parlions et décidions en commun de notre marche à adopter et dans quel dessein. Ceux qui n'étaient pas d'accord pouvaient suivre à contrecœur ou ne pas suivre, c'était aussi simple que cela. Je pense que j'ai souventement suivi par peur de me retrouver seule, ou en nombre trop faible, dans l'intention vraie qui était mienne. Ils disaient « la bande de la Rouge » parce que j'en faisais partie et que j'étais hors de l'ordinaire, que j'avais un temps marché au côté de Forestier qui était alors, lui, le vrai meneur. J'étais comme la figure de proue d'un vaisseau, non point son pilote ni son gouverneur à la barre.

La « bande de la Rouge » continua de hanter les forêts et les vallées des rivières Ohio et de la rivière Rouge ou de l'Alabama, de beaucoup d'autres qui n'avaient de nom que celui que nous leur donnions, la rivière du Hibou, la rivière des Eaux Plates, la rivière du Mort sans Tête... En Louisiane mais aussi en dehors, en colonies anglaises et aussi en terres espagnoles. Il nous est arrivé de nous trouver dans des contrées qui n'appartenaient ni aux uns ni aux autres, simplement occupées depuis longtemps par des peuples sauvages indiens – mais nous n'entendions jamais dire alors que ces terres étaient celles des Corbeaux ou des Ayoois.

La Louisiane commençait son agonie. Nous apprîmes que les troupes françaises avaient pratiquement déserté La Nouvelle-Orléans et qu'à peine deux cents soldats s'y trouvaient encore. Les fusils, les balles, la poudre manquaient. Et les vaisseaux de France ne traversaient plus la mer océane...

Aussi, les alliances indiennes changèrent. Nombre de tribus luttant à nos côtés de longue date nous quittèrent, pour éviter de partager le sort qu'ils prévoyaient des « grands pères blancs » moribonds. Les Chactas passèrent aux homards rouges. Alliés aux Chicachas, ils allaient ouvrir des passages aux troupes anglaises...

Nous étions dans un des villages de Grand Oiseau dans le Soleil quand son peuple chéraqui entra en guerre contre les Chactas et Chicachas. Ce fut un affrontement sanglant, sans pitié, d'une rudesse jamais vue au pire des pillages et engagements que j'avais connus sur mer et en piraterie. J'ai acquis le respect de mes alliés amis aussi sans doute de mes adversaires au cours de ces quatre mois, ou davantage, qui me virent au-devant des combats chaque fois que j'en avais l'occasion. Je ne sais quelle rage m'habitait alors, quel besoin de carnage et de folie, quelle saoulesse.

Pourquoi cette soif de sang, comme si c'était le seul et dernier chemin obligatoire ? Il me semble ce jour d'hui que je ne cherchais, n'attendais que cela, dans ces instants terribles. Partir. En finir. Quitter de cette façon une sorte de pays que je m'étais choisi, sans doute inventé, que j'avais cru pouvoir un jour considérer comme mien, en partage avec tant d'autres gens, avec ceux de la bande qu'on avait forcés pour la plupart hors de leur terre natale, comme le souhaitait Forestier et comme nous en avions rêvé ensemble certains soirs, certaines fois, dans certaines conversations, à certains moments…

Forestier au visage de sauvage blanc, homme de si bonnes manières, au regard aussi bien de métal que de nuages, et sa cicatrice en travers de la joue dans la barbe chaumée. Forestier, l'homme qui attendait. Mon violeur préféré… pour une unique fois, et qui jamais n'a reporté la main sur moi. L'homme qui attend encore. Comme nous en avions tant parlé, lui et moi, comme je l'avais tant écouté parler de ce pays en marche – en train de trébucher alors, de tomber. (Comme j'en avais tant écouté aussi, sans qu'alors il fût question de pays, dans la bouche de Cauvin, avant que de seulement m'autoriser à rêver d'un jour où le rêve pourrait vraiment germer, grandir et fleurir…) Alors peut-être cette rage et ce besoin de mort, à donner ou recevoir, éclosaient-ils de ces ferments-là ?

Durant ces mois, sans aucun doute, je fus la femme, la seule, dont la ceinture de guerre s'orna d'autant de scalps, anglais ou indiens, ennemis…

Nous avons empêché le passage de plus de trois mille homards rouges, nous les avons refoulés, repoussés de l'autre côté des montagnes alleghanys. « Chez eux. » Mais ce fut une cruelle victoire. Il eût fallu des armes et des munitions et d'autres forces vives, qui eussent permis de poursuivre notre avantage. Nous ne reçûmes rien de tout cela, d'aucune part. J'étais parmi eux, avec les Chéraquis, en septembre (en 1760, je crois) quand ils enlevèrent le fort Lundon, tuèrent plus de cinquante soldats, en firent prisonnier cent cinquante au moins, s'emparèrent de vingt canons, des mortiers et pierriers. Je pris sept scalps anglais rien que ce jour. Mais je n'étais plus avec eux quand après la victoire ils furent contraints à cette paix signée humiliante, qui agenouillait toute la colonie. J'étais partie, en compagnie d'une douzaine de Chéraquis s'ajoutant à ma bande.

Pour l'hiver nous rentrâmes à fort Ascension, par le cours de l'Ohio, remontant ensuite la rive du Grand Père des Eaux.

Le fort s'était agrandi, sa palissade avait été rehaussée, des bâtiments nouveaux y étaient construits dans l'enceinte et formaient la banquette soutenant le chemin de ronde. Ses effectifs aussi avaient grossi et comprenaient nombre de déserteurs canadiens et de miliciens de là-bas, et des Accadiens chassés par les Anglais des années paravant, qui voulaient continuer la lutte après la défaite de Montcalm.

Forestier s'y trouvait de passage.

7

Le vieux se mit brusquement à gémir du fond de ses ténèbres, un râle saccadé, essoufflé, qui monta et prit la terrible ampleur d'un cri de blaireau en rut dans la nuit.

– Seigneur, souffla Apolline, irritée, le regard droitement posé sur Esdeline en face d'elle.

Le gémissement les avait fait sursauter toutes trois, Hia assise sur le devant de l'âtre, Esdeline et la jeune femme chacune d'un côté de la table. Esdeline avait redressé la tête, une expression étrangère sur les traits. Un frisson la secoua et elle poussa un bref son tremblé.

Apolline se leva. Elle alla au coffre, de l'autre côté de l'âtre, en sortit une bouteille qu'elle déboucha et elle s'enfonça dans l'ombre.

– Allons, arrêtez, dit-elle.

La plainte se brisa, remplacée par des gargouillis, des halètements. Des mots heurtés, incompréhensibles – sinon pour Apolline, peut-être, et l'habitude qu'elle en avait.

– Buvez, allons, dit-elle.

Et on entendit le vieux boire et avaler et s'étrangler et tousser et maintenant cracher, et faire toutes sortes de bruits déchirés de la gorge.

Apolline reparut, les mains vides. Elle revint à la table, reprit place sur le banc. Le vieux gueula encore un peu, sur plusieurs tons discordants. Montée du borborygme on entendit à peu près clairement la question.

– Oui, elle est là ! répondit Apolline, par-dessus son épaule.

– Elle va m'couper l'cou ! hoqueta le vieux. C'est pour ça qu'elle est rev'nue !

– Mais non !

– La laisse pas faire, hein ? Faut pas la laisser faire !

– Dormez, le vieux ! Personne la laissera faire une chose pareille.

– Tu crois ça ?

– Bien sûr que j'crois ça. Buvez un coup et dormez !

D'autres gargouillements sans suite ni cohérence s'ensuivirent, et puis une sorte de mauvais silence comme une surface de métal lisse rayé. Quelques paroles furent échangées entre des occupants qui partageaient l'étable avec les bêtes, un rire bref, une courte quinte de toux…

Le visage d'Esdeline n'avait pas changé, pas frémi. Son expression comme accrochée toujours en dehors du moment. Des ombres denses et marquées cernaient ses yeux, les plis de la fatigue s'étaient creusés et tombaient de chaque côté de sa bouche.

Dehors c'était encore la nuit. Le froid s'insinuait par le dessous de la porte refermée et les carreaux cassés des fenêtres devant lesquels Apolline avait pendu deux morceaux de « draps de foin » en toile d'ortie. On entendait de loin en loin craquer les poutres, et dans les voliges sous les essentes du toit, les solives du plancher du dessus.

Esdeline prit le gobelet, but une gorgée, et le reposa à côté des pages lues du manuscrit. Elle passa la langue sur ses lèvres et esquissa une manière de sourire.

– Tu te souviens? dit-elle à voix basse, le visage légèrement penché et tourné davantage en direction d'Hia.

Hia fourragea dans le feu avec la pique en fer et fit monter une soufflée d'étincelles. Elle dit gaiement :

– Beaucoup des choses…

– À fort Ascension, Louisiane, dit Esdeline. Après la réddition des Chéraquis vainqueurs… Tu te souviens de Forestier, alors ?

La gaieté quitta le visage lisse et sombre d'Hia. Elle hocha la tête. Fit monter de nouvelles étincelles en agitant la tige de fer.

– Il était maigre, dit Esdeline, les yeux clos, reprenant pour elle l'expression de fort aise abandonnée par la négresse. Oui il avait maigri, il avait pris de la vieillesse au cours de ces mois-là. Il m'attendait devant le poste des officiers du fort. Il savait que je viendrais, il savait beaucoup de choses, et pratiquement tout ce que nous avions fait avec la bande depuis qu'il nous avait quittés. Il n'y a pas mieux que la forêt pour colporter les nouvelles.

Dehors un cheval ronfla et s'ébroua. Une voix poussa une sorte de « Yeepyeep ! » bref.

Esdeline avait prêté l'oreille. Elle retrouva progressivement l'expression détendue en accompagnement de ce qu'elle voyait, si loin… Elle toucha du bout de la langue le creux dans ses molaires. Aspira une grande goulée d'air et l'exhala en dégonflant lentement ses joues.

– Il a dit : « Je t'attendais, la Rouge, depuis quatre jours. Je t'en donnais quatre encore. »

8

La cour de fort Ascension n'était qu'une surface de boue sombre que l'averse de maigres flocons cinglants grisait sous une fine pellicule.

– Quatre jours pour quoi faire ? demanda Esdeline la Rouge, le coude posé sur la main qu'elle refermait sur le pommeau de sa selle, tenant les rênes dans cette main gantée d'une moufle de fourrure.

– Pour que tu reviennes ici.

– Et sinon ?

– Sinon je partais à ton devant.

Il se tenait sur la galerie surélevée, de ce fait pratiquement à sa hauteur. Il avait maigri, les yeux fiévreux, sa barbe non taillée depuis longtemps, si bien que la cicatrice de cette entame laissée par un éclat de bois n'était pas visible. Ses cheveux longs étaient coiffés comme un Chéraqui, maintenus par un bandeau frontal de cuir souple. Toute sa personne avait une apparence de coureur des bois très éloignée de celle du bourgeois de France qu'elle avait connu sur *La Fortune*. Il semblait, derrière le contentement de la revoir, bien éprouvé, ses vêtements, sous la couverture de peau de loup dans laquelle il s'enveloppait et qu'il tenait d'une main fermée sous son cou, étaient usés, racoutrés et sales. Il se laissa visager et examiner par le regard posément scrutateur d'Esdeline, à qui il retourna la pareille. Dans la cour, les gens de la bande se groupaient derrière elle après avoir franchi le portail de l'enceinte de troncs. On sortait des maisons et des baraquements pour venir voir ces nouveaux arrivants.

– Nous voilà bien fatigués, ce me semble, ma belle Rouge, dit Forestier dans son sourire crânement revenu.

Elle n'en disconvint pas. Pour réponse elle tenta elle aussi un sourire, puis elle dit, lèvres à peine entrouvertes :

– Si encore cette dent ne me torturait pas depuis six jours et autant de nuits… Je sais maintenant que ton diable et son enfer existent, mon bon ami.

– Eh bien, dit-il, il y a ici un ange déchu qui t'en délivrera.

C'était un forgeron. Il venait de Charentes. Les pinces qu'il utilisait pour commettre son art n'étaient pas moins impressionnantes que celles pendues au mur de rondins de sa forge. Il pratiquait du reste les deux occupations près de son foyer, dans l'odeur très enveloppante de fer chaud et de crottin.

Après qu'il lui eut arraché cette dent d'un seul coup et avec un « Han ! » puissant qui lui tomba de la gorge, lui maintenant la tête au creux de son bras noueux, il lui dit de cracher et elle cracha et il lui dit de boire et elle but et se maltourna dans l'instant sous la violence de cette nouvelle douleur que l'eau de feu tisonna dans la plaie de sa dent arrachée.

Elle revint à elle, légèrement grise, dans une pièce chaude et puamment remplie d'odeurs d'écurie (mais tout le fort sentait l'écurie). Hia se tenait assise dans la paille du sol, à la tête de sa couchette, adossée au mur et les bras croisés sur ses genoux relevés contre sa poitrine. Hia avait toujours été la seule de la bande, et même quand les femmes en faisaient partie plus nombreusement, à ne s'être jamais habillée de vêtements d'homme. Elle portait plusieurs robes indiennes de peau de daim et une veste épaisse de fourrure de loup faisant paraître costaude sa maigreur, chaussée de hautes bottes lacées qui lui montaient au genou. Son éternel foulard noué sur un côté lui enserrait le crâne. Elle sourit et demanda :

– *Va bueno ?*

– *Va bueno*, murmura Esdeline.

La douleur était toujours dans sa bouche et son crâne, mais cela n'avait plus rien de commun avec ce qu'elle était paravant. Elle explora précautionneusement l'intérieur de sa bouche avec la pointe de sa langue, frissonna et gémit quand elle toucha la cavité charcutée dans son maxillaire.

– *Va bueno*, dit-elle encore en essayant de sourire à l'adresse d'Hia.

La pièce était vaste et encombrée à première vue par un incroyable fouillis. D'autres couchettes, beaucoup de ballots en tas. Un local dortoir, à première vue.

De sous sa veste Hia sortit la bouteille au tiers vide et la tendit à bout de bras.

– Il gros homme du feu du fer que si c'est faire douleur…

Esdeline n'eut aucune peine à entendre ce que la négresse énonçait – sachant que « gros homme de feu du fer » était le forgeron maréchal ferrant…

– C'est faire mal, opina-t-elle. Je ne sais pas si c'est bien le remède.

Elle prit la bouteille néanmoins et retira le bouchon et la porta à ses lèvres. Elle but délicatement deux gorgées qu'elle s'efforça d'envoyer sur le côté non meurtri de sa bouche, n'y parvenant qu'à demi. Elle rendit la bouteille à Hia qui la refourra sous sa veste.

Elle avait dû somnoler. N'était pas restée longtemps l'esprit clair, après avoir absorbé l'alcool.

Une brûlure dans la bouche. Des bruits vagues de gens qui entraient, qui ressortaient. Des présences. Ces bruits finirent par s'imposer, prendre une ampleur qu'elle ne parvenait plus à chasser d'alentour. Elle rouvrit les yeux. Une demi-douzaine de chasseurs, trappeurs, soldats dont l'uniforme comportait plusieurs pièces bien peu réglementaires – unanimement des pantalons et jambières frangés – occupaient certaines des couchettes. Elle n'avait pas remarqué avant la lucarne dans le mur d'en face et, à la lueur sourde du flambeau qui brillait derrière la peau huilée du « carreau », elle comprit que c'était la nuit. Forestier entra et vint à elle. Il jeta son ballot au sol de l'autre côté du lit, s'assit dessus.

– Je t'emmène ? dit-il.

Elle chercha Hia des yeux et ne la vit pas, à aucun des recoins de pénombre de la pièce chichement éclairée par deux malheureux lampions à huile.

– Où est Hia ? demanda-t-elle.

Elle se redressa assise sur le lit de sangles qui grinça non seulement du cuir mais du bois.

– Avec les autres de la bande, dit Forestier. Ils mangent. Vous avez l'hospitalité. S'ils savent raconter, ils peuvent se mettre en poche toute la garnison qui n'attend que d'en connaître plus sur la campagne des Alleghanys. En tes qualités de chef de bande – ne proteste pas, je ne fais que citer l'officier Rembois – et en raison de ta blessure presque de guerre, tu as droit à une couchette dans le dortoir commun de la soldatesque. Tu souffres ?

– 'a va.

– C'est ta première blessure ? Pas une balle, pas une flèche, pas un coup de poignard, pas un coup de pouce pour te faire sauter un œil dans une bagarre à un comptoir de trappe ?

– Rien, dit-elle. Rien de rien. Pas une égratignure. Tu crois que j'ai trop de chance ?

– Trop de chance, fichtre ! Peut-on jamais avoir trop de chance ?

– Où veux-tu m'emmener ? demanda-t-elle.

Son regard se fit sérieux, sans pour autant que la bluette ne s'en efface.

– Hia viendra aussi, si elle veut – et si tu le veux, dit-il. Avec moi. Nous achetons, toi et moi, une plantation, sur la rivière Amite, à mi-distance entre le lac Maurepas et Bâton Rouge. De la canne à sucre. Du coton.

– *Sangre de Dios.*

– Je ne plaisante pas, sourit Forestier. Les fondateurs sont morts sans descendance, massacrés par un raid des Indiens de la Nation du Chien, la plantation a brûlé, les bâtiments sont à demi détruits, c'est une affaire à saisir. Je le fais. Je liquide mes biens de France. J'ai acheté.

Elle le fixa bien droit dans ses yeux pâles. Non, il ne plaisantait pas.

– Johan Forestier… souffla-t-elle. Tu es devenu fou ?

Il soutint son regard, haussa légèrement une épaule et dit :

– C'est bien possible. Mais si c'est le cas alors ce n'est pas de ces jours-ci.

– Tes biens de France ? dit-elle, les yeux démesurément ronds aidant à caricaturer son étonnement. Parce que tu as des biens en France, monsieur l'écrivain de bord ?

– C'est cela même. Des biens. Ainsi qu'une épouse de petite noblesse – probablement un enfant aussi, qui était dans son ventre quand j'ai embarqué sur *La Fortune*, et elle s'est donné beaucoup de mal pour me faire croire qu'il était mien – qui doit tout faire pour les dilapider, ces biens, en mon absence.

Esdeline garda ses yeux écarquillés un instant, et cette fois ce n'était pas une feinte. Elle ne sut dire mieux que :

– Oh…

– Quelle différence ? dit-il. J'achète Magnolia – c'est le nom de la plantation. Et tu viens avec moi. Et si tu le veux tu deviens madame Forestier. Madame, la señora Esdeline Forestier.

Elle prononça lentement :

– Madame Forestier…

– La Louisiane va devenir une grande colonie, si elle ne l'est déjà. La France ne tardera plus à y mettre des forces et à y voir enfin tout l'intérêt qu'elle représente, d'ici au Canada. Ce n'est pas possible autrement.

– Ce n'est pourtant pas ce qu'on pourrait croire en ce moment, en regardant sur la frontière où se jouent les batailles.

– Tout va changer, et bientôt, dit Forestier. Ils ne peuvent pas ne pas s'en rendre compte. Le Roy, là-bas, ne peut pas ne pas comprendre. Ceux qui sont morts ici à ce jour ne sont pas morts pour rien que de la neige au Nord et de la boue au Sud, dans leur bouche.

– Crois-tu que quelqu'un le dira aussi aux Chéraquis ? À tous les autres ?

– Les Chéraquis comme les autres se moquent bien de la France. Comme les Iroquoien se moquent bien de l'Angleterre. Ils ne meurent même pas pour leur terre. Ils ne meurent pas chassés, à la course, ils meurent pris au piège. Alors ?

– Qu'est-ce que ça cache, Forestier ? Tu as déterré ton trésor près de *La Louisianaise ?* Et le mien avec ?

Il hocha la tête. Mit ses mains à plat paume contre paume, croisa ses doigts.

– Non, dit-il. Mais ça cache un piège, c'est vrai. J'avais autre chose à te dire. Avant cette demande, ou après. Tu ne me réponds pas ?

– Quelle demande, Forestier ? Ça recommence à me lancer dans la bouche.

Il dit :

– J'ai retrouvé la trace d'Heinrich Hammer.

Elle oublia la douleur revenue. Dressée, raidie sur la couche, une fois de plus les yeux écarquillés. La gorge serrée – pas un son n'en sortant.

– Au nombre de ceux qui composaient une milice sur la colonie de fort de Chartres. Il y est bien arrivé. Je suis resté un temps à fort

Saint-Ange sur la rivière Ouabache. Il y a six mois, le fort songeait à agrandir ses effectifs pour tenir solidement la rivière à cet endroit de confluent. Nous avons reçu des listes de volontaires pour aider à la reconstruction. Sur ces listes il y avait des noms, des croix. Une liste qui venait de fort de Chartres. Avec le nom d'Heinrich Hammer.

– Forestier… Foutredieu, Johan Forestier…

Il eut encore ce petit haussement d'épaules. Il regarda les paumes de ses mains, qu'il ferma. Il dit :

– Il y avait un autre nom, ma belle. Cauvin Sauvé.

Elle pâlit. D'un seul coup livide. Pétrifiée. Serrant la couverture à pleines mains sur ses genoux.

– Bien sûr que j'aurais dû ne rien t'en faire part, dit Forestier. Ni avant ni après ma proposition.

Elle jeta ses jambes par-dessus le bord de la couche et se pressa contre lui, le serra de toutes ses forces dans ses bras, longtemps, et il dit :

– Bon Dieu non, je n'aurais pas dû.

Sa joue douloureuse pressée contre l'épaule de la veste de daim, elle souriait dans ses larmes, s'écarta et fourra les deux mains dans sa barbe et l'embrassa à pleine bouche. Longuement. Jusqu'à l'insoutenable douleur montant de sa dent arrachée.

9

Il n'y avait plus rien d'autre dans ma tête, plus rien d'autre au monde. Les mauvais jours qui se profilaient pour la colonie comme pour la Nouvelle-France au Canada, pour les tribus indiennes qui avaient joué l'alliance avec le Roy Louis et ses divers truchements ici, je n'en voulais plus rien voir, ne voulais plus rien entendre de ces bruits sourds qui parcouraient la forêt et les vallées et les cours d'eau, ces prémices grondeurs de l'orage en marche qui en avait fini de couver. Le feu bouté aux différents points du grand pays ne tarderait pas à s'embraser pour le final du gigantesque incendie – je le pressentais, et n'étais pas la seule, tous les trahis, tous les abandonnés reniflent ces puanteurs, probablement même le jour et l'heure à laquelle tombera la hache qui les décapitera.

Et nous étions abandonnés.

Je ne saurais donner les chiffres et les nombres des aides qui nous furent envoyées par le Roy en guerre, mais ils sont bien maigres. Autant en soldats qu'en armes et en provisions. Nous étions de l'autre bout du monde, nous n'étions pas la France comme nous voulions le faire croire aux colons, juste des conquérants, des troupes, des effectifs à l'assaut d'une montagne que nous abandonnions à mi-pente, ne sachant sans doute rien sur la montagne et nous demandant quel était l'intérêt de la gravir jusqu'au sommet, tous comptes faits. Mais ces comptes étaient faux.

De tout cela comme beaucoup – même assurément Forestier qui voulait jouer le jeu de l'espoir forcé –, je n'ignorais rien. Mais ne le voulais pas savoir davantage, ni plus douloureusement. Ne le voulais pas savoir en face, ce qui m'eût forcée en toute probabilité à agir différemment que je ne le fis, pour toute autre raison que la raison.

Je ne suis pas restée quatre jours au fort Ascension, simplement le temps que s'apaise la douleur dans ma bouche après l'extraction de cette méchante dent aux racines croisées et tordues qui emportèrent avec elles une partie de l'os de mâchoire – effectivement ma seule blessure de tout ce temps de luttes sauvages !

Quatre ou cinq jours. Reprendre des forces.

J'ai demandé à ceux de la bande s'ils voulaient m'accompagner. Je leur ai dit, ce qui n'était nullement mentir, que fort de Chartres accueillait nombre de miliciens pour sa défense et celle de ce point, et que beaucoup de Canadiens défaits s'y étaient retrouvés.

Ce n'était pas mentir et fut confirmé par ceux, Canadiens, qui se trouvaient à fort Ascension… dont l'effectif était plus que complet en regard des provisions disponibles, et ceci n'était pas davantage menterie : la chasse était obligatoire et devrait être grasse pour nourrir ces gens jusqu'au printemps.

Je ne leur dis rien d'autre. La plupart me suivirent.

La seule qui savait était Hia. Elle ne serait pas venue si je ne le lui avais demandé. Je le lui aurais demandé pareillement, elle serait venue pareillement, si j'avais suivi Forestier dans sa folie de plantation…

Nous quittâmes fort Ascension un jour de grosse neige. Nous étions une trentaine, que les gens de fort Ascension se hâtèrent d'oublier et ne regardèrent même pas s'éloigner dans le vent de blancheur qui rapidement nous avala comme il avala derrière nous l'image et la silhouette des remparts de troncs et des bastions des angles, et sur le chemin de ronde de la tourelle nord, peut-être, la grise présence de Forestier qui avait attendu notre départ, mon départ, et s'en alla lui-même dès le lendemain, comme il me l'assura, dans la direction opposée, vers le sud.

Il n'avait aucune raison de me mentir en me donnant ce nom de Cauvin Sauvé figurant sur une liste de miliciens de fort de Chartres. Pas plus qu'il ne pouvait s'agir d'une erreur, ni d'une grimace maligne du hasard. L'association des deux noms sur cette liste, dans ce groupe – Heinrich Hammer et Cauvin Sauvé –, prouvait tout simplement leur présence effective.

Ils avaient fait le voyage sur l'un ou l'autre des deux vaisseaux du convoi. Ils avaient débarqué ensemble, et très probablement aussi le reste de la famille Hammer et leurs amis. Ils avaient, comme prévu et comme Hammer en avait le dessein, gagné les terres de la colonie de fort de Chartres. Et qui sait, les épreuves auxquelles les Hammer avaient dû faire face, en tant que juifs et comme Cauvin me l'avait énoncé (et comme j'avais certes pu le voir quelquefois, mais pas plus que s'ils eussent été nègres), ne s'étaient sans doute pas révélées si terribles et insurmontables.

Je ne parvenais pas à comprendre pourquoi Cauvin avait gardé son véritable nom. Les bonnes raisons pour m'en donner une explication étaient égales à celles tout aussi bonnes qui en repoussaient l'entendement. Il ne s'écoula pas un jour, pas une nuit de sommeil asséchée, sans que j'y songe et que mes réflexions tournent autour de ce questionnement et la foison d'implications que cela nourrissait. Généralement, tout cela s'effondrait comme un château de cartes par la conclusion qu'il avait très bien pu ne pas se sentir obligé de changer son nom à son embarquement de France – car après tout ce n'était pas lui qu'on recherchait pour assassinat, il était juste l'homme lancé à ma poursuite, censée que j'étais m'enfuir avec mon amant complice. Cette explication me tenait tranquille un instant, jamais plus, avant que les rongements n'y reviennent mettre la dent de leurs cent arguments sapeurs…

Nous sommes arrivés en début de mars à fort de Chartres. La route avait pris plus de temps que je ne le pensais, en raison de la neige et des pluies comme personne de ceux qui vivaient dans ces contrées n'en avaient vu depuis fort longtemps, ainsi que des crues très avancées des rivières. Et puis nous avions été embusqués par un parti de sauvages dont nous ne vîmes l'ombre d'un seul, mais que nous reconnûmes à leurs flèches pour des Chicachas, ou de leurs alliés, qui n'étaient donc plus (ceux-là) nos amis ou s'ils l'étaient toujours qui nous avaient pris pour ce que nous n'étions point (il y avait plusieurs Chéraquis dans la bande et nul d'entre nous ne savait ores quelle alliance avait cours avec cette famille)… Au sortir du traquenard nous nous trouvâmes avec deux blessés, dont la négresse Douna qui ne survécut pas trois jours et un Chouanon que nous dûmes porter à dos tout le long et qui rejoignit ses ancêtres, comme le croient ces gens, au terme de la marche, et une dizaine de montures en moins que les maudits embusqués parvinrent à nous voler sans faire plus de mal aux cavaliers que les jeter bas. Cette embuscade était surtout tendue pour ces vols de chevaux, comme cela s'entendait aisément.

Mon cœur cognait en entrant dans fort de Chartres, après avoir traversé l'espace défriché et les groupements de cabanes d'écorces des Indiens amis. L'enceinte de pierre du fort contenait un vrai petit village, deux bonnes fois plus vaste que fort Ascencion.

Je ne trouvai, nulle part, d'Heinrich Hammer ni de Cauvin Sauvé.

Mais dans la taverne de l'endroit j'appris qu'ils existaient bel et bien. Que pour l'heure ils étaient absents du fort, avec une partie de la milice envoyée en soutien dans un comptoir de la compagnie qui s'implantait sous fort Crèvecœur, sur la rivière Illinois, afin d'en escorter une partie de la population qui rejoindrait fort de Chartres.

Je ne pouvais attendre là. Et pourtant, peut-être aurais-je dû le faire, me reposer et lire tous les fort beaux livres de la bibliothèque de la femme du commandant des lieux qui suivait son mari au pire des campagnes, faire cela et manger à ma faim et en demander plus sur Hammer et Cauvin et aussi André Matter et sa femme, et leurs enfants, que je ne mentionnai même pas, tout entière à mon attente. Je posai simplement la question de savoir si Josepha avait suivi son mari et il me fut répondu qu'on ne savait pas Cauvin Sauvé marié, et après que j'eus rectifié ma question il en fut mêmement de la réponse concernant Hammer. J'en éprouvai grande tristesse, me perdant de nouveau en conjectures sur ce qu'il avait bien pu advenir, quel événement terrible avait séparé Hammer de sa jeune et si aimable épouse. Je n'en étais que plus impatiente de le retrouver.

Le temps me manque, et certainement de ma mémoire aussi, pour narrer en détail la suite de cette poursuite qui prit une nouvelle année, jusques son achèvement, comme je ne l'eusse jamais imaginé en quittant fort de Chartres pour le haut de la rivière Illinois.

Si la fortune veut que nous nous rencontrions, je te dirai de vive voix ce que je ne peux que survoler ici par ma plume. Si tu me le demandes.

Que tu saches que cette région était parmi les plus dangereuses de haute Louisiane et que des bandes d'Iroquoien de toutes sortes autrement plus importantes que la nôtre avaient mainmise sur les forêts, cernant et étranglant tous les forts que nous avions construits en d'autres temps plus paisibles, certains bien avant même que je quitte la France.

Il nous fallut au moins deux mois pour atteindre fort Crèvecœur. Nous y arrivâmes, je me souviens, un jour d'été brûlant, après avoir échappé dix fois à des groupes de Sénécas qui hantaient les bois. Les miliciens que nous cherchions (que je cherchais...) avaient quitté la place une septaine paravant, accompagnant plus de vingt colons migrants venus de la région de Québec ; ils étaient partis pour fort de Chartres et leur chemin certainement aléatoire sinuant entre les lignes iroquoiennes avait croisé le nôtre sans rencontre.

Nous sommes restés dans la place bien plus longtemps que je le souhaitais, forcés de soutenir plusieurs attaques de partis, sénécas et autres. Nous repoussâmes ces harcèlements, mais il n'était guère prudent de nous aventurer dans la forêt sitôt après le départ des assaillants. Nous ne fûmes assurés du danger écarté qu'à l'automne bien rouge. Certains de la bande ne sont pas repartis.

Le chemin dans le sens inverse, vers fort de Chartres, fut tout aussi hasardeux qu'à l'aller. Il semblait que les Indiens avaient vraiment décidé, sous la directive du commandement anglais, de concentrer leurs efforts de guerre sur cette région (nous avions, au cours des échauffourées de l'été, fait prisonniers plusieurs miliciens de Pennsylvanie qui accompagnaient les Sauvages, obéissant à ce sacré maudit Washington dont on commençait à entendre parler un peu trop !), pour la nettoyer au mieux, raid après raid contre tout ce qui avait couleur française. Nous n'étions toujours pas rendus en presque fin d'automne.

Nous avons alors trouvé sur la haute rivière Illinois une partie des colons canadiens qui s'étaient séparés du gros de la colonne pour tenter leur chance par un autre chemin qu'ils jugeaient moins hanté d'Indiens – et qui s'avéra pire. Ils avaient perdu beaucoup de gens, avaient réussi à échapper à leurs suiveurs sans comprendre comment, et n'osaient plus bouger dans un sens ni dans l'autre. Je demandai si les dénommés Hammer et Sauvé faisaient partie de l'autre groupe, s'ils étaient encore en vie, et à mon soulagement on m'y répondit que oui, à l'une comme à l'autre question. Il me suffisait de le savoir pour me rassurer – ce qui était bien sûr une autre erreur.

Des bandes de la Nation du Chien rallièrent les Sénécas, investissant toute cette rive du Mississippi qui nous séparait de notre but, et décidés apparemment à s'y installer pour l'hiver ! Ce que nous fîmes mêmement dans une anse de la rivière Illinois, y bâtissant une sorte de fortin que nous confortâmes au fur des jours de neige.

Nous sommes restés dans l'anse de la rivière tout cet hiver et davantage, jusqu'en mars de l'an d'après. Ce fut terriblement dur. Par inexplicable, nous ne vîmes de ce temps aucune présence des Sénécas, pas même leurs traces. Comme s'ils avaient décidé de nous ignorer, de ne pas se tracasser avec nous. Ils savaient bien évidemment où nous étions et où nous allions. Ils se trouvaient sur notre route et ils nous attendaient, simplement, avec grande patience.

Aussi quand nous nous décidâmes à quitter les lieux de cet hivernage – je dirais plutôt : quand il nous fut impossible d'y rester davantage sans risquer d'y périr tous et chacun les uns après les autres, faute de forces comme de quoi les entretenir –, ce fut par la forêt et non par la rivière, abandonnant la construction entreprise du grand radeau. La plupart des nègres de ma bande, et surtout eux, Hia la première, étaient atteints par un violent mal des poumons qui les faisait tousser et cracher à s'en arracher tout le dedans du corps. Je suis bien certaine que tous nous avions perdu le tiers de notre poids.

Troupe de spectres vacillants aux regards brûlés sur des montures dont les os saillaient vilainement, nous sommes entrés dans fort de Chartres le premier jour d'avril – nous apprit-on à notre grande surprise, nous nous croyions un mois plus avant. Nous n'avions aperçu qu'un petit groupe de chasseurs indiens, au creux d'une combe, qui nous aperçurent eux aussi mais ne nous inquiétèrent point, paraissant même nous fuir, comme si notre nombre suffisait à les émouvoir.

10

LE PREMIER JOUR D'AVRIL 1762, une troupe disparate déguenillée et affamée, qui mélangeait les Blancs, les Rouges et les Noirs, sortit de la forêt par le nord alors que le soleil était pendu au zénith. Une quarantaine d'individus au bas mot, plus de la moitié allant à pied parmi les cavaliers et cavalières, d'autres tenant leur monture à la bride pour éviter de la fatiguer trop. Ils n'avaient pas de bagages, ni le moindre travois de voyageurs. À leur tête se tenait une femme aux cheveux rouges défaits comme une grande flamme, aux grands yeux sombres creusés dans un visage pâle et maigri, à la mâchoire saillante. Derrière elle, sur une monture boiteuse, se tenait une négresse de grande beauté, le chef couvert d'un foulard noué sur la tempe, son regard fiévreux qu'elle posait en grande inquiétude sur la cavalière devant elle.

La colonne de spectres avança au pas des chevaux qui ne dépassait pas celui des gens à pied et traversa l'espace défriché vers le portail grand ouvert du fort. Ils s'engagèrent entre les cabanes du village indien et du comptoir extérieur à l'enceinte et les gens sortaient des abris ou bien quittaient leurs occupations dans les environs et sortaient aussi du fort pour les venir voir et les accueillir. Un groupe de plusieurs miliciens en armes descendit du rempart et courut à la rencontre des nouveaux venus qu'ils joignirent à la sortie du village indien.

– Miséricorde ! s'exclama le premier des miliciens. Vous venez de fort Crèvecœur !

C'était un petit homme rond au visage bouffi, hirsute et une barbe poivre et sel qui lui pendait sur la poitrine.

La femme aux cheveux rouges souriait. Elle opina du chef, lentement. Elle posait autour d'elle un regard incrédule sur ce qu'elle voyait.

– Miséricorde ! répéta le petit bonhomme rond. Du diable si on vous a pas crus morts, tous !

– Je cherche un homme du nom de Cauvin, dit la femme. Cauvin Sauvé.

L'expression ébahie tomba du visage de l'homme, remplacée par une complète incompréhension. Comme s'il avait mal entendu.

– Cauvin Sauvé ? dit-il.

– Il n'est pas ici ? demanda Esdeline. Vous ne le connaissez pas ?

– Si je ne le connais pas… Pour sûr que je le connais, m'ame, dit l'homme ahuri. Cauvin Sauvé c'est moi.

Elle sourit davantage. Hocha la tête.

– Non, dit-elle. Cauvin Sauvé. Je cherche Cauvin Sauvé.

– J'ai bien entendu, m'ame, dit l'homme au visage bouffi. Et j'vous l'dis encore : Cauvin Sauvé, sur cette terre, c'est personne d'aut'que moi.

Lentement, le sourire de la femme aux cheveux rouges s'effondra, se défit, et avant qu'une sorte d'épouvante finisse de s'installer sur ses traits elle s'affaissa en avant sur le cou de son cheval et Cauvin Sauvé lâcha son fusil et se précipita en jurant entre ses dents pour la recueillir dans ses bras quand elle glissa, inconsciente, au bas de sa monture.

11

Heinrich Hammer, lui, avait vingt-deux ans le jour de son embarquement à Lorient sur *La Mère-de-Dieu*, était né à Marans, me dit-il, en Charente-Maritime.

Cauvin Sauvé était jardinier, âgé de quarante-trois ans à la signature de son engagement à Lorient, né à Aunis, qui est près de La Rochelle… Il m'assura que ces détails-là de sa naissance et de sa condition inscrits sur le contrat étaient vrais. Le contrebandier (il l'appelait ainsi) lui avait juste vendu le nom, assurant qu'il n'avait plus de possesseur. Pareillement, le même contrebandier avait dit à « Heinrich Hammer » que le signataire engagé du nom s'était désisté.

Il n'y avait, à fort de Chartres, nulle trace des autres que très probablement Cauvin avait trahis et volés. Où se trouvaient les faux Matter, André et Anne-Marie, leurs enfants, et Josepha Hammer ? (A-t-il aussi volé leurs engagements ? Sans doute ce matin-là, ou la nuit d'avant, aux abords de Nantes, avant la séparation d'avec nos compagnons de voyage à travers la France…) Et que sont-ils devenus, dépouillés par Cauvin, quand ils se sont aperçus du larcin ? Et pourquoi a-t-il choisi d'établir un des faux à son véritable nom ? Ces questions-là n'ont cessé de me hanter depuis ce jour d'avril où le choc de sa trahison s'est abattu sur moi.

Allons, je me suis remise de la douleur, dans les bras et la tendresse d'Hia, ma belle douce.

Et la haine est venue, elle a poussé comme une belle plante, elle a grandi et s'est installée chez elle à demeure, au creux de moi, la haine m'a remise en selle.

Je suis partie en cherche de Forestier, puisqu'il tardait, lui, à revenir à moi. Ma route vers lui s'est quelque peu éloignée des tracés qu'elle avait suivis jusques à lors, depuis quelques années, je veux dire le tracé du bon droit du gouverneur de la colonie et du Roy de France. Pour quoi et pour qui courir au-devant de la mort ? Qui donc et quoi donc pouvait m'en appeler sans rire à ce mérite ? Je suis retournée à d'autres habitudes de rage et de colère et de fiel rongeard au profond du cœur. Nous avons pillé un peu, quelquefois beaucoup, à ne plus savoir qui étaient ces troupes avec ou sans uniforme, souventement plus loqueteuses que nous autres, qui nous prenaient en chasse, ou qui tentaient de nous embusquer.

Un temps, j'ai pensé aller chercher celle de Washington que je voulais, par amusement, jeter en cadeau de la Rouge Bête dans le salon du gouverneur à La Nouvelle-Orléans. Et puis cette idée folle, bien trop folle à réaliser, m'a abandonnée – je n'étais pas prête à mourir pour une pirouette, tant qu'à le faire, pas encore : la haine me tenait debout et me souquait à étouffer.

J'ai retrouvé Forestier sur ce sacré domaine qu'il s'était mis en tête d'acheter. Magnolia. Nous avons bien failli y perdre la vie, tous autant que nous étions, ses gens et ses esclaves nous ayant pris pour une bande de scélérats qu'ils saluèrent de leur feu avant que de nous laisser pousser un cri. Ils ne nous tuèrent guère, deux ou trois, mais une des fois où j'entendis le plomb miauler vraiment près de ma tête fut une balle tirée par Forestier, ou un de ceux qui défendaient cette propriété pas même encore tout à fait sienne.

Il fut heureux de me voir. Il avait toujours l'intention de repartir et de retrouver son trésor enterré – et, me dit-il, le mien pareillement. Il y croyait vraiment.

J'étais à son côté quand nous apprîmes la fin de la guerre et le traité signé en février à Paris. Et la perte du Canada et de la Louisiane, ainsi que les îles de Dominique, Tabbago, Saint-Vincent, Grenade et d'autres…

Nous sommes morts de cette façon. Nous avons agonisé trois années, ensemble et chacun de notre bord, dans une Louisiane passée sous gouverne espagnole… Forestier s'est battu comme un diable pour la possession de Magnolia. Il n'en a pas démordu.

Pour Magnolia, il est parti rechercher son trésor comme il le disait depuis des années. Et je l'ai suivi dans cette quête, avec ma bande, à mon tour agissant pour sa sécurité. Nous avons retrouvé ce trésor sur le hammock, ainsi que d'autres coffres que certains des passagers d'alors avaient eux aussi enterrés. Mais pas le mien sombré dans le marais. Et rien non plus de *La Louisianaise*. L'endroit devenant peu sûr et dangereux, nous avons cessé de chercher. Avec ses pièces d'or, Forestier a affrété un vaisseau qui portait le nom de *La Belle-Métisse* – il ne pouvait choisir mieux – pour la France où il compte retrouver possession de ses biens. Il m'a proposé de l'accompagner. J'ai accepté. J'avais des comptes à régler, moi aussi.

Onzième jour dans cette taverne de Nantes.

Arkam et Gillain sont revenus de là-bas où je les ai envoyés en éclaireurs.

Tu es vivante.

Nantes, février 1766

12

Elle avait parlé longtemps. Abandonnant la lecture souventement survolée, accourcie et interprétée, du manuscrit dont elle ne tournait plus les feuillets, rangés soigneusement en deux tas, côte à côte, qu'elle alignait l'un après l'autre au perpendiculaire d'une fente dans le bois du plateau de table, et puis désalignait, du bout de ses longs doigts aux ongles coupés court et qui portaient les traces de toutes les rudesses subies et empoignées au cours des ans sous le cal dans la pince du pouce et de l'index pour avoir tenu et serré trop de poignées de coutelas et de sabres...

Elle avait parlé longuement, de sa voix émoussée, rauque, presque inaudible par instants, les yeux ternis d'une ombre intérieure, sans regarder toujours celle qui lui faisait face et l'écoutait en silence. À bien des moments elle n'avait pas été là, dans la pièce, mais au-dessus, hors du temps, à surveiller, la première, l'envol de ses mots. Au fur des paroles, elle raclait sa gorge irritée de plus en plus fréquemment, déglutissant avec peine.

Parler.

Apolline avait écouté, le visage progressivement allongé, les traits tirés par la fatigue et cette pesante hébétude précédant ce qui tout à coup, de toutes parts, encruellait de grande douleur son entendement.

Assise où elle se trouvait devant l'âtre, Hia elle aussi avait écouté une histoire qu'elle savait, qu'elle avait vue de près, dont elle avait tressé une belle partie de la trame ; pour autant elle n'avait pas manqué un mot de sa narration, ni occulté une intonation. Sur son visage aussi la fatigue et le manque de sommeil laissaient leur trace, cernant ses yeux dont le blanc se couturait de petits vaisseaux et qui, plus d'une fois, s'étaient emplis de grande humidité.

Elle avait parlé longuement, et cela fit, quand elle se tut, quand le chuintement s'interrompit brusquement dans la pénombre, comme un effondrement.

Au travers les draps de toile d'ortie tendus devant les deux fenêtres, la nuit semblait s'être désépaissie. Les craquements des poutres et solives de la maison se faisaient plus espacés, tandis que le dehors se tendait d'un silence fragile à la surface duquel le moindre frôlement, le moindre picotage, prenait une dimension tranchante et acérée.

On entendait le vieux se tourner sur sa paillasse de cosses sèches et de fougères, les bruits de gorge et de nez qu'il produisait incessamment, des faibles gémissements hachés crachotés du fond de sa pénombre – les bêtes dans l'étable en faisaient moins que lui.

– Je suis venue te chercher, ma fille, dit Esdeline.

Les lèvres d'Apolline se décollèrent, elle les referma, balançant la tête de gauche à droite en signe d'incrédulité et de dépassement, davantage que de vraie négation.

– Attends, dit Esdeline, une main levée, paume ouverte, au-dessus des feuillets.

Sa main retomba et se posa sur la maigre pile de droite des feuilles pas encore lues, s'y tint quelques secondes, et Esdeline ne regardait qu'elle, puis elle mit les feuillets de gauche sur ceux de droite et ajusta soigneusement les bords des deux piles réunies en une seule.

– Attends, souffla-t-elle, avant de boire ce qui restait d'eau dans le gobelet, puis de le remplir au pichet et d'y boire deux autres vraies gorgées et de le reposer à côté du manuscrit, en balayant du plat de la main devant elle des miettes ou des impuretés quelconques qui n'existaient pas.

Elle dit d'une voix légèrement plus claire dont elle ne haussait pas le ton pour autant :

– Je suis venue pour te dire certaines choses, et t'emmener. Mais je n'ai pas encore fini. J'ai encore à dire sûrement le plus terrible, mon amiette. Ça te fait sourire ?

– Non point, souffla Apolline, affaissée sur ses coudes écartés collés à la table. Seigneur ! Est-ce qu'un seul mot dans tous ceux que tu as prononcés ou que j'ai lus prête au sourire ?

La nuit passée lui avait fait la voix pour le coup très semblable à celle d'Esdeline.

– On pourrait, je suppose, voir dans tout cela ce qui ne mérite pas mieux qu'une grande moquerie... J'ai presque envie de rire, moi-même, vois-tu ? À me souvenir de ce qui a troussé ces années... Cordieu, comment au fond ne pas sourire – ou se pendre ?

– Si j'ai pu te paraître sourire ou me moquer c'est que je ne trouve pas mieux pour me garder en raison... Comment croire ce que j'entends sans sourire, pour ne pas que le diable m'emporte ?

– Laisse donc le diable où il se plaît d'être. Écoute, plutôt...

Hia se leva du devant de l'âtre dans lequel elle plaça l'une après l'autre quatre des dernières bûches entassées contre le jambage de pierre du manteau. Les trois femmes regardèrent les bûches comme si leur entrecroisement dessus la braise était un événement de très haute importance, et elles reprirent leur respiration quand la première flammèche monta. Des chevaux dehors s'ébrouèrent. Il y eut des voix sourdes, des bruits de harnais et de mors, de sabots sur la neige dure craquante. Hia quitta la cheminée, haute silhouette dans son manteau long aux basques flottantes, pour aller voir à la porte qu'elle entrouvrit un instant, puis repoussa.

– Quoi donc ? dit Esdeline.

– Le jour, bientôt, dit Hia. Il vient.

Esdeline fit un geste de la main pour chasser la nouvelle.

– Si ce n'est que ça… Il attendra !

Et reporta son regard dans celui d'Apolline.

– Écoute, dit-elle. Ce jour-là où je me suis trouvée face à celui qui portait son nom… Ce jour-là, la terre s'est ouverte sous mes pieds et elle a craché rien que pour moi une goulée de ce que doit être l'enfer. J'ai compris qu'il m'avait vendue, mais ne savais rien d'autre. Je savais qu'il n'était pas parti, qu'il n'avait pas embarqué, qu'il m'avait conduite jusqu'à ce port pour me vendre et se débarrasser de moi. Qu'il avait probablement cette intention dès avant de partir d'ici. Que tout ce qu'il avait pu me dire de ces grands voyages à faire et de ces terres de soleil à découvrir ensemble n'était que menterie. Oh, je les ai vues, ces terres-là, à ma façon et sans lui, certes. J'ai compris qu'il n'avait été, lui, que mensonges, je suppose pour me tremper le con, pas davantage et pas mieux, rien que pour ça, pauvres de nous ! Que même le meurtre de Pierre-Prix son oncle, qui me voulait pour ça, lui aussi, était venu de ces menteries. Ma vie jusqu'à ce jour d'hui, comme elle s'est écoulée, toute pour ça ! Mais si je savais donc, j'ignorais ce qu'il avait fait de son temps d'ensuite. Ce qu'il en était advenu, de ce traître voleur, après qu'il eut grippé les contrats d'engagement d'Hammer pour les revendre à des pauvres diables que les engageurs n'avaient pas voulus, et qu'il en eut trafiqué d'autres, une fois son forfait accompli et les bateaux toutes voiles hissées, tout seul sur le quai avec l'abomination de ce qu'il était… Je voulais savoir. Mais je voulais savoir encore davantage et d'abord ce que *toi* tu étais devenue. Tu ne me crois pas ?

D'instant en instant le visage d'Apolline se défaisait. Elle voulait rester crâne et ne pas se laisser abattre, mais en avait de plus en plus de mal sous le poids des révélations qu'elle apprenait depuis avant cette terrible nuit.

– Je ne sais pas… je ne sais… pas. Il faut que je… Tout est embrouillé dans ma tête. Pourquoi aurais-tu voulu tant me voir et me retrouver, après tout ?

– Pourquoi ? Tu demandes pourquoi… Parce que… attends. Je vais te dire pourquoi, mais attends un peu, juste un peu, encore. Je suis montée sur *La Belle-Métisse* affrétée par Forestier pour cette simple raison, au bout de tant de temps, et parce que la belle occasion m'en était donnée. Avec ma bande de sauvages qui m'a suivie. Nous sommes venus en France pour aider Forestier à reprendre son bien qu'un mariage crapuleux lui escroque, mais aussi pour récupérer mon bien à moi. Mon seul bien que j'ai abandonné une nuit aux mains d'une dragonne de campagne, à cause d'un mensonge et du meurtre d'un vieux salope qui m'avait achetée à celui qui se disait mon père. Nous voilà pour un raid comme nous en avons commis tant sur les terres elles aussi volées, le dernier raid d'une gueude de pillards sans foi ni honneur, qui ne valaient donc pas plus que les morts de quelques milliers d'hommes et les pleurs, oui les pleurs, des Sauvages amis qui nous ont suppliés de ne pas les abandonner après qu'ils se fussent battus à nos côtés. Qui ne valaient pas plus que cela… Mais… des terres maintenant anglaises, et même La Nouvelle-Orléans, sous gouvernance espagnole… Je suis venue régler mes comptes et reprendre mon bien, Petite.

– Je suis… « ton bien » ? souffla Apolline. Parce que ta petite sœur que tu as laissée à ma parente… une dragonne de campagne, comme tu dis. Mandine m'a élevée du temps que…

– Mandine, ricana Esdeline dans un souffle bref. Elle ne voulait surtout pas entendre son père parler de noces avec la gardienne de chèvres. Surtout pas. Et lui, son père, n'aurait pas laissé tomber pour tout l'or du monde cette occasion qu'il avait de m'acheter pour presque rien, moi et cette maison-ci avec, *parce qu'il savait*. Parce qu'il savait, ma pauvre!

Le ton haussé emplit la pièce et provoqua le souffle irrité des bêtes dans l'étable, et le réveil, aussi, de certains qui dormaient avec elles. Apolline pâlit dans un mouvement de recul. Elle serra sa cape autour d'elle dont elle maintint les bords fermés sur sa poitrine; les phalanges de ses poings étaient blanches.

– Qu'est-ce qu'il savait?

De nouveau la voix d'Esdeline redevenue basse et rauque :

– Et moi je veux savoir, je veux savoir aussi… Je veux savoir ce qu'il a fait, comment il s'y est pris. Bon Dieu, je me disais qu'avec de la chance il pouvait être mort. Mort dans quelque aventure. Mais il faut croire que ses aventures ne sont pas celles auxquelles je pense. Quand Arkam et Gillain sont revenus, cordieu, ma belle, quand ils sont revenus et qu'Arkam m'a dit…

Et sur un ton plus bas encore, à la limite de l'audible, moins fort que les ronflades et pétements du feu haut dans les bûches :

– D'abord que tu étais vivante, mon amour, que tu étais vivante… Mais ensuite, que tu étais mariée, que tu avais cette petiote, que tu étais mariée, mon amour, mariée à ce… à celui-là.

Apolline se dressa. Le banc lourd repoussé râcla le sol avec un grincement mou. Elle se tenait debout, la respiration courte, les yeux emplis de larmes et qui lançaient du feu et le plus parfait désespoir.

Esdeline assise, les épaules voussées, regardait ses mains croisées, réunies en deux poings soudés l'un dans l'autre et posés sur le paquet de feuillets du manuscrit. La larme en tombant sur la feuille du dessus fit un bruit et une tache sombre et ronde. Et puis une autre.

– Que je sois donc maudite, dit sourdement la voix basse, vibrante d'une immense rage mal contenue. Que tous ceux et celles qui se sentent de me maudire le fassent. Quand je l'ai su, ce n'est pas seulement te reprendre qu'il me fallait faire…

Elle leva sur Apolline ses yeux gris noyés. Les larmes coulèrent sur ses joues sans qu'elle fît rien pour les retenir ni les essuyer.

– Mon Dieu, souffla Apolline. Oh, mon Dieu…

– Tout autant que le diable, laisse-le tranquille aussi, celui-là, fit Esdeline en détachant chaque syllabe. Comment est-ce qu'il a pu ? Comment a-t-il fait ? Quelle est la fable qu'il a inventée, quand il est revenu, pour expliquer ? Dis-moi. Dis-le-moi, Apolline.

Les larmes pareilles coulèrent sur les joues de la jeune femme debout qui renifla et les essuya du dos d'une main quand elles se firent chatouilleuses aux coins des lèvres.

– Il est revenu dans le printemps, dit-elle. Je n'en ai pas souvenance, j'étais encore trop petite. Aussi peu que j'ai le souvenir de toi, autrement qu'en vagues images…

– Qu'est-ce qu'il a dit, alors ? De quoi avez-vous fait son retour bredouille ?

– Il a dit que tu… Il a dit qu'il n'avait pas pu vous retrouver. Qu'il était arrivé trop tard. Cet homme… celui qui avait tué Pierre-Prix Sauvé son oncle…

– Fanch de Nantes.

Que cet homme et toi aviez quitté la France par navire pour le Nouveau Monde…

– Cordieu, si tu as lu ce que j'ai écrit pour toi, là, tu sais où sont les os de Fanch de Nantes. Je peux t'y emmener. Je suis bien sûre qu'on les trouvera au fond du Trou du Triqué, s'il existe toujours ! Je suis bien sûre qu'il ne s'est pas donné la peine d'aller les tirer de là !

– Il a aidé Mandine à sa ferme et il l'a aidée à m'élever aussi. C'était… c'est… c'est… un homme bon, il a été bon avec moi, Esdeline, il a été bon ! et gentil ! Il disait que j'étais sa « presque cousine » du fait que not'mère était mariée à Favier qui avait épousé en premières noces sa tante, il disait ça. Il a été bon, il m'a appris à lire et écrire, il a repris la ferme de Mandine pour qu'elle soit pas toute seule dessus et la lui a laissée, il a acheté les Ordons du Haut, ici, à not'père, bien plus que ça valait et il l'a laissé dessus aussi, avec nous. Comment tu voulais que…

– Bien sûr, dit Esdeline.

Elle se leva de table. Un court instant fit face à la jeune femme, une tristesse dure empreinte dans ses traits. Ses larmes coulaient toujours et elle les laissait faire.

– Bien sûr, ma pauvre petite, dit-elle.

– J'étais pas une pauvre petite ! se rebiffa Apolline. Il m'aimait, je l'aimais. Je l'ai… Il était… je n'étais pas une pauvre petite, tu entends ? Je suis sa femme, la femme Sauvé, madame Sauvé, il m'a épousée voilà trois ans, pour mes quinze ans ! La petiote est née un an après ! Je suis madame Apolline Sauvé, pas une pauvre petite…

Elle s'effondra debout en sanglots, secouée tout entière, le visage déformé.

Un moment les deux femmes se visagèrent, debout, séparées par une largeur de table. Ne disant rien, ne le pouvant, elles pleuraient, l'une bruyantement, l'autre en lourd silence. Et Apolline s'avança de deux pas, et Esdeline la prit dans ses bras.

La petiote dans le lit émit des chigneries qui défirent l'embrassement des deux femmes, mais ce fut Hia qui se porta vivement à hauteur de la couche et se pencha sur la gamine avec des mots murmurés dans une langue aux sons mellifluants.

– Je suis venue te chercher, maintenant, dit Esdeline. *La Belle-Métisse* est dans le port de Nantes. Quand Forestier aura réglé ses propres comptes, le bateau nous emportera. Magnolia ne sera jamais anglais – un peu espagnol, peut-être, mais espagnol pour un domaine c'est très bien…

– Je ne… je ne veux…

Apolline se défit des bras qui la tenaient et recula de deux ou trois pas.

– Je suis venue te chercher, répéta Esdeline d'une voix claire. Et faire payer quelques brigands. Au moins deux.

– Je ne pourrai pas… je ne pourrai pas, même si tu es ma sœur et si je n'ai fait que penser à toi en dépit de ce qu'on me disait ou de ce qu'on ne voulait me dire ! Tu étais… Oh ! mon Dieu, Esdeline, tu étais… je voulais appeler la petiote de ton nom ! Malgré que…

– Allons ! coupa Esdeline.

Il se fit un morceau de silence comme une chute, suivi tout soudainement par beaucoup de bruits au-dehors, des bruits de chevaux en approche, des cris allègres montant des abords de la maison.

Esdeline haussa lentement les épaules, écarta ses mains ouvertes, les regarda, les referma, et elle laissa retomber ses bras. Elle inclina la tête de côté.

– Mais tu n'es pas ma petite sœur, ma toute belle rouquine, dit-elle dans un sourire que les larmes brouillaient.

Les larmes qu'elle essuya vivement sur son avant-bras quand les pas résonnèrent sur le perron de bois, quand on cogna à la porte et que celle-ci s'ouvrit sous la poussée, et qu'Arkam entra. D'autres derrière lui restèrent sur l'avancée devant la maison.

– Nous voilà, dit Arkam. Comme tu nous as dit. Le jour va se lever. En bas, ça doit éclairer toute la vallée. On a épargné les bêtes, comme tu voulais.

– Ils ne sont pas venus ? Personne ? demanda Esdeline.

– Personne, dit Arkam. Si on se hâte, on devrait ne pas en voir la queue d'un seul.

– Mais j'aimerais pourtant bien en voir au moins un. Rassemble tout le monde, dis-leur de manger, de prendre des provisions. On partira dans le matin.

– Plus tôt, ce serait pas plus mauvais.

– Plus tôt, si on peut, concéda-t-elle.

– D'accord, *es bueno.*

Arkam sortit, repoussa les autres qui attendaient sur le pas de la porte et laissa le battant ouvert.

Apolline n'avait pas bronché. Pâle et pétrifiée, les pommettes et le nez rougis, des traces de larmes brillant sur ses joues et sa lèvre supérieure.

– Ça, vois-tu, je ne l'ai pas écrit, prononça Esdeline. Je voulais te l'apprendre de vive voix.

Achevant :

– Quand je te retrouverais.

13

COMME ELLE EÛT ÉGRENÉ son chapelet, elle répétait à voix grondeuse et sourde :

– Je le tuerai, je le tuerai, quand il reviendra je le tuerai, s'il revient je le tuerai, je le tuerai, je le tuerai !

Jusques à bout de souffle, prenant une grande inspiration et puis vidant à nouveau ses poumons, en reprenant la litanie. Je te tuerai. Quand tu reviendras. Si tu reviens. *Je te tuerai je te tuerai je te tuerai.* La chèvre meneuse de la bande l'écoutait d'un air grave en mâchouillant de l'herbe. Elle avait de grands yeux sombres et comme des larmes séchées dans les cils. Sa mastication tranquille faisait un bruit agréable, un bruit qu'en d'autres temps la jeune fille trouvait apaisant. Mais rien désorendroit, et surtout pas le bruit de broiement que pouvaient rendre les dents d'une chèvre, n'était de force à apaiser son ressentiment. Elle agitait en cadence sous le museau de l'animal le couteau à lame courte, ce qui avait pour effet d'agacer légèrement la bique et la faire reculer d'un pas et bouger la tête d'un côté ou de l'autre. *Je te tuerai je te tuerai je te tuerai.*

Sans un mot, sans un au revoir, sans un signe, il était parti, il avait disparu. *Quand tu reviendras si tu reviens je te tuerai.*

Je te tuerai.

– Qu'est-ce t'as à ragouner comme ça avec tes biques ?

La voix du vieux comme un coup brutal de râpe dans le silence des mille petits bruits du soir la fit sursauter.

Il était là derrière elle, la blaude ouverte, déchirée de l'encolure au ventre sur son torse blanchâtre que le soleil avait juste marqué d'un « V », en rouge brique, sous le cou, les poils grisâtres englués de sueur, tortillés autour de ses mamelons incongrus. Les jambes de ses culottes usées et racoutrées qui lui tombaient sous les genoux, des mollets maigres et des pieds nus noirs de crasse épaisse dans les sabots « courtes-gueules » usés au point de n'avoir plus de rebord aux talons.

La colère qui bouillonnait en elle flamba d'un autre combustible. Monta d'un cran. D'avoir était surprise en pleine incantation par le vieux lui embrasa le visage de la pointe du menton au front, faisant d'autant plus visible une ligne pâle à la racine des cheveux. Elle sentit bouillir ses oreilles. L'image de Cauvin quelque part dans ses yeux n'en fut que plus présente et il arborait un grand sourire moqueur et on lisait ses pensées : « Comment vas-tu te sortir de là, ma belle amie ? »

Je te tuerai, si tu reviens. Quand tu reviendras. Je te tuerai.

– Rien, bougonna-t-elle entre ses dents, le front baissé.

Et cachant vivement le couteau dans la poche de sa cotte.

– C'est quoi qu't'as don'là ? fit l'autre. Hein ?

Il approcha. Elle l'entendit et le sentit. Il puait davantage que les chèvres. Les chèvres ne puent pas. Elles ont une odeur de chèvre. Il avait lui une odeur de lard rance et de fumier, de toutes les sueurs suées depuis sa naissance, de vieille pisse. Une puanteur très personnelle qui permettait de le situer sans le voir à plusieurs pas et de savoir aussi où il était passé quelques instants auparavant. Comme si cela avait quelque importance, de savoir où il était passé…

– J'ai rien. C'est rien. J'causais à mes chèvres.

– J'vois ça, dit-il. Au lieu d'les traire. Qu'est-ce t'attends ?

– Je vais l'faire, là !

Nom de Dieu, il était là à l'observer depuis combien de temps? Le rouge qui s'estompait à son front revint plus vif que jamais. Des picotements lui coururent sous le cuir chevelu et le long de son dos suivant le sillon de la colonne vertébrale. Un grondement lui tomba des lèvres, qu'elle n'avait pu contenir.

– Écoutez-moi-la, dit-il sur ce ton railleur qu'il prenait souvent quand il s'adressait à elle.

Quand rarement il s'adressait à elle. Et pas seulement railleur. Avec une distance derrière laquelle il paraissait vouloir s'abriter. Se protéger. Se protéger de quoi? Elle était bien certaine au fond qu'il avait un peu peur d'elle, elle ne l'expliquait point mais c'était ce qu'elle ressentait. À sa façon aussi de ne presque jamais la regarder en face et de ne lui adresser que des grommellements – c'était tout à fait inhabituel qu'il s'adressât à elle comme il le faisait là. Parlant de la sorte, presque normalement.

Elle se leva du tabouret pour aller prendre le seau à deux pas, mais il était derrière elle et lui saisit le bras et la fit tourner, disant sur un ton rauque :

– Qu'est-ce tu caches donc là, sous ta robe, hein?

– Mais rien! cria-t-elle.

Il éleva lui aussi le ton et serra son bras plus fort et commença de le tordre.

– Qu'est-ce tu caches, hein?

Son visage lui parut tout à coup très gros, disproportionné, comme si l'environnement se remplissait de sa peau rougie, suante et crevassée de ridules, de vaisseaux sanguins éclatés, des poils gris, noirs, blancs, clairsemés de sa barbe et de ses lèvres crevassées et bordées de sombre salive sèche, un paysage troué par la bouche tordue sur des dents déchaussées ou manquantes comme un gouffre duquel s'élevait une bonne part des puanteurs que dégageait sa personne. Il avait perdu ou retiré son chapeau informe, entre la calotte de mineur et le bonnet et n'importe quoi aux bords déchiquetés, son crâne dégarni était trop blanc au-dessus des rides froissées et entre les plaques de crasse croûteuses, avec les longs cheveux fillasse, englués, qui voletaient et pendaient par mèches embroussaillées.

– Mont'-moi don'ce qu'tu caches là-d'ssous, hein!

Il lui tordait le bras et commençait de fouiller, de l'autre main. Une main dure. Une serre. Une main qui lui troussait le bas de robe, la jupe, qui s'insinuait. Bon Dieu! Qu'elle sentit avec horreur sur sa peau, sur la peau de son ventre, sous la poche contenant le couteau, comme s'il ne l'avait pas identifié, derrière le tissu, comme s'il avait besoin de continuer à fouiller et palper et chercher…

– Lâche-moi! Lâche-moi, vieux porc!

– De quoi? Comment qu't'as dit?

Elle hurla de toutes ses forces :

– Lâche-moi, vieux salope de merde! Vieux porc de merde!

Elle reculait et creusait le ventre mais il la tenait bien et il la ramenait contre lui et maintenant ses yeux étaient des boules de feu et son visage tout entier comme une viande cuite, et elle songea *Cauvin! Cauvin! Par pitié Cauvin!* elle songea sans que cela fût autre chose qu'une sorte de réflexe qu'elle aurait tellement voulu que cette main qui cherchait fût la sienne mais tu es parti mon salaud et je te tuerai! Au lieu de quoi il y avait cette horreur, ce n'était pas Cauvin, ce ne serait donc jamais lui, et la main crochue descendit et lui empoigna le con et serra et une des serres lui entra dedans et elle cria encore et les chèvres s'enfuirent toutes alentour d'elle. Elle voulut elle aussi fouiller sa cotte de sa main libre mais il la fit tourner et lui tordit le bras dans le dos. Elle n'eut pas sensation qu'il lui eût dans le mouvement désempoigné l'entrejambe pour autant et elle sentait maintenant la pression de son poignet osseux entre ses fesses et les doigts toujours accrochés à son bas-ventre qui lui pétrissait durement la chair et les poils. Elle lança sa main libre en appui contre la porte ouverte de l'étable. Il pressa dans son dos. Elle tenta de s'écarter de côté, ailleurs de l'autre côté, de tomber à genoux, mais la douleur monta dans son bras tordu, son épaule qu'elle était prête de croire déboîtée, il la maintint avec une fermeté extraordinaire, une force dont elle ne l'eût jamais cru capable, il haletait contre sa nuque et crachait et bafouillait des insultes. Elle appelait Cauvin en absolue et soudaine désespérance. Le silence était tout entier rempli de ses appels. La douleur tourna quand il lui écarta les cuisses d'un méchant coup pointu de genou, il lui retroussa la robe jusqu'au milieu du dos et il lui fourragea le cul qu'elle sentait grand ouvert et tendu, dont elle eut peur qu'il fût prêt à se déchirer, elle essaya de resserrer les jambes mais il les maintenait, il lui entra quelque chose dans le cul et ensuite dans la fente de sous son ventre et elle sut ce que c'était quand cette chaleur de braise lui inonda les entrailles et se propagea dans tout son être en torrent de flammes, l'abomination était donc faite de quelques secondes, quelques fragments de temps d'une lourdeur insoutenable, et que l'on croit chacune la dernière à pouvoir être supportée, il allait et venait, il lui entrait jusqu'au milieu du ventre, il était partout en elle dans un corset de douleur et d'abjection, il était *en elle!* Il était en elle où elle ne serait plus jamais seule mais désormais, et elle le savait, de conserve permanente avec l'horreur qui la suivrait partout, à chaque pas qu'elle ferait, il y aurait l'horreur inexpugnable en sa compagnie. Une autre flamme la traversa, l'atteignit au cœur de cet endroit désert à tout qu'elle avait investi. Elle l'entendait au loin qui râlait dans son dos. *Cauvin, je te tuerai… Jamais plus tu ne…* Il la tira par les cheveux en arrière et elle sentit la serre dans son casaquin, sur ses seins, qui pressait et qui pétrissait et broyait, il la força à baisser la tête et à plier les genoux et elle vit cette chose rougeâtre et glaireuse qui pendait et qu'il saisissait et qu'il redressait vers son visage, elle hurla. Elle se tordit. Elle avait dans une main le couteau. La saloperie de cuerchaïe gluante lui glissa dans la paume et il avait reculé d'un bond, jambes écartées, les culottes à mi-cuisses. Il mit les mains à son ventre sous la blaude coupée en travers et les retira sanglantes et les regarda sans y croire.

– J'vais te crever ! sanglota-t-elle. Je vais te crever, j'le jure !

Toutes forces enfuies d'un coup, abattue, vide. Étrangère au moment impossible. Elle tomba à genoux, en sanglots. Pendue dans le vide.

Peu de temps après, elle leva les yeux et il n'était plus là. Et le soleil se couchait. Les chèvres revenues la regardaient avec beaucoup de perplexité et la meneuse émit un petit béguètement, pas très fort, parce que le lait lui picotait le pis sans doute, que l'heure était passée.

Elle se redressa, elle tourna la jupe dans le bon sens, elle remit le couteau dans sa poche.

Elle ne le vit pas de plusieurs jours. Quand elle était quelque part il se débrouillait pour ne s'y point trouver. Si la mère se douta, elle n'en dit jamais rien, puisqu'elle, Esdeline, ne s'en plaignait pas.

Quand elle le revit, elle avait une hache à la main et alors qu'il tournait le dos elle lui dit :

– Si tu me touches encore une seule fois, si tu me regardes, je te fends la tête, t'entends ?

Il avait entendu. Elle crut l'ouïr ricaner et se retint de toutes ses forces de ne pas lui planter la hache dans le dos en plein milieu de sa blaude crasseuse.

Deux mois plus tard la mère avait le ventre rondissant. Elle en semblait contente et fière. Celui d'Esdeline l'était sans doute davantage, mais elle le serrait si bien dans la ceinture de toile qu'on n'en remarquait rien, ni de son épouvante, de la terreur installée en elle pour chaque seconde éveillée et même endormie dans ses cauchemars…

14

POURTANT ESDELINE AVAIT PARLÉ sans la regarder. Elle n'avait pas vu, au fil des paroles, et même avant certaines que la jeune femme avait devinées, ou redoutées, juste avant qu'elle fussent prononcées, se crisper son visage. Passer dans ses yeux les lueurs et les ombres entremêlées. Elle tournait le dos à la pièce, regardait au-dehors par l'entrebâillement de la porte ceux de la bande qui allaient et venaient, à pied ou à cheval. Mais bien sûr qu'elle ne voyait rien de cette agitation dans la cour devant la maison. Tandis qu'elle parlait, sa main droite s'ouvrait et se refermait, en lenteur. Ce geste-là.

Un moment elle garda le silence, comme si elle en eut terminé, décidée de s'arrêter là. Elle reprit :

– On a dit que c'était un garçon, mais je ne sais pas. Je crois qu'il n'était pas fini. C'était le troisième enfant mort qu'elle avait. À croire que ce vieux salope… que ce vieux salope était maudit. Déjà avec l'autre, la première… Et toi tu étais née un mois avant. Et toi tu étais vivante.

Elle referma sa main et ne la rouvrit pas. Ses yeux changèrent. Comme rien ne se disait dans son dos elle se tourna et regarda Apolline au visage crispé.

– Toi tu étais vivante, dit-elle. Après ce qui lui était sorti du ventre, la mère est morte. Alors, voilà. Il a décidé : « On dira que c'est le sien. Ce sera mieux pour tout le monde! » Et pour lui le premier. Et moi j'aurais point à mentir, à avoir honte, à me maudire chaque fois que je dirais que me l'avait fait dans les bois ou ailleurs un trimardeur quelconque… Alors voilà.

Elle dit encore :

– Alors voilà.

Et Apolline ne bronchait pas.

Et dans le lit la petiote se réveilla complètement et se mit à gazouiller et discuter dès qu'elle vit Hia, et celle-ci lui répondit à voix douce et lui fit conversation.

Les bruits alentour étaient manifestement différents, le jour venait, c'était fini. C'était donc fini. En train de commencer.

– Fais-lui chauffer du lait, dit Esdeline doucement. Fais-en chauffer pour nous. Ou de la soupe, quelque chose à se mettre dans le ventre. Et puis fais ton ballot. Avec celui de la gamine. Ne prends pas beaucoup. Juste pour voyager à cheval – on a une monture pour toi, je ne savais pas si j'en trouverais une ici. Peut-être qu'en route on prendra une voiture. Sûrement. On trouvera ce qu'il te faut chez les marchands du port. On doit se dépêcher, à présent.

Au bout du regard échangé, Apolline hocha la tête imperceptiblement, elle releva une mèche qui retomba.

Elle fit ce que sa mère lui demandait.

Et durant tout ce temps Esdeline fut devant la porte, tournant le dos au-dehors et regardant aller et bouger sa fille ainsi qu'Hia qui s'occupait de la petiote et la petiote qui poussait des petits cris joyeux comme si tout ceci était de la plus grande gaieté. Un sourire était passé sur ses lèvres et y avait laissé une ombre. Mais elle ne mangea point avec elles. Elle dit plus tard. Dans le fond de la pièce le vieux lui aussi remuait et il commença à appeler et personne ne lui répondit ni ne prêta attention à ses jérémiades, alors il se tut plus ou moins et ne fit plus que bougonner des bruits informes. Ceux de l'étable étaient partis.

Le ballot qu'elle fit pour elle et la petiote tenait dans une couverture roulée.

– Emmène-les, dit Esdeline à Hia.

Et juste avant qu'elles sortent, quand Apolline portant la petiote passa à sa hauteur, elle dit, le regard sur le fond de la pièce où l'ombre grisaillait :

– Si tu veux lui dire au revoir…

Mais Apolline fronça le front et secoua sèchement la tête en regardant droit devant elle ; elle rabattit la couverture sur la tête de la petiote et suivit Hia hors de la maison.

Elle crut entendre pépier un oiseau, mais c'était un peu tôt encore. Ou bien non ? Elle se souvint de la lenteur du jour à poindre en cette saison, dans ces montagnes-ci.

De son coin le vieux lança des sortes d'appels non articulés. Et puis, de façon plus audible et compréhensible :

– Où c'est qu'vous êtes, tous ? Où c'est qu'y sont ? Hé !

Elle traversa la pièce, s'arrêta devant l'âtre et tendit ses mains aux flammes. La bûche de dessous se coupa en deux et celle dessus glissa en faisant une petite giclée d'étincelles, presque rien, et un long sifflement.

– Qui c'est, là ? lança le vieux.

Il bougea. Des bruits de froissements montèrent de sa paillasse de plantes sèches.

– C'est moi, dit-elle. Je viens.

Les froissements s'interrompirent.

– Qui ça ? fit la voix soupçonneuse du vieux.

Elle frotta ses mains l'une contre l'autre. Des chevaux hennirent au-dehors. Les sons entraient à la fois par les fenêtres brisées, la porte entrouverte et le conduit de la cheminée qui menait au bouâtchót et ne dépassait pourtant pas du toit.

– Moi, dit-elle.

Elle frotta et tourna ses mains l'une dans l'autre en un mouvement de lavement, un instant, puis elle marcha vers le lit.

On n'en voyait pas mieux qu'une forme pâle dans la noireté, mi-couchée mi-adossée au bois de tête du lit. Une pâleur avec des taches sombres à la place des yeux et de la bouche qu'il ouvrait grande pour respirer mieux. Chacune de ses expirations produisait un petit sifflement. Une autre sorte de couinement inversé pour les inhalations.

– Qu'est-ce que t'vas faire, toi ? grasseilla-t-il.

Elle ne répondit pas. Elle prit la chandelle sur le tabouret à la tête du lit et elle alla l'allumer à un brandon tiré du foyer. Elle attendit que la flamme monte, revint près du lit et reposa la chandelle à sa place sur le tabouret. La lumière traçait une manière de cercle au bord duquel Flavien Favier se tenait recroquevillé. Maigre et osseux, des yeux brillants, une bouche édentée dont les lèvres tremblaient sous la barbe miteuse.

– Tu vas m'fout'le feu à ma paillasse ? dit-il.

Elle le regardait.

Elle écoutait.

Elle attendit le retour des images qu'elle avait portées avec elle de tout temps. Et elles ne furent pas longues à revenir.

– Qu'est-ce tu veux, à la fin ?

– À la fin, dit-elle.

Elle dit :

– Je me suis demandé longtemps, tu peux pas savoir…

– D'mander quoi ?

Elle sourit.

– Non pas s'il fallait que je le fasse. Ni si je pouvais le faire.

– Faire quoi ?

– Mais si je *devais* le faire, dit-elle. Et puis autre chose, aussi.

Il avala de la salive de travers et se mit à tousser et éructer. Elle attendit que la crise passe. Il avait les yeux noyés de larmes et il les essuya sur son poignet osseux, d'un geste enfantin.

– Il savait, hein ? demanda Esdeline. Pierre-Prix Sauvé. Il savait et c'est pour ça qu'il t'a demandé à m'avoir, et c'est pour ça que tu m'as vendue à lui ?

– J'sais rien, rauqua-t-il du tréfonds de sa gorge. J'sais pus… Comment qu'tu veux que j'me…

Elle fit passer sa main dans son dos, la ramena de sous le manteau.

Il ouvrit une bouche immense, suivit de ses yeux incrédules le mouvement du bras qui s'élevait. S'il vit l'instant où elle abattit le tomahawk, ses yeux n'en furent pas davantage écarquillés et il ne fit rien pour éviter ou se protéger du fer qui lui entra dans le crâne, au centre précis du front, jusqu'au manche. Du même mouvement brusque elle retira l'arme et du sang jaillit du crâne ouvert, aspergea le mur et le lit, et éteignit la chandelle. Il vacilla et s'écroula contre le bois de lit. Dans la pénombre revenue, le sang dégoulinait sur le mur en bavures brillantes. Un grand soupir s'échappa des poumons de Flavien Favier. Elle leva de nouveau le tomahawk, se souvenant de la hache qu'elle tenait et qu'elle avait promis de lui planter dans le crâne s'il la touchait encore, et frappa une seconde fois, une troisième et à la quatrième la tête bascula de côté et resta pendue sur son épaule accrochée à un lambeau de peau ou de nerf ou de quelque chose. Le mur fouetté par les jets de sang paraissait grésiller.

Elle recula. Une grisaille stagnait dans la pièce. L'entrebâillement de la porte traçait un rai pâli. Elle tira un coin de la couverture et essuya le fer du tomahawk qu'elle replaça dans sa ceinture, sur ses reins, sous le manteau. Elle alla prendre le long fusil sur la table et sortit.

Le jour pointait dans le froid quelque part derrière les cimes des arbres.

Devant la maison trente cavaliers l'attendaient.

Trente cavaliers sombres et les chevaux qui battaient du sabot le sol de boue, trente cavaliers enveloppés dans leurs couvertures et ponchos, les haleines en barbouillis de brume qui leur fumait du crâne, comme celles de chevaux. Les fusils au flanc des montures. Les arcs dans les carquois sous les capes, ou bien aux troussequins ou attachés d'une seule lanière à la sangle de cuir de la couverture en guise de selle. Sur la jument pommelée se tenait Apolline emmitouflée dans une grande couverture aux dessins blêmes comme des cicatrices. Ce n'était certainement pas la première fois qu'elle montait sur un cheval, pour avoir cette allure en selle. La petiote était harnachée contre le ventre d'Hia, sous la cape, on n'apercevait d'elle que le minois rond et réjoui entre les plis du drap lourd.

Le feu dans la cour avait été alimenté et sa lueur tremblante éclairait par-derrière une partie de la bande rassemblée. Les cadavres des gardes abattus étaient entassés près de la galerie devant la maison. Le gel avait raidi la couronne de cheveux sanglants autour des plaies des scalps arrachés de ceux qui avaient encore leur tête.

Arkam tenait la bride du cheval d'Esdeline et il fit un pas jusqu'à l'avancée de bastings. Elle prit la double lanière, caressa les naseaux du cheval, et son front, entre les oreilles.

– Allez, dit-elle. Conduis-les, Arkam.

Une chouette, un oiseau de nuit tardif, ulula plusieurs fois. Le ciel à l'ouest semblait refléter une grande lueur rousse, à moins qu'il ne s'agît que d'une illusion, un trouble de lumière dû au froid.

– Où donc ? fit Arkam dans un grand nuage d'haleine.

– À la maison bientôt, dit-elle avec un sourire grave à l'adresse d'Apolline plus pâle qu'un spectre sous le capuchon de la couverture noué autour de son cou.

À Arkam elle dit :

– Au port, d'abord. Je vous rejoindrai sur la route. Retrouve le chemin qui nous a conduits ici.

– Par la vallée ? demanda Arkam sur un ton alarmé.

– Ce chemin-là, mais vers la montagne. Par où nous sommes venus.

– On t'attend, dit Arkam.

– Je vous retrouverai, dit-elle. Sur ce chemin-là, très bientôt. Mais j'ai encore quelque chose à faire.

– Non ! cria Apolline.

Elle fit avancer son cheval d'une légère talonnade. Ce n'était pas, effectivement, la première fois qu'elle montait.

– Laisse-le, dit-elle. Par pitié, laisse-le !

– C'est juste quelques mots à lui dire, à entendre, dit Esdeline.

– Laisse ça, dit Arkam. Tu peux pas rester ici toute seule, à essayer de… Mordieu, la Rouge, on a incendié la vallée en dessous et rien laissé de vivant à part la plupart des bêtes, comme t'avais dit. Ils sont en chasse, en ce moment. S'ils te trouvent, tu crois qu'ils te laisseront parler, dire un seul mot, avant de te pendre à la première branche ?

– C'est pas des gens qui pendent, dit Esdeline avec un grand sourire. Ici ils brûlent, ils coupent la tête, plutôt. Couga, Naka-taknee, Ongo et Bleck, vous restez avec moi. Une dernière promenade, avant de rentrer chez nous.

Les appelés avancèrent.

– Laisse-le ! dit Apolline. Ça ne sert plus à rien. Tu es venue me chercher, je pars avec toi, on part ensemble.

– Ma toute belle, dit Esdeline.

– Je t'en prie, *maman!* Je t'en prie! Où tu crois le trouver?

– Où il est possiblement, sur l'autre flanc des collines, là où il a aidé une cousine en lui prenant sa ferme… Peut-être dans son lit, vas savoir. Juste ça. Juste savoir si je peux…

Le coup de fusil claqua très sèchement, tout nu dans le froid suspendu et la balle souffla parmi les cavaliers et fit gicler du sang sur le haut de la tête d'un des Indiens comme une plume étrange et fugace, éraflant la peau et entamant légèrement l'os, sans plus. Dans la seconde une salve creva au front de forêt. Tout une guirlande crépitante d'étoiles de feu s'alluma sur la lisière de l'autre côté du chemin qui descendait dans la vallée, vers la gringe. La pétarade provoqua instantanément un grand affolement parmi les chevaux et leurs cavaliers que fouettaient les plombs et qui s'éparpillèrent un instant avant de tirer les fusils des étuis et les arcs des carquois. Ils ripostèrent au jugé en direction des traits de feu et des fumées et de toutes ces ombres tout à coup surgies.

– Sauve qui peut! hurla Esdeline. Au chemin! *Adelante*!

Elle vit Arkam talonner à grands coups de botte, foncer en hurlant, et avec les autres qui le suivaient vit Hia s'élancer derrière lui. Apolline, qui maîtrisait difficilement la panique soudaine de sa monture, la vit aussi et lança une longue hurlée déchirée :

– Emeline!

Finissant par volter pour s'élancer avec la bande en fuite.

– Va-t'en! lui cria Esdeline. Cordieu! Sauve-t-en! Vite!

Le cheval pommelé d'Apolline fit un écart et plia les genoux et courba le cou et tomba en avant dans une grande ruade qui éclaboussa de boue l'alentour et il roula au sol dans ses hennissements de peur et de douleur, soufflant de grandes giclées de sang tandis qu'Apolline avait boulé à plusieurs pas, jusques pas loin du perron surélevé devant la maison où se tenait toujours Esdeline qui retira vivement le pied qu'elle avait mis à l'étrier, lâcha les rênes, arracha son fusil de la gaine de selle et courut dans les sifflements et les cris vers Apolline redressée, hébétée et secouant la tête sous le choc de la chute. Esdeline saisit sa fille par la bras et la fit tourner pour la visager et lui cria quelque chose qu'elle ne comprit pas. Apolline la prit aux épaules et la força à s'agenouiller, à se coucher au sol, et quand elle se retourna vers son cheval, celui-ci s'élançait au galop à la suite de la bande parvenue au chemin ouvert dans la lisière et le cheval sans cavalière ainsi qu'un autre au dos pareillement vide rejoignirent les fuyards juste avant que les ombres des miliciens et habitants armés des villages, réunis à grand renfort pour combattre les ravageurs, finissent d'investir l'endroit et de refermer leur encerclement sur la clairière.

Esdeline poussa un grand hurlement de rage impuissante.

Le dernier de la bande à tenter de passer ce barrage fut fusillé presque à bout portant par au moins six fusils levés ; soulevé de sa monture il s'abattit au sol sur le dos dans une grande éclaboussure de neige boueuse et de sang fusant de son visage emporté et de sa poitrine déchiquetée. Tournaient encore quatre ou cinq de la bande dans la cour, dont ceux nommés par Esdeline un instant paravant et qui devaient la suivre, comme elle l'avait dit, à la ferme de Maudine, et qui plutôt que dégager la place s'étaient groupés aux entours d'elle en attente de mieux voir ce qu'elle décidait dans la terrible cohue.

Un des Chouanon de la bande avait été jeté bas de sa monture – peut-être celle qui avait fui avec le cheval d'Esdeline – et tentait de se redresser, le dos couvert de sang, et il rampa et marcha à quatre pattes, tirant deux jambes inertes comme des bûches qui ne pliaient ni ne le portaient plus, son regard fixe sur un point à atteindre, vers la maison, ne traduisant qu'une inébranlable obstination qu'une balle faucha en lui faisant basculer la tête en avant après lui avoir emporté dans une gerbe de boue rouge tout l'arrière du crâne et la calotte d'os tournoyante arrachée qu'Esdeline vit passer comme un projectile à moins d'une verge devant ses yeux.

Elle raffermit sa poigne sur le bras d'Apolline et la tira debout, la poussa devant elle vers la maison. La jeune femme semblait avoir recouvré ses esprits secoués par la chute de cheval. À dix pas sa monture abattue n'en finissait pas de fouetter des jambes et des sabots, couchée sur le flanc, ronflant le sang par la bouche et les naseaux. D'autres chevaux avaient été touchés, tombés et parcourus de frissons et de tressautements, qui tentaient sans succès de se redresser dans un concert de hennissements douloureux, un grand hongre noir tournait au pas dans la tourmente en boitant bas, la jambe antérieure droite tout de travers, l'os nu et blanc saillant, brisé sous le talon. Elles s'élancèrent et gravirent les marches de l'escalier de demi-troncs et roulèrent, embrassées, jusques devant la porte qu'ouvrit un choc des deux pieds d'Esdeline.

– Entre ! cria-t-elle.

Elle poussa Apolline à l'intérieur de la maison. Roula sur elle-même et se saisit du fusil qu'elle avait laché en prenant pied sur le perron.

Couga fut abattu alors qu'il sautait de son cheval sur l'avancée de bois ; son saut dévié par le choc des balles, il s'écrasa contre le mur sous la fenêtre et ne bougea plus, les yeux grands ouverts fixant avec incrédulité devant lui alors que le sang s'échappait à gros bouillon de la béance de sa bouche emportée avec son menton. Ensemble Naka-tak-nee et Bleck le Chouanon mirent pied sur le perron après avoir sauté en voltige de leur monture ; Ongo les suivit, mais lui toujours en selle, dressé de toute sa hauteur, les sabots du cheval martelant les bastings glissants, une pluie de plomb fouetta sans atteindre, miraculeusement, ni l'homme, ni le cheval, ni aucun des autres autour d'Esdeline, et Ongo s'agrippa d'une main à une poutre de l'avant-toit et talonna son cheval, suspendu. Le cheval bondit d'un saut hors du perron et s'en fut au grand galop sous la mitraille et dans les éclatements qui hachaient le jour pointant, Ongo se balança et lâcha la poutre pour entrer pieds devant par la fenêtre fracassée... dans le cadre de laquelle il réapparut l'instant suivant, le fusil épaulé, et tira vers les miliciens encercleurs qui avaient quitté la lisière et qui avançaient.

Esdeline exhorta les deux Chouanon à entrer dans la maison, elle roula jusqu'au corps de Couga et arracha de sa ceinture ses deux pistolets dont elle releva le chien, l'un après l'autre, elle en planta un dans sa propre ceinture, ramassa l'autre, prit son fusil et tomba à genoux vers la porte et la balle lui donna un grand coup au-dessus de la hanche et la jeta contre le cadre de la porte. Elle entendit tirer depuis la maison. Elle entendit crier. L'odeur de poudre brûlée très forte et très proche lui piqua les narines. Un goût de métal lui emplit la bouche. Une pensée incongrue la traversa : elle avait vu Couga et les autres tant de fois au combat des raids, sur la rivière d'Ohio, d'Ouabache, et d'autres, leurs montagnes et collines, leurs forêts, et ils étaient venus mourir ici sur cette colline-ci « des Charbounés », et elle avait elle-même traversé quinze années de vacarme sur les mers et sur terre et des combats de fous sans la moindre blessure, ou tellement peu, et c'est ici que cela se produisait.

Ce n'était que chaleur et engourdissement, sur sa hanche. Elle tenta de se mettre à genoux, y parvint dans un vertige soudain qui lui tomba sur les yeux et dans les oreilles et elle sentit qu'elle vacillait et s'appuya sur son fusil posé crosse en bas. Elle avait un des pistolets de Couga en main. Elle faisait grand effort pour garder les yeux ouverts, leva le pistolet et tira vers les ombres mais le coup partit trop vite dans le mouvement et la balle ne fit qu'arracher des esquilles de bois au bord de l'avancée de bastings. Les bruits se fondirent les uns dans les autres en une bouillie confuse comme un grand bourdonnement d'orage. Ensuite, avec la douleur qui montait de sa hanche et lui ceignait la taille et descendait dans sa cuisse, la confusion de tous ces bruits se dissipa graduellement, sa vision retrouva de la netteté.

Ils avaient cessé de tirailler. Les fumées crachées par les fusils emplissaient la clairière, l'odeur de la poudre brûlée, une autre odeur aussi, celle du matin froid en train de naître, de la neige gelée et des giclées de sang caillé au milieu du carnage. Une odeur de terre et de chairs douloureuses. Une odeur de viande. De fumée et de cendres de braises éparpillées au milieu de la cour parmi les corps des morts et des blessés et des chevaux innocents à l'agonie.

Ils avançaient. Ils étaient une armée. Des dizaines. Elle en vit des cents.

Elle ferma les yeux, écouta monter les nouveaux bruissements en marche vers elle en même temps que la douleur dans son corps.

Elle ouvrit la bouche, prit une grande goulée d'air et cria... mais aucun son ne vint. Elle se racla la gorge et cria de nouveau. Elle cria :

– Je suis Esdeline Favier !

Elle ressentit en grand et vrai soulagement le silence qui se fit au bout de son cri. Les cliquetis, les frôlements retombés. Un silence comme une feuille d'automne arrachée planant vers le sol. Un silence de neige tombée. Elle rouvrit les yeux. Ou bien si elle ne les avait pas fermés, sa vision se fit plus claire et nette et comme au sortir progressif d'une brume épaisse.

Des dizaines, assurément. Gens ordinaires de la vallée, des villages, des hommes en cape et vêtement d'hiver, coiffés de bonnets et de chapeaux et de calottes enfoncés bas, de cagoules avec une ouverture pour les yeux, noircis de leur haleine avec des traces de gel blanc au niveau de la bouche. Des visages de bois sombre dans la mauvaise lumière en gésine, sous le ciel qui s'argentait avec cette roseur à l'ouest au contraire du lever de soleil. Des mains crispées sur les fusils qu'on leur avait distribués, un officier de justice ducale, peut-être, ou celle du chapitre, encore, la justice des abbesses de l'église, l'église Saint-Pierre, c'était bien possible, comment cela fonctionnait-il, ores ? (Elle se demanda.) Parce que ce n'étaient pas leurs fusils, ces gens-là n'avaient certes pas de quoi en posséder un. Une milice. Les chevaux non plus, pour ceux qui en avaient, n'étaient pas leurs chevaux. Mais beaucoup étaient venus à pied. Visiblement il en arrivait encore. Ils surgissaient de la lisière, par tous les pores de cette forêt blanche. Leurs visages… ceux qui n'avaient pas de fusils tenaient des faux droites, des faux de guerre à lame droite, des fourches, de vulgaires fourches à foin, parfois, des fourches à deux dents de bois, les malheureux, des haches, de longues cognées à fer droit, des serpes, des sabres, des lames de saignoir attachées au bout de bâtons, de manches d'outils. Une armée de fureur avalée. Blanchie de peur et de haine par ce qu'ils avaient vu dans la vallée, aux gringes, ou ce qu'on leur en avait dit.

– Je m'appelle Esdeline Favier ! dit-elle haut. C'est mon nom. Je suis née ici même ! Ici même j'ai donné naissance à une fille que mon père m'a faite et que je suis venue chercher ce jour ! Je suis pas venue pour autre chose.

Elle ferma et rouvrit les yeux. Ils n'avaient pas avancé davantage. Ils s'étaient arrêtés à vingt, trente pas. Pas loin d'un demi-cent. Et maintenant de la forêt sortaient des enfants qui avaient suivi la cohorte. Des femmes dans leur châle, des enfants en guenilles que le froid cuisant ne semblait pas déranger. Elle se souvint qu'elle avait les jambes nues et juste une chemise sur le dos au grand des hivers, et elle se souvint courir pieds nus dans la neige et les gelées.

– On m'appelait la Rouge Bête, dit-elle, sa voix tranchant les débuts tendus de l'aube. C'est un nom que vous avez tous entendu !

Elle eut conscience d'un mouvement derrière elle, se tourna et aperçut Apolline dans l'encadrement de la porte.

– Attends, dit-elle. Rentre dans la maison, ma fille. Attends…

Apolline avait le haut de son casaquin déchiré sur la naissance de sa poitrine, le cou nu, les cheveux défaits, du sang coulant de sous la masse rousse sur sa tempe et sa joue jusques au menton. La manche de son vêtement déchirée laissait voir les griffures râpées de ses coudes, des « couronnes » de petite fille tombée en jouant…

– Rentre dans la maison, dit Esdeline.

Apolline regardait devant elle, grimaçant comme si elle eut fixé le soleil, une lumière aveuglante.

Il y avait des canons de fusil aux deux fenêtres, une silhouette accroupie dans l'ombre derrière Apolline.

– Rentre dans la maison, dit pour la troisième fois Esdeline.

Mais Apolline cria :

– Tu es donc venu tard ! Qu'est-ce que tu attends, maintenant ? Viens donc ! Viens me défendre !

Il se fit un mouvement dans les rangs des miliciens. Certains s'écartèrent et découvrirent l'homme en longue cape brune au capuchon baissé un fusil dans les mains. Il hésita, avant que la pression des regards et l'attente l'obligent à faire un pas, plusieurs pas. Il s'arrêta. Son vaste capuchon lui cachait le haut du visage, gênait son regard, et il s'en décoiffa. Pour qui l'avait vu paravant dans sa jeunesse et ensuite, il était bien reconnaissable dans ses quarante ans en approche, les joues un peu grossies, le haut du front dégarni.

Elle sourit brièvement. Elle dit :

– Cordieu, Cauvin, tes si belles boucles de cheveux…

Personne n'entendit, hors sa fille debout à son côté.

– T'es venu me chercher ? demanda Apolline.

– Viens ! dit-il. Elle ne te fera pas de mal. Tout monstre qu'elle soit, elle ne peut pas te faire de mal !

– Je suis revenue Cauvin ! dit Esdeline. Me voilà revenue. Tu vois ? Je suis revenue chercher ma fille et l'emmener avec moi là-bas, où tu m'as envoyée, où que tu m'as vendue après qu'on a traversé la France, toi et moi. Tu vois ?

– Elle est folle ! cria Cauvin. C'est un monstre, une folle ! Pardieu, Apolline, viens ici. Elle ne te fera pas de mal.

– Viens la chercher, donc, dit Esdeline. Avec tellement d'amis avec toi pour te soutenir, tu n'auras pas au moins ce courage ?

Elle laissa tomber à ses genoux le pistolet déchargé. La douleur tournait et élançait dans sa hanche, elle y regarda et vit le sang briller sur tout le haut de la culotte large et sa jambe. Du feu coulait dans son côté et sa cuisse. Elle s'appuya sur le fusil et se redressa debout. La sueur couvrit son front, ses pommettes.

– Eh bien ? dit-elle. J'ai eu une longue nuit sans sommeil, Cauvin. Je suis fatiguée. Tu ne viens pas la chercher ? Tu ne viens pas me la prendre ? Et l'écouter te dire ce qu'elle sait de son homme ?

– Jette tes armes ! cria quelqu'un, un homme à côté de Cauvin. Au nom du…

– Au nom de personne, coupa-t-elle. En mon nom, Cauvin, tu ne viendras pas me souhaiter bienvenue et reprendre ta femme ? Elle part avec moi. Ou bien vient la gagner.

– Apolline ! appela Cauvin. Pour l'amour du ciel.

Il avança. Les autres s'écartaient devant lui pour lui faire passage.

– N'aie pas peur, amiette, dit doucement Esdeline.

Elle tira le pistolet armé de sa ceinture et le braqua bras tendu sur la tête de la jeune femme. Il y eut un mouvement, un frisson, un bourdonnement bref sur la foule des gens rassemblés. Elle dit :

– Abattez-moi. En mourant mon doigt pressera la détente.

Aucun des fusils visibles dans la pénombre déchirée ne se leva. Aucun geste. Des oiseaux se firent entendre dans les arbres comme si le monde existait toujours ailleurs.

À deux pas du perron surélevé, Cauvin s'arrêta. Il avait le teint gris, les traits tirés et les yeux bouffis.

Un long moment ces deux-là se fixèrent, regards plantés l'un dans l'autre, à faire mal. Leur haleine produisait de petits nuages vitement évaporés.

Le bras armé et tendu d'Esdeline commença de trembler.

Bien sûr elle ne voyait que lui, embrumé dans sa douleur, et tous les autres avaient pris une consistance de fumée.

– Tu vois… dit-elle.

– Laisse-la aller, dit Cauvin.

– Tu l'aimerais donc ?

– Laisse-la aller, je te demande.

– Tu l'aimerais donc, elle aussi ?

Il porta une main gantée de cuir et de grosse toile à sa tête comme s'il cherchait à recoiffer sa capuche. Mais n'en fit rien, et sa main retomba.

– Je voulais… je n'ai pas pu prendre le bateau. Ça ne s'est pas fait comme je le voulais…

Elle sourit :

– Et les engagements volés à nos compagnons de route que tu as revendus, c'était comme tu le voulais ?

Il ne répondit pas. Fit bouger ses lèvres qui semblaient sèches et glissa sa langue dessus.

– Tu sais, dit-elle, j'ai gardé les chaussures rouges… Je m'étais dit que je les redonnerais à Josepha, quand on se retrouverait, comme on se l'était promis.

Il dit, comme s'il n'entendait pas :

– Laisse-la aller. Viens, Apolline. Elle ne tirera pas.

Apolline posait sur lui un regard froid et distant, étranger.

– Si, elle tirera, bien sûr que si, dit-elle d'une voix blanche. Elle est venue me chercher. Et je crois que je veux aller avec elle. Emeline est déjà partie…

Esdeline assura sa prise sur le fusil qu'elle utilisait en appui. Elle demanda doucement :

– Tu le savais, Cauvin ? Tu le savais que j'avais été vendue une première fois, déjà ?

– Je ne veux pas t'entendre, dit-il. Tu es folle. Laisse-la venir.

– Je suis folle, opina Esdeline. Je veux des chevaux. Cinq chevaux, pour elle, pour moi, pour mes trois amis dans la maison. Je veux des chevaux, ici. Là, tout de suite. Vous ne vous en tirerez pas comme ça, si tu me tues, Cauvin. Ils reviendront. Ils ne sont pas loin. Ils attendent probablement dans la forêt. C'est tout le village qu'ils flamberont.

Il hésita. Laissa courir son regard autour de lui comme s'il interrogeait, et personne ne donna la moindre réponse à sa question muette.

Elle poursuivit :

– Je suis venue t'apporter un cadeau, Cauvin. Il y a bien longtemps que j'ai voulu te le donner, je l'avais fait pour toi, mais tu étais parti…

Elle recula, béquillant sur son fusil, s'adossa au mur de la maison et y appuya le fusil, continuant de braquer le pistolet sur la tête de sa fille. De sa main libérée elle fouilla la poche de son manteau et en tira un couteau à lame courte usée qu'elle envoya aux pieds de Cauvin.

Il ne le ramassa point, y jeta un regard, reporta son attention sur elle.

– Mais tu étais parti, déjà, dit-elle. Et puis après, plus tard, il ne m'est pas venu en tête de te le donner…

Elle se redressa et assura son appui sur le fusil.

– Je veux les chevaux, dit-elle. Maintenant. Sinon je la tue, et toi tu seras mort aussi, dans la seconde.

– Tu ne quitteras pas la région, gronda-t-il.

– C'est mon affaire, Cauvin.

Il soutint son regard, un soupir trembla sur ses lèvres. Il avait vieilli dans ces instants-là de plusieurs années.

Cauvin se tourna vers les hommes et demanda qu'on amène des chevaux, haussant la voix puis réitérant le commandement pour repousser les protestations qui fusèrent.

– Ce n'est pas toi qui commande cette milice, lança un homme.

– Et on ne t'a pas tellement entendu jusqu'à maintenant, Renaud, renvoya Cauvin.

Ils amenèrent des chevaux, au bout du perron. Ils les tenaient par les rênes et s'éloignèrent de plusieurs pas quand les trois hommes sortirent de la maison et s'en approchèrent.

Ensemble, Ongo et Bleck le Chouanon sautèrent en selle. Ils attendirent, le fusil braqué sur la foule. Naka-tak-nee aida Apolline à monter et Esdeline ne cessa point de la braquer avec son pistolet du temps que cela se fit, et même quand Naka-tak-nee l'aida à son tour à se hisser sur le dos creux d'un gros cheval bai, puis Naka-tak-nee sauta en croupe du dernier et mit les rênes dans ses dents et une flèche sur la corde de son arc.

La douleur avait tourné, lui enserrant la taille, montant maintenant dans son dos.

– Allons, dit-elle en souriant vers Apolline. On a une chance, un beau jour qui nous attend.

Elle baissa le pistolet. Fit volter le cheval posément et pressa la détente. La balle entra dans le crâne de Cauvin par un œil, sa cervelle lui gicla de la nuque.

Elle hurla, talonna vigoureusement, le cheval bondit en même temps que les autres ; ils braillèrent un grand cri de délivrance et foncèrent droit dans la foule vers la lisière et la fusillade éclata alors qu'ils n'en étaient plus à dix pas. Ils braillaient toujours, ils s'envolaient, ils entrèrent dans la forêt où on ne les entendit plus crier à cause du vacarme des fusils. Ensuite les fusils se turent et la neige cessa de dégringoler des branches des arbres cinglées par les balles et un grand silence se répandit dans le nouveau jour monté sur ce monde.

Ils patientèrent jusqu'au milieu du jour. Quand ils virent s'élever la poudre de neige que soulevaient les cavaliers à flanc de colline, dans leur direction, ils rentrèrent dans la forêt, poursuivant leur chemin, et s'en furent comme ils étaient venus. La femme noire chevauchait en queue de groupe et souventement jetait un regard scrutateur par-dessus son épaule, fredonnant une mélopée wolof que chantent les hommes libres de ce peuple et que la petite somnolente qu'elle tenait sous sa cape contre son ventre aimait entendre.

En cette hivère de 1766 qui vit notre bon duc Stanislas rappelé à Dieu, nous sont venus des barbare sauvage en une horde qui saccagea et incendia les gringes du Derrière des Prés propriété de notre paroissien honnête homme Adrien Sauvé et son fils Cauvin. Les bandes de drilles et grippeurs de toute sorte sont nombreusement sur les chemins dans ce temps, pourtant jamais ne vîmes telle horde ravageuse qui se déversa sur nos pays. Ils étaient cent ou plus aux allures de diables en cette cavalerie venue des enfers tout emplumés et la face couverte de tatouages comme le sont les sauvages des Amériques. Ils ont massacré et mangé tous ceux de la gringe hommes femmes et enfants et ne laissant âme qui vive para-près leur passage, mêmement sur le lieudit les Ordons du Haut qu'ils ravagèrent et massacrèrent honteusement ses habitants.

Ils avaient à leur comandement une femme native de notre paroisse et vendue aux Amériques pour mauvaise femme qu'elle était, où elle y fut davantage au point de mener des gueudes de pillards inhumains, s'en revenant jusques ici pour reprendre sa fille abandonnée. Le grand des troupes barbares sont repartis d'où ils venaient, mais une part abattue par les balles de nos milices et gens d'armes, parmi eux la femme rouge cheveleuse qui les menait avecque celle dite sa fille qu'elle tentait d'en-lever à son épou rendu à Dieu.

Extrait du bulletin de paroisse du curé de Saint-Maurice,
Matthieu Varengier.
Avril 1766

Achevé d'imprimer
sur Roto-Page
par l'Imprimerie Floch
à Mayenne, en mai 2006.
Dépôt légal : juin 2006.
Numéro d'imprimeur : 65446.

Imprimé en France